新中国70年70部
长篇小说典藏

姜戎

1946年生，当代作家，北京人。长篇小说《狼图腾》

已被译介为30多种语言。

新中国70年70部
长篇小说典藏

狼图腾

姜　戎——著

学习出版社
北京十月文艺出版社

图书在版编目（CIP）数据

狼图腾 / 姜戎著．—北京：北京十月文艺出版社：学习出版社，2019.9
（新中国70年70部长篇小说典藏）
ISBN 978-7-5302-1992-8

Ⅰ.①狼… Ⅱ.①姜… Ⅲ.①长篇小说—中国—当代
Ⅳ.①I247.5

中国版本图书馆CIP数据核字(2019)第185581号

责任编辑 王 倩
装帧设计 刘 静
责任印制 金 易

出版发行 北京十月文艺出版社 学习出版社
社 址 北京北三环中路6号
邮政编码 100120
网 址 www.bph.com.cn

印 刷 河北鹏润印刷有限公司
经 销 全国新华书店等

字 数 500千字
开 本 680毫米×960毫米 1/16
印 张 43 插页 2
印 数 1—5000
版 次 2019年9月北京第1版
印 次 2019年9月河北第1次印刷

书 号 978-7-5302-1992-8
定 价 118.00元

如有印装质量问题，请与本社图书销售中心调换。电话：010-58572393

出版说明

为庆祝中华人民共和国成立70周年,全面展现中华民族的文化创造能力和文学发展水平,深入揭示新中国70年来的伟大历程、辉煌成就和宝贵经验,激励人们为实现“两个一百年”奋斗目标、中华民族伟大复兴的中国梦而不懈奋斗,我们策划出版了这套“新中国70年70部长篇小说典藏”丛书。为将该丛书打造成思想精深、艺术精湛、制作精良的精品丛书,我们成立了丛书评审专家委员会,成员均为密切关注和深刻了解我国长篇小说创作动态的资深评论家。委员会从历史评价、专家意见和读者喜好等方面对新中国成立70年来众多优秀长篇小说进行综合评定,从中选出70部描写我国人民生活图景、展现我国社会全方位变革、反映社会现实和人民主体地位、弘扬社会主义核心价值观和讴歌中华民族伟大复兴中国梦的精品力作。这些作品,大多为曾获中宣部“五个一工程”奖、“茅盾文学奖”等重大国家级奖项的长篇小说,政治性、思想性和艺术性高度统一,代表了中国文坛70年间长篇小说创作发展的最高成就。

我们致力于“把提高作品的精神高度、文化内涵、艺术价值作为追求”的使命任务,通过这套丛书的出版,在讲好中国故事、传播中国声音、阐释中国精神、展现中国风貌的同时,倡导精品阅读,引领和推动未来的中国文学原创出版。

“新中国70年70部长篇小说典藏”
评审专家委员会名单

评审专家委员会主任：李敬泽

评审专家委员会委员(按姓氏笔画排序)：

丁　帆	白　烨	朱向前	吴义勤	何向阳
应　红	张　柠	张清华	陆文虎	陈思和
孟繁华	胡　平	南　帆	贺绍俊	梁鸿鹰
董保生	董俊山	谢有顺	臧永清	潘凯雄

项目统筹：吴保平　宋　强

01

"犬戎族"自称祖先为二白犬，当是以犬为图腾。

——范文澜《中国通史简编》(第一编)

周穆王伐畎戎，得四白狼、四白鹿以归。

——《汉书·匈奴传》

当陈阵在雪窝里用单筒望远镜镜头，套住了一头大狼的时候，他看到了蒙古草原狼钢锥一样的目光。陈阵全身的汗毛又像豪猪的毫刺一样地竖了起来，几乎将衬衫撑离了皮肉。毕利格老人就在他的身边，陈阵这次已没有灵魂出窍的感觉，但是，身上的冷汗还是顺着竖起的汗毛孔渗了出来。虽然陈阵来到草原已经两年，但他还是惧怕蒙古草原上的巨狼和狼群。在这远离营盘的深山，面对这么大的狼群，嘴里呼出的霜气都颤抖起来。他俩手上没有枪，没有长刀，没有套马杆，甚至连一副马镫这样的铁家伙也没有。他们只有两根马棒，万一狼群嗅出他们的人气，那他俩可能就要提前天葬了。

陈阵又哆哆嗦嗦地吐出半口气，才侧头去看老人。毕利格正用另一只单筒望远镜观察着狼群的包围圈。老人压低声音说：就你这点胆子咋成？跟羊一样。你们汉人就是从骨子里怕狼，要不汉人怎么一到草原就尽打败仗。老人见陈阵不吱声，便侧头小声喝道：这会儿可别吓慌了神，弄出点动静来，那可不是闹着玩的。陈阵点了一下头，用手抓了一把雪，雪在他的掌心被捏成了一坨冰。

侧对面的山坡上，大群的黄羊仍在警惕地抢草吃，但似乎还没有发现狼群的阴谋。狼群包围线的一端已越来越靠近两人的雪窝，陈阵一动也不敢动，他感到自己几乎冻成了一具冰雕……

这是陈阵在草原上第二次遇到大狼群。此刻，第一次与狼群遭遇的惊悸又颤遍他的全身。他相信任何一个汉人经历过那种遭遇，谁的胆囊也不可能完好无损。

两年前陈阵从北京到达这个边境牧场插队的时候，已是十一月下旬，额仑草原早已是白茫茫的雪原。知青的蒙古包还未发下来，陈阵被安排住在毕利格老人家里，分配当了羊倌。一个多月后的一天，他随老人去八十多里远的场部领取学习用的文件，顺便采购一些日用品。临回家时，老人作为牧场革委会委员，突然被留下开会，可是场部指示那些文件必须立即送往大队，不得延误。陈阵只好一人骑马回队。临走时，老人将自己那匹又快又认家的大青马，换给了陈阵，并再三叮嘱他，千万别抄近道，一定要顺大车道走，一路上隔上二三十里就有蒙古包，不会有事的。

陈阵一骑上大青马，他的胯下立即感到了上等蒙古马的强劲马力，涌上了快马急行的冲动。刚登上一道山梁，遥望大队驻地的查干窝拉山头，他一下子就把老人的叮嘱扔在脑后，率性地放弃了绕行二十多里地走大车道的那条路线，改而径直抄近路插向大队。

天越来越冷，大约走了一半路程，太阳也冻得瑟瑟颤抖地缩到地平线下面去了。雪面的寒气升上半空，皮袍的皮板也已冻硬，陈阵晃动胳膊，皮袍肘部和腰部，就会发出嚓嚓的摩擦声。大青马全身已披上了一层白白的汗霜，马踏厚厚积雪，马步渐渐迟缓。丘陵起伏，一个接着一个，四周是望不到一缕炊烟的蛮荒之地。大青马仍在小跑着，并不显出疲态。它跑起来不颠不晃，会尽量让人骑着舒服。陈阵也就松开马嚼子，让它自己掌握体力、速度和方向。但陈阵此刻忽然有些害怕起来，他怕大青马迷路，怕变天，怕暴风雪，怕冻死在冰雪荒原上，但就是忘记了害怕狼。

快到一个山谷口，一路上大青马一直活跃乱动、四处侦听的耳朵突然不动了，而直直地朝向谷口的后面，而且开始抬头喷气，步伐错乱。陈阵这还是第一次在雪原上单骑走远道，根本没意识到前面的危险。大青马急急地张大鼻孔，瞪大眼睛，自作主张地改变方向，想绕道而走。但陈阵还是不解马意，他收紧嚼口，拨止马头继续朝前小跑。马步越来越乱，变成了半走半跑半颠，而蹄下却蹬踏有力，随时就可狂奔。陈阵知道在冬季必须爱惜马力，死死地勒住嚼子，不让马奔起来。

大青马见一连串的提醒警告不起作用，便回头猛咬陈阵的毡靴。陈阵突然从大青马恐怖的眼球里看到了隐约的危险。但为时已晚，大青马已哆嗦着走进了阴森山谷喇叭形的开口处。

当陈阵猛地转头向山谷望去时，他几乎吓得栽下马背。距他不到四十米的雪坡上，在晚霞的天光下，竟然出现了一大群金毛灿灿、杀气腾腾的蒙古狼。全部正面或侧头瞪着他，一片锥子般的目光飕飕飞来，几乎把他射成了刺猬。离他最近的正好是几头巨狼，大如花豹，足足比他在北京动物园里见的狼粗一倍、高半倍、长半个身子。十几条蹲坐在雪地上的大狼又呼地一下全部站立起来，长尾统统平翘，像一把把即将出鞘的军刀。一副弓在弦上，居高临下，准备扑杀的架势。狼群中一头被大狼们簇拥着的白狼王，它的脖子、前胸和腹部大片的灰白毛，发出白金般的光亮，耀眼夺目，射散出一股凶傲的虎狼之威。整个狼群不下三四十头。后来，陈阵跟毕利格详细讲起狼群当时的阵势，老人用食指刮了一下额上的冷汗说，狼群八成正在开会，狼王正给手下布置袭击马群的计划呢，山那边正好有一群马。幸亏这不是群饥狼，毛色发亮的狼就不是饿狼。

陈阵在那一瞬其实已经失去任何知觉。他记忆中的最后感觉是头顶迸出一缕轻微但极其恐怖的声音，像是口吹足色银元发出的那种细微震颤的铮铮声。这一定是他的魂魄被击出天灵盖的抨击声。陈阵觉得自己的生命曾有过几十秒钟的中断，那一刻他已经变成了一个灵魂出窍的躯壳，一具虚空的肉身遗体。很久以后陈阵回想那次与狼群的遭遇，内心万分感激毕利格阿爸和他的大青马。陈阵没有栽下马，是因为他骑的不是一般的马，那是一匹在狼阵中长大、后又身经百战的著名猎马。

事到临头，千钧一发之际，大青马突然异常镇静。它装着没有看见狼群，或是一副无意冲搅狼们聚会的样子，仍然延续着赶路过客的步伐缓缓前行。它挺着胆子，控着蹄子，既不挣扎摆动，又不狂奔逃命，极力稳稳地驮正鞍子上的临时主人，并像一个头上顶着高耸的玻璃杯叠架盘的杂技高手，在陈阵身下灵敏地调整马步，小心翼翼地控制着陈阵脊椎中轴的垂直，不让他重心倾斜失去平衡，一头栽进狼阵。

可能正是大青马巨大的勇气和智慧，将陈阵出窍的灵魂追了回来。也可能是陈阵忽然领受到了天穹之上的腾格里的精神抚爱，为他过早走失上天的灵魂，揉进了信心与定力。陈阵在寒空中游飞了几十秒的灵魂，再次收进他的躯壳时，他觉得自己已经侥幸复活，并且冷静得出奇。

陈阵强撑着身架，端坐马鞍，不由自主地学着大青马，调动并集中剩余的胆气，也装着没有看见狼群，只用眼角的余光紧张地感觉着近在侧旁的狼群。他知道蒙古草原狼的速度，这几十米距离的目标，对蒙古狼来说只消几秒钟便可一蹴而就。人马与侧面的狼群越来越近，陈阵深知他再也不能露出丝毫的怯懦，而必须像唱空城计的诸葛孔明那样，摆出一副胸中自有雄兵百万，身后跟随铁骑万千的架势。只有这样才能镇住凶残多疑的草原杀手——蒙古草原狼。

他感到狼王正在伸长脖子向他身后的山坡瞭望，所有的狼都把尖碗形的长耳，像雷达一样朝向狼王张望的方向。所有的杀手都在静候狼王下令。但是，这个无枪无杆的单人单马，竟敢如此大胆招摇地路过狼群，令狼王和所有的大狼生疑。

晚霞渐渐消失，人马离狼群更近了。这几十步可以说是陈阵一生中最惊险、最漫长的路途之一。大青马又走了几步，陈阵突然感到有一条狼向他身后的雪坡跑去，他知道那一定是狼王派出的探子，想察看他身后有无伏兵。陈阵感到刚刚在体内焐热的灵魂又要出窍。

大青马的步伐似乎也不那么镇定了。陈阵的双腿和马身都在发抖，并迅速发生可怕的共振，继而传染，放大了人马共同的恐惧。大青马的耳朵背向身后，紧张关注着那条探子狼。一旦狼探明实情，人马可能正好走到离狼群的最近处。陈阵觉得自己正在穿越一张巨大的狼口，上面是锋利的狼牙，下面也是锋利的狼牙，没准他正走到上下狼牙之间，狼口便咔嚓一声合拢了。大青马开始轻轻后蹲聚力，准备最后的拼死一搏。可是，负重的马一启动就得吃亏。

陈阵也像草原牧民那样在危急关头心中呼唤起腾格里：长生天，腾格里，请你伸出胳膊，帮我一把吧。他又轻轻呼叫毕利格阿爸。毕利格蒙语的意思是睿智，他希望老阿爸能把蒙古人的草原智慧，快快送抵他的大脑。静静的额仑草原，没有任何回声。他绝望地抬起头来，想最后看一眼美丽冰蓝的腾格里。

突然，老阿爸的一句话从天而降，像疾雷一样地轰进他的鼓膜：狼最怕枪、套马杆和铁器。枪和套马杆，他没有。铁器他有没有呢？他脚底一热，有！他脚下蹬着的就是一副硕大的钢镫。他的脚狂喜地颤抖起来。

毕利格阿爸把他的大青马换给他，但马鞍未换。难怪当初老人给他挑了这么大的一副钢镫，似乎老人早就料到了有用得着它的这一天。但老人当初对他说，初学骑马，马镫不大就踩不稳。万一被马尥下来，也容易拖镫，被马踢伤踢死。这副马镫开口宽阔，踏底是圆形的，比普通的浅口方底的铁镫，几乎大一倍重两倍。

狼群正在等待探子，人马已走到狼群的正面。陈阵迅速将双脚退出钢镫，又弯身将镫带拽上来，双手各抓住一只钢镫。生死存亡在此一举。陈阵憋足了劲，猛地转过身，朝密集的狼群大吼一声，然后将沉重的钢镫举到胸前，狠狠地对砸起来。

“当、当。”

钢镫击出钢锤敲砸钢轨的声响，清脆高频，震耳欲聋，在肃杀静寂的草原上，像刺耳刺胆的利剑刺向狼群。对于狼来说，这种非自然的钢铁声响，要比自然中的惊雷声更可怕，也比草原狼最畏惧的捕兽钢夹所发出的声音更具恐吓力。陈阵敲出第一声，就把整个狼群吓得集体一哆嗦。他再猛击几下，狼群在狼王的率领下，全体大回转，倒背耳朵，缩起脖子像一阵黄风一样，呼地向山里逃奔而去。连那条探狼也放弃任务，折身归队。

陈阵简直不敢相信自己的眼睛，如此可怕庞大的蒙古狼群，居然被两只钢镫所击退。他顿时壮起胆来，一会儿狂击马镫，一会儿又用草原牧民的招唤手势，抡圆了胳膊，向身后的方向大喊大叫：豁勒登！豁勒登！（快！快！）这里的狼，多多地有啦。

可能，蒙古狼听得懂蒙古话，也看得懂蒙古猎人的手势猎语。狼群被它们所怀疑的蒙古猎人的猎圈阵吓得迅速撤离。但狼群撤得井然有序，急奔中的狼群仍然保持着草原狼军团的古老建制和队形，猛狼冲锋，狼王靠前，巨狼断后，一点也没有鸟兽散的混乱。陈阵看呆了。

狼群一眨眼的工夫就跑没影了，山谷里留下一大片雪雾雪沙。

天光已暗。陈阵还没有完全认好马镫，大青马就弹射了出去，朝它所认识的最近的营盘冲刺狂奔。寒风灌进领口袖口，陈阵浑身的冷汗几乎结成了冰。

狼口余生的陈阵，从此也像草原民族那样崇敬起长生天腾格里来了。并且，他从此对蒙古草原狼有一种着了魔的恐惧、敬畏和痴迷。蒙古狼，对他来说，绝不是仅仅触及了他的灵魂，而是曾经击出了他的灵魂。在草原狼身上，竟然潜伏着、承载着一种如此巨大的吸引力？这种看不见、摸不着，虚无却又坚固的崇仰，可能就是人们心灵中的崇拜物或原始图腾。陈阵隐隐感到，自己可能已经闯入草原民族的精神领域。虽然他才偶然撞开了一点门缝，但是，他的目光和兴趣已经投了进去。

此后的两年里，陈阵再没有见过如此壮观的大狼群。他白天放羊，有时能远远地见到一两条狼，就是走远道几十里上百里，最多也只能见到三五条狼。但他经常见到被狼或狼群咬死的羊牛马，少则一两只，两三头，三四匹，多则尸横遍野。串门时，也能见到牧民猎人打死狼后剥下的狼皮筒子，高高地悬挂在长杆顶上，像狼旗一样飘扬。

毕利格老人依然一动不动地趴在雪窝里，眯眼紧盯着草坡上的黄羊和越来越近的狼群，对陈阵低声说：再忍一会儿，哦，马上就有好戏看啦！

有毕利格老人在身边，陈阵心里踏实多了。他揉去眼睫毛上的霜花，冲着老人坦然眨了眨眼。端着望远镜望了望侧对面山坡上的黄羊和狼群包围线，见狼群还是没有任何动静……

自从有过那次大青马与狼群的短兵相接，他早已明白草原上的人，实际上时时刻刻都生活在狼群近距离的包围之中。白天放羊，走出蒙古包不远就能看到雪地上一行行狼的新鲜大爪印，山坡草甸上的狼爪印更多，还能看到灰白色的新鲜狼粪；在晚上，他几乎夜夜都能见到幽灵一样的狼影，尤其是在寒冬，羊群周围几十米外那些绿莹莹的狼眼睛，少时两三对、五六对，多时十几对。最多的一次，他和毕利格的大儿媳嘎斯迈一起，用手电筒数到过二十五对狼眼。原始游牧如同游击行军，装备一律从简，冬季的羊圈只是用牛车、活动栅栏和大毡子搭成的半圆形挡风墙，只挡风不挡狼。羊圈南面巨大的缺口全靠狗群和下夜的女人来守卫。有时狼冲进羊圈，狼与狗厮杀，狼或狗的身体常常会重重地撞到蒙古包的哈那墙，把包里面贴墙而睡的人撞醒。陈阵就被狼撞醒过两次，如果没有哈那墙，狼就撞进他的怀里来了。处在原始游牧状态下的人们，有时与草原狼的距离还不到两层毡子远。只是陈阵至今尚未得到与狼亲自交手的机会。极擅夜战的蒙古草原狼，绝对比华北的平原游击队还要神出鬼没。在狼群出没频繁的夜晚，陈阵总是强迫自己睡得惊醒一点，并请嘎斯迈在下夜值班的时候，如果遇到狼冲进羊群就喊他的名字，他一定出包帮她一起轰狼打狼。毕利格老人常常捻着山羊胡子微笑，他说他从来没见过对狼有这么大兴头的汉人。老人似乎对北京学生陈阵这种异乎寻常的兴趣很满意。

陈阵终于在来草原第一年的隆冬的一个风雪深夜，在手电灯光下，近距离地见到了人、狗与狼的恶战……

“陈陈（阵）！”“陈陈（阵）！”

那天深夜，陈阵突然被嘎斯迈急促的呼叫声和狗群的狂吼声惊醒，当他急冲冲穿上毡靴和皮袍，拿着手电筒和马棒冲出包的时候，他的双腿又剧烈地颤抖起来。透过雪花乱飞的手电光亮，他竟然看到嘎斯迈，正拽着一条大狼的长尾巴，这条狼从头到尾差不多有一个成年人的身长。而她居然想把狼从挤得密不透风的羊群里拔出来，狼拼命地想回头咬人，可是吓破胆的傻羊肥羊们既怕狼又怕风，拼命往挡风墙后面的密集羊群那里前扑后拥，把羊身体间的落雪挤成了膻气烘烘的蒸汽，也把狼的前身挤得动弹不得。狼只能用爪扒地，向前猛蹿乱咬，与嘎斯迈拼命拔河，企图冲出羊群，回身反击。陈阵跌跌撞撞地跑过去，一时不知如何下手。嘎斯迈身后的两条大狗也被羊群所隔，干着急无法下口，只得一个劲狂吼猛叫，压制大狼的气焰。毕利格家的其他五六条威猛大狗和邻家的所有狗，正在羊群的东边与狼群死掐。狗的叫声、吼声、哭嚎声惊天动地。陈阵想上前帮嘎斯迈，可两腿抖得就是迈不开步。他原先想亲手触摸一下活狼的热望，早被吓得结成了冰。嘎斯迈却以为陈阵真想来帮她，急得大叫：别来！别来！狼咬人。快赶开羊！狗来！

嘎斯迈身体向后倾斜狠命地拽狼尾，拽得满头大汗。她用双手掰狼的尾骨，疼得狼张着血盆大口倒吸寒气，恨不得立即回身把人撕碎吞下。狼看看前冲无望，突然向后猛退，调转半个身子，扑咬嘎斯迈。刺啦一声，半截皮袍下摆被狼牙撕下。嘎斯迈的蒙古细眼睛里，射出像母豹目光般的一股狠劲，拽着狼就是不松手，然后向后猛跳一步，重新把狼身拉直，并拼命拽狼，往狗这边拽。

陈阵急慌了眼，他一面高举手电筒对准嘎斯迈和狼，生怕她看不清狼，被狼咬到；一面抡起马棒朝身边的羊劈头盖脑地砸下去。羊群大乱，由于害怕黑暗中那只大狼，羊们全都往羊群中的手电光亮处猛挤，陈阵根本赶不动羊。他发现嘎斯迈快拽不动恶狼了，她又被狼朝前拖了几步。

“额、额吉！额吉！”惊叫的童声传来。

嘎斯迈的九岁儿子巴雅尔冲出了蒙古包，一见这阵势，喊声也变调了。但他立即向妈妈直冲过去，几乎像跳鞍马一般，从羊背上跳到了嘎斯迈的身边，一把就抓住了狼尾。嘎斯迈大喊：抓狼腿！抓狼腿！巴雅尔急忙改用两只手死死抓住了狼的一条后腿，死命后拽，一下子减弱了狼的前冲力。母子两人总算把狼拽停了步。营盘东边的狗群继续狂吼猛斗，狼群显然在声东击西，牵制狗群的主力，掩护冲进羊群的狼进攻或撤退。羊群中西部的防线全靠母子二人顽强坚守，不让这条大狼从羊圈挡风毡墙的西边，冲赶出部分羊群。

毕利格老人也已冲到羊群边上，一边轰羊一边朝东边的狗大叫，巴勒！巴勒！“巴勒”蒙语的意思是虎，这是一条全队最高大、凶猛亡命、带有藏狗血统的杀狼狗，身子虽然不如一般的大狼长，但身高和胸宽却超过狼。听到主人的唤声，巴勒立即退出厮杀，急奔到老人的身边。一个急停，哈出满嘴狼血的腥气。老人急忙拿过陈阵手里的电筒，用手电光柱朝羊群里的狼照了照。巴勒猛晃了一下头，像失职的卫士那样懊丧，它气急败坏地猛地蹿上羊背，踩着羊头，连滚带爬地朝狼扑过去。老人冲陈阵大喊：把羊群往狼那儿赶！把狼挤住！不让狼逃跑！然后拉着陈阵的手，两人用力蹚着羊群，也朝狼和嘎斯迈挤过去。

恶狠狠的巴勒，急喷着哈气和血气，终于站在嘎斯迈的身边，但狼的身旁全是挤得喘不过气来的羊。蒙古草原的好猎狗懂规矩，不咬狼背狼身不伤狼皮，所以巴勒仍是找不到地方下口，急得乱吼乱叫。嘎斯迈一见巴勒赶到，突然侧身，抬腿，双手抓住长长的狼尾，顶住膝盖。然后大喊一声，双手拼出全身力气，像掰木杆似的，啪的一声，愣是把狼尾骨掰断了。大狼一声惨嚎，疼得四爪一松劲，母子两人呼的一下就把大狼从羊堆里拔了出来。大狼浑身痉挛，回头看伤。巴勒乘势一口咬住了狼的咽喉，不顾狼爪死抓硬踹，两脚死死按住狼头狼胸。狗牙合拢，两股狼血从颈动脉喷出，大狼疯狂地挣扎了一两分钟，瘫软在地，一条血舌头从狼嘴狼牙空隙间流了出来。嘎斯迈抹了抹脸上的狼血，大口喘气。陈阵觉得她冻得通红的脸像是抹上了狼血胭脂，犹如史前原始女人那样野蛮、英武和美丽。

死狼的浓重血腥气向空中飘散，东边的狗叫声骤停，狼群纷纷逃遁，迅速消失在黑暗中。不一会儿，西北草甸里便传来狼群凄厉的哀嚎声，向它们这员战死的猛将长久致哀。

我真没用，胆小如羊。陈阵惭愧地叹道：我真不如草原上的狗，不如草原上的女人，连九岁的孩子也不如。嘎斯迈笑着摇头说：不是不是，你要是不来帮我，狼就把羊吃到嘴啦。毕利格老人也笑道：你这个汉人学生，能帮着赶羊，打手电，我还没见过呢。

陈阵终于摸到了余温尚存的死狼。他真后悔刚才没有胆量去帮嘎斯迈抓那条活狼尾，错过了一个汉人一生也不得一遇的徒手斗狼的体验。额仑草原狼体形实在大得吓人，像一个倒地的毛茸茸的大猩猩，身倒威风不倒，仿佛只是醉倒在地，随时就会吼跳起来。陈阵摸摸巴勒的大头，鼓了鼓勇气蹲下身，张开拇指和中指，量起狼的身长，从狼的鼻尖到狼的尾尖，一共九拃，竟有一米八长，比他的身高还长几厘米。陈阵倒吸一口凉气。

毕利格老人用手电照了照羊群，共有三四只羊的大肥尾已被狼齐根咬断吃掉，血肉模糊，冰血条条。老人说：这些羊尾巴换这么大的一条狼，不亏不亏。老人和陈阵一起把沉重的死狼拖进了包，以防邻家的赖狗咬皮泄愤。陈阵觉得狼的脚掌比狗脚掌大得多，他用自己的手掌与狼掌比了比，除却五根手指，狼掌竟与人掌差不多大。怪不得狼能在雪地上或乱石山地上跑得那样稳。老人说：明天我教你剥狼皮筒子。

嘎斯迈从包里端出大半盆手把肉，去犒赏巴勒和其他的狗。陈阵也跟了出去，他不停地抚摸巴勒的大脑袋和它的像小炕桌一样的宽背，它一面咔吧咔吧地嚼着肉骨头，一面摇着大尾巴答谢。陈阵忍不住问嘎斯迈：刚才你怕不怕？她笑笑说：怕，怕。我怕狼把羊赶跑，工分就没有啦。我是生产小组的组长，丢了羊，那多丢人啊。嘎斯迈弯腰去轻拍巴勒的头，连说：赛（好）巴勒，赛（好）巴勒。巴勒立即放下手把肉，抬头去迎女主人的手掌，并将大嘴往她的腕下袖口里钻，大尾巴乐得狂摇，摇出了风。陈阵发现寒风中饥饿的巴勒更看重女主人的情感犒赏。嘎斯迈说：陈陈，过了春节，我给你一条好狗崽，喂狗技术多多地有啦，你好好养，以后长大像巴勒一样。陈阵连声道谢。

进了包，陈阵余悸未消说：刚才真把我吓坏了。老人说：那会儿我一抓着你的手，就知道了。咋就抖得不停？要打起仗来，还能握得住刀吗？要想在草原待下去，就得比狼还厉害。往后是得带你去打打狼了。从前成吉思汗点兵，专挑打狼能手。

陈阵连连点头说：我信，我信。要是嘎斯迈骑马上阵，一定比花木兰还厉害……噢，花木兰是古时候汉人最出名的女将军。

老人说：你们汉人的花……花木拉（兰），少少地有，我们蒙古人的嘎斯迈，多多地有啦，家家都有。老人像老狼王一样呵呵地笑起来。

从此以后，陈阵就越来越想最近距离地接近狼，观察狼，研究狼。他隐隐感到草原狼与草原人有一种神秘的关系，可能只有弄清了草原狼才能弄清神秘的蒙古草原和蒙古草原人，而蒙古草原狼恰恰是最神出鬼没，最神秘的一环。陈阵希望自己能多增加一些关于狼的真实具体的触觉和感觉，他甚至想自己亲手掏一窝狼崽，并亲手养一条看得见摸得着的草原小狼——这个念头冒出来的时候，连他自己也吓了一跳。随着春天的临近，他对于小狼的渴望一天天越来越强烈了。

毕利格老人是额仑草原最出名的猎手，可是，老人很少出猎。就是出猎，也是去打狐狸，而不怎么打狼。这两年人们忙于“文革”运动，草原上传统的半牧半猎的生活，几乎像被白毛风赶散的羊群一样乱了套。直到这年冬天，大群大群的黄羊越过边境，进入额仑草原的时候，毕利格老人总算兑现了他的一半诺言，把他带到了离大狼群这么近的地方，这确实是老人训练他的胆量和提高他智慧的好地方。陈阵虽然有机会与草原狼近距离地打交道了，但是，这还不是真正的打狼。

然而，陈阵十分感激老人的用心和用意。

陈阵感到老人用胳膊轻轻碰了碰他，又指了指山坡。陈阵急忙用望远镜对准雪坡，大群黄羊还在紧张地抢草吃。但是看见有一条大狼竟从狼群的包围线撤走，向西边大山里跑去了。他心里一沉，悄声问老人：难道狼群不想打了，那咱们不是白白冻了大半天吗？

老人说：狼群才舍不得这么难找的机会呢，准是头狼看这群黄羊太大，就派这条狼调兵去了。这样的机会五六年也碰不上一回，看样子狼群胃口不小，真打算打一场大仗。今儿我可没白带你来。你再忍忍吧，打猎的机会都是忍出来的……

02

匈奴单于生二女，姿容甚美，国人皆以为神。单于曰，吾有此女，安可配人，将以与天。乃于国北无人之地筑高台，置二女其上。曰，请天自迎之……复一年，乃有一老狼昼夜守台嗥呼，因穿台下为空穴，经时不去。其小女曰，吾父处我于此，欲以与天，而今狼来，或是神物，天使之然。将下就之。

其姊大惊曰，此是畜生，无乃辱父母也。妹不从，下为狼妻，而产子。后遂滋繁成国。故其人好引声长歌，又似狼嗥。

——《魏书·蠕蠕匈奴徒何高车列传》

又有六七条大狼悄悄加入包围圈，三面包围线业已成形。陈阵用厚厚的羊皮马蹄袖拢住口鼻，低声问道：阿爸，狼群这会儿就要打围了吧？

毕利格轻声说：还得有一会儿呢，头狼还在等机会。狼打围比猎人打围要心细，你自个儿先好好琢磨琢磨，头狼在等什么？老人白毛茸茸的眉须动了动，落下些微霜花。那一顶盖额、遮脸、披肩的狐皮草原帽也结满了哈霜，将老人的脸捂得只露出眼睛，淡棕色的眼珠依然闪着琥珀般沉着的光泽。

两人伏在雪窝里已有大半天了，此刻，两人开始关注斜对面山坡上的一群黄羊。这群黄羊约有一两千只，几头长着黑长角的大公羊，嘴里含着一把草，抬头瞭望，并抬头嗅着空气，其他的羊都在快速刨雪吃草。

这里是二大队冬季抗灾的备用草场，方圆二三十里地，是一片大面积的迎风山地草场。草高株密质优，狂风吹不倒，大雪盖不住。

老人小声说：你仔细看就明白了，这片草坡位置特别好，迎着前面的大风口，迎着西北风，风雪越大，雪越是站不住。我八岁那年，额仑草原碰着一次几百年不遇的大白灾，平地的雪厚得就能盖没蒙古包。幸亏大部分的人畜，在几位老人的带领下，抢先一步，在雪下到快没膝深的时候，集中所有马群，用几千匹马冲雪踏道，再用几十群牛趟雪踩实，开出一条羊群和牛车可以挪动的雪路雪槽，走了三天三夜，才把人畜搬到这片草场。这儿的雪只有一两尺厚，草还露出三指高的草尖。冻饿得半死的牛羊马见着了草，全都疯叫起来，冲了过去。人们全都扑在雪地上大哭，又冲着腾格里一个劲地磕头，磕得满脸是雪。到了这儿，羊和马能刨雪吃草，连不会刨雪的牛，跟在羊群马群后面捡草吃，多一半也能活到来年雪化。那些来不及搬出来的人家可就惨喽，人虽然逃了出来，可牲畜差不多全被大雪埋了。要是没有这片草场，额仑草原的人畜早就死绝了。后来，额仑草原就不怎么怕白灾了。一旦遇上白灾，只要搬到这儿来就能活命。

老人轻轻叹道：这可是腾格里赐给额仑草原人畜的救命草场。从前，牧民年年都要到对面山顶上祭拜腾格里和山神，这两年一闹运动没人敢拜了，可大伙儿心里还在拜。这片山是神山，额仑草原的牧民不论天再旱，草再缺，在春夏秋三季都不敢动这片草场。为了保住这片草场，马倌们可苦了。狼群也一直护着这片山，隔上五六年，就会到这儿杀一批黄羊，跟人似的祭山神，祭腾格里。这片神山不光救人畜，也救狼。狼比人精，人畜还没搬过来呢，它们就过来了。白天，狼躲在大山尖上的石头堆里，还有山后面雪硬的地方。夜里下来刨开雪吃冻死的牛羊。狼只要有东西吃，就不找人畜的麻烦。

几朵蓬松的白云，拂净了天空。老人抬眼望着冰蓝的腾格里，满目虔诚。陈阵觉得只有在西方的宗教绘画中才能看到如此纯净的目光。

今年这片草场的雪来得早，站得稳。草的下半截还没有变黄就被雪盖住，雪下的草就像冰窖里储存的绿冻菜，从每根空心草管和雪缝里往外发散着淡淡的绿草芳香。被北方邻国大雪和饥饿压迫而越境的黄羊群，一到这儿就像遇到了冬季里的绿洲，被绿草香气所迷倒，再也不肯转场。个个肚子吃得滚瓜溜圆，宛如一个个硕大的腰鼓，撑得都快跑不动了。

只有草原狼王和毕利格老人，才能料到黄羊群会在这里犯大错。

这群黄羊还不算大，在陈阵来额仑草原的第一年，时不时地就能见到上万只的特大黄羊群。据场部干部说，在六十年代三年困难时期，北方几大军区的部队，用军车和机枪到草原猎杀过无数黄羊，以供军区机关肉食。结果把境内的黄羊都赶到境外去了。这些年，边境军事形势紧张，大规模捕杀黄羊的活动已经停止，广袤的额仑草原又可以见到蔚为壮观的黄羊群。陈阵放羊的时候，就可以遇到庞大的黄羊群，宛如铺天盖地的草原贴地黄风，从他的羊群旁边轻盈掠过，吓得绵羊山羊扎成堆，瞪着眼，惊恐而羡慕地看着那些野羊自由飞奔。

额仑草原的黄羊根本不把无枪的人放在眼里。一次，陈阵骑马拦腰冲进密密麻麻的黄羊群，试图趁乱套上一只，尝尝黄羊肉的美味。可是黄羊跑得太快了，它们是草原上速度最快的四蹄动物，即便是草原上的最快的猎狗和最快的大狼也追不上。陈阵鞭马冲了几次，但连根黄羊毛也碰不着。黄羊继续飞奔跳跃，把他晾在黄羊群当中，黄羊就从他两旁几十米的地方掠过，再到前面不远处重新合拢，继续赶路。惊得他只有站在原地呆呆欣赏的份了。

眼前的这群黄羊只能算作中型羊群，但是，陈阵觉得，对于几十条狼为一群的大狼群，这群黄羊仍然太大了。都说狼子野心是世上最大的野心，他很想知道狼群的胃口和野心有多大，也很想知道狼群打围的本事有多高。

狼群对这次打围的机会非常珍惜，它们围猎的动作很轻很慢。只要羊群中多了几只抬头瞭望的公羊，狼群就会伏在草丛中一动不动。连呼出的白气也极轻极柔。黄羊群继续拼命抢草吃。

两人静下心来等待。老人轻声说：黄羊可是草原的大害，跑得快，食量大。你瞅瞅它们吃下多少好草。一队人畜辛辛苦苦省下来的这片好草场，这才几天，就快让它们祸害一小半了。要是再来几大群黄羊，草就光了。今年的雪大，闹不好就要来大白灾。这片备灾草场保不住，人畜就惨了。亏得有狼群，不几天准保把黄羊全杀光赶跑。

陈阵吃惊地望着老人说：怪不得您不打狼呢。

老人说：我也打狼，可不能多打。要是把狼打绝了，草原就活不成。草原死了，人畜还能活吗？你们汉人总不明白这个理。

陈阵说：这是个好理，我现在能明白一点了。陈阵心里有些莫名的激动，他好像能模模糊糊地看到狼图腾的幻影。在两年前离开北京之前，他就阅读和搜集了许多有关草原民族的书籍，那时他就知道草原民族信奉狼图腾，但直到此时他才好像开始理解，草原民族为什么把汉人和农耕民族最仇恨的狼，作为民族的兽祖和图腾。

老人笑眯眯地望了陈阵一眼说：你们北京学生的蒙古包支起来一年多了，可围毡太少，这回咱们多收点黄羊，到收购站、供销社多换点毡子，让你们四个过冬能暖和一点。陈阵说：这太好了，我们包就两层薄围毡，包里的墨水瓶都冻爆了。老人笑道：你看，眼前这群狼，马上就要给你们送礼来了嘛。

在额仑草原，一只大的冻黄羊连皮带肉可卖二十元钱，几乎相当于一个羊倌小半个月的固定工分收入。黄羊皮是上等皮夹克的原料。据收购站的人说，飞行员的飞行服就是用黄羊皮做的。中国的飞行员还穿不上呢。每年内蒙古草原出产的黄羊皮全部出口，到苏联、东欧换钢材、汽车和军火；黄羊的里脊肉又是做肉罐头的上等原料，也统统出口。而剩下的肉和骨头才留给国人享用，是内蒙古各旗县肉食柜台上的稀货，凭票证供应。

这年冬季黄羊大批入境，已使得边境公社牧场和旗县领导兴奋不已。各级收购站已腾出库房，准备敞开收购。干部、猎人和牧民像得到大鱼汛的渔民一样，打算大干一场。猎人和马倌的腿快，全队大部分的猎手马倌已经骑上快马，带上猎狗和步枪去追杀黄羊去了。陈阵整天被羊群拴住，又没有枪和子弹。再说，羊倌只有四匹马，不像马倌有七八匹、十几匹专用马。知青们只能眼巴巴地看猎手们去赶猎。前天晚上，陈阵去了猎手兰木扎布的蒙古包，黄羊群过来没几天，他已经打了十一只大黄羊了，有一枪竟连穿两只。几天的打猎收入就快赶上马倌三个月的高工资。他得意地告诉陈阵，他已经把一年的烟酒钱挣了出来，再打些日子，就想买一台红灯牌半导体收音机，把新的留在家里，把旧的带到马倌的流动小包去。在他的包里，陈阵第一次吃到了新鲜的黄羊手把肉，他觉得这才是草原上真正的野味。善跑的黄羊，身上没有一点废肉，每一根肉丝纤维都是与狼长期竞技而历练出来的精华，肉味鲜得不亚于狍子肉。

自从黄羊群闯入额仑草原，全队的北京知青一下子失落得像二等公民。两年下来，知青已经能独立放牛放羊，可是狩猎还一窍不通。然而，在内蒙古中东部边境草原的游牧生产方式中，狩猎好像占有更重要的位置。蒙古民族的先祖是黑龙江上游森林中的猎人，后来才慢慢进入蒙古草原半猎半牧的。狩猎是每个家庭的重要收入，甚至是主要收入的来源。在额仑草原的牧民中，马倌的地位最高，好猎手大多出于马倌。可是知青中能当上马倌的为数甚少，而当上马倌的知青还只有初入师门的学徒身份，离一个好马倌还差得老远。所以，当这次大猎汛来临，差点认为已成为新牧民的北京知青们，才发现自己根本靠不上边。

陈阵吃饱了黄羊肉，收下了兰木扎布大哥送给他的一条黄羊腿，便悻悻地跑到了毕利格老人的蒙古包。

知青们虽然都早已住进了自己的蒙古包，但是陈阵仍喜欢经常到老阿爸那里去。这个蒙古包宽大漂亮，殷实温暖。内墙一周挂着蒙藏宗教图案的壁毯，地上铺着白鹿图案的地毯。矮方桌上的木托银碗和碗架上的铜盆铝壶，都擦得铮亮。这里天高皇帝远，红卫兵“破四旧”的狂潮还没有破到老人的壁毯地毯上来。陈阵的那个蒙古包，四个知青都是北京某高中的同班同学，其中有三个是“黑帮走资派”或“反动学术权威”的子弟，由于境遇相似，思想投缘，对当时那些激进无知的红卫兵十分反感。故而在一九六七年冬初，早早结伴辞别喧嚣的北京，到草原寻求宁静的生活，彼此相处得还算融洽。但毕利格老人的蒙古包，却像一个草原部落大酋长的营帐，让陈阵得到更多的爱护和关怀，使他倍感亲切和安全。

两年来，老人的全家已经把他当作这个家庭的一个成员，而陈阵从北京带来的满满两大箱书籍，特别是有关蒙古历史的中外书籍，更拉近了老阿爸和他的这个汉族儿子的关系。老人极好客，他曾经有过几个蒙古族说唱艺人的朋友，知道不少蒙古的历史和传说。老人见到陈阵的书，尤其是插图和地图，马上就对中国、俄国、波斯及其他国家的作家和历史学家写的蒙古历史，产生了极大的兴趣。半通汉语的毕利格老人抓紧一切时间教陈阵学蒙语，想尽早把书中的内容弄清楚，也想把他肚子里的蒙古故事讲给陈阵听。两年下来，这对老少的蒙汉对话，已经进行得相当顺畅了。

但是，陈阵还是不敢将中国古人和西方某些历史学家，对蒙古民族的仇视和敌意的内容讲给老人听。到了草原，陈阵不敢再吟唱岳飞的《满江红》，不敢"笑谈""渴饮"。陈阵很想探寻历史上农耕民族和游牧民族的恩怨来由，以及人口稀少的蒙古民族，却曾在人类世界历史上爆发出核裂变般可怕的力量的缘由。

陈阵本不愿离开毕利格老人的蒙古包。但是，水草丰美的额仑草原，畜群越扩越大。有的一群羊下羔之后，竟达三千多只，远远超出一个羊倌看管的极限。羊群扩大之后必须分群，陈阵只好跟着分群的羊离开这个蒙古包，与其他三个同学，挑包单过。好在两个营盘离得不远，羊犬之声相闻，早出晚归相见；马鞍未坐暖，就已到邻家。羊群分群以后，陈阵仍然经常到老阿爸家去，继续他们的话题。可这一次却是为黄羊，并且与狼有关。

陈阵掀开用驼毛线缀成吉祥图案的厚毡门帘，坐到厚厚的地毯上喝奶茶。老人说：别眼热人家打了那么多的黄羊，明儿阿爸带你去弄一车黄羊回来。正好，阿爸也再想让你见识见识大狼群。

你不是总念叨狼吗？你们汉人胆子太小，像吃草的羊，我们蒙古人是吃肉的狼，你是该有点狼胆了。

第二天凌晨，陈阵就跟着老人来到西南大山的一个山坡上埋伏下来。老人既没有带枪，又没有带狗，只带了望远镜。陈阵曾跟随老人几次出猎打狐狸，但以这种赤手空拳的方式出猎，还是第一次。他几次问老人，就用望远镜打黄羊？老人笑而不答。老人总喜欢让徒弟带着满脑子的好奇和疑惑，来学习他想传授的知识和本领。

直到陈阵在望远镜里发现悄悄围向黄羊群的狼群的时候，他才明白老阿爸的猎法。他乐了，老阿爸也冲他狡黠地一笑。陈阵感到自己很像鹬蚌相争故事里的那个渔翁，但他只是个小渔翁，真正的老渔翁是毕利格。这个额仑草原最胆大睿智的老猎人，竟然带着他到这里来坐收渔利了。陈阵从看到狼的那一刻起，他就忘记了寒冷，全身血液的流速似乎加快了一倍，初见大狼群的惊恐也渐渐地消退。

深山草场上空没有一丝风，但空气干冷。陈阵双脚几乎冻僵，肚子底下的阵阵寒气越来越重，要是身下能铺一张厚密的狼皮褥子就好了。他突然生出一个疑问，便轻声问道：都说天下狼皮褥子最暖和，这里的猎人和牧民打了不少狼，可是为什么牧民家家都没有狼皮褥子？连马倌在冰天雪地里下夜也不用狼皮褥子？我只在道尔基家里见过狼皮褥子，还见过道尔基的父亲两条腿上的狼皮裤筒，狼毛冲外，穿在羊皮裤的外面。他说用狼皮裤筒治寒腿病最管用，他穿了几个月，从来不出汗的腿也出汗了。阿爸，老额吉不是也有寒腿病吗，您老怎么不给她也做一副狼皮裤筒呢？

老人说：道尔基他们家是东北蒙古族，老家是种地的，也有些牛羊。那里汉人多，习惯都随了汉人了。这些外来户早就忘掉了蒙古人的神灵，忘祖忘本啦。他家的人死了，就装在木匣子里埋掉，不喂狼，他们家当然敢用狼皮褥子狼皮裤筒了。在草原上，就数狼皮狼毛最厚最密最隔寒气，两张绵羊皮摞起来也不如一张狼皮抗寒。腾格里就是向着狼，给它最抗寒的皮毛。可是草原人就从来不用狼皮做褥子，蒙古人敬狼啊，不敬狼的蒙古人就不是真蒙古。草原蒙古人就是被冻死也不睡狼皮。睡狼皮褥子的蒙古人是糟践蒙古神灵，他们的灵魂哪能升上腾格里？你好好想想，为啥腾格里就宠着狼？

陈阵说：您是不是说，狼是草原的保护神？

老人笑眯了眼，说道：对啊！腾格里是父，草原是母。狼杀的全是祸害草原的活物。腾格里能不宠着狼吗？

狼群又有了些动静。两人急忙把镜筒对准几条抬头的狼。但狼很快又低下头不动了。陈阵仔细搜索高草中的狼，但实在看不清狼的动作。

老人把他的镜筒递给陈阵，让他用原本就是一副的双筒望远镜来观察猎情。这副被拆成两个单筒的望远镜，是苏式高倍军事望远镜，这是毕利格在二十多年前从额仑草原苏日旧战场上捡来的。额仑草原地处大兴安岭南边的西部，北京正北，接近蒙古国边境草原腹地。自古以来就是东北地区与蒙古草原的南通道，是几个不同民族、不同游牧民族争斗的古战场，也是游牧民族和农耕民族潜在冲突的拉锯之地。二战时期，此地境北不太远的地方就是一个苏日双方发生过大规模激战的战场。二战末期，此地又是苏蒙大军出兵东北的一条军事大通道，至今额仑草原上还残留着几条干沙河一般的深深的坦克车道，以及几辆苏日坦克、装甲车的残骸铁坨子。当地老牧民差不多都有一两件苏式或日式的刺刀、水壶、铁锹、钢盔和望远镜等军用品。嘎斯迈用来拴牛犊的长铁链，就是苏军卡车的防滑链。所有的苏日军用品中，唯有望远镜最为牧民们所珍爱。至今，望远镜已成为额仑草原的重要生产工具。

额仑草原的牧民，使用望远镜都喜欢把双筒望远镜拆成两个单筒望远镜。一是可以缩小体积，便于携带；二是一架望远镜可顶两架用。牧民对自己不能生产的东西特别珍惜。草原蒙古牧民视力极佳，但还不能与狼的视力相比，而用单筒望远镜，足以使人的视力达到或超过狼的视力。毕利格说草原自打来了望远镜以后，猎人猎到的东西就多了起来，丢失的马群也容易找到了。可是，毕利格老人又说，他觉得狼的眼神也比从前尖了许多，如果用望远镜看远处的狼，有时可以看到狼正直勾勾地盯着你的望远镜镜头。

陈阵在老人的蒙古包住了半年以后，老人就从车柜柜底翻出另外半个镜筒送给了他。这事让毕利格的儿子巴图眼热，因为大马倌巴图使用的还是国产的望远镜。这个苏式望远镜虽然很有年头了，筒身已磨出不少小米般的防滑黄铜颗粒，但镜头的质地特棒，倍数也高。陈阵爱不释手，总是用红绸包着它，很少使用，只有在帮牛倌找牛，帮马倌找马或跟毕利格出猎的时候才带上它。

陈阵用望远镜搜索着猎场，有了这个猎人的眼睛，他心底潜在的猎性终于被唤醒。所有人的祖先都是猎人，猎人是人类在这世界上扮演的第一个角色，也是扮演时间最长的一个角色。陈阵想，既然他从中国最发达的首都来到最原始的大草原，不如索性再原始下去，重温一下人类最原始的角色的滋味。他觉得他的猎性此时才被唤醒真是太晚了，他对自己作为农耕民族的后代深感悲哀。农耕民族可能早已在几十代上百代的时间里，被粮食蔬菜农作物喂养得像绵羊一样怯懦了，早已失去炎黄游牧先祖的血性。不仅猎性无存，反而成为列强猎取的对象。

狼群似乎还没有下手的迹象，陈阵对狼群的耐性几乎失去了耐性。他问老人，今天狼群还打不打围？它们是不是要等到天黑才动手？

老人压低声音说：打仗没耐性哪成。天下的机会只给有耐性的人和兽，只有耐性的行家才能瞅准机会。成吉思汗就那点骑兵，咋就能打败大金国百万大军？打败几十个国家？光靠狼的狠劲还不成，还得靠狼的耐性。再多再强的敌人也有犯迷糊的时候。大马犯迷糊，小狼也能把它咬死。没耐性就不是狼，不是猎人，不是成吉思汗。你老说要弄明白狼，弄明白成吉思汗，你先耐着性子好好地趴着吧。

老人有点生气，陈阵不敢再多问，耐着性子磨炼自己的耐力。陈阵用镜头对准一条狼，这条狼他已经观察过多次，它几乎像死狼那样地死在那里，半天过去了，它竟然一直保持同一姿势。过了一会儿，老人缓和口气说：趴了这老半天，你琢磨出狼还在等啥了吗？陈阵摇了摇头。老人说：狼是在等黄羊吃撑了打盹。

陈阵吃了一惊，忙问：狼真有那么聪明？它还能明白要等黄羊撑得跑不动了才下手？

老人说：你们汉人太不明白狼了，狼可比人精。我考考你。你看一条大狼能不能独个儿抓住一只大黄羊？

陈阵略一思索，回答说：三条狼，两条狼追，一条狼埋伏，抓一只黄羊兴许能抓住。一条狼想独个儿抓住一只黄羊根本不可能。

老人摇头：你信不信，一条厉害的狼，独个儿抓黄羊，能一抓一个准。

陈阵又吃惊地望着老人说：那怎么抓呀？我可真想不出来。

老人说：狼抓黄羊有绝招。在白天，一条狼盯上一只黄羊，先不动它。一到天黑，黄羊就会找一个背风草厚的地方卧下睡觉。这会儿狼也抓不住它，黄羊身子睡了，可它的鼻子耳朵不睡，稍有动静，黄羊蹦起来就跑，狼也追不上。一晚上狼就是不动手，趴在不远的地方死等，等一夜。等到天白了，黄羊憋了一夜尿，尿泡憋胀了，狼瞅准机会就冲上去猛追。黄羊跑起来撒不出尿，跑不了多远尿泡就颠破了，后腿抽筋，就跑不动了。你看，黄羊跑得再快，也有跑不快的时候，那些老狼和头狼，就知道在那一小会儿能抓住黄羊。只有最精的黄羊，才能舍得身子底下焐热的热气，在半夜站起来撒出半泡尿，这就不怕狼追了。额仑的猎人常常起大早去抢让狼抓着的黄羊，剖开羊肚子，里面尽是尿。

陈阵小声笑道：老天，打死我也想不出狼有这样的损招。真能耐！可是，蒙古猎人更狡猾！

老人呵呵直乐：蒙古猎人是狼的徒弟，能不狡猾吗？

陈阵感到，在草原猎人心目中，“狡猾”是一个褒义词。

大部分黄羊终于抬起头来。黄羊的“腰鼓”更鼓了，比憋了一夜尿的肚子更鼓。有的黄羊撑得四条腿叉开，已经并不直。老人用望远镜仔细看了看说：黄羊吃不动了，你看着，狼群就要下手啦。

陈阵开始紧张起来。狼群已经开始悄悄收紧半月形的包围圈，黄羊群的东、北、西三面是狼，而南面则是一道大山梁。陈阵猜测可能有一部分狼已经绕到山梁后面，一旦总攻开始，黄羊被狼群赶过山梁，山后的狼群就该以逸待劳迎头捕杀黄羊，并与其他三面的狼群共同围歼黄羊群。他曾听牧民说几条狼围追一只黄羊的时候就常用这种办法。他问道：阿爸，绕到山后面的狼有多少，要是数量不够，也围不了多少黄羊。

老人诡谲地一笑说：山梁后面没有狼，头狼不会派一条狼去那儿的。

陈阵满眼疑惑问：那还怎么打围？

老人小声笑道：在这个时令，这块地界，三面打围要比四面打围打得多。

陈阵说：我还是不明白，狼又在耍什么花招？

老人说：那道山梁后面是额仑草原出了名的大雪窝。斜对面这面草坡是迎风坡，白毛风一起，这面坡上的雪站不住，全刮到山梁后面去了，那面是个大雪盆，背风窝雪，最边上有半人深，里面最深的地方能没了旗杆。待会儿，三面狼群把黄羊赶过山梁，再猛劲往下一压，那是啥阵势？

陈阵眼前一黑，像是掉进了漆黑的深雪窟窿里。他想如果他是深入草原的古代汉兵，肯定识不破如此巨大的阴谋和陷阱。他也似乎弄明白，那个把蒙古人赶回草原，在关内百战百胜的明朝大将徐达，为什么一攻入草原就立即陷于几乎全军覆没的境地。还有明朝大将丘福率十万大军攻入蒙古草原，一直攻到外蒙古的克鲁伦河，但丘福孤军深入中计战死，军心一散乱，剩下的汉兵就被蒙古骑兵一网打尽……

老人说：打仗，狼比人聪明。我们蒙古人打猎、打围、打仗都是跟狼学的。你们汉人地界没有大狼群，打仗就不成。打仗，光靠地广人多没用。打仗的输赢，全看你像头狼，还是羊……

突然，狼群开始总攻。最西边的两条大狼在一条白脖白胸狼王的率领下，闪电般地冲向靠近黄羊群的一个突出山包，显然这是三面包围线的最后一个缺口。抢占了这个山包，包围圈就成形了。这一组狼的突然行动，就像发出三枚全线出击的信号弹。憋足劲的狼群从草丛中一跃而起，从东、西、北三面向黄羊群猛冲。陈阵从来没有亲眼见过如此恐怖的战争进攻。人的军队在冲锋的时候，会齐声狂呼冲啊杀啊；狗群在冲锋的时候，也会狂吠乱吼，以壮声威，以吓敌胆。但这是胆虚或不自信的表现。而狼群冲锋却悄然无声，没有一声呐喊，没有一声狼嗥。可是在天地之间，人与动物眼里、心里和胆里却都充满了世上最原始、最残忍、最负盛名的恐怖：狼来了！

在高草中嗖嗖飞奔的狼群，像几十枚破浪高速潜行的鱼雷，运载着最锋利、最刺心刺胆的狼牙和狼的目光，向黄羊群冲去。

撑得已跑不动的黄羊，惊吓得东倒西歪。速度是黄羊抗击狼群的主要武器，一旦丧失了速度，黄羊群几乎就是一群绵羊或一堆羊肉。陈阵心想，此时黄羊见到狼群，一定比他第一次见到狼群的恐惧程度更剧更甚。大部分的黄羊一定早已灵魂出窍，魂飞腾格里了。许多黄羊竟然站在原地发抖，有的羊居然双膝一跪栽倒在地上。急慌慌地伸吐舌头，抖晃短尾。

陈阵真真领教了草原狼卓越的智慧、耐性、组织性和纪律性。狼群居然就这么轻而易举地解除了黄羊的武装；又这么艰苦卓绝地按捺住暂时的饥饿和贪欲，耐心地等到了多年不遇的最佳战机。

他脑中灵光一亮：那位伟大的文盲军事家成吉思汗，以及犬戎、匈奴、鲜卑、突厥、蒙古一直到女真族，那么一大批文盲半文盲军事统帅和将领，竟把出过世界兵圣孙子、世界兵典《孙子兵法》的华夏泱泱大国，打得山河破碎，乾坤颠倒，改朝换代。原来他们拥有这么一大群伟大卓越的军事教官，拥有这么优良清晰直观的实战军事观摩课堂，还拥有与这么精锐的狼军队长期作战的实践。陈阵觉得这几个小时的实战军事观摩，远比读几年孙子和克劳塞维茨更长见识，更震撼自己的性格和灵魂。他从小就痴迷历史，也一直想弄清这个世界历史上的最大谜团之一——曾横扫欧亚，创造了世界历史上最大版图的蒙古大帝国的小民族，他们的军事才华从何而来？他曾不止一次地请教毕利格老人。而文化程度不高，但知识渊博的睿智老人毕利格，却用这种最原始但又最先进的教学方式，让他心中的疑问渐渐化解。陈阵肃然起敬——向草原狼和崇拜狼图腾的草原民族。

战争和观摩继续进行。

黄羊群终于勉强启动。只有那些久经沙场考验的老黄羊和头羊，能够经得住冬季绿草美味不可抗拒的诱惑，把肚皮容量控制在不牺牲速度的范围之内，本能地转身向没有狼的山梁跑去，并裹挟着大部分的黄羊一同逃命。挺着大肚子，踏着厚雪，又是爬坡。黄羊群真是惨到了极点。这是一场真正的屠杀，也是智慧对愚蠢和大意的惩罚。在毕利格老人看来，狼群这是在替天行道，为草原行善。

狼群对几只跑得撑破肚皮、不咬自伤的倒地黄羊，连看也不看，而直接冲向扎堆的黄羊群。大狼扑倒几只大羊，咬断咽喉，几股红色焰火状的血液喷泉，射向空中，洒向草地。寒冷的空气中顿时充满黄羊血的浓膻腥气。视觉嗅觉极其灵敏的黄羊群，被这杀鸡训猴式的手段吓得拼命往山梁上跑。几只大公羊带领的几个家族群一冲上坡顶，立即收停脚步，急得团团转。谁也不敢往下冲。显然，头羊们发现了山坡下那一大片白得没有一棵黄草的大雪窝的危险。同样熟悉草原的老黄羊立即识破了狼群的诡计。

突然，坡顶上密集的黄羊群，像山崩泥石流一般往反方向崩塌倾泻。十几只大公羊仿佛集体权衡了两面的危险，决定还是返身向危险更小一些的狼群包围线突围。公羊们发了狠，玩了命，拼死一搏。它们三五成群，肩并肩，肚碰肚，低下头把坚韧锐利的尖角长矛扎枪，对准狼群突刺过去。还能奔跑的其他黄羊紧随其后。陈阵深知黄羊角的厉害，在草原，黄羊角是牧民做皮活、扎皮眼的锥子，连厚韧的牛皮都能扎透，扎破狼皮就更不在话下。黄羊群这一凶猛锐利的羊角攻势立即奏效。狼群的包围线被撕开一个缺口。黄色洪峰决堤而出。陈阵紧张担心，生怕狼群功亏一篑。可是他发现那条狼王就在缺口旁边站着，它那姿态异常沉稳，好像是一个闸工，在故意开闸放水，放掉一些大坝盛不下的洪峰峰头水量。黄羊群中那些还保存了速度和锐角的羊刚刚冲出闸口，狼王立即率狼重又封住缺口。此刻包围圈里的全是些没速度、没武器、没脑子的傻羊。狼群一个冲杀，失去头羊公羊的乌合之群，吓得重又蜂拥爬上山梁，并呼噜呼噜地冲下大雪窝。陈阵完全可以想象那些尖蹄细腿、大腹便便的黄羊会有什么结果。

黄羊群和狼群都消失在山天交接线上。千羊奔腾，血液喷涌的围猎场突然静了下来。草坡上只留下七八具羊尸，还有几只伤羊在无力地挣扎。这场围歼战，从总攻开始到结束不到十分钟。陈阵看得半天喘不过气来，心脏狂跳得已经心律不齐。

老人站起身来，抻了抻腰，在雪窝边上一大丛高草后面盘腿而坐。从蒙古毡靴里抽出一杆绿玉嘴子的烟袋锅，装了一锅子关东旱烟，点着，又用袁大头银元做的“锅盖”，压了压烧涨的烟末，深深地吸了一口。陈阵知道这套烟具是老人在年轻时，用二十张狐皮跟一个从张家口来的旅蒙汉商换的。知青们都说换亏了，可老人十分喜爱这套烟具。他说买卖人也不容易，这么老远走一趟，碰上马匪连命都得搭上啊。

老人吸了几口烟说：抽完这袋烟，咱们就回家。

陈阵猎兴正盛，急着说：咱们不去山梁那边看看？我真想看看狼一共圈进去多少黄羊？

就咱俩，你敢去吗？老人说：不去看，我也知道。起码几百只，除了小羊、瘦羊、运气好的羊，能从雪窝子里逃掉，剩下的羊都去见腾格里啦。你别着慌，这群狼吃不了多少，咱们全组的人来拉也拉不完。

为什么小羊瘦羊倒能逃掉？陈阵问。

老人眯着眼说：小羊瘦羊身子轻，踩不塌雪壳，就能绕道逃走。狼也不敢追。老人笑道：孩子啊，今儿见着狼的好处了吧。狼群不光能替人看草场，还能给人送年货。今年咱们能过个好年了。从前，狼打的黄羊全归牧主、台吉、王爷。解放后，都归牧民啦。额仑的规矩，这样的猎物，谁瞅见的就归谁。你们包明儿多拉一点。这是咱俩瞅见的嘛。蒙古人讲究知恩报恩，往后你别跟着别的汉人和外来户整天吵吵打狼就成。

陈阵乐得恨不得马上就拉一车黄羊回家。他说：来草原两年了，吃尽了狼的苦头，没想到还能占狼这么大的便宜。

老人说：蒙古人占狼便宜的事多着呐。老人拾起马棒，指了指身侧后另一片远山说：那片山后面还有一片大山，不在咱们牧场的地界里，可出名了。老人们说成吉思汗的大将木华黎在那儿打过仗，有一次，把仇人大金国的几千骑兵全部赶进大雪窝。第二年开春，大汗派人去捡战利品，刀枪弓箭，铁盔铁甲，马鞍马镫都堆成山了。这不就是从狼那儿学来的本事吗。你要是数数蒙古人的几十场大仗，有多一半用的都是狼的兵法。

陈阵连连称是说：对！对！成吉思汗的小儿子拖雷指挥河南三峰山战役，只用了三万多骑兵，就消灭了二十多万大金国的主力军队，这一仗以后大金国就亡了。拖雷一开始看金国兵强马壮，就不出战。他像狼一样等机会，等到下了大雪，他还让兵马躲到暖和的地方死等，一直等到金国军队人马冻伤了一半，才突然包围过去猛冲猛杀。拖雷真跟这群狼一样，竟然不用刀剑而是用风雪杀敌，真有狼的胃口、耐性、凶猛和胆量。其实，大金国的女真骑兵也不是草包，他们灭了大辽和北宋，打下了半个中国，还抓走了两位中国皇帝。拖雷才几万骑兵竟敢打这么大的围。中国兵书上讲，有十倍以上的兵力才敢打围呢。蒙古骑兵真跟狼群一样厉害，能以一当百。我真是服了，当时全世界也不得不服……

老人磕了磕烟袋锅，笑道：你也知道这场大仗？可是你准保不知道，那场大雪下了三天三夜，是打哪儿来的？是腾格里给的。那是拖雷军队里的萨满法师，向腾格里求来的。蒙古人的故事里就是这么说的。大金国可是蒙古的大仇人，金国皇帝和他的帮凶塔塔儿人，杀死了成吉思汗的阿爸也速该，还有他的叔父俺巴孩，他们死得好惨啊。打胜了这场仗，蒙古人才算出了气，报了仇。你看，腾格里是不是每回都向着狼嘛。老人呵呵地笑了起来，脸上的皱纹像羊毛一样卷起。

两人走到身后山谷里，老人的大青马见到主人高兴得连连抬头点头，陈阵每次见到这匹救过他一命的马，就会拍拍它的脑门再次表示感谢。大青马立即在他的肩膀上蹭蹭头表示回谢。但是，此刻他心中却突然涌起想拍拍狼脑袋的冲动。

两人解开扣在马蹄腕上的三扣牛皮马绊子，跨上马，小步快跑往家走。

老人抬头看看天说，腾格里真是保佑咱们，明儿白天不会有风雪。要是今儿晚上刮起白毛风，那咱们一只黄羊也得不着喽。

03

> 乌孙王号昆莫，昆莫之父，匈奴西边小国也。匈奴攻杀其父，而昆莫生，弃于野，乌嗛肉蜚其上，狼往乳之。单于怪，以为神，而收长之。及壮，使将兵，数有功。单于复以其父之民予昆莫，令长守于西城……单于死，昆莫乃率其众，远徙中立，不肯朝会匈奴。匈奴遣奇兵击不胜，以为神，而远之。
>
> ——司马迁《史记·大宛列传》

第二天清晨，果然无风无雪。蒙古包的炊烟像一棵细长高耸的白桦，树梢直直地蹿上天空，蹿上腾格里。牛羊还在慢慢地反刍，阳光已驱走了冬夜的寒气，牛羊身上的一层白霜刚刚化成了白露，很快又变成了一片轻薄的白雾。

陈阵请邻居官布替他放一天羊。官布的成分是牧主，是当时的被管制分子，已被剥夺放牧权，但四个知青一有机会就让他代放牲畜，然后，嘎斯迈会把相应的工分给他。陈阵和另一个羊倌杨克，套上一辆铁轱辘轻便牛车，去毕利格老人家。

与陈阵同住一个蒙古包的同班同学杨克，是北京一所著名大学名教授的儿子，他家里的藏书量相当于一个小型图书馆。在高中时，陈阵就常常与杨克换书看，看完了交换读后感，总是十分投机。在北京时杨克性情温和腼腆，见生人说话还脸红，想不到来草原吃了两年的羊肉牛排奶豆腐，晒了四季的蒙古高原强紫外线的阳光，转眼间已变成了身材壮实的草原大汉，手脸与牧民一样红得发紫，性格上也大大少了书生气。这会儿，杨克比陈阵还激动，他坐在牛车上一边用木棒敲牛胯骨一边说：昨天我一夜都没睡好。以后毕利格阿爸再去打猎，你一定得让我跟他去一次，哪怕趴上两天两夜我也干。狼还能为人做这等好事，真是闻所未闻。今天我非得亲手挖出一只黄羊我才能相信……咱们真能拉一车黄羊回来？

那还有假。陈阵笑道：阿爸说了，再难挖，也得保证先把咱们家的牛车装满，好用黄羊去换东西，换年货，给咱们包多添置一些大毡子。

杨克乐得挥着木棒，把牛打得直瞪眼。他对陈阵说：看来你迷了两年狼没白迷，往后，我也得好好跟狼学学打猎的兵法了。没准，将来打仗也能用得上……你说的可能还真是个规律，要是长期在这片大草原上过原始游牧的生活，到最后，不管哪个民族都得崇拜狼，拜狼为师，像匈奴、乌孙、突厥、蒙古等等草原民族都是这样。书上也是这么写的……不过，除了汉族之外。我敢肯定，咱们汉人就是在草原待上几个世纪，也不会崇拜狼图腾的。

不一定吧。陈阵勒了勒马说：比如我，现在就已经被草原狼折服，这才来草原两年多一点儿时间。

杨克反驳说：可中国人绝大多数是农民，或者就是农民出身，汉人具有比不锈钢还顽固不化的小农意识，他们要是到了草原，不把狼皮扒光了才怪了呢。中国汉族是农耕民族，食草民族，从骨子里就怕狼恨狼，怎么会崇拜狼图腾呢？中国汉人崇拜的是主管农业命脉的龙王爷——龙图腾，只能顶礼膜拜，诚惶诚恐，逆来顺受，哪敢像蒙古人那样学狼、护狼、拜狼又杀狼。人家的图腾才真能对他们的民族精神和性格，直接产生龙腾狼跃的振奋作用。农耕民族与游牧民族的民族性格，差别太大了。过去淹在汉人的汪洋大海还没什么感觉，可是一到游牧民族的草原上，咱们农耕民族身上的劣根性全被比较出来了。你别看我爸是大教授，其实我爸的爷爷、我妈的姥姥全是农民……

陈阵接过话来说：尤其在古代，人口几乎只有汉族百分之一的蒙古民族，对世界产生的震撼和影响却远远超过汉族。直到现在，中国汉族仍被西方称为蒙古人种，汉人自己也接受了这个名称。可是，当秦汉统一中国的时候，蒙古民族的祖先连蒙古这个名字还没有呢。我真为汉族感到难受。中国人就喜欢筑起长城这个大圈墙，自吹自擂，自视为世界的中央之国、中央帝国。可是在古代西方人的眼里，中国只不过是个“丝国”“瓷国”“茶国”，甚至俄罗斯人一直认为历史上那个小小的契丹民族就是中国，至今不改，还管中国叫“契达依”。

看来，狼还真值得一迷。杨克说：我也受你传染了。害得我一看史书就往西戎、东夷、北狄、南蛮方向看。我也越来越想跟狼交交手，过过招了。

陈阵说：看看，你也快成蒙古人了。输点狼血吧，血统杂交才有优势嘛。

杨克说：我真得谢谢你把我鼓动到草原上来。你知道吗，当时你的哪句话点中了我的命门穴位？忘啦？就是这句话，你说——草原上有最辽阔的原始和自由。

陈阵松开了马嚼子，说：我原话肯定不是这么说的，你把我的原话醋溜了吧。

两人大笑。牛车跑出两溜雪尘。

人群、狗群和车队，在雪原上组成了一幅类似吉普赛人的热闹生活场景。

整个嘎斯迈生产小组，四个浩特（两个紧挨驻扎的蒙古包为一个“浩特”），八个蒙古包都出了人力和牛车。八九辆牛车上装着大毡、长绳、木锨、木柴和木杆铁钩。人们都穿上了干脏活累活的脏旧皮袍，脏得发亮，旧得发黑，上面还补着焦黄色的羊皮补丁。但人狗快乐得却像是去打扫战场、起获战利品的古代蒙古军队的随军部落。马队车队一路酒一路歌，一只带毡套的扁酒壶，从队前传到队尾，又从女人手传到男人口。歌声一起，蒙古民歌、赞歌、战歌、酒歌和情歌，就再也闸不住了。四五十条蒙古大狗茸毛盛装，为这难得一聚的出行，亢奋得像是得了孩子们的“人来疯”，围着车队翻滚扯咬，互相不停地打情骂俏。

陈阵和巴图、兰木扎布两个马倌，还有五六个牛倌羊倌，像簇拥部落酋长那样拥在毕利格老人的左右。宽脸直鼻，具有突厥血统大眼睛的兰木扎布说：我枪法再准，也比不上您老的本事。您老不费一枪一弹，就能让全组家家过个富年。您有了陈阵这个汉人徒弟也不能忘了您的蒙古老徒弟啊。我咋就想不到昨天狼群会在那片山打围呢。

老人瞪他一眼说：往后你打上了猎物，得多想着点组里的几个老人和知青，别让人家光闻着肉味，也不见你送肉过去。陈阵上你家去，你才想着送他一条羊腿。蒙古人是这样待客的吗？我们年轻时候，每年打着的头一只黄羊和獭子，都先送给老人和客人。年轻人，你们把大汗传下来的老规矩都忘光了。我问问你，你还差几条狼就能赶上白音高毕公社那个打狼英雄布赫啦？你真想上报纸，上广播，领那份奖？要是你们把狼打绝了，看你死了以后灵魂往哪儿去？难道你也打算跟汉人一样，死了就破一块草皮，占一块地，埋土里喂蛆，喂虫子啊？你灵魂就上不了腾格里了。老人叹了一口气又说：上回我到旗里去开会，南边几个公社的老人都在犯愁呢，他们说，那儿已经半年没见着狼了，都想到额仑来落户呢……

兰木扎布推推脑后的狐皮帽帮说：巴图是您老的儿子，您信不过我，还信不过巴图？您问问他我是想当打狼英雄吗？那天盟里的记者上马群找我，巴图也在，您不信问问他，我是不是瞒了一半的数。

老人转头问巴图：有这回事吗？

巴图说：有这事。可人家不信，他们是从收购站打听到兰木扎布卖了多少狼皮的。您也知道，打一条狼按皮质量论价以后，收购站还奖给二十发子弹。人家有账本一查就查出来了。记者一回到盟里就广播，说兰木扎布快赶上布赫了。后来吓得兰木扎布卖狼皮都让别人代卖。

老人眉头紧皱：你们俩打狼也打得太狠了，全场就数你们俩打得多。

巴图分辩道：我们马群摊到的草场地界靠外蒙古最近，狼也最多，不打狼了，界桩那边的狼群来得还要多。当年的马驹子就剩不下多少了。

老人又问：怎么你们俩都来了，就留张继原一人看马群？

巴图说：夜里狼多，我们俩就接他的班。白天起黄羊，他没弄过，不如我俩快。

高原冬日的太阳似乎升不高，离地面反而越来越近。蓝天变白了，黄草照白了，雪地表面微微融化，成了一片白汪汪的反光镜。人群、狗群和车队，在强烈的白光中晃成了幻影。所有的男人都掏出墨镜戴上，女人和孩子则用马蹄袖罩住了自己的眼睛。几个已经得了雪盲症的牛倌，紧闭眼睛，但还流泪不止。而大狗们仍然瞪大眼睛，观察远处跳跃的野兔，或低头嗅着道旁狐狸新鲜的长条足迹。

接近围场，狗群立即发现雪坡上的异物，便狂吼地冲过去。一些没喂饱的狗，抢食狼群丢弃的黄羊残肢剩肉。毕利格家的巴勒和小组几条出了名的大猎狗，则竖起鬃毛，到处追闻着雪地上狼的尿粪气味，眼珠慢转，细心辨别和判断狼群的数量和实力，以及是哪位头狼来过此地。老人说，巴勒能认得额仑草原大部分狼，大部分的狼也认得巴勒。巴勒的鬃毛竖了起来，就告诉人，这群狼来头不小。

人们骑在马上逐一进入围场，低头仔细察看。山坡上的死黄羊大多被狼群吃得只剩下羊头和粗骨架。毕利格老人指了指雪地上的狼爪印说：昨天夜里还有几群狼来过。他又指了指几缕灰黄色的狼毛说，两群狼还打过仗，像是界桩那边的狼群也追着黄羊群气味过来了，那边的食少，狼更厉害。

马队终于登上了山梁。人们像发现聚宝盆一样，激动得狂呼乱叫，并向后面的车队转圈抡帽子。嘎斯迈带头跳下了车，拽着头牛小步快跑。所有的女人都跟着跳下车，使劲地敲打自家的牛。轻车快牛，车队迅速移动。

兰木扎布看着山下的猎场，眼珠子都快瞪出来了：喔嚯，这群狼可真了不得，圈进去这老些黄羊，前年我们二十多个马倌牛倌，跑垮了马，才圈进去三十多只。

毕利格老人勒住马，端起望远镜仔细扫望大雪窝和四周山头。人们全勒住马，瞭望四周，等待老人发话。

陈阵也端起了望远镜。坡下就是那片埋掩了无数黄羊，可能还埋葬过古代武士的大雪窝。雪窝中间是比较平展的一片，像一个冰封雪盖的高山大湖。湖边斜坡上残留着十几处黄羊的残骸。最令人吃惊的是，湖里居然有七八个黄点，有的还在动，陈阵看清了那是被迫冲入雪湖，但尚未完全陷进雪窝的黄羊。雪湖近处的雪面上有数十个大大小小的雪坑，远处更多，都是遭到灭顶之灾的黄羊留下的痕迹。雪湖不同于水湖，所有沉湖的物体都会在湖面上留下清晰的标志。

毕利格老人对巴图说：你们几个留在这里铲雪道，让车往前靠。然后老人带着陈阵和兰木扎布慢慢向“湖里”走去。老人对陈阵说：千万看清羊蹄印狼爪印再下脚，没草的地方最好别踩。

三人小心翼翼骑马踏雪下坡。雪越来越厚，草越来越少。又走了十几步，雪面上全是密密麻麻筷子头大小的小孔，每个小孔都伸出一支干黄坚韧的草茎草尖，这些小孔都是风吹草尖在雪面上摇磨出来的。老人说：这些小洞是腾格里给狼做的气孔，要不大雪这么深，狼咋就能闻见雪底下埋的死牲口？陈阵笑着点了点头。

小孔和草尖是安全的标识，再走几十步，雪面上便一个草孔和草尖也见不着了。但是，黄羊蹄印和狼爪印还清晰可见。强壮的蒙古马吭哧吭哧地踏破三指厚的硬雪壳，陷入深深的积雪里，一步一步向雪湖靠近，朝最近处的一摊黄羊残骨走去。马终于迈不开步了。三人一下马，顿时砸破雪壳，陷进深雪。三人费力地为自己踩出一块能够转身的台地。陈阵的脚旁是一只被吃过的黄羊，歪斜在乱雪里，还有一堆冻硬的黄羊胃包里的草食。大约有三四十只大黄羊在这一带被狼群抓住吃掉，而狼群也在这里止步。

抬头望去，陈阵从来没有见过如此奇特而悲惨的景象：八九只大小黄羊，哆哆嗦嗦地站在百米开外的雪坡上和更远的湖面上。羊的四周就是雪坑，是其他黄羊的葬身之处。这些活着的羊，已吓得不敢再迈一步。而这仅存的一小块雪壳还随时可能破裂。还有几只黄羊四条细腿全部戳进雪中，羊身却被雪壳托住，留在雪面。羊还活着，但已不能动弹。这些草原上最善跑的自由精灵，如今却饥寒交迫，寸步难行，经受着死神最后的残忍折磨。最骇人的是，雪面上还露出几个黄羊的头颅，羊身羊脖全已没入雪中，可能羊脚下踩到了小山包或是摞起来的同伴尸体，才得以露头。陈阵在望远镜里似乎能看到羊在张嘴呼救，但口中却发不出一点声音。也许那些黄羊早已冻死或憋死，冻成了生命最后一瞬的雕塑。

雪坡和雪湖表面的雪壳泛着白冰一样的美丽光泽，但却阴险冷酷，这又是腾格里赐给草原狼和草原人，保卫草原的最具杀伤力的暗器和冷兵器。额仑草原冬季山地里的雪壳，是草原白毛风和阳光的杰作。一场又一场的白毛风像扬场一样，刮走了松软的雪花，留下颗粒紧密像铁砂一样的雪沙。雪沙落在雪面上，就给松软的雪层罩上了一层硬雪。在阳光强烈而无风的上午或中午，雪面又会微微融化，一到午后冷风一吹雪面重又凝结。几场白毛风以后，雪面就形成了三指厚的雪壳。壳里雪中有冰、冰中掺雪，比雪更硬、比冰略脆，平整光滑、厚薄不一。最厚硬的地方可以承受一个人的重量，但大部分地方却经不住黄羊尖蹄的踏踩。

眼前近处的场景更让人心惊胆寒：所有能被狼够得着的黄羊，都已被狼群从雪坑里刨出来，拽出来。深雪边缘有一道道纵向的雪壕，这都是狼群拽拖战俘留下的痕迹。雪壕的尽头就是一个一个的屠宰场和野餐地。黄羊被吃得很浪费，狼只挑内脏和好肉吃，雪面一片狼藉。狼群显然是听到人狗的动静，刚刚撤离，狼足带出的雪沙还在雪面上滚动，几摊被狼粪融化的湿雪也还没有完全结冰。

蒙古草原狼是精通雪地野战的高手，它们懂得战争的深浅。更深处的黄羊，无论是露在雪面上的，还是陷进雪里的，狼都不去碰，连试探性的足迹爪印也没有。被狼群拽出的黄羊足够几个大狼群吃饱喝足的了，而那些没被狼群挖出来的冻羊，则是狼群的保鲜保膘、来年春天雪化之后的美食。这片广阔的雪窝雪湖就是狼群冬储食品的天然大冰箱。毕利格老人说，在额仑草原到处都有狼的冰窖雪窖。这里只不过是最大的一个。有了这些冰窖，狼群会经常往里面储藏一些肉食，以备来年的春荒。这些肉足膘肥的冻羊，就是那些熬到春天的瘦狼的救命粮，可比春天的瘦活羊油水大多了。老人指着雪窝笑道：草原狼比人还会过日子呢。牧民每年冬初，趁着牛羊最肥的秋膘还没有掉膘的时候，杀羊杀牛再冻起来，当作一冬的储备肉食，也是跟狼学来的嘛。

巴勒和几条大狗，一见到活黄羊，猎性大发，不顾死活，拼命地跳爬过来，但爬到狼群止步的地方，也再不敢往前迈一步，急得伸长脖子冲黄羊狂吠猛吼。有几只胆小的大黄羊吓得不顾一切地往湖里走，可没走几步，雪壳塌裂，黄羊呼噜一下掉进干沙般松酥的雪坑里。黄羊拼命挣扎，但一会儿就被灭了顶。雪窝还在动，像沙漏一样往下走，越走越深，最后形成一个漏斗状的雪洞。有一只黄羊，在雪壳塌裂的一刹那，用两只前蹄扳住了一块较硬的雪壳，后半个身子已经陷进雪坑里，倒是暂时捡了半条命。

雪道被铲了出来，车队下了山梁。车队走到走不动的地方，便一字排开，就地铲雪，清出一片空地用来卸车。

男人们都向毕利格走来。老人说：你们瞅瞅，西边那片雪冻得硬，那边没几个雪坑，羊粪羊蹄印可不老少，黄羊跑了不少呐。

羊倌桑杰说：我看狼也有算不准的时候，要是头狼派上三五条狼把住这条道，那这群羊就全都跑不掉了。

老人哼了一声说：你要是头狼，准得饿死。一次打光了黄羊，来年吃啥？狼可不像人这么贪心，狼比人会算账，会算大账！

桑杰笑了笑说：今年黄羊太多了，再杀几千也杀不完。我就想快弄点钱，好支个新蒙古包，娶个女人。

老人瞪他一眼说：等你们的儿子、孙子娶女人的时候，草原上没了黄羊咋办？你们这些年轻人，越来越像外来户了。

老人见女人们已经卸好车，并把狼群拖拽黄羊的雪壕，清理成通向深雪的小道，便踏上一个雪堆，仰望蓝天，口中念念有词。陈阵猜测，老人是在请求腾格里允许人们到雪中起黄羊。老人又闭上眼睛，停了一会儿才睁开眼对大伙儿说：雪底下的冻羊有的是，别太贪心。进去以后，先把活羊统统放生，再退回来挖冻羊。腾格里不让这些羊死，咱们人也得让它们活下去。老人又低头对陈阵、杨克说：成吉思汗每次打围，到末了，总要放掉一小半。蒙古人打围打了几百年，为啥年年都有得打，就是学了狼，不杀绝。

毕利格老人给各家分派了起羊的大致地盘，便让各家分头行动。人们都按照草原行猎的规矩，把雪坑较多较近、起羊容易的地段留给了毕利格和知青两家。

老人带着陈阵和杨克走到自家的牛车旁，从车上抱下两大卷厚厚的大毡，每张毡子都有近两米宽，四米长。大毡好像事先都喷了水，冻得梆硬。陈阵和杨克各拖了一块大毡，顺着小道往前走。毕利格则扛着长长的桦木杆，杆子的顶端绑着铁条弯成的铁钩。巴图、嘎斯迈两口子也已拖着大毡走近深雪。小巴雅尔扛着长钩跟在父母的身后。

来到深雪处，老人让两个学生先把一块大毡平铺在雪壳上，又让身壮体重的杨克先上去试试大毡的承受力。宽阔平展厚硬的大毡像一块硕大的滑雪板，杨克踩上去，毡下的雪面只发出轻微的吱吱声，没有塌陷的迹象。杨克又自作主张地并脚蹦了蹦，毡面稍稍凹下去一点，但也没有塌陷。老人急忙制止说：进了里面可不能这样胡来，要是踩塌大毡，人就成了冻羊，那可不是闹着玩的。好了，陈阵的身子比你轻，我先带他进去起两只羊，下一趟你们俩再自个儿起。杨克只好跳下来，扶着老人爬上大毡，陈阵也爬了上去。大毡承受两个人的分量绰绰有余，再加上两只黄羊也问题不大。

两人站稳之后，又合力拽第二块大毡，从第一块大毡的侧旁倒到前面去。把两块大毡接平对齐之后，两人便大步跨到前一块大毡上去，放好长钩。然后再重复前一个动作，把后面的大毡再倒换到前面去。两块大毡轮流倒换，两人就像驾驶着两叶毡子做成的冰雪方舟，朝远处的一只活黄羊滑去。

陈阵终于亲身坐上了蒙古草原奇特的神舟，这就是草原民族创造发明出来的抵御大白灾的雪上交通工具。在蒙古草原，千百年来不知有多少牧民乘坐这一神舟，从灭顶之灾的深渊中死里逃生，不知从深雪中救出了多少羊和狗；又不知靠这神舟从雪湖中打捞出多少被狼群、猎人和骑兵圈进大雪窝里的猎物和战利品。毕利格老人从来不向他这个异族学生保守蒙古人的秘密，还亲自手把手地教他掌握这一武器。陈阵有幸成为驾驶古老原始的蒙古方舟的第一个汉人学生。

毡舟越滑越快，不时能听到毡下的雪壳发出的嘎吱嘎吱的声音。陈阵感到自己像是坐在神话中的魔毯和飞毯上，在白雪上滑行飞翔，战战兢兢，惊险刺激，飘飘欲仙，不由万分感激草原狼和草原人赐给他原始神话般的生活。雪湖中，八条飞舟，十六方飞毯，齐头并进，你追我赶，冲起大片雪尘，扇起大片冰花。狗在吼、人在叫、腾格里在微笑。天空中忽然飘来一层厚云，寒气突降。微微融化的雪面，骤然刺喇喇地激成坚硬的冰面，将雪壳的保险系数凭空增添了三分，可以更安全地起羊了。人们忽然都摘下了墨镜，睁大了眼睛，抬起头，一片欢叫：腾格里！腾格里！接着，飞舟的动作也越来越迅速而大胆了。陈阵在这一瞬间仿佛感知了蒙古长生天腾格里的存在，他的灵魂再次受到了草原腾格里的抚爱。

忽然，岸边坡上传来杨克和巴雅尔的欢呼声，陈阵回头一看，杨克和巴雅尔大声高叫：挖到一只！挖到一只！陈阵用望远镜再看，他发现杨克像是在巴雅尔的指点下，不知用什么方法挖出一只大黄羊，两人一人拽着一条羊腿往牛车走。留在岸上的人也拿起木锨，纷纷跑向深雪处。

毡舟已远离安全区，离一只大黄羊越来越近。这是一只母羊，眼里闪着绝望的恐惧和微弱的祈盼，它的四周全是雪坑，蹄下只有桌面大小的一块雪壳，随时都会坍塌。老人说：把毡子慢慢地推过去，可又不能太慢。千万别惊了它，这会儿它可是两只羊。在草原上，谁活着都不容易，谁给谁都得留条活路。

陈阵点点头，趴下身子轻轻地将前毡一点一点推过雪坑，总算推到了母羊的脚下，雪壳还没有坍塌。不知这头母羊是否曾经受过人的救助，还是为了腹中的孩子争取最后一线生机，它竟然一步跳上了大毡，扑通跪倒在毡上，全身乱颤，几乎已经累瘫了冻僵了吓傻了。陈阵长长地舒了一口气，两人轻轻走上前毡，小心翼翼地将后毡绕过雪坑，推铺到西边雪硬的地方。又倒换了十几次，终于走到了没有一个雪坑，但留下不少羊粪和羊蹄印的雪坡。老人说：好了，放它走吧。它要是再掉下去，那就是腾格里的意思了。

陈阵慢慢走到黄羊的身旁，在他的眼里它哪里是一头黄羊，而完全是一只温顺的母鹿，它也确实长着一对母鹿般美丽、让人怜爱的大眼睛。陈阵摸了摸黄羊的头，它睁大了惊恐的眼睛，满目是乞生哀求的眼神。陈阵抚摸着这跪倒在他脚下，可怜无助的柔弱生命，心里微微颤栗起来：他为什么不去保护这些温柔美丽、热爱和平的草食动物，而渐渐站到了嗜杀成性的狼的立场去了呢。一直听狼外婆、东郭先生和狼，以及各种仇恨狼的故事长大的陈阵，不由脱口说道：这些黄羊真是太可怜了。狼真是可恶，滥杀无辜，把人家的命不当命，真该千刀万剐……

毕利格老人脸色陡变。陈阵慌得咽下后面的话，他意识到自己深深地冒犯了老人心中的神灵，冒犯了草原民族的图腾。但他已收不回自己的话了。

老人瞪着陈阵，急吼吼地说：难道草不是命？草原不是命？在蒙古草原，草和草原是大命，剩下的都是小命，小命要靠大命才能活命，连狼和人都是小命。吃草的东西，要比吃肉的东西更可恶。你觉着黄羊可怜，难道草就不可怜？黄羊有四条快腿，平常它跑起来，能把追它的狼累吐了血。黄羊渴了能跑到河边喝水，冷了能跑到暖坡晒太阳。可草呢？草虽是大命，可草的命最薄最苦。根这么浅，土这么薄。长在地上，跑，跑不了半尺；挪，挪不了三寸；谁都可以踩它、吃它、啃它、糟践它。一泡马尿就可以烧死一大片草。草要是长在沙里和石头缝里，可怜得连花都开不开、草籽都打不出来啊。在草原，要说可怜，就数草最可怜。蒙古人最可怜最心疼的就是草和草原。要说杀生，黄羊杀起草来，比打草机还厉害。黄羊群没命地啃草场就不是“杀生”？就不是杀草原的大命？把草原的大命杀死了，草原上的小命全都没命！

黄羊成了灾，就比狼群更可怕。草原上不光有白灾、黑灾，还有黄灾。黄灾一来，黄羊就跟吃人一个样……

老人稀疏的胡须不停地抖动，比这只黄羊抖得还厉害。

陈阵心头猛然震撼不已，老人说的每一个字都像一个战鼓的鼓点，砸得他的心嗵嗵嗵嗵地连续颤疼。他感到草原民族不仅在军事智慧上，刚强勇猛的性格上远远强过农耕民族，而且在许多观念上也远胜于农耕民族。这些古老的草原逻辑，一下子就抓住了食肉民族与食草民族几千年来杀得你死我活的根本。老人的这一番话，犹如在蒙古高原上俯看华北平原，居高临下，狼牙利齿，铿锵有力，锋利有理，锐不可当。一向雄辩的陈阵顿时哑口无言。他的汉族农耕文化的生命观、生存观、生活观，刚一撞上了草原逻辑和文化，顿时就坍塌了一半。陈阵不得不承认，煌煌天理，应当是在游牧民族这一边。草原民族捍卫的是“大命”——草原和自然的命比人命更宝贵；而农耕民族捍卫的是“小命”——天下最宝贵的是人命和活命。可是“大命没了小命全都没命”。陈阵反复念叨这句话，心里有些疼痛起来。突然想到历史上草原民族大量赶杀农耕民族，并力图把农田恢复成牧场的那些行为，不由越发地疑惑。陈阵过去一直认为这是落后倒退的野蛮人行为，经老人这一点拨，用大命与小命的关系尺度，来重新衡量和判断，他感到还真不能只用“野蛮”来给这种行为定性，因为这种“野蛮”中，却包含着保护人类生存基础的深刻文明。如果站在“大命”的立场上看，农耕民族大量烧荒垦荒，屯垦戍边，破坏草原和自然的大命，再危及人类的小命，难道不是更野蛮的野蛮吗？东西方人都说大地是人类的母亲，难道残害母亲还能算文明吗？

他底气不足地问道：那您老刚才为什么还要把活的黄羊放走呢？老人说：黄羊能把狼群引开，狼去抓黄羊了，牛羊马的损失就少了。黄羊也是牧民的一大笔副业收入，好多蒙古人是靠打黄羊支蒙古包、娶女人、生小孩的。蒙古人一半是猎人，不打猎，就像肉里没有盐，人活着没劲。不打猎，蒙古人的脑子就笨了。蒙古人打猎也是为着护草原的大命，蒙古人打吃草的活物，要比打吃肉的活物多八成。

老人叹道：你们汉人不明白的事太多了。你书读得多，可那些书里有多少歪理啊。汉人写的书尽替汉人说话了，蒙古人吃亏是不会写书，你要是能长成一个蒙古人，替我们蒙古人写书就好喽。

陈阵点点头。忽然想起小时候读过的许多童话故事，书里头的“大灰狼”，几乎都是蠢笨、贪婪而残忍，而狐狸却总是机智狡猾又可爱的。到了草原之后，陈阵才发现，大自然中实在没有比“大灰狼”进化得更高级更完美的野生动物了。可见书本也常误人，何况是童话呢。

老人扶起黄羊，把它轻轻推到雪地上。这里的雪面上居然冒出来几支旱苇梢，饥饿的母羊急急走过去两口就把它咬进嘴里。陈阵迅速地撤走了大毡。黄羊战战兢兢走了几步，发现了一行行羊蹄印，便头也不回地跑向山梁，消失在天山之间。

巴图和嘎斯迈也载着一只半大的小黄羊，靠近了硬雪坡。嘎斯迈一边念叨着“霍勒嘿，霍勒嘿”（可怜啊，可怜），一边把黄羊抱到雪地上，拍拍它的背，让小黄羊逃向山梁。陈阵向嘎斯迈翘了翘大拇指。嘎斯迈笑了笑对陈阵说：它妈妈掉进雪坑里了，它围着雪坑跑，不肯走，我们俩抓了好半天才用杆子把它按住。

其他的雪筏一只一只地靠过来，雪湖里的活黄羊终于集成了一个小群，翻过了山。老人说：这些黄羊长了见识，往后狼就再抓不着它们了。

04

突厥者，盖匈奴之别种。姓阿史那氏，别为部落，后为邻国所破，尽灭。其族有一儿，年且十岁，兵人见其小，不忍杀之，乃刖其足，弃草泽中，有牝狼以肉饲之。及长，与狼合，遂有孕焉。彼王闻此儿尚在，重遣杀之。使者见狼在侧，并欲杀狼，狼遂逃于高昌国之北山，山有洞穴……狼匿其中，遂生十男。十男长大，外讬妻孕，其后，各有一姓，阿史那即一也……

——《周书·突厥》

人们终于可以去起获他们应得的年货了。雪湖上的寒气越来越重，雪面也越来越硬。老人对猎手们说：腾格里在催咱们呢，快动手干吧。雪湖上的人们飞向了各自的地盘，猎场上又出现了热气腾腾的欢乐场面。

老人带陈阵来到了一个不大不小的雪坑边上停下来。老人说：别找太大的雪坑，要是雪坑太大，里面的黄羊就太多了，七八只十几只憋死的大黄羊堆在一堆，热气大，雪坑里的雪一会半会儿冻不住羊。这么多的热气，焐了半天一夜，羊的肚子早就憋胀了，腿也支棱着，肚皮也憋紫了，小一半的羊肉也早就焐臭了。这会儿羊就算冻上了，冻的也是半臭羊。这种羊拉到收购站，卖不了一半的价钱，人家一看羊的肚皮就得压你两级的价，只给你皮钱，肉钱就一分也没有了。可这些半臭羊狼最爱吃，埋在这里的羊，额仑的狼群准保得惦记一个冬天。咱们就把最好的狼食给狼留下吧。

老人趴在毡上把桦木长钩插进坑里，雪坑足有两米多深。老人一点一点地探，不一会儿他猛地一使劲，稳住了杆，然后对陈阵说：已经钩住了一只，一块儿往上拽吧。两人一边拔一边又往下顿，好让继续下漏的雪沙把冻羊身下的空隙填满，再把羊一点一点地垫上来。两人都站起身，慢慢斜拽，一只满头是雪的冻羊头露出雪坑。铁钩不偏不斜，刚好钩住了羊的咽喉，一点也没有伤着羊皮。陈阵弯腰，双手抓住羊头，一使劲便把一只五六十斤重的大黄羊拽到毡子上。黄羊已经冻硬，肚皮不胀不紫，这是一只被活活憋死和冻死的黄羊。老人说：这是头等好羊，能卖最高的价。

老人喘了一口气说：里面还有呐，你来钩吧，要像钩那些掉在井底的水桶一样，摸准了地方再使劲，千万别钩破皮，那就不值钱了。陈阵连声答应，接过杆，插进雪坑。他轻轻地探，发现这个雪坑底下大约还有一两只黄羊。他花了好半天，才探出了一只羊的形状，又慢慢找到了羊脖子，钩了几下，总算钩住了。陈阵终于在草原的雪湖中，钓上来第一条“大鱼”。一钓就是五六十斤，还是一只平时连骑快马都追不上的大猎物。他兴奋得朝岸上的杨克大喊大叫：看看，我也钩上来一只，特大个儿！太带劲了！杨克急得大喊：你快回来！回来！快来换我！好让阿爸休息！

湖面上山坡上到处响起惊呼声。一只又一只皮毛完好、膘肥肉足的大黄羊被打捞上来。一只又一只雪筏向岸边飞去。那些青壮快手已经开始打捞第二船了。巴图、嘎斯迈和兰木扎布的两个毡筏最能干，钩羊又准又快，还专钩大羊好羊，如果钩上来是中羊小羊，或是憋胀肚子、憋紫肚皮的大羊，只要是卖不出好价钱的羊，他们就把它们重新扔进空雪坑里去。蛮荒的雪原呈现出一片只有在春季接羔时才会有的丰收景象。在远处山顶瞭望的狼们，一定气得七窍生烟。草原上打劫能手的狼，竟然也有被人打劫的时候。陈阵忍不住想乐。

老人和陈阵载着两只黄羊，向岸边驶去。毡舟靠岸，杨克和巴雅尔扶老人下地。陈阵将两只黄羊推下毡筏，四人将两只羊拖到自家的牛车旁。陈阵发现，两家的牛车上已经装上了几只大羊了，忙问怎么回事。杨克说：我跟巴雅只挖到了一只，其他几只是先回来的几家人送给咱们两家的。他们说，这是额仑草原的规矩。杨克笑道：咱们跟着老阿爸真是占大便宜。老人也笑了笑说：你们也是草原人了，往后也要记住草原的规矩。草原规矩是蒙古人用命换来的，破了草原规矩就破了草原。

老人累了，盘腿坐在牛车旁抽起旱烟。他说：你们俩自个儿去吧，千万小心。万一掉下去，就赶紧叉腿伸胳膊，再憋住气，这样掉也掉不太深。毡子上的人赶紧伸钩子，可千万别钩破了脸，要不，往后就娶不上女人了。老人一边咳一边笑，又招呼巴雅尔抱木柴，生火，准备午饭。

陈阵和杨克兴冲冲地走向毡筏。走近湖边深雪，陈阵忽然发现一个雪洞，又像一个雪中的地道，一直通向雪更深的地方。杨克笑道：刚才阿爸在旁边，我不敢跟你说，这就是我和巴雅挖的雪洞，那只大羊就是这么挖出来的。巴雅真是人小鬼大，他看你们走了，就仗着个小体轻，张开皮袍，居然爬上雪面，在雪上匍匐前进，雪壳能经得住他。他在前面五六米的地方发现一个雪坑，然后爬回来，让我和他一起挖地道，挖了不大工夫就挖到了。又是他钻进洞里用绳子拴住羊腿，再退出来，然后我一个人把那只大黄羊拽了出来。巴雅胆子太大了，我真怕雪塌了把他埋在里面……

陈阵说：这个我早就领教了，他敢赤手空拳拽狼腿，这个雪洞他还不敢钻？蒙古小孩都这么厉害，长大了还了得！杨克说：我让巴雅别钻洞的时候，这小家伙竟然说，他狼洞都钻过，还不敢钻雪洞？他说他七岁的时候，就钻进一个大狼洞，掏了一窝小狼崽呢。你不是老想掏狼崽吗，到时候咱们把巴雅带上。陈阵连忙说：那我可不敢，这可是要闹出人命来的。看看蒙古人的性格，我真羡慕。咱们汉人都让几千年的农耕文化和儒教，弄成顺民和绵羊了。

杨克和陈阵这两个北京学生上了蒙古雪筏，杨克年轻的脸上竟然乐出了皱纹，他说：在草原上打猎真是太有意思了，整天放羊下夜太枯燥单调。我发现，一跟狼打上交道，这草原生活就丰富多彩、好玩刺激了。

陈阵说：草原地广人稀，方圆几十里见不到一个蒙古包，不跟狼打交道，不出去打打猎，非得把人憋死不可。前些日子，我看书看得特上瘾，看来，草原民族崇拜狼图腾，真是有几千年的历史了。

两人在早茶时候，吃足了红烧牛排，此刻正有使不完的力气。两人喷出急冲冲的白气，像龙舟上的赛手，手脚并用，前倒后换，毡筏像雪上摩托一般地飞滑起来。杨克也终于亲手钩上一只大黄羊，他乐得差点没把毡筏蹦塌，陈阵吓出一身冷汗，急忙把他按住。杨克拍着黄羊大叫：刚才看人家钩羊，就像是梦，到这会儿我才如梦方醒。真的！真的！真有这等好事。谢谢您啦，狼！狼！狼！

杨克死死把住钩杆，不让陈阵染指。陈阵不敢在危险之舟上跟他抢，只好充当苦力。杨克一连钩起三只大黄羊，他钩上了瘾，不肯上岸，坏笑说：咱们先钩后运吧，效率更高。说完，杨克就把钩到的羊平放在结实的雪面上。

在岸上，毕利格老人吸完了一袋烟，便起身招呼留在“湖边”上的人，在车队旁边清出更大一片空地。各家的主妇将家里带来的破木板、破车辐条等烧柴堆到空地上，堆成了两个大柴堆。又在空地上铺上旧毡子，再拿出盛满奶茶的暖壶，还有酒壶、木碗和盐罐放在上面。桑杰和一个孩子，杀了两只未被冻死，但被雪壳别断腿的伤羊。额仑草原的牧民从不吃死羊，这两只活羊正好被猎人们当作午餐。大狗们早已吃撑了狼的剩食，此刻对这两只剥了皮，净了膛，冒着热气的黄羊肉无动于衷。一个火堆燃起，毕利格和女人孩子们都用铁条木条，串上还微微跳动的鲜活羊肉，撒上细盐，坐在火堆旁烤肉烤火，喝茶吃肉。诱人的茶香、奶香、酒香和肉香，随着篝火炊烟，飘向湖中，招呼猎手们回来休息聚餐。

时近正午，各家的毡舟都已回岸卸了两三次猎物了，各家的牛车上都已装上了六七只大黄羊。此刻，所有的男人都被替换下来。吃饱喝足了的女人和孩子，都上了毡筏，又匆忙进湖去钩羊。

新鲜黄羊烤肉是蒙古草原著名美食，尤其在打完猎之后，在猎场现场架火，现烤现吃，那是古代蒙古大汗、王公贵族所热衷的享受，也是草原普通猎人不会放过的快乐聚会。陈阵和杨克终于正式以狩猎者的身份，加入了这次猎场盛宴。他俩早已把北京便宜坊和烤肉季的厅堂忘掉了。狩猎的激奋和劳累使每个人胃口大开，陈阵感到他比蒙古大汗享用得还要痛快，因为这是在野狼刚刚野蛮野餐过的地方野餐，身旁周围还都是狼群吃剩下的黄羊残骸。这种环境，使他们的吃相如虎似狼，吃出了野狼捕猎之后狼吞虎咽、茹毛饮血的极度快感。陈阵和杨克的胸中突然涌生出蒙古人的豪放，他俩不约而同，情不自禁地从正在痛饮猛吃狂歌的蒙古猎人手里，抢过蒙古酒壶，仰头对天，暴饮起来。

毕利格老人大笑道：再过一年，我都不敢到北京去见你们的家长了。我把你们俩都快教成蒙古野人了。杨克喷着酒气说：汉人需要蒙古人的气概，驾长车冲破居庸关阙，冲向全球。陈阵放开喉咙连叫三声：阿爸！阿爸！阿爸！将酒壶举过头顶，向毕利格“老酋长”敬酒。老人连灌三大口，乐得连回三声：米尼乎，米尼乎，米尼赛乎（我的孩子，我的孩子，我的好孩子）。

巴图醉醺醺地张开大巴掌，在陈阵后背猛拍一掌说：你……你，你只算半个蒙古人，什什……什么时候，你你娶个蒙古女女……女人，生一……一蒙古包的蒙古小孩，才才算蒙古人。你……你力气小小的，不不不行。蒙古女人在在……在皮被里，多多的厉害，比狼狼……狼还厉害。蒙古男男人多多的怕啦，像羊一样的怕啦。

桑杰说：在晚上，男人，羊的一个样；女人，狼的一个样。嘎斯迈第一厉害。

众猎手大笑。

兰木扎布兴奋得就地把杨克摔了一个滚，重重地摔在厚厚的雪窝里，也结结巴巴说：什什……什么时候，你你把我摔倒，你……你才是蒙古人。杨克铆足了劲，上去就摔，却又被兰木扎布连摔三个跟头。兰木扎布大笑道，你你……你们汉人，淖高依特那（是吃草的），羊的一个样；我我们蒙古人，马哈依特那（是吃肉的），狼的一个样。

杨克掸了掸身上的雪说：你等着瞧！明年我要买一头大犍牛，一个人吃。我还要长个儿，比你高一头，到时候你就是“羊的一个样啦”。

众猎手大叫：好！好！好！

草原蒙古人的酒量大过食量，七八个大酒壶转几圈以后便空空如也。杨克一见没了酒便胆壮起来，他对兰木扎布大喊：摔跤不如你，咱俩比酒量！兰木扎布说：你的狐狸的学啊，可是草原上的狐狸不如狼狡猾狡猾的。你等着，我还有酒。说完，立刻跑到自己坐骑旁边，从马鞍上一个毡袋里掏出一大瓶草原白酒，还掏出两个酒盅。他摇了摇酒瓶说，这是我留着招待客客……客人的，这会儿就用来罚你。众人高叫：罚！罚！应该罚！

杨克苦笑道：狐狸还真的斗不过狼。我认罚，认罚。

兰木扎布说：你听听……听好了！按草原罚酒规矩，我说喝几杯你就就……就喝几杯。从前我就说错一句话，就被一个蒙汉通的记者灌醉过，这会儿也得让你尝尝苦头了。然后倒了一盅举了举，竟用半流利的汉话说：百灵鸟双双飞，一个翅膀挂两杯。

杨克大惊失色道：四个翅膀，各挂两杯，啊！一共八杯啊。还是一个翅膀挂一杯吧。兰木扎布说：你要是说话不算数，我就让百灵鸟一个翅膀挂三三……三杯啦。

众人，包括陈阵在内，齐声大叫：喝！一定要喝！杨克只好硬着头皮连灌八盅酒。老人笑道：在草原，对朋友耍滑要吃大亏的。

陈阵和杨克接过老人替他们烤好的两串肉，吃得顺着嘴角直流羊血汤。两人都已经爱吃烤得很嫩的鲜肉了。

陈阵说：阿爸，这是我第一次吃狼食，也是我活这么大，吃得最好吃、最痛快的一顿肉。我现在才明白为什么一些皇帝和他们的儿子那么喜欢打猎了。唐朝的唐太宗是中国古时候最厉害的一个皇帝，他很喜欢打猎。他的太子，就是他的接班人，更喜欢打猎，更喜欢草原生活，那个太子经常和一些他的突厥卫兵到草原去跑马打猎。他还在自己宫殿的院子里支上草原帐篷，在里面像你们一样地杀羊，煮羊，用刀子割肉吃。他喜欢草原生活喜欢得连皇帝都不想当了，他就想打着突厥的狼头军旗，带着突厥骑兵到草原上去打猎，去过突厥人的草原生活。后来他真把自己接班人的位子弄丢了，唐太宗不让他当接班人了。草原生活真是太让人着迷，迷得有人连皇帝都不想当了。

老人听得睁大了眼睛说：这个故事你还从来没给我讲过。有意思，有意思。要是你们汉人都像这个皇帝的接班人一样喜欢草原就好喽，要是他不把大汗位丢掉就更好喽。中国大清的皇帝都喜欢蒙古草原，喜欢到蒙古草原打猎，喜欢娶蒙古女人，还不让汉人到草原开荒种地。那时候蒙汉就不怎么打仗，草原也太平了。

毕利格老人最喜欢听陈阵讲历史故事，他听后总要回赠给他一些蒙古故事。他说：在草原不吃狼食，就不能算是真正的草原蒙古人。没有狼食兴许就没有蒙古人了。从前，蒙古人被逼到绝路，总是靠吃狼食活下来的。成吉思汗的一个祖爷爷被逼到深山里，啥啥没有，像野人一样，差一点饿死。他没法子，只好偷偷跟着狼，狼一抓到猎物，他就悄悄等着，等狼吃饱了走了，他就捡狼吃剩下的食吃。就这样一个人在山里活了好几年，一直等到他哥哥找到了他，把他接回家。狼是蒙古人的救命恩人，没有狼就没有成吉思汗，就没有蒙古人。狼食好吃啊，你瞅瞅这次狼给咱们送来这么多的年货……不过，狼食可不是那么容易吃到嘴的，往后你就知道了。

两只黄羊被吃得干干净净，篝火渐渐熄灭，但毕利格老人仍是叫人铲雪把灰堆仔细地压严了。

云层越积越厚，山头上已被风吹起了一片雪沙，像纱巾一样地飘起。各家的猎手壮汉又驾起雪筏冲进雪湖。人们必须抢在风雪填平雪坑之前，把牛车装满。多钩上来一只黄羊就等于多钩上来六七块四川茶砖，或是十几条天津海河牌香烟，或是十五六瓶内蒙古草原牌白酒。各包猎手在毕利格老人的指挥下，雪筏全部从深湖集中到浅湖，极力抢钩浅湖里比较容易钩取的黄羊。老人又把人分成几组，快钩手只管钩羊，快划手只管运羊。雪筏距岸较近，长绳也开始发挥作用，几个大汉站在岸边，像抛缆绳一样把长绳抛到装满黄羊的毡筏上，筏上的人把绳子的一头拴在毡子上，再把长绳抛回岸，岸上的人再齐力拽绳，将毡筏拽到岸边，然后再将长绳又抛给湖里的人，让他们再把毡筏拽过去。如此协作，进度大大加快。

雪湖上的人影终于被巨大的山影所吞没，各家的牛车都已超载。但是部分猎手还想架火挑灯夜战，把运不走的黄羊堆在岸边，派人持枪看守，等第二天再派车来取。但毕利格大声叫停。老人呵斥道：腾格里给咱们一个好天，就只让咱们取这些羊。腾格里是公平的，狼吃了人的羊和马，就得让狼还债。这会儿起风了，腾格里是想把剩下的羊都给狼留下。谁敢不听腾格里的话？谁敢留在这个大雪窝里？要是夜里白毛风和狼群一块儿下来，我看你们谁能顶得住？

没有一个人吭声。

老人下令全组撤离。疲惫而快乐的人们，推着沉重的牛车，帮车队翻过山梁，然后骑马、上车向小组驻地营盘行进。

陈阵浑身的热汗已变成冷汗，他不住地发抖。湖里湖外，山梁雪道，到处都留下人的痕迹，柴火灰烬，烟头酒瓶，以及一道道的车辙，要命的是车辙一直通往小组营盘。陈阵用腿夹了夹马，跑到毕利格的身边问道：阿爸，狼群这次吃了大亏，它们会不会来报复？您不是常说，狼的记性最好，记吃记打又记仇吗？

老人说：咱们这才挖了多少羊啊，多一半都给狼留下了。要是我的贪心大，我会在雪坑都插上木杆，白毛风能刮平雪坑，可刮不走杆子，我照样可以把剩下的黄羊都起出来。可我要是这么干，腾格里往后就不会收我的灵魂了。我不这么干，也是替牧场着想。明年开春，狼群有冻黄羊吃，就不会给人畜多找麻烦了。再说狼给人办了好事，咱们也别把事做绝。放心吧，狼王心里有数。

晚上，白毛风横扫草原，二组的知青包里炉火熊熊。陈阵合上《蒙古秘史》对杨克说：毕利格阿爸说的那个靠捡狼食活下来的人，叫孛端察儿，是成吉思汗的八世祖。成吉思汗的家族是孛儿只斤家族，这一家族就是从孛端察儿这一代走上历史舞台的。当然后面几代还经历了几次大挫折大变动。

杨克说：这么说，要是没有狼，没有狼这个军师和教官，就真没有成吉思汗和黄金家族，没有大智大勇的蒙古骑兵了。那草原狼对蒙古民族的影响就太大了。

陈阵说：应该说，对中国对世界的影响更大。自从出了成吉思汗和他率领的蒙古骑兵，中国从金、南宋以后的历史全部改写。中亚、波斯、俄罗斯、印度等国家的历史也全部改写。中国的火药，随着蒙古骑兵开辟的横跨欧亚的大通道传到西方，后来轰破了西方的封建城堡，为资本主义的崛起扫清了障碍。再后来又轮回到东方，轰开了中国的大门，最后轰垮了蒙古骑兵，世界天翻地覆……可是，狼在历史上所起的作用，在人写的历史中被一笔勾销了。如果请腾格里作史，它准保会让蒙古草原狼青史留名。

牛倌高建中还在为刚刚拉回来的一车外财兴奋不已，忙说：

你俩扯那么远干吗？咱们当务之急是赶紧想法子，把雪窝里剩下的黄羊都挖出来，那咱们可就赚大发了。陈阵说：老天爷可向着狼，它能给咱们这一车羊就不错了。这么大的白毛风起码得刮上三天三夜，雪窝里的雪还不得再加半米厚，雪坑一个也见不着了。想挖羊，大海捞针吧。高建中走出包，看了看天，回来说：还真得刮上三天三夜。今天要是我去就好了，我非在最大的几个雪坑里插上杆子不可。杨克说：那你就甭想吃到嘎斯迈做的奶豆腐了。高建中叹气说：唉，只好等明年开春了。到时候我再去装一车，然后就直接拉到白音高毕公社收购站，你们俩不说，谁也不知道。

剩下的半个冬季，牧场的畜群果然没出什么大事。额仑的狼群跟着黄羊群跑远了，跑散了。大白灾也没有降临。

寂寥的冬季，陈阵每天放羊或下夜，但一有空，他就像个猎人一样到处搜寻草原上狼的故事。他花费时间最多的是一个有关“飞狼”的传说。这个传说在额仑草原流传最广，而发生的时间又很近，发生的地点恰恰又是在他所在的大队。陈阵决定弄清这个传说，想弄明白狼究竟是怎样在额仑草原上“飞”起来的。

知青刚到草原就听牧民说，草原上的狼是腾格里从天上派下来的，所以狼会飞。千百年来，草原牧民死后，都将尸体弃于荒野的天葬场，让狼来处理，一旦狼把人的尸体完全啃尽，“天葬”就完成了。“天葬”的根据就是因为狼会飞，会飞回腾格里那儿去，把人的灵魂带上腾格里，像西藏的神鹰一样。可是当知青说这是“四旧”，是迷信的时候，牧民就会理直气壮地说，狼就是会飞。远的不说，就说近的——“文革”前三年，一小群狼就飞进二大队茨楞道尔基的石圈里，吃了十几只羊，还咬死二百多只。狼吃饱喝足了，又飞出了石圈。那石圈的圈墙有六七尺高，人都爬不过去，狼不会飞能进去吗？那个石圈还在，不信你们可以去看看。那天，乌力吉场长领着全场的头头都去看了，连派出所的所长哈拉巴拉都去了，又是照相又是量尺寸。圈墙很高，狼不可能跳进去；圈墙周围又没有洞，狼又不是掏洞进去的。调查了几天，谁也不知道狼是怎么进去，又是怎么出来的。只有牧民心里最明白。

这个故事在陈阵脑袋里储存了很久。此时，对草原狼越来越着迷的陈阵又想起这个传说，于是骑马几十里找到了那个石圈，仔细考察了一番，也弄不清狼是怎么进圈的。陈阵又找到了茨楞道尔基老人。老人说，不知道我的哪个二流子儿子得罪了腾格里，害得我一家到这会儿还遭人骂。可老人一个上过中学的儿子说，这件事全怪牧场的规定不对。当时额仑草原还没有石圈，场部为了减少下夜牧民的工分支出，又为了保障羊群的安全，就先在接羔草场最早盖起了几个大石圈。场部说，有了石圈狼进不来，牧民就不用下夜了，每天晚上可以放心睡大觉。那些日子，我们家一到晚上关紧了圈门，就真的不下夜了。那天夜里我是听到狗叫得不对劲，像是来了不少狼，可是场部说不用下夜就大意了，没出去看看。哪想到早上一打开圈门，看到那么一大片死羊，全家人都吓傻了。圈里地上全是血，有二指厚，连圈墙上都喷满了血。每只死羊脖子上都有四个血窟窿，血都流到圈外了。还有好几堆狼粪……后来，场部又重新规定，住在石圈旁边的蒙古包也得出人下夜值班，还发下夜工分。这些年，接羔草场的石圈土圈越盖越多，有人下夜，就再也没有狼飞进圈里来吃羊的事故了。

陈阵不死心，又问了许多牧民，不论男女老少都说狼会飞。还说，就是狼死了，狼的灵魂也会飞回腾格里那儿去的。

后来，哈拉巴拉所长被“解放”了，从旗里的干部审查班放了回来，官复原职。陈阵连忙带上北京的好烟上门看望，这才弄清“飞狼”是怎么“飞”进石圈的。哈所长是内蒙古公安学校科班出身，能说一口流利的汉语。他说，这个案子早已结案，可惜，他的科学结论在草原上站不住脚，大多数牧民根本就不相信，他们认定狼是会飞的。只有一些有文化有经验的猎人，信服他的调查和判断。哈所长笑道，要是从尊重本民族的信仰和风俗习惯说，狼飞进石圈，也不能说完全错，狼至少有一段距离是在空中飞行的。

他接着说：那天，全场牧民人心惶惶，都以为腾格里发怒了，要给额仑草原降大灾了。马倌把马群扔在山上都跑回来看。老人和女人都跪在地上朝腾格里磕头。孩子们吓得大人再用劲打也不敢哭。乌力吉场长怕影响生产，也急了，给我下了死令，必须两天破案。我把全场的干部组织起来，让他们保护现场。可是现场已经被破坏。石圈外面地上的线索全让羊群和人踩没了。我只好拿着放大镜一寸一寸地在墙上找线索。最后，总算在圈墙东北角的外墙上找到了模模糊糊的两个狼的血爪印。这才破了案。你猜猜看，狼是怎么进去的？

陈阵连连摇头。

哈所长说：我判断，一定是有一头最大的狼，在墙外斜站起来，后爪蹬地，前爪撑墙，用自个儿的身子给狼群当跳板。然后，其他的狼，在几十步以外的地方，冲上来，跳上大狼的背，再蹬着大狼的肩膀，一使劲就跳进羊圈了。要是从里面看的话，那狼不就是像飞进来的一样吗？

陈阵愣了半天说：额仑的狼真聪明绝顶。草原上才刚刚盖起石圈，狼就想出了对付的办法。草原狼真是成精了……牧民说狼能飞确实也没错。只要狼跳起来，以后移动的那段距离都可以算作飞行距离。狼从天而降，掉在羊堆里，那真得把羊群吓得半死。

狼群这下可真捞足了，在羊圈里吃饱了也杀过瘾了。可就是留在外面的那条狼够倒霉的，它什么也吃不着。这条狼，风格挺高，还挺顾家，一定是条头狼。

哈所长哈哈大笑：不对不对，依我判断，外面这条狼也飞进去吃了个够。你不知道，草原的狼群集体观念特强，特抱团，它们不会落下它们的弟兄和家人的。里面的狼吃足了，就会再搭跳板把一条吃饱的大狼送出来。然后再给饿狼搭狼梯，让它也进去吃个够。那外墙上的两只血爪印，就是里面的狼到外面当跳板的时候留下的。要不，哪来的血爪印？第一条狼当跳板的时候，还没有杀羊，那爪子是干净的，没有血。对不对？你再想想当时的阵势，狼真是把人给耍了。狼群全进了石圈，大开杀戒。人盖石圈明明是为了挡狼，这下倒好，反而把看羊狗挡在外面了。茨楞道尔基家的狗一定把鼻子都气歪了。狗不会也不敢学狼，跟狼一样飞进羊圈里去跟狼掐架。狗比狼傻得多。

陈阵说：我也比狼傻多了。不过还有一个问题。狼群怎么能够全部安全撤离？我是说，最后那条狼怎么办？谁给它当狼梯？

哈所长乐了，说：人确实比狼傻。当时大家也想不通这个问题。后来，乌场长蹚着厚厚的羊血又进了羊圈，仔细看了看才弄明白。原来墙里的东北角堆了一堆死羊，至少有六七只。大家判断，最后一条狼一定是一条最有本事，也最有劲的头狼。它硬是独个儿叼来死羊，再靠墙把死羊摞起来，当跳板，再跳飞出去。也有人说一条狼干不了这个重活，一定是最后几条狼合伙干的。然后，再一个一个地飞出来。后来，乌场长把各队的队长组长都请来，在现场向大家分析和演示了狼群是怎样跳进去，又是怎样跳出来的。牧场这才慢慢平静下来。场部也没有批评和处罚茨楞道尔基。乌场长却作了自我批评，说他自己对狼太大意了，太轻敌了。

陈阵听得毛骨悚然。虽然他完全相信哈所长的科学结论，但此后，草原狼却更多地以飞翔的精怪形象出现在他的睡梦中。他经常一身虚汗或一身冷汗地从梦中惊醒。他以后再也不敢以猎奇的眼光来看待草原上的传说。他也开始理解为什么许多西方科学家仍然虔诚地跪在教堂里。

过了些日子，陈阵又想方设法实地考察了大队的两处天葬场，一处在查干陶勒盖山的北面，另一处在黑石头山的东北面。从表面上看，这两处天葬场与牧场其他草场草坡台地没有太大区别。但细细观察区别还不小，两处天葬场都远离游牧迁场的古道，地处荒凉偏僻的死角和草原神山的北部，离狼群近，离腾格里近，便于灵魂升天。而且，那里的地势坎坷，坑坑洼洼，又便于牛车颠簸。

在额仑草原，千百年来，牧民过世，有的人家会把死者的内外衣服全部脱去，再用毡子把尸体卷起来，拴紧；还有的人家不会再动死者的着装。然后将死者停放到牛车上，再在牛车车辕头上横绑上一根长木。到凌晨虎时，再由本家族两个男性长辈各持长横木的一端，然后骑上马，将车驾到天葬场，再加鞭让马快跑，什么时候死者被颠下牛车，那里便是死者的魂归腾格里之地，象征着一位马背上民族成员坎坷颠簸人生的终止。如果死者是由毡子裹尸的，两位长辈就会下马，解开毡子，将死者赤身仰面朝天放在草地上，像他刚来到世上那样单纯坦然。此时死者已属于狼，属于神。至于死者的灵魂能不能升上腾格里，就要看死者生前的善恶了。一般来说，三天以后便知分晓，如果三天以后死者的躯壳不见了，只剩下残骨，那死者的灵魂就已升上腾格里；如果死者还在那里，家人们就该恐慌了。但额仑草原狼多，陈阵还没有听说哪位死者的灵魂升不上腾格里。

陈阵知道西藏的天葬，但来蒙古草原之前，却一直不知道草原蒙古族也实行天葬，且不是由巨鹰，而是由狼群来施行的。陈阵越发感到恐惧和好奇。他从下队送生产物资的大车老板那里，打听到了天葬场的大致位置。他立即找机会悄悄去了天葬场两次。但由于大雪覆盖，他没有看到他想看的场面。直到寒冬即将过去，有一次他终于发现了雪地上通往天葬场的马蹄印和车辙印，顺车辙走去，他见到一位病死的老人，好像才刚刚落在此地。周围的马蹄印、车辙和人的脚印还很新鲜，连雪末都还没有被风吹尽。老人如赤子般安详，仰卧在雪地上，全身覆盖着一层薄薄的雪末，脸上像罩着一层白纱，面容显得舒展和虔诚。

陈阵惊呆了，一路上惴惴不安的内心恐惧，渐渐被虔诚和神圣所填满。死者哪里是去“赴死”，而是像去腾格里赴宴，再次接受圣水洗礼，去迎接自己又一次新生。陈阵第一次真正相信草原蒙古民族崇拜狼图腾是真的——在一个人生命的终点，将躯体当成袒露坦荡的祭神祭天的供品，从而把自己解脱得如此干净彻底，谁还能怀疑草原蒙古族对腾格里、对草原狼以死相托的由衷敬仰呢。

陈阵不敢在此神圣之地过多停留，生怕惊扰了死者的灵魂、亵渎了草原民族的神圣信仰，便恭恭敬敬地向老人鞠了一躬，牵马退出天葬场。他注意到最后一段的车辙印，车辙印七扭八歪，仿佛还在眼前颠簸。陈阵用自己的步伐大致量了量死者的最后一程，大约有四五十米，它浓缩了草原人动荡、坎坷的人生旅程。人生如此之短促，而腾格里如此之永恒，从成吉思汗到每一个牧人，毕生中仰天呼喊的最强音就是：长生天！长生天！长生腾格里！而草原狼却是草原人的灵魂升上长生腾格里的天梯。

三天以后，死者家中没有恐慌，陈阵心里才一块石头落地。按照当地习俗，事后必去天葬场核实的牧民，也许已经从生人的脚印和马蹄印知道有外人来过禁地，但没有一个牧民责怪他。可是如果死者的灵魂没有升上腾格里，那他将处在另一种境地了。陈阵的好奇和兴趣开始与草原民族的图腾和禁忌相冲突，他小心谨慎地放羊劳动，去亲近他更感好奇、神秘和敬佩的草原民族。

这年的春天来得奇早，提前了一个多月，几场暖风一过，额仑草原已是黄灿灿的一片。被雪压了一冬的秋草全部露了出来，有些向阳的暖坡竟然还冒出了稀疏的绿芽。接踵而来的是持久的干风暖日，到各个牧业队进驻各自的春季接羔草场时，人们要忙着草原防火和抗旱保羔了。

高建中还是晚了一步。那些场部的大车队基建队的民工盲流外来户，在年前看到嘎斯迈生产小组在收购站卖黄羊的那个热闹阵势，都红了眼。他们缠着猎手打听猎场的地点。猎手们都说冻羊全挖光了。他们又拿东北关东糖去套巴雅尔，小家伙却给他们指了一个空山谷。后来，这些大多是东北农区蒙古族出身的外来户，还是找准了草原蒙古族的致命弱点——酒，就用东北高粱烈酒灌醉了羊倌桑杰，探知了埋藏冻黄羊的准确地点。他们抢先一步，抢在狼群和高建中的前面，在黄羊刚刚露出雪的时候，就在围场旁边安营扎寨，一天之内就将所有冻羊，不管大小好坏，一网打尽，并连夜用四挂大车分两次，全部运到白音高毕公社收购站。

二队的马倌们一连几夜，听到了大山里饿狼们凄惨愤怒的嗥声，空谷回响，经久不绝。马倌们全都紧张起来，日夜泡在山里的马群周围，不敢离开半步，把他们散落于各个蒙古包的情人们，憋得鞭牛打马，嚎歌不已，怨婉悠长。

不久，场部关于恢复草原一年一度掏狼崽的传统活动的通知正式下达，这年的奖励要比往年高出许多，这是军代表包顺贵特意加上去的。据说这年狼崽皮的收购价特别高。轻柔漂亮，高贵稀罕的狼崽皮，是做女式小皮袄的上等原料。此时已成为北方几省官太太们的宠爱之物，也是下级官员走后门的硬通货。

毕利格老人终日不语，一袋接一袋地吸旱烟。陈阵偶然听到老人自言自语道：狼群该发狠了。

05

或云，突厥之先出于索国，在匈奴之北。其部落大人曰阿谤步，兄弟十七人，其一曰伊质泥师都，狼所生也。谤步等性并愚痴，国遂被灭。泥师都既别感异气，能徵召风雨。娶二妻，云是夏神冬神之女也。一孕而生四男……此说虽殊，然终狼种也。

——《周书·突厥》

厚厚的黑云，冲出北部边境的地平线，翻滚盘旋，直上蓝天，像浓烟黑火般地凶猛。瞬间，云层便吞没了百里山影，像巨大的黑掌向牧场头顶伸来。西边橙黄的落日还未被遮没，裹挟着密密雪片的北风，顷刻就扫荡了广袤的额仑草原。横飞的雪片，在斜射的阳光照耀下，犹如亿万饥蝗，扇着黄翅，争先恐后地向肥美富庶的牧场扑来。

蒙谚：狼随风窜。几十年来一直在国境内外运动游击的额仑草原狼群，随着这场机会难得的倒春寒流，越过界桩，跃过防火道，冲过边防巡逻公路，杀回额仑边境草原。境外高寒低温，草疏羊稀，山穷狼饥。这年境内狼群的雪下冬储肉食被盗、境外春荒加剧、狼群又难以捕获雪净蹄轻的黄羊。大批饿狼早已在边境线完成集结。这一轮入境的狼群眼睛特别红，胃口特别大，手段特别残忍，行为特别不计后果。每头狼几乎都是怀着以命拼食的亡命报复劲头冲过来的。然而额仑草原正忙于在境内掏挖狼窝，对外患却疏于防范。

六十年代中后期，草原气象预告的水准，报雨不见雨，报晴不见日。乌力吉场长说，天气预报，胡说八道。除了毕利格等几位老人，对牧场领导班子抽调那么多劳力去掏狼窝表示担心，几次劝阻外，其他人谁也没有预先警报这次寒流和狼灾。连一向关心牧民和牧业生产的边防站官兵，也未能预料和及时提醒。而以往他们在边防巡逻公路一旦发现大狼群足迹，就会立即通知场部和牧民的。额仑草原的边境草场，山丘低矮，无遮无拦，寒流风暴白毛风往往疾如闪电，而极擅气象战的草原狼也常常利用风暴，成功地组织起一次又一次的闪击战。

在额仑西北部一片优良暖坡草场，这几天刚刚集合起一个新马群。这是内蒙古民兵骑兵某师某团在额仑草原十几个马群中，精选的上等马，有七八十匹。这些天只等体检报告单了，只要没有马鼻疽，就可立即上路。战备紧张，看管军马，责任重大。牧场军代表和革委会专门挑选了四个责任心、警觉性、胆量和马技俱佳的马倌，让他们分两拨，二十四小时轮流值班，昼夜看管，二队民兵连长巴图任组长。巴图为了防止军马恋家跑回原马群，又让所有马群远离此地几十里。前些日子一直风和日暖，水清草密，还有稀疏的第一茬春芽。准军马乐不思蜀，从不散群。四个马倌也尽心尽力。几天过去，平安无事。

先头冷风稍停，风力达十级以上的草原白毛风就横扫过来。湖水倾盆泼向草滩，畜群倾巢决口畜栏。风口处的蒙古包，被刮翻成一个大碗，转了几圈便散了架。迎风行的毡棚车，被掀了顶，棚毡飞上了天。雪片密得人骑在马上，不见马首马尾。雪粒像砂枪打出的砂粒，嗖嗖高速飞行，拉出亿万根白色飞痕，仿佛漫天白毛疾飞狂舞。老人说，蒙古古代有一个萨满法师曾说，白毛风，白毛风，那是披头散发的白毛妖怪在发疯。白毛风有此言而得大名。天地间，草原上，人畜无不闻风丧胆。人喊马嘶狗吠羊叫，千声万声，顷刻合成一个声音：白毛巨怪的狂吼。

准备夜战继续开挖狼洞的人们，被困远山，进退两难。已经返程的猎手们，多半迷了路。留守畜群的劳力和老弱妇幼几乎全部出动，拼死追赶和拦截畜群。在草原，能否保住自己多年的劳动积蓄，往往就在一天或一夜。

越境的狼群，有组织攻击的第一目标是肥壮的军马群。灾后老人说，这一定是那条熟悉额仑草原的白狼王，经过实地侦察以后才选中的报复目标。那天，毕利格老人以为军马群已按规定时间送走，白毛风一起，他还暗自庆幸。后来才知马群是被体检报告耽误了一天。而接送报告的通讯员，那天跟着军代表包顺贵上山去掏狼崽了。这年春天被掏出的狼崽格外多，不下十几窝，一百多只。丧崽哭嚎的母狼加入狼群，使这年的狼群格外疯狂残忍。

老人说，这个战机是腾格里赐给狼王的。

风声一起，巴图立即躬身冲出马倌远牧的简易小毡包。这个白天本来轮到他休班，巴图已经连续值了几个夜班，人困马乏，但他还是睡不着，一整天没合眼。在马群中长大的巴图，不知吃过多少次白毛风和狼群的大亏了。连续多日可疑的平安，已使他神经绷得紧如马头琴弦，稍有风吹草动，他的头就嗡嗡响。大马倌们都记得住血写的草原箴言：在蒙古草原，平安后面没平安，危险后面有危险。

巴图一出包马上就嗅出白毛风的气味，再一看北方天空和风向，他紫红色的宽脸顿时变成紫灰色，琥珀色的眼珠却惊得发亮。他急忙返身钻进包，一脚踹醒熟睡的同伴沙茨楞，然后急冲冲地拿手电、拉枪栓、压子弹、拴马棒、穿皮袍、灭炉火，还不忘给正在马群值班的马倌拿上两件皮袄。两人背起枪，挎上两尺长的大电筒，撑杆上马，向偏北面的马群方向奔去。

西山顶边，落日一沉，额仑草原便昏黑一片。两匹马刚冲下山坡，就跟海啸雪崩似的白毛风迎头相撞，人马立即被吞没。人被白毛风呛得憋紫了脸，被雪沙打得睁不开眼，马也被刮得一惊一乍。两匹马好像嗅到了什么，脑袋乱晃，总想掉头避风逃命。两人近在咫尺，可是巴图伸手不见五指。他急得大喊大叫，就是听不到沙茨楞的回音。风雪咆哮，湮没了一切。巴图勒紧马嚼子，擦了一把额头上的汗霜，定了定心，然后将套马杆倒了一下手，夹握住大电筒，打开开关。平时像小探照灯、能照亮百米开外马匹的光柱，此刻的能见度最多不过十几米。光柱里全是茂密横飞的白毛，不一会儿，一个雪人雪马出现在光柱里，也向巴图照射过来一个花白模糊的光柱。两人用灯光画了个圈，费力地控制着又惊又乍的马，终于靠在了一起。

巴图拽住沙茨楞，撩开他的帽耳，对他大喊：站着别动，就在这儿截马群。把马群往东赶，一定要躲开架子山的大泡子。要不，就全毁了。

沙茨楞也对着巴图的脸大喊：我马惊了，像是有狼。就咱四个咋顶得住？

巴图大叫：豁出命也得顶……

说完，两人高举电筒，向北面照去，并不断摇晃光柱，向另两个同伴和马群发信号。

一匹灰鬃灰马突地闯进两束光柱里，几步减速，猛地急停在巴图身边，仿佛遇到了救星。大灰马惊魂未定，大口喘着气，脖子下有一咬伤，马胸上流满了血，在伤口处冒着热气，在伤口下又滴成了一条一条的血冰。沙茨楞的坐骑一见到血，惊得猛地蹿起，接着又一低头，一梗脖子，不顾一切地顺风狂奔。巴图只得急忙夹马追赶。那匹大灰马也顿时跑没了影。

等到巴图好容易抓住沙茨楞的马缰绳时，马群刚刚冲到他们的身旁。模糊的电筒光下，所有能看见的马，都像那匹大灰马，吓破了胆，惊失了魂。马群顺风呼号长嘶，边跑边踢，几百只发抖发疯的马蹄，卷起汹涌的雪浪，淹没了马腰下面更凶悍的激流狂飙。当巴图和沙茨楞都提心吊胆地把光柱对准马群身下时，沙茨楞吓得一个前冲，抱住了马脖子，差点没从马上滚栽下来。虽然雪浪中手电光照更模糊，但两个马倌的锐眼都看见了马群下面的狼。马群边上几乎每一匹马的侧后都有一两头大狼在追咬。每头狼浑身皮毛被白毛风嵌满了雪，全身雪白。狼的腰身比平时也胀了一大圈，大得吓人，白得瘆人。白狼群，鬼狼群，吓死马倌的恶狼群。平时见到手电光被吓得扭头就跑的狼，此刻胸中全部憋满仇恨，都像那头狼王和母狼一样霸狂，毫无惧意。

巴图心虚冒汗，觉得自己是撞见了狼神，正要受腾格里的惩罚。虽然，额仑草原每一个牧民最终都将天葬于狼腹，临死前自己盼望，死后家人亲朋也盼望尸身被狼群处理干净，魂归腾格里。千年如此，千年坦然。但是，每个还健康半健康活着的人却都怕狼群，都不肯在自己寿期未尽之时就让狼咬死吃掉。

巴图和沙茨楞迟迟不见另外两个马倌，估计他们可能被白毛风冻伤，被吓破了胆的坐骑带走。那两个马倌是白班，没枪，没手电，也没穿厚皮袍。巴图狠了狠心说：别管他们，救马群要紧！

马群还在巴图打出的光柱里狂奔。七八十匹准军马，那可是全场十几个马群和几十个马倌的心肝肉尖——它们血统高贵，马种纯正，是历史上蒙古战马中闻名于世的乌珠穆沁马，史称突厥马。它们都有漂亮的身架，都有吃苦耐劳、耐饥耐渴、耐暑耐寒的性格，跑得又快又有长劲。平时这些马大多是那些大马倌和场部头头们的坐骑。这次为了战备，调拨给民兵骑兵师，牧场有苦难言。这群马一旦因此喂了狼，或是淤死在水泡子里，那些马倌还不像狼一样，非得把他撕了不可。巴图一想起那些平时就不服管的大小马倌，他的血气一下子就冲上了头。

巴图看见沙茨楞有些犹豫，便一夹马冲过去，照他的脑袋就是一杆子。又用自己的马别住了沙茨楞的马，把他别到马群旁边，然后拿着手电向他的脸狠狠晃了几下，大叫：你敢跑，我就毙了你！沙茨楞大叫：我不怕，可骑的这匹马怕！沙茨楞用缰绳狠抽了几下马头，才控制了马，然后打开手电，挥着套马杆向马群冲靠过去。两人用电筒光引领马群，用套马杆拼命抽打一些不听指挥、顺风狂奔的马，把马群往偏东方向挤。巴图估摸此地离大泡子越来越近，顶多不过二十几里地。军马群，一色儿高头宽胸的阉马，没有普通马群那些怀驹骒马、生个子马、小马老马的拖累，马群的奔速极快，照这种速度用不了半个钟头，整个马群全得冲进烂泥塘里。要命的是前面的大泡子南北窄，东西宽，长长地横在前面，如果风向不变，很难绕过。巴图感到那泡子像一张巨头魔的大嘴，正等着风怪和狼神给它送去一顿肥马大宴。

白毛风的风向丝毫不变，正北朝南，继续狂吼猛刮。巴图能在黑暗中，从马踏草场的变化中感觉地形高低、地脉走向和地质松软程度，判断出自己所处的位置和风向。巴图急得火烧火燎，他已经顾不上自己已被狼群包围，顾不上狼随时可能撕咬他的坐骑，顾不上可能马失前蹄摔到这些饥狼仇狼疯狼群中去。他觉着那些被掏空狼窝、失去狼崽的母狼们比狼王更疯狂。他不顾一切地大喊大叫，用套马杆狂打狂抽。他只剩下一个心思，那就是稳住军心，把散乱的马群集中起来，赶出正南方向，绕开大泡子。再把马群赶到蒙古包集中地，用狗群、人群来对付狼群。

马群在电筒光的引领下，在两个始终不离马群的马倌的抽打吼叫下，渐渐恢复了神志，也好像有了主心骨。一匹大白马自告奋勇，昂头长嘶，挺身而出作为新马群的头马。巴图和沙茨楞立即把光柱对准了头马。有了头马，马群兴奋起来，迅速恢复蒙古战马群本能的团队精神，组织起千百年来对付狼群的传统阵形。头马突然发出一声口令长嘶，原来已被狼群冲乱的队形便突然向头马快速集中，肩并肩，肚靠肚，挤得密不透风。几百只马蹄不约而同地加重了向下的力度，猛踩、猛跺、猛踢、猛尥。狼群猝不及防，凶猛的狼一时间失掉了优势。几条被裹夹到马群中马肚下的狼，被栅栏一样的马腿前后左右密密圈住，跳不出，逃不掉。有的狼被密集的马蹄踩瘸了腿、跺断了脊梁、踢破了脑袋，发出凄厉的鬼哭狼嚎，比白毛风还要瘆人。巴图稍稍松了一口气，他估计起码得有两三条狼被马蹄踢死踢伤，他能记得这块地界，等风过天晴他就能回来剥狼皮了。马群在大开杀戒以后，迅速调整队形，怯马在内，强马在外。用爆发有力、令狼胆寒的铁蹄，组成连环铁拳似的后卫防线。

离大泡子越来越近了，巴图对刚刚组成的马群正规队形感到满意，这种队形尚可指挥，只要控制住头马，就可能在剩下不多的时间里把马群赶到泡子东边。但是，巴图仍然心存恐惧，这群狼非同一般，疯狼不能打，越打越凶，越杀越疯，疯狼的报复心草原人无人不怕。刚才狼的惨叫，狼群一定都听见了，后面这段路便危机四伏。巴图看了看马群，已有不少马被咬伤。这群马，个个是好马、是战马，是与狼群搏杀出来的马，就是伤马也拼命跟群跑，拼死保持队形的严整，尽量不给狼群攻击的机会。

可是，这群马却有一个致命的弱点，一色儿都是骟马，而缺少凶猛好斗，能主动攻击大狼的儿马子（雄种马）。在蒙古草原，每个大马群都有大大小小十几个马家族，每个家族都有一匹儿马子。那些留着齐膝、甚至拖地长鬃、比其他大马高出一头、雄赳赳的儿马子，才是马群里真正的头马和杀手。一遇到狼，马群立即在儿马子的指挥下围成圈，母马小马在内，大马在外，所有儿马子则在圈外与狼正面搏斗，它们披散长鬃，喷鼻嘶吼，用两个后蹄站起来，像座小山一样悬在狼的头顶，然后前半身猛地向下，用两只巨大的前蹄刨砸狼头狼身。狼一旦逃跑，儿马子便低头猛追，连刨带咬，其中最庞大、凶猛、暴烈的儿马子能咬住狼，把狼甩上天、摔在地，再刨伤刨死。在草原，再凶狂的狼也不是儿马了的对手。无论白天黑夜，儿马子都警惕地护卫马群，即使马群遭遇狼群、雷击、山火惊了群，儿马子也会前后左右保护自己的家族，尽量减少家族妻儿老少的伤亡，率领马群跑向安全之地。

此刻，巴图是多么想念儿马子。可是眼前白毛风里的这匹临时头马，和马群里所有的马却都是阉马，虽然体壮有力，但雄性已失，攻击性不强。巴图暗暗叫苦，正规军队有好几年没来牧场征集军马了，人们差不多都忘掉了军马群里没有儿马子的后果。就算有人想到，也以为反正军马几天就走，军马一走就不关牧场的事了。这几乎不可能出岔子的事情，竟然还是让狼钻了空子，巴图不得不佩服狼王的眼光，它大概早就发现了这是一群没有儿马子的马群。

巴图冲到马群侧前方狼抽头马，逼它向东，同时倒换出手，把半自动步枪挎到前胸，打开保险，但不到万不得已他不敢开枪。这群军马还是新兵，一开枪不光吓不走狼群，反倒会把马惊炸了群。沙茨楞也跟着巴图做好了一切准备。白毛风越刮越狂，两人的胳膊已经累得挥不动长长的套马杆了，大泡子也越来越近，在平时，这里已经可以闻到泡子的碱味了。急红了眼的巴图决定以毒攻毒，鼓起全身力气敲了一下头马的脑袋，接着拼命地打出一个尖厉的饮水口哨，通人性的头马和马群好像突然明白了主人的警告，正南方就是马群两天去饮一次水的大泡子。春来连续干旱，湖水已退到泡子中央，而泡子周圈全是烂泥塘，只有一两处被牲畜饮水踩实的通道还算安全，其他地方都是要命的陷阱，开春以来已有不少头大牲畜淤死或饿死在泥塘里了。以往马群饮水时，都是在马倌口哨的引导下，马群才敢战战兢兢地顺着马倌蹚过的不陷蹄的通道，深入泡子去喝水。即使在白天，任何马都不敢以眼下这个速度冲向大泡子的。

巴图的口哨果然灵验，熟悉草场的马群立即意识到南面巨大的危险。群马长嘶，颤抖哀鸣。整群马只停了一下，就开始集体转向，顶着狂猛的侧风向东南方向拼死冲锋。南有陷阱泥塘，北有狂风恶狼，只有东南是唯一一条有可能逃命的活路。每匹马都瞪着凄惶的大眼睛，低头猛跑，大口喘气，一声马嘶也听不见了，马群中笼罩着跟死亡赛跑一样的紧张和恐怖。

马群刚一转向，战局陡变。马群队形一朝东南，拳脚最少、防御最弱的马群侧面，就立即暴露在顺风冲击的狼群面前，而马群最具杀伤力的密集后蹄却被置于无用之地。狂猛的侧风也立刻减缓了马群的速度，削弱了马群抵抗狼群的武器。但是，侧风却使狼群如虎添翼。一般情况下，狼群速度高于马群速度，顺风逆风都是如此。在顺风时，狼快可马也不慢，狼要腾空扑上马身马背撕咬，不敢从马尾后面直接跃起，弄不好碰上一匹聪明马，它会突然加速，让狼扑上马蹄，非死即伤。狼只能从马的侧面侧身斜扑，才可能得逞。但狼侧身斜扑会影响速度，如果马速很快，狼就算扑到了马，也抓咬不住马，至多在马身上留下几处抓痕，狼的捕杀成功率也会降低。此刻，当马群不得不改变方向的时候，就给了狼群绝好的捕杀机会。狼群顺风追慢马，用不着侧身斜扑，只要狼在马侧面直身一跃，狂风就正好将狼刮到马背、马身或马颈上。狼就会用它的利爪不要命地抠住马身，用它的锋利钢牙迅猛凶悍地攻击马的要害部位，得手后立即跳离马身。如果马打算就地打滚甩掉狼，对付一条狼还行，可对付群狼只会更快送命。它只要一滚躺下来，一群狼就会一拥而上把它撕碎。

马群发出凄厉的长嘶，一匹又一匹的马被咬破侧肋侧胸，鲜血喷溅，皮肉横飞。大屠杀的血腥使疯狂的狼群异常亢奋残忍，它们顾不上吞吃已经到嘴的鲜活血肉，而是不顾一切地撕咬和屠杀。伤马越来越多，而狼却一浪又一浪地往前冲，继续发疯发狂地攻杀马群。每每身先士卒的狼王和几条凶狠的头狼更是疯狂残暴，它们蹿上大马，咬住马皮马肉，然后盘腿弓腰，脚掌死死抵住马身，猛地全身发力，像绷紧的硬钢弹簧，斜射半空，一块连带着马毛的皮肉就被狼活活地撕拽下来。狼吐掉口中的肉，就地一个滚翻，爬起身来，猛跑几步，又去蹿扑另一匹马。追随头狼的群狼，争相仿效，每一条狼都将前辈遗留在血管中的捕杀本能，发挥得竭尽心力、凶猛痛快。马群伤痕累累，鲜血淋淋，喷涌的马血喷洒在雪地，冰冷的大雪又覆盖着马血。残酷的草原，重复着万年的残酷。狼群在薄薄的蒙古高原草皮上，残酷吞噬着无数鲜活的生灵，烙刻下了一代又一代残酷的血印。

在惨白模糊的电筒光柱下，两个马倌又一次目击了几乎年年都有的草原屠杀。但这一次令人更加不能接受，因为这是一群马上就要参军入伍，代表额仑草原骄傲和荣誉的名马，是从一次一次草原屠杀中狼口脱险的运气好马，也是马倌这么多年拼死拼活，提心提命养大的心肝宝贝。就这样眼睁睁地看着狼群连杀带糟蹋，巴图和沙茨楞连哭都哭不出来，他俩全身憋满的都是愤怒和紧张，但他们必须忍住、压住、镇住，竭力保住剩下的马群。但巴图越来越揪心，以他多年的经验，他感到这群狼绝不是一般的狼群，它们是由一条老谋深算、特别熟悉额仑草场的狼王率领的狼群，那些怀恨肉食被盗的公狼疯了，丧子的母狼们更是疯得不要命了，可是，狼王却没有疯。从狼群一次又一次压着马群往南跑，就可以猜出狼王到底想干什么，它就是铆着劲，不惜一切代价想把马群撵到南边的大泡子里去，这是草原狼王的惯招。巴图越想越恐惧，他过去见过狼群把黄羊圈进泥泡子，也见过狼群把牛和马赶进泡子，但数量都不算大。狼把一整群马圈进泡子的事，他只听老人们说过，难道他今晚真是撞见了这么一群狼？难道它们真要把整个马群都一口吞下？巴图不敢往下想。

巴图用电筒招呼了沙茨楞，两个马倌豁出命从马群的西侧面绕冲到马群的东侧面，直接挡住狼群，用套马杆、用电筒光向狼群猛挥、猛打、猛晃。狼怕光，怕贼亮刺眼的光。两个人和两匹马，在微弱无力的手电筒光下前前后后奔上跑下，总算挡住了马群东侧一大半的防线。马群从巨大的惊恐中稍稍喘了口气，迅速调整慌乱的步伐，抓紧最后的机会，向大泡子的东边冲去。马群明白，只要绕过泡子，就可以顺风疾奔，跑到主人们的接羔营盘，那里有很多蒙古包，有很多它们认识的人，有很多人的叫喊声，有很多刺眼的光，还有马群的好朋友——凶猛的大狗们，它们一见到狼就会死掐，主人和朋友们都会来救它们的。

狼是草原上最有耐心寻找和等待机会的战神，而且是每抓住一次机会就非得狠狠把它榨干榨成渣不可的精怪。既然它们都发了狠，又抓住了这次机会，它们就会把机会囫囵个地吞下，不惜代价地力求全歼，绝不让一匹马漏网。马群已经跑到了接近泡子边缘的碱草滩，疾奔的马蹄刨起地上的雪，也刨起雪下的干土、呛鼻呛眼的碱灰硝尘。人马都被呛出了眼泪，此刻人马都知道自己已经处于生死存亡的危险边缘。周围草原漆黑一片，看不到泡子，但可以感觉到泡子。人马都不顾碱尘呛鼻，泪眼模糊，仍然强睁眼睛迎着前方。一旦马蹄扬起的尘土不呛眼了，就说明马群已冲上大泡子东边的缓坡，那时整个马群就会自动急转弯，擦着泡子的东沿，向南顺风狂跑了。

人、马、狼并行疾奔，狼群暂停进攻，巴图却紧张得把枪把攥出了汗，十几年的放马经验，使他感到狼群就要发起最后的总攻了，如果再不攻，它们就没有机会了，而这群狼是绝不会放弃这个复仇机会的。但愿碱土硝灰也呛眯了狼眼，使它们再跟马群瞎跑一段。只要马群一上缓坡，他就可以开枪了，既可以惊吓马群拐弯快逃，又可杀狼吓狼，还可以报警求援。巴图费力地控制自己微微发抖的手，准备向狼群密集区开枪，沙茨楞也会跟着他开火的。

未等巴图控住自己的手，马群发出一片惊恐的嘶鸣，自己的马也像绊住了腿。巴图揉了揉发涩的泪眼，把电筒光柱对准前方，光影里，几头大狼挤在一起慢跑，堵在他的马前，狼不惜忍受马蹄的踩踏，也要挡住巴图的马速。巴图回身一看，沙茨楞也被狼堵在后面，他在拼命地控制受惊的马，狼已经急得开始攻击人的坐骑。巴图慌忙用电筒向沙茨楞猛摇了几个圈，让他向前边靠拢，但沙茨楞的马惊得又踢又尥根本靠不过来。几头大狼轮番追咬撕抓沙茨楞的马，马身抓痕累累，沙茨楞的皮袍下襟也被狼撕咬掉。沙茨楞已经惊得什么都不顾了，他扔掉了使不上劲的套马杆，把粗长的电筒棒当作短兵器使用，左右开弓，向扑上来的狼乱砸一气。灯碎了，电筒瘪了，狼头开花了，但还是挡不住狼的车轮战。一条大狼终于撕咬下马的一条侧臀肉，马疼得嘘嘘乱嘶，它再也不敢随主人冒险，一口咬紧马嚼铁，一梗脖子一低头，放开四蹄向西南方向狂奔逃命，沙茨楞已无论如何也拽不动这匹临阵脱逃的马的马头。几头大狼看到已把一个碍手碍脚的人赶跑，便追了几步就又急忙掉头杀回马群。

此刻马群中只剩巴图一个人，一小群大狼立即开始围攻巴图的马。巴图的大黑马噗噗地喷着鼻孔，瞪大眼睛，勇猛地蹬、踢、尥、咬，不顾咬伤抓伤拼死反抗。狼越围越多，前扑后冲，集中狼牙猛攻大黑马。巴图落入如此凶险境地，他心里明白，此刻想逃也逃不掉，只有一拼。巴图也扔掉了他宝贝套马杆，他在剧烈颠簸的马背上，用一只手紧紧扶住前鞍鞒，另一只手悄悄解开拴在鞍条上的箍铁马棒，把马棒一头的牛皮条套在手腕上，再把马棒沉沉地拿在手。他横下一条心，迅速地把自己从一个马倌变换成一个准备赴死的蒙古武士，与狼拼命，与狼决死战。他准备使用他好久未用的祖传打狼的绝技和损招。他的这根马棒像骑兵的军刀一样长，是他先祖传下来专门用来打狼和杀狼的武器，毕利格又传给了他。韧质的棒身有锹把一般粗，下半截密密地箍着熟铁铁箍，铁箍缝里残留着黑色的污垢，那是几代人杀狼留下的狼的血污。几头大狼在马的两侧轮番蹿扑大黑马，这是在马上用马棒打狼最有利的位置，也是巴图此夜所能得到的绝佳杀狼机会。关键就看胆量和手上的准头了。

巴图定了定心，沉了沉气，悄悄把亮光挪到右边，然后把马棒举过头顶，看准机会，抡圆了胳膊，狠狠地砸向狼的最坚硬但又最薄弱，也是最致命的部位——狼牙。一头向上猛蹿、张牙舞爪的大狼，被向下猛击的马棒迎头齐根打断四根狼牙，巴图的马棒给了狼剧烈钻心的疼痛和比天还大的损失。

大狼一头栽倒在雪地上，不停吮着满嘴的血，抬头冲天没命地哭嚎，凄厉惨绝，比要了它的命还痛苦。在古老的蒙古草原，对狼来说，狼牙等于狼命。狼最凶狠锐利的武器就是它的上下四根狼牙，如果没有狼牙，狼所有的勇敢、强悍、智慧、狡猾、凶残、贪婪、狂妄、野心、雄心、耐性、机敏、警觉、体力、耐力等等一切的品性、个性和物性，统统等于零。

在狼界，狼瞎一只眼、瘸一条腿、缺两只耳朵还都能生存。但如果狼没了狼牙，就从根本上剥夺了它主宰草原的生杀大权，更遑论狼以杀为天，还是狼以食为天了。狼没了牙，狼就没了天。狼再也不能猎杀它最喜欢的大牲口了，再也不能防卫猎狗的攻击和同类的争夺了，再也不能撕咬切割，大块吃肉、大口喝血了，再也不能在严酷的草原及时足够地补充能量了。它在草原上所有的骄傲和雄心、它在狼群中的地位和同类的尊敬，将统统化为乌有。它只能暂时苟延残喘地活着，有口无牙地活着，活活地看着同类的屠杀和欢宴，把它最不愿看的东西全吞在眼里。它以后只剩下一条路——死亡，慢慢瘦死、冻死、饿死、气死、窝囊死。

巴图在马群一匹又一匹被厮杀的腥风中，恨不得就用这种剧毒的方式把狼杀掉一半，也让狼尝尝草原人的凶狠残忍。他抓住一些狼还没有反应过来的空当，又看准了一个下手机会，狠狠地砸下去，但这次没有击中狼牙，而打在狼的鼻尖上，整个狼鼻一下子被掀离鼻骨，大狼滚倒在雪地里，疼得全身缩成了一个狼毛球。巴图的杀狼绝技和威力，两头大狼的凄绝哭嚎，立即把巴图身边的群狼全都震慑住了，它们突然猛醒，再不敢蹿扑，但仍然挤在巴图马前，阻挡他靠近马群。

巴图击退了身边狼群的进攻，再向前面马群看去，原先攻击马群的大狼已全部集中到马群的东侧前面，它们似乎感到时间紧迫，同时也感觉到后面狼群的失利。狼群发出怪风刮电线一样的呜呜呜呜震颤嗥叫，充满了亡命的恐惧和冲动。在狼王的指挥下，狼群发狠了，发疯了。整个狼群孤注一掷，用蒙古草原狼的最残忍、最血腥、最不可思议的自杀性攻击手段，向马群发起最后的集团总攻。一头一头大狼，特别是那些丧子的母狼，疯狂地纵身跃起，一口咬透马身侧肋后面最薄的肚皮，然后以全身的重量作拽力、以不惜牺牲自己下半个身体作代价，重重地悬挂在马的侧腹上。这是一个对狼对马都极其凶险的态势。对狼来说，狼挂在马的侧腹上，就像挂在死亡架上一样，马跑起来，狼的下半身全被甩到马的后腿侧下方，受惊的马为了甩掉狼，会发疯地用后蹄蹬踢狼的下半身，一旦踢中，狼必然骨断皮开，肚破肠流。只有那些牙齿锋利，个大体重的狼，可以不用借力，只用自身的利牙和体重撕开马肚皮，然后落地保命。这一毒招对马来说，更加凶险要命。它如果踢不掉狼，就会因负重而掉队，最后被群狼围杀；它如果踢中了狼身，却又给狼牙狼身加大了撕拽的力量，有可能被猛地撕开肚皮，置自己于死地。

被杀的马群和自杀的狼群，都在凄惨绝望地颤抖。

被踢烂下身，踢下马的狼，大多是母狼。它们比公狼体轻，完全靠自己体重的坠挂，难以撕开马的肚皮，只有冒死借马力。母狼们真是豁出命了，个个复仇心切、视死如归，肝胆相照、血乳交融。它们冒着被马蹄豁开肚皮、胸腑、肝胆和乳腺的危险，宁肯与马群同归于尽。

一条被马蹄踢破腹部，踢下了马的饿疯了的公狼，龇牙咧嘴地蜷缩在雪地上嗥叫，可它还是拼命地用两条前腿挣扎着，爬向倒地未死的马，撕咬生吞那匹囫囵个的大马，绝不放弃最后一次机会。只要它的嘴还在、牙还在，它就不管自己有没有肚子，照吞不误。鲜活的马肉被狼大口咽下，直接吞到雪地上，没有肚皮容量限制的狼，一定是世界上最贪心、胃口最大的狼，也一定是一次吞下最多马肉的狼。这是狼在临死之前最痛快最惨烈的最后一次晚餐。

而那些被狼从肚侧大剖腹的马，本来就是大腹便便的饱马，胃包里装满了草原春天的第一茬青草和上年的秋草，饱胀而饱含水分，下坠分量很重。被撑薄的马肚皮一旦被狼牙豁开，巨大的胃包和肥柔的马肠就呼噜一下滑坠到雪地上。仍在惯性飞奔的两条马后腿，跟上来就是狠狠的几蹄，踏破了自己的胃囊，缠住了自己的肚肠。刹那间，胃包崩裂，胃食飞溅，柔肠寸断。惊吓过度的马仍在奔跑，后蹄把腹腔中的胃袋胃管食道肝胆统统踩绕在蹄下，最后把胸腔中的气管心脏肺叶也一起踩拽出来。大马可能是踩破了自己的肝胆，胆破致死；也可能是踩碎了自己的心脏，心碎而死；或者是踩扁了自己的肺，窒息而亡。狼的自杀是极其残忍痛楚的，因此狼也就不会让它的陪命者死得痛快。狼就是用这种方式让马也陪它一同尝尝自杀的滋味。马虽然是被狼他杀的，但马也是半自杀的。马死得更痛苦、更冤屈，也更悲惨。

狼群这最后一轮疯狂的自杀攻击，彻底摧垮了马群有组织的抵抗。草原已成大屠场，一匹匹被马蹄掏空胸腹的大马，在雪地上痉挛翻滚，原本满腔热血热气的胸膛，刹那间，被灌满一腔冰雪。陆续倒地的马，不断地挣扎，汹涌喷溅的马血，染红了横飞的暴雪雪沙。成千上万血珠红沙，横扫猛击落荒而逃的马群，越刮越烈的血雪腥风，还要继续将它们赶向最后的死亡。

巴图被狼的自杀复仇战惊吓得手脚僵硬，冷汗也结成了冰。他知道大势已去，他已无法挽救败局。但他仍想保住几匹头马，便使劲勒住马嚼子，憋住马劲，然后猛地一夹马肚，一松嚼子，马嗖地跃过挡在他前面的狼，冲向头马。但马群已被狼群冲散，兵败如山倒，所有的马都顺风狂逃，吓破了胆的马已经忘记了南边还有泡子，都以冲刺的速度冲向大泡子。

接近泡子的下坡地势加快了马群的冲速，越刮越猛的白毛风又以排山倒海的推力，把马群加速到了冲跃腾飞态势，整个马群就像轰轰隆隆飞砸下山的滚木礌石，冲进了大泥塘。刹那间，薄冰迸裂，泥浆飞溅，整个马群踏破冰壳全部陷入泥塘，马群绝望长嘶，拼死挣扎，马对狼的恐惧和仇恨已达极顶，陷进泥塘的马群稍稍犹豫一下，便众心一致地拼尽最后的力气，在黏稠的泥浆里倒着四蹄向泥塘深处爬，即便越陷越深，也全然不顾，它们宁可集体自杀葬身泥塘，也不愿以身饲狼，不让它们的世仇最后得逞。这群被人去了势、剜去了雄性的马群，即使已到生命的尽头，仍在拼死作出最后的反抗，以集体自杀来反击狼群复仇的自杀进攻。它们都是古老蒙古草原上最强悍的生命。

但残酷的草原蔑视弱者，依然不给弱者最后的一点点怜悯。入夜后骤降的气温已经将泥塘表面迅速冻成一层薄薄的冰壳，泡子的边缘虽已冻透，但靠里面泥塘的表面，还没有冻结到能承受马群的厚度，当马群踏破泥冰陷入泥塘时，它们遇到了比平时更黏稠的泥浆。暴雪酷寒使泥浆更冷更胶着，也就使泥浆更绊腿阻身。马群拼命地往泥塘深处爬、刨、拱。每挪一步，马身与泥浆缝隙里就被灌进更多的雪沙和寒风，整个马群将泥塘搅拌得更加寒冷和黏稠。马群终于精疲力竭，动弹不得。冲在前面的马，陷得还露出马背马颈马头，便再也陷不下去了。冲在后面的马，四条腿全部陷没，马肚皮贴着泥浆，整个躯干全部暴露在外，也陷不下去。此刻，整个马群就像刑场屠场上的死囚，已被寒冷胶稠和渐渐冰封的泥塘五花大绑，捆得结结实实。欲死不得的马群哀伤绝望地嘶叫，冰雪泥塘上腾起一片白茫茫的哈气，在结满条条汗冰的马毛上又罩上了一层白霜。它们明白，此时，谁也救不了它们了，谁也阻止不了狼群对它们最后的集体屠杀。

巴图用力地勒着马小心地跑到泡子边，大黑马一踏到泥冰，立刻惊恐得喷着鼻孔，低下了头，紧张地望着冰雪泥塘，不敢再往前迈一步。巴图用电筒向泡子里面照，只有在白毛风稍稍减弱的空当，才能隐隐约约看到马群的影子。几匹马无力地摇晃着脑袋，向它们的主人作垂死的呼救。巴图急得用马靴后跟猛磕马肚，逼着黑马再往前走。大黑马小心翼翼地往前走了五六步，前蹄就踏破冰壳陷到泥浆里，惊得它急忙拔腿后跳，一直跳到泡子岸边的实地才站住。巴图再用马棒敲打马臀，黑马死活也不肯往前走了。巴图很想下马，他想爬到马群旁边用枪来守护马群，但是，他如果下了马，人马分离，陷到狼群里，就会失掉了居高临下挥舞马棒和大黑马铁蹄的优势，狼群也就不怕他了，人马都会被狼群撕碎。而且，他只有十发子弹，纵然他有天大的本事，一枪打死一条狼，他也不可能打死所有的狼。即使他能赶走狼群，但是到下半夜，越来越冷的白毛风也会把整个马群和泥塘冻在一起的，和冰一样硬。那么如果他立即赶回大队报警求援呢？这么大的白毛风，家家都在拼死拼活守护羊群，大队根本抽不出足够的劳力和牛车把马群拽出泥塘。巴图脸上挂满了冰泪，面向东方，仰天哀求：腾格里，腾格里，长生的腾格里。请给我智慧，请给我神力，帮我救出这群马吧！但是腾格里鼓起腮帮子仍然狂吹猛吼，以更猛烈的白毛风刮散了巴图的声音。

巴图用羔皮马蹄袖擦去冰泪，把马棒带扣在手腕上，然后，松开枪背带，用左手托起枪身和电筒，等着狼群，此刻，他唯一剩下的念头，就是再多杀几条狼。

过了很久，巴图冻得已经坐不稳马鞍。忽然，狼群像一股幽风低低地从他身后刮进泥塘，在泥塘的东部边缘停下来，隐没在腾起的迷茫雪雾里。少顷，一条较细的狼忽而钻出，小心地走向马群，试探着每一步爪下冰面的硬度。巴图嫌狼小，没有开枪。狼走了十几步，忽地抬起头加快了速度，朝马群一路小跑。还未等它跑到马群，突然从湖岸边刮来一股白色的龙卷风，冲向马群，然后围着马群呼呼快速旋转，卷得满湖白雪茫茫，天地不分。就像一大群长毛白发的野蛮土著食人番，围着圈中的篝火和捆绑的活兽活人，狂歌狂舞、开胃开怀、欢心欢宴。

巴图被雪沙卷得睁不开眼，他只觉得冷，冷得全身发抖。嗅觉异常灵敏的大黑马被雪沙卷得浑身战栗，断断续续，哆哆嗦嗦地低头哀嘶。沉沉黑夜，漫漫白毛又一次遮盖了血流成冰的草原屠杀。

快被冻僵的巴图麻木地关掉光亮，让自己完全陷入黑暗，然后低下头，把枪口对向大泡子，但他突然又把枪口抬高一尺，慢慢地开了一枪、两枪、三枪……

06

突厥之……兵器，有弓矢鸣镝，甲矟刀剑。其佩饰则兼有伏突。旗纛之上，施金狼头。侍卫之士，谓之附离（附离，古突厥语，意为狼——引者注），夏言亦狼也。盖本狼生，志不忘旧。

——《周书·突厥》

淡淡的阳光穿透阴寒的薄云和空中飘浮的雪末，照在茫茫的额仑草原上。白毛风暴虐了两天两夜以后，已无力拉出白毛了，空中也看不见雪片和雪沙，几只老鹰在云下缓缓盘旋。早春温暖的地气悠悠浮出雪原表面，凝成烟云般的雾气，随风轻轻飘动。一群红褐色的沙鸡，从一丛丛白珊瑚似的沙柳棵子底下噗噜噜飞起，柳条振动，落下像蒲公英飞茸一样轻柔的雪霜雪绒，露出草原沙柳深红发亮的本色，好似在晶莹的白珊瑚丛中突然出现了几株红珊瑚，分外亮艳夺目。边境北面的山脉已处在晴朗的天空下，一两片青蓝色的云影，在白得耀眼的雪山上高低起伏地慢慢滑行。天快晴了，古老的额仑草原已恢复了往日的宁静。

沙茨楞和陈阵为巴图治疗冻伤，陪伴了他整整一天。但巴图讲述的可怕残酷的黑暗草原，实在无法与人们眼前美丽明亮的草原连在一起。虽然牧场每个人都与恐怖的白毛风搏斗了两天两夜，陈阵仍是不愿或不敢相信巴图讲的经历。

陈阵呼吸着寒冷新鲜、带有草原早春气味的空气，心情略有些好转。有了这场大雪，这年的春旱可以彻底解除。整天干风干尘、干草干粪，两眼发涩，总像得了沙眼的日子就要过去了。大雪一化，河湖水清水满，春草齐长，春花齐开，畜群的春膘也有指望。毕利格老人总是说，牲畜三膘，就看春膘。春膘抓不上，夏天的水膘就贴不住，秋天的油膘就更抓不足了。如果到秋天草黄之前羊的背尾部抓不足三指厚的油膘，羊就度不过长达七个月的冬季，牧场就只好在入冬之前将膘情不够的羊廉价处理给内地。在灾情严重的年份，往往在入冬之前羊群就会减员一半，甚至大半。在草原牧区，一年之计也在于春。但愿这场解旱的春雪，能给牧场多补回一些损失。

陈阵和几个本队和外队的知青，随场部、大队和生产组派出的灾情事故调查组，一同去大泡子现场。一路上场革委会领导、军代表包顺贵、场长乌力吉、马倌巴图、沙茨楞和其他群众代表，以及准备清理事故现场的青壮牧民全都阴着脸，离大泡子越近大家的心情似乎越难受，谁都不说话。一想到军马群尚未出征就全军覆没，军方和地方异常震怒，陈阵的心情也沉重起来。巴图已换了马，他的大黑马伤得几近残废，已送场部兽医站治伤去了。巴图脸上涂满了油膏，仍然遮不住被冻得惨不忍睹的脸面，鼻子上脸上的皮全被冻黑冻皱，从皱缝里流出一道道黄水。一块曝了皮以后露出的粉红色新肉，在巴图紫褐色的脸上显得特别扎眼。他背后的腰带上斜插着一把大木锨，疲惫不堪地骑在马上，一言不发地走在包顺贵的身旁，为马队领路。

巴图是在白毛风刮了一夜半天以后，被沙茨楞在大泡子南边一个破圈后面找到的。当时马已伤得走不动，人也已冻得半死。沙茨楞牵着他的伤马把巴图驮回了家。为了让调查组了解事故经过，巴图只得强撑着身子，带着调查组前往事故发生地。另外两个马倌，虽然浑身都被冻伤，但仍被隔离审查了。

陈阵跟在毕利格身边，走在队伍的侧后。他小声问：阿爸，上头会怎么处分巴图他们？

老人用马蹄袖擦了擦他稀疏的山羊胡须上的雾水，黄眼珠里深含着复杂的同情。他没有回头，看着远山慢慢地说：你们知青觉着该处分他们吗？老人回过头来又补了一句：场部和军代表很看重你们的意见，这次把你们知青请来，就是想听听你们的意见。

陈阵说：巴图是条好汉，为了这群军马，他差点把命都搭进去，可惜他运气不好。我觉得他不管救没救下这群马，他都是了不起的草原英雄。我知道包顺贵的态度，我的意见不管用，我在您家住了一年，谁都知道巴图是我的大哥。再说知青的意见也不一致。我想，您是贫牧代表，又是革委会委员，大家都听您的，您说什么我就跟着说什么。

别的知青咋说？老人很关心地问道。

咱们队的知青大多数认为巴图是好样的，这次风灾雪灾加狼灾太厉害，换了谁也顶不住，不能处分巴图。可也有的人说，这可能是有人利用自然天灾搞破坏，反军反革命，一定得先查查四个马倌的出身。

毕利格老人脸色更加阴沉，不再问了。

人马绕过大泡子东侧，来到巴图最后开枪的地方。陈阵屏住气，做好亲眼目击血腥屠场的心理准备。

然而一滴血也看不见，一尺多厚的白雪已将黑夜所遮盖的血腥重又覆盖了。至少应该有突出于湖面的马头吧，但是也没有。湖面上只有一片连绵起伏的雪堆，雪堆之间的雪特别厚，雪堆后面又拖着被风雪刮出的一条条雪坡，把本来应该非常突出醒目的马尸雪堆抹平了。人们默默地看着，谁也不下马，都不愿揭开这层雪被，只是在心里一遍遍设想着当时的情势。

太可惜了。毕利格老人第一个开口，他用马棒指了指泡子的东岸：你们看，要是再跑一小段就没大事了。巴图从北边的草场能把马群赶到这块地界太不易了。风那么冲，狼那么多，就算人不怕，可骑的马能不怕吗？巴图从头到尾都在马群，跟狼群拼死拼活，他是尽了责的。

蒙古老人不忌讳替自己的儿子辩护。

陈阵向包顺贵靠过去说：巴图为了保护集体财产，一个人跟狼群搏斗了一夜，差点牺牲自己的生命，这可是应该上报的英雄事迹……

包顺贵瞪了陈阵一眼吼道：什么英雄事迹！他要是把这群军马保下来才是英雄。他又转过头对着巴图狠狠地说：那天你为什么把马群放在泡子的北边，你放了这么多年的马，难道还不知道一刮风会把马群刮到泡子里去吗？你最大的责任就在这儿！

巴图不敢看包顺贵，他连连点头说：是我的责任，是我的责任。我要是每天傍黑把马群放到东边草场去，就不会出这么大的事故了。

沙茨楞磕了磕马肚，靠上去不服气地说：是场部让我们把马群放到那块草场的，还说全场就数那儿的秋草剩得多，春草也长得早。军马就要上远路，一定要保证军马吃饱吃好，争取再抓上点膘。要让来接马群的民兵骑兵一看就高兴。我记得那会儿巴图在场部抓革命、促生产会上就说过，马群放在大泡子的北边不安全。可场部说春天多一半刮西北风，哪能就在这几天刚好碰上北风呢。这事儿你也是同意的，怎么一出了事就把责任全栽到巴图头上？

几个场部领导都不说话了。场长乌力吉咳了咳嗓子说：沙茨楞说得没错，是有这回事。大家都是好心，想让军马再长壮实点，路上走好，为战备多贡献一点力量。谁会想到会来了这么一场白毛风，还是北风，又跟来这么一大群狼。要没有这群狼，巴图也准保能把马群赶到安全地方了。风灾白灾加狼灾，百年不遇，百年不遇啊。我负责抓生产，这次事故该由我负责。

包顺贵用马鞭指着沙茨楞的鼻子说：你的责任也不小，毕利格说得对，这群马再跑一小段就没大事了，要是你们三个不临阵脱逃，和巴图一块儿赶这群马，也就不会出这次大事故。要不是看你后来救了巴图一命，我早就把你隔离审查了。

毕利格用自己的马棒压下包顺贵的马鞭，板着面孔说：包代表，你虽是农区的蒙古族人，可也该知道牧区蒙古人的规矩，在草原是不许用马鞭指着别人的鼻子跟人说话的，只有从前的王爷、台吉、牧主才这样说话。不信你可以去问问你们军分区首长。下次他来检查工作，咱俩可以一块儿去问。

包顺贵放下马鞭，倒换到左手，又立刻用右手的食指，点着沙茨楞和巴图的鼻子喝道，你！还有你！还不下马铲雪，扫雪！我要亲眼验尸，我倒要看看狼有多厉害，狼群有多大。别想把什么责任都推到狼身上。毛主席教导我们说，人的因素第一！

人们都下了马，拿起带来的木锨、铁锹、竹扫帚开始清理尸场。包顺贵骑着马，拿着一架海鸥牌相机忙着拍照取证，并不断对众人大声喝道：扫干净，一定要扫干净。过几天盟里、旗里还有部队的调查组，要来这儿现场调查。

陈阵蹚着厚雪，跟着乌力吉、毕利格、巴图和沙茨楞向泡子最里面的几个雪堆走去。泥塘冰面冻得还很硬实，雪在人的脚下吱吱作响。老人说：只要看紧里面的几匹马是不是让狼咬死的，就知道这群狼有多大，有多厉害了。

陈阵紧追着问：为什么？

乌力吉说：你想想看，那会儿越往里面越危险，那儿的泥水是最后冻住的，狼也怕陷死在里面，狼不会去冒这个险的。要是那几匹马也让狼咬死，你说那狼有多厉害。

老人转过头问巴图：你开枪也不管用？

巴图苦着脸说：不管用，我才带了十发子弹，打了不一会儿，就打光了。白毛风把枪声全刮碎了。狼就算吓跑了，可等打光了子弹，狼又回来了。天太黑，电池也没多少电，我什么也看不见。

老人又紧张地问：你打着了马没有？要是包顺贵发现马身上有枪伤，说你有意搞破坏，那你就完了。

那会儿可没想那么多。巴图用手指轻轻按了按脸上的冻皮说：天黑雪大，我也怕打死马。我只盼着风停，泡子不上冻，狼进不去，还能活下不少马呢。我记得，我把枪口抬高了一尺。

毕利格和乌力吉都舒了一口气。

走到最里面的一个雪堆面前，巴图犹豫了一下，然后拿木锨飞快地铲开马头部位的雪。大家都倒抽了一口冷气：大白马的脖子被咬断一半，并被拧了一圈半，歪倒在马背上。马眼突兀，已冻成透明的黑冰蛋，大白马当时的绝望恐惧的表情被全部冻凝在里面，异常恐怖。马头下的雪被马血冻成了一大块红冰，已无法铲动。大家一声不吭，急急地铲雪扫雪。泡子泥冰上的半个马身全部露了出来。陈阵觉得，马身不像是被咬过，倒像是被炸弹从马肚里面炸开过一样，两边侧肋全被掀开，内脏肠肚被炸到周围几米远的地方，一半后臀也不见了，露出生生白骨茬。冰面上一片残肢断骨，碎皮乱毛，狼只把马的心肝和肥厚一点的肉吃掉了，马的整个身架成了狼群鞭尸发泄的对象。陈阵想，难道人将人碎尸万段、抽筋剥皮的兽行也是从狼那儿学来的？或者人性中的兽性和兽性中的狼性同出一源？在历史上人类的争斗中，确实相当公开或隐蔽地贯彻了人对人是狼的法则。第一次亲眼目击狼性如此大规模的残暴，陈阵内心的兽性也立即被逼发了出来，他真恨不得马上套住一条狼，将狼抽筋剥皮。难道以后跟狼打交道多了，人也会变成狼？或者变成狼性兽性更多一些的人？

人们都愣愣地看着，陈阵感到手脚冰冷，透心透骨的冷。

毕利格老人用双手扶着木锨把，若有所思地说：这八成是我这辈子看到的不数第二也得数第三的大狼群了，连最头里的这匹马都咬成这碎样，别的马我也不用看了，准保一个全尸也剩不下。

乌力吉一脸沉重，他叹了口气说：这匹马我骑过两年，我骑它套过三条狼，全场数一数二的快马啊，当年我当骑兵连长带兵剿匪，也没骑过这么快的马。这群狼这次运用的战略战术，比当年马匪的战术还要精明。它们能这样充分利用白毛风和大泡子，真让人觉着人的脑子不够使，我要是比狼聪明一点，这匹马也死不了了。这次事故我是有责任的，当时我要是再劝劝包主任就好了。

陈阵一边听着他俩小声交谈，一边却在想他自己的心事。在中国，人们常说的猛兽就是虎豹豺狼，但是虎豹是稀有动物，不成群，事例少。而狼是普见动物，可成群，故事多，恶行也多。狼是历史上对人威胁最大、最多、最频繁的猛兽。到了草原，狼简直就是人马牛羊的最大天敌。但为什么草原民族还是要把狼作为民族的图腾呢？陈阵又从刚刚站住的新立场向后退却。

屠场已清出大半。冰湖上尸横遍野，冰血铺地，碎肢万段，像一片被密集炮弹反复轰炸过的战场。一群奔腾的生命，待命出征的生命，戛然而止，变成了草原战场上的炮灰。每匹马的惨状与大白马如出一辙，马尸密集处，残肢断骨犬牙交错，只能凭马头和各色的马毛来清点马数。两个马倌蹲在冰面上，用自己的厚毛马蹄袖和皮袍下摆，一遍一遍地擦拭自己的爱马的马头，一边擦，一边流泪。所有的人都被眼前的惨景惊呆了。陈阵和几个从未亲眼见过惨烈战争场面，也从未见过狼群集体屠杀马群惨状的北京知青，更是惊吓得面色如雪，面面相觑。知青的第一反应好像都是：我们中间的任何一人，假如在白毛风中碰上这群狼那会是什么结局？难道就像这群被狼分尸的军马一样？

陈阵眼前突然出现了南京大屠杀的血腥场面。他在狼性中看到了法西斯、看到了日本鬼子。陈阵体内涌出强烈的生理反应：恶心、愤怒，想吐、想骂、想杀狼。他又一次当着毕利格老人的面脱口而出：这群马死得真是太惨了，狼太可恶太可恨了！比法西斯，比日本鬼子还可恶可恨。真该千刀万剐！

老人面色惨白地瞪着陈阵，但底气十足地说：日本鬼子的法西斯，是从日本人自个儿的骨子里冒出来的，不是从狼那儿学来的。我打过日本人我知道，日本没有大草原，没有大狼群，他们见过狼吗？可他们杀人眨过眼吗？我给苏联红军带路那会儿，见着过日本人干的事，咱们牧场往东北吉林去的那条草原石子道，光修路就修死了多少人？路两边尽是人的白骨头。一个大坑就几十条命，一半蒙古人一半汉人。

乌力吉说：这次大事故也不能全怪狼，人把狼的救命粮抢走了，又掏了那么多的狼崽，狼能不报复吗？要怪也只能怪咱们自己没把马群看好。狼惜命，不逼急了它们不会冒险跟人斗的，人有狗有枪有套马杆。在草原上，狼怕人，狼多一半是死在人的手里的。可日本鬼子呢，咱们中国从来没侵略过它，还帮了它那么大的忙，可它杀起中国人来连眼都不眨一下。

老人明显不悦，他瞥了一眼陈阵说：你们汉人骑马就是不稳，稳不住身子，一遇上点磕磕绊绊，准一边歪过去，摔个死跟头。

陈阵很少受老人的责备，老人的话使他的头脑冷静下来，听出了老人的话外之音。他发现狼图腾在老人灵魂中的地位，远比蒙古马背上的骑手要稳定。草原民族的兽祖图腾，经历了几千年不知多少个民族灭亡和更替的剧烈颠簸，依然一以贯之，延续至今，当然不会被眼前这七八十匹骏马的死亡所动摇。陈阵突然想到："黄河百害，惟富一套。""黄河决堤，人或为鱼鳖。""黄河——母亲河。""黄河——中华民族的摇篮……"中华民族并没有因为黄河百害、吞没了无数农田和千万生命，而否认黄河是中华民族的母亲河。看来"百害"和"母亲"可以并存，关键在于"百害的母亲"是否养育了这个民族，并支撑了这个民族的生存和发展。草原民族的狼图腾，也应该像中华民族的母亲河那样得到尊重。

包顺贵也不吆三喝四了，他一直骑在马上，对事故现场看得更广更全面。他根本没有料到额仑草原的狼会这么厉害凶残，也不会想到这么大的一群马会被狼啃咬成碎片，他惊愕的表情始终绷在脸上。陈阵还看到他在照相的时候手抖个不停，需要经常换姿态，才能勉强控制住相机。

毕利格和乌力吉两人在尸场中间的一片马尸周围铲雪，这里挖挖，那里戳戳，像是在寻找什么重要证据。陈阵赶紧过去帮他们找，忙问毕利格：阿爸，您在找什么？老人回答说：找狼道，得小心点铲。陈阵仔细找地方下脚，弯下身也开始寻找。过了一会儿，人们找到了一条被狼群踩实的雪道，足有四指厚，相当硬，死死地冻趴在泥冰上，扫去后来落下的新雪浮雪，可以看见狼的足爪印，大的有牛蹄大，小的也比大狗的狗爪大。每个爪印有一个较大的掌凹痕，有的掌凹痕还带着马血残迹。

乌力吉和毕利格招呼大家集中清扫这条狼道。毕利格说扫出这条狼道就更能估摸出狼群的大小。人们扫着扫着慢慢发现这条狼道不是直的而是弯的，再扫下去，狼道又变成了半圆形。大家用了一个多小时把这狼道全部铲扫出来，这才发现这条狼道竟是圆形的，整整一圈白道，雪中带血，白里透红，高出冰面一拳厚，在黑红色的泥冰血冰上显得格外恐怖，像冥府地狱里小鬼们操练用的跑道，更像一个鬼画符样的怪圈。跑道宽一米多，圈周长有五六十米，圈内竟是马尸最密集的一块尸场。雪道上全是狼爪血印，密密麻麻，重重叠叠。人们又被吓着了，大伙哆哆嗦嗦，议论纷纷：

我活了这把年纪还从来没见过这老些狼爪印。

这哪是一群狼，准是一群妖怪。

这群狼真大得吓人。

少说也得有四五十条。

巴图，你真够愣的，敢一人跟这群狼玩命。要是我，早就吓得掉下马喂狼了。

那晚，天黑雪大，我啥也瞅不清，我哪知道这群狼有多大。

往后，咱们牧场的日子就难过了。

咱们女生谁还敢一人走夜道？

场部那帮盲流真不是东西，把狼打下的春天度荒的活命粮全抢走了，狼群是得急。我要是头狼我也得报仇，把他们养的猪和鸡全咬死。

谁出的歪主意，派这么多的劳力进山掏狼崽，母狼能不发疯吗？往年掏狼崽掏得少，马群就没出过这么大的事故。

场部也该干点正事，组织几次打狼运动，再不打，狼要吃人了。

少开点会，多打狼吧。

照狼这个吃法，再多的畜群也不够它糟蹋的。

咱们牧场领导班子来了一些农区的人，尽干缺德事，腾格里就派这些狼来教训咱们了。

别乱说，你想挨批斗啊。

……

包顺贵跟着乌力吉和毕利格顺着狼道仔细查看，拍照，并不时停下交谈。他一直紧绷的脸却开始放松。陈阵猜想毕利格可能把包顺贵“人的因素第一”的观点说活动了。这么大的狼灾天灾，人的因素能抗得住吗？不管什么调查组来调查，只要他们看了这片屠场，也得承认这场大灾是人力无法抗拒的，尤其是无法抗拒这样大规模的狡猾狼群和白毛风的共同突袭。陈阵对乌力吉和巴图的担忧也慢慢松懈下来。

陈阵又开始琢磨这圈狼道。这个怪圈怪得让人头皮发麻，毛骨悚然，它套在陈阵心头一圈又一圈，一圈紧似一圈，又像一群狼妖绕着他的心脏没命地跑，跑得他心里憋堵得喘不过气来。狼群为什么要跑出这个圈？出于什么动机？为了什么目的？草原狼的行为总让人摸不着头脑，狼留下的每一个痕迹都像是一道疑题。

是为了御寒？跑步取暖？有可能。那天晚上的白毛风实在太冷了，狼群长途奔袭猛地停下来，准保冻得受不了，所以狼在吃饱之后，要挤在一起跑步，跑出点热气来。

是为了助消化？多消耗些能量以便再多吞点马肉？也有可

能。因为狼不像草原黄鼠、金花鼠、大眼贼，它没有鼠类那种可以储藏食物的仓洞。狼猎杀了多余的肉食却无法储存，为了最大限度利用食物，狼只有把自己吃得饱上加饱，撑上加撑。然后用奔跑来加速消化，加速体内养料储存，腾出胃里空间，再装下更多的肉食。但是，那该是什么样的胃啊，难道是钢胃、铁胃、弹簧胃、橡皮胃，还是没有盲肠，不怕得盲肠炎的胃？这更可怕了。

是为了准备再战的阅兵或大点兵？也很有可能。从狼道的足迹来看，狼群具有高度的组织性、纪律性。一米多宽的狼道从始至终都是宽一米多，很少有跑出圈外的足印。这不是阅兵队列的步伐痕迹又是什么？狼单兵作战的多，小群出动的多，一般都是三五成群，十条八条以家族为单位狩猎捕猎，打家劫舍，可像眼前这样规模的大兵团作战却不多见。陈阵难以理解的是，狼是怎样把看似自由散漫、各自为战的游击战，突然升格为具有正规野战军性质的运动战？即使当年的八路军新四军完成这个大级别的跳级转换，也得费九牛二虎之力。难道狼先天具有这种本领？狼能把它们祖先在草原血腥厮杀中摸索出的经验，一代一代继承下来？可是不会说话的狼是怎样把祖上的经验继承下来的？狼真让人不可思议。

那么，是为庆祝战役胜利？或是大会餐之前的狂欢仪式留下的痕迹？可能性极大。狼群的这次追击围杀战，全歼马群，无一漏网，报了仇，解了恨，可谓大获全胜，大出了一口气。一群饥狼捕猎了这样大的一群肥马，它们能不凯歌狂欢吗？狼群当时一定兴奋得发狂发癫，一定激亢得围着最密集的一堆马尸疯跑邪舞。它们的兴奋也一定持续了很长时间，所以冰湖上留下了这鬼画符似的狼道怪圈。

陈阵发现以人之心度狼之腑，也有许多狼的行为疑点可以大致得到合理解释。狗通人性，人通狼性，或狼也通人性。天地人合一，人狗狼也无法断然分开。要不怎能在这片可怕的屠场，发现了那么多的人的潜影和叠影，包括日本人、中国人、蒙古人，还有发现了“人对人是狼”这一信条的西方人。可能研究人得从研究狼入手，或者研究狼得从人入手，狼学可能是一门涉及人学的大学问。

一行人马跟着巴图，顺着事故发生路线逆行北走。陈阵靠近毕利格老人问道：阿爸，狼群究竟为什么要跑出这么一条道来？老人望望四周，故意勒缰放慢马步，两人慢慢落到了队伍的后面。老人轻声说道：我在额仑草场活了六十多年，这样的狼圈也见过几回。我小时候也像你一样问过阿爸。阿爸说，草原上的狼是腾格里派到这里来保护白音窝拉神山和额仑草原的，谁要是糟践山水和草原，腾格里和白音窝拉山神就会发怒，派狼群来咬死它们，再把它们赏给狼吃。狼群每次收到天神和山神的赏赐以后，就会高兴地围着赏物跑，一圈一圈跑，跑出一个大圆圈，跟腾格里一样圆，跟太阳月亮一样圆。这个圆圈就是狼给腾格里的回信，跟现在的感谢信差不离。腾格里收到回音以后，狼就可以大吃二喝了。狼喜欢抬头看天望月，鼻尖冲天，对腾格里长嗥，要是月亮旁边出了一圈亮圈，这晚准起风，狼也一准出动。狼比人会看天气。狼能看圆画圆，就是说狼能通天啊。

陈阵乐了，他一向喜爱民间神话故事。毕利格老人对狼道圆圈的这个解释，在文学性上似乎还真能自圆其说，而且也不能说里面没有一点科学性。狼可能确实在长期的捕猎实践中掌握了石润而雨、月晕而风等自然规律。陈阵不由得感叹：这太有意思了，在草原上，太阳旁边会出圆圈，月亮旁边会出圆圈，牧民在远处打手势让人家过去，也是用手画大圈。这个圆圈真像一个神神怪怪的信号。您这么一说我头皮又麻了，草原上的狼这么神，还会给腾格里画圆圈、发信号，真瘆得慌。

老人说：草原上的狼可是个精怪，我跟狼打了一辈子交道，还是斗不过狼。这回出了这么大的事故，我也没料到。狼总是在你想不到的时候，想不到的地方钻出来，一来就是一大帮，你说狼没有腾格里帮忙它能这么厉害吗？

前面人马站住了，有人下马铲雪。陈阵跟着毕利格策马跑去，在人们面前又发现了马尸，但并不集中，而是四五匹散成一长溜。更远处还有人大叫：有死狼！有死狼！陈阵想，这里一定就是巴图说的狼群舍命撕马肚的地方，也是马群最终全军覆没的转折点。他的心一下子又吊了起来，嗵嗵、嗵嗵地狂跳不停。

包顺贵骑在马上，在头顶上挥舞着鞭子大喊大叫：别乱跑！别乱跑！都过来。挖这边两匹马就行了，先挖马，后挖狼。大家要注意三大纪律，八项注意。一切缴获要交公！谁乱来，办谁的学习班！

人们很快地聚到两匹马旁边，铲雪挖马。

两匹马渐渐露了出来，每匹马的肠子、胃包、心肺肝肾，都被自己的后蹄踩断、踩扁、踩碎，哩哩啦啦拖了几十米。这两匹马死后显然没有再被狼群鞭尸蹂躏过。狼群可能已在泡子里过足了玩瘾、杀瘾和报复瘾，总算饶过这几匹死马。然而，陈阵一边挖，一边却感到这些被狼剖腹残杀的马，比泡子里的马死得还要惨，还要吓人。死马的眼里所冻凝的痛苦和恐惧也比泡子里的马更加触目。

包顺贵气得大叫：这群狼真跟日本鬼子一样残忍。亏狼想得出，只给马肚豁开一条口子，就能让马自个掏空自个，自个踩死自个。真是太歹毒了。这些狼真有小日本的武士道精神，敢打自杀战，蒙古的狼群太可怕了。我非得杀光它们不可！

陈阵忍不住插嘴道：也不能把自杀战都说成是小日本的武士道精神，董存瑞、黄继光、杨根思敢跟敌人同归于尽，这能叫作武士道精神吗？一个人一个民族要是没有宁死不屈，敢与敌人同归于尽的精神，只能被人家统治和奴役。狼的自杀精神看谁去学了，学好了是英雄主义，可歌可泣；学歪了就是武士道法西斯主义。但是如果没有宁死不屈的精神，就肯定打不过武士道法西斯主义。

包顺贵憋了一会儿，哼了一声说：那倒也是。

乌力吉一脸沉重和严肃，对包顺贵说：这样毒辣亡命的攻击，巴图和马群哪能抗得住？巴图从北边草场一直跟狼群斗到这儿，真不简单。这回没出人命就算腾格里保佑了。让上面的调查组来看看吧，我相信他们会做出正确的结论的。

包顺贵点点头。他第一次平和地问巴图：当时，你就不怕狼把你的马也豁了？

巴图憨憨地说：我就是急，急得什么都不顾了。差一点点就过泡子了，就差一点点啊。

包顺贵又问：狼没扑你吗？

巴图拿起那根铁箍马棒，伸出来给包顺贵看：我用这根马棒打断一条狼的四根牙，打豁了一条狼的鼻子。要不我也得让狼撕碎了。沙茨楞他们没这家伙，没法子防身，他们不能算逃兵啊。

包顺贵接过马棒掂了掂说：好棒！好棒！用这家伙打狼牙，你也够毒的。好！对狼越毒越好。巴图你胆量技术了不得啊。等上面的调查组来的时候，你再跟他们好好说说你是怎么打的狼。

包顺贵说完便把马棒还给巴图，又对乌力吉说：我看你们这儿的狼也太神了，比人还有脑子。狼群这个打法我也看明白了，它们的目标很明确，就是不惜任何代价把马群赶进泡子里去。你看……然后他掰着手指头往下数：你看，狼懂气象，懂地形，懂选择时机，懂知己知彼，懂战略战术，懂近战、夜战、游击战、运动战、奔袭战、偷袭战、闪击战，懂集中优势兵力打歼灭战。还能有计划、有目的、有步骤地实现全歼马群的战役意图。这个战例简直可以上军事教科书了。咱俩都是军人出身，我看除了阵地战、壕沟战狼不会，咱们八路军游击队的那套战略战术军事兵法，狼全都会。想不到草原狼还有这两下子，原先我以为狼只会蛮干或者偷鸡摸狗，咬几只羊什么的。

乌力吉说：自打我转业到这牧场工作，就没觉着离开战场，一年四季跟狼打仗，天天枪不离身，到现在我的枪法比当兵的时候还有准头。你说得没错，狼真是懂兵法，至少能把兵法中的要紧部分用得头头是道。跟狼打了十几年交道，我也长了不少见识。要是现在再让我去剿匪打仗，我肯定是一把好手。

陈阵越听越感兴趣，忙问：那么，人的兵法是不是从狼那儿学来的？

乌力吉眼睛一亮，他盯着陈阵说：没错，人的不少兵法就是从狼那儿学来的。古时候草原民族把从狼那儿学来的兵法，用来跟关内的农业民族打仗。汉人不光是向游牧民族学了短衣马裤，骑马射箭，就是你们读书人说的“胡服骑射”，还跟草原民族学了不少狼的兵法。我在呼和浩特进修牧业专业的那几年，还看了不少兵书，我觉着孙子兵法跟狼子兵法真没太大差别。比如说，“兵者，诡道也”。知己知彼、兵贵神速、出其不意、攻其不备等等。这些都是狼的拿手好戏，是条狼就会。

陈阵说：可是中国的兵书中一个字也没提到草原民族和草原

狼，这真不公平。

乌力吉说：蒙古人吃亏就吃在文化落后，除了一部《蒙古秘史》以外，没留下什么有影响的书。

包顺贵对乌力吉说：看来在草原上搞牧业，还真得好好研究狼，研究兵法，要不真得吃大亏。天不早了，咱俩去看看那边的死狼吧。我得多照几张相。

两位头头走了以后，陈阵拄着木锨发愣，这次战地复盘、实地考察使他对草原民族和成吉思汗的军事奇迹更着迷了。为什么成吉思汗及其子孙，竟然仅用区区十几万骑兵就能横扫欧亚？消灭西夏几十万铁骑、大金国百万大军、南宋百多万水师和步骑、俄罗斯钦察联军、罗马条顿骑士团，攻占中亚、匈牙利、波兰、整个俄罗斯，并打垮波斯、伊朗、中国、印度等文明大国？还迫使东罗马皇帝采用中国朝代的和亲政策，把玛丽公主屈嫁给成吉思汗的曾孙。是蒙古人创造了人类有史以来世界上版图最大的帝国。这个一开始连自己的文字和铁箭头都还没有、用兽骨做箭头的原始落后的游牧小民族，怎么会有那么巨大的军事能量和军事智慧？这已成了世界历史最不可思议的千古之谜。而且，成吉思汗及其子孙的军事成就和奇迹，不是以多胜少，以力取胜，而恰恰是以少胜多，以智取胜。难道他们靠的是狼的智慧和马的速度？狼的素质和性格？以及由狼图腾所滋养和激发出来的强悍民族精神？

陈阵这两年来与狼打交道的经历，加上他搜集的无数狼的故事，以及实地目睹和考察狼群围歼黄羊群和全歼马群的经典战例，他越来越感到成吉思汗军事奇迹的答案可能就在狼身上。战争是群体与群体的武力行为，战争与打猎有本质区别。战争有攻有防，战争的双方都武装到牙齿。而打猎，人完全处于主动，绝大部分动物都处于被猎杀的地位。打野兔、旱獭、黄羊，也是打猎，但这完全是以强凌弱，绝无你死我活的对抗，仅仅是打猎而不是战争。虽然在打猎中确实可以学到某些军事技能，但只有在真正的战争中，才能全面掌握军事本领。

陈阵反复琢磨：蒙古草原上没有虎群、豹群、豺群、熊群、狮群和象群，它们都难以在蒙古草原严酷的自然条件下生存，即便能适应自然条件，也适应不了更残酷的草原生存战争、抵抗不了凶猛智慧的草原狼和草原人的围剿猎杀。草原人和草原狼，是蒙古草原生物的激烈竞争中，唯一一对进入决赛的种子选手。那么，在草原，能跟人成建制地进行生存战争的猛兽群，就只有狼群了。以前的教科书认为，游牧民族卓越的军事技能来源于打猎——陈阵已在心里否定了这种说法。更准确的结论应该是：游牧民族的卓越军事才能，来源于草原民族与草原狼群长期、残酷和从不间断的生存战争。游牧民族与狼群的战争，是势均力敌的持久战，持续了几万年。在这持久战争中，人与狼几乎实践了后来军事学里面的所有基本原则和信条，例如：知己知彼。兵贵神速。兵不厌诈。上知天文，下知地理。常备不懈，声东击西。集中兵力，各个击破。化整为零，隐避精干。出其不意，攻其不备。打得赢就打，打不赢就走。伤其十指不如断其一指。敌进我退，敌驻我扰，敌疲我打，敌退我追。等等。狼虽几乎遍布全球，但没有农业文明地区深沟高垒、大墙古堡的蒙古草原，却是狼群的主要聚集地，也是人类与狼群长期斗智斗勇的主战场。

陈阵顺着这条思路继续前行，他觉得自己似乎正站在一个通往华夏五千年文明史的隧道入口。在蒙古高原，人与狼日日战，夜夜战，随时一小战，不时一大战。人群与狼群战争实践的频繁程度，大大超过世界上所有农业文明国家的人狼战争和人与人战争，甚至也超过人狼主战场外的其他西方游牧民族的战争频率。再加上游牧民族长期残酷的部落战争、民族战争和侵略战争，使他们的战争才能不断得到强化和提高。因此，蒙古草原民族，绝对比世界上任何一个农业民族和其他游牧民族，更善战、更懂战、更具有先天的军事优势。从周、春秋战国、秦汉唐宋的历史来看，这些在人口和国力上占绝对优势的农业文明大国，却经常被蒙古高原的游牧小民族打得山河破碎，丧权辱国。到宋末以后，干脆就被成吉思汗蒙古族入主中原近一个世纪。中国的最后一个封建王朝清朝也是游牧民族建立的。农耕的汉族没有卓越的军事狼教官、没有狼陪练不间断的严格训练，古代汉人虽有孙子兵法也只是纸上谈兵，更何况“狼子兵法”，本是孙子兵法的源头之一。

陈阵好像找到了几千年来，华夏民族死于北方外患千万冤魂的渊源，也好像找到了几千年修筑长城、耗空了中国历朝历代国库银两的债主。他觉得思绪豁然开朗，同时却深深地感到沉重与颓丧。世界万物因果关系主宰着人的历史和命运。一个民族的保家卫国的军事才能是一个民族的立身之本，生存之本。如果蒙古草原没有狼，世界和中国是否会是另一个样子？

人们忽然嚷嚷着向远处快跑，陈阵从迷茫中苏醒，也骑上马奔过去。

两头死狼被挖了出来，这是狼群把马群逼进大泡子的一部分代价。陈阵走近一头狼，巴图和沙茨楞正在给一条狼扫雪，一边给人们讲解狼的自杀剖腹战。雪地上的这条狼比较苗条，显然是一条母狼。下半身已经被马蹄踢烂，但还可以看见几个鼓胀的乳房，流出的乳汁和血液，混合成一粒粒粉红色的冰珠子。

毕利格老人说：真可怜啊，这条母狼的一窝崽子准保让人给掏了，这些母狼就叫来了一大群狼替它们报仇，它自个儿也不想活了。在草原上，做什么事都别做绝，兔子急了还咬狼呢，母狼急了能不拼命吗？

陈阵对几个知青说：史书上记载，草原上的母狼最有母性，它们还收养过不少人的小孩呢，匈奴、高车、突厥的祖先就是狼孩，被母狼收养过……

包顺贵打断他说：什么狼孩不狼孩的！狼是吃人的东西还会收养小孩？整个儿胡说八道。人和狼你死我活，就得狠狠地打，斩尽杀绝。掏狼崽是我下的令，从前草原上一年一度的掏狼崽活动，确实是减少狼害的好传统，但是只减少狼害还不行，必须彻底根除狼害！要把全牧场的狼窝统统掏光！让狼报复吧，等我把狼杀干净了，看狼怎么报复。现在，我的命令没有收回，等事故处理完了还要继续掏。每两户必须交一窝狼崽皮，完不成任务的交大狼皮也行，要不就扣工分！

包顺贵在原地给死狼照了几张相，又让人把死狼装车。

人们又走向另一条死狼。陈阵来草原两年，活狼、死狼、狼皮筒子见过不少，但像脚下这头狼却从来没见过，它的个头大得近乎豹子，胸围甚至比豹子还粗还壮。狼身上的雪被扫尽，露出灰黄厚密的毛，狼脖狼背上一根根黑色粗壮的狼毫狼鬃，从柔软的黄毛中伸出来，像钢针一样尖利挺拔。狼的下半身已被马蹄踢烂全是血，地上一片血冰。

巴图推了一下已经冻在地上的狼，没搬动，他擦了擦汗说：这条狼笨了点，它一定没咬准，要是咬准的话，凭它这个个头一下子就能豁开马肚，自个也能掉下地活命，没准是哪块骨头卡住了它的牙，活该它倒霉。

毕利格老人细细地看了一会，蹲下身来，用手拨开狼脖子上的一团血毛，两个手指粗的血洞赫然出现，几个知青都吃了一惊。这种血洞太熟悉了，草原上，所有被狼咬死的羊脖子两侧都有两个血洞，一共四个，这是狼的四根牙咬断羊的颈动脉留下的标记。老人说：马没把这条狼踢死，只是踢成了重伤，这条狼是让吃饱马肉的另一条狼咬死的。

包顺贵大骂：狼简直跟土匪一样狠毒！敢杀伤兵！

毕利格瞪了包顺贵一眼道：土匪死了升不了天，狼死能升天。这条狼让马踢破肚子，死，一下子死不了，活又活不成，这么活着不比死还难受？活狼看着也更难受，给它这一口，让它死个痛快，身子不疼了，魂也归腾格里了。头狼这么干不是狠毒，是在发善心，是怕伤狼落到人的手里，受人的侮辱！狼是宁死也不愿受辱的硬汉，头狼也不愿看自己的兄弟儿女受辱。你是务农出身，你们的人里面有几个宁死不降的？狼的这个秉性让每个草原老人想想就要落泪。

乌力吉看包顺贵有些不快，连忙说：你想草原上的狼，战斗力为什么那样强？很重要的一条就是头狼会干脆地杀掉重伤兵，这样一来也就减轻了狼群的负担，保证了整个队伍的精干快速有力。了解狼的这个特点，你在跟狼打仗的时候，就能把形势估计得更严重一些。

包顺贵似乎悟出点什么，点点头说：是啊，部队打仗，为了安置伤病员需要大批的担架员、卫生兵、卫兵、护士、医生，还得有车队、医院一大堆机构。我搞过几年后勤，我们算过，一个伤员最少也得需要十几个人服务，负担很重。战争期间这一大堆人员机构，确实影响部队的战斗力。要这么说，那狼群就真比人的军队快速机动得多了。可是伤兵大多是勇将，治好了还是部队的骨干。杀伤兵，难道不怕影响战斗力？

乌力吉叹一口气说：狼敢这么干，自然有它的道理。一是狼特别能生。一生就是七八条十几条，成活率也高。有一年秋天，我看见一条母狼带着十一条当年的小狼，个头只比母狼短小半个头，跑起来也不比母狼慢。过两年，小母狼也能下崽了。母牛下母牛，三年见五头。母狼下母狼，三年该是多少呢？我看，至少一个排。狼群的兵员补充要比人快得多。二是狼一年成材。春天下的狼崽，到第二年春天就是一条什么都会的大狼了。一岁的狗会抓兔，一岁的狼会掏羊，一岁的小孩还在穿开裆裤。人不如狼啊。兵源多，狼当然敢杀伤员。我看狼杀狼，是狼太多了，连它们自个儿都嫌多。狼杀狼，是狼自个儿在搞计划生育。强行加速报废，只把精兵强将留下。草原狼群的锐气万年不减，道理就在这儿。

包顺贵舒展眉头说：今天这次调查，我也算领教了狼的厉害。抗天灾还有天气预报帮忙，抗狼灾谁能预报？我们这些农区来的人对草原狼灾的估计太离谱了。这次事故确实人力不能抗拒，上面的调查组要是能来现场，看一看就知道了。

乌力吉说：那还得是明白人，才能看明白。

包顺贵说：不管他们来不来，咱们也得组织几次大规模打狼战役，要不然，咱们牧场就成了狼群的大食堂了。我跟上头再多要点子弹来。

人群的一边，几个知青争论不休。三队的初中生，原北京"东纠"红卫兵小头头李红卫情绪激动地说：狼真是阶级敌人，世界上一切反动派都是野心狼。狼太残忍了，屠杀人民财产马群牛群羊群不算，竟然还屠杀自己的同类，咱们应该组织群众打狼，对所有的狼实行无产阶专政。坚决、彻底地把狼消灭干净。还要坚决批判那些同情狼、姑息狼、死了还把尸体喂狼的草原旧观念、旧传统、旧风俗和旧习惯……

陈阵一看他要把矛头指向毕利格老人，就急忙打断他说：你这话太过头了吧。阶级只能在两条腿的动物中划分，如果把狼划进阶级里来，那你是狼还是人？你不怕把伟大的无产阶级领袖也划到同狼一类的圈子里去？再说，人杀人是不是屠杀同类？人杀人要比狼杀狼多得多，一战二战一杀就是几百万，几千万。人从周口店北京猿人起，就有杀同类的习性，从本性上来讲人比狼更残忍。你还是多看点书吧。

李红卫气得举起马鞭，指着陈阵的鼻子说：你不就仗着老高三吗，有他妈的什么了不起！你看的全是资、封、修。坏书！毒草！你受你狗爹的影响极深，在学校里你不吭气，当逍遥派，到这个最原始最落后的地方你倒如鱼得水了，你跟这儿的四旧臭味相投！

陈阵热血冲头，真恨不得像恶狼一样地冲上去一口把他咬下马来。但他又想起了狼坚毅的忍耐性，便狠狠瞪了他一眼，又狠狠地抽了两下自己的毡靴，扭头便走。

天近黄昏，已经适应草原牧区一顿手把肉早茶、一顿晚餐饮食习惯的知青，也已饿得全身冰冷，瑟瑟发抖。场部调查组的头头们和大部分牧民、知青随着装运死狼的轻便马车撤回。陈阵跟着巴图、沙茨楞去寻找他们的宝贝套马杆，也再想找找被马踩死踩伤的狼。陈阵更希望两位剽悍的马倌，给他多讲点狼的故事和打狼技术。

07

“灰狼其为吾人之口令！”

黎明有亮似天光，射入乌护可汗之帐，一苍毛苍鬃雄狼由此光出，狼语乌护汗曰：“……予导汝。”

后乌护拔营而行，见苍毛苍鬃雄狼在军前行走，大军随之而行。

此后，乌护可汗又见苍毛苍鬃雄狼，狼语乌护可汗曰：“即与士卒上马。”乌护可汗即上马。狼曰：“率领诸訇及民众，我居前，示汝道路。”

此后，彼又上马同苍毛苍鬃雄狼出征信度……唐兀……

——《乌护汗史诗》(转引自韩儒林《穹庐集》)

在蒙古草原，大规模的围猎捕狼都选在冬初，那时遍布山包的旱獭已封洞冬眠，个比兔大，肉肥油厚的獭子是狼喜食之物，也是草原狼的食源之一。旱獭一入洞，狼群开始加倍攻击牲畜，牧场就须组织猎手给予回击。冬初，草原狼刚刚长齐御寒皮毛，这时的狼皮，皮韧、毛新、色亮、茸厚。

上等优质狼皮大多出自这个季节，收购站的收购价也定得最高。初冬打狼是牧民工分以外的重要副业收入来源。围猎是青壮牧民锻炼和炫耀马技、杆技、胆量的大好时机，也是展示各牧业队组织者的侦察、踩点、选场、选时、组织、调度、号令等一系列军事才能的机会。初冬围猎打狼，也曾是草原上的酋长、单于、可汗、大汗对部族进行军训和实战演习的古老传统。千年传统一脉相承，延续至今。当一场大雪刚刚站住，打围就基本准备就绪。这时雪地上的狼爪印最清晰，狼群行踪的隐蔽性大大降低。狼腿虽长，但初踏新雪湿雪，拖泥带水跑不快，马腿更长就可大赚便宜。新雪初冬是狼的丧季，草原牧民总是利用这一时机给狼群刹刹气焰，也给受苦一年的人畜出口冤气。

但是，草原的规律既可以被人认识，也可被狼摸透。这些年狼更精了，一年一打，倒把狼打明白了。狼一见新雪站稳，草场由黄变白，就一溜烟地跑过边境，要不就钻进深山打黄羊野兔，或缩在大雪封山的野地里忍饥挨饿，靠啃嚼动物的枯骨和晒干风干的腐皮臭毛度日。一直等到雪硬了干了，在雪上也跑习惯了，人没精神头了，它们才过来打劫。

在场部会议上，乌力吉说：前几年冬初打围，没打着几条大狼，打的尽是些半大小狼。以后咱得像狼一样，尽量减少常规打法，要胡打乱打、出其不意，乱中求胜，停停打打、打打停停。虽然乱，不合兵法，但让狼摸不到规律，防不胜防。春季不打围，咱们就破破老规矩，来一次春围，给狼群一次突然袭击。这会儿的狼皮虽然没有冬初的好，可是离狼脱毛还得一个多月，就算卖不出好价，但是可以在供销社领到奖励子弹。

场部会议决定，为了消除这次狼杀马群大事故的恶劣影响，为了执行上级关于消灭额仑草原狼害的指示精神，全场动员，展开大规模灭狼运动。包顺贵说：虽然目前正是春季接羔的大忙季节，抽劳力不易，但围狼这场仗非打不可，否则，无法向各方面交代。

乌力吉又说：按以前的经验，狼群在打完一场大仗以后，主力一定会后撤，它们知道这时候人准保会来报复。估计这会儿狼群准在边境附近，只要牧场一有动静，狼群马上就会越境逃窜。所以这些天不能打，放它些日子，等狼肚子里的马肉消化净了，它们还会回头惦记那些死马冻肉的。旱獭和老鼠还没出洞，狼没吃食，它们肯定会冒险抢马肉吃的。

毕利格赞同地点头说：我要带些人先到死马旁边多下些狼夹子，糊弄糊弄狼群。头狼一看见新埋的夹子，准保以为人只想守，不想攻。从前，场部组织打狼，要带一大帮狗，就先得把野地里的狼夹子起了，要不夹断狗腿谁都心疼。这回进攻前下夹子，再精的头狼也得犯迷糊。要是能夹住几条狼，狼群就得发晕，远远看着马肉，吃又不敢吃，走又舍不得走。到那时候，咱们再悄悄上去猛地一围，准能圈着不少狼，八成还能打着几条头狼和恶狼呢。

包顺贵问毕利格：听说这儿的狼贼精，下毒下夹子的地方，狼都不碰。老狼头狼还能把有毒的肉咬出一圈记号，让母狼小狼吃旁边没毒的肉。有的头狼还能把狼夹子像起地雷一样起出来，成心气你，这是真的吗？

毕利格回答说：也不全对，供销社卖的毒狼药，味大，狗都能闻出来，狼还能闻不出来吗？我自个儿从来不用毒，弄不好还会毒死狗。我喜欢下夹子，我有绝招，除了神狼，没几条狼能闻出夹子埋在哪儿。

包顺贵觉得，场部已经变成了司令部，生产会议成了军事会议。看来当年上级派乌力吉这个骑兵连长，转业后来当牧场场长绝对对口，连他自己到这儿来当军代表也是顺理成章。包顺贵用笔敲了敲茶缸，对会议全体成员说：就这么定了！

场部下了死令：各队和个人未经场部允许，不得到牧场北边去打狼，尤其是开枪打狼惊狼。场部将组织大规模打围灭狼活动。各队接到通知后立即准备行动。

各队牧民开始选马、喂狗、修杆、磨刀、擦枪、备弹，一切都平静有序，像准备清明接羔，盛夏剪毛，中秋打草，初冬宰羊那样，忙而不乱。

早晨，遮天的云层又阴了下来，低低地压着远山，削平了所有的山头山峰，额仑草原显得更加平坦，又更加压抑。天上飘起雪末，风软无力。蒙古包顶的铁皮烟囱像一个患肺气肿的病人，困难地喘气，还不时噗噗地咳几声，把烟吐到遍地羊粪牛粪，残草碎毛的营盘雪地上。这场倒春寒流的尾巴似乎很长，看不到收尾转暖的迹象。好在畜群的膘情未尽，还有半指厚的油膘，足以抗到雪化草长的暖春。雪下还有第一茬草芽，羊也能用蹄子刨开雪啃个半饱了。

羊群静静地缩卧在土墙草圈里，懒懒地反刍着草食，不想出圈。三条看家护圈的大狗，叫了一夜，此刻又冷又饿，哆哆嗦嗦地挤在蒙古包门前。陈阵一开门，猎狗黄黄就扑起来，把两只前爪搭在他的肩膀上，舔他的下巴，拼命地摇尾巴，向他要东西吃。陈阵从包里端出大半盆吃剩的手把肉骨头倒给它们。三条狗将骨头一抢而光，就地卧下，两爪夹竖起大骨棒，侧头狠嚼，咔吧作响，然后连骨带髓全部咽下。

陈阵又从包里的肉盆挑了几块肥羊肉，给母狗伊勒单独喂。伊勒毛色黑亮，跟黄黄一样也是兴安岭猎狗种，头长、身长、腿长、腰细、毛薄。两条猎狗猎性极强，速度快，转身快，能掐会咬，一见到猎物兴奋得就像是发了情。两条狗都是猎狐的高手，尤其是黄黄，从它爹妈那儿继承和学会了打猎的绝技。它不会受狐狸甩动大尾巴的迷惑，能直接咬住狐狸尾巴，然后急刹车，让狐狸拼命前冲，再突然一撒口，把狐狸摔个前滚翻，使它致命的脖子和要害肚皮来个底朝天，黄黄再几步冲上去，一口咬断狐狸的咽喉，猎手就能得到一张完好无损的狐皮。而那些赖狗，不是被狐狸用大尾巴遛断了腿，就是把狐狸皮咬开了花，常常把猎手气得将狗臭揍一顿。黄黄和伊勒见狼也不怵，能仗着灵活机敏的身手跟狼东咬西跳，死缠活缠，还能不让狼咬着自己，为后面跟上来的猎手和恶狗，套狼抓狼赢得时间创造良机。

黄黄是毕利格老人和嘎斯迈送给陈阵的，伊勒是杨克从他的房东家带过来的。额仑草原的牧民总是把他们最好的东西送给北京学生，所以这两条小狗长大以后，都比它们的同胞兄弟姐妹更出色出名。后来巴图经常喜欢邀请陈阵或杨克一起去猎狐，主要就是看中这两条狗。去年一冬天下来，黄黄和伊勒已经抓过五条大狐狸了。陈阵和杨克冬天戴的狐皮草原帽，就是这两条爱犬送给他俩的礼物。春节过后伊勒下了一窝小崽，共六只。其他三只被毕利格、兰木扎布和别的知青分别抱走了。现在只剩三只，一雌两雄，两黄一黑，肉乎乎，胖嘟嘟，好像小乳猪，煞是可爱。

生性细致的杨克，宠爱伊勒和狗崽非常过分，几乎每天要用肉汤、碎肉和小米给伊勒煮一大锅稠粥，把粮站给知青包的小米定量用掉大半。当时额仑知青的粮食定量仍按北京标准，一人一月三十斤。但种类与北京大不相同：三斤炒米（炒熟的糜子），十斤面粉，剩下的十七斤全是小米。小米大多喂了伊勒，他们几个北京人也只好像牧民那样，以肉食为主了。牧民粮食定量每月只有十九斤，少就少在小米上。小米肉粥是最好的母狗狗食，这是嘎斯迈亲手教他们俩的技术。伊勒下奶特别多，因此陈阵包的狗崽要比牧民家的狗崽壮实。

另一条强壮高大的黑狗是本地蒙古品种，狗龄五六岁，头方口阔，胸宽腿长身长，吼声如虎，凶猛玩命。它全身伤疤累累，头上胸上背上有一道道一条条没毛的黑皮，显得丑陋威严。它脸上原来有两个像狗眼大小的圆形黄色眉毛，可是一个眉毛像是被狼抓咬掉了，现在只剩下一个，跟两只眼睛一配，像脸上长了三只眼。虽然第三只眼没有长在眉心，但毕竟是三只眼，因此，开始的时候陈阵杨克就管它叫二郎神。

这头凶神恶煞般的大狗是陈阵去邻近公社供销社买东西的路上捡来的。那天，在回家的路上，陈阵总感到背后有一股寒气，牛也一惊一乍的。他一回头，发现一条巨狼一样大的丑狗，吐出大舌头，一声不吭地跟在后面，把他吓得差点掉下牛车。他用赶牛棒轰它赶它，它也不走，一直跟着牛车，跟回了家。几个马倌都认得它，说这是条恶狗，有咬羊的恶习，被它的主人打出家门，流浪草原快两年了，大雪天就在破圈墙根底下憋屈着，白天自个儿打猎、抓野兔、抓獭子、吃死牲口，捡狼食，要不就跟独狼抢食吃，跟野狗差不离。后来它自个儿找了几户人家，也都因为它咬羊又被打出家门几次。要不是牧民念它咬死过几条狼早就把它打死了。按草原规矩，咬羊的狗必须杀死，以防家狗变家贼，家狗变回野狼，搅乱狗与狼的阵线，也可对其他野性未泯的狗以儆效尤。牧民都劝陈阵把它打跑，但陈阵却觉得它很可怜，也对它十分好奇，它居然能在野狼成群、冰天雪地的残酷草原生存下来，想必本事不小。再说，自从搬出了毕利格老人的蒙古包，离开了那条威风凛凛的杀狼猛狗巴勒，他仿佛缺了左膀右臂。陈阵就对牧民说，他们知青包的狗都是猎狗快狗，年龄也小，正缺这样大个头的恶狗看家护圈，不如暂时先把它留下以观后效，如果它再咬死羊，由他来赔。

几个月过去了，“二郎神”并没有咬过羊。但陈阵看得出它是忍了又忍，主动离羊群远远的。陈阵听毕利格老人说，这几年草原上来了不少打零工的盲流，把草原上为数不多的流浪狗快打光了。他们把野狗骗到土房里吊起来灌水呛死，再剥皮吃肉。看来这条狗也差点被人吃掉，可能是在最后一刻才逃脱的。它不敢再流浪，不敢再当野狗了。流浪狗不怕吃羊的狼，可是怕吃狗的人。这条大恶狗夜里看羊护圈吼声最凶，拼杀最狠，嘴上常常有狼血。一冬天过去，陈阵杨克的羊群很少被狼掏、被狼咬。在草原上，狗的任务主要是下夜、看家和打猎。白天，狗不跟羊群放牧。况且春季带羔羊群有石圈，也隔离了狗与羊，这些条件也许能帮这条恶狗慢慢改邪归正。

陈阵的蒙古包里，其他几个知青对“二郎神”也很友好，总是把它喂得饱饱的。但“二郎神”从来不与人亲近，对新主人收留它的善举也没有任何感恩的表示。它不和黄黄伊勒玩耍，连见到主人摇尾的幅度也小到几乎看不出来。白天没事的时候，它经常会单身独行在草原上闲逛，或卧在离蒙古包很远的草丛里，远望天际，沉思默想，微眯的眼睛里流露出一种对自由草原向往和留恋的神情。

某个时刻，陈阵突然醒悟，觉得它不大像狗，倒有点像狼。狗的祖先是狼，中国西北草原最早的民族之一——犬戎族，自认为他们的祖先是两条白犬，犬戎族的图腾就是狗。陈阵常常疑惑：强悍的草原民族怎能崇拜人类的驯化动物的狗呢？可能在几千年前，草原狗异常凶猛，野性极强，或者干脆就是狼性未褪、带点狗性的狼？古代犬戎族崇拜的白犬很可能就是白狼。陈阵想，难道他捡回来的这条大恶狗，竟是一条狼性十足的狗？或是带有狗性的狼？也许在它身上出现了严重的返祖现象？

陈阵经常有意地亲近它，蹲在它旁边，顺毛抚摸，逆毛挠痒，但它也很少回应。目光说不清是深沉还是呆滞，尾巴摇得很轻，只有陈阵能感觉到。它好像不需要人的爱抚，不需要狗的同情，陈阵不知道它想要什么，不知道怎样才能让它回到狗的正常生活中，像黄黄伊勒一样，有活干，有饭吃，有人疼，自食其力，无忧一生。陈阵常常也往另处想：难道它并不留恋狗的正常生活，打算返回到狼的世界里去？但为什么它一见狼就掐，像是有不共戴天之仇。从外表上看，它完完全全是条狗，一身黑毛就把它与黄灰色的大狼划清了界限。但是印度、苏联、美国、古罗马的狼，以及蒙古草原古代的狼都曾收养过人孩，难道狼群就不能收留狗孩吗？可是它要是加入狼群，那马群牛群羊群就该遭殃了。可能对它来说，最痛苦的是狗和狼两边都不接受它，或者，它两边哪边也不想去。陈阵有时想，它绝不是狼狗，狼狗虽然凶狠但狗性十足。它有可能是天下罕见的狗狼，或狗性狼性一半一半，或狼性略大于狗性的狗狼。陈阵摸不透它，但他觉得应该好好对待它、慢慢琢磨它。陈阵希望他能成为它的好朋友。陈阵打算以后不叫它二郎神，而管它叫二郎，谐二狼的音，含准狼的意，不要神。

陈阵等着杨克和高建中起床，在蒙古包外继续喂狗，逗狗崽，抚摸没有表情的二郎。

他们四个同班同学，住进自己的蒙古包已有一年多了。四个人：一个马倌，一个牛倌，两个羊倌。

机灵又精干的张继原当马倌，跟着巴图和兰木扎布放一群马，近五百匹。马群食量大，费草场，为了不与牛羊争食，所以必须经常远牧。深山野场，狼群出没，远离营盘，住在只够两人睡进去的简易小毡包里，用小小的铁圈马粪炉凑合野炊，长年过着比营盘蒙古包更原始的生活。马倌的工作危险，辛苦，担责任。但是在牧民中地位最高，这是马背上民族最骄傲的职业。

马倌套马是一项优美、高难的艺术，也可变为套狼杀狼的高超武艺。马倌为了给已给人换马、给马打鬃、打药，还要阉马、验马、驯生马，几乎天天离不开套马。从古至今，草原民族的马倌练就了一身套马绝技，使用一根长长的套马杆，在飞奔的马背上，看准机会，探身抖杆，抛投出一个空心索套，准确地套住马脖子。好马倌一套便中，很少落空。此技用来套狼，只要马快，与狼的距离短，或有猎狗帮忙，同样能套住狼。然后拧紧套绳，拨马回跑，将狼勒昏勒死，或让猎狗咬死。草原狼在白天极怕套马杆，一见带杆的马倌，调头就逃，或者卧草隐蔽。陈阵经常想，狼畏日战，善夜战，可能跟套马杆有关。蒙古草原套马杆的历史起码有几千年了，这么长的时间足以改变蒙古草原狼的习性。

额仑草原上的套马杆，是陈阵见过的最漂亮、做工最讲究的杆子，比他在报刊杂志照片上看到的其他旗盟草原牧民的套马杆，更长更精致更实用。额仑草原的马倌自豪地说，额仑的套马杆是全蒙古最高级、最厉害、最漂亮的杆子。额仑草原地处内蒙古著名的马驹河流域的北部，是历史上蒙古名马战马——乌珠穆沁马（古称突厥马）的主要产地之一。马是蒙古人赖以生存的重要伙伴和战友，马倌的套马杆当然也不能凑合了事。额仑马倌的套马杆奇长奇直，光滑顺溜。长——杆子总长大约有五六米至六七米。那些特长的杆子大都是用两根桦木杆楔咬胶接而成的；陈阵还见过近九米长的套马杆，杆子越长越容易套到马和狼。直——直得如同一根没有竹节的长竹。为了直，马倌必须用刨子把桦木杆上的歪扭节疤细细刨平，实在刨不直的地方就把杆子放在地上用湿牛粪焐，等焐软了再用一套挤杆的杠杆工具慢慢挤直。长杆顶端还拴接一根一米半长的指头粗细的小杆，小杆顶端用马鬃编成辫子花，勒紧杆头，在编花上拴套绳就不会滑脱。套马杆的套绳是草原上最坚韧、最抗拉拽的绳索，它不是用细牛皮条做的，而是用羊肠线拧出来的，工艺复杂，这是整个套马杆上唯一不能自己做的东西，必须到供销社专门柜台去买。最后，还要用羊毛加鲜羊粪攥住套杆使劲擦抹，把雪白的杆子抹成羊粪色，等羊粪干了以后再用软布抛光，套马杆表面就有一层沉着光亮的古铜色，长杆便像一件锐不可当的古代金属武器。

马倌骑着马，一手夹端着套马杆的时候，杆稍会由套绳的重量自然下垂，套绳也垂成一个飘动的绞索。整个杆子会随着马步的起伏轻轻颤悠，仿佛活蛇一样。草原狼都见过被套马杆套住勒死的狼的惨状。可能在狼的眼里，套马杆就像一条长长的蛇龙神那样可畏。草原的白天，若在无人的旷野或深山长途走单骑，只要手握套马杆，不管男女老少，就如手持腾格里的神符一样，可以在狼的天下通行无阻。

张继原当了近一年的马倌了，他的套技一直很差劲，经常几套不中，胯下的杆子马就不肯再追，常常自己换不成马，还得让巴图替他换。要不就是勉强套住了烈马，但没有在套住的一刹那，及时坐到马鞍后面的马屁股上，以便用马鞍支撑住自己的身体。于是他常常被马拽脱了手，马拖着杆子跑了，不一会儿，费了几天的工夫做成的套马杆，就被马一踩三断。为了练套技，他经常在羊群里练习套羊，追得羊群像遇到狼，追得母羊几乎流产，让毕利格老人一通好训以后才算罢休。后来老人让他先从套牛车后辕头开始练，他的套技才大有长进，近来他已经可以替陈阵他们三个人换马了，这可解决了一个大难题。张继原很少回家，一个月能在家里断断续续住上一星期就算不错了。每次他一回来，倒头便睡，睡醒以后就会给同伴讲许许多多人、马、狼的故事。

马倌马多腿快，识多见广。牧业队分给马倌的专用马就有八九匹，而且马群里的生马、无主马也可以随便骑。马倌骑马几乎一天一换，甚至一天两换，从不吝惜马力，到任何地方都是一路狂奔，牛气烘烘。马倌到哪个蒙古包都有人求，求换马，求捎信，求带东西，求请医生，求讲小道消息。马倌也是收到姑娘们笑容最多的人。把那些只有四五匹专用马，消息闭塞的羊倌牛倌羡慕得要死。但放马又是草原上最艰苦最凶险的工作，没有身强、胆大、机敏、聪明、警觉、耐饥渴、耐寒暑的狼或军人的素质，队里是不会选你当马倌的。四人中能被挑走一个就算走运，其他三人就绝无希望当马倌了。陈阵搜集的许多狼的故事，就是张继原陆续讲给他听的。每当张继原回家小住，陈阵就对他好吃好喝好招待，两人在狼的话题上非常投机。马倌处在与狼群生死战斗的第一线，对狼的态度非常矛盾。陈阵和张继原，再加上杨克，三人经常聊得很晚，有时还争论不休。张继原回马群的时候，也总要跟陈阵杨克借一两本书揣着解闷。

高建中当牛倌，放一百四十多头牛。放牛是草原上最舒服的活计，草原上的人说，牛倌牛倌，给个县官也不换。牛群早出晚归，自己认草又认家。小牛犊一个挨一个拴在家门前地上的马鬃绳旁，母牛会准时回来喂奶。只是犍牛讨厌，哪儿草好往哪儿跑，懒得回家，牛倌最辛苦的活也就是找牛赶牛。但牛犟起来，无论怎么打，它都梗着牛脖子，哆嗦着眼皮，赖在地上就是不走，让人气得想咬牛。牛倌属于自己的闲散时间最多，当羊倌的，若是有事就可以找牛倌帮忙。蒙古包没有牛，那日子就没法过了。驾车、搬家、挤奶、做奶食、储干粪、剥牛皮、吃牛肉、做皮活这些与家有关的事情都离不开牛。马背上的民族，必须得有一个牛背上的家。牛倌、羊倌、马倌各司其职，就好比是一根环环相扣、缺一不可的链条。

陈阵和杨克合管一群羊，一千七百多只。绝大部分是闻名全国的额仑大尾羊，尾巴大如中型脸盆，尾膘半透明，肥脆而不腻，肉质鲜香又不膻。据乌力吉说，全盟草场中就数额仑的草场和草质最好，所以额仑的羊也最好。在古代，是皇家贡品羊，是忽必烈进北京以后钦点的皇族肉食羊；在现在，国家领导人在人民大会堂，招待阿拉伯国家元首所用的羊肉，就是额仑大尾羊。那些国家的元首们经常撇开国家大事来询问羊肉的产地。陈阵常想，额仑草原的狼个头大得出奇，脑子转得比人还快，可能也与它们经常吃额仑大尾羊有关。羊群中另一种羊是新疆改良羊，是本地羊和新疆细毛羊的杂交品种，毛质好，产量高，卖价高于本地羊毛三四倍，但肉质松，无鲜味，牧民谁也不爱吃。

再就是山羊，数量很少，只占羊群总数的二三十分之一。虽然山羊啃草根毁草场，但山羊绒价值昂贵，而且山羊中的阉羊大多有利角又胆大，敢与狼拼斗。羊群里放进一些山羊，常常可以抵挡孤狼独狼的偷袭。因此，蒙古羊群的领头羊通常都由几十只大角山羊担任。头羊们认草、认家又有主见，走到草好的地方就压住阵脚，走到草差的地方就大步流星。山羊比绵羊还有个优点，就是它一受到狼攻击就会咩咩乱叫，起到报警的作用。不像绵羊，胆小又愚蠢，被狼咬开了肚子也吓得一声不吭，任狼宰割。陈阵发现蒙古牧民擅长平衡，善于利用草原万物各自的特长，能够把矛盾的比例，调节到害处最小而收益最大的黄金分割线上。

两个羊倌一人放羊，一人下夜。放羊记工十分，下夜记工八分。两人工作可以互相轮班，互相调换，一人有事另一人经常连干一天一夜或两夜两天。如果狗好圈好，春季下夜照样可以睡足觉。但夏秋冬三季游牧，没有春季接羔营盘的土石羊圈，只靠半圈用牛车、栅栏和大毡搭的挡风墙，根本挡不住狼。如果狼害严重，下夜绝对是件苦差事，整夜甭想睡觉，要打着手电围羊群转，跟狗一块儿扯破嗓子叫喊一夜。乌力吉说，下夜主要是为了防狼，每年牧场支付下夜工分费用就占了全部工分支出的三分之一左右。这是牧场支付给狼的又一大笔开销。下夜是牧区蒙古族妇女的主要职业，女人晚上下夜，白天繁重家务，一年四季很少能睡个整觉。人昼行，狼夜行；人困顿，狼精神。草原狼搅得草原人晨昏颠倒，寝食不安，拖垮了一家又一家，一代又一代的女人，因而，蒙古包的主妇，大多多病短寿，但也练出了一些强悍拖不垮的、具有一副好身骨的女人。草原狼繁殖过密，草原人口一年年却难以大幅度增长。然而，古代蒙古草原也从来没有发生过因人口过剩，而大范围垦荒求食的事情。是草原狼控制了草原人口舒舒服服地发展。

羊群是草原牧业的基础，养着羊群有羊肉吃，有羊皮穿，有羊粪烧，有两份工分收入，草原原始游牧的基本生活就有了保障。然而羊倌的工作极为枯燥单调，磨人耗人拴人，从早到晚在茫茫绿原或雪原，一个人与羊群为伍，如果登高远望，方圆几十里见不到一个人影。没有人说话，不敢专心读书，时时得提防狼来偷袭。每天总有苏武牧羊那种孤独苍凉，人如荒草的感觉，挥之不去，侵入膏肓。陈阵常常觉得自己老了，很老了，比苏武还要老。千万年的草原一点都没变，人还在原始游牧，还在与狼争食，还争得那样残酷，那样难分胜负。陈阵经常觉得自己好像是流落到草原的北京山顶洞人，遇到的敌人还是狼。如果哪天在草原晨雾中，手持节杖的苏武，或是围着兽皮的猿人向他走来，他都不会吃惊，可能他们相遇时，彼此比比画画说的话题还是狼。额仑草原的时间是化石钟，没有分秒点滴漏出。是什么东西使草原面容凝固不动，永葆草原远古时代的原貌？难道又是狼？

放羊对陈阵来说也有一个好处，独自一人在草原上，总能找到静静思索的时间，任凭思想天马行空自由翱翔。他从北京带来的两大箱名著、加上杨克的一箱精选的史书和禁书，他这个羊倌可以学羊的反刍法来消化它们。晚上，在油灯下如羊一样吞咽古今经典书籍；白天，在羊群旁边又如羊一样反刍中外文化精华。细嚼慢刍，反复琢磨，竟觉故纸有如青草肥嫩多汁。白天放羊时，陈阵大多是在刍嚼和思虑中打发光阴。有时也可以一目十行飞快地读几页书，但必须在确定周围没有狼的情况下才敢看。难道真像毕利格老人说的那样要懂草原，懂蒙古人，就得懂狼？难道万年草原保持原貌，停滞不前，一直难以发展成大民族，也与狼有关？他想，有可能。至少狼群的进攻，给牧场每年造成可计算的再加上不可估算的的损失，使牧业和人业无法原始积累，使人畜始终停留在简单再生产水平，维持原状和原始，腾不出人力和财力去开发贸易、商业、农业，更不要说工业了。狼涉及的问题真是太广泛和深刻了……然而，真要想懂得狼，实在太难。人在明处，狼在暗处，狼嗥可远闻却不可近听。这些日子来，陈阵心里一直徘徊不去的那个念头越来越强烈了，他真想抓一条小狼崽放在蒙古包旁养着，从夜看到明，从小看到大，把狼看个够，看个透。

他又想起前几天那条叼走羊羔的母狼，和那一窝不知藏在哪个洞的小狼崽。

那天，他刚观察过羊群四周的情况，感觉平安无事，便躺在草地上，盯防着蓝天上盘旋的草原雕。突然，他听到羊群哗啦啦一阵轻微骚动，他急忙坐起来，看到一条大狼冲进了羊群，一口叼住一只羊羔的后脖子，然后侧头一甩，把羊羔甩到自己的后背上，歪着头，背扛着羊羔，顺着山沟，向黑石头山方向，嗖地跑没影了。羊羔平时最爱叫，声音又亮又脆，一只羊羔的惊叫声，常常会引起几百只羊羔和母羊们的连锁反应，叫得草场惊天动地。可狼嘴叼紧了羊羔后脖颈，就勒得羊羔的喉咙发不出一点声音。母狼悄无声息地溜走了，羊群平静如初。绝大部分羊还不知发生了什么事，可能连羊羔妈妈都不知自己丢了孩子。如果陈阵听力和警觉性不高的话，他也会像那只傻母羊那样，要等到下午对羔点羊的时候才会发现丢了羊。陈阵惊得像遇到了一个身怀绝技的飞贼，眼睁睁地看着贼在他眼皮底下抢走了钱包。

等喘平了气，陈阵才骑马走到狼偷袭羊羔的地方查看，发现那儿的草丛中有一个土坑，土坑里的草全被压平。显然，那条母狼并不是从远处匍匐接近羊群的，那样的话，陈阵也许还能发现。母狼其实早已悄悄埋伏在这个草坑里，一直等到羊群走近草坑时才突然蹿出。陈阵看了看太阳，算了一下，这条狼足足埋伏了三个多小时。在这个季节抓走活羊羔的狼只会是母狼，这是它训练狼崽抓活物的活教材，活道具，也是喂给尚未开眼和断奶的小狼崽，鲜嫩而易消化的理想肉食。

陈阵窝了一肚子的火，但他又暗自庆幸。这些天他和杨克经常隔三岔五地丢羊羔，两人一直怀疑是老鹰或草原雕偷的，这些飞贼动作极快，乘人不备一个俯冲就能把羊羔抓上蓝天。可是老鹰抓羊羔，低空俯冲威胁面很大，会惊得整群羊狂跑大叫，而守在羊群旁的人是不可能不发觉的。他俩始终弄不清这个谜。直到陈阵亲眼看到母狼抓羊羔的技巧和这个草坑，他才算破了这个案。否则，那条母狼还会继续让他们丢羊羔。

无论牧民怎样提醒、告诫，陈阵还是不能保证不出错。兵无常法，草原狼会因地制宜地采用一切战法。狼没有草原雕的翅膀，但草原上真正的飞贼却是狼。让你一次一次地目瞪口呆，也让你多留心眼多长心智。

陈阵轻轻地给二郎挠脖子，它还是没有多少感谢的表示。

空中飘起雪末，陈阵进了包，和杨克、高建中围着铁筒干粪炉，喝早茶，吃手把肉和嘎斯迈送的奶豆腐。趁着这一会儿的闲空，陈阵又开始劝他俩跟自己去掏狼窝，他认为自己的理由很过硬：咱们以后少不了跟狼打仗，养条小狼才可以真正摸透狼的脾气，就能知己知彼。

高建中在炉板上烤着肉，面有难色地说道：掏狼崽可不是闹着玩的，前几天兰木扎布他们掏狼洞熏出一条母狼，母狼跟人玩了命，差点没把他的胳膊咬断。他们一共三个马倌牛倌，七八条大狗，费了好大劲，才打死母狼。狼洞太深，他们换了两拨人，挖了两天才把狼崽掏了出来。护羔子的绵羊都敢顶人，护崽的母狼还不得跟人拼命。咱们连枪都没有，就拿铁锹马棒能对付得了？挖狼洞也不是件轻活，上次我帮桑杰挖狼洞也挖了两天，也没挖到头，最后只好点火灌烟再封了洞拉倒。谁知道能不能熏死小狼崽。桑杰说母狼会堵烟，洞里也有通风暗口……找有狼崽的洞就更难了，狼的真真假假你还不知道？牧民说，狼洞狼洞，十洞九空，还经常搬家。牧民挖到一窝狼崽都那么难，咱们能挖着吗？

杨克倒是痛快地对陈阵说：我跟你去。我有根铁棒，很合手，头也磨尖了，像把小扎枪。要碰见母狼，我就不信咱俩打不过一条狼。再带上一把砍刀，几个二踢脚。咱们连砍带炸准能把狼赶跑。要是能打死条大狼，那咱们就更神气了。

高建中挖苦道：臭美吧。留神狼把你抓成个独眼龙，咬成狂犬病，不对，是狂狼病，那你的小命可就玩儿完了。

杨克晃晃脑袋：没事儿，我命大，学校那回武斗，我们第一组五个人伤了四个，就我没事。办什么事都不能前怕狼后怕虎。汉人就是因为像你这样，才经常让游牧民族入主中原。兰木扎布老说我是吃草的羊，他是吃肉的狼。咱们要是自个儿独立掏出一窝狼崽，看他还敢说我是羊了。我豁出一只眼也得赌这口气。

陈阵说：好！说定了？可不许再反悔噢！

杨克把茶碗往桌上一扣，大声说：嗨，你说什么时候去？要快！晚了场部就该让咱们去圈狼了。我也特想参加围狼大会战。

陈阵站起来说：那就吃完饭去，先去侦察侦察。

高建中抹着嘴说：得，又得让官布替你们俩放羊，咱包又要少一天的工分了。

杨克反唇相讥道：上回我和陈阵拉回一车黄羊，能顶多少个月的工分啊。尽算小账，没劲！

陈阵和杨克正在备鞍，巴雅尔骑着一匹大黄马跑来，说爷爷让陈阵去他家。陈阵说：阿爸让我去，准保有要紧事。杨克说：没准和围狼有关系，你赶紧去吧，也正好可以跟阿爸讨教讨教掏狼崽的技术和窍门。

陈阵立即上马。巴雅尔个子小，在平地上不了马，杨克想把他抱上马鞍，小家伙不让，他自己把大黄马牵到牛车旁，踩着车辕认了马镫上了马。两匹马飞奔而去。

08

东汉明帝时，汶山郡以西的白狼、槃木等部约有一百三十余万户，六百万余口，自愿内属。他们作诗三章，献给东汉皇帝……合称《白狼歌》，备述“白狼王……等慕化归义”之意。

——张传玺《中国古代史纲》(上)

陈阵还未下马，就闻到老人的蒙古包里飘出一股浓浓的肉腥味，不像是羊肉味。他很觉奇怪，急忙下马进包。毕利格老人忙喊慢着慢着。陈阵慌忙站定，发现东、北、西三面的地毯都已卷起，宽大的地毡上铺着生马皮，马皮上摆满了钢制狼夹子，至少有七八个。蒙古包中央炉子上的大锅，冒着热气和腥气，黑乎乎油汪汪的一大锅汤水。嘎斯迈满面烟尘汗迹，跪在炉旁加粪添火。她的五岁小女儿其其格正在玩一大堆羊拐，足有六七十个。巴图在一边擦狼夹子，他还在家里养伤，脸上露出大片的新肉。毕利格的老伴老额吉也在擦狼夹。陈阵不知老人在煮什么。老人在身旁挪出了空地，让陈阵坐在他的旁边。

陈阵开玩笑地问：您在煮什么？想煮狼夹子吃啊？您老牙口好硬啊。

毕利格笑眯了眼，说道：你猜着了一半，我是在煮狼夹。不过，我的牙口不成了，是狼夹的牙口好，你看看这夹子是不是满口钢牙？

陈阵惊讶地问：您煮狼夹干什么？

夹狼啊。毕利格指指大锅说：我来考考你，你闻闻这是什么肉味？

陈阵摇摇头。老人指了指炉旁的一盆肉说：那是马肉，是我从泡子那边捡回来的。煮一大锅马肉汤，再用肉汤煮狼夹子，你知道这是为的啥？为的是煮掉夹子的铁锈味。陈阵明白了，立刻来了兴趣说：得，这下狼该踩进夹子里去了，狼还是斗不过人。

老人捋了捋黄白色的胡须说：你要是这么想，就还斗不过狼。狼鼻子比狗灵，有一星半点儿的锈味和人味，那你就瞎忙乎了。有一回我把夹子弄得干干净净，一点锈味人味也没有。可到了也没夹着狼，我想了半天才想起来，那天我下完夹子不小心咳出一口痰，我要是连雪带痰一块捧走也就没事了，可我踩了一脚，又扒拉些雪盖上痰，想着没事，可还是让狼给闻出来了。

陈阵吃了一惊，叹道：狼的鼻子也太厉害了。

老人说：狼有灵性，有神助，有鬼帮，难斗啊……

陈阵正要顺着鬼神往下问，阿爸跪起身来从锅里捞夹子了，狼夹很大很重，一口大锅只能煮一个夹子。陈阵帮老人用木棍捞出夹子，放在一块油腻腻的麻袋上，然后又下了一只夹子。老人说：昨天我让全家人先擦了一天夹子，我先煮过一遍了，这会儿是第二遍。这还不成，待会儿，还得用马鬃蘸着炼好的马肠油再擦两遍，这才能用。真到下夹子的时候还要戴手套，上干马粪，打狼跟打仗一样，心不细不成。要比女人的心还细，比嘎斯迈的心还要细。老人笑道。

嘎斯迈望着陈阵，指指碗架说：知道你又想喝我做的奶茶了，我手埋汰，你自个儿动手吧。陈阵不喜欢炒米，最喜欢嘎斯迈做的奶豆腐，就抓了四五块放在碗里，又拿起暖壶，倒了满满一碗奶茶。嘎斯迈说：本来阿爸是要带巴图去下夹子的，可他的脸还出不了门，就让你这个汉人儿子去吧。陈阵笑道：只要是狼的事，阿爸就忘不了我。是吧，阿爸？

老人看着陈阵说：孩子啊，我看你是被狼缠住了，我老了，这点本事传给你。只要多上点心，能打着狼。可你要记住你阿爸的话，狼是腾格里派下来保护草原的，狼没了，草原也保不住。狼没了，蒙古人的灵魂也就上不了天了。

陈阵问：阿爸，狼是草原的保护神，那您为什么还要打狼呢？听说您在场部的会上，也同意大打。

老人说：狼太多了就不是神，就成了妖魔，人杀妖魔，就没错。要是草原牛羊被妖魔杀光了，人也活不成，那草原也保不住。我们蒙古人也是腾格里派下来保护草原的。没有草原，就没有蒙古人，没有蒙古人也就没有草原。

陈阵心头一震，追问道：您说狼和蒙古人都是草原的卫兵？

老人的目光突然变得警惕和陌生，他盯着陈阵的眼睛说：没错。可是你们……你们汉人不懂这个理。

陈阵有点慌，忙说：阿爸，您知道，我是最反对大汉人主义的，也不赞成关内的农民到草原来开荒种地。

老人脸上的皱纹慢慢松开，他一面用马鬃擦着狼夹，一面说：蒙古人这么少，要守住这么大的草原难啊。不打狼，蒙古人还要少；打狼打多了，蒙古人更要少……

老人的话中似乎藏有玄机，一时不易搞懂，陈阵有些疑惑地把问话咽下了。

所有的狼夹子都处理好了，老人对陈阵说：跟我一块去下夹子，你要好好看我是咋下的。老人戴上一副帆布手套，又递给陈阵一副。然后起身拿着一个狼夹，搬到包外一辆铁轮轻便马车上，车上垫着浸过马肠油的破毡子。陈阵和巴雅尔也跟着搬运，钢夹一出包，夹子上的马油立即冻上一层薄薄的油壳，将狼夹糊得不见铁。狼夹全都上车以后，老人又从蒙古包旁提起一小袋干马粪蛋，放到车上。一切准备停当，三人上马。嘎斯迈追出几步对陈阵大声嘱咐，陈陈（陈阵），下夹子千万小心，狼夹子能夹断手腕的。那口气像是在叮嘱她的儿子巴雅尔。

巴勒和几条大狗见到狼夹子，猎性大发，也想跟着一块儿去。巴图急忙一把抓着了巴勒脖子上的鬃毛，嘎斯迈也弯腰搂住了一条大狗。毕利格老人喝退了狗，牵着套车的辕马，三人四马向大泡子一路小跑。

云层仍低低地压在山顶，空中飘起又薄又轻的小雪片，雪绒干松。老人仰面接雪，过了一会儿，脸上有了一点水光，他摘下手套，又用手接了一点雪擦了一把脸，说道：这些天，忙得脸都常忘了洗，用雪洗脸爽快。在炉子旁边待长了，脸上有烟味，用雪洗洗，去去味，方便干活。

陈阵也学着老人洗了一把脸，又闻了马蹄袖，只有一点点羊粪烟味，但是这可能就会让几个人的辛苦前功尽弃。陈阵问老人：身上的烟味要不要紧？

老人说：不大要紧，一路过去，烟味也散没了。记着，到了那儿，小心别让袍子皮裤碰上冻马肉就没事。

陈阵说：跟狼斗，真累啊。昨天晚上，狼和狗叫了一夜，叫得特凶，吵得我一夜没睡好。

老人说：草原不比你们关内，关内汉人夜夜能睡个安稳觉。

草原是战场，蒙古人是战士，天生就是打仗的命。想睡安稳觉的人不是个好兵。你要学会一躺下就睡着，狗一叫就睁眼。狼睡觉，两个耳朵全支棱着，一有动静，撒腿就跑。要斗过狼，没狼的这个本事不成。你阿爸就是条老狼。老人呵呵笑了起来：能吃，能打，能睡，一袋烟的工夫，也能迷糊一小觉。额仑的狼啊，都恨透我了。我要是死了，狼一准把我啃得连骨头渣子都剩不下。我上腾格里就比谁都快。呵呵……

陈阵一边打着哈欠，一边说：我们知青得神经衰弱的人越来越多，有一个女生已经病退回北京了。再这么下去，过几年我们这些知青得有一半让狼打回关内。我死了可不把身子喂狼，还是一把火烧了才痛快。

老人笑声未停：呵呵……你们汉人太浪费，太麻烦。人死了还要棺材，用那老些木头，可以打多少牛车啊。

陈阵说：哪天我死了，可不用棺材，火化拉倒。

老人笑道：那也要用多多的木头烧呢，浪费浪费。我们蒙古人节约闹革命，死了躺在牛车上，往东走，什么时候让车颠下来，什么时候就等着喂狼了。

陈阵也笑了：可是，阿爸，除了让狼把人的灵魂带上腾格里，是不是还为了节省木头呢？因为草原上没有大树。

老人回答说：除了为了省木头，更是为了“吃肉还肉”。

吃肉还肉？陈阵这还是第一次听说，顿时困意全消。忙问，什么叫吃肉还肉？

老人说：草原上的人，吃了一辈子的肉，杀了多多的生灵，有罪孽啊。人死了把自己的肉还给草原，这才公平，灵魂就不苦啦，也可以上腾格里了。

陈阵笑道：这倒是很公平。要是我以后不被狼打回北京，我没准也把自己喂狼算了。一群狼吃一个人，不用一顿饭的工夫就利索了。喂狼可能比火化速度更快。

老人乐了，随即脸上又出现了担忧的神情：额仑草原从前没有几个汉人，全牧场一百三四十个蒙古包，七八百人，全是蒙古族。“文化大革命”了，你们北京知青就来了一百多，这会又来了这老些当兵的，开车的，赶大车的，盖房子的。他们都恨狼，都想要狼皮，往后枪一响，狼打没了，你想喂狼也喂不成了。

陈阵也乐了：阿爸，您甭担心，没准往后打大仗，扔原子弹，人和狼一块儿死，谁也甭喂谁了。

老人比画了一个圆，问道：圆……圆子弹是啥样子弹？

陈阵费了牛劲，连比画带说也没能让老人明白……

快到泡子最北边的那几匹死马处，毕利格老人勒住马，让巴雅尔牵住辕马就地停车等着。然后带上两副狼夹子，小铁镐，装干马粪的口袋等等工具，带陈阵往死马那边走。老人骑在马上走走停停，到处察看。几匹死马显然已被动过，薄薄的新雪下面能隐约看到马身上的咬痕，还有马尸旁边的一个个爪印。陈阵忍不住问，狼群又来过了？

老人没回答，继续察看。连看了几匹马以后才说：大狼群还没来过，乌力吉估摸得真准，大狼群还在边防公路北边。这群狼真能沉得住气。

阿爸，这些脚爪印是怎么回事？陈阵指了指雪地。

老人说，这些多半是狐狸的爪印，也有一条母狼的爪印。这边一些带崽的母狼得护着崽，单独活动。老人想了想说：我原本想打狼群里的头狼和大狼的，可这会儿有这些狐狸捣乱，就不容易打着大狼和头狼了。

那咱们不是白费劲了吗？

也不算白费劲，咱们的主要任务就是要把狼群弄迷糊，它以为人下了夹子，就没工夫打围了，变着法子也要来吃马肉的。只要狼群一过来，咱们就好打围了。

陈阵问：阿爸，有没有法子夹一条大狼？

咋能没有呢。老人说：咱们把带来的夹子全下上，下硬一点，专夹狼，不夹狐狸。

老人骑马又转了两圈，在一匹死马旁边选了第一个下夹点。陈阵急忙下马，铲清扫净了雪。老人蹲下身，用小铁镐在冻得不太深的地上刨出一个直径约四十厘米，深约十五厘米的圆坑，坑中还有一个小坑。然后戴上沾满马肠油的手套，把钢夹放在圆坑里，再用双脚踩紧钢夹两边像两个巨形镊子的钢板弹簧，用力掰开钢夹朝天紧闭的虎口，将满嘴钢牙的虎口掰到底，掰成一个紧贴地面，准备狼咬的圆形大口。再小心翼翼把一个像刺绣绷架一样的布绷垫，悬空放在坑中小坑和钢夹之间，再用钢夹边缘小铁棍别住虎口，插到布垫的扣子上。

陈阵提心吊胆地看着老人做完这一组危险、费力的动作，如稍有闪失钢夹就可能把手打断。老人抬起脚，满头大汗地蹲在雪地上喘气，用马蹄袖小心地擦汗，生怕汗落到马身上去。老人第一次带陈阵出来下夹子，陈阵总算看明白钢夹是怎样夹狼的了。只要狼爪一踩到悬空的布绷垫上，布垫下陷，小铁棍从布垫的活扣中滑脱，那时钢簧就会以几百斤的力量，猛地合拢钢夹虎口，把踩进夹子的狼爪，打裂骨头咬住筋。怪不得狼这么害怕钢夹，这家伙果真了得！要是草原狼不怕钢夹的钢铁声音，那他可能就在第一次误入狼阵时丧命了。

剩下的就是如何掩盖和伪装了，这道工序也不能出丝毫差错。毕利格老人缓过劲来说：这夹子不能用雪盖，雪太沉，能把布垫压塌，还有，要是出了太阳雪一化，夹子里面冻住了，夹子也打不开。你把干马粪给我。

老人接过布袋，抓了一把干马粪，一边搓一边均匀地撒在布垫上，又干又轻的马粪末慢慢填满狼夹的钢牙大口。此刻，布垫依然悬空，又不怕钢夹里面上冻。然后老人将夹子上的铁链钩在死马的骨架上，才说这会儿能用雪盖了。他指导陈阵铲雪把钢夹的钢板弹簧和铁链盖好，又用浮雪小心地盖住马粪，最后用破羊皮轻轻扫平雪，与周围雪面接得天衣无缝。

细碎的小雪还在下，再过一会儿雪地上所有的痕迹都看不出来了。陈阵问：这个夹子为什么只能夹狼不夹狐狸？老人说：我把铁棍别子插得深了一点，狐狸轻，踩不动。狼个头大，一踩准炸。

老人看了看四周，又用脚步量了量距离，在两步左右的地方又选了个下夹点。说：这个夹子你来下吧，我看着你下。

两个夹子为什么离这么近？陈阵问。

老人说：你不知道，有的狼对自个儿也特别狠，它要是被夹住了腿，会把腿连骨带筋全咬断，瘸着三条腿逃掉。我给它下两个，只要夹住一条腿，它就会疼得没命地拽链子，没命转圈，转着转着后腿就踩着第二个夹子了，这地方链子刚好够得着。要是狼的前后两条腿都给夹住了，它就算能把两条断腿都咬掉，剩下两条腿它咋跑？

陈阵心里猛地一抽，头皮发根奓起。草原上的人狼战争真是残忍至极。人和狼都在用残酷攻击残酷，用残忍报复残忍，用狡猾抗击狡猾。如果这样恶恶相报，近朱者赤，近狼者势必狠了，从此变得铁石心肠，冷酷无情？陈阵虽然痛恨狼的残暴，但当他马上就要亲手给狼下一个狡猾残忍的钢夹时，他的手却不禁微微发抖。这个陷阱太隐蔽。它放在具有极强诱惑性的肥壮死马前，只有马肉、马油和马粪味，没有任何人味和锈味。陈阵相信再狡猾的狼也要上当，被钢夹打得腿断骨裂，然后被人剥皮，弃尸荒野。而且这还仅仅是一个大圈套中的一个小圈套，那个大圈套要套的就不是几条狼了。他想起周秦汉唐宋明无数支汉军被诱进草原深处，落入被精心设计、没有破绽的陷阱而全军覆没的战例。古代草原骑兵确实不是靠蛮力横扫先进国家的。草原民族也确实是草原的捍卫者，他们用从狼那里学来的军事才华和智慧，牢牢地守住了草原，抗住了汉军后面的铁与火、锄和犁对草原的进攻。老人说得一点也没错。陈阵的手还在一阵阵地发抖。

老人呵呵地笑起来：心软了吧？别忘了，草原是战场，见不得血的人，不是战士。狼用诡计杀了一大群马，你不心疼？人不使毒招能斗得过狼吗？

陈阵定了定心，沉了沉气，心虚手硬地扫雪刨坑。真到下夹子的时候，他的手又有点抖了，这次是怕不小心被打断手指，毕竟这是他第一次下狼夹。老人一边教，一边把粗粗的马棒伸进钢夹的虎口里，即使钢夹打翻，也先夹着马棒而夹不到陈阵的手。陈阵感到周身一热，有了老人的保护，他的手不抖了，第一次下夹，一次成功。陈阵在擦汗的时候，发现老人头上冒的汗比他的还多。老人舒了口气说：孩子啊，我再看着你下一个，第三个你就自个儿下吧，我看你能行。陈阵点点头。他跟着老人回到马车旁又取了两副钢夹，又挑了匹死马，选好点，细心下好。剩下的四副夹子，一人两副，分头下。老人又让巴雅尔给陈阵帮忙。

天近黄昏，仍未转晴。毕利格老人仔细地检查了陈阵下的夹子，笑道：真看不出来了，我要是条老狼，也得让你夹住。老人又认真地看着陈阵，问道：时候不早了，这会儿咱们该做什么？

陈阵想了想说：是不是该扫扫咱们的脚印，还要清点一下带来的工具，不能落下一件。老人满意地说：你也学精了。

三人就从最北边慢慢扫，慢慢检查，一直扫到马车处才停下来。陈阵一边收拾工具一边问：阿爸，下了这么多夹子能打着多少条狼？老人说：打猎不能问数，一说数，就一个也不上夹了。人把前面的事做好，后面的事就靠腾格里。

三人上马，牵着马车往回走。

陈阵问：咱们明天早上就来收狼吗？

老人说：不管夹着没夹着，都不能来收狼。要是夹着了，先要让狼群看看。只要它们不见人来收狼，疑心就重了，更会围着死马转圈琢磨。场部交给的任务，不是夹几条狼，是要把狼群给引过来。要是没夹着狼，咱们就还得等。你明儿就不用来了，我会远远地来看的。

三人轻松地往家走。陈阵想起了那窝狼崽，便打算向老人讨教掏狼窝的技术。掏狼崽可是草原上一件凶险、艰难、技术性极强的狩猎项目，也是草原民族抑制草原狼群恶性发展的最主要的方法。一窝狼崽七八只、十几只，额仑草原的狼食多，狼崽的成活率极高。春天掏到一窝狼崽，就等于消灭了一群狼。狼群为了保护狼崽，会运用狼的最高智慧和狼的所有凶猛亡命的看家本领。陈阵听过不少各种掏狼崽的惊险和运气的故事，他也早已有充分的思想准备。两个春天了，全场一百多个知青还没有一个人独自掏到过狼崽。他不敢奢望自己能掏到一窝，只打算找机会跟着毕利格老人掏几次先学学本领。可是，马群事故发生以后，老人就顾不上狼崽了。陈阵只好从经验上来求教老人。

陈阵说：阿爸，我前些日子放羊，一只羊羔就在我眼皮子底下被一条母狼活活地叼走，往东北边黑石头山那边逃走了。我想那边一定有一个狼窝，里面一定有狼崽。我打算明天一早就去找，本来我想让您带我们去的……

老人说：明儿我是去不了了，这边的事大，场部还等着我的信呢。老人又回头问道：母狼真往黑石头山那边去了？

没错。陈阵说。

老人捋了捋胡子，问道：你那会儿骑马追了没有？陈阵说：没有。它跑得太快，没来得及追。老人说：那还好。要不那条母狼准会骗你。有人追，它是不会直奔狼窝的。

老人略略想了想，说道：这条母狼真是精，头年开春，队里刚刚在那儿掏了三窝狼崽，今年谁都不去那儿掏狼了，想不到还有母狼敢到那儿去下崽。那你明儿快去找吧，多去几个人，多带狗。一定得找几个胆大有经验的牧民去，你们两个千万别自个儿去，太危险。

掏狼窝最难的是什么？陈阵问。

老人说：掏狼窝麻烦多多地有，找狼窝更难。我告诉你一个法子，能找到狼窝。你明儿天不亮就起来，跑到石头山底下高一点的山头，趴下。等到天快亮的时候，你用望远镜留神看，这时候母狼在外面忙活了一夜，该回洞给狼崽喂奶。你要是看到狼往什么地方去，那边就准有狼窝，你要仔细找，带上好狗转圈找，多半能找着。可找着了，要把狼崽挖出来也难啊，最怕洞里有母狼。你们千万要小心。

老人的目光忽而黯淡下来，他说：要不是狼群杀了这么大一群马，我是不会再让你们去掏狼崽的，掏狼崽是额仑草原老人们最不愿干的事情……

陈阵也不敢再问下去。老人本来就对这次大规模掏狼崽的活动窝了一肚子的火，陈阵生怕再问下去老人会阻止他去。可是，掏狼崽的学问太奥妙，他掏狼崽的目的是养一只狼崽，如果再不抓紧时间，等到狼崽断了奶或睁开了眼那就难养了。必须抢在狼崽还没有看清世界、分清敌我的时候，把它从狼的世界转到人的环境中来。陈阵生怕野性最强的狼崽比麻雀还难养。从小就喜爱动物的陈阵，小时候多次抓过和养过麻雀，可是麻雀气性大，在笼子里闭着眼睛就是不吃不喝直至气绝身亡。狼崽可不像麻雀那么好抓，如果冒了风险、费了牛劲抓到了狼崽却养不了几天就养死了，那就亏大了。陈阵打算再好好问问巴图，他是全场出名的打狼能手，前几天吃了狼群这么大的亏，正在气头上，找他请教掏狼崽的事准能成。

回到老人的蒙古包，天已全黑。进了包，漂亮的地毯已恢复原状，三个灯捻的羊油灯将宽大的蒙古包照得亮堂堂，矮方桌上两大盆刚出锅的血肠血包，羊肚肥肠和手把肉冒着腾腾的热气和香气，忙了一天的三个人的肚子全都叫了起来。陈阵急忙脱了皮袍，坐到桌旁。嘎斯迈已经端着肉盆，将陈阵最爱吃的羊肥肠转到他的面前，又端起另一个肉盆，把老人最爱吃的羊胸椎转到老人面前。然后，给陈阵递过一小碗用北京固体酱油和草原口蘑泡出的蘑菇酱油。这是陈阵吃手把肉时最喜欢的调料，这种北京加草原的调味品，现在已经成为他们两家蒙古包的常备品了。陈阵用蒙古刀割了一段羊肥肠蘸上调料，塞到嘴里，香得他几乎把狼崽的事忘记。草原羊肥肠是草原手把肉里的上品，只有一尺长。说是肥肠，其实一点也不肥，肥肠里面塞满了最没油水的肚条、小肠和胸膈膜肌肉条。羊肥肠几乎把一只羊身上的弃物都收罗进来了，但却搭配出蒙古大餐中让人不能忘怀的美食，韧脆筋道，肥而不腻。

陈阵说：蒙古人吃羊真节约，连胸膈膜都舍不得扔，还这么好吃。

老人点头：饿狼吃羊，连羊毛羊蹄壳都吃下去。草原闹起大灾来，人和狼找食都不容易，吃羊就该把羊吃得干干净净。

陈阵笑道：这么说蒙古人吃羊，吃得这么干净聪明，也是跟狼学的了？

全家人大笑，连说是是是。陈阵又一连吃下去三段肥肠。

嘎斯迈笑得开心，陈阵记得嘎斯迈说过，她喜欢吃相像狼一样的客人。他有点不好意思，此刻他一定像条饿狼。他不敢再吃了，他知道毕利格全家人都爱吃羊肥肠。可一眨眼的工夫他已经把大半根肠吃进肚里了。嘎斯迈直起腰，用刀子拨开血肠，再用刀尖又挑出一大根肥肠来，笑道：知道你回来就不肯走了，我煮了两根肠呐。那根全是你的了，你要跟狼一样节约，不能剩。一家人又笑了。巴雅尔连忙把嘎斯迈挑出来的肥肠抓到自己的肉盆前。两年多了，陈阵总是调不好与嘎斯迈的辈分关系，正常辈分她应该是他的大嫂，可是，陈阵觉得嘎斯迈有时是他的姐姐，有时是婶婶，有时是小姨小姑，有时甚至是年轻的大姨妈。她的快乐与善良像草原一样坦荡纯真。

陈阵吃下整根肥肠，又端起奶茶一口气喝了半碗，问嘎斯迈：巴雅敢抓狼尾巴，敢钻狼洞掏狼崽，敢骑烈马，胆子也太大了，你就不怕他出事？

嘎斯迈笑道：蒙古人从小个个都是这样。巴图小时候胆子比巴雅还大，巴雅钻的狼洞没有大狼，狼崽又不咬人，掏出一窝狼崽算什么。可是巴图钻的狼洞里面有大狼。他在洞里碰见了母狼，还硬是把母狼从狼洞里拽了出来。

陈阵吃惊不小。他忙问巴图：你怎么从来没给我讲过这事，快跟我好好讲讲。

笑了几次以后，巴图心情好了起来。他喝了一大口酒说：那年我十三岁吧，有一次阿爸他们几个人找了几天，才找到了一个有狼崽的狼洞，洞很大很深，挖不动，阿爸怕里面有母狼，先点火熏烟，想把母狼轰出来。后来烟散了母狼也没有出来，我们以为里面没有大狼了，我就拿着火柴麻袋钻进狼洞去掏狼崽。哪想到钻进去两个半身子深的时候，我就看见了狼的眼睛，离我就两尺远，吓得我差点尿裤子。我连忙划了一根火柴，火光一亮，我看见狼也吓得在那儿哆嗦呢，跟狗害怕的样子差不离，尾巴都夹起来了。我趴在洞里不敢动，火刚一灭，狼就冲过来，我退也退不出去，心想这下可完了。哪想到它不是来咬我，是想从我头上蹿过去，逃出洞。这时候我怕洞外面的人不知道，没防备，怕狼咬了阿爸，我也不知道哪来的胆子，猛地撑起身子，想挡住狼，没想到我的头顶住了狼的喉咙，我又一使劲，就把狼头顶在洞顶上了，这一下，狼出不去跑不了，母狼急得乱抓，把我的衣服抓烂了。我也豁出去了，急忙坐起来，狠狠顶住狼的喉咙和下巴，不让它咬着我，我又去抓狼的前腿，费了半天劲，才把狼的两条前腿抓住。这下狼咬不着我也抓不着我了，可我也卡在那里没法动弹，浑身一点劲也没了。

巴图平静地叙述着，好像在讲一件别人的事情：外面的人等了半天不见我出来，不知道出了什么事，阿爸急得钻了进来，他划着火柴，见我头上顶着一个狼头，这阵势把他也吓坏了。他赶紧让我顶住狼头别动，然后，抱着我的腰，一点一点往外挪。我一边顶住狼头，一边又使劲拽狼腿，让狼跟着我慢慢往外挪动。阿爸又大声叫外面的人，抓住他的脚一点一点地往外拽。一直到把阿爸拽到洞口的时候，外面的人才知道是怎么回事。大家都拿着长刀棍棒等在洞口，阿爸和我刚把狼拽顶到洞口边上，外面的人一刺刀就刺进狼嘴，把狼头钉在洞口的顶上，几个人一起把狼从狼洞里拽出来打死。后来，我歇够了劲，又钻进洞，越到里面洞越窄，只有小孩能钻进去，最里面倒大了，地上铺着破羊皮和羊毛，上面就是一窝小狼崽。一共九只，都还活着。那条母狼为了护崽，在狼崽睡觉的地方外面，刨了好多土，把最里面的窝口堵了一大半，母狼自个儿留在外面。母狼没熏死，是因为洞上面还有一些小洞，烟都跑上面去了，还能往外面散烟。后来，我就扒开了土，伸手把狼崽全抓了出来，再装到麻袋里，倒着爬了出来……

陈阵听得喘不过气来。全家人也好像好久没有回忆这个故事了，都听得战战兢兢。陈阵感到这个故事和他听到的其他掏狼崽的故事很不一样，就问：我听别人说母狼最护崽，都敢跟挖狼洞的人拼命，可这条母狼怎么不敢跟人拼命呢？

老人说：其实，草原狼都怕人。草原上能打死狼的，只有人。狼刚让烟给熏晕了，又看着人手里拿着火，敢钻进它的洞，它能不害怕吗？这条狼个头不算小，可我看得出来，这是条两岁的小母狼，下的是头胎。可怜呐。今儿要不是你问起这件事，谁也不愿提起它啊。

嘎斯迈没有了一点笑容，眼里还闪着一层薄薄的泪光。

巴雅尔忽然对嘎斯迈说：额吉，陈阵他们明天一早要上山掏狼崽，我想帮他们掏，他们个儿大，钻不到紧里面的。今儿晚上我住到他们包去，明天一早跟他们一块儿上山。嘎斯迈说：好吧，你去，要小心点。陈阵慌忙摆手：不成！不成！我真怕出事。你可就这么一个宝贝儿子啊。嘎斯迈说：今年春天咱们组才掏了一窝狼崽，还差三窝呢。再不掏一窝，包顺贵又该对我吼了。陈阵说：那也不成，我宁可不掏也不能让巴雅去。老人把孙子搂到身边说：巴雅就别去了。这回我准能夹着一两条大狼，不交狼崽皮，交大狼皮也算完成定额。

09

当初元朝人的祖，是天生一个苍色的狼，与一个惨白色的鹿相配了，同渡过腾吉思名字的水来，到于斡难名字的河源头，不儿罕名字的山前住着，产了一个人，名字唤作巴塔赤罕。

——《明初音写、译注本〈蒙古秘史〉总译》

（转引自余大钧译注《蒙古秘史》）

孛端察儿（成吉思汗的八世祖——引者注）……纵马缘斡难河而下矣。行至巴勒谆岛，在彼结草庵而居焉……无所食时，窥伺狼围于崖中之野物，每射杀与共食，或拾食狼食之余，以自糊口，兼养其鹰，以卒其岁也。

——道润梯步《新译简注〈蒙古秘史〉》

凌晨三点半，陈阵和杨克，带着两条大狗，已经悄悄登上了黑石头山附近的一个小山头，两匹马都拴上了牛皮马绊子放到山后的隐蔽处。二郎和黄黄的猎性都很强，如此早起，必有猎情，两条狗匍匐在雪地上一声不响，警惕地四处张望。云层遮没了月

杨克也壮了壮胆说：打狼就是打仗，斗体力，斗精力，斗智斗勇，三十六计除了美人计使不上，什么计都得使。

陈阵说：可也别大意啊，我看三十六计还不够对付狼的呢。

杨克说：那倒也是，咱们现在使的是什么计？——利用母狼回洞喂奶的线索，来寻找狼洞，三十六计里可没这一条。老阿爸真是诡计多端，这一招真够损的。

陈阵说：谁让狼杀了那么多的马呢！阿爸也是让狼给逼的。这次我跟他去下夹子，才知道他已经好几年没给狼下夹子了，老阿爸从来不对狼斩尽杀绝。

天色渐淡，黑石头山已经不像石雕巨兽，渐渐显出巨石的原貌。东方的光线从云层的稀薄处缓缓透射到草原上，视线也越来越开阔。人和狗紧紧地贴在雪地上，陈阵拿着单筒望远镜四处张望，地气很重，镜头里一片茫茫。陈阵很担心，如果母狼在地气的隐蔽下悄悄回洞，那人和狗就白冻半夜了。幸好地气很快散去，变成一层轻薄透明的雾气，在草上飘来荡去。如有动物走过，反而会惊动地雾，暴露自己。

突然，黄黄向西边转过头去，鬃毛竖起，全身紧张，向西匍匐挪动，二郎也向西边转过头去。陈阵立即意识到有情况，急忙把镜头对准西边草甸。山下，山坡与草甸交界处的洼地上长着一大片干黄的旱苇，沿着山脚一直向东北方向延伸。这是狼钟爱之地，隐蔽，背风，是狼在草原与人进行游击战所凭借的“青纱帐”。毕利格老人常说，一冬一春旱苇地是狼转移、藏身和睡觉的地方，也是猎人猎狗打狼的猎场。黄黄和二郎可能听到了狼踏枯苇的声音，时间对，方向也对，陈阵想一定是母狼要回窝了。他仔细地搜索苇地的边缘，等着狼钻出来。老人说过，苇地低洼，春天雪化会积水，狼不会在那儿挖洞。狼洞一般都在高处，水灌不着的地方。陈阵想只要狼从哪儿钻出来，那它的窝一定就在附近的山坡上。

两条狗忽然都紧紧盯着一处旱苇不动了，陈阵赶紧顺着狗盯的方向望去，他的心一下子狂跳起来。一条大狼从苇地里探出半个身子，东张西望。两条狗立刻把头低了下去，下巴紧贴地面。两人也尽量趴下身体。狼仔细地看了看山坡，然后才嗖地蹿出苇地，向东北方向的一个山沟跑去。陈阵一直用望远镜跟着狼，这条狼与他上次看到的那条母狼有点像。狼跑得很快但也很吃力，想必在夜里偷了哪家的羊，吃得很饱。他想如果今天这儿就只有这一头狼，那他就不用怕了，两个人加两条狗，尤其是有二郎，肯定能对付这头母狼。

母狼爬上了一个小坡。陈阵想，只要看到它再往哪个方向跑，就可以断定狼洞的大致位置了。但是，就在这时，狼突然在小山坡的顶上站住了，转着身子，东望望，西望望，然后望着人与狗潜伏的方向不动了。两人紧张得不敢喘一口气，狼站的位置已经比苇地高得多，它在苇地里看不到人，可是站这个小坡上应该能看到。陈阵深感自己缺乏实战经验，刚才在狼往山坡跑的时候他们和狗应该后退几米就好了，谁会想到狼的疑心这么重、实战经验如此丰富。狼紧张地伸长前半身，使自己更高一些，再次核实一下它所发现的敌情。它焦急犹豫地原地转了两圈，犹疑片刻，然后嗖地转头四十五度，向山坡东面的大缓坡蹿去，不一会儿就跑到一个洞口，狼在洞口旁边停了停，又转过身来朝这边看了看，然后才一头扎进洞里。

好！有门！这下子咱们就可以大狼小狼一窝端了。杨克拍手大叫。

陈阵也兴奋地站起身来说：快，快上马。

两条狗围着陈阵蹦来跳去，急得哈哈喘气，跟主人讨口令。陈阵手忙脚乱居然忘记给狗发口令了，急忙用手指向狼洞，叫一声“啾”！两条狗立即飞扑下山，直奔东坡的狼洞。两人也飞跑下山，解开马绊子，扶鞍认镫，撑杆上马，快马加鞭向狼洞飞奔。两条狗已经跑到狼洞口，正冲着洞狂叫。两人跑到近处，只见二郎像疯狗一样张牙舞爪冲进洞，又退出来；退出来，又冲进去，却不敢冲得太深。黄黄站在洞口助威呐喊，还不断就地刨土，雪块土渣飞溅。两人滚鞍下马，跑到洞口一看，真真把他俩吓了一跳：一个直径七八十厘米的蛋形洞口里面，那头母狼正在发狂地猛攻死守，把冲进洞的粗壮的二郎顶咬出洞，还探出半个狼身，与两条狗拼命厮杀。

陈阵扔下套马杆，双手举起铁锨不顾一切朝狼头砸去，狼反应极快，还未等铁锨砸下一半，狼已经把头缩了进去。狼很快又龇着狼牙冲了出来，杨克一铁棒下去，又打了个空。几出几进，几个来回，陈阵终于狠狠地拍着了狼头，杨克也打着了一下。但那狼依然凶猛疯狂，它突然缩到洞里一米左右的地方，等二郎冲进去的时候，蹿上去狠狠地在它前胸咬了一口，二郎满胸是血退出洞口，气得两眼通红，又怒吼几声一头扎进洞里，洞外只见一条大尾在晃。

陈阵突然想起套马杆，立刻回身从地上捡起杆。杨克一看马上明白了陈阵的意图，说：对了，咱们来给它下一个套。陈阵抖开套绳，准备把半圆形的绞索套放在洞口。只要狼一冲出洞，就横着拽杆拧绳，勒套住狼，再把狼拽出洞，那时杨克的铁棒就可以使上劲，再加上两条狗，肯定就能把狼打死。陈阵紧张得喘不过气来。但是，还未等他下好套，二郎又被狼顶咬了出来，它的两条后腿一下子把套绳全弄乱。紧接着，满头是血的狼就冲出了洞，但是套绳却被它一脚踩住。狼一见套马杆和套绳，像是踩到漏电的电线一样，吓得嗖地缩进洞里，再也不露头了。陈阵急忙探头往洞里看，洞道向下三十五度左右，显得十分陡峭，洞深两米处，地道就拐了弯，不知里面还有多深。杨克气得对洞大吼了三声，深深的黑洞立即把他的声音一口吞没。陈阵猛地坐到了洞口平台上，懊丧至极：我真够笨的，要是早想起套马杆，这条狼也早就没命了。跟狼斗反应真得快，不能出一点错。

杨克比陈阵还懊丧，他把带尖的铁棒戳进地里，愤愤地说：妈的，这条狼就欺负咱们没枪，我要有枪，非掀了它的天灵盖不可。

陈阵说：场部有令，现在一级战备，谁都不能开枪，你就是有枪也不能打。

杨克说：这样耗下去，哪是个头？我看咱们还是拿"二踢脚"炸吧！

那还不是跟开枪一样，陈阵忽然冷静下来说：要是咱们把北边的狼吓跑了，打围的计划就完了，全场的人还不把咱俩骂死。再说"二踢脚"也炸不死狼。

杨克不甘心地说：炸不死狼，但是可以吓狼，把它吓个半死，熏个半死。这儿离边防公路六七十里，狼群哪能听见。你要是不放心，我把皮袍脱了，把二踢脚一扔进洞，我就用皮袍把洞捂住，外面绝对听不见。

要是狼不出来，怎么办？陈阵问。

杨克一边解腰带，一边说：肯定出来。我听马倌说，狼特怕枪声和火药味，只要扔进去三个二踢脚，那就得炸六响，洞里拢音，声音准比外面响几倍，绝对把狼炸蒙。狼洞里空间窄，那火药味准保特浓、特呛。我敢打赌，三炮下去，狼准保被炸出来，呛出来。你等着拽套吧。我看大狼后面还会跟出来一群小狼崽，那咱俩就赚了。

陈阵说：那好吧，就这么干。这次咱俩可得准备好了。我得先看看这个狼洞附近还有没有别的出口。狡兔还三窟呢，狡狼肯定不止这一个洞。狼太贼了，人的心眼再多都不够用。

陈阵骑上马带上两条狗以狼洞为中心，一圈一圈地仔细找，白雪黑洞，应该好找。但是，在直径百米方圆以内，陈阵和狗没有发现一个洞口。陈阵下了马把两匹马牵到远处，系上马绊。又走到狼洞口，摆放好套绳，放好铁锹、铁棒。陈阵看见二郎在费劲地低头舔自己的伤口，它的前胸又被狼咬掉一块二指宽的皮肉，伤口处的皮毛在抽动，看来二郎疼得够呛，但它仍然一声不吭。两人身上什么药和纱布也没有，只能眼看着它用狗的传统疗伤方法，用自己的舌头和唾液来消毒、止血、止疼。只好等回去以后再给它上药包扎了。看来它身上的伤大多是狼给它的，所以它一见狼就分外眼红。陈阵觉得自己也许误解了它，二郎仍然是条狗，一条比狼还凶猛的蒙古狗。

杨克一切准备就绪，他披着皮袍，抓着三管像爆破筒一样粗的大号二踢脚，嘴里叼着一根点着了的海河牌香烟。陈阵笑着说：你哪像个猎人，活像“地道战”里面的日本鬼子。杨克嘿嘿笑着说：我这是入乡随俗，胡服骑射。我看狼的地道肯定没有防瓦斯弹的设备。陈阵说：好吧，扔你的瓦斯弹吧！看看管不管用。

杨克用香烟点着一筒二踢脚，哧哧地冒着烟，朝洞里狠劲摔进去，紧接着又点着两筒，扔了进去，三个“爆破筒”顺着陡道滚进洞的深处，然后立即将皮袍覆盖在洞口上。不一会儿，洞里发出闷闷的爆炸声，一共六响，炸得脚下山体微微震动，洞里一定炸声如雷，气浪滚滚，硝烟弥漫，蒙古草原狼洞肯定从来没有遭受过如此猛烈的轰炸。可惜他俩听不到狼洞深处的鬼哭狼嚎。两人都觉得深深出了一口恶气。

杨克冻得双手交叉抱着肩问：哎，什么时候打开？

陈阵说：再闷一会儿。先开一个小口子，等看到有烟冒出来，再把洞口全打开。

陈阵掀开皮袍的一小角，没见到多少烟，又把它盖上。他看杨克冻得有些发抖，就想解腰带，跟他合披一件皮袍。杨克连忙摆手说：留神，狼就快出来了！你解了袍子腰带，动作就不利索了。没事，我能扛住。

两人正说着，忽然，黄黄和二郎一下子站了起来，都伸长脖子往西北方向看，嘴里发出呜呜呼呼的声音，显得很着急。两人急忙侧头望去，西北方向约二十多米远的地方，从地下冒出一缕淡蓝色的烟。陈阵呼地站起来，大喊：不好，那边还有一个洞口，你守着这儿，我先过去看着……陈阵一边说一边拿着铁锨向冒烟处跑去，两条狗紧随其后。这时，只见从冒烟的地下，忽地蹿出一条大狼，就像隐蔽的地下发射场发出的一枚地对地导弹，嗖地射出，以拼命的跳跃速度朝西边山下苇地奔去，眨眼间，就蹿进苇地，消失在密密的枯苇丛林里。二郎紧追不舍，也冲进苇地，苇稍一溜晃动，向北一直延伸。陈阵害怕有诈，急得大喊回来回来！二郎肯定听到喊声，但它仍是穷追不舍。黄黄冲到苇地旁边，没敢进去，象征性地叫了几声就往回走。

杨克一边穿着皮袍，一边向刚才冒烟的地方走去，陈阵也走了过去。到了那个洞口，两人又吃一惊：雪下的这个洞是个新洞，碎石碎土都是新鲜的。显然是狼刚刚刨开的一个虚掩的临时紧急出口。这里，平时像一块平地，战时就成了逃命的通道。

杨克气得脖子上青筋绽出，大叫：这条该死的狼，把咱俩给要了！

陈阵长叹一声说：狡兔三窟虽然隐蔽，总还在明处。可狡猾的狼，就不知道它有多少窟了。这个洞的位置大有讲究，你看，洞外就是一个陡坡，陡坡下面又是苇地。只要狼一出洞，三步两步就蹿到安全的地方了。这个洞智商极高，比狡兔的十窟八窟还管用。上次包顺贵说狼会打近战、夜战、奔袭战、游击战、运动战，一大堆的战。下次我见到他还得跟他说说，狼还会打地道战和青纱帐战，还能把地道和青纱帐连在一起用。“兵者，诡道也。”狼真是天下第一兵家。

杨克仍是气呼呼的：电影里把华北的地道战、青纱帐吹得天花乱坠，好像是天下第一大发明似的，实际上狼在几万年前就发明出来了。

认输了？陈阵问。他有点怕他的老搭档退场，打狼可不是一个人能玩得转的事情。

哪能呢。草原上放羊太寂寞，跟狼斗智斗勇，又长见识又刺激，挺好玩的。我是羊倌，护羊打狼，也是我的本职。不过，我可没你那种玩命的研究钻劲。

两人一边斗嘴，走到大洞口旁边。洞里还在往外冒烟，烟雾已弱，但火药味仍然呛鼻。

杨克探头张望：小狼崽应该爬出来了啊，这么大的爆炸声，这么呛的火药味，它们能待得住吗？是不是都熏死在里面了？

陈阵说：我也这么想。咱们再等等看，再等半个小时，要是还不出来，那就难办了。这么深的洞怎么挖？我看比打一口深井的工程量还要大。就咱俩，挖上三天三夜也挖不到头。狼的爪子也太厉害了，在这么硬的沙石山地居然能挖出这么庞大的地下工事。再说，要是狼崽全死了，挖出来有什么用？

杨克叹道：要是巴雅来了就好了，他准能钻进去。

陈阵也叹了一口气说：可我真不敢让巴雅来，你敢保证里面肯定没有别的大狼？蒙古人真够难的，嘎斯迈就这么一个宝贝儿子，她竟然舍得让巴雅抓狼尾、钻狼洞。现在看来，“舍不得孩子打不着狼”，这句流传全中国的老话，八成是从蒙古草原传过来的。蒙古人毕竟统治中国近一个世纪。我过去还真不理解这句话的意思，舍不得孩子打不了狼，难道是用孩子做诱饵，来换一条狼吗？这样做不是太不合情理了吗？后来我才明白，这句话说的是让孩子冒险钻狼洞掏狼崽。这又深又窄的狼洞，只有孩子的小身子才能钻得进去。蒙古女人要像汉族女人那样溺爱孩子，他们民族可能早就灭亡了，所以蒙古孩子长大以后个个都勇猛强悍。

杨克恨恨地说：草原狼真他妈厉害，繁殖能力比汉人还强，而且连下崽都要修筑这么深、这么坚固复杂的产房工事，害咱白忙乎半天……咱们还是先吃点东西吧，我真饿了。

陈阵走到马旁，从鞍子上解下帆布书包，又走回洞口。黄黄一见这个满是油迹的土黄色书包，立刻摇着尾巴，咧着嘴巴，哈哈、哈哈地跑过来。这个书包是陈阵给狗们出猎时准备的食物袋。他打开包，拿出一小半手把肉递给黄黄，剩下的给二郎留着，它还没回来，陈阵有些担心。冬春的苇地是狼的地盘，如果二郎被那条狼诱入狼群，肯定凶多吉少。二郎是守圈护羊的主力，这次出师不利，假如又折一员大将，那就亏透了。

黄黄一边吃肉一边频频摇尾。黄黄是个机灵鬼，它遇到兔子、狐狸、黄羊，勇猛无比。遇到狼，它会审时度势，如果狗众狼寡，它会凶猛地去打头阵；如果没有强大的支援，它绝不逞能，不单独与大狼搏斗。它刚才临阵脱逃，不去帮二郎追狼，是它怕苇地里藏着狼群。黄黄很善于保存自己，这也是它的生存本领。陈阵宠爱通人性的黄黄，不怪它不仗义，但开春以来，他越来越喜欢二郎了。它的兽性似乎更强，似乎更不通人性。在残酷竞争的世界，一个民族，首先需要的是猛兽般的勇气和性格，无此前提，智慧和文化则无以附丽。民族性格一旦衰弱，就只能靠和亲、筑长城、投降称臣当顺民和超过鼠兔的繁殖力，才能让自己苟活下来。他站起来，用望远镜向西北边的苇地望去，希望看到二郎的去向。

但二郎完全不见了踪影。陈阵从怀里掏出一个生羊皮口袋，这是嘎斯迈送给他的食物袋，防潮隔油，揣在怀里既保温又不脏衣服。他掏出烙饼、手把肉和几块奶豆腐，和杨克分食。两人都不知道下一步该怎么办，一边吃一边苦想。

杨克把烙饼撕下一大块塞进嘴里，说：这狼洞真真假假，虚虚实实，有狼崽的洞总是在人最想不到的隐蔽地儿，这回咱俩好容易找准一个，可不能放过它们。熏不死，咱就用水灌洞，拉上十辆八辆木桶水车轮番往里灌，准能把小狼崽淹死！

陈阵讥讽道：草原山地是沙石地，哪怕你能搬来水库，水也一会儿就渗没了。

杨克想了想，忽然说：对了，反正洞里没有大狼了，咱们是不是让黄黄钻进洞，把小狼崽一个一个地叼出来？

陈阵忍不住笑起来：狗早就通了人性，背叛了狼性。它的鼻子那么尖，一闻就闻着狼味儿了，狗要是能钻进狼洞叼狼崽，那就趁母狼不在洞的时候敞开叼好了，那草原上的狼，早就让人和狗消灭光了。你当牧民都是傻蛋？

杨克不服气地说：咱们可以试试看嘛，这也费不了多大劲。说完，他就把黄黄叫到洞边，洞里的火药味已散去大半。杨克用手指了指洞里面，然后喊了一声“啾”。黄黄马上明白杨克的意图，立刻吓得往后退。杨克用两腿夹住黄黄的身子，双手握住它的两条前腿，使劲把黄黄往洞里塞，黄黄吓得夹紧尾巴呜嗷直叫，拼命挣扎，斜着眼可怜巴巴地望着陈阵，希望能免了它这个差事。陈阵说：看见了吧，别试了。进化难，退化更难。狗是退化不成狼了。狗只能退变成弱狗、懒狗、笨狗。人也一样。

杨克放开了黄黄，说：可惜二郎不在，它的狼性特强，没准它敢进洞。

陈阵说：它要是敢进洞，准把小狼崽一个个全咬死了。可我想要活的。

杨克点头：那倒是。这家伙一见到狼就往死里掐。

黄黄吃完了手把肉，独自到不远处溜达去了，它东闻闻，西嗅嗅，并时时抬后腿，对着地上的突出物撒几滴尿做记号。它越走越远，二郎还没回来，陈阵和杨克坐在狼洞旁傻等傻看，一筹莫展。狼洞里一点动静也没有。一窝狼崽七八只，十几只，即使被炸被熏，也不可能全死掉，总该有一两只狼崽逃出来吧？就是凭本能它们也应该往洞外逃的。又过了半小时，仍然不见狼崽出来，两人嘀咕着猜测：要不狼崽已经全都熏死在洞里；要不，这狼洞里根本就没有狼崽。

正当两人收拾东西准备回撤的时候，突然隐隐听见黄黄在北面山包后面不停地叫，像是发现了什么猎物。陈阵和杨克立即上马向黄黄那边奔去。登上山包顶，只听到黄黄叫，仍不见黄黄的身影。两人循声策马跑去，但没跑多远马蹄就绊上了雪下的乱石，两人只好勒住马。前面是一大片沟壑条条、杂草丛丛的破碎山地，雪面上有一行行大小不一，图案各异的兽爪印，可知有兔子、狐狸、沙狐、雪鼠，还有狼，曾从此地走过。雪下全是石块石片，石缝里长的大多是半人多高的茅草、荆棘和地滚草，干焦枯黄，一派荒凉，像关内荒山里的一片乱坟岗。两人小心翼翼地控制着马嚼子，马蹄仍不时磕绊和打滑。这是一片没有牧草、牛羊马都不会来的地方，陈阵和杨克也从未来过此地。

黄黄的声音越来越近了，但两人还是看不见它。陈阵说：这儿野物的脚印多，没准黄黄抓着了一条狐狸。咱们快走。杨克说：那咱们就算没白来一趟。两人总算绕过荆棘丛，下到沟底，拐了个小弯，终于看到了黄黄。这次陈阵和杨克更是吓了一大跳：黄黄居然翘着尾巴，冲着一个更大更黑的狼洞狂叫。沟里阴森恐怖，狼气十足，冷风吹来，陈阵的头皮一阵阵发麻。他感到像是误入了狼群的埋伏圈，数不清的狼眼从看不见的地方向他瞪过来，吓得他身上的汗毛又像豪猪一样地竖了起来。

两人下了马，上了马绊，拿着家伙，急忙走到洞前。这个狼洞，坐北朝南，洞口高约一米，宽有六十厘米。陈阵从来没有见过这么大的狼洞，比他在中学时去河北平山劳动学农，见到的抗战时期的地道口还要大。它隐蔽地藏在大山沟的小沟褶里，沟上针草丛生，沟下尖石突兀，不到近处，难以发现。黄黄见到两个主人顿时兴奋，围着陈阵跳来蹦去，一副邀功请赏的样子。陈阵对杨克说：这个洞肯定有戏，没准黄黄刚才看见狼崽了，你瞧它直跟我表功呐。杨克说：我看也像，这儿才像真正的狼巢，阴森可怕。陈阵说：狼臊味真够冲的，肯定有狼！

陈阵急忙低头查看洞外平台上的痕迹，狼洞外的平台是狼用掏洞掏出的土石堆出的，洞越大，平台就越大。这个平台有三张课桌大小。平台上没有雪，有许多爪印，还有一些碎骨。陈阵的心怦怦直跳，这正是他想看到的东西。他把黄黄请出平台，让它站在一旁替他们放哨，然后和杨克跪在平台旁边，俯下身细细辨认。黄黄已经把平台原先的痕迹踩乱了，但是两人还是找到不少确凿的证据——两三个大狼的脚印和五六个小狼崽的爪印。狼崽的爪印，呈梅花状，两分镍币大小，小巧玲珑，非常可爱。小爪印非常清晰，好像这窝小狼崽刚才还在平台上玩耍过，听见了陌生的狗叫才吓回洞里去，而这个平展无雪的平台，好像是母狼专为小狼崽清扫出来的户外游戏场。平台上还有一些羊羔的碎骨渣和卷毛羔皮，羊羔嫩骨上面有小狼崽的舔痕和细细的牙痕。在平台旁边还发现几根小狼崽的新鲜粪便，筷子般粗细，约两厘米长短，乌黑油亮，像用中药蜜丸搓成的小药条。

陈阵用巴掌猛一拍自己的膝盖说：我要找的小狼崽就在这个洞里。咱们两个大活人让那条母狼给涮了。

杨克也突然猛醒，他用力拍了一下平台说：没错，那条母狼原本就是往这个洞的方向跑的，它在山包上看见了人影，突然临时改变路线，把咱俩骗到那个空洞去了。它还装得跟真的似的，跟狗死掐，真好像在玩命护犊子。狼他妈的狼，我算是服了你了！

陈阵回忆说：它改变路线的时候，我也有点怀疑，但是它后来实在装得太像了，我就没有怀疑下去。它可真能随机应变。要不是你炸了它三炮，它绝对可以跟咱俩周旋到天黑，那就把咱们坑惨了。

杨克说：咱们也亏得有这两条好狗，没它们，咱俩早就让狼斗得灰溜溜地败下阵来了。

陈阵发愁地说：现在更难办了，这条母狼又给咱俩出了难题，它让咱俩浪费了大半天时间，还浪费了三个“瓦斯弹”。这个洞在山的肚子里，比刚才那个洞还深，还复杂。

杨克低头朝洞里看了半天，说：时间不多了，“瓦斯弹”也没了，好像真是没什么招了。我看还是先找找这个洞有没有别的出口，然后咱们再把所有的洞口出口全部堵死，明天咱们再多找些牧民一块来想办法，你也可以问问阿爸，他的主意最多最管用。

陈阵有点不甘心，心一横，说：我有一招，可以试试。你看这个狼洞大，跟平山地道差不多，平山的地道咱们能钻进去，这个狼洞怎么就不能钻进去呢？反正二郎正跟那条母狼死掐呢，这洞里多半没有大狼。你用腰带拴住我的脚，慢慢把我顺下去。没准能够着小狼崽呢。就算够不着，我也得亲眼看一看狼洞的内部构造。

杨克听了连连摇头说：你不要命啦，万一里面还有大狼呢。我已经让狼给涮怕了，你敢说这个洞就是那条母狼的洞？如果是别的狼洞呢？

陈阵心中憋了两年多的愿望突然膨胀起来，压倒了心虚和胆怯。他咬牙说道：连蒙古小孩都敢钻狼洞，咱们不敢钻，这不是太丢人了吗？我非下去不可。你帮我一把，我拿着手电和铁钎子，要是真有大狼也能抵挡一阵子。

杨克说：你要真想下，那就让我先下，你比我瘦，我比你有劲儿！

陈阵说：这恰好是我的优势，狼洞里面窄，到时候准把你卡住。现在，别争了，谁胖谁留在洞外。

陈阵脱掉皮袍，杨克勉强地把手电、铁钎和书包递给他，并用陈阵那条近两丈长的蒙袍腰带拴住了他的双脚，又把自己的长腰带解下来连接在陈阵的腰带上。陈阵在入洞前说：不入狼穴，焉得狼崽！杨克一再叮嘱：如果真遇上狼，就大声喊、用力勾腿拽腰带发信号，他立即就会把他拉出来。陈阵打开电筒，匍匐在地，顺着向下近四十度的斜洞往下爬滑，洞里有一股浓烈的狼臊味，呛得他不敢大口呼吸。他一点一点地往下爬，洞壁还比较光滑，有些土石上剐住几缕灰黄色的狼毛。在洞道的地面上布满了小狼崽的脚爪印。陈阵很兴奋，心想也可能再爬几米就能摸到小狼崽了。他的身体已经完全进洞，杨克一点一点放腰带，并不住地大声问要不要出来，陈阵大声喊放带放带，然后用两肘代手前后挪动，几寸几寸地往下蹭。

大约离洞口两米多，狼洞开始缓缓拐弯，再往里爬了一会儿，洞外的光线已经照不到洞里了。陈阵把手电开关推到头，洞里的能见度全靠电筒光来维持。拐过弯去，洞的坡度突然开始平缓，但是洞道也突然变矮变窄，必须低头缩肩才能勉强往里挪。陈阵一边爬一边观察洞道洞壁，这儿的洞壁比洞口处的洞壁更光滑，更坚固，不像是狼爪掏出来的，倒像是用钢钎凿了出来的一样。肩膀蹭壁也很少蹭下土石碎渣，用铁钎捅了捅洞顶，也没有多少土渣落下，这使他消除了对洞内塌方的担忧。他简直难以相信狼用它们的爪子在这么坚硬的山地里，能掏出如此深的洞来。洞的侧壁上的石头片已被磨掉棱角，光滑如卵石。根据这种磨损程度，这个狼洞肯定是个百年老洞，不知有多少大狼小狼，公狼母狼，曾在这个洞里进进出出。陈阵感到自己已完全进入狼的世界，狼气逼人。

陈阵爬着爬着，越来越感到恐惧。他鼻子下面就有几个被狼崽爪印踩过的大狼爪印，万一这洞里有大狼，靠这根铁钎能打得过吗？洞窄，狼牙可能不容易够得着人，但是狼的两条长长的前腿和前爪，却可以在这个窄洞里游刃有余，那他还不被狼撕烂？怎么就没想到狼爪呢，他全身的汗毛又竖了起来。陈阵停了下来，犹豫着，只要用脚钩一钩腰带，杨克可以迅速地把他拽出去。但他想到可能近在咫尺的八九只、十几只小狼崽，实在舍不得退出去，便下意识地咬紧了牙，没动腰带，硬着头皮继续往里蹭挪。洞壁已几乎把他的身体包裹起来，他觉得自己不像个猎人，倒很像个掘墓大盗。空气越来越稀薄，狼臊味越来越浓重，他真怕自己憋死在洞里。考古发掘经常发现盗墓者就是死在这样的窄洞里的。

一个更小的窄卡终于挡在面前，这个卡口仅能通过一条匍匐行进的母狼，而恰恰能挡住一个成年人，显然这是狼专门为它在草原上唯一的天敌设置的。陈阵想狼也一定是在这个卡口做好了堆土堵烟堵水的防备。这个卡口实际上是一个防御工事，陈阵确实是被防住了，他仍不甘心，就用铁钎凿壁，企图打通这个关口。但是狼选择此地做关卡绝对有它的道理。陈阵凿了几下就停了手，这个卡口的上下左右全是大石块，大裂缝，看上去既坚固又悬乎。陈阵呼吸困难，再无力气撬挖，即使有力气也不敢撬，如果凿塌了方，那他反倒成了狼的陷阱猎物了。

陈阵大口吸着狼臊气，毕竟那里面还有几丝残碎的氧分子。他泄了气，他知道已不可能抓到小狼崽了。但他还不能马上撤离，还想看看卡口那边的构造，万一能看上一眼小狼崽呢。陈阵把最后的一点力气全用到最后的一个愿望上，他把头和右手伸进卡口，然后伸长了胳膊，照着手电。眼前的情景使他彻底泄气：在卡口那边竟是一个缓缓向上的洞道，再往上就什么也看不见了，上面一定更干燥舒适、更适于母狼育崽，还可以预防老天或天敌往洞里灌水。尽管他对狼洞的复杂结构早有思想准备，眼前这一道有效实用的防御设施，仍使他惊叹不已。

陈阵侧头细听，洞里一点声音也没有，可能小狼崽全睡着了，也可能它们天生就有隐蔽自己的本能，听见陌生声音进洞，便一声不吭。要不是他已喘不过气来，陈阵真想在离洞前，给它们唱一首儿歌:“小狼儿乖乖，把门儿开开……”可惜汉人的“人外公”，还是抱不走蒙古“狼外婆”的小狼崽。陈阵终于憋得头晕眼花，他用了最后一点力气向上勾了勾后腿，杨克又着急又兴奋因而特别用力，竟然像拔河一样，把他快速地拔出了洞口。陈阵灰头土脸，瘫坐在洞外大口大口地喘气，一边跟杨克说:没戏了，像是个魔鬼洞，怎么也到不了头。杨克失望地把皮袍披在陈阵的身上。

歇过气，两人又在方圆一两百米的范围内找了半个小时，只发现了大狼洞的另外一个出口，便就地撬出了几块估计狼弄不动的大石头，堵住附洞和主洞口，还用土把缝隙拍得严严实实。临走前，陈阵还不解气，示威一般将铁锹插在大狼主洞的洞口，明确地告诉母狼:明天他们还要带更多的人和更厉害的法子来的。

天近黄昏，二郎还没有回来，那条母狼阴险狡猾，光靠二郎的骁勇凶猛可能还对付不了，两人都为二郎捏一把汗。陈阵和杨克只好带着黄黄回家。快到营盘，天已漆黑，陈阵让杨克带上工具和黄黄先回家，给高建中报个平安，急忙拨转马头朝毕利格老人的大蒙古包跑去。

10

在蒙古人的某些编年史抄本中所述如下：……泰亦赤兀惕人起源于海都汗（成吉思汗的六世祖——引者注）的儿子察剌合－领昆……海都汗有三个儿子：长子名为伯升豁儿（成吉思汗的五世祖——引者注），成吉思汗祖先的一支出自他……仲子名为察剌合－领昆……察剌合－领昆在其兄伯升豁儿死后，娶嫂为妻，她是屯必乃汗（成吉思汗的四世祖——引者注）的母亲。他从她生下了两个儿子：一个名为坚都－赤那，另一个名为兀鲁克臣－赤那……上述这两个名字的含义为"公狼"和"母狼"……属于这两个孩子这一分支的人，被称为赤那思。（"赤那"蒙语的意思为狼，"赤那思"为"赤那"的复数，意即"狼群"——引者注）

——〔波斯〕拉施特《史集》（第一卷）

老人抽着旱烟，不动声色听完陈阵的讲述后，不客气地把他一顿好训。他最生气的是两个汉人学生用大爆竹炸狼窝，他还从来不知道用爆竹炸狼窝有这么大的威力和效果。老人捏着的银圆烟袋锅盖，在烟袋锅上抖出一连串的金属声响。他抖着胡子对陈阵说：作孽啊，作孽啊……你们几炮就把母狼炸了出来。你们汉人比蒙古人点火熏烟多多地厉害，母狼连刨土堵洞的工夫也没有了，蒙古狼最怕火药味。要是你们炸的是一个有狼崽的洞，那一窝狼崽就都会跑出洞，让你们抓住。这样杀狼崽，用不了多少时候，草原上的狼就统统没有啦。狼是要打的，可是不能这样打。这样打，腾格里会发火的，草原就完啦。以后再不能用炮炸狼窝，万万不能告诉小马倌和别的人用炮炸洞。小马倌都会让你们带坏了……

陈阵没有想到老人会发这么大的火，老人的话也使他感到炸狼窝掏狼崽的严重后果。此法一旦普及，狼洞内的防御设施再严密，也很难挡住大爆竹的巨响和火药呛味。草原上一直没有节日点爆竹放焰火的风俗，烟花爆竹是盲流和知青带到草原的。草原上枪弹受到严格控制，但对爆竹还未设防，内地到草原沿途不查禁，很好带。如果爆竹大量流入草原，再加大药量，加上辣椒面，催泪粉，用于掏狼杀狼，那么称霸草原几万年的狼就难逃厄运了，草原狼从此以后真有可能被斩尽杀绝。火药对于仍处在原始游牧阶段的草原，绝对具有划时代的杀伤力。一个民族的图腾被毁灭，这个民族的精神可能也就被扼杀。而且，蒙古民族赖以生存的草原也可能随之消亡……

陈阵也有些害怕了，擦了擦额头上的汗说：阿爸，您别生气，我向腾格里保证，以后一定不会再用炮来炸狼窝了，我们也保证不把这个法子教给别人。陈阵特别做了两次保证。在草原，信誉是蒙古族牧民的立身之本，是大汗留下来的训令之一。保证这个词的分量极重，草原部落内部从来都相信保证。蒙古人有时在醉酒中许下某个诺言，因而丢掉了好狗好马好刀好杆，甚至丢掉了自己的情人。

老人的脸部肌肉开始松弛，他望着陈阵说：我知道你打狼是为了护羊护马，可是护草原比护牛羊更重要。现在的小青年小马倌，成天赛着杀狼，不懂事理啊……收音机里尽捧那些打狼英雄。农区的人来管草原牧区，真是瞎管。再往后，草原上人该遭罪了……

嘎斯迈递给陈阵一碗羊肉面片，还特别把一小罐腌韭菜花放到他面前。她跪在炉子旁，又给老人添了一碗面片，她对陈阵说：你阿爸的话现在不大有人听了，让别人不打狼，可他自个儿也不少打狼，谁还信你阿爸的话？

老人无奈地苦笑着，接过儿媳的话问陈阵：那你信不信阿爸的话？

陈阵说：我信，我真的信。没有狼，草原容易被破坏。在东南边很远很远的地方有一个国家，叫澳大利亚。那儿有很大的草原，那儿原来没有狼也没有兔子，后来有人把兔子带到这个国家，一些兔子逃到草原，因为没有草原狼，兔子越生越多，把草原挖得坑坑洼洼到处都是洞，还把牧草吃掉一大半，给澳大利亚的牧业造成巨大损失。澳大利亚政府急得什么法子都用上了，都不管用。后来又做了大批铁丝格子网，铺在草原上，草能长出来，可兔子就钻不出来了。他们想把兔子全饿死在地底下。但是，这个法子还是失败了，草原太大，政府拿不出那么多的铁丝来。我原来以为内蒙古草原草这么好，兔子一定很多，可是到了额仑草原以后才发现这儿的兔子不太多，我想这肯定是狼的功劳。我放羊的时候，好多次见到狼抓兔子。两条狼抓兔子更是一抓一个准。

老人听得很入迷，他目光渐渐柔和，不停地念叨：澳大亚利，澳大亚利，澳大利亚。然后说：明天，你把地图给我带来，我要看看澳大利亚。往后谁要是再说把狼杀光，我就跟他说说澳大利亚。兔子毁起草场可不得了，兔子一年可以下好几窝兔崽，一窝兔崽比一窝狼崽还多呐。到冬天，旱獭和老鼠都封洞不出来了。可兔子还出来找食吃，兔子是狼的过冬粮，狼吃兔子就能少吃不少羊。可就是这么杀，兔子还是杀不完。要是没有狼，人在草原上走三步就得踩上一个兔子洞了。

陈阵赶紧说：我明天就给您送地图。我有很大的世界地图，让您看个够。

好啦，你累了几天了，早点回去休息吧。老人看陈阵还不想走，又说：你是不是想问你老阿爸怎么把那窝狼崽掏出来？

陈阵犹豫了一下还是点了点头，说：这是我第一次掏狼崽，阿爸，您怎么也得让我成功一次。

老人说：教你可以，可往后不要多掏了。

那一定。陈阵又做了一次保证。

老人喝了一口奶茶，诡秘地一笑：你要是不问你阿爸，你就别想再抓到那窝小狼崽了。我看，你最好饶了那条母狼吧，做事别做绝。

陈阵着急地追问：我怎么就抓不到小狼崽了呢？

老人收了笑容说：那个狼洞让你们炸了，又让你们钻过，洞里有了人味，洞口还让你们给堵了。母狼今晚准保搬家，它会刨开别的洞口钻进去，把小狼崽叼出洞，再到别处挖一个临时的洞，把狼崽藏起来。过几天它还会搬家，一直搬到人再找不到的地方。

陈阵的心狂跳起来，他忙问：这个临时的洞好找吗？

老人说：人找不着，狗能找着。你的黄狗，还有两条黑狗都成。看来，你真是铁了心要跟这条母狼干到底了？

陈阵说：阿爸，要不明天还是您老带我们去吧，杨克说他已经让狼给骗怕了。

老人笑道：我明儿还要去北边遛套。昨儿夜里咱们下的夹子夹了一条大狼，我没动它。估摸今儿夜里还有狼上夹。北边的狼群饿了，又回来了。这两天你要睡足觉，准备打围。这事儿最好等打过围再说吧。

陈阵一时急得脸都白了。老人看看陈阵，口气松了下来：要不，你们俩明儿先去看看，狼洞味重，带着狗多转几圈，准能找着。新洞都不深，要是母狼把狼崽叼进另外一个大狼洞，那就不好挖了。掏狼崽还得靠运气。要是掏不着我再去。我去了，才敢让巴雅钻狼洞。

小巴雅尔十分老练地说：你刚才说的那个洞卡子，我准能钻过去。钻狼洞非得快才成，要不就憋死啦。今天你要是带我去，我准能把狼崽全掏出来。

回到蒙古包，杨克还在等他。陈阵将毕利格的判断和主意给他讲了两遍，杨克仍是一副很不放心的样子。

半夜，陈阵被一阵凶猛的狗叫声惊醒，竟然是二郎回来了，看来它没被狼群围住。陈阵听到它仍在包外健步奔跑，忙着看家护圈，真想起来去给它喂食和包扎伤口，但是他已经困得翻不了身。二郎叫声一停，他又睡死过去。

早上陈阵醒来时，发现杨克、高建中正和道尔基在炉旁喝茶吃肉，商量掏狼崽的事。道尔基是四组的牛倌，二十四五岁，精明老成，读书读到初中毕业就回家放牧，还兼着队会计，是牧业队出了名的猎手。他的父亲来自靠近东北的半农半牧区，在牧场组建不久带全家迁来落户，是大队里少数几家东北蒙古族外来户中的一家。在额仑草原，东北蒙古族和本地蒙古族的风俗习惯有很大的差异，很少相互通婚。半农区的东北蒙古族都会讲一口流利的东北口音的汉话，他们是北京学生最早的蒙语翻译和老师。

但毕利格等老牧民几乎不与他们来往，知青也不想介入他们之间的矛盾。杨克一大早就把道尔基请来，肯定是担心再次上当或遇险，就让道尔基来当顾问兼保镖。道尔基是个不见兔子不撒鹰的猎手，他能来，掏到狼崽就多了几分把握。

陈阵急忙起身穿衣招呼道尔基。他冲陈阵笑了笑说：你小子敢钻进狼洞去掏狼？你往后可得留神了，母狼闻出了你的味，你走到哪儿，母狼就会跟到哪儿。

陈阵吓了一跳，绒衣都穿乱了套，忙说：那咱们真得把那条母狼杀了，要不我还活不活了？

道尔基大笑道：我吓唬你呢！狼怕人，它就是闻出了你的味也不敢碰你。要是狼有那么大的本事，我早就让狼吃了。我十三四岁的时候也钻过狼洞，掏着过狼崽，我现在不是还活得好好的。

陈阵松了一口气，问道：你可是咱们大队的打狼模范，你这些年一共打死多少条狼？

不算狼崽，一共有六七十条吧。要算小狼崽，还得加上七八窝。

七八窝至少也得有五六十只吧？那你打死的狼快有一百二三十条了，狼没有报复过你？

怎么没报复？十年了，我家的狗让狼咬死七八条，羊就更多，数不清了。

你打死这么多狼，要是把狼打光了，那人死了怎么办？

我们伊盟来的蒙古族，跟你们汉人差不多，人死了不喂狼，打口棺材土葬。这儿的蒙古族太落后。

人死了喂狼，是这儿的风俗，在西藏，人死了还喂鹰呢。要是你把这儿的狼打光了，这儿的人不恨你吗？

额仑的狼太多了，哪能打得完？政府都号召牧民打狼，说打一条狼保百只羊，掏十窝狼崽保十群羊。我打的狼还不算多。白音高毕公社有个打狼英雄，他前年一个春天就掏了五窝狼崽，跟我十年掏得差不离。白音高毕的外来户多，东北蒙古族多，打狼的人也多，所以他们那儿的狼就少。

陈阵问：他们那儿的牧业生产搞得怎么样？

道尔基回答说：不咋样，比咱们牧场差远了。他们那儿的草场不好，兔子和老鼠太多。

陈阵穿好皮袍，急忙出门去看二郎，它正在圈门外吃一只已被剥了羔皮的死羊羔。春天隔三岔五总有一些伤病冻饿死的羊羔，是很好的狗食，草原上的狗们只吃剥了皮的死羔，从来不碰活羔。可是陈阵发现二郎一边啃着死羔，一边却忍不住去看圈里活蹦乱跳的活羔。陈阵喊了它一声，它不抬头，趴在地上啃吃，只是轻轻摇了一下尾巴。而黄黄和伊勒早就冲过来，把爪子搭在陈阵的肩膀上了。杨克他们已经给二郎的伤口扎上了绷带，但它好像很讨厌绷带，老想把它咬下来，还用自己的舌头舔伤口。看它的那个精神头，还可以再带它上山。

喝过早茶，吃过手把肉，陈阵又去请邻居官布替他们放羊。高建中看陈阵和杨克好像就要掏着狼崽了，他也想过一把掏狼崽的瘾，便也去请官布的儿子替他放一天牛。在额仑草原，掏到一窝狼崽，是一件很荣耀的事情。

一行四人，带了工具武器和一整天的食物还有两条狗，向黑石山方向跑去。这年的春季寒流，来势如雪崩，去时如抽丝。四五天过去，阳光还是攻不破厚厚的云层，阴暗的草原也使牧民的脸上渐渐褪去了紫色，变得红润起来，而雪下的草芽却慢慢变黄，像被子里捂出来的韭黄一样，一点叶绿素也没有，连羊都不爱吃。道尔基看了看破絮似的云层，满脸喜色地说：天冻了这老些天，狼肚里没食了。昨儿夜里营盘的狗都叫得厉害，大狼群八成已经过来了。

四人顺着前一天两人留下的马蹄印急行了两个多小时，来到荆棘丛生的山沟。狼洞口中间的那把铁锹还戳在那里，洞口平台上有几个大狼的新鲜爪印，但是洞口封土和封石一点也没有动，看来母狼到洞口看到了铁锹就吓跑了。两条狗一到洞边立即紧张兴奋起来，低头到处闻到处找，二郎更是焦躁，眼里充满了报复的欲火。陈阵伸长手，指了指附近山坡，喊了两声“啾，啾”。两条狗立刻分兵两路，各自嗅着狼足印搜索去了。四人又走到狼洞的另一个出口，洞口旁边也有新鲜的狼爪印，堵洞的土石也是原封不动。道尔基让他们三人再分头去找其他的出口，四人还没转上两圈，就听到北边坡后传来二郎和黄黄的吼叫声。四人再也顾不上找洞，陈阵连忙拔出铁锹，一起朝北坡跑去。

一过坡顶，四人就看到两条狗在坡下的平地上狂叫，二郎一边叫一边刨土，黄黄也撅着屁股帮二郎刨土，刨得碎土四溅。道尔基大叫：找着狼崽了！四人兴奋得不顾乱石绊蹄，从坡顶一路冲到两条狗的跟前。四人滚鞍下马，两条狗见主人来了也不让开身，仍然拼命刨土，二郎还不时把大嘴伸进洞里，恨不得把里面的东西叼出来。陈阵走到二郎旁边，抱住它的后身把它从洞口拔出。但是眼前的场景使他差点泄了气：平平的地面上，只有一个直径四十厘米左右的小洞，和他以前见的大狼洞差得太远了。洞口也没有平台，只有一长溜碎土，松松散散盖在残雪上，两条狗已经将这堆土踩得稀烂。

高建中一看就撇嘴说：这哪是狼洞啊，顶多是个兔子洞，要不就是獭子洞。

道尔基不慌不忙地说：你看，这个洞是新洞，土全是刚挖出来的，准是母狼把小狼搬到这个洞来了。

陈阵表示怀疑：狼的新洞也不会这么小吧，大狼怎么钻得进去？

道尔基说：这是临时用的洞，母狼身子细，能钻进去，它先把狼崽放一放，过几天它还会在别的地方，给小狼崽挖一个大洞的。

杨克挥着铁锹说：管他是狼还是兔子，今天只要抓着一个活物，咱们就算没白来。你们躲开点，我来挖。

道尔基马上拦住他说：让我先看看这个洞有多深，有没有东西。说完就拿起套马杆掉了一个头，用杆子的粗头往洞里慢慢捅，捅进一米多，道尔基就乐了，抬头冲陈阵说：嗨，有东西，软软的，你来试试。陈阵接过杆子也慢慢捅，果然手上感到套马杆捅到了软软有弹性的东西。陈阵乐得合不上嘴：有东西，有东西，要是狼崽就好了。杨克和高建中也接着试，异口同声说里面肯定有活物。但是谁也不敢相信那活物就是小狼崽。

道尔基把杆子轻轻地捅到头，在洞口握住了杆子，然后把杆子慢慢抽出来，放在地上，顺着洞道的方向，量出了准确的位置，然后站起身，用脚尖在量好的地方点了一下，肯定地说：就在这儿挖，小心点儿，别伤了狼崽。

陈阵抢过杨克手中的铁锹，问：能有多深？

道尔基用两只手比了一下说：一两尺吧。一窝狼崽的热气能把冻土化软，可别太使劲儿。

陈阵用铁锹清了清残雪，又把铁锹戳到地上，一脚轻轻踩下，缓缓加力，地面上的土突然哗啦一下塌陷下去。两条狗不约而同冲向塌方口，狂吼猛叫。陈阵感到热血冲头，一阵阵地发蒙，他觉得这比一锹挖出一个西汉王墓更让他激动、更有成就感。碎土沙砾中，一窝长着灰色茸毛和黑色狼毫的小狼崽，忽然显露出来。

狼崽！狼崽！三个北京知青停了几秒钟以后，都狂喊了起来。陈阵和杨克都傻呆呆地愣在那里，几天几夜的恐惧紧张危险劳累的工程，原以为最后一战定是一场苦战恶战血战，或是一场长时间的疲劳消耗战，可万万没有想到，最后一战竟然是一锹解决战斗。两人简直不敢相信眼前的这堆小动物就是小狼崽。那些神出鬼没、精通兵法诡道、称霸草原的蒙古狼，竟然让这几个北京学生端了窝，这一结局让他们欣喜若狂。杨克说：我怎么觉着像在做梦，这窝狼崽真让咱们给蒙着了。高建中坏笑道：没想到你们两个北京瞎猫，居然碰到了蒙古活狼崽。我攒了几天的武艺功夫全白瞎了，今天我本打算大打出手的呢。

陈阵蹲下身子，把盖在狼崽身上的一些土块碎石小心地捡出来，仔细数了数这窝狼崽，一共七只。小狼崽比巴掌稍大一点，黑黑的小脑袋一个紧挨着一个，七只小狼崽缩成一团，一动不动。但每只狼崽都睁着眼睛，眼珠上还蒙着一层薄薄的灰膜，蓝汪汪的，充满水分，瞳孔处已见黑色。他在心里默默对狼崽说：我找了你们多久呵，你们终于出现了。

道尔基说：这窝小狼生出来有二十来天，眼睛快睁开了。

陈阵问：狼崽是不是睡着了，怎么一动也不动？

道尔基说：狼这东西从小就鬼精鬼精的，刚才又是狗叫又是人喊，狼崽早就吓醒了。它们一动不动是在装死，不信你抓一只看看。

陈阵生平第一次用手抓活狼，有点犹豫，不敢直接抓狼崽的身子，只用拇指和食指小心地捏住一只狼崽的圆直的耳朵，把它从坑里拎出来。小狼崽还是一动不动，四条小腿乖乖地垂着，没有一点张牙舞爪拼命反抗的举动，它一点也不像狼崽，倒像是一只死猫崽。小狼崽被拎到三人的面前，陈阵看惯了小狗崽，再这么近地看小狼崽，立即真切地感到了野狼与家狗的区别。小狗崽生下来皮毛就长得整齐光滑，给人的第一印象就非常可爱；而小狼崽则完全不同，它是个野物，虽然贴身长着细密柔软干松的烟灰色绒毛，但是在绒毛里又稀疏地冒出一些又长又硬又黑的狼毫，绒短毫长，参差不齐，一身野气，像一个大毛栗子，拿着也扎手。狼崽的脑袋又黑又亮，像是被沥青浇过一样。它的眼睛还没完全睁开，可是它的细细的狼牙却已长出，龇出唇外，露出凶相。从土里挖出来的狼崽，全身上下散发着土腥味和狼臊气，与干净可爱的小狗崽简直无法相比。但在陈阵看来，它却是蒙古草原上最高贵最珍稀最美丽的小生命。

陈阵一直拎着小狼崽不放，狼崽仍在装死，没有丝毫反抗，没有一息声音。可是他摸摸狼崽的前胸，里面的心脏却怦怦急跳，快得吓人。道尔基说：你把它放到地上看看。陈阵刚把小狼崽放到地上，小狼崽突然就活了过来，拼命地往人少狗少的地方爬，那速度快得像上紧了发条的玩具汽车。黄黄三步两步就追上了它，刚要下口，被三人大声喝住。陈阵急忙跑过去把小狼崽抓住，装进帆布书包里。黄黄非常不满地瞪着陈阵，看样子它很想亲口咬死几只狼崽，才能解它心头之恨。陈阵发现二郎却冲着小狼崽发愣，还轻轻地摇尾巴。

陈阵打开书包，三个知青立刻兴奋得像是三个顽童到京城郊外掏了一窝鸟蛋，几个人你一只我一只，抢着拎小狼崽的耳朵，一眨眼的工夫就把洞里的小狼崽全部拎到帆布包里。陈阵把书包扣好，挂在马鞍上，准备回撤。道尔基看了看四周说：母狼一定就在不远的地方，咱们往回走，要绕个大圈，要不母狼会跟到营盘去的。三人好像突然意识到危险，这才想起书包里装的不是鸟蛋，而是让汉人闻之色变的狼！

11

察剌孩领忽兄死而妻其嫂，生二子，一曰更都赤那，一曰玉律贞赤那。蒙语赤那译言狼……《史集》特别解释二子之名为雄狼及雌狼。赤那思部即此二子之后。

……

赤那思即《元史·宗室世系表》之直拏斯，斯（S）为复数，意为狼之集团也。

——韩儒林《成吉思汗十三翼考》

他们三人匆匆跨上马，跟着道尔基向西穿苇地，再向南绕碱滩，专走难留马蹄足迹的地方往家急行。一路上，三个北京学生都有些紧张，不仅没有胜利的感觉，相反还有做贼于豪门的心虚。生怕事后发了疯的失主率兵追踪，跟他们玩命。

但陈阵想到了被母狼叼走的羊羔，心里稍稍感到一点平衡，他这个羊倌总算替被杀的羊羔报了仇。掏一窝狼就等于保一群羊，如果他们没有发现并掏到这七只狼崽，那么它们和它们的后代日后还不知道要祸害多少牲畜。掏狼窝绝对是蒙古草原人与草原狼进行生存战争的有效战法，掏一窝狼崽，就等于消灭一小群狼，掏到这七只狼崽虽然很难，但还是要比打七条大狼容易了许多。可是为什么蒙古人早已发明了这一快捷有效的灭狼战法，却仍然没有减缓狼灾呢？陈阵向道尔基提出了这个疑问。

道尔基说：狼太精了，它下狼崽会挑时候。都说狼和狗一万年前是一家，实际上狼比狗贼得不能比。狗每年在春节刚过半个月就下崽，可狼下崽，偏偏挑在开春，那时雪刚刚化完，羊群刚刚开始下羔。春天接羔是蒙古人一年最忙最累最打紧的时候，一群羊分成两群，全部劳力都上了羊群。人累得连饭都不想吃，哪还有力气去掏狼。等接完羔，人闲下来了，可狼崽已经长大，不住在狼洞里了。狼平时不住狼洞，只有在母狼下崽的时候才用狼洞。小狼差不多一满月就睁开眼，再过一个多月就能跟狼妈到处乱跑。这时候再去掏狼，狼洞早就空了。要是狼在夏天秋天冬天下崽，那时候人有闲工夫，大家都去掏狼崽，那狼早就让人给打完了。狼在开春下崽还有个好处，母狼可以偷羊羔，喂狼崽教狼崽。嫩羔肉可是狼崽的好食，只要有羊羔肉，母狼就不怕奶不够，就是下了十几只狼崽也能养活……

杨克一拍马鞍说道：狼啊，狼，我真服了你了，下崽还要挑时候。可不嘛，春天接羔太累，我跟着那些下羔的羊群，天天背着运羔的大毡袋，一次装四五只，一天来回跑十几趟，人都累趴蛋了。要不是咱们第一次掏狼，图个新鲜，谁能费这么大牛劲！以后我可再也不去掏狼窝了。今儿我回去就得睡觉。

杨克连连打哈欠。陈阵也突然感到困得不行，也想回包倒头就睡。但是狼的话题又使他舍不得丢掉，他强打起精神问下去：那，这儿的老牧民为什么都不太愿意掏狼崽？

道尔基说：本地的牧民都信喇嘛教，从前差不离家家都得出一个人去当喇嘛。喇嘛行善，不让乱杀生，多杀狼崽也会损寿。

我不信喇嘛，不怕损寿。我们东北蒙古族，人死了也不喂狼，就是狼打光了，我也不怕。我们东北蒙古族学会种地以后，就跟你们汉人一样了，也相信入土为安。

离被掏的狼洞越来越远，但陈阵总感到背后有一种像幽灵一样的阴风跟随着他，弄得他一路上心神不宁，隐隐感觉到灵魂深处传来的恐惧和不安。在大都市长大、以前与狼毫无关系的他，竟然决定了七条蒙古狼的命运。这窝狼崽的妈，太凶猛狡猾了，这窝狼崽没准就是那条狼王的后代，或者是一窝蒙古草原狼的优良纯种。如果不是他锲而不舍的痴迷，这七条狼崽肯定能够躲过这一劫，健康长大，日后成为叱咤草原的勇士。然而由于他的到来，狼崽的命运彻底改变了，他从此与整个草原狼群结下了不解之缘，也因此结下了不解之仇。整个额仑草原的狼家族，会在那条聪慧顽强的母狼带领下，在草原深夜的黑暗里来向他追魂索债，并不断来咬噬他的灵魂。他开始意识到自己可能犯了一个大错。

回到蒙古包，已是午后。陈阵把装狼崽的书包挂在蒙包的哈那墙上。四人围坐炉旁，加火热茶，吃烤肉，一边讨论怎样处理这七只小狼崽。道尔基说：处理狼崽还用得着讨论吗，喝完茶你们来看我的，两分钟也用不了。

陈阵知道自己马上就要面临那个最棘手问题——养狼。在他一开始产生养狼崽的念头时，就预知这个举动将会遭到几乎所有牧民、干部和知青的反对。无论从政治、信仰、宗教、民族关系上，还是从心理、生产和安全上来看，养狼绝对是一件居心叵测、别有用心的大坏事。“文革”初期在北京动物园里，管理员仅仅只是将一只缺奶的小老虎，和一条把它喂大的母狗养在一个笼子里，就成了重大政治问题，说这是宣扬反动的阶级调和论，管理员被审查批斗。那么把狼养在羊群牛群狗群旁边，这不是公然敌我不分，认敌为友吗？在草原，狼既是牧民的仇敌，又是牧民尤其是老人心目中敬畏的神灵和图腾，是他们灵魂升天的载体。神灵或图腾只能顶礼膜拜，哪能像家狗家奴似的被人豢养呢？从宗教心理、生产安全上来说，养虎为患，养狼为祸；真把小狼养起来，毕利格阿爸会不会再也不认他这个汉人儿子了？

可是，陈阵没有丝毫要亵渎神灵、亵渎蒙古民族宗教情感的动机，相反，正因为他对蒙古民族狼图腾的尊重，对深奥玄妙的狼课题的痴迷，他才一天比一天更迫切地想养一条小狼。狼的行踪如此神出鬼没，如果他不亲手养一条实实在在、看得见摸得着的活狼，他对狼的认识只能停留在虚无玄妙的民间故事或一般人的普通认识水平，甚至是汉族仇视狼仇恨狼的民族偏见之上。从他们这一批一九六七年最早离开北京的知青开始，大批的内地人，内地的枪支弹药就不断涌入蒙古草原。草原上的狼正在减少，可能再过若干年，人们就再也找不到一窝七只狼崽的狼洞了。要想从牧民那里要只狼崽来养那是不可能的，要养狼只有自己抓。他不能等了，既然这次自己亲手抓住了狼崽，就一定要养一条狼。但是，为了不伤害牧民，尤其是老人的情感，陈阵还得找一些能让牧民勉强接受的理由。

在掏狼前，他苦思多日，终于找到了一个看似合理的理由：养狼是科学实验，是为了配狼狗。狼狗在额仑草原上极负盛名。原因是边防站的边防军有五六条军犬狼狗，高大威猛，奔速极快。猎狼猎狐总是快、准、狠，十拿九稳。一次赵站长骑着马，带着两个战士、两条狼狗到牧业队检查民兵工作，一路上，两条狼狗一口气抓了四条大狐狸，几乎看到一条就能抓到一条。一路检查工作，一路剥狐狸皮，把全队的猎手都看呆了。后来牧民都想弄条狼狗来养，但是在当时，狼狗是稀缺的军事物资，军民关系再好，牧民也要不来一条狼狗崽。陈阵想，狼狗不就是公狼和母狗杂交出来的后代吗，如果养大一条公狼，再与母狗交配不就能得到狼狗了嘛。然后再把狼狗送给牧民，不就能争取到养狼的可能性了吗。而且，蒙古草原狼是世界上品种最优的狼，如果试验成功，就可能培养出比德国苏联军犬品质更优良的狼狗来。这样，也许还能为蒙古草原发展出一项崭新的畜牧事业来呢。

陈阵放下茶碗对道尔基说：你可以把六条小狼崽处理掉，给我留一条最壮的公狼崽。我想养狼。

道尔基一愣，然后像看狼一样地看着陈阵，足足有十秒钟，才说：你想养狼？

陈阵说：我就是想养狼，等狼长大了，让它跟母狗配对，没准能配出比边防站的狼狗还要好的狼狗来呢。到时候，小狼狗一生出来，准保牧民家家都来要。

道尔基眼珠一转，突然转出猎犬看到猎物的光芒。他急急地喘着气说：这个主意可真不赖！没准能成！要是咱们有了狼狗，那打狐狸打狼就太容易了。说不定，将来咱们光卖狼狗崽，就能发大财。陈阵说：我怕队里不让养。道尔基说：养狼是为了打狼，保护集体财产，谁要是反对咱们养狼，往后下了狼狗崽子，就甭想跟咱们要了。杨克笑道：噢，你也想养狼了？道尔基坚决地说：只要你们养，我也养一条。陈阵击掌说：这太好了，两家一起养，成功的把握就更大了！

陈阵想了想又说：不过，我有点儿吃不准，等小狼长大了，公狼会跟母狗配对吗？

道尔基说：这倒不难，我有一个好法子。三年前，我弄来一条特别好的母狗种，我想用我家的一条最快最猛的公狗跟它配对。

可是我家有十条狗，八条是公狗，好狗赖狗都有，要是这条母狗先让赖狗配上了，这不白瞎了吗。后来，我想出了一个法子，到该配种的时候，我找了一个挖了半截子的大干井筒子，有蒙古包那么大，两人多深。我把那条好公狗和母狗放进去，再放进去一只死羊，隔几天给它们添食添水。过了二十天，我再把两条狗弄上来，嘿，母狗还真怀上了。不到开春，母狗就下了一窝好狗崽，一共八只，我摔死四条母的，留下四条公的，全养着。现在我家的十几条狗，就数这四条狗最大最快最厉害。一年下来，我家打的狼和狐狸，多一半是这四条狗的功劳。要是咱们用这个法子，也一定能得到狼狗崽，你可记住了，打小就得把狼崽和母狗崽放在一块堆养。

陈阵杨克连声叫好。

帆布书包动了动，小狼崽们可能被压麻了，也可能是饿了，它们终于不再装死，开始挣扎，想从书包的缝隙钻出来。这可是陈阵所尊重敬佩的七条高贵的小生命啊，但其中的五条即将被处死。陈阵的心一下子沉重起来。他眼前立即晃过北京动物园大门的那面浮雕墙，假如能把这五条狼崽送到那里就好了，这可是草原深处最纯种的蒙古狼啊。此刻，他深感人心贪婪和虚荣的可怕，他掏狼本是为了养狼，而养狼只要抱回来一只公狼崽就行了，即使在这七只里挑一只最大最壮的也不算太过分。但他为什么竟然把一窝狼崽全端回来了呢？真不该让道尔基和高建中俩人跟他一块儿去。但如果他俩不去，他会不会只抱一只小狼崽就回来呢？也不会的。掏一窝狼崽还意味着胜利、勇敢、利益、荣誉和人们的刮目相看，相比之下，这七条小生命就是沙粒一样轻的砝码了。

此刻，陈阵的心一阵阵的疼痛。他发现自己实际上早已非常喜欢这些小狼崽了。他想狼崽想了两年多，都快想痴了，他真想把它们全留下来。但这是根本不可能的，七条小狼，他得弄多少食物才能把它们喂大呀？他忽然闪过一个念头：是不是再骑马把其他的五只狼崽送回狼洞去？可是，除了杨克，没人会跟他去的，他自己一个人更不敢去，来回四个多小时，人力和马力都吃不消。那条母狼此刻一定在破洞旁哭天抢地，怒吼疯嚎。现在送回去，不是去找死吗。

陈阵拎着书包，步履缓慢地出了门。他说：还是过几天再处理吧，我想再好好地看看它们。道尔基说：你拿什么来喂它们？天这么冷，狼崽一天不吃奶，全得饿死。陈阵说：我挤牛奶喂它们。高建中沉下脸说：那可不行！那是我养的牛，奶是给人喝的，狼吃牛，你用牛奶喂狼，天下哪有这等道理？以后大队该不让我放牛了。

杨克打圆场说：还是让道尔基处理吧，嘎斯迈正为完不成任务发愁呢，咱们要是能交出五张狼崽皮，就能蒙混过去，也能偷偷地养狼崽了。要不，全队的人都来看这窝活狼崽，你就连一只也养不成了。快让道尔基下手吧，反正我下不了手，你更下不了手，请道尔基来一趟也不容易。

陈阵眼睛酸了酸，长叹一声：只能这样了……

陈阵反身进了包，拖出干牛粪箱，倒空干粪，将书包里的狼崽全放进木箱里。小狼崽四处乱爬，可爬到箱角又停下来装死，小小的生命还想为躲避厄运做最后的挣扎。每只狼崽都在发抖，细长硬挺的黑狼毫颤抖得像过了电一样。道尔基用手指像拨拉兔崽一样地拨拉狼崽，抬起头对陈阵说：四只公的，三只母的。这条最大最壮的归你了，这条归我！说完便抓起其他五只狼崽，一只一只地装进书包。

道尔基拎着书包走向蒙古包前的空地，从书包里掏出一只，看了看它的小肚皮说：这是只母的，让它先去见腾格里吧！说完，向后抬手，又蹲了一下右腿，向前抡圆了胳膊，把胖乎乎的小狼崽用力扔向腾格里，像草原牧民每年春节以后处理过剩的小狗崽一样——抛上天的是它们的灵魂，落下地的是它们的躯壳。陈阵和杨克多次见过这种古老的仪式，过去也一直听说，草原牧民也是用这种仪式来处理狼崽，但是，他俩还是第一次亲眼看见牧民用此方式来处理自己掏来的狼崽。陈阵和杨克脸色灰白，像蒙古包旁的脏雪一样。

被抛上天的小狼崽，似乎不愿意这么早就去见腾格里。一直装死求生、一动不动的母狼崽刚刚被抛上了天，就本能地知道自己要到哪里去了，它立即拼出所有的力气，张开四条嫩嫩的小腿小爪，在空中乱舞乱抓，似乎想抓到它妈妈的身体或是爸爸的脖颈，哪怕是一根救命狼毫也行。陈阵好像看到母狼崽灰蓝的眼膜被剧烈的恐惧猛地撑破，露出充血的黑眼红珠。可怜的小狼崽竟然在空中提前睁开了眼，但是它仍然未能见到蓝色明亮的腾格里，蓝天被乌云所挡，被小狼眼中的血水所遮。小狼崽张了张嘴，从半空抛物线弧度的顶端往下落，下面就是营盘前的无雪硬地。

狼崽像一只乳瓜一样，噗的一声摔砸在地上，稚嫩的身体来不及挣扎一下就不动了。口中鼻中眼中流出稀稀的粉红色的血，像是还带着奶色。陈阵的心像是从嗓子眼又摔回到胸腔，疼得似乎没有任何知觉。三条狗几步冲到狼崽跟前，道尔基大吼一声，又跨了几大步挡住了狗，他生怕狼崽珍贵的皮被狗咬破。那一刻陈阵意外地发现，二郎冲过去，是朝着两位伙伴在吼，显然是为了拦住黄黄和伊勒咬狼崽。颇具大将风度的二郎，没有鞭尸的恶习，甚至还好像有些喜欢狼崽。

道尔基又从书包里掏出一只狼崽，这条狼崽好像已经嗅到了它姐妹的乳血气味，刚一被道尔基握到手里就不再装死，而是拼命挣扎，小小的嫩爪将道尔基的手背抓了一道又一道的白痕。他刚想抛，突然又停下对陈阵说：来，你也开开杀戒吧，亲手杀条狼，练练胆子。草原上哪个羊倌没杀过狼？

陈阵退后一步说：还是你来吧。道尔基笑道：你们汉人胆子忒小，那么恨狼，可连条狼崽都不敢杀，那还能打仗吗？怪不得你们汉人费那老劲修了个一万里的城墙。看我的……话音刚落，狼崽被抛上了天。一只还未落地另一只又飞上了天。道尔基越杀越兴奋，一边还念念有词：上腾格里吧，上那儿去享福吧！

陈阵觉得自己的胆气非但没被激发出来，反倒被吓回去一大半。他深感农耕民族与游牧民族在心理上的巨大差异——使用宰牲刀的民族自然比使用镰刀的民族更适应铁与血。古老的汉民族为什么不在自己的民族内部，保留一支汉文化的游牧族群呢？传统的国土范围内，尚有适合游牧的草原，完全可以培养出一支华夏本民族的“哥萨克”。说到底，筑城护边，屯垦戍边都不如游牧戍边，草原民族的剽悍勇猛就是在这样严酷的环境中，年复一年地练出来的。

五条可怜的小狼崽从半空中飞过，五具血淋淋的躯壳全都落了地。陈阵把五只死崽全都收到簸箕里，然后久久仰望云天，希望腾格里能收下它们的灵魂。

道尔基似乎很过瘾，他弯腰在自己的卷头蒙靴上擦了擦手说：一天能杀五条狼的机会不多。人比狼差远了，一条恶狼逮着一次机会，一次就可以杀一二百只羊。我杀五只狼崽算个啥。天不早了，我该回去圈牛了。说完就想去拿自己的那条狼崽。陈阵说：你先别走，帮我们把这些狼崽皮剥了吧。道尔基说：这好办，帮人帮到底，一会儿就完事。

二郎站在簸箕旁边死死护着死狼崽，冲着道尔基猛吼两声，并收低重心准备扑击。陈阵急忙抱住二郎的脖子。道尔基像剥羔皮似的剥着狼崽皮，一边说：狼崽皮太小，不用剥狼皮筒子。不一会儿，五张狼崽皮都剥了出来，他把皮子摊在蒙古包的圆坡顶上，撑平绷直。又说：这皮子都是上等货，要是有四十张，就可以做一件狼崽小皮袄，又轻巧又暖和又好看，从前只有王爷的王妃和公主才配穿。

道尔基抓了些残雪洗手，又走到牛车旁拿了把铁锹说：你们几个真是啥也不会，我还是帮你们都做了吧。狗从不吃狼崽肉，这会儿得快把死狼崽埋了，还得埋深一点。要不让母狼闻见了，那你们的羊群牛群就该遭殃了。几个人走到蒙古包西边几十米的地方，挖了个近一米深的坑，将五具小狼尸全埋了进去，填平踩实，还撒了一些敌敌畏药粉，盖住狼崽尸体的气味。杨克问：要不要给狼崽搭一个窝？道尔基说：还是挖个土洞，让它还住地洞吧。陈阵和杨克在蒙古包西南边十几步的地方，挖了个六十厘米深，半米见方的土坑，坑里垫上几片破羊皮，又留出一点泥地，然后把小公狼崽放进了坑里。

小狼崽一接触到泥土立即就活泛起来。它东闻闻，西看看，在洞里转了几圈，好像又回到了自己原来的家。它渐渐安静下来，在垫着羊皮的角落缩起身趴下，但还在东闻西望，像是在寻找它的兄弟姐妹。陈阵突然想把另一条狼崽也留下，好给它做个伴。但是，道尔基立即把归了他的那条狼崽揣进怀里，跨上马，一溜烟地跑走了。高建中冷冷地看了狼崽一眼，也骑马圈牛去了。

陈阵和杨克蹲在狼窝旁边，心事重重地望着狼崽。陈阵说：我真不知道咱们能不能把它养活养大。以后的麻烦太大了。杨克说：咱们收养小狼，好事不出门，坏事行千里。你等着吧。现在全国都在唱“打不尽豺狼决不下战场”。咱们这倒好，居然认敌为友，养起狼来了。陈阵说：这儿天高皇帝远，谁知道咱们养狼。我最怕的是毕利格阿爸不让我养狼……

杨克说：母牛早就回来了，我去挤点奶，小狼准饿坏了。陈阵摆摆手说：还是喂狗奶，让伊勒喂，母狗能喂虎崽，肯定就能喂狼崽。陈阵把狼崽从狼窝里拎出来，双手捧在胸前。狼崽一天没进食了，肚皮瘪瘪的，四个小爪子也冷得像雪下的小石子。此刻它又冷又怕又饿，全身瑟瑟发抖，比它刚被挖出狼洞时候萎靡了许多。陈阵急忙把小狼崽揣进怀里，让它先暖和暖和。

天近黄昏，已到伊勒回窝给狗崽喂奶的时候了，两人朝狗窝走去。原先他俩用大雪堆掏挖出来的狗窝，早就让寒流前的暖日化塌了，新雪又不厚，堆不出大雪堆。此时的狗窝已经挪到蒙古包右前方的干牛粪堆，干粪堆里有一个人工掏出的小窑洞，洞底铺着厚厚的破羊皮，还有一大块用又硬又厚的生马皮做的活动门，这就是伊勒和它三个孩子温暖的家。杨克用肉汤小米粥喂过了伊勒，它便跑到自己的窝前，用长嘴挑开马皮门，钻了进去，盘身靠洞壁小心卧下。三条小狗崽立即找到奶头，使出了吃奶的劲。

陈阵悄悄走近伊勒，蹲下身，用手掌抚摸伊勒的脑袋，尽量挡住它的视线。伊勒喜欢主人的爱抚，它高兴地猛舔陈阵的手掌。杨克扒开一只狗崽，用一只手捏着伊勒的奶头挤狗奶，另一只手握成碗状接奶，接到半巴掌的时候，陈阵悄悄从怀里掏出小狼崽。杨克立即把狗奶抹在狼崽的头上背上和爪子上。杨克使用的是草原牧民让母羊认养羊羔孤儿的古老而有效的方法。杨克和陈阵也想用这个方法让伊勒认下这个狼崽儿子。但是狗比绵羊聪明得多，嗅觉也更灵敏。假若伊勒的狗崽全部死掉或被人抱走，它也许会很快认下这个狼子，但是它现在已有自己的三个孩子，所以它显然不愿意接收狼子。狼崽一进狗窝，伊勒就有反应，它极力想抬头看它的孩子。陈阵和杨克只好采用软硬兼施的办法，不让伊勒抬头起身。

又冷又饿的小狼崽被放到伊勒的奶头旁边，当它一闻到奶香，一直蔫蔫装死的小狼崽，突然像大狼闻到了血腥一样，张牙舞爪，杀气腾腾，一副有奶便是娘的嘴脸原形毕露。小狼崽比狗崽出生晚了一个半月，狼崽的个头要比狗崽小一圈，身长也要短一头。但是小狼崽的力气却远远超过狗崽，它抢奶头的技术和本事也狠过狗崽。母狗腹部有两排奶头，乳房有大有小，出奶量更是有多有少。让陈阵和杨克吃惊的是小狼崽并不急于吃奶，而是发疯似的顺着奶头一路尝下去，把正在吃奶的狗崽一个一个挤开拱倒。一时间，一向平静的狗窝像是闯进来一个暴徒劫匪，打得狗窝狗仰崽翻，乱作一团。小狼崽蛮劲野性勃发，连拱带顶，挑翻了一只又一只的狗崽，然后把两排奶头从上到下，从左到右，全部尝了个遍。它尝一个，吐一个；尝一个，又吐一个。最后在伊勒的腹部中间，挑中了一个最大最鼓，出奶量最足的奶头，叼住了就不撒嘴，猛嘬猛喝起来。只见它叼住一个奶头，又用爪子按住了另一个大奶头，一副吃在碗里，霸住锅里，肥水不流外人田的恶霸架势。三只温顺的胖狗崽，不一会儿全被狼崽轰赶到两边去了。

两人看得目瞪口呆。杨克惊大了眼睛说：狼性真可怕，这小兔崽子连眼睛还没睁开，就这样霸道。怪不得七条狼崽就数它个大，想必在狼窝里它对它的兄弟姐妹也六亲不认。

陈阵却看得兴致勃勃又陷入沉思，过了好一会儿，他才从思索中醒来，又想了想说：咱们还真得好好看呐，这里面启发人的东西太多了。我看，这个狗窝，简直就是世界历史的缩影和概括。

我刚才忽然想起鲁迅先生的一段话，他认为，西方人兽性多一些，而中国人家畜性多一些……

陈阵指了指狼崽说：这就是兽性……又指了指狗崽说：这就是家畜性。现在的西方人，大多是条顿、日耳曼、盎格鲁-撒克逊那些游猎蛮族的后代。古希腊古罗马的高度文明发展了一两千年以后，他们才像猛兽一样地从原始森林中冲出来，捣毁了古罗马。他们的食具是刀叉，他们的食物是牛排、奶酪和黄油。因此，现在的西方人身上的原始野性和兽性，保留得要比古老的农耕民族多得多。一百多年来，中国家畜性当然要受西方兽性的欺负了。几千年来庞大的华夏民族总被草原游牧小民族打得丢人现眼也就不足为怪了。

陈阵摸了摸狼崽的头继续说：性格不仅决定个人的命运，性格也决定民族的命运。农耕民族家畜性过多，这种窝囊性格，决定了农耕民族的命运。世界上四大文明古国全是农耕国，那三个古文明早就灭亡了，华夏文明之所以没有灭亡，不光是因为它拥有世界上最大的农业两河流域——黄河和长江，养育出了世界上最庞大的人口，使得其他的文明不太好啃动和消化掉。还可能由于草原游牧民族对中华文明的巨大贡献……不过，这个关系我还没有完全琢磨透，在草原待了两年多，我越来越觉得这里面大有文章……

杨克点了点头说：看来养狼除了研究狼，还可以研究研究人性、狼性、兽性和家畜性，在城市和农区还真没这个条件，顶多只能看看人和家畜……

陈阵说：可是人性家畜性不跟狼性兽性放在一起对比研究，肯定研究不出什么名堂来的。

杨克笑道：没错。看来养狼的第一天就大有收获。这条狼崽咱们养定了。

狗窝里的骚动，小狗崽被狼崽欺负所发出的委屈的哼哼声，使伊勒更加怀疑和警惕起来，它极力想撑起前腿，摆脱陈阵的控制，看看窝里到底发生了什么事情。陈阵担心它认出狼崽，把它咬死，便死死按住伊勒的头，一边轻轻叫它的名字，哄它抚摸它，一直等到狼崽吃圆了肚皮才松开手。伊勒扭过头，立即发现窝里多出了一个小崽，它不安地挨个闻了闻，很快就闻出了狼崽，可能狼崽身上也有它的奶味，它稍稍犹豫了一下，但还是想用鼻子把狼崽顶走，并极力想站起来，到窝外光线亮一点的地方看个究竟。

陈阵马上又把伊勒按住，他必须让伊勒明白主人的意图，希望伊勒能接受这个事实，只能服从不准反抗。伊勒别别扭扭地哼叫起来，它似乎已经知道窝里多出来的一只小崽，就是主人刚刚从山里抓回来的狼崽，而且主人还强迫它认养这个不共戴天的仇敌。草原狗不同于内地狗，内地狗眼界狭窄，没见过狼和虎，给它一条虎崽，它也会傻乎乎地喂奶认养。可这里的草原是狗和狼搏杀的战场，母狗哪能认敌为友。伊勒几次想站起来拒绝喂奶，都被陈阵按住。伊勒气愤、烦躁、难受、恶心，但它又不敢得罪主人，最后只好气呼呼地躺倒不动了。

在草原上，人完全掌握着狗的生杀大权，人是靠强大的专制暴力和食物的诱惑将野狗训成家畜的。任何胆敢反抗主人的狗，不是被赶出家门，赶到草原上饿死冻死或被狼吃掉，就是被人直接杀死。狗早已丧失了独立的兽性，而成为家畜性十足的家畜，成为一种离开人便无法生存的动物。陈阵替伊勒深深地感到难过。与此同理，在人类社会，如果专制镇压的力量太强大，时间又太久，人群也会渐渐丧失人性中的兽性，而逐渐变为家畜性十足的顺民。顺民多了，虽然民族内部的统治也顺利了，可是一旦遭受外部强大力量的入侵，这个民族就丧失了反抗能力，或者俯首称臣变成异族的顺民，或者被彻底毁灭，变成后人考古发掘的废墟。多少灿烂辉煌的农耕文明，现在只能到历史博物馆去看了。

狗窝渐渐平静下来。伊勒是杨克陈阵喂养的第一条母狗，在它的怀孕期、生产期和哺乳期，他们始终对它关怀备至，好吃好喝好伺候。因此伊勒的奶水特足。在别人抱走了几条狗崽后，它的奶水更是绰绰有余。此时多了一条小狼崽，伊勒的奶水供应，也应该不成问题。三条狗崽虽然被狼崽挤到瘦奶头的地方，但狗崽们也慢慢吃饱了。小狗崽开始爬到狗妈的背上脖子上，互相咬尾巴叼耳朵玩耍起来。可是狼崽还在狠命地嘬奶。陈阵想，在狼窝里，七只狼崽个个都是小强盗，抢不到奶就可能饿死。即使这条个头最大的狼崽，也未必能敞开肚皮吃个够。这回它来到狗窝，可算有了用武之地，它一边吃，一边快乐地哼哼着，像一条饿疯了的大狼扑在一头大牲口上生吞活咽，胡吃海塞，根本不顾自己肚皮的容量。

陈阵看着看着就觉得不对头，一转眼，狼崽的肚皮大得快超过胖狗崽的肚皮了。他赶紧摸了摸狼崽的肚子，吓了一跳：那肚皮撑得薄如一层纸。陈阵担心狼崽真的会被撑破肚皮，便急忙握住狼崽的脖子，慢慢拽它，可是小狼崽竟然毫无松口的意思，竟把奶头拽长了两寸，还不撒口，疼得伊勒嗞嗞直叫。杨克慌忙用两个手指掐住狼崽的双颚，才掐开了狼嘴。杨克倒吸一口冷气说：牧民都说狼有一个橡皮肚子，这回我真信了。陈阵不禁喜形于色：你看它胃口这么好，生命力这么旺盛，养活它好像不难，以后就让它敞开吃，管够！

陈阵从这条刚刚脱离了狼窝的小狼崽身上，亲眼见识了一种可畏的竞争能力和凶狠顽强的性格，也由此隐隐地感觉到了小狼身上那种根深蒂固的真正的狼性。

天色已暗。陈阵把小狼崽放回狼窝，并抓了母狗崽一同放进去，好让小狼在退膜睁眼之前，与母狗崽混熟，培养它俩的青梅竹马之情。两个小家伙互相闻了闻，狗奶味调和了彼此的差异，它俩便紧紧靠在一起睡下了。陈阵回头发现二郎一直站在他的身旁，观察狼崽也观察主人的一举一动，还向陈阵轻轻摇了摇尾巴，幅度较以前大了一点，似乎它对主人收养小狼表示欢迎。为了保险起见，陈阵搬来一块旧案板盖在洞坑上，又找来一块大石头压在案板上。

敦厚和蔼的官布已将羊群关进羊圈，他听说陈阵他们掏了一窝狼崽，马上打着手电寻过来看个究竟，见到蒙古包顶上的小狼崽皮，他吃惊地说：在额仑，汉人挖到小狼，从来没有，从来没有，我的，相信了。

三个人正围着铁桶火炉吃着羊肉挂面，门外传来一阵狗叫和急促的马蹄声。张继原挑开毡门帘，拉开木门进了包。他一只手还牵着两根马笼头缰绳，两匹马在包外跺蹄，他蹲在门口说：场部下了命令，边境线附近的大狼群已经分头过来了，明天全场三个大队在三个地点分别集中打围。咱们大队负责西北地段，场部还抽调一些其他大队的猎手支援咱们队，由毕利格全权指挥。队里通知你们，明天凌晨一点，你们到毕利格家集合。场部说，各个蒙古包除了留下老人小孩放牛放羊，其他所有人都必须参加打围。全队的马倌马上就要给各家没马的人送马，马倌必须提前绕到预定的埋伏地点。你们赶紧抓时间睡觉吧，我走了，你们可千万千万别睡过了头！

张继原出门，跨上马急奔而去。

高建中放下饭碗，苦着脸说：刚来了只小狼，大狼也来了，咱们快让狼拖垮拖死了。杨克说：在草原上再待几年，保不准咱们也全都变成狼了！

三人跳起来分头备战。高建中跑到草甸将三人的马牵到草圈墙下，又跑进草圈，用木叉给马挑出三堆干青草。杨克从柳条筐车里拿出一些羊骨羊肉喂狗，再仔细检查马鞍马肚带和套马杆，并和陈阵找出两副牵狗出猎用的皮项圈。两人都曾参加过小规模的打围，知道打围时狗的项圈和牵绳马虎不得。陈阵给二郎戴上一副皮项圈，然后把长绳像穿针鼻一样地穿进项圈的铜环，再把长绳的两端都攥在手里。他牵着二郎走了几步，指了指羊圈北面，喊了一声“啾”！同时松开一股绳。二郎嗖地冲了过去，两股绳拉成了一股，又从铜环中脱出。二郎只戴着皮项圈冲进黑暗，而长绳还捏在陈阵手里。此种集体打围时的牵狗方法，既可以使猎狗完全受猎手的控制，以避免狗们擅自行动，打乱围猎的整体部署；又可以多人同时放狗，还避免长绳缠绊狗腿，影响速度。

杨克也给黄黄戴了项圈，穿了绳，也演习了一次。两条猎狗都听命令，两人手上的动作也没有毛病，没有让狗拖着长绳跑出去。

12

成吉思汗在其教令中嘱诸子练习围猎，以为猎足以习战。蒙古人不与人战时，应与动物战。故冬初为大猎之时，蒙古人之围猎有类出兵……汗先偕其妻妾从者入围，射取不可以数计之种种禽兽为乐……如是数日，及禽兽已少，诸老人遂至汗前，为所余之猎物请命，乃纵之，俾其繁殖，以供下次围猎之用。

——冯承钧译《多桑蒙古史》

诸王共商，各领其军作猎圈阵形之运动前进，攻取挡道之诸国。蒙哥合罕（元宪宗——引者注）作此猎圈阵形循河（伏尔加河——原注）之左岸进。

——〔波斯〕剌失德丁著，周良霄译注《史集》（第二卷）

大队人马和猎狗群，跟着毕利格老人在漆黑的草原上向西北方向急行。几乎每个人都牵着一条狗，有的人甚至牵了两条狗。风从西北吹来，不软也不硬。厚厚的云层仍低低地压着草原，将天空遮得没有一丝星光和月光。四周是沉沉的黑暗，连马蹄下的残雪也是黑色的。陈阵极力睁大眼睛，但仍然看不见任何东西，像是突然双目失明了似的。一年多了，陈阵已经走过不少次夜道，但像这么黑的夜道他还从来没有走过。他真想划一根火柴检查一下自己的眼睛是否出了毛病。

陈阵凭着听觉向毕利格靠过去，轻声说：阿爸，能不能让我在马蹄袖里开一下电筒，我觉得我眼珠子都没有了。老人低声喝道：你敢！老人的口气中透出大战前的紧张和担心。陈阵立即闭上嘴不敢再问，跟着吱吱的马蹄声瞎走。

马队狗群悄然夜行。草原狼群善于夜战，草原人也擅长黑夜奇袭。陈阵感到这群狼非同一般，居然饿着肚子一直等到这个奇黑的夜晚才倾巢而出。而毕利格老人对战局判断也非同寻常。战局正在按老人所预料和设计的方向发展。陈阵暗暗激动，能在原始大草原上，亲身参加两个狼王之间的角逐，简直是太刺激了！

马队走了一段下坡路以后，开始爬一个大坡，毕利格这才并到陈阵身旁，用马蹄袖挡住嘴，缓和了口气低声说：想当个好猎手，你还得多练练耳朵。狼的耳朵比眼睛还要尖。陈阵也用马蹄袖挡住嘴小声问：您这会儿说话不怕狼听见？老人压低声音说：这会儿咱在爬坡，有山挡着，又是顶风，说轻一点就不碍事。陈阵问：阿爸，您凭耳朵真能领大伙赶到指定地点？老人说：光凭耳朵还不成，还得靠记性，要听马蹄踩的是什么地，雪底下是草是沙还是碎石头，我就知道马走到哪块地界了。要不迷道，还得拿脸来摸风，摸着风走；还得用鼻子闻，闻着味走。风里有雪味、草味、沙味、硝味、碱味、狼味、狐味、马粪味和营盘味。有时候啥味也没有，就凭耳朵和记性，再黑的天，你阿爸也认道。陈阵感叹道：阿爸，啥时候我才能学得像您那样啊？

陈阵感到马队还在爬坡，抓紧时间又问：咱们牧场除了您以外，还有谁有这个本事？老人说：除了几个老马倌，就是几条老狼了。陈阵追问道：那是人厉害，还是狼厉害？老人说：人哪能比得了狼。从前有一条出了名的头狼，把畜群祸害得好惨呐，把王爷的宝马都咬死了。后来王爷派了最好的猎人炮手折腾了大半年，才把那条头狼抓住。没承想那条头狼半是瞎子，一只眼是瘪的，一只眼是浑的……

跨下的马身已平，老人立即止住了话头。马队翻过坡顶，再下到坡底就踏上了一片平坦的大草甸。毕利格加快了马步，大队人马狗紧随其后，悄声快进，听不到女人和孩子们的嬉笑声，整个马队像是一支训练有素的正规骑兵，正在执行一项严格的军事任务。而实际上，这支队伍只是临时召集、包括老弱妇幼在内的杂牌军而已。如果是草原青壮武士和强壮战马组成的草原正规骑兵呢？陈阵真实地感受到了草原民族那种卓越军事素质和军事天才的普及性。“全民皆兵”，在华夏中原大地只是个口号或理想，而在蒙古草原，早在几千年前就已成为“现实”了。

离指定地点越近，队伍中的紧张气氛就越浓。不久前狼群全歼军马群，已大大地胜了一局。而额仑草原的人们投入了全部的力量，此战的胜负还未见分晓。陈阵也开始担心，用狼所擅长的夜战、偷袭战和围歼战，来对付那群听觉嗅觉远高于人的狼，是否有些班门弄斧？早几年，牧场年年组织大规模打围，但总是战绩平平，十围五空。场部的大车老板挖苦道：打围，打围，一个蛋子的叫驴（种驴）——没准。

由于上次军马群被狼群全歼的影响极坏，如果此次围狼战不能使上级满意，牧场的领导班子有可能被全部撤换。据场部的人说，上面已放口风，准备从除狼灭狼有成效的几个公社牧场，抽调得力的干部来充实额仑宝力格牧场的领导班子。因此，乌力吉、毕利格以及牧场的众马倌，都准备拿出他们的真功夫，好好刹一刹额仑草原狼群的气焰。毕利格在战前动员会上说，这次打围至少要剥下十几张大狼皮筒子交上去，要是打不着狼，其他公社牧场的打狼英雄就该来管额仑了。

天更黑更冷。草原凌晨的酷寒和黑暗压得人们喘不过气来。杨克悄悄靠近陈阵，凑到他耳边轻声说：队伍一散开，包围圈的空隙太大，狼就是从马蹄旁边溜过去你也看不见，真不知道毕利格有什么高招。杨克把脸钻到马蹄袖里，看了看腕上的夜光表又说：咱们走了两个多小时了，队伍该散开了吧？陈阵抓住杨克的袖筒，把头伸进去，终于看到了老瑞士表上的点点荧光。他揉了揉眼，心中更多了几分恐惧。

忽然，空中飘来一股冷香，陈阵闻到了碱滩黄蒿草的甜香药味，浓郁寒冽，沁人心脾。就在马蹄踏上这片厚厚的蒿草地上时，毕利格老人突然勒住了马，整个马队也收住了马蹄。老人与跟在他身后的几个生产小组组长和猎手轻轻说了几句，他们便带着各组的人马向两面拉开队形。一百多人的马队迅速由纵队变为横队，很快变成长长的散兵线，马蹄声由近到远直到完全消失。陈阵仍然紧跟老人。

突然，陈阵的眼睛被猛地刺了一下，毕利格老人手中的大手电发出白炽强光，接着从东西两边极远的地方也回应了几下光亮。老人又晃了三下手电，两边的灯光向更远的地方飞速包抄过去。

此时，老人忽然用干亮的嗓音吼起来：“喔……嗬……”声音在寒冷的空气中震颤扩散。刹那间，静静的草原人声鼎沸：“喔嗬……依嗬……啊嗬……”男声、女声、老声、童声响成一片。最近处的嘎斯迈小组的几个蒙古女声，分贝高、音质脆、高低起伏、经久不息。嘎斯迈领喊的声音尤其异峰突起，全队的女人男人拿出下夜喊夜、吓狼轰狼的功夫，一时间声浪翻滚，声涛汹涌，向西北压去。

与此同时，一百多条大狗猛犬也拼命挣着皮绳，狂叫疯吼，惊天动地，如排炮滚雷向西北方向轰击。

声战一开，光战继起。突然间，强的弱的，大的小的，白的黄的，各种手电光柱全部扫向西北方向。原先漆黑一片的雪地，顿时反射出无数道白晃晃的冷光，比寒气袭人的刀光剑影更具威慑力和恐吓力。

声浪与光柱立即填补了人与人、狗与狗之间的巨大空隙。一时间，人网、马网、狗网、声网、光网编织成疏而不漏、声势浩大的猎网，向狼群罩过去。

陈阵杨克和其他知青被这草原奇景刺激得大呼小叫，手舞足蹈。人们士气大振，群情激昂，吼声震天。陈阵大致看清了自己所在的地点，这里正是马群全军覆没地的东边。毕利格老人将马队准确地带到大泡子的东北边缘，然后才撒开猎网。此时，人马狗已经绕过泡子，在狭长的大泡子北部神速地展开了包围线。

毕利格老人沿着猎网策马奔跑，他低头紧张地用手电寻找雪地上狼群的足迹。一边又检查猎网的疏密，及时调配人员的站位。陈阵紧随老人一路查看。老人勒了勒马，长长地舒了一口气说：狼群刚走不大一会儿，不老少呢，你看这老些爪印，全是刚踩出来的。这下子总算圈住了狼群，没让全队的人白冻大半宿。陈阵问：为什么您不把狼群包围在这个泡子里？老人说：那哪成。狼群是在下半夜天最黑的时候来抢吃冻马肉的，天快亮的时候狼群准溜。要是天黑的时候围住了狼群，黑灯瞎火的咋套狼？狗也看不清狼，狼群四下一冲，不就全白瞎啦。打围得在后半夜出动，天亮前围赶，到天见亮了再把狼群圈到围场里……

左右两边不断传来手电的信号，毕利格手扶前鞍骄立在马镫上，不断向两边各组组长发命令。他的信号有长有短，有横有竖，有十字形，也有圆圈形，灯语指令内容复杂。半月形的猎圈紧张有序稳步推进，人喊马嘶狗叫的声浪一浪高过一浪，手电在雪地和空中交叉射出一个又一个扇面。人马狗见到狼足印都叫出了高频变调，传递出大战在即的冲动与兴奋。

陈阵好奇地问：您现在发的是什么命令？老人一边发信号一边说：让西边的人走慢一点，让东边的人快一点，赶紧跟山里的人接上头。还得让全队中段的人压住阵脚慢慢推，不能急，赶早了，赶晚了都不成。陈阵抬头望天，天空已不再是铁幕一块，已能隐约看到云层在向东南移动，云层间也已透出灰白的颜色。

大狗们都已闻到狼群的气味，吼声更加凶猛暴躁。二郎已经开始咬脖子上的长绳，它拼命挣绳，急于冲锋。陈阵死死勒住绳，并用套马杆轻轻敲打它的脑袋，让它听令守纪。

一行行大步幅的狼爪印大多指向西北方向，也有一些爪印指向其他方向。毕利格不断查看狼爪印，然后继续发令。陈阵问：从前草原上没有手电的时候怎么打围？老人说：用火把。火把是用木棍毡卷扎出来的，毡卷里裹着牛油，点着了一样亮，狼更怕火把，真要跟狼撞上了，还能当家伙使，能把狼毛燎着。

天色见亮，陈阵立刻认出了眼前的草场，他曾在这里放过几个月的羊。他能想起西北方有一个三面环山一边缓坡的开阔半盆地，毕利格所说的围场可能就在那里。马倌们就埋伏在山后，只要狼群被赶进围场，后面的人马狗封住进口，围歼战就将打响。但陈阵仍然不知道到底围进去多少狼，如果狼群太大，困兽犹斗，每个人都可能与恶狼近战。他从马鞍上解下长马棒，扣在手腕上，他也想学学巴图的杀狼绝技，然而手臂却在微微发颤。

西北风渐强，云层移动越来越快，云隙间泄下的光已将草原照得蒙蒙亮。到了山口附近，人们突然惊叫起来，在早晨淡薄的光线里，人们看到二十多条大狼，走走停停，东张西望，就是不敢钻进盆地。在山口附近还能隐约见到另一群狼，正在就地徘徊，也似乎对前面的地形感到担心。可能它们已经嗅到从西北方向飘过来的危险气息。

陈阵对毕利格老人计算时间以及指挥调度猎队的精确性深深叹服——当狼群能够看清地形和猎圈时，猎圈原先的巨大空当已经缩紧；当手电光的威力刚刚丧失，猎队的套马杆的绞索正好清晰地竖起来。狼群实际上已经陷于合围之中，半月形猎圈的两端已经和半盆地的两头相连。可能在中原大地还没有被开辟成农田的远古时期，草原上的老猎手就早已熟谙兵法了。卓越善战的草原狼群所培训出来的草原民族，也早就青出于蓝。

有几条头狼看清战况之后，立即毫不犹豫地率领狼群掉头往回冲。这群狼刚刚吃饱了马肉，锐气正旺，冲势极猛，杀气腾腾。雪面上腾起一片恐怖的白尘狼烟。狼群呼啸而来，锐不可当。人们一片惊呼，羊倌牛倌挥舞着套马杆向狼群迎面冲去，两旁的人急忙填补因此出现的猎圈空缺。

狼群攻势不减，但稍稍改变了主攻的方向，朝色彩最鲜艳，套马杆最少的女人集中的地方猛冲过去。嘎斯迈和一些身穿旧彩缎绸面皮袄的蒙古女人和姑娘们面不改色，立即踩着马镫，站起身来挥动双臂狂呼尖叫，恨不得想用双臂去阻拦狼群。但毕竟她们手中没有套马杆，狼群抓住这个猎圈的最薄弱环节，集中兵力发狠急冲。陈阵担心猎圈功亏一篑，紧张得心都快不跳了。

正在此时，毕利格老人站起身，手过头顶，向下猛地一挥，大吼一声：放狗！长长的猎圈阵中突然响起一片“啾！啾！啾！啾！”的口令声。所有牵狗的人几乎同时松开一股皮绳。一百多条憋足了劲、急红了眼的猛犬恶狗，从东南西三个方面，甩脱了长绳，冲向狼群。巴勒、二郎和几条全队最高大威猛的杀手狗，径直冲向狼群中的头狼。紧随其后的狗群，狗仗人势争功心切，争先恐后地狂吼追扑。

人们重新调整了猎圈阵形，挥着套马杆，快马加鞭地跟着狗群冲了过去。雪地上急奔的马蹄刨起雪块泥土，剽悍的蒙古骑手武士，喊着可怕短促的、曾让全世界闻声丧胆的“嗬！嗬！嗬！嗬！”的杀声，配伴着战鼓般急促的马蹄声，朝狼群猛冲。

狼群立即被这强大的攻势震住了。头狼陡然急停，然后掉头率领狼群向山口逃冲，并迅速与山口处的狼群会合，冲了一段又分兵几路，朝三面大坡突围，力图抢占制高点，然后再施展登顶绕圈或向下冲锋的山地作战的本事。

半月形的猎圈终于拉成了直线，严密地封住了山口，两群狼被赶进毕利格老人匠心设置的优良围场。

在围场的山头后面，场长乌力吉和军代表包顺贵，正伏在草丛中紧张地观察战况，整个围场一览无余，尽收眼底。包顺贵兴奋地向雪地砸了一拳说：谁说毕利格尽为狼说话了，你看他在规定的时间把这么大的一群狼，圈进了预定地点，时间计算得恰到好处，真是神了，我还从来没见过这么大的狼群呢。我算是服了这老头了，真得向上级为他请功。

乌力吉也总算松了口气说：圈进来的狼足有四五十条，往年打围能圈进一二十条就算不赖了。毕利格可是额仑草原人里面的头狼。每年牧场组织打围，只要他不领头，猎手们就都懒得去。

这回狼群毁了马群，老毕真的发火了。乌力吉转过身对巴图说：告诉大伙，谁也不准开枪，对天放也不行，今天人多，万一谁走了火，伤了人就完了。巴图说：我已经跟大伙说了几遍了。

山坡后众马倌和猎手都已骑在马上，一切准备就绪，只等命令。这批马倌和猎手是全牧场精选出来的猎狼高手，他们的马技、杆技和棒技都远远高于普通猎手，每人都有套狼和杀狼的优良记录。此次，他们都骑上了自己平时舍不得骑的最快、最灵活、最能咬住猎物的杆子马。他们为了那群死马憋了一肚子的气，准备在这一天痛快发泄。骑手们的坐骑早已听到围场中的狗叫声，都已感到临战的紧张气氛。它们低头挣缰，抬蹄刨雪，马胸马腿都绷起条条筋肉，每匹马的后腿都像被压到极限的捕兽夹弹簧，只要主人一松马嚼子，马就会弹射出去。猎手们牵的大狗，也都是从各家狗群里挑选出来的最善搏杀的猎狗，凶猛机警，训练有素。它们虽然都早已听到围场中的杀声，但都只张口不出声，侧头望着主人，个个都有久经沙场的沉着和老练。

乌力吉和巴图慢慢躬起身来，准备发令。

狼群主力集中向西北的制高点突围。在草原，爬高冲顶人马狗绝对不是狼的对手。体力耐力肺活量极强的草原狼，惯用快速冲顶的办法来甩脱追敌。即便少数在平地上比狼跑得快的猎狗和杆子马，一到爬坡就追不上狼了。狼只要一冲上山顶，它就会先喘一口气，然后利用逃出追敌视线的这一小段时间，挑选最陡最隐蔽的山沟山褶快速撤离。往往当人马狗爬上山顶时，就再也见不到狼的踪影，即便见到，那狼早就跑出步枪的有效射程之外了。

狼群几乎冲速不减地向山头奔跑，庞大的狗群和马队渐渐被狼群甩开了距离。狼的前锋是几条快狼，一条头狼和几条巨狼却处在前锋的侧后面。乌力吉指了指一条脖子和前胸长着灰白毛的大狼，对巴图说：就是这条头狼！领着狼群杀马群准是它干的，它就交给你了，开始吧！

狼群已冲到二百米以内。巴图退后几步，撑杆上马。乌力吉也上了马，他大喊一声：出击！巴图猛地向上竖起套马杆，像竖起一根高高的信号旗。所有马倌发出“啾！啾！”的口令声，几十条大狗，几十匹快马几步就冲上坡顶，狗群像一枚枚鱼雷朝狼群发射出去。三分之二的马倌抢先跑位，占据半山腰偏上一些的有利地形，形成一个半月形包围圈，与毕利格指挥的猎圈相衔接。三分之一的杆子手则直接冲向狼群。

本来就对坡后怀有戒心，提心吊胆的狼群一见到伏兵，阵脚大乱。狼群终于落入自己最善使用、也最为熟悉的猎圈陷阱里，此刻，它们比落入狼群猎圈的黄羊群更为惊慌，也更为恼火。狼群恼羞成怒，重新掉头，急转直下，凭借居高临下的山势，向坡下的人群狗群发动孤注一掷的决战。狼群全都发了狠，以亡命的拼劲冲进狗阵，撞翻了一大片狗。雪坡上一片混战恶战：狼牙相撞，犬牙交错，雪块飞溅，兽毛飘飞，狗哭狼嚎，狗血狼血交颈喷涌。知青们从来没有见过如此血腥惨烈的狗狼大战，惊得发不出声来。

巴图从登上坡顶的那一刻就盯住了白狼王，他一冲下坡就舞着套马杆朝狼王追去。但那条狼王并没有随狼群冲下山，却毫不迟疑地向西横插过去。四五条保驾的大狼巨狼，前后簇拥着它一同突围。巴图带着三个猎手四五条大狗紧追不舍。然而熟悉地形、早有第二套突围方案的狼王，选择了一条极险的路段。残雪下布满了光滑的小石片，狼爪一踩，石片哗哗地往下滑，但狼能用它们厚韧的大脚掌踩在滑动的石片上快速奔跃，而它们的身体却不随石片下滑，石坡顿时响起一阵令人胆寒的哗哗声。狗的足掌远小于狼爪掌，还能勉勉强强、跌跌撞撞地追过去，而光滑坚硬的马蹄就扒不住石片和地面，几个骑手刚追上险路没多远，一个马倌就来了一个侧滑，连人带马滚下山坡，套马杆一撅三段，吓得两个马倌勒住了马，慌忙下马去救援。

巴图报仇心切，立即跳下马，迅速竖起套马杆，将杆子当拐杖使，把扁尖的杆尾戳进石缝，用以支撑身体，然后牵拽着马，快走快追，一边还大声叫喊跟上！跟上！翻过一道山梁，巴图就听到狗的惨叫声，他立刻骑马追去，不一会儿，他发现一条大狗已被狼咬倒在地正在垂死挣扎，另一条狗被撕掉一只耳朵，满头是血，其他三条狗吓得鬃毛倒竖直往后退。狼一见到套马杆，立即朝西边远处的一大片苇地蹿去，巴图带着一个猎手和三条狗追了上去。

乌力吉见巴图追过山梁，便带着包顺贵，跑到猎圈中视线最好的一个位置，以便统揽全局，调配兵力，再慢慢收紧猎圈，将圈中的狼群一网打尽。每一个身经百战的蒙古猎手，都具有天然的全局意识，懂得自己的职责，不争功不抢功。在外圈守圈守围的猎手，虽然眼睁睁地看着圈中的猎手猎狗大出风头，大获猎物，但是没有一个人擅离猎位。只要有一条狼从圈中突围出来，外圈的一两个猎手就会迎上去，或将其套住，或将其赶回圈中。而他们身后留下的空缺，其他的猎手会及时奔来补位，以保证整个猎圈完整无缺。

盆地中央，人、马、狗、狼已搅作一团，几条倒地的狗和狼已停止挣扎，致命的伤口处还蒸腾着热气和血气。四十多条狼被一百六七十条狗团团围住，群狼肩并肩，背靠背，尾对尾，狼牙一致朝外，抱团死战，与猎狗杀得难分难解。多条大狼和大狗被撕开了肩皮和胸皮，血肉模糊，血涌如注。狗群的外层是几十个剽悍的杆子手，都在用长长的杆子，抽打最里面的狼。狼与狗翻滚扑跃，死掐狠咬，根本分不清哪是狼，哪是狗。猎手虽多但却常常无法下杆，一杆下去不知套住的是狼还是狗，弄不好把狼与狗一起套住。骑着高头大马的猎手也不敢贸然冲阵，被围的狼太多，体力还未耗尽，狼群减员也不多，万一冲乱了阵，群狼四下发力，狗和人的两层猎圈就可能被冲散，而最外层的松散猎圈就难免顾此失彼。

几个最有经验，杆技最好的猎手，举着长杆虚虚地悬在群狼的上方，一旦有一条狼蹿起扑咬，便手疾眼快地抖杆下套，不管套住狼头狼身还是狼胯，就赶紧拧紧套绳往外拽，杀手狗便扑上去一口咬断狼的咽喉。

知青和女人孩子被安排在南线外圈。陈阵和杨克被毕利格派到西南边的半山腰，这里地势较高，能看清整个围场，两人比罗马斗兽场里的看客更加心惊肉跳。他俩巴望着能有一条狼向他们方向突围过来，使他们也能捞上个套狼的机会。却又担心大狼冲过来，他俩能否一套而中，草原狼的速度和反应是绝不会给你套第二杆的机会的。幸亏内圈的几层猎狗和一层猎人在数量上占绝对优势，被围的狼群很难突出重围。

大狼终于还是被杆子手一条一条地从狼阵里拖了出来，也被恶狗一条一条地咬倒。狼群发出沙哑疯狂的咆哮声，它们马上改变战术，不再跃起扑咬，而是低头与狗死掐，让杆子手无套可下。

陈阵用望远镜细细地观察战局，他发现群狼虽陷于死地，但仍然没有失去理智，它们不像那些拼一个够本，拼两个就赚一个的莽汉，而是尽可能多地杀伤围场中的主力——猎狗。群狼三五成组，互相配合，下口极快极狠，一口咬透，口口见血。几条大狼巨狼还使出了蒙古狼极其残酷的战法：以轻伤换重伤，以重伤换敌命，故意露出非要害处让大狗咬住，然后置自己伤口于不顾，而猛攻狠咬狗的喉咙和肚子。大狼巨狼个个浑身是血，但倒下的却极少，而一条一条大狗被咬倒，退出战斗，一条一条伤狗哀叫哭嚎，动摇军心。十几个回合下来，群狼居然渐渐得逞，一旦猎狗怯阵，狼群就该集体发力，四下突围了。

正在此时，抵近了内圈外沿指挥的毕利格老人突然大喊，巴勒！巴勒！冲！冲！又比画了一个后退的手势。陈阵和杨克立即明白老人的意图，也狂喊起来：二郎！二郎！冲！冲！冲！两条杀红眼的大恶狗，明白了主人的叫喊和手势，巴勒和二郎突然后退几十步，迅速改变战术，连吼几声，发了疯似的朝狼群中一条最大的头狼冲撞过去——二郎速度快，先撞上了狼，大狼被撞出三四米远，但没有撞倒，旋即站住。此时，凶猛沉重的巴勒，像一段粗大的撞城锤，砰地迎头而上又撞了个正着。头狼被撞得连打了两三个滚，还未等头狼站起身，二郎等不及其他的狗护卫支援，立即单刀突入狼群中心，上前一口咬住它的咽喉，咔嚓一声合拢牙口，四股狼血喷向天空雪地，喷红了二郎的头，也吓蒙了群狼。垂死挣扎的头狼张牙舞爪，使出最后的野劲蛮力狠命乱抓，在二郎的头胸腹处抓下了好几把毛，抓出十几道血口子。可是二郎野性蛮劲更狠，就是被抓开胸膛抓破肚子也不撒口，直到头狼完全断气。群狼好像都认识这条大恶狗，都领教过这条大野狗的武功，惊得后退几步，不敢近身。巴勒见自己撞翻的猎物，被二郎如此干脆利索地抢得先手，极为恼火，但又不好发作，只好憋足了劲向另一条大狼撞过去。

狗群似乎开了窍，大狗巨狗纷纷集体效仿。一条一条的大块头撞进了狼群。二郎巴勒那些杀手狗，自此大开杀戒，狼阵终于被冲开了一个缺口，猎手们乘势冲进去，用套马杆敲打狼群，将狼群分割分散，狼们的脖颈后背侧腹，顿时全暴露在杆子和狗牙之下。

狼群见大势已去，全体发力，依仗单兵狼心孤胆，分头突围。霎时间，狼群中心开花，四下猛冲，围场内线一片混乱，群狼力图乱中求生。但不一会儿，每一条狼都被几条狗、一两个猎手咬住不放。外围猎圈的男女老少大呼大喊，猎手们则猛挥套马杆往圈内施压。

在内线，一向自比为狼的兰木扎布，见几条狗扭住了一条大狼，便冲过去一个俯身前探，飞出去一个贴地套圈，有意让过狼的短脖和前腿，狼的前半身刚入套，他立即抬杆抖杆，像拧麻花一样地拧紧套绳，套住狼的后胯。不等大狼冲套别杆，就一拨马头，一翻手腕倒拖着狼跑起来。大狼被拖倒在地，像一条沉重的死麻袋，无法起身，大狼急得用爪子死死抠地，雪面冻地犁出两道沟。兰木扎布一边拖狼一边呼叫杀手狗。

在草原，套狼不易，杀狼更难。草原狼脖子短粗，套住脖子，狼会立即甩头脱套。即便狼甩不脱套，要拧紧套也不易，如遇到脖子特别粗壮的狼，套住狼脖子就像套住了一段圆木，只要使劲一拖，套扣依然会滑脱。因此有经验的猎手套狼都喜欢套狼的后胯，那是狼身最细的部位，只要套住拧紧，狼绝对脱不了套。但是杀狼就难了，如果勒紧脖子拖拽的话，可以把狼勒昏勒死，可是套住后胯再怎么拖也勒不死狼。要是一人对付一头狼就更难得手。只要人一下马，狼立即就会站起身顺杆冲套，把套马杆杆头细杆生生别断，然后逃脱或伤人以后再逃跑。只有胆量技术都过硬的猎手，能够一下马，不等狼站起身就继续迅速拽杆，把狼拽到身前，再用马棒或刀子杀死狼。许多猎手都不敢单人杀狼，常常只得牺牲狼皮，把狼一直拖到有人或有杀手狗的地方，让人或狗来帮忙杀狼。

兰木扎布专挑雪厚的地方拽狼，一边寻找杀手狗。几条狗围着狼乱叫瞎咬，轻咬一口就跳开，就是不敢在要害处下口。兰木扎布突然发现二郎刚刚咬断了一条大狼的咽喉，他认识这条大恶狗，于是便向二郎跑去，一边大声喊：杀！杀！二郎听到有人呼它杀狼，就丢下尚未断气的狼冲了过去，二郎咬杀被套住的狼十分老到，它绕到狼的侧背后下手，用前爪按住狼头狼胸，猛地一口，准确咬断了狼的颈动脉，狼用爪子拼命反抗但却抓不到二郎。兰木扎布跳下马，朝四周大叫：快把狼拖到这儿来，这条狗比狼还厉害！不远处另一条战线上，巴勒也在咬杀被套的大狼，马上就有几位猎手拖着几条被套住的狼，向这两条猛狗靠拢。

在围场混战中，除了巴勒和二郎这两条屠夫恶犬大展神威外，还有一群如同爱斯基摩人的毛茸茸的凶猛大狗，也格外夺人视线。这是道尔基家的一群全场出名的杀狼大狗，个个都是职业杀手，组合配对极佳，八条狗齐心合力，分工明确：快狗纠缠，笨狗撞击，群狗咬定，恶狗一口封喉。它们与狼交战从不分兵，集中兵力，各个击破。此次又是八对一，杀完一条，再杀第二条，干脆利索，已经一口气连杀三条大狼。

围场中，猎手们也三五一组地配合作战，一旦有人套住了狼，其他的人立即跳下马，拽住狼尾狼腿，再用沉重的马棒敲碎狼头。围场的西北处发出一阵野性的叫声，五六个猎手策马狂奔追赶两条大狼，一个骑着快马的小马倌噢噢大叫，探身挥杆狠抽大狼，把狼打得跑得口吐白沫。当逃跑的狼跑出全速，把他甩开距离以后，又会有一匹快马接力猛追猛打，等狼跑出最高速，等在侧前方的沙茨楞突然斜插过来，探身猛地套住狼头，但他不拧套绳，而是猛地横向一拽，再急忙松套，将狼狠狠地摔了七八个滚。当狼好不容易翻身爬起，几个马倌就用套马杆抽狼，逼狼再次狂奔。但是只要狼一跑出了速度，就又会从侧旁奔来一匹马，再给狼一个套头横拽侧摔，大狼又被摔出五六个滚。狼每摔一次，众猎手就会齐声欢呼，一吐一年来受狼欺负的胸中恶气。

两条狼被猎手们套摔得晕头转向，再也不知道往哪里逃了。有一条狼连摔了三四次以后已经跑不起来了。沙茨楞扔下套马杆，急忙脱镫、收腿、蹲鞍、再蹬腿，像头飞豹从马背上飞身一跃，狠狠地扑砸在狼身上，未等狼回过头，沙茨楞已经骑在狼背上，双手死死握住了狼的双耳，把狼头狠狠地往地上死磕，磕得狼满嘴满鼻子都是血。几个猎手纷纷跳下马，骑在狼身上，压得狼几乎喘不出一口气，最后才由沙茨楞从容拔刀杀狼。另一条狼也被三个年轻马倌，当绵羊一样骑着玩了一会儿，轮番在狼身上蹾了一阵屁股，然后才把狼杀死。

陈阵杨克和所有的知青都松松地垂下了套马杆。这场多年未有的成功围狼战，他们从头到尾只有围观的份了。他们最感遗憾的是，唯一一个被派进场的知青马倌张继原没套着狼。那条侧面跑来的大狼，居然在他快下杆的时候，突然急拐给他打了一个“贴身球”，擦马腿而过，使他鞭长莫及，还差点别断了杆。而其他两个知青马倌也像他们一样成了外围的围观者，而且有一条大狼，竟然从他俩的猎位中间冲出了猎圈。

毕利格老人看看大局已定，便走到陈阵和杨克的身边。老人说：你们十来个知青也立了功，你们占了不少位置呐，要不然，我就派不出那么多杆子手下去套狼了。老人看出了陈阵和杨克的遗憾，又笑笑说：你们那条大恶狗今天可立了大功，我都给你们俩数了，它独个儿杀了两条大狼，还帮着猎手杀了两条。你们俩能分到两张大狼皮，剩下那两张皮子，按打围的规矩应该归套住狼的猎手。一边说着，老人带他俩向山下走去。

此次打围，除了六七条速度、战技和运气好的大狼，用高速反冲、贴身钻空或别断套马杆的方法杀出重围以外，其他所有被围的狼全部战死。

外围猎圈的人马呼喊着，从三面高坡冲下山来，观看围场中间的战利品。毕利格老人已经叫人将归陈阵杨克包的两条死狼拖到一起，并挽起马蹄袖和陈阵杨克一起剥狼皮筒子。嘎斯迈也已经招呼人，把她家巴勒咬死的两条大狼，以及桑杰家的狗咬死的狼，统统拖了过来，桑杰和官布主动上前帮她剥皮筒子。

陈阵早已跟老人学过怎样剥狼皮筒子了，此时他开始教杨克。先用锋利的蒙古刀，沿着狼嘴将嘴皮与嘴骨剥离，再用力翻剥将狼头剥出，然后让杨克用皮条钩住狼牙，自己再揪住狼头皮往狼脖狼身翻剥，再用刀剥离皮肉，从头到尾像剥脱一条紧身毛衣裤那样，将整个狼皮翻剥出来，再分别割断四足和尾骨。此时狼皮的皮板在外，狼毛在内，两人又像翻大肠一样再把狼皮重新倒翻过来，一个完整的狼皮筒子就算剥出来了。

老人看了看说：剥得还算干净，不带狼油。你们俩回到家，用干草把皮筒子塞满，再挂在长杆的顶上，往后，额仑草原上的人，就会认你们俩是猎手啦。

二郎和黄黄一直蹲在两人的身旁观看，二郎不停地舔着前胸前腿上的狼血和自己的血，舔得津津有味。黄黄也帮它舔头上的狼血。黄黄身上没有一处伤，也没有几滴狼血，一身干净，像是狗中游手好闲的公子哥。却有好几个猎手夸它，说它前后扭住了两条狼，还会咬狼的后爪。没有黄黄，兰木扎布准套不住狼。杨克听了大乐，吐了一口气说：这下我也可以拿兰木扎布开涮了，他跟我一个样，也是人仗狗势。

陈阵从怀里掏出几块大白兔奶糖，奖给两员爱将。二郎三块，黄黄两块。他早有预感，此次打围二郎和黄黄定有上佳表现。两条狗会把糖块按在地上，再用嘴撕糖纸，然后用舌头卷起糖块，得意地昂起头来嚼得咔吧作响，把其他的狗看得直滴口水，竟去舔地上的糖纸。自从北京知青来到草原以后，草原狗都知道了世上还有那么稀罕好吃的东西。能当着那么多的狗吃北京奶糖，是草原狗莫大的荣誉。嘎斯迈笑嘻嘻地走过来对陈阵说：你搬家走了，就忘了你老家的狗啦？然后伸手从陈阵怀里掏出两块奶糖，递给了巴勒。陈阵慌忙将剩下的几块糖全部掏出来，交给嘎斯迈。她笑着剥了一块放到了自己的嘴里。

围场中热气腾腾，狼尸、马身、狗嘴、人额都冒着白气。人们以家族为小猎圈分头剥狼皮。战利品完全按草原上的传统规矩分配，没有任何矛盾。牧民的职业记性极好，哪条狼是哪条狗咬死的、哪个猎手套住的，不会出差错。只有一条被两人共同套住的狼，稍有争执。毕利格老人一句话也就定判了：卖了皮子打酒，一人喝一半。那些没有得到皮子的猎手和牧民，兴致勃勃地看人家剥皮，并对各家的皮筒子和各家的狗评头品足。狗好狼皮就完整无缺，狗赖狼皮就赖，尽是窟窿眼。收获狼皮最多的人家，都会高声邀请人们到他家去喝酒。

猎场渐渐安静下来，人们就地休息。

围场中，最难过的是女人。她们大多在给自家的伤狗疗伤包扎。男人们只在打猎时使用狗，可女人们天天下夜都得仗着狗。狗也是由各家的女人从小把它们像养孩子一样地喂养大的，狗伤了、死了，女人最心疼。几条战死的狗还躺在原地，在草原，猎狗战死的地方，就是它魂归腾格里的天葬之地。而执行天葬使命的就是狗们不共戴天的仇敌——草原狼。毕利格老人说：这是公平的，狗应该感谢狼，要是草原没有狼，牧民也用不着家家拿那么多的肉养那么多狗了，生下的小狗崽都得被扔上腾格里去了。

战死的狗静静地躺在草原战场上。没有一个草原蒙古人，会对漂亮厚密的狗皮打主意。在草原，狗是人的战友、密友和义友。草原人的生存靠的是两项主业——狩猎业和游牧业。草原人打猎靠狗、守羊靠狗，狗是比中原农民的耕牛还重要的生产工具和畜群卫士。狗比牛又更通人性，是草原人排遣原野寂寞的不可缺少的情感依托和精神伴侣。

蒙古草原地广人稀，环境险恶，草原狗还有报警救命的奇功。嘎斯迈总是念念不忘巴勒的救命之恩。一年深秋，她倒炉灰，不承想在浇湿的炉灰里还有一粒未熄灭的羊粪，那天西北风刮得正猛，不一会儿就把火星吹到草里，把门前的枯草烧着了。当时家里只有她、老额吉和孩子，她在包里做针线活，一点也不知道外面的事情。忽然，她听到巴勒一边狂叫一边挠门，她冲出门一看，灰坑前的火已经烧出两百多步远，十几步宽了，再往前就是牧场其他大队的秋冬季大草场，草高草密油性大，一旦烧起来谁也挡不住，这年全场的大半牲畜不被烧伤烧死，也过不了没有草的冬季了，她肯定得被判刑坐牢。巴勒及时报警给她抢出了比命还宝贵的一点时间，她拖了一块浇湿了的大毡，冲进火场，用大毡裹住自己，拼命在火里打滚，再拖毡压火，总算在大火烧着高草之前扑灭了火。嘎斯迈说没有巴勒她就完了。

嘎斯迈还对陈阵和杨克说过，草原上的男人都贪酒，常有骑马人喝醉了酒，摔下马冻死在雪地里的事情。其中有的人没有死，就是因为带了狗。是狗奔回家，叼着女主人的皮袍，叫来人才把男主人从深雪里救回家的。在额仑草原，家家都有救命狗；包包都有被狗救过命的男人和女人。

所以，在草原，杀狗、吃狗肉、剥狗皮和睡狗皮褥子的行为，被草原人视为忘恩负义、不可饶恕的罪孽。草原牧民因此与许多外地农民工和汉人交恶。

毕利格老人曾说，在古时候，汉军一入草原便大肆杀狗吃肉，因而激怒了牧民，纷纷自发抵抗。眼下，牧民的狗也经常被内地来的盲流偷走吃掉，狗皮则被偷运到东北和关内。蒙古草原狗皮大、毛厚绒密，是北方汉人喜欢的狗皮帽子和狗皮褥子的最佳原料。老人愤愤地说：可汉人写的书，从来不提这种事。

毕利格一家人经常问陈阵一个使他难堪的问题：为什么汉人恨狗骂狗杀狗还要吃狗肉？陈阵想了很长时间，才对毕利格一家人做了解释。

一天晚上，陈阵对围着火炉的一家人说：汉人没有游牧业，也没有多少猎人，能吃的东西都让汉人打光了吃光了，汉人就不知道狗的好处了。汉人人口多，不冷清，不需要狗来陪人解闷。汉人有几十种骂狗的话：狼心狗肺，猪狗不如，狗屁不通，狗娘养的，狗仗人势，狗急跳墙，鸡狗升天，狗眼看人低，狗腿子，痛打落水狗，狗坐轿子不识抬举，狗嘴里吐不出象牙，狗拿耗子多管闲事，肉包子打狗有去无回……到现在又成了政治口号，全国都在“砸烂刘少奇的狗头”“打倒刘少狗”，西方人也不懂中国人为什么总拿狗来说事儿。

汉人为什么恨狗骂狗？主要是因为狗不合汉人的规矩。你们知道古时候中国有一个圣人叫孔子吗？连中国各朝代的皇帝都要给他的像鞠躬下拜。他给中国人定了许多做人的规矩，千百年来中国人全都得照那些规矩做，读书人每人都有一本“语录”，就像现在的红本本语录一样。谁要是不照着做，谁就是野蛮人，最严重的还要被杀头。可是狗的毛病，正好不合孔子定的老规矩：一是孔子教人要有礼貌，好客尊客。可是狗见了生人，不管是穷人富人，老人孩子，亲朋好友，还是远道来的尊贵客人，冲上去就乱吼乱咬，让讲究礼仪的汉人觉得很失礼、很丢面子、很生气。二是孔子教人男女不能乱来乱伦乱搞，要是乱搞，就会受到严厉的处罚。可是狗呢，狗不管是自己兄弟姐妹，还是父女、母子，都可以乱搞乱配。汉人就害怕了，恨透了，怕人跟狗学坏。三是孔子教人要穿得干净，吃得也要干净。可是狗喜欢吃人屎，这真让汉人讨厌恶心透了。还有一点是汉人里面穷人养狗的少，穷人连自己都吃不饱，哪有粮食喂狗。可是富人就能养狗看家护院，还经常放狗出来咬穷人，也让大多数穷人恨狗。所以汉人骂狗、杀狗吃狗肉也就不奇怪了，而且吃过狗肉的人都说狗肉很香。汉人说猪可以杀吃，羊可以杀吃，为什么狗就不可以杀吃？这些都是人养的牲畜嘛……汉人恨狗杀狗吃狗，最根本的一条就是汉人是农业民族，不是游牧民族，还总想拿自己的习惯来改人家的习惯。

毕利格老人和巴图听了以后半天没说话，但对陈阵的解释也不大反感，老人想了一会儿说：孩子啊，汉人和蒙古人中间，要是多一点你这样明白事理的人就好了。嘎斯迈叹了一口气，愤愤不平地说：狗到了你们汉人住的地方真是倒霉透了，狗的好处全使不出来，狗的毛病全让你们汉人抓住了。我要是狗就不跑到汉人地方去，我宁可让狼咬死，也要留在草原。

陈阵又说：我也是到了草原上才知道，狗是所有动物中最通人性的一种，真是人的好朋友。只有落后贫穷的农业民族，把不该吃的东西都吃完了，连狗肉都不放过。等到将来中国人都富裕了，有剩余粮食，那时候汉人可能就会和狗交上朋友，就不会恨狗吃狗肉了。我到了草原以后就特别爱狗，一天见不到我的狗，心里就空空的。现在谁要是偷杀了我们包的狗，我和杨克也会跟他拼命，把他打得把吃下去的东西全吐出来……陈阵已经刹不住这句话了，他自己也感到有些吃惊，他一向信奉君子动口不动手，居然也冲口说出狼性十足的话来了。

嘎斯迈追问道：那你将来如果回到北京，会不会养狗呢？陈阵笑道：我这一辈子都会爱狗的，跟你们全家一样爱狗。不瞒你说，我家里从北京寄来的高级奶糖，我还留了一些呢，我自己都舍不得吃，连你和巴雅也没舍得给，都留给我的狗了。毕利格一家人全笑出了眼泪，巴图在陈阵背上重重拍了一巴掌说：你是多半个蒙古人啦……

那次关于狗的谈话已时隔大半年，但陈阵永远不会忘记自己的承诺。

猎场渐渐平静下来。疲惫不堪的猎狗伤狗们都很悲哀，几条狗围着那些同伴的尸体，用鼻子紧张恐惧地嗅着它们，转来转去，像是在举行告别仪式。有一个孩子趴在地上，搂着他家死去的狗不肯离开，大人走过去劝，他便索性放声大哭起来。眼泪滴洒在僵硬的狗身上，弹开去，落在尘土中不见了。孩子的哭声在草原上久久回荡，陈阵的眼前一片模糊。

13

卢龙节度使刘仁恭习知契丹情伪，常选将练兵，乘秋深入，逾摘星岭击之，契丹畏之。每霜降，仁恭辄遣人焚塞下野草，契丹马多饥死。

——司马光《资治通鉴·唐昭宗圣穆景文孝皇帝下之上》

蒙古习惯法:“其禁草生而创地者，遗火而焚草者，诛其家。”

——彭大雅《黑鞑事略》

包顺贵和乌力吉带领几个牧场干部巡视了整个围场的战利品以后，走到毕利格老人身旁。包顺贵下了马，兴冲冲地对老人说：大胜仗！大胜仗啊！这场胜仗你的功劳最大，立头功。我要向上级给你请功。说完便伸出双手要与老人握手。老人摊开满是狼血的手掌说：埋汰埋汰，还是算了吧。包顺贵却一把握住了老人的手说：沾点狼血，也可以沾点您老的福气，沾点立大功的光。

老人面色忽转阴沉，说：甭提功不功了，功越大我的罪孽越大。往后可不能这么打狼了，再这么打下去，没有狼，黄羊黄鼠野兔旱獭都该造反了，草原就完啦，腾格里就要发怒了，牛羊马还有我们这些人都要遭报应。老人张开血手，仰望腾格里，诚惶诚恐。

包顺贵尴尬地笑了笑，转身又对满头是血迹的二郎大发感慨说：这就是那条大野狗吧？个头真够吓人的。我在山坡上就看它能打会掐，真是一员虎将，是它头一个冲进狼群，咬死了一条头狼，把狼都吓得退让三分。它一共咬死几条狼？陈阵答道：四条。包顺贵连说：好样的，好样的！早听说你们养了一条常咬羊的大野狗，有人向我反映，说你们坏了草原上的规矩，让我毙了这条狗。这回我说了算，你们可以接着养下去，还要喂好养壮。往后它再咬死羊可免死罪。不过，羊皮得交公，羊肉你们得掏钱。陈阵和杨克乐得连连答应。

陈阵说：这次打围，我们知青一条狼也没有打着，知青不如狗，真不如这条大野狗。众人哄笑。连知青们都笑了。

乌力吉笑道：你这话听着已经不像是汉人的话了。毕利格老人也乐了，说：这孩子对草原的事儿可上心了，往后定是一把好手。乌力吉问：听说你们俩还掏了一窝狼崽？杨克老老实实回答说：就昨天，一共七只。没有毕利格阿爸指点，我们俩哪能掏得着呢。包顺贵说：七条狼崽，到秋天可就是一群狼，真不简单。过几天就把狼崽皮交给我吧，我出最高价，再多给你们一点子弹。说完又拿起地上的两个大狼皮筒子说：我看了一圈，就数这两个皮筒子个大毛好，我也先跟你们订下了，也出最高价。我有一个老领导，过去打仗常年趴冰卧雪得了寒腿病，一直想做条狼皮筒裤，我得孝敬孝敬他呢。陈阵说：我还得在门前面挂几天。我得给我们家的大野狗平反呢。包顺贵讪笑说：那，过五六天我再来收皮吧。

猎场到处都是鲜红的血迹和白生生的狼的裸尸，只有四只狼足还留着一拃长的狼皮。包顺贵招呼猎手把狼尸统统集中到一处，并把狼尸以两横两竖井字形的形状，叠摞起来。不一会儿，三十多条狼尸，堆成了一个近一人高的尸塔。包顺贵打开相机对着尸塔，变换角度一连拍了四五张，然后又吩咐所有猎到狼的猎手举着狼皮筒子，站在狼尸堆的两侧，排成两队。三十多人高举狼皮筒，皮筒狼尾几乎全都拖地，最前面的一排，是那群伤痕累累，狼血斑斑的杀狼狗，蹲坐在地，哈着热气。包顺贵让陈阵照相，自己高举着一条最大最长的狼皮筒子站在队伍的中间，把狼皮举得比谁的都高。而毕利格老人却右臂挽着狼皮，半低着头，笑容很苦。陈阵连拍了两张。

包顺贵向前迈了六七步，转过身来对猎手们说：我代表旗盟革委会、军分区领导谢谢大家了！你们都是打狼英雄，过几天照片就会登在报纸上。我要让大家看看额仑草原的狼灾有多厉害，一次打围就打死这么多的狼，这些狼大多是从外蒙古跑过来的，军马群的损失主要就是这群狼干的。我也要告诉人家，额仑草原的干部和牧民还有知青没有向狼灾低头，而是以坚定的决心和精心的组织，给狼群以狠狠的回击。这场灭狼运动才刚刚开始，我们完全有信心把额仑草原的狼干净、全部、彻底地消灭光。

最后，包顺贵还挥臂高呼：打不尽豺狼决不下战场！

除道尔基一家和几个知青以外，应者寥寥。包顺贵下令队伍解散，就地休息，等待巴图。

包顺贵盘腿坐在地上对乌力吉说：现在边防这么吃紧，上面一直催我抓紧时间组织民兵军事训练。没想到这次打围，歪打正着，倒来了个刺刀见红的大实战。乌力吉说：草原蒙古人天生就是战士，真打起仗来，一发下枪，个个都能上阵。今天你真是一举两得，又打了狼，又练了兵。那你就写两份总结报告报上去吧，上面一定会满意的。

知青们都聚到陈阵杨克这里看狼皮筒子，大家抚摸着皮筒好生羡慕。王军立说：要不是你们包的这条野狗，咱们知青的脸就丢大了，简直当了蒙古骑兵的仆从军了。陈阵说：自古以来，咱们汉人的武功和勇气就是不如游牧民族，不如人家就应该向人家学习，能当上仆从军跟牧民实地学习打猎打仗，这种机会上哪找去啊。王军立不屑地说：游牧民族虽然经常入主中原，还两次统治全中国，但是最后还不是被中华先进文化所同化、所征服了吗？草原民族虽然是一代天骄，但终究只识弯弓射大雕，徒有武功而已。

陈阵反驳说：那不一定，你别轻武重文，历朝历代，没有武功，哪来的文治。没有武功，再灿烂的文化也会成为一堆瓦砾。汉唐的文治是建立在武功的基础上的。世界历史上许多文明古国大国，不是被武功强大的落后民族彻底消灭了吗？连文字语言种族都灭亡消失了。你说汉族文化征服了落后的草原民族，那也不全对，蒙古民族就长期保留着自己的语言文字、图腾信仰、民族习俗，至今坚守着草原。要是蒙古民族接受了汉族农耕文化，把蒙古大草原开垦成大农田，那中原的华夏文明可能早就被黄沙吞没了。赫鲁晓夫就是想用大俄罗斯的农业文明和工业文明，来征服哈萨克斯坦的游牧文明，结果怎么样？竟然把世界少有的一大片优质草原，征服成了沙漠……

女知青孙文娟一看几位好战的男生又要爆发舌战，连忙打断：好了好了，平时放牧各组远隔几十里上百里，好不容易才聚到一块，可一见面又要开仗。你们男生一到草原都快变成狼了，一见面就掐，你们有完没完啊！

二郎看到那么多人来摸它的猎物，很不舒服，它慢慢走近它们。孙文娟以为知青包的狗从不咬知青，便从怀里掏出两块奶豆腐来犒赏它，她说：二郎二郎，好样的……

二郎一声不吭，也不摇尾巴，瞪着恶眼，朝众人走去。孙文娟有些害怕，连退几步。陈阵大喝：回来！但为时已晚，只见二郎大吼一声，向知青们猛扑一步，吓得孙文娟坐倒在地。杨克气得大骂：浑蛋！抄起马棒就要下手，可是二郎挺着脖子，一副宁可挨打也不逃跑的架势。这可是一条一气儿杀死四条狼的野狗，杨克怕打出它的狼性来，不敢轻易下手，只得放下了马棒。

王军立气呼呼地说：往后谁还敢上你们包？要不是看在它杀狼的份上，我非得剥它的皮，吃它的肉不可。陈阵连连道歉说：这是条怪狗，狼性大，不通人性。你们得常来，混熟了，它就认你们了。

大多数知青都散了。陈阵拍了拍二郎的脑袋，对它说：你看，我的同学都快让你得罪光了。杨克压低了声音说：养了条恶狗就把人吓成这样，要是……要是小狼崽长大了，谁还敢到咱们包来？陈阵说：不来拉倒，动物比某些人有意思，咱们就跟狗和狼做伴儿。

张继原走到二郎身旁摸摸它的头说：我倒是越来越欣赏二郎了，人是得有点狼性才成。我没套住那条狼，不是技术问题，是我胆气不够，手软了。

二郎向尸塔走了几步，望着白生生的狼尸发愣。几十条大狗都站得远远的，又敬又畏，冲它摇尾巴，只有巴勒昂首阔步走到它跟前，二郎不卑不亢地和它碰了碰鼻子。二郎在得到牧场领导和牧民的首肯之后，又终于被二队的大狗们接纳了。但陈阵发现二郎眼中却流露出失落，陈阵搂着它的脖子，不知该如何安慰它。

毕利格老人被包顺贵请到猎手最多的圈子里去。在圈子中央，老人用草地上捡来的羊粪粒和马粪蛋摆沙盘，讲解这次打围的战术。大伙儿都听得很仔细。包顺贵一边听一边问，不时叫好。他说：这一仗真是可以上军事教科书了，比狼群围歼马群那一仗还要精彩，您老真是个军事家了。这场战斗就是派一个团长来指挥，也不定打得赢。陈阵插话道：要是在成吉思汗时代，毕利格阿爸准能成为大将军，能跟木华黎、哲别和速不台那几位大将不相上下。

老人慌忙摆手说：可不能这么比，这么比我，要惹腾格里生气的。那几位都是蒙古的圣人，一打起来，就能打下七八个国家几十个城几十万军队，没有他们，蒙古大草原早就让别人开了荒了，我一个老奴隶，哪能跟他们比啊。

天近中午，巴图还没有回来，大队人马准备回营。这时，一匹快马从西北方向十万火急地奔来。马到近处，马倌布赫气喘吁吁地对乌力吉和包顺贵说：巴图让你们快过去，你们早上才圈了一半的狼，还有一半在天亮以前都溜出包围圈，钻到西北山下的苇地里去了。毕利格瞪了一眼说：没那么多吧？布赫说：我跟巴图钻进苇地转了半天，雪上尽是狼爪印，全是新鲜的，巴图说起码有二十多条狼，那条老白狼好像也在里面，就是杀马群的那条头狼，巴图说非得抓住它不可。

乌力吉对包顺贵说：人马都饿了一夜半天了，狗也伤了不少。那片苇地我知道，太大了，有几千亩，咱们这点人哪能圈得过来，我看就算了吧。

包顺贵满眼狐疑地盯着毕利格说：外来户和一些知青都向我反映，说你尽替狼说话，你这回不会是故意放狼一码吧？以你带的人和狗，应该是能把那二十多条狼圈进围场来的，要是圈进来咱也能敲掉它们!

乌力吉忙说：你这么说就不大得劲了。今儿早上圈进来的狼不多也不少，正好包了一个大馅饺子，狼再多，包围战没准就成了击溃战，饺子皮就该撑破了。

包顺贵对毕利格说：我想你一准是故意给我放了这些狼，想糊弄我啊?

毕利格老人也瞪眼道：围狼不像你们捞面条！天那老黑，人马中间的空当那么大，能不漏掉一些狼吗？要是让你带队圈狼，八成连一条也圈不进来。

包顺贵脸色青绿白红，最后憋成了紫色。他用马鞭拍击着自己的手掌吼道：人马狗虽然不够，可咱们的枪还没使上劲呢。不管怎样，这回发现了苇地里的狼，我就不会放过，敌情就是军情，这一仗由我亲自指挥!

包顺贵骑马走到高处，对全队的人说：同志们，西北苇地又发现了一群狼。咱们不是还有不少人没打着狼，没得着狼皮吗?尤其是知青，你们不是埋怨领导没让你们上第一线吗？这次我让你们全上第一线。同志们，我们要发扬不怕疲劳，连续作战的战斗精神，坚决消灭这群狼!

人群中有几个知青和几位猎手跃跃欲试。

包顺贵大声说：现在宣布我的计划，这个计划是费不了大伙儿多少劲的。全队包围苇地，然后用火攻，把狼从苇地里烧出来，再用枪打，别怕浪费子弹。

牧民猎手一听用火攻，都吓了一跳。在草原，烧荒是民族的大忌，猎手打猎除了小范围点火熏烟外，从不敢大面积烧荒，众人顿时议论纷纷。

毕利格老人说：烧草原，犯天条，熏黑了腾格里的脸，腾格里还会给人好脸色看吗？染黑了河里的水，水神来年还会给人畜水喝吗？萨满和喇嘛都不准在草原放火。从前谁要烧了草原，蒙古大汗就会杀了他全家。这会儿国家政策也不准烧荒。

嘎斯迈气得涨红了脸：火，火，草原的大祸。平时管小孩玩火都要打肿孩子的屁股，这倒好，大人要放这么大的火来了。要是往后有小孩玩火烧了草原，说是跟包代表学的，你负不负责？

兰木扎布憋涨了短粗的牛脖子吼道：古时候汉人大兵才烧蒙古草原，这是汉人最毒的一招。如今汉人都不敢，怎么蒙古人倒带头烧蒙古草原了？包代表，你还是蒙古人吗？

桑杰说：现在地上有雪，还不到防火季节。可是烧草原开了头，以后防火就难喽。再说，大火一起，燎着了狼毛，那狼皮也不值钱了。

沙茨楞说：用火烧狼，这招是够损的。要把狼全烧死了，遇上大灾年，遍地的死牲口谁来处理？草原臭气熏天，非闹瘟病不成，人也活不成了。把狼打光了，黄鼠野兔还不把草底下的沙漠高毕（戈壁）掏上来？

张继原说：我们三个马倌都出来打狼，马群扔在山上一天一夜了，再不回去狼群就要抄我们的后路了，我得马上赶回马群，出了事我可负不了责。

包顺贵大叫：安静！安静！谁也不准回去！咱们打狼是为民除害，是为了保护国家财产。进攻是最好的防御，只有把狼消灭光，狼群才抄不着我们的后路。打狼不光是为了得狼皮，烧光毛的死狼也是战果。我要再堆一大堆狼尸，再拍几张照片，让首长们看看我们的巨大战果……谁不服从命令，我就办谁的学习班！全体出发！

兰木扎布瞪圆狼眼，喊声如嗥：你爱办不办！我就是不去！

我得赶回马群去了！几个马倌都纷纷拨转马头高喊：回去！回去！包顺贵向空中猛挥一鞭，大吼道：谁敢临阵脱逃，我就撤了他马倌的职！还要撤掉你们后台的职！

毕利格老人望了望乌力吉，然后无奈地摆了摆手说：谁也别瞎吵吵了，我是这次打围的头，这事我说了算，一个马群赶紧回去一个马倌，剩下的人全都跟包代表走。就这样定了！

兰木扎布对张继原说：那我回马群，你完事了就回家歇两天吧。说完便带着本队和外队的八九个马倌狂奔而去。

马队狗群跟着包顺贵翻过三道山梁，山下是一大片白金般的茫茫旱苇。苇地四周是洁白的残雪。王军立等五六个知青簇拥着包顺贵，都说这是个极理想的火猎场。王军立诗兴大发，朗声吟道：欲破狼公，须用火攻，万事俱备，不欠西风。

巴图骑马从苇地中跑到包顺贵和乌力吉面前说：我没有惊动狼，好大一群，就在里面。包顺贵用马鞭指向苇地说：各组组长听好了，一组在东，二组在西，三组在北，三面围住苇地。四组再绕到南面去，在东南先点火，先烧断狼的后路，点完就撤到上风头远处去。一、二、三组的人一看到南面冒烟，就三面点火。全队的人马狗都在火边等着，狼一跑出来，就放狗追，用枪打。执行吧！

第四组的知青一马当先，冲了过去，四组的牧民跟上去。其他各组也向指定地点包抄。

陈阵跟着毕利格老人走进苇地，仔细看了看。这是片多年未被野火烧过的大苇地，两人多高的旱苇下面是厚厚一层陈年旧苇，足足有半米深。无论是新苇还是旧苇都干得没有一丝水分，饱含油性。

老人说：这会儿，苇地里的狼准是听着外面人和狗的动静了，可狼不怕。苇子这么密，狗跑不快，人也使不开套马杆，里面又黑又暗，马踩苇子啪啪响，人到哪儿狼都知道。苇地里有好多狼的小道，人马狗一进去狼就顺着小道跑到你后面去了。冬天春天的苇地，是狼的天下，进苇地抓狼难啊。额仑草原的狼都让野火烧过，可是狼哪会想到人会放火烧苇地，草原上从来就没有这样的事。还是外来户主意多，主意狠。这群狼算是完啦。

突然，有人大叫：点火！点火！陈阵急忙拽着老人的马笼头跑出了苇地。东南方向已冒起滚滚黑烟，刹那间，东西北几十个火点同时烧起。包顺贵还叫人用苇子扎成苇圈，点着火以后，顺大风抛进苇地深处。密密匝匝的油皮枯苇，一遇到明火大风，顿时像油库爆炸一样燃烧起来，几丈高的火焰喷出几十丈的浓烟，在空中汹涌翻滚。几千亩苇地立即变成了火海，火海上空飞舞着被热风卷起的黑叶黑管，像遮天蔽日的黑蝙蝠群向东南方向急飞。包顺贵在高坡上大声叫好，俨然一位指挥火烧连营七百里的东吴大将。

在苇地西边回旋弥漫的烟尘中，毕利格老人突然面朝东方的天空跪下了，老泪纵横，长跪不起，口中念念有词。陈阵听不清楚，但他能知道老人在说什么。

风向忽然回转，狂风裹着呛烟黑火朝老人卷来。陈阵和杨克慌忙架扶起老人冲出浓烟，跑到雪坡上。老人满脸是黑尘，满眼是黑泪。陈阵望着老人，心里似乎跟老人产生了无语的心灵共振，眼前也仿佛升起一个可怕又可敬的狼图腾，它在烈火浓烟中升空，随着浓烟飞上高高的腾格里，并带走蒙古人顽强执着的灵魂。而它们侥幸活下来的兄弟姐妹子孙后代，将继续在蒙古大草原上造祸造福，给草原民族以骄傲和光荣。

大风猛推火浪，把陈苇旧根吹开烧尽，再将厚厚的灰烬刮向天空，撒向东南方向残雪覆盖的草场。大火烧了大半个下午，风火过处寸苇不留，火星终于熄灭，几千亩金苇变成了一片焦土，又繁生出下风处的万亩黑雪地。但是，东南西北都没有传来狗叫和枪声。

大风刮净残烟，火场渐渐变冷。包顺贵下令全队人马狗一字排开，像篦子一样地打扫战场，寻找狼尸统计战果。有人估计起码烧死二十多条狼，有人估计要超过上午的战绩。包顺贵说：不管多少，烧糊烧焦的，都得给我找出来，一五一十给我码好，我要拍照，不能谎报军情。我要让全旗全盟的人知道，这才叫真正的灭狼除害，而不是为了打猎得狼皮。

在马队的最边缘，陈阵紧跟着毕利格老人，悄悄问：阿爸，您估摸会烧死多少条狼？老人说：烧荒是你们汉人的本事，蒙古人最怕火，哪能知道用这种打法能打死多少狼？我怕包顺贵烧完苇子又想开荒了……

两人依着马队的速度不快不慢地梳寻焦土残灰，一遇到厚一些的灰堆，两人都会紧张地用套马杆的根部去捅，还要扒拉几下。每次扒平一个灰堆，没发现什么东西，老人都会长舒一口气。

风势已弱，但马蹄蹚起的焦灰还是眯得人马狗流出了眼泪，马队里不时传出人马的咳嗽声，不一会儿狗也咳了起来。有的狗踩到未灭的火星上，烫得呜嗷乱叫。马队梳过半片焦地，人们仍一无所获，包顺贵有些沉不住气，不断大叫：慢点！慢点！不要放过一个灰堆。

毕利格老人的愁容稍稍舒展。陈阵忍不住问：狼是不是早就逃掉了？要不，怎么也能找到一两条啊。老人眼中满是期望地说道：兴许腾格里又帮狼了。突然，远处有人大喊：这儿有一条死狼！老人脸一沉，两人急忙夹马往喊声方向奔去。全队人马也都跑了起来。包顺贵已在圈内，他兴冲冲地请毕利格进圈来辨认。

圈中黑灰中蜷卧着一具焦尸，全身呈炭化状，冒着刺鼻的油烟味和腐肉的焦味。众人议论纷纷，王军立兴奋地说：火战成功了！找到一条就肯定能找到一大批。沙茨楞说：这不像是狼，狼没这么小。包顺贵说：狼一烧身子准抽抽，自然就小了。王军立点头说：没准是一条小狼呢。

毕利格下了马，用马棒给焦尸翻了个儿，但焦尸的反面也烧得一根毛不剩。显然，这具尸体是在厚厚的陈苇堆上被架起来烧的，烧得透焦。老人说：这哪是狼，也不是小狼，是条老狗。包顺贵又狐疑地盯着老人问：你咋看的？老人说：没错，瞧瞧这副牙口，狼牙要比狗牙长，也比狗牙尖。你不信就把它照下来往上去报功吧，小心上面懂行的人说你是谎报战功，用死狗来冒充狼。包顺贵焦急地说：做一个记号插在这儿，要是再找到几条，就能知道是狼是狗了。

老人望着老狗的焦尸神情黯然，说道：老狗知道自个儿不行了，就走到这儿来给自个儿出葬了。这儿背风、狼多。可怜啊，狼咋就没找见它？

包顺贵大喊大叫：拉开队接着找。马队又拉成一条线，继续搜寻。人们扒平了一堆又一堆灰，仍然一无所获。几个知青开始觉得不对头，那些身经百战但从未参加火战的猎手们也觉得奇怪，难道巴图谎报军情？

巴图被周围的人问急了，就连声说：向毛主席保证，向腾格里发誓。我和布赫都亲眼看见的，你们不是也看见狼群的新爪印了吗。包顺贵说：那就怪了，难道狼插上翅膀飞走了？毕利格老人微笑道：知道狼会飞了吧。狼可是个精怪，没有翅膀也会飞。

包顺贵恼怒地问：那上午咱们怎么就打了那么多的狼呢？老人说：打死那些狼，刚好给马群报了仇。再打多了腾格里就不让了，腾格里最公平。包顺贵打断他说：什么腾格里不腾格里的，这是四旧！一边又喊：剩下最后一块地了，都给我仔细搜。

突然，走在最前面的两个马倌大叫起来：不好啦！两头犴牛烧死啦！

全队人马都朝那两个马倌奔去，牧民猎手个个神色紧张。

犴牛是蒙古大草原上，最自由最快乐最受人们尊敬的公牛，是草原上最有经验的老牛倌从牛群的牛犊中精选出来的种牛。犴牛长大以后，除了在夏天的交配季节，它们跑到各家牛群里尽情交欢外，其余的时间就离开牛群，自由自在地像野牛一样在草原上到处闲逛，无须人看管和喂饮。犴牛体壮皮厚，脖子短粗，力大凶悍，满脸长着田螺大小的一簇簇漂亮的卷毛，还长着一对又粗又尖又直的短角，是极具杀伤力的近战武器，比古罗马军团士兵使用的短剑还要厉害。称霸草原的大狼们从不敢打犴牛的主意，即便是一群饿狼，也咬不透犴牛厚重的铠甲，斗不过犴牛的蛮劲。

因此，犴牛是草原上没有天敌的大牲畜。犴牛一般都是两头一组地行动，白天挑最好的草场吃草，晚上哥俩头对尾地并排睡觉。犴牛是神圣的牛，是草原上强壮、雄性、繁殖、勇敢、自由和幸福的象征。

蒙古的摔跤手就叫布赫，与犴牛同名。蒙古男人极羡慕犴牛，因为犴牛是草原上妻妾成群，又不负家庭责任的甩手掌柜和快乐的单身汉。在交配季节之后，它们的妻妾儿女都交给了草原人来照料。所以，许多蒙古男人都喜欢起名叫布赫。犴牛一直被草原牧民奉为神物，犴牛健壮就预示牛羊兴旺，犴牛病瘦就意味灾祸临头。犴牛数量极少，平均几群牛才能摊上一头。众牧民一听到大火烧死了犍牛，都惊慌起来，像听到了一个天大的噩耗，人们以奔丧的速度奔过去。

牧民们都下了马，默默地站在两个庞然大物的周围。犍牛已死，叉着四腿横躺在焦土上，厚密的牛毛已烧成一大片黑色焦泡，近一指厚的牛皮被烧得龟裂，裂缝里露出白黄色的牛油，牛眼瞪得像两盏黑灯泡，牛舌吐出半尺长，口鼻里的黑水还在流淌。牛倌和女人从牛角的形状认出了这两头犍牛，人群顿时愤怒了。

嘎斯迈说：作孽啊，这可是咱们队最好的两头犍牛，我们组有一半的牛都是这两头牛的儿孙啊。草原能用火烧的吗！草原早晚得毁在你的手里！

毕利格老人说：这两头牛是蒙古牛的最好品种——草原红牛。这两头牛配出来的母牛出奶最多，配出来的犍牛出肉最多，肉质也最好。这事我非得上报旗领导不可！要是调查组来了，我也非得领他们来这儿调查。人造成的损失比狼造成的损失还要大！

乌力吉说：前几年盟畜牧局就想要走这两头牛，大伙都没舍得给，后来只给了两头它们配出来的小公牛。这个损失不小啊。

沙茨楞说：苇地里没风，犍牛在苇地里躺得好好的，非得去烧一把火。犍牛跑得慢，哪能跑过火呢。那么大的油烟，一呛就把牛给呛死了。草原上还从来没有人把牛烧死的事呢。不信腾格里，就要遭报应。

焦黑的牛皮还在开裂，庞大的牛身上炸出恐怖的天书鬼符咒语般的裂纹。女人们吓得用羔皮马蹄袖捂着脸逃到圈外，人们像躲避瘟神一样地躲开了包顺贵。包顺贵孤寡地站在牛尸旁，全身烟灰，脸色发黑。他忽然咬牙吼道：烧死了牛，这笔账得记在狼身上！不管你们说啥，我不把额仑草原的狼群灭了，决不罢休！

晚霞已暗，早春草原的寒气如网一般罩下来。又饥又乏又冷的人马狗，垂头丧气往营盘撤，像一支灰头土脸的残兵败将。谁也不知道，白狼王带领的狼群，究竟是怎样从猎圈和火海中逃脱的。众人议论纷纷，战战兢兢，都说是飞走的。乌力吉说：这次打围只有一个漏洞，就是打围前人和狗的动静太大了，老白狼准是在点火以前就带着狼群溜走了。

马倌们急急奔向自己的马群。陈阵和杨克都惦记家里的小狼崽，他俩招呼了张继原和高建中，四个人脱离了大队，抄近道加鞭急行，直奔自家的营盘。

杨克一边跑一边嘀咕说：半夜临走前，只给小狼崽两块煮烂的羊肉，不知道它会不会吃肉，道尔基说狼崽还得一个多月才能断奶呢。陈阵说：那倒没事，昨天小狼的肚皮吃得都快爆了，它就是不会吃熟肉，也饿不死。我最担心的是，咱们一整天不在家，后方空虚，要是母狼抄了咱们的老窝，那就糟了。

除了张继原的马，其他人的马已跑不出速度，直到午夜前四人才回到家。二郎和黄黄已站在空空的狗食盆前等饭吃。陈阵滚鞍下马，先给了两条大狗几大块肉骨头。张继原和高建中进包洗脸热茶，准备吃完茶和肉就睡觉。陈阵和杨克急忙跑到狼洞前。两人搬开大案板，手电光下，小狼崽缩在洞角的羊皮上，睡得正香。小母狗却饿得哼哼地叫，拼命想攀洞壁爬出来吃奶，伊勒也焦急地围着洞直转悠。陈阵急忙把小母狗抓出来递给伊勒，伊勒便把狗崽叼回了狗窝。

陈阵和杨克仔细看看洞底，两块熟羊肉不见了，小狼崽的肚皮却向两边鼓起，嘴边鼻头油光光。它闭着眼睛，嘴角微翘，乐眯眯像是做着美梦的样子。杨克乐了：这小兔崽子把肉给独吞了。陈阵长长松了口气说：看来母狼目前是自顾不暇了。

14

一蒙古人名明忽里，有羊一群。一夜，狼入群中，毁伤其大半。翌日，此蒙古人来至王廷，以此事告之。合罕（元太宗窝阔台——引者注）问狼走入何方。正值此时，群穆斯林摔跤手恰于是处生获一狼，捆缚而至。合罕以一百巴里失购得是狼，而语蒙古人曰："杀此动物亦于汝无益。"彼令以一千羊予之，曰："我将释是狼，使之能以所发生之事告于其友，使彼等能离此而他去。"狼被释放后，适遇犬，撕为碎片。合罕以犬杀狼，大怒，令尽将犬击死。彼进入斡耳朵，怆然若有所思，顾诸维昔儿、廷臣而言曰："我因我体虚弱，而释此狼，意能救此生物于垂死，长生天将赐我以福，我亦可得宽恕。然狼竟不免于犬，我亦难免于危殆矣！"

——〔波斯〕剌失德丁著，周良霄译注

《史集·窝阔台合罕记》（第三部分）

已感陌生的阳光，从蒙古包顶盖的木格中射进来，陈阵睁开眼睛，终于又看到草原春天冷冷的蓝天了。他一骨碌爬起来，套上袍子就钻出蒙古包，直奔小狼的土洞。陈阵刚一出包，立即就被高原阳光刺得眯起了眼睛。

官布已将带羔羊群放出羊圈，不用羊倌赶，缓缓地自行走上羊圈对面的大草坡，另一群下羔羊群也在西边近处的草甸里吃草。还未下羔的母羊已经不多了，羊群走得十分缓慢。陈阵见杨克尚未出发，官布正在教杨克和张继原塞狼皮筒子，两个皮筒已经摊在空牛车上。陈阵马上转身向他们走过去。官布老人从干草圈里弄来一小抱干草，再把干草卷成小卷轻轻地塞进狼皮筒子里，慢慢将皮筒撑鼓撑大，小心地撑出狼体原来的形状。老人说：这样可以防皮筒内皮抽缩粘连，损坏狼皮的质量。两个狼皮筒子塞满草以后，官布又将狼鼻孔轻轻扎通，穿上细皮绳。

官布问张继原有没有做套马杆的备用桦木杆，张继原连忙说有，并带老人走到牛车旁。老人从地上四五根长长的桦木杆中，选了最长最直的一根，足有七米长。然后将皮筒鼻尖上的细皮绳拴在长杆顶端，再在蒙古包门前三四米远的地方挖了一个坑，把长杆竖在土坑里，竖直埋好踩实。两个狼皮筒悬挂在桦木杆上，被高高地送到空中，像两筒迎风招展的信号旗。

官布老人说：这样能风干皮子，同时也能向草原上过往的人，展示这家蒙古包猎人的猎绩。从前，要是挂出这两筒大狼旗，连盗马贼和土匪也不敢来了。陈阵、杨克和张继原都被杆顶上高高的大狼旗吸引得站定了脚跟。

两面狼旗一左一右在风中猎猎飘动，被浩荡的春风刮得横在了天空。蓬松的狼毛立即收紧，顺顺地贴在狼身上，两筒狼皮竟像两条在草原上高速冲锋、活生生的战狼。

杨克惊叹道：狼死，可狼形和狼魂不死。它俩还在发狠地冲锋陷阵，锐气正盛，还让我心惊肉跳。

陈阵也不由对杨克和张继原大发感慨：看着这两筒大狼旗，

我就想起了一面面镶着金狼头的古代突厥骑兵的军旗。在狼旗下冲锋陷阵的草原骑兵，全身都一定奔腾着草原狼的血液，带着从狼那里学来的勇猛、凶悍和智慧征战世界。世界历史上，突厥骑兵又凶猛又智慧，西突厥被唐朝大军打出中国以后，就很快打出一块新地盘，并慢慢站稳脚跟，几百年后又突然崛起，一路势如破竹，攻下了连蒙古人也没攻下的东罗马首都君士坦丁堡和古老埃及，统一中亚西亚，建立了一个横跨欧亚非的奥斯曼大帝国，切断了东西方的贸易通道，垄断了东西方的商品交换，以强大的国力和武力压得西方百年抬不起头来。所有先进文明都是被逼出来的，西方森林狼被东方草原狼逼出了内海，逼下深海，逼进了大洋，变成了更加强悍的海狼。他们驾起西方古老的贸易船和海盗船，到外海大洋去寻找通往东方的贸易新通道，结果无意中因祸得福，发现了美洲新大陆，抢得了比西欧大好几倍的富饶土地，以及印加、印第安人的银矿金山，为西方的资本主义的发展，抢得了第一船原始积累。结果，西方海狼壮大成世界上的大狼巨狼，资本狼，工业狼，科技狼，文化狼，再反攻东方，捣毁了奥斯曼大帝国，最终击败了东方草原老狼，而那些东方农耕羊就更不在话下了……

张继原说：我现在也觉得狼学是一门大学问，涉及的大问题太多了，怨不得你这么迷狼呢。杨克说：我看咱们哥仨也别自学大学课程了，钻钻这门学问倒更有意思。

官布站在杆下恭恭敬敬地仰望狼皮筒，久久不走。老人说：用大风来梳狼毛，能把狼毛里面的草渣和土灰都梳干净，还梳不掉毛。大风吹上几天，狼毛就顺了，好看了，可以走了……你们看，两条狼活了，它们俩走了，去腾格里那里了……一路走好。老人又虔诚地看了一会儿，就上羊圈清圈去了。陈阵、杨克和张继原三人连连道谢。

强劲的草原春风吹得陈阵两耳呜呜地生音生乐，像是远方狼群的哭嚎，也像“文革”前北京西什库教堂里哀哀的管风琴琴声。吹得他满心凄凉哀伤。两条大狼皮筒被风吹得横在天空，仰头望去，春风将狼毛梳理得光滑柔顺，一根根狼毛纤毫毕现，在阳光下发出润泽的亮色，一副盛装赴宴的样子。两条大狼在蓝色的腾格里并肩追逐嬉戏，又不断拥抱翻滚，似有一种解脱的轻松。陈阵一点也觉不出狼身子里充满干草，反而觉得那里面充满了激情的生命和欢乐的战斗力。蒙古包烟筒里冒出的白烟，在它们身下飘飞，两条大狼又像是在天上翻云破雾，迎风飞翔。飞向腾格里，飞向天狼星，飞向它们一生所崇仰的自由天堂，并带走草原人的灵魂。

陈阵仰望天狼，已经看不到周围的山坡、蒙包、牛车和羊圈。他眼中只有像哥特教堂尖顶一般的旗杆和飞翔的狼，他的思绪被高高的杆尖引向天空，引离了草原大地。陈阵想，难道草原人把狼皮筒高高挂在门前的长杆上，仅仅是为了风干狼皮和炫耀战利品吗？难道不是一种最古老最传统的萨满方式，为狼超度亡灵吗？难道不是草原人对他们民族心中的图腾举行的一个神圣的仪式吗？陈阵发现自己驻足仰望本身就是一种仪式，他在不知不觉之中，已将自己置于图腾之下、站在景仰的位置上了。草原精神像空气一样地包围着你，只要你有灵魂的焦虑和渴望，你就能感知……

杨克和张继原也久久地仰头欣赏，他们的脖子终于酸了。张继原说：咱们的穿着打扮，生活生产用具都跟牧民没什么区别，连脸色也成老蒙古了。可我还是觉得咱们不像地道的草原人，咱们包也没有正宗的蒙古味道。但是现在一挂出这两筒狼旗，谁打老远看过来，都会以为这包是家地道的老蒙古……

陈阵转了转脖子，揉了揉酸酸的颈骨说：离开北京之前，我也曾经以为蒙古草原就是“天苍苍，野茫茫，风吹草低见牛羊”，真以为草原就是那么和平安详……后来才知道，《敕勒歌》只是鲜卑族的一首儿歌，真正的草原实在太严酷了，草原精神其实都集中在狼身上。

杨克点头：我怀疑草原民族真正精彩的诗歌都没传下来，只有合汉人口味的东西，才被汉人抄录下来流传至今。我问过好几个牧民，他们都没听说过这首诗。

张继原对他们的话题不感兴趣，仍然仰着头望狼，一遍遍围着杆子转圈，耿耿地说：谁都知道这两条狼是狗咬死的，我，我一个额仑的马倌，怎么着也得亲手打死一条狼吧。要不谁还会把我当作额仑马倌？

二郎见被它咬死的狼又在天上活了过来，很是恼火。它不断仰头吼叫，并用两条后腿立起来吼，但狼毫不怕它，继续飞舞。它只好无可奈何地看着狼，看着看着，它的目光开始柔和起来，似乎还有些羡慕大狼那身漂亮的战袍。

下羔羊群渐渐走远。杨克背上接羔毡袋骑上马去追羊群。带羔羊群在草坡上渐渐摊开，还在人和狗的视野里。陈阵对张继原说：你就惦记打狼打狼，走，还是跟我去看小狼崽吧。

两人朝狼窝走去，陈阵搬开石头，揭开木板，窝中的小母狗还缩在羊皮上睡懒觉，一点也不惦记起床吃早奶。可是小狼崽却早已蹲在洞底抬头望天，焦急地等待开饭。强烈的天光一照进洞，狼崽就精神抖擞地用两条后腿站起来，用小小的嫩前爪扒着洞壁往上爬。刚爬了几寸，就一个后滚翻，摔到洞底。它一骨碌站起身又继续爬，使出了吃奶的劲，嫩爪死死地抠住洞壁，像只大壁虎一样地往上爬。壁土松了，狼崽像个松毛球似的跌滚到洞底，小狼冲着洞上的大黑影生气地发出呼呼的声音，好像责怪黑影为什么不把它弄上去。

张继原也是第一次看到活狼崽，觉得很好奇，就想伸手把狼崽抓上来仔细看看。陈阵说：先别着急，你看它能不能爬上来，要是能爬上来，我还得把洞再挖得深一点。

狼崽连摔两次，不敢在原处爬了，它开始在洞底转圈，一边转，一边闻，好像在想办法。转了几圈，它突然发现了母狗崽，立即爬上狗崽的脊背，然后蹬鼻子上脸，踩着狗崽头再扒着洞壁往上爬。小狼扒下的碎土撒了狗崽一身，狗崽被踩醒了，哼哼地叫着，站起来抖身上的土，小狼崽又被摔了下来。它气得转过身来就朝狗崽皱鼻，龇牙，呼呼地咆哮。张继原笑道：这小兔崽子，从小狼性就不小啊，看样儿还挺聪明。

陈阵发现，才两天时间，小狼的眼膜薄了许多，眼球虽然仍是充满液体，黑汪汪的像是害了眼病。但小狼崽好像已经能模模糊糊辨认眼前的东西，对他做的手势也有所反应。他张开巴掌，手掌向东，狼崽的头眼就朝东；手掌向西，狼崽的头眼就向西。为了刺激狼崽的条件反射，陈阵一字一顿地叫它：小……狼，小……狼。小……狼，开……饭……喽。开……饭……喽。小狼歪着头，竖起猫一样的短耳费力地听着，有些害怕，又有些好奇。

张继原说：我要看看它对原来的狼家还有没有印象。然后就用双手做成蚌壳形扣在口鼻上，模仿大狼的嗥声，呜……欧，呜呜……欧……小狼突然神经质地抖了一下，像发了疯似的踩着狗崽的身体爬壁，摔了一次又一次，然后委屈地蹿起身子直往洞角里钻，像是在寻找狼妈妈的怀抱。两人都觉得做了一件残忍的事情，不该再让小狼崽听到狼世界的声音。张继原说：我看你这条小狼不好养，这儿又不是北京动物园，狼可以与野狼世界完全隔离，慢慢可以减少一点野性。可这儿是原始游牧环境条件，一到夜里周围都是狼嗥声，狼性能改吗？等小狼长大了，它非伤人不可，你真得小心。

陈阵说：我倒是从来就没打算把狼养掉野性，养掉野性就没意思了。我就是想跟活狼直接接触，能摸狼抱狼，天天近距离地看狼，摸透狼和狼性。不入狼穴，焉得狼子。得了狼子，就更不能怕狼咬了。我最怕的还是牧民不让我养狼。

小狼还在奋力爬壁，陈阵伸手捏住狼崽后脖颈，把它拎出洞。张继原双手捧住它，放到眼前看了个仔细。又腾出一只手，轻轻地抚摸小狼崽。稀疏的狼毫怎么也撸不顺，撸平了，手一松，狼毫又挺了起来。

张继原说：真不好意思，我这个马倌还得从羊倌那儿得到摸活狼的机会。我跟兰木扎布去掏过两次狼，一只也没掏着。在中国真正摸过蒙古草原活狼的汉人，可能连十万分之一也没有。汉人恨狼，结果把狼的本事也恨丢了，学到狼的真本事的大多是游牧民族……

陈阵接过话说：在世界历史上，能攻打到欧洲的东方人，都是游牧民族，而对西方震撼最强的，是三个崇拜狼图腾的草原游牧民族——匈奴、突厥和蒙古。而攻打到东方来的西方人，也是游牧民族的后代。古罗马城的建城者就是两个狼孩兄弟，是被母狼养大的。母狼和狼孩至今还镌刻在罗马城徽上呢。后来的条顿、日耳曼和盎格鲁-撒克逊民族就更强悍了，强大民族血管里流淌着狼性血液。而性格懦弱的华夏民族太需要输补这种勇猛野性进取的血液。没有狼，世界历史就写不成现在这个样子。不懂狼，就不懂游牧民族的精神和性格，更不懂这游牧民族和农耕民族的差别和各自的优劣。

张继原说：我真的很理解你为什么要养狼了，我帮你做做牧民的工作。

陈阵把小狼崽揣在怀里，向狗窝走去。当伊勒发现狼崽在吃它的奶时，乘陈阵不备，立即呼地站起来，想回头咬狼崽。可狼崽仍紧紧叼咬住奶头不撒口，像只大蚂蟥，又像只大奶瓶一样地吊挂在伊勒的腹下。伊勒转了好几圈，狼崽也悬空地跟着转，伊勒费了好大劲也没咬到狼崽。两人看得又好笑又好气。陈阵急忙掐开狼崽嘴巴，把它从奶头上摘下来。张继原笑道：好一个吸血鬼。

陈阵按住伊勒哄着它喂饱狼崽以后，站起来说：该让狼崽和狗崽一块玩了。两人抱着四只胖乎乎的小崽子向一块干草地走去。陈阵把狼崽放进狗崽中间，狼崽刚一接触到地面，立即以它最快的速度向没有人没有狗的地方逃跑。小狼崽的四条小腿还没有长直，罗圈形的小嫩腿还支撑不起身体，跑起来肚皮贴地，四爪像在划水，活像一只长了毛的大乌龟。一条小公狗崽追着它一块跑的时候，狼崽侧头向它龇牙，发出威胁性的呼呼声。

陈阵心里一惊，说：它饿的时候有奶便是娘，可一吃饱了就不认娘了。虽然它眼睛还没睁开，可它的鼻子嗅觉已经有了辨别力，我可知道狼鼻子的厉害。

张继原说：我看出来，小狼崽已经断定这里不是它的真正的家，狗妈不是它的亲妈，狗崽也不是它的亲兄弟姐妹。陈阵说：刚把它挖出来的时候，它还会装死呢。

两人跟在小狼崽的身后四五步远的地方，继续观察狼崽的行为。小狼崽在残雪和枯草地上快速逃爬，爬了几十米后，就开始闻周围的东西，闻马粪蛋，闻牛粪，闻牛羊的白骨，闻草地上所有的突出物。可能它闻到的都是狗留下的尿记号，于是它一闻就走，继续再闻。两人跟了它走了一百多米，发现它并不是无方向、漫无目的地乱走。它的目的很明确，就是朝着离蒙古包和营盘、离羊圈、人气、狗气、烟气、牲畜气越远的地方逃。

陈阵感到这条尚未开眼的小狼崽，已经具有顽强的天性与本能，它有着比其他动物更可怕可敬的性格。在动物中，陈阵一直很敬佩麻雀，麻雀以养不家著称于世。陈阵小时候抓过许多麻雀，也先后养过大大小小十几只麻雀。可麻雀被抓住后，就闭上眼睛以绝食绝水相拼，绝不就范。不自由，毋宁死，直至气绝。陈阵从来没有养活过一只麻雀。而狼却不是，它珍视自由也珍爱生命，狼被俘之后照吃照睡，不仅不绝食，反而没命地吃、敞开肚皮地吃，吃饱睡足以后，便伺机逃跑，以争取新的生命和自由。陈阵似乎看到了被囚在渣滓洞里的那些斗士们才有的性格和品质。可他们只是民族的沙中之金，而这种性格，对狼来说却是普遍的，与生俱来、世代相传，无一例外。而将具有此种性格的狼，作为自己民族的图腾、兽祖、战神和宗师来膜拜，可以想见，它对这个民族产生了何等难以估量的影响。都说榜样的力量是无穷的，而图腾的精神力量远高于榜样，它处在神的位置上。

陈阵感激这条小狼崽，它稚嫩的身体竟然能带他穿过千年的迷雾，径直来到了谜团的中心。

官布骑马过来招呼陈阵给带羔羊群对羔。羊群中央的羊羔们大多在睡觉，而母羊则散开去吃草了。陈阵把狼崽送回狼窝，骑马上了羊群。两人收拢羊群，近两千只大羊和羊羔母呼子叫，子呼母叫，呼叫声惊天动地如同狼冲羊群。两人用套马杆把住羊群想去的地方，再把住道口，让母羊在近千只的羊羔中认领出自己的孩子，凡是领对的，允许通过；领错的和不领的就被赶回羊群继续寻找。陈阵已能准确地认出领错羊羔的母羊，只要是咩咩乱叫，不回头看身边羔子的母羊，就一定不能放它过去。一对对母子母女走出卡口，一出卡口羊羔便在母羊腹下跪下前腿，抬头吃奶，母羊则慈爱地回头看着自己的宝贝。两人只花了不到一个小时就对完一遍羔。对一次羔就是喂一遍奶，一天两次，上午下午各一次。如果不对羔，许多找不着妈的羊羔，就会因母子失散而饿死。对羔又是数羔，清点羔子。羊羔怕晒，喜欢钻到獭洞里睡觉，不对羔就容易丢羔。有一次陈阵发现丢羔后，找遍羊群周围所有的獭洞，从几个獭洞里掏出三只大羔子。

官布对这群羊很满意，他说：额仑草原水草好啊，母羊的奶水足，都认自个儿的羔子，对一遍羔多省事啊。要是草场坏了，母羊没奶，都不认羔子，就是把全场的劳力全派到羊群去对羔，一天也对不完一遍羔。一场白毛风过来，几万只羊羔用不了几天就饿死冻死啦，再大的狼灾也不如人灾吓人。额仑的老领导好，明白草原，明白狼，下的功夫不在一群群的羊上，下功夫在草上，在草场上。大事管好了，小羔子不用怎么管也能管好。额仑的羊倌多省心啊，过几天我一个人就能对羔……

陈阵听出来，不串门的官布却对牧场了如指掌。

15

成吉思汗极其重视狩猎，他常说，行猎是军队将官的正当职司，从中得到教益和训练是士兵和军人应尽的义务，他们学习如何追赶猎物，如何猎取它，怎样摆开阵势，怎样视人数多寡进行围捕……当他们不打仗时，他们老那么热衷于狩猎，并且鼓励他们的军队从事这一活动。这不单为的是猎取野兽，也为的是习惯狩猎训练，熟悉弓马和吃苦耐劳。

——〔波斯〕志费尼《世界征服者史》(上册)

温暖湿润的春风吹拂额仑草原，大朵大朵亮得刺目的白云在低空飞掠。单调的草原突然生动起来，变成了一幅忽明忽暗，时黄时白的流动幻灯巨画。当大片白云遮住阳光的时候，张继原感到寒风吹透棉袍，异常阴冷。但白云掠过之后，强烈的阳光又把他置于如同初夏太阳的曝晒之下，脸和手顿时就被晒出了汗，连棉袍的布面都晒出了阳光的气味。当他刚想解开铜扣透透气的时候，又会被一大片白云投下的阴影完全罩住，使他又回到阴冷的春天。

冰软了，雪化了，大片大片的黄草地又露了出来，雪前早发的春芽已被雪焐黄，只在草芽尖上还带点绿色。空气中弥漫着陈草腐草的浓重气味，条条小沟都淌着雪水，从坡顶向草甸望去，无数洼地里都积满了水，千百个大小不一的临时池塘，映着千万朵飘飞的白云，整个额仑草原仿佛都在飞舞。张继原感到自己不是趴在草地上，而是坐在一块巨大的蒙古飞毯上，天上水上的白云飞速向身后掠去。

张继原和巴图已在这片草坡上十几丛高高的圈草里，潜伏了一个多小时了，他俩一直在等狼。一次马群大事故又加上一次“谎报”苇地军情，使巴图在整个牧场抬不起头来，他把一肚子的火都迁怒到狼身上。张继原也因在围场错失良机，想打条狼来挽回影响。两人歇了几天以后，就背了两支半自动步枪，又回到了大泡子附近的山坡。巴图判定其他狼群是舍不得死马全沉入湖底的，雪化了水涨了，但泡子边缘浅滩的死马，狼还能够得着，狼若再不动手就真没机会了。

忽明忽暗的山坡水塘继续刺晃他俩的眼睛，两人一边擦泪，一边用望远镜细细搜索对面山坡上每一个可疑的黑点、灰点和黄点。忽然，巴图低下头小声说：往左边山坡看。张继原轻轻挪动望远镜，屏住了气，但压不住自己狂跳的心脏，只见从对面山坡后慢慢走来两条大狼，先露出头，再露出脖子和前胸。

两人紧盯猎物。狼从坡后露出大半个前身便停下脚步，仔细扫视新视野内的一切可疑之物。狼再没有向前走，就在七八丛高高的圈草中卧了下来，隐蔽得毫无破绽，似乎它们也在打猎。两个人与两条狼，都躲在高高的圈草里面，等待着机会。张继原发现草原上的猎人连选择打猎的潜伏点，都是从狼那里学来的。狼似乎不着急，只是在看人还会有什么伎俩，狼有等到天黑再动手的耐心。

圈草是知青给这种草起的名字，它是一种蒙古草原常见的禾本草，长得很美很怪。在草原上，平平坦坦的草甸或草坡，随处都会突然冒出一团团高草来，草叶齐胸，直上直下，整整齐齐，很像一丛丛密密的水稻，又像一丛丛矮矮的旱苇。到秋季，圈草也会抽出芦花似的蓬松草穗，逆光下像一片片白天鹅的绒羽，晚霞中又像一朵朵燃烧发光的火苗，在矮草坡上尤显得鹤立鸡群，比秋天铺天盖地的野花还要夺人眼目。一到冬季，圈草长长的枯叶和草穗被风卷走，但它韧性极强的茎秆却坚守原地，并像狼毫一样桀骜不驯，撸不平，抚不顺。白毛狂风虽然能将它刮得弯腰鞠躬，但风一停，它重又挺拔如初，直指蓝天，像一圈圈欧洲国王的王冠。草原上家家牧民用的扫帚炊帚，就是用圈草扎出来的，齐整而耐用。

圈草不仅美而且怪，怪就怪在它是一圈一圈地单独生长的。圈草圈草，只长一圈草，外表密密匝匝，像竖起来的苇帘一样密；而圈内却空空荡荡，几乎寸草不生。圈草的圆圈极圆，像是用圆规画出线、再依线精心播下种籽养育出来一样。草圈大小不一，大的直径有一米多，小的直径只有两拃长。牧民放羊放马休息时，经常找一丛小圈草压倒半圈坐下去，坐下去的部分成了松软有弹性的坐垫，未坐倒的部分就成了天然的扶手和靠背。草原上蒙古包里没有沙发，但是草原人在草原上随便一坐就可以坐出个沙发来。知青们一到草原马上就喜欢上了圈草，有的知青干脆就管它叫沙发草、圈椅草。

形态和构造独特的圈草，在无遮无拦的草原上，也成了狼和猎人休息或是潜伏的天然隐蔽所。草原英雄，所见略同，但狼肯定比人更早统治草原，也就更早发现和利用圈草。巴图说狼经常藏在这种草丛的后面，偷袭路过此地的黄羊或人的羊群。张继原在大圈草的圈内曾发现过几段狼粪，看来狼确实很喜欢圈草，毕利格老人说这是腾格里专门送给草原狼的隐身草。

此时人和狼都隐蔽得很内行，狼看不见人，人也瞄不准打不着狼，但狼已先被人发现。巴图还在犹豫，张继原也开始担心，在他俩刚刚潜伏到这两丛圈草后面的时候，会不会也被对面更早潜伏在圈草里的狼发现呢？在草原和狼打交道必须明白“什么可能都会出现”。这是草原狼教给蒙古战士的最基本的军事条令。

巴图想了想，没有动，继续观察对面山坡的地形，并让张继原记住侧面山坡的坡形特点。两人悄悄退到坡后马旁，解开马绊子，轻轻牵马下坡，再向西南面轻步走去。等离狼很远了，才轻身上马，从下风处向狼隐藏的地方绕过去。马踏湿地无声响，风声饱满又遮盖了人马的动静。张继原感到两人像偷袭羊的狼一样。

巴图一路细细辨认山坡的侧面形状，半小时以后两人绕到了离狼最近的坡后。巴图再次确认了坡顶的几块石头和草丛后，才下了马，慢慢牵马爬坡。在快接近坡顶的时候，他停下步，但没给坐骑上马绊子，而是把缰绳拴在马的前小腿上，松松地打了一个活扣。张继原立即会意，也给马腿打了一个活扣。

两人打开枪的保险，弓腰低行，悄悄向坡顶接近。到了坡顶，两人匍匐爬行，直到刚刚能看到狼。此时两人距狼仅有一百七八十米远，能隐约看见露在圈草外面的狼尾巴和半个后身，但是狼头狼胸狼腹这些要害部位，全被圈草所半遮半掩，狼此时像被关在巨大鸟笼里的一条听话的狗。

看上去，两条大狼所担心的还是巴图和张继原刚才潜伏的那个地方，狼抬头从草缝里注视那里的动静，两只耳朵高高竖起，也拢向那个方向。但狼并不松懈对其他地方的警惕，不时举鼻冲天，嗅捕空气中的危险分子。

巴图让张继原打左边近一点的那条，自己瞄稍远的一条。风还在呼呼地刮着，圈草被刮成弓形，草秆并紧，狼身被遮。张继原闭上一只眼以后，狼就看不见了。

两人都在等风的间隙，巴图早向张继原交代，只要巴图的枪一响，张继原也扣动扳机。张继原此时倒不紧张，即便打不中，巴图也可连击补中的。巴图是全场出名的枪手，两百米以内猎物很难逃脱。据许多猎手说，额仑草原狼，一见背枪的人，五百米、四百米都不跑，一到三百米准跑。狼这个习惯就是让巴图打出来的。此时的狼还不到两百米远，张继原心气平和地瞄着这个静止的目标。

正当风力突减，圈草挺起，狼从草缝中露出来的时候，从目标右侧方的圈草里忽然蹿出一条细细的狼，向坡下冲去，正好从两条大狼前面通过。两条大狼像被蛇咬了一样，嗖地跃起，缩脖低头，紧跟那条狼冲下西北山坡。显然，那条细狼是两条大狼的哨兵和警卫，专门负责侧后的警戒，当人能看清狼时，狼早就发现了人。有警卫的大狼绝非等闲之辈，最大的那条像是一条头狼。三条狼挑选了一面最陡的山坡跌冲下去。

巴图一跃而起，大喊上马。两人奔向坡后，一拉缰绳，翻身上马，夹马向狼猛追。冲过坡顶，就是一面陡坡，陡得让张继原感到如临深渊，他本能地勒了一下马。但巴图却大喊：扶住鞍鞒冲下去！巴图毫无怯色，反而胆气冲天，挟着一股蒙古武士赴汤蹈火、冲陷死阵的豪气，拨偏马头斜冲下去。张继原闪过一念：强胆与破胆在此一举！他一咬牙，一横心，一松嚼子也冲了下去。陡坡下冲，是骑术之大忌，尤其是在野坡，不知在哪儿就会冒出獭洞、兔洞或鼠洞，一蹄踏空，人滚马翻，人马非死即伤。三组知青马倌郑林，就是因为下陡坡没勒住马，马失前蹄，人被抛上半空，落下来时肩膀着地，锁骨骨折，还让滚马狠狠地砸了一下，此时还在北京疗伤。如果脑袋着地，那他就永远回不了北京了。

张继原酷爱马倌职业，他认为蒙古马倌是世上最具雄性最为勇敢的职业，蒙古游牧马倌是和平时期的战士，是战争时期的勇士。尽管蒙古女人的勇气和胆量普遍超过汉族男人，但是，额仑草原上仍然没有一个女马倌。在千百年的草原游牧生活中，正式蒙古马群只配备两个马倌，知青来了以后，每群马才加了一个知青马倌，设置知青马倌只是牧场的一个试验。可两年多了，二队四个知青马倌中，一个受伤退役，另一个吃不了这份苦，又练不出那份胆而主动要求改行，目前还没有一个知青能够成为正式马倌，只能与两个蒙古马倌共同包揽一群马。由两个汉人知青马倌独包一群马那样的壮举，知青们连想都不敢想，张继原也不敢想。但他渴望成为一个正式马倌，将来能与巴图或者兰木扎布，共管一群马。他眼下的身份只能算作跟班学徒。

两年多的风雪饥寒，张继原深知自己咬牙硬挺还能吃得下这份苦，也能学会放马的高难技术，欠缺的却是蒙古马倌驯服烈马、制服野狼的那股剽悍凶猛的胆气。围场失手，失的不是技术恰恰就是勇敢。他清楚记得他抖杆套狼的一刹那，他的心先抖了。

张继原打算拼了！他拼了命也想当一个正式马倌。此刻，他要拿自己做一个试验，看看他能不能恢复出汉唐时期华夏民族横扫匈奴、驱逐突厥的那种气概。

快马冲下陡坡，马速快得像从绝壁下坠，人马如同加速坠落的自由落体，马身斜得已根本坐不住人。他单手撑住突出的前鞍鞒，全身极力后仰，后背几乎贴上了马屁股，两只脚蹬直马镫，一直蹬到马耳处，身子几乎躺在了马背上。他双腿死死夹紧马鞍前鞒，这是骑手唯一能够保命的高难动作。如果他此刻的心再轻抖一下的话，他的一切愿望都将魂归腾格里。几天以后当他重返此地时，发现他下冲的这条线路上有不下六七个獭洞鼠洞，惊得一身冷汗。巴图却说腾格里喜欢勇敢的人，它把獭洞鼠洞都给你挪开了。

张继原冲到坡底的时候，竟然与巴图的马只差半个马身。巴图侧头露出惊喜的笑容，张继原觉得那笑容比金质奖章还要灿烂。

额仑草原的杆子马都有胜则躁进、败则气馁的特性。两匹马一见只冲一个陡坡，就缩短了与狼三分之一的距离，浑身的兴奋都成了兴奋剂，两匹马竟然跑出了黄羊的速度。在狼还没有爬坡冲顶的时候，又把距离缩小了一大段。巴图看了看狼和地形说：狼马上就要分头跑了，那条小的别管，就追两条大的。等会儿你看我打哪条狼，你就打狼前头的石片地，先打右边那条。两人都端着枪准备。马跑快了马身反而不颠，更有利于猎手瞄准射击。三条狼显然都已听出了追敌的量级，也加速朝前面的山坡狂奔。马和狼冲刺速度都保持不了多长时间，巴图在等待其中的一条狼由顺跑改为侧身，顺跑的目标太小，只要狼分兵三路，有一条狼横过身子，就有射击的机会。

三条狼见甩不开追敌，有些着急。狼似乎在准备分头逃跑，那样的话至少可以确保一条狼没有追兵。当追到三百多米的时候，头狼的左右两条狼突然向两边斜插，巴图立即开枪打右边的大狼，但未击中。张继原略略瞄了一下，就朝右狼跑的前方，啪啪连放了两枪，一枪打在泥里，一枪打在石头上，溅起一片火星、石粉和硝烟。狼被吓得一个趔趄，刚刚跑稳，巴图的枪响了。狼一头栽倒地上，狼的侧背被打开了花。张继原高兴地大叫，巴图却懊丧地说：坏了坏了，这张皮子挂不出去了。

两人拨正马头继续急追头狼，巴图嘱咐说：你不用开枪，我有法子对付它。两匹杆子马见主人撂倒了一条狼，兴奋过度，竟用冲刺的速度来冲坡，结果冲了几十米以后便喘不出气来，速度渐渐下降。而头狼却大显冲坡的本领，步幅加大，后劲爆发，头狼越跑越快，还渐渐跑出了自信。巴图和张继原用马鞭狠抽马臀，并用马靴猛磕马肋，平时从不挨鞭的杆子马又口吐白沫抽风似的跑起来了。头狼奔速不减，跑得越发从容。张继原低头看了看狼在草坡上的爪印，前爪与后爪的步距已超过了马步。头狼越来越接近大坡顶上的天地交接线，一旦狼越过这条线，猎手就再也别想见着这条狼了。

正在此刻，巴图突然大喊：下马！然后紧勒马嚼子。凡是杆子马，都有在高速中急停的绝技，这是它们在马群里追狡马练出来的本事，在此刻用得恰到好处。两匹马咔咔几步猛然刹住，巨大的惯性几乎把两人抛出马背。巴图顺势一跃而下，迅速伏地架枪，极力控制呼吸，瞄准坡顶。张继原也卧倒端枪。

正在狂奔的大狼，突然听不到后面的马蹄声，便警觉地猛然刹步。草原狼脖子短，回头后望必须转过身体，而且大狼平时登上坡顶的时候也要喘一口气，并最后看一眼追敌的路线和位置，以便应对。此时，在坡顶天地交接线上出现了一个狼的清晰剪影，比狼顺跑时的身影足足大了三倍，像射击运动场上的一个狼形靶。这往往是猎手射击逃狼的唯一一次的机会，但在多数情况下，头狼是不会给猎手这个机会的，可巴图用急刹马蹄的狡计来刺激狼的疑心，诱逼它回头察看猎手使用了什么新招。

此时这条狼终于中计。巴图的枪声响了，只见狼向前猛地一跪便消失在坡顶线上了。巴图说：可惜，太远了，没有打中要害，不过它跑不了。快追！两人跨马急追，跃上坡顶，只见黄草和碎石间有一摊血，大狼却不见踪影，用望远镜四处搜索也没有发现任何动静，两人只好顺着血迹小步快追。张继原叹道：要是带狗来就好了。但他俩是从马群出发的，草原狗从来只跟蒙古包不跟马群，只跟羊倌牛倌不跟马倌，除非一开始就把狗牵上。

两人骑马低头细看，速度很慢。走了一段，巴图说：我把狼的一条前腿打断了，你看狼走一步只有三个爪印，那条伤腿不能着地了。张继原说：这下狼肯定跑不了了，三条腿的狼哪能跑得过四条腿的马？巴图看了看表说：难说啊，这可是条头狼，它要是找一个深狼洞钻进去，还能抓住它吗？得赶紧追。

血迹时现时断，两人又追了一个多小时，在一处草滩上，两人都愣住了：一截带着白生生骨茬的狼前腿赫然在地，腿骨和狼皮狼筋还留着狼的牙痕。巴图说：你看，狼嫌跑起来刮草碍事，它自个儿把伤腿咬断了。张继原心口一阵紧痛，像被狼爪抓了一下似的，他说：都说壮士断臂，硬汉子能自己砍断中毒箭的胳膊，不过我从来没见过。可狼咬断自个儿的腿，我已经见过两次了，这是第三次。巴图说：人跟人不一样，狼跟狼一个样……

两人继续追寻。渐渐发现，狼咬断腿以后血迹少了，而步幅却明显加大。最让人担心的是头狼好像是在抄近道奔边防公路，而边防公路以北则是军事禁区。巴图说：这条头狼真是厉害，咱们不能跟在它后面傻追了。两人轻骑快马走小道直插边防公路。

越往北走草就越高，灰黄灰黄的大草甸犹如一张巨大的狼皮。张继原觉得，在这“灰黄”的狼皮中找灰黄色的狼，真是比在羊毛堆里找羊羔还难。天人难以合一，可是狼和草原却融合得如同水乳。一条瘸狼可能就在他俩的鼻子底下行走，可两个骑在高头大马上的大活人却什么也看不见。张继原又一次体会到了狼和草原、狼和腾格里的深厚关系：每当狼处在生死关头的时候，它总能依靠草原来逃脱；每当狼遭遇危难的时候，草原会像老母鸡一样地张开翅膀，将狼呵护在它的羽翼下；广袤辽阔的蒙古草原似乎更疼爱和庇护草原狼，它们像一对相守相伴的老夫妻，千年忠贞，万年如一。而极力希望比狼对草原更忠贞的蒙古人，似乎仍未取代草原狼的位置。而在接近汉区的南边，垦草为田，改牧为农的蒙古人却越来越多了。张继原没有想到一条被打断腿的狼还能跑这么长的时间和距离，居然把骑着全队最快的马的人甩在后面。张继原真不想再追下去了，他感到除了身边的巴图之外，自己其实还有一个老师的老师。

两匹马找找停停，慢慢恢复了体力，重新加速。北面一条高大的山脉也越来越近，而这片草原的边境线就是沿着这条山脉的山脚线划定的。据牧民说那片大山山大沟深，寒冷贫瘠，是额仑草原狼没有天敌的最后根据地。可是那条瘸狼到了那里，它以后的日子怎么过？他马上觉得自己又是以己度狼了。人最终可以灭绝狼，可是世上没有任何力量可以摧毁蒙古草原狼刚强不屈的意志和性格。

两匹马终于踏上了边防公路。说是公路，实际上只是一条供边防军巡逻的土路，严格地说是一条沙路。军用吉普车和送运物资的卡车轮子，在草原上切下近一米深的宽沟，整条路就是一个曲曲弯弯又大又长的沙槽，似一条可怕的黄沙巨龙，绵延起伏，蠢蠢欲飞。蒙古大草原的虚弱外表被这条沙路轻易揭开，露出薄薄草皮下恐怖的真面目。草地还是湿漉漉的，可沙路却早已被风吹成干路，西风一刮，百里沙龙开始爬升腾飞，马蹄踏起沙尘干粉，人和马像是被裹在眯眼呛鼻的沙漠戈壁里。

两人顺着沙路向东快跑，路上看不到狼爪印。翻过一个小坡，两人突然看到在前方三十多米的地方突然出现了一条狼，它正在沙路北沿吃力地爬翻高陡的路岸。平时狼可一跃而过的小路障，此刻竟成为它一生中最后一道迈不过去的坎。瘸狼又没有爬上去，再次滚下路底，伤口直接戳到沙地，疼得狼缩成一团。

下马。巴图一边说，一边跳落到路面。张继原也下了马，他紧张地注视着巴图的动作，以及挂在马鞍上的那根沉重的马棒。然而，巴图并没有去解马棒，也没有再往前走一步，他松开马缰绳，让马自己登上草地去吃草，他自己却坐到高高的路岸上掏出一包烟，点了一支，默默地吸了起来。张继原透过烟雾，看到了一双情感复杂的眼睛。他也放了马，坐到巴图的身旁，要了一支烟慢慢吸了起来。

狼从路沟里费力地爬起来，斜过身蹲坐着，沾满血迹的胸下又沾了一层沙，不屈而狂傲的狼头正正地对着两位追敌。狼没有忘记自己的身份和习惯，用力地抖了抖身上的沙土和草渣，力图保持战袍的整洁和威严。但它还是控制不住露骨的断腿，翘在胸前不停地发抖。然而狼的目光却凶狠得大义凛然，它大口喘气，积攒着最后一拼的体力。张继原感到自己不敢与狼的目光对视，站在这片古老的草原上，也就是站在草原的立场上，正义仿佛已全被狼夺去……

巴图手里停着烟，半思半想地望着狼，眼中露出一种学生面对被自己打伤残的老师的愧疚和不安。瘸狼久久不见追敌动手，它便扭转身用单爪刨土，路岸的断面，最表层只有不到三十厘米厚的灰黑表土，表土之下就全是黄沙和沙砾了。狼终于刨掉了一坨草皮，一块沙岸垮塌下来，瘸狼顺着豁口的斜坡跳爬到草面上，然后像大袋鼠一样，用三条腿一跳一颠地向远处的防火道和界桩跑去。

防火道在界桩内侧，是边境防火站用拖拉机开垦的一条耕带，宽约百十米，与边界并行。防火道年年定期翻耕，早已沙化，寸草不生，仅用以阻挡境外烧过来，以及境内可能烧过去的小规模的野外火灾。只有这条用于防火的耕地，为额仑草原牧民所容忍，草原老人们说这是农垦给草原的唯一好处。

在西风中，防火道腾起的黄尘却比野火还要可怕，幸亏它只是窄窄的一条。

瘸狼跑跑歇歇，渐渐隐没在高草里，再往前就没有迈不过去的坎了。

巴图站起身又默默地看了一会儿，然后弯腰将张继原扔在沙路上的烟头捡起来，用口水啐过，又用手指在半湿的草地上挖了一个小坑，将两个烟头按在里面，再填土拍实。告诫道：要养成习惯！在草原不能有一点大意。然后站起身说：走吧，去找刚才打死的那条狼，回去！

两人上马朝着圈草山坡急行，雪净马蹄轻，两人一路无语。

16

太子承乾（唐太宗之子——引者注）喜声色及畋猎……又好效突厥语及其服饰，选左右貌类突厥者五人为一落，辫发羊裘而牧羊，作五狼头纛及幡旗，设穹庐，太子自处其中，敛羊而烹之，抽佩刀割肉相啖。又尝谓左右曰："我试作可汗死，汝曹效其丧仪。"因僵卧于地，众悉号哭，跨马环走，临其身……太子……曰："一朝有天下，当帅数万骑猎于金城西，然后解发为突厥……"

——司马光《资治通鉴》（第一百九十六卷）

一场春雨过后，接羔营盘附近的山坡草甸，在温热的阳光下，弥散着浓浓的臭气。在漫长冬季冻毙的弱畜，被狼群咬死肢解吃剩的牲畜都在腐烂，黑色的尸液和血水流入草地。倒伏的秋草枯茎败叶渗出黄黑色的腐水，遍地的羊粪牛粪、狗粪狼粪、兔粪鼠粪也渗出棕黑的粪水浸润着草原。

陈阵丝毫没有被草原阳春的臭气败坏了自己的兴致，古老的草原需要臭水。人畜一冬的排泄物、人与狼残酷战争留下的腐肉、臭血和碎骨，给薄薄的草皮添加了一层宝贵的腐殖质、有机质和钙磷质。乌力吉说：城里下来视察的干部和诗人都喜欢闻草原春天的花香，可我最爱闻草原春天的臭气。一只羊一年拉屎撒尿差不多有一千五百斤，撒到草地上，能长多少草啊。“牛粪冷，马粪热，羊粪能顶两年力”。要是载畜量控制得好，牛羊不会毁草场，还能养草场。从前部落的好头人还能把沙草场养成肥草场呐。

春天的额仑草场水肥充足，血沃草原，劲草疯长。连续半个多月的暖日，绿草已覆盖了陈腐的旧草。草甸草坡全绿了。春草春花的根茎也在肥土中穿插伸展，把草原薄薄的土层加密加固，使草下的沙漠和戈壁永无翻身之日。陈阵骑着毕利格老人的大黄马轻快地小跑，一路欣赏着新绿的草原，他感到广袤的草原舞台上，人与狼残酷的竞争，最后都能转化为对草原母亲的脉脉温情。

母羊的乳房鼓了，羊羔的毛色白了，牛的吼声底气足了，马的厚毛开始脱了。草原的牲畜都由于牧草及时返青而熬出了头。额仑草原又遇上了一个难得的丰收年。这年早春寒流虽然冻死不少羊羔，可大队的接羔成活率却有可能超过百分之一百零一。谁也没想到这年一胎下双羔的母羊出奇地多，每群羊至少增加了近一千只羊羔，原来还算富余的草场一下子就紧张起来了。

羊羔激增，额仑宝力格牧场原有的四季草场眼看就要超载。如果为了维持草场与载畜量的平衡而大批出售或上交牲畜，牧场将完不成上级下达的数量死任务。队里几次开会商议，乌力吉认为唯一的出路，就是在牧场境内开辟新草场。

陈阵跟随乌力吉和毕利格老人去实地考察新草场。老人特地把自己的一匹又快又有长劲的好马给他骑。乌力吉背着半自动步枪，毕利格老人带上了巴勒，陈阵则带上了二郎，让黄黄留着看家。游猎游牧民族但凡出远门，都不会忘记携带武器和猎狗。两条猛犬猎兴十足，一路上东闻西看，跑得很轻松，和陈阵一样愉快。老人笑道：羊倌和看羊狗被羊群拴住了一个多月，都憋闷坏了。陈阵说：谢谢阿爸带我出来散散心。老人说：我也怕你总看书看坏了眼睛。

在场部东北部的尽头，有一片方圆七八十里的荒山，据乌力吉说那片荒山自古以来还未有过人烟，那里的草地肥厚，有小河有大水泡子，山草疯长一米多高，年年积下的陈草一尺多厚。水多草厚，那里的蚊子也就多得吓人，一到夏秋，蚊子多得能吃牛。上了山一脚踩下去，陈草团里能轰出成千上万的蚊子，像踩了地雷一样可怕。那片山人畜都害怕，谁也不敢进去，陈草太厚，每年长出的新草就得拼命蹿高，才能见着阳光，新草长得又细又长，牲畜不爱吃，吃了也不上膘。

作为老场长的乌力吉，一直都想开辟这片草场，他早就料到在重数量不重质量的政策下，额仑草场早晚要超载。许多年来他一直惦念着那片荒山，盼望来一场秋季野火，彻底烧掉那里的腐草，然后在来年春天，再驱赶一个大队的牲畜进场，用千千万万的马蹄牛蹄羊蹄踩实松土，吃掉新草，控制草的长势。那样的话，地实了，土肥了，草矮了，蚊子也就少了。再过几年，那片荒山就能改造成优良的夏季草场，为全场牲畜增加整整一季的草场，然后把原来的夏季草场改为春秋季草场。里外里算下来，牧场的牲畜可以增加一倍多，草场还不超载。

前几年野火多次光顾额仑草原，可惜的是没有一次烧到那儿。直到去年秋末，才有一场大火烧过了那片荒山，后来又下了雨，荒山黑得流油。乌力吉终于决心实施他的计划，他得到了包顺贵的全力支持，但是却遭到了多数牧民的反对，谁都怕那里的蚊子。乌力吉只好请毕利格老友帮忙，请他一同去荒山实地考察，只要毕利格老人认可，就可以让老人带二大队进驻新草场。

三人穿过邻队的冬季草场，陈阵感到马蹄拖沓起来，他低头一看，发现这里的秋草依然茂密，足有四指高。陈阵问乌力吉：您总说草场不够，您看，羊群马群刨吃了一冬天了，草场还剩下这么多的草呢。

乌力吉低头看了看说：这些都是草茬，草茬太硬，牲畜咬不断，再啃就得使劲，一用劲就把草根拔出来了。草茬又没有营养，牲畜吃了也不长膘，吃到这个份上就不能再啃了，再啃，草场准退化……内地汉人生得太多了，全国都缺肉，缺油水，全国都跟内蒙古要牛羊肉。可是，一吨牛羊肉是用七八十吨草换来的，内地一个劲地来要肉，实际上就是跟草原要草啊，再要下去，就要了草原的命了。上面又给咱们牧场压下了指标，东南边的几个旗都快压成沙地了……

陈阵说：我觉得搞牧业要比搞农业难多了。

乌力吉说：我也真怕把这片草原搞成沙地。草原太薄太虚，怕的东西太多：怕踩、怕啃、怕旱、怕山羊、怕马群、怕蝗虫、怕老鼠、怕野兔、怕獭子、怕黄羊、怕农民、怕开垦、怕人多、怕人太贪心、怕草场超载，最怕的是不懂草原的人来管草原……

毕利格点头说：草原是大命，可它的命比人的眼皮子还薄，草皮一破，草原就瞎了，黄沙刮起来可比白毛风还厉害。草原完了，牛羊马，狼和人的小命都得完，连长城和北京城也保不住啊。

乌力吉忧心忡忡地说：从前，我隔几年都要去呼和浩特开会，那边的草场退化得更厉害，西边几百里长城已经让沙给埋了。上面再给东边草原压任务的话，东边的长城真就危险了。听说，国外的政府，管理草原都有严格的法律，什么样的草场只能放什么样的牲畜，连一公顷草场放多少头牲畜都定得死死的，谁敢超载就狠罚狠判。但那也只能保护剩下的草原不再退化，以前退化的草原就很难恢复了。等到草原变成了沙漠以后人才开始懂草原，到那时就太晚了。

毕利格说：人心太贪，外行太多，跟这些笨羊蠢人说一百条理也没用。还是腾格里明白，对付那些蠢人贪人还得用狼，让狼来管载畜量，才能保住草原。

乌力吉摇头说：腾格里的老法子不管用了，现在中国的原子弹都爆炸了，上面真想消灭狼也费不了多大事。

陈阵心里像堵满黄沙，说：我已经有好几夜没听到狼嗥狗叫了。阿爸，您把狼打怕了，它们不敢来了。草原一没狼，就像哪儿不对劲似的。

老人说：打了三十多条，也就合四五窝狼崽的数，额仑的狼还多着。狼不是打怕了才不来了，这个月份，它们去忙别的事了。

陈阵顿时提起了精神问：狼又玩什么花样呢？

老人指了指远处的一片山丘说：跟我上那边去看看。然后，给了陈阵的马一鞭子，又说：快跑起来，春天要让马多出汗，汗出多了，脱毛快，上膘也快。

三匹马像三匹赛马向山丘狂奔，马蹄刨起无数块带草根的泥土，千百根嫩草被踏断，染绿了马蹄。好在这条道几个月内不会再有马来。陈阵跑在最后，他开始意识到“草原怕马群”这句话的分量，蒙古人真是生活在矛盾的旋涡里。

三匹马登上了坡顶，到处都响着“嘀嘀”“嘎嘎”的旱獭的叫声。旱獭是原始草原的常见动物，在额仑草原近一半的山坡都有獭洞和獭子。每年秋季陈阵都能见到老人打的獭子，吃到又肥又香的獭子肉。旱獭是像森林熊一样靠脂肪越冬的冬眠动物，獭肉与草原上所有动物的肉都不同，它有一层像猪肉一样的肥膘白肉，与瘦肉红白分明，是草原上著名的美味，鲜肥无膻味，比牛羊肉更好吃。一只大獭子比大号重磅暖壶还要粗壮，可出一大脸盆的肉，够一家人吃一顿。

陈阵还是被眼前旱獭的阵势吓了一跳：十几个连环山包的坡顶和坡面上站着至少六七十只大小旱獭，远看像一片采伐过的树林的一段一段树桩。獭洞更多，洞前黄色的沙土平台，多得像内地山坡的鱼鳞坑。平台三面是沙石坡，如同矿山坑口前倒卸的碎石，压盖了大片草坡。陈阵仿佛来到了陕北的窑洞坡，山体千疮百孔，可能都被掏空了。每个沙土平台大如一张炕桌，几乎都站着或趴着一只或几只獭子。规格较大的独洞平台上，站立的是毛色深棕的大雄獭子，那些群洞或散洞的平台上，立着的都是个头较小的母獭子，灰黄的毛色有点像狼皮。母獭身旁有许多小獭子，个头如兔，有的平台上竟趴着七八只小獭子。所有的獭子见到人都不忙着进洞，大多只用后腿站立，抱拳在胸，“嘀嘀”乱叫，每叫一声，像奶瓶刷似的小尾巴，就会随声向上一翘，像示威，像抗议，又像招惹挑逗。

两条大狗见到一只离洞较远的大獭子便急冲过去，可獭子马上就跑到一个最近的洞口，站在洞口平台上，瞪着兔子似的圆眼看着狗，等狗追到离洞只有五六米的时候，才不慌不忙地一头扎进陡深的洞里。等狗悻悻走开几十米，它又钻出洞，冲狗乱叫。

毕利格老人说：这儿就是额仑有名的獭子山，獭子多得数不清。北边边防公路南面还有一处，比这儿的獭子还多。这山从前可是草原穷人的救命山，到了秋天，旱獭上足了膘，穷人上山套獭子，吃獭肉，卖獭皮獭油，换银子，换羊肉。

你们汉人最喜欢獭皮大衣了，每年秋天张家口的皮货商，都到草原上来收蘑菇和獭皮。獭皮比羔皮要贵三倍呐，旱獭救了多少穷人啊，连成吉思汗一家人在最穷的时候，也靠打獭子活命。

乌力吉说：旱獭好吃就仗着它的肥油。草原上钻洞过冬的黄鼠田鼠大眼贼，全得叼草进洞储备冬粮。可旱獭就不储粮，它就靠这一身肥膘过冬。

老人说：獭子在洞里憋屈了一冬了，这会儿剩不下多少肥膘了，可肉还不少。你看獭子个头还不小吧，今年春天的草好，獭子吃些日子又上膘了。

陈阵恍然大悟，说：怪不得这些日子狼不来捣乱，狼也想换换口味了。可獭洞那么深，獭子就在洞边活动，狼用什么法子抓它？

老人笑道：狼抓獭子的本事大着呐。大狼能把獭洞刨宽掏大，又让几条狼把住别的洞口，再钻进去把一窝獭子全赶出来咬死吃光。要不就派半大的小狼，钻进洞把小獭子叼出来吃掉。沙狐也会钻獭洞打獭子吃，我年年打獭子都得套着六七只沙狐，有一回还套着一条小狼呢。蒙古人让小孩钻狼洞掏狼崽，也是跟狼和沙狐子学来的。獭子洞要是浅了过冬就冷，所以獭子打洞就得往深里打，要打几丈深呢。老人突然问：你说，狼不在洞里过冬，为啥狼洞也那老深？陈阵摇了摇头。老人说：好多狼洞是用獭洞改的，母狼把獭洞掏宽，就变成了下崽的狼洞啦。

陈阵吃了一惊说：狼可真够毒的，吃了獭子一家不够，还要霸占人家的窝。

乌力吉笑得很由衷，仿佛很欣赏狼的毒辣，他侧头对陈阵说：狼不毒就治不住旱獭。狼吃旱獭，可给草原立了大功啊。旱獭是草原的一个大害，山坡上到处都有它的洞，你看看这一大片山让旱獭挖成啥样了。旱獭能生，一年一窝，一窝六七只，洞小了就住不下，可是洞大了要挖出多少沙石，毁坏多少草场？草原野物四大害：老鼠、野兔、旱獭和黄羊。旱獭数第三。旱獭跑得慢，人都能追上，可为啥还得下套抓？旱獭就是仗着洞多，洞和洞还连着地道，人一走近它就钻进洞了。旱獭吃起草来也厉害，到秋天专吃草籽，那一身肥膘得用几亩地的草和草籽才能养出来。旱獭洞的害处更大，马倌最怕獭洞，每年獭洞要别断不少马蹄，摔伤不少马倌。

陈阵说：那狼杀獭子还真为草原立了大功了。

乌力吉接着说：草原上獭洞最可恶，它还给蚊子过冬提供了地方。蒙古东部草原的蚊子，是在世界上出了名的。东北森林的蚊子能吃人，东蒙草原的蚊子能吃牛。草原上白灾黑灾不一定年年有，可是蚊子年年来。牧民和牲畜怕蚊子比怕狼还要厉害。一年下来，蚊子能吃掉牛羊马三四成的膘。按道理，蒙古草原冬季零下三四十度，连病牛都能冻成冰坨子，怎么就冻不死蚊子呢？蒙古包里也藏不住蚊子，可为啥草原上的蚊子就能安全过冬？原因就在旱獭洞。一到天冷旱獭钻洞，蚊子也跟着进洞了。旱獭洞几丈深，旱獭一封洞，外面冰天雪地，可洞里像个暖窖。旱獭躲在洞里不吃不喝，蚊子叮在旱獭的身上有吃有喝，就可以舒舒服服过冬了。等到来年开春，旱獭出洞，蚊子也跟了出来，额仑草原水多泡子多，蚊子在水里经过一代又一代的繁殖，一到夏天，草原就是蚊群的天下了……你说旱獭是不是草原牧业一个大害？在草原上，狼喜欢吃獭肉，狼是杀旱獭的主力，草原老话说，“獭子出洞，狼群上山”，旱獭一出来，牲畜就能消停一段日子。

陈阵被蚊群叮咬过两个夏季，一听到蚊群就全身发毛发痒发疼，就有皮开肉绽的感觉，知青怕蚊子真比怕狼还厉害。后来紧急让家人从北京寄来蚊帐，才能睡着觉。牧民见到蚊帐喜欢得不行，过了一个夏天，北京的蚊帐立刻在草原牧民蒙古包里普及，牧民给这种新东西起了个名字：依拉格勒，直译为“蚊房子”。

陈阵真没想到草原上恐怖的蚊群，竟是从旱獭洞里冒出来的，他对乌力吉说：您俩真是草原专家，原来草原的蚊灾跟旱獭有这么大的关系，獭洞简直成了蚊子的贼窝了，而狼又是獭子的克星。我在书上可读不到这么多的知识……

乌力吉说：草原太复杂，事事一环套一环，狼是个大环，跟草原上哪个环都套着，弄坏了这个大环，草原牧业就维持不下去。狼对草原对牧业的好处数也数不清，总的来说，应该是功大于过吧。

毕利格老人笑着说：可旱獭也不全坏，它的皮、肉和油都是金贵东西，獭子皮是牧民的一项重要的副业收入，国家用它跟外国人换汽车大炮呢。狼最聪明，杀旱獭从不杀光，留着年年都有得吃。牧民也不把獭子打绝，只打大的不打小的。

三匹马在山里急行，有恃无恐的旱獭，继续欢叫。草原雕常常俯冲，可是十扑九空。越往东北方向走，人迹越少，井台土圈已消失。最后连马粪也见不到了。

三人登上一片高坡，远处突然出现几座绿得发假的大山。三人路过的山，虽然都换上了春天的新绿，却是绿中带黄，夹杂着秋草的陈黄色。可远处的绿山，却绿得像是话剧舞台上用纯绿色染出的布景，绿得像是动画片中的童话仙境。乌力吉扬鞭遥指绿山说：要是去年秋天来，走到这儿看到的是一座黑山，这会儿黑灰没了，全是一色儿的新草，像不像整座山都穿上绿缎子夹袍？三匹马望见绿山，全都加速快跑起来。乌力吉挑了一面坡势较缓的草坡，带两人直插过去。

三匹马翻过两道山梁，踏上了全绿的山坡。满坡的新草像是一大片绿苗麦地，纯净得没有一根黄草，没有一丝异味，草香也越来越浓。闻着闻着，毕利格老人觉得有点不对头，低头仔细察看。两条狗也好像发现猎情，低头闻，小步跑，到处乱转。老人弯下腰，低下头，瞪眼细看马蹄旁半尺多高的嫩草。老人抬起头说：你们再仔细闻闻。陈阵深深地吸了一口气，竟然直接闻到了嫩草草汁的清香，好像是在秋天坐在马拉打草机上，闻到的刀割青草流出的草汁的香气。陈阵问道：难道有人刚刚在这儿打过草？可谁会上这儿来打草呢？

老人下了马，用长马棒扒拉青草，细心查找。不一会儿，便从草丛下找出一团黄绿色的东西，他用手捻了一下，又放到鼻子下面闻了闻说：这是黄羊粪，黄羊刚才还来过这儿。乌力吉和陈阵也下了马，看了看老人手中的黄羊粪，春天的黄羊粪很湿，不分颗粒，挤成一段。两人都吃了一惊，又走了几步，眼前一大片嫩草像是被镰刀割过一样，东一块，西一片，高矮不齐。

陈阵说：我说今年春天在接羔草场没见着几只黄羊，原来都跑这儿来吃好草了。黄羊吃草真够狠的，比打草机还厉害。

乌力吉给枪膛推上子弹，又关上保险，轻声说：每年春天黄羊都到接羔草场跟下羔羊群抢草吃，今年不来了，就是说这片新草场的草，要比接羔草场的草还要好。黄羊跟我想到一块儿去了。

毕利格老人笑眯了眼，对乌力吉说：黄羊最会挑草，黄羊挑上的草场，人畜不来那就太可惜了，看来这次又是你对了。

乌力吉说：先别定，等你看了那边的水再说。

陈阵担心地说：可这会儿羊羔还小，还走不了这么远的道。要是等到羔子能上路迁场，起码还得一个月，到那时候，这片草场早就让黄羊啃光了。

老人说：甭着慌，狼比人精。黄羊群过来了，狼群还能不过来吗？这季节母黄羊下羔还没下完呢，大羊小羔都跑不快，正是一年中狼抓黄羊的最好时候，用不了几天，狼群准把黄羊群全赶跑。

乌力吉说：怪不得今年牧场羊群接羔的成活率比往年高，原来青草一出来，黄羊群和狼群全来这儿了。没黄羊抢草，又没多少狼来偷羔子，成活率自然就高了。

陈阵一听有狼，急忙催两人上马。三匹马又翻过一道小山梁，乌力吉提醒他留神，翻过前面那道大梁，就是大草场。他估摸狼和黄羊这会儿都在那里呢。

快到山梁顶部的时候，三人全下了马，弓着腰，牵着马，搂着狗的脖子，轻步轻脚地向山顶上几礅巨石靠过去。两条大狗知道有猎情，紧紧贴着主人蹲步低行。接近岩石，三人都用缰绳拴住马前腿，躬身走到巨石后面，趴在草丛中，用望远镜观察新草场的全景。

陈阵终于看清了这片边境草原美丽的处女地，这可能是中国最后一片处女草原了，美得让他几乎窒息，美得让他不忍再往前踏进一步，连使他魂牵梦绕的哥萨克顿河草原都忘了。陈阵久久地拜伏在它的面前，也忘记了狼。

眼前是一大片人迹未至、方圆几十里的碧绿大盆地。盆地的东方是重重叠叠、一层一波的山浪，一直向大兴安岭的余脉涌去。绿山青山、褐山赭山、蓝山紫山推着青绿褐赭蓝紫色的彩波向茫茫的远山泛去，与粉红色的天际云海相汇。盆地的北西南三面，是浅碟状的宽广大缓坡，从三面的山梁缓缓而下。草坡像是被腾格里修剪过的草毯，整齐的草毯上还有一条条一片片蓝色、白色、黄色、粉色的山花图案，色条之间散点着其他各色野花，将大片色块色条，衔接过渡得浑然天成。

一条标准的蒙古草原小河，从盆地东南山谷里流出。小河一流到盆地底部的平地上，立即大幅度地扭捏起来，每一曲河弯河套，都弯成了马蹄形的小半圆或大半圆，犹如一个个开口的银圈。整条闪着银光的小河宛若一个个银耳环、银手镯和银项圈串起来的银嫁妆；又像是远嫁到草原的森林蒙古姑娘，在欣赏草原美景，她忘掉了自己新嫁娘的身份，变成了一个贪玩的小姑娘，在最短的距离内绕行出最长的观光采花路线。河弯河套越绕越圆，越绕越长，最后注入盆地中央的一汪蓝湖。泉河清清，水面上流淌着朵朵白云。

盆地中央竟是陈阵在梦中都没有见过的天鹅湖。望远镜镜头里，宽阔的湖面出现了十几只白得耀眼的天鹅，在茂密绿苇环绕的湖中幽幽滑行，享受着世外天国的宁静和安乐。天鹅四周是成百上千的大雁、野鸭和各种不知名的水鸟。五六只大天鹅忽地飞起来，带起了大群水鸟，在湖与河的上空低低盘旋欢叫，好像隆重的迎新彩队乐团。泉湖静静，湖面上漂浮着朵朵白羽。

在天鹅湖的西北边还有一个天然出口，将湖中满溢的泉水，输引到远处上万亩密密的苇塘湿地里去了。

这也许是中国最后一个从未受人惊扰过的原始天鹅湖，也是中国北部草原边境最后一处原始美景了。陈阵看得痴迷，心里不由一阵阵惊叹，又掠过一丝担忧。一旦人马进驻，它的原始美很快就会消失，以后的中国人再也没有机会欣赏这样天然原始的处子之美了。陈阵想如果边防公路通过他趴伏的地方就好了，这才是真正应该划为禁区的地方。

乌力吉和毕利格一直在用望远镜细细搜寻目标。老人用马靴尖轻轻点了点陈阵的小腿，让他往小河右边第三个河湾里看。陈阵从梦境中半天没醒过来，又问了一遍目标位置，才端着望远镜向小河望去。在一个大半圆的河湾的岸边，有两只落水的黄羊正在费力地登岸，后半身浸在水里，后蹄好像是陷在泥里，前蹄扒着岸，但已无力纵跃。在这个河湾的草地上躺着十几只大黄羊，肚膛已被豁开……陈阵仔细往河边的高草搜索，心里突然一阵狂跳：有几条他已多日不见的大狼正伏在羊尸不远处打盹。河湾里的草较高，陈阵数不清草丛里有多少狼。

乌力吉和毕利格还在搜索盆地的各个角落，把镜头对准了东南方的山坡，那里的黄羊群早已被冲散，黄羊三三两两的在匆匆吃草，母羊的身旁大多带着羊羔。陈阵看到一只母羊正在低头舔刚出生的黄羊羔子，一舔一抬头，紧张得团团转。黄羊羔在挣扎着站起来，只要羔子能站稳了，它立即就会跑，快得连狗都追不上。但是这站起来的几分钟，恰恰是生死攸关的时刻。陈阵一时真不知道该怎么办，在如此开阔如此远的距离内，究竟怎样下手？是先打狼还是先打黄羊？

老人说：你瞧瞧狼敢在那儿睡大觉，就知道人拿它没办法。这老远，狼是打不着了。咱们一露面，狼和黄羊准都跑光。乌力吉说：不过，那几只跑不动的羊就归咱们了，正好当午饭。

三人上马向河边跑去。人马狗刚一露头，狼群像嗖嗖的灰箭，分兵多路，向东边大山方向逃窜，一会儿就消失在苇林后面了。黄羊一眨眼的工夫也都快速翻过山，只剩下几只陷在泥里的羊和舔羔的母羊。

三人走近一个河套，从一个只有五六米的开口处走进去，河套只有半亩大，三面环水，小河宽约四五米，水深一米左右，清澈见底。有些河底是沙质的，有些是烂泥。河岸约一米多高，直上直下。有的河湾处有浅沙滩，河岸较缓。河湾草地上躺着十几只大小黄羊，多数羊的内脏腿肉已被吃掉，有一只黄羊陷在泥里不能动弹，还有几只羊在慢慢地蹬着腿，脖子上的伤口还在流血。毕利格老人说：早上黄羊来这儿喝水，让狼群打了围。

陈阵对狼群打围的战术已领教多次，但看到狼群利用三面环水的河套来打围还是第一次。他骑在马上细心地琢磨狼群的战术。

乌力吉说：你看这群狼有多精。它们一定是在头天晚上就埋伏在河边的草丛里了，等黄羊群来河边喝水的时候，一个冲锋封住河湾的出口，就把圈里的黄羊全堵在里面了，多省事。一个河湾就是一个口袋，狼一扎口就是一整袋肉食。

毕利格老人笑道：这回你又见着了吧，腾格里又给狼帮忙了。你看这河湾，绕来绕去绕出多少个围场来。我说狼是腾格里的宝贝疙瘩，没错吧？

陈阵说：这么好的围场真是找也没处找去，没想到这儿一下子出了几十个，腾格里替狼想得太周到了。狼也真聪明，腾格里给了它这些套，它们马上就会用，还用得这么在行。

乌力吉说：狼打仗利用天气和地形的本事比人强得多。

两条大狗见到遍地的野味肉食，并不急于就餐，两条傲狗对狼吃过的黄羊不屑一顾。巴勒毫不客气地冲向一只还未断气的整羊，它按住黄羊脖子看了看毕利格，老人点点头说：吃吧吃吧。巴勒低头一口就让黄羊断了气，然后从羊大腿上狠狠地撕下一大块鲜肉，大嚼起来。二郎见到这样血腥的猎场，全身的鬃毛像狼一样地竖了起来，杀心顿起，竟朝河边陷在泥里的两只活羊冲去，陈阵和老人同声将它喝住。二郎还不甘心，它两只前爪踩在一只死羊身上，垫高自己的身体，四处瞭望，终于看到不远的河湾里还有一只活羊，便冲进水里，游了过去。老人未让陈阵阻拦，他说：这条狗野性大，让它杀杀野物，就不咬自家的羊了。

三人走向河边。毕利格老人从马鞍上解下来一捆皮绳，做了一个活套。陈阵脱靴挽裤下水，将活套套在黄羊脖子上，毕利格和乌力吉两人一起把羊拽到岸上，按倒再扎紧四蹄。三人又将另一只羊拖出血污狼藉的河湾，然后在干净的草地上选了一块野餐地。老人说：咱们吃一只，再带回去一只。乌力吉拔刀杀羊，老人望了望四周山坡，便带陈阵上山去寻找烧柴。

两人骑马来到西北面山里的一条深沟里，沟里的坡上有大片野杏林，大部分树还活着，一米多高的树干上，仍有不少烧焦枯死的树杈。杏花刚谢，落英缤纷，山沟溢满杏花的苦香，沟底是厚厚一层烂杏核。两人掰了两大抱干柴，用皮绳拴紧，再骑马拖到野餐地。乌力吉已经剥完羊皮，卸出大半只羊的肉，还在河边采摘了几把野葱和马莲韭。陈阵发现新草场的野韭菜竟有筷子那么粗。

三人都给马摘了马嚼子，卸了马鞍。三匹马抖了抖身子，迫不及待地找到一处缓坡，走到河边痛饮起来。毕利格乐了，连说：好水！好水！选夏季草场，头一条就得选水啊。三匹马直到撑圆了肚皮才抬起头，慢慢走到草坡上大嚼嫩草，吃得连打响鼻。

草地上篝火燃起，天鹅湖畔纯净的空气里，第一次飘散出黄羊烤肉的香气，还有带着葱盐韭菜和辣椒面的油烟气味。离湖太近，湖边还残留不少未被野火烧掉的旧苇和一人多高的新苇，像一层苇墙遮住了水面，使陈阵无法一边吃肉喝酒，一边近近地欣赏天鹅和天鹅湖。陈阵不断翻动穿在树枝上的羊肉条羊肉块，羊肉鲜活得好像还在跳动抽搐。他们三人天不亮就出发，跑到这会儿都已饥肠辘辘。陈阵就着嫩辣加盐的山葱野韭吃了一串又一串，又拿着老人的扁酒壶喝了一口又一口，完全陶醉在狼食野餐的美味美景之中了。他说：这是我第二次吃狼食，狼食真是天下第一美味。在狼打猎的地方吃狼食那就更香了。难怪古时候那么多的皇帝喜欢来蒙古草原打猎。

毕利格老人和乌力吉，直接握着一条黄羊腿在火上转烤，烤熟一层就用刀子片下来吃一层，再用刀在肉上划几道口子，撒上盐、葱花和一点点辣椒面，继续转烤。老人胃口大开，吃了一层又一层，他仰脖灌了一口酒说：有这群狼替咱们看这片新草场，我就放心了。再过二十多天，等羊羔能走远道了，全队搬过来，就这么定了吧。

乌力吉用肉片卷了几根山葱野韭咬了一口说：全队都能跟你来？老人说：黄羊和狼都来了，人还能不来吗？草不好，黄羊能来吗？黄羊不多，狼群能来吗？我把那只黄羊带回去，明天就在我家开大队干部会，请大伙吃顿黄羊肉包子。他们要是知道这儿的水好，还是活水，各组都要争着来了。夏季草场光草好还不成，还得水好。夏天最怕的就是死水泡子，水少水脏，牲畜喝了得病。夏天抓水膘，水不好还抓什么水膘啊。

乌力吉说：要是还有不同意见，我就再跑一趟，把他们带来再看一看。

老人呵呵呵地笑了几声，说道：用不着了。我是头狼，我一来全队的大狼小狼准跟着来。跟着头狼走，从来不吃亏。老人又望着陈阵问：你跟着阿爸走了这些趟，吃过亏吗？

陈阵大笑：跟着阿爸大狼王，尽吃香的喝辣的了。杨克他们都争着想跟您出门呢。

乌力吉说：那就一言为定。我回场部开会准备迁场。这些年上面下达的任务快把我压得喘不过气来了，咱要是开出这片新草场，就可以松快四五年了。

陈阵问：要是再过四五年，咱们牧场还有没有可以开发的荒草场了？

没有了。乌力吉的眼神黯淡下来。北边是边境线，西面和南面是别的公社。往东北去，山太陡又大多是石头山，我已经去过两次，再没有可以利用的草场了。

陈阵又问：再往后怎么办？

乌力吉说：只有控制牲畜数量，提高质量。比如说，发展新疆改良羊。改良羊比本地羊出毛量多两倍，毛质好，价格要比本地羊毛高三倍。一斤本地毛才一块多钱，一斤改良羊毛四块多钱，你算算这要差多少，羊毛可是咱们场最主要的收入来源啊。陈阵赞同说这是个好法子。但乌力吉却叹口气说：中国人口多，我估摸着，再过几年，咱们牧场的草场还是不够。等我们这些老家伙退休以后，真不知道往后你们怎么办？

毕利格老人瞪眼说：你还得跟上面多反映，不能再给牧业队压数了，再加下去，天要黄了，地要翻个了，沙该埋人了。

乌力吉摇头说：谁听你的？现在是农区干部掌权。农区干部是比牧区干部文化水平高，汉话也讲得利落。再说如今牧区干部一个个也都争着打狼，比牲畜数量，不懂草原的本地干部，反而提拔得快。

三匹马都已吃撑了，平着脖子闭目小憩。二郎也回来了，浑身湿淋淋，满头是血，肚皮吃得像个挤奶桶，在离人还有十几步的地方站住不动了。巴勒好像知道它去干什么了，瞪着满眼的怀疑和妒火，不一会儿，两条大恶狗便掐了起来，陈阵和老人急忙跑过去，才将两条狗分开。

乌力吉又带两人巡视了半个盆地草场，一边与毕利格商量着安排全队四个小组营盘的地点。陈阵一路上贪婪地欣赏眼前的美景，怀疑自己是不是来到了草原中的伊甸园，或是伊甸园中的草原？他真想就此留下不走了。

回到原地，三人动手杀羊剥皮卸肉。陈阵望着河湾里成片的黄羊血尸，心里忽然空落落地伤感起来，刚踏上这片草地时感受到的那种幽静、浪漫的气息，此时已被满手的血腥气掩盖了。陈阵闷闷地想了一会，忍不住问老人：狼群在冬天杀黄羊是为了留着开春吃，可它们在夏天杀那么多的黄羊干什么呢？那几个河湾里好像还有不少死羊呢。过几天不都臭烂了，没法吃了吗？狼太喜欢滥杀了。

老人说：狼群杀那么多的黄羊，不是为了好玩，也不是为了抖威风，它们是为了给狼群里的老弱病残留食。老虎花豹为啥在蒙古草原站不住脚？狼群为啥就能霸住草原？就是因为狼群比老虎花豹抱团齐心。老虎打了食就顾自个儿吃，不顾妻儿老小。狼不是，狼打食想着自个儿也想着狼群，还想着跟不上狼群的老狼、瘸狼、半瞎狼、小狼、病狼和产崽喂奶的母狼。你别看黄羊倒了一大片，今儿晚上头狼一嗥，半个额仑草原的狼，还有跟这群狼沾亲带故的狼都会上这儿来，一晚上就把这些羊都吃完了。狼想着别的狼，别的狼也想着它，狼群才抱团；狼群抱团，打起仗来才厉害。有时候狼王一声嗥，能调来上百条狼集体打仗。听老辈的人说，原来草原上也有老虎，后来全让狼群赶跑了。狼可比人顾家，比人团结。

老人又叹了一口气说：蒙古人只有在成吉思汗那会儿，学狼学得最到家，蒙古各个部落抱成了一个铁轱辘，一捆箭，人虽少，可力量大，谁都乐意为蒙古利益、草原母亲舍命，要不咋能打下多半个世界。后来蒙古人败就败在不团结上面了。兄弟部落黄金家族互相残杀。各个部落像零散的箭一样，让人家一支一支地撅断了。人心不如狼心齐啊，狼打仗的本事还好学，可狼的齐心就难学了，蒙古人学了几百年还出不了师。不说了，一说我心口就疼哩……

陈阵望着美得让人心颤的天鹅草场，陷入深深的沉思。

老人将剔出来的黄羊肉，用黄羊皮包好，再装进两个麻袋里。陈阵替老人备好马鞍，老人和乌力吉各将一个麻袋驮在马鞍后面，用马鞍上的鞍皮条拴紧扎牢。

三匹马向大队营盘方向奔去。

17

他们就像一只狼——匈奴人的兽祖（“图腾”——原注）。

我们知道突厥——蒙古民族的古代神话中的祖先是一个狼。据《蒙古秘史》记载，蒙古人的神祖是一个苍色的狼；据《乌古思史记》，突厥人的神祖是一个灰色的狼：“从一条光芒之中出来了一个巨大的灰色毛和鬃的雄狼。”

——〔法〕勒尼·格鲁塞《草原帝国》

上级机关对额仑宝力格牧场军马群事故的处理决定已下达到牧场。负责全场生产的乌力吉记行政大过一次，并撤销牧场三结合领导班子成员职务，下放到基层劳动锻炼。巴图、沙茨楞等四位马倌各记大过一次，撤销巴图的民兵连长一职。另一份任命也下达到场，已办完转业手续的包顺贵，被任命为牧场领导班子第一把手，负责全场革命与生产的全面工作。

乌力吉离开了场部，包顺贵和张继原陪他去牧业大队。乌力吉的行李只有一个小挎包，比猎人出猎时带的行囊还要小。“文革”前乌力吉就喜欢把场长办公室放在牧业队或牧业组。他在牧业队有自己的四季蒙袍蒙靴，一直由几个蒙古包的主妇替他保管和缝补。多年来，他下不下放，都在下面；他有职无职，都在尽职。乌力吉的威信和影响依然如故，但是，此时他出行的速度却降了一半。乌力吉骑的是一匹老白马，已到春末这个时令，老马还怕冷，身上的毛尚未脱落，就像一个到初夏还捂着棉袄的老人。

张继原想把自己的快马换给乌力吉，乌力吉不同意，并催他快马快走，不要陪他耽误工夫了。张继原到场部为大队的马倌领电池，返队刚出场部的时候遇到了两位新旧领导，便陪护着乌力吉上路了。当他知道乌力吉要住到毕利格老人家里，心里稍稍感到放心。

包顺贵骑的是乌力吉原先的专骑，高大强壮的黄骠马，薄薄一层新毛像黄缎一样光滑亮泽，包顺贵需要经常勒紧马嚼子，才能让乌力吉与他并肩而行。黄骠马不断地挣嚼子，它对这位新主人经常顿它腰的骑术很不习惯。有时它会有意慢行，用头去轻轻蹭磨身旁老主人的膝盖，并发出哀哀的轻嘶。

包顺贵说：老乌啊，我已尽了最大的努力，希望你留在领导班子里。我不懂牧业，从小在农村长大，上面非让我负责这么大的一个牧场，我心里真是没底。

乌力吉不停地用马靴后跟磕马，额头已冒出一层细密的汗珠。骑老马人很累，马也累，张继原用马鞭子不停地帮他赶马。乌力吉伸出手拍了拍黄骠马的马头，让它安静下来，一边对包顺贵说：这样处理已经算是照顾我了，只定性为生产事故，没算作政治问题。这次事故影响太大，不撤了我，没法向各方面交代。

包顺贵一脸诚恳地说：老乌，我来了快一年了，这牧业是比农业难整，要是再出一两次大事故，我这个主任也当不长……有些人非要让你去基建队，是我坚持让你去二队的，我觉着你懂牧业，住在毕利格那儿我心里踏实，哪儿出了差错，我也好随时找你请教。

乌力吉脸色开朗了许多，问道：二大队进新草场的事，场革委会定下没有？

定下了，包顺贵说。场部决定这件事由我总负责，由毕利格具体负责，什么时候进场，怎么安排营盘，分配草场，全由毕利格定。场部反对意见不少呐，路太远，山里狼多，蚊子多，什么设施也没有。万一出了什么问题，我得负主要责任啊，所以我决定跟你们一起下去。我还要带基建队去，盖药浴池，羊毛仓库，临时队部和临时兽医站，还要把几段山路修一修。

乌力吉哦了一声，若有所思地出了一会神。

包顺贵说：这件事还是你的功劳，你看得远。全国都没牛羊肉吃啊，今年上面又给咱们场加了任务，四个大队都叫唤草场不够，再不开辟新草场，今年的任务就完不成了。

乌力吉说：羊羔还小，进场还得等些时候，这几天你打算干什么？

包顺贵毫不含糊地说：抽调好猎手，组织打狼队，集中射击训练。我已经向上面要来不少子弹，非得把额仑草原的狼害灭了不可。最近我看了牧场十年的损失报表，全场每年一大半的损失是由狼灾造成的。超过了白灾、旱灾和病灾。要想把咱们牧场的畜群数量搞上去，得抓两件事，第一是打狼，第二是开辟新草场。新草场狼多，要是治不住狼，新草场咱们也开不出来。

乌力吉打断他：那可不成。狼造成的是损失，可灭了狼，牧场就不是损失了，就要遭大祸，以后补都补不回来。

包顺贵抬头望了望天，说：我早就听说，你和毕利格，还有一些老牧民尽替狼说话，今儿你就敞开说吧，不要有顾虑……

乌力吉清了清嗓子说：我有什么顾虑，我顾虑的是草场，祖宗留下的这么好的草场别毁在我的手里。狼的事，我已经说了十几年了，还要说下去……我接手牧场十几年，畜群数量只翻了一倍多，可上交的牛羊要比其他牧场多两倍。最主要的经验是保护草场，这可是牧业的本。保护草场难啊，最要紧的是严格控制草场的载畜量，特别是马群的数量。牛羊会反刍，晚上不吃草。可马是直肠子，最费草，马不吃夜草不肥，马白天吃晚上吃，一天到晚地吃，一天到晚地拉。一只羊一年需要二十亩草场，一匹马一年至少需要两百多亩。马蹄最毁草场，一群马在一块地停上十天半个月，这块地就成了沙地，废了。夏天雨水多，草长得快，除了夏天之外，每个牧业点必须每隔一个多月就搬一次家，勤着迁场，不准扎在一个点啃个没完。牛群也毁草场，这牛呐，有个大毛病，每天回家，不会散着群往家走，偏喜欢一家子排着队往家走。牛个大体重，蹄子又硬，走不了几天，就把好好的草场踩出一条条沙道，要是不经常搬家，蒙古包旁边一两里地就全是密密麻麻的沙道沙沟了。再加上羊群天天踩，用不了两个月，营盘周围方圆一两里地就寸草不长了。游牧游牧，就是为了能让草场老能喘口气。草场最怕踩，最怕超载，超载就是狼啃狼踩。

乌力吉看包顺贵听得仔细，就一口气说下去：还有，保护草场关键一条经验，就是不能过分打狼。草原上毁草的野物太多了，最厉害的是老鼠、野兔、旱獭和黄羊。这些野物都是破坏草场的大祸害。没有狼，光老鼠和野兔几年工夫就能把草原翻个儿。可狼是治它们的天敌，有狼在它们就翻不了天。草场保护好了，牧场抗灾的能力也就大了。比方说白灾吧，咱们牧场遇上白灾的年份比较多，别的公社牧场有时一场大白灾，牲畜就得损失一大半。可咱们场就没有太大的损失。什么原因？就是咱们场的草势旺，每年秋天都能打下足够的青干草，这些年又添了畜力打草机，用不了一个月就能把全场备灾的干草打足。草势旺草就高，一般大雪盖不住草；草场好，水土不流失，泉眼小河不干，就是遇上大旱，人畜都有水喝。草好牛羊就壮，这些年咱们牧场从来就没有发生过病灾。牧场生产上去了，也有力量添置机械设备，打井盖圈，增加抗灾能力。

包顺贵连连点头说：有道理，有道理。保护草场是搞好牧业的根本，我记住了。我可以经常带干部下大队，亲自逼牧民按期搬家迁场，让马倌一天二十四小时跟着马群，让马群在山里转悠，不准停在一块地界上乱刨乱啃。我还要每个月检查各队各组的草场，哪个组的草场啃过头了，我就扣他们的工分。哪个组的草场保护得好，我就要给他们发重奖，给他们评先进。我用部队严格管理的方法，我不信管不好额仑草原……可是依靠狼群来保护草场，我还是想不明白。狼有这么大的作用吗？

乌力吉见包顺贵真像是听进去了，脸上露出了笑容，继续说：你真不知道，一窝老鼠一年吃的草比一只大羊吃的草还要多，黄鼠秋天还要叼草进洞，储备半年多冬季的吃食。我在秋天挖开过几个鼠洞，里面有几大抱草，还全是好草和草籽。黄鼠繁殖能力最强，一年下四五窝，一窝十几只，一年一窝变十窝。你算算一窝黄鼠加上小窝变大窝，一年要吃掉多少只羊的饲草？野兔也一样，一年下几窝，一窝一大堆。旱獭獭洞你也见过了，旱獭能把一座山掏空。我大概算了算，这些野物一年吃的草，要比全场十万牲畜吃的草还要多几倍。咱们牧场这么大，面积相当于内地的一个县，可人口只有不到一千人，要是知青不来的话，全场的人口连一千都不到。就这么一点人，要想灭掉几百万的鼠兔旱獭黄羊能办得到吗？

包顺贵说：可是这一年多我没见着几只野兔，除了场部附近老鼠比较多，别的地方我也没见多少黄鼠啊，獭子獭洞倒是见了不少。就是黄羊太多了，上万只一群的大黄羊群，我见着过好几次，我还用枪打死过三四只呢。黄羊倒是一大祸害，啃起草来真让人看着心疼。

乌力吉说：额仑的草场好，草高草密，把黄鼠和野兔都遮住了，你不仔细看是看不见的。到了秋天你就能见着，草原上到处都是一堆堆的草堆，那是黄鼠的晒草堆，晒干了再叼进洞。黄羊还不算最厉害，它们光吃草，不打洞刨沙。可黄鼠、野兔和旱獭，它们又吃草又能打洞又特别能下崽，要是没有狼群，用不了几年这些野物就能把额仑草原吃光掏空，整个儿变成沙地沙漠。你要是非要可劲打狼，再过三五年你这个主任真就当不成了。

包顺贵嘿嘿一笑说：我只知道猫抓鼠，鹰抓鼠，蛇也吃鼠，可从来没听说过狼会抓鼠。连狗拿耗子都是多管闲事，狼还会管那点小事吗？狼是吃羊吃马的，老鼠这点肉还不够它塞牙缝的呢，狼怎么会抓老鼠吃，我真的不信。

乌力吉叹道：你们农区来的人就是弄不清这件事，你们要是不调查研究，真要误大事。我是在草原长大的，我太了解狼了。狼是爱吃牛羊马黄羊这些大家伙，可是牛羊马有人看管，弄不好吃不着牛羊还得把自个儿的小命搭上，黄羊腿快也不容易抓着，比较起来就数黄鼠好抓。从前草原上的穷人，在荒年的时候也是靠吃鼠肉活命的。我小时候当奴隶，吃不饱的时候也常常抓黄鼠吃，草原黄鼠个大肉肥，小的有一拃长，二三两重，个大的有一尺长，一斤多重，吃上三四只就能饱。抓多了吃不完，就剥了皮，晒鼠肉干，也很好吃，还可以储存。你要是不信，等有空了我抓几只烤好了让你尝尝，那肉又细又嫩，当年苏武，还有成吉思汗，在草原上都吃过鼠肉的。

包顺贵面露窘色。乌力吉不看他，只管说下去：有一年，一位领导到边防站视察，他是广东人。那天我正好到边防站谈军民联防的工作，他问我草原上的大鼠好不好吃，我说很好吃，他一听就说今天中午不吃别的，你们就拿鼠肉招待我吧。我带了一个牧民民兵到草地上找了几个大鼠洞，又提了水桶往里面灌水，不到一小时就抓回来十几只大鼠，鼠皮一剥就是一身的肥白肉，那位领导一看就说好，中午我们三人美美地吃了一顿烤鼠肉，把全站的官兵都看傻了，闻着香就是不敢吃。那位领导说，草原干净，草更干净，吃草原上的青草和草籽长胖的鼠也最干净，他还说这是他吃过的最香最好吃的鼠肉，比广东的鼠肉好吃多了。要是拿到广东去卖，非抢疯了不可。可惜广东太远，火车上不准运活鼠，要不然每年内蒙古可以向广东提供多少活鼠啊，既可以帮助草原灭鼠，又增加一笔大收入，还可以给广东增加高级肉食……

包顺贵笑起来：有意思，咱们牧场要是把草原大鼠卖给广东，没准要比卖羊毛羊肉的收入还要多呢。那，黄鼠好抓吗？

乌力吉说：好抓！可以用水灌，用绳子套，用铁锹挖，最简单的办法就是训练几条抓鼠狗。草原上的狗都喜欢抓老鼠玩，母猎狗教小狗抓野物，就先教抓鼠。草原上的狗有牛羊肉吃，它们从来不吃老鼠。可是狼在吃食上就不像狗那么有保障了，草原鼠又肥又大又好抓，所以春夏秋三季，黄鼠就成为狼的主要食物。有一年我们抓生产抓得紧，牧民的责任心也很强，狼群总是找不到下手掏羊掏马的机会。后来我和牧民打了几条狼，我发现狼还挺壮，心里纳闷，剖开狼的肚子一看，里面尽是大鼠，鼠肉烂了，可鼠头鼠尾不烂，我数了一条狼肚子里的黄鼠，足足有二十多个鼠头和二十多条鼠尾，还有一只旱獭的碎头。你说一条狼一年要吃多少黄鼠？每次旗盟或自治区的领导来，我都要跟他们讲这件事。跟他们说狼是草原灭鼠的大功臣。可是他们就是不太相信，要转变农区人对狼的老看法真叫难啊。

张继原越听越来劲，忍不住插话说：我当了两年马倌，经常看到狼抓鼠，追得尘土飞扬。狼抓黄鼠比狗还要有本事。狼抓黄鼠一是靠蹚，狼常常到黄鼠最多的草地里，到处乱蹚，一碰到黄鼠就蹿过去，一巴掌把黄鼠打得认不得自家的洞了，然后一口吞进肚里。蹚个十几回狼就能吃个半饱了。二是靠挖洞，狼是草原上挖洞高手，狼一见大黄鼠钻进洞里，几条狼就合伙挖洞守洞，不一会儿就能把一窝黄鼠全挖出来吃掉。

乌力吉说：母狼和小狼最喜欢抓鼠吃。小狼断奶以前，母狼要教小狼抓活物，也是先教小狼抓鼠。母狼还带着小狼的时候，一般不会跟大狼群外出打猎。小狼长到一尺多长，刚会小跑的时候最怕人，猎人只要发现母狼带着一群小狼在野地上打猎，一枪把母狼打死，那群小狼就一个也跑不掉，猎人就可以像抓羊羔一样地把一群小狼都抓住。所以小狼还没长大的时候，母狼就得把小狼带到远离人畜的地方。远离了人畜小狼倒是安全了，可就吃不到牛羊了，那母狼和小狼靠什么活命呢？除了公狼头狼给它们带回一些大猎物的肉和骨头，母狼和小狼主要就得靠吃黄鼠和旱獭了。

乌力吉侧头看看包顺贵，见他没有不耐烦，便又说了下去：这段时间，母狼就带着一群小狼在没人的安全地方抓大鼠吃，一来可以教小狼学习抓活物的本事；二来可以喂饱小狼的肚子。小狼长到两尺多长的时候的一段时间里，还是跟不上大狼群东奔西跑几十里。它们就得靠自己抓鼠吃饱肚子。我见过一群小狼抓黄鼠，小狼一边玩一边追，追得像在草地上起了风沙，比猫抓老鼠还好看，到处都是黄鼠吱吱的叫声。到夏天，又是小兔子刚会跑的时候，小兔哪有小狼跑得快，所以小狼又是吃小兔的能手。一窝小狼七八只、十几只，它们要吃掉多少黄鼠和小野兔才能长成大狼？

还有，乌力吉又加重语气说：没有狼群，草原上的人和牲畜要是碰上大灾就麻烦了。草原上出现百年不遇几百年不遇的大白灾的时候，牲畜成片死亡，雪化以后草原上到处都是死畜，臭气熏天，如果死畜不及时埋掉，很可能暴发瘟疫。草原上出了大瘟疫，半个旗的人畜都保不住命。可是如果狼群多，狼群就会很快把死畜处理干净，草原上狼多的地方就不会发生大瘟疫，额仑草原就从来没有出过大疫情。古时候，草原上战争频繁，一场大战下来，人马一死就是几千几万，那么多的尸体谁来处理？还得靠狼群。老人们说，草原上要是没有狼，蒙古人早就瘟死绝了。额仑草原一直水清草旺，多亏了狼群。没有狼，额仑草原哪有这么兴旺的牧业。南面那些公社，狼打光了，草场马上就毁了，牧业再也上不来了……

包顺贵一言不发。三匹马走上了一个坡顶，坡下的草甸一片新绿，草香花香，还有陈草的酵香扑面而来。停在半空清唱的百灵鸟，突然垂直地飞落到草丛里，又有更多的百灵鸟，从草丛中直飞蓝天，急扇翅膀，停在半空接唱对歌。

乌力吉深深地吸了一口气说：你们看，这片草场多好看，跟几千年前一模一样，这是中国最美的一片天然草原了。草原人和草原狼为了守住草原，打了几千年的仗，才把这片草原原封不动地保存下来，它可千万不能亡在咱们这些人的手里。

张继原说：您应该给各个牧业队的知青办个学习班，好好讲讲草原学和狼学。

乌力吉神色黯然地说：我是个下台干部，哪有资格办学习班啊。你们还是多向老牧民学习吧，他们懂得比我还要多。

又翻过一个山坡，包顺贵终于开口：老乌啊，你对草原的感情谁也不会否认，你这十几年的成绩更不能否认。但是，你的思想赶不上趟了，你说的事都是从前的事，现在时代不同了，都到了中国原子弹爆炸的时代，还停留在原始时代想问题，是要出大问题的。我到这个牧场，也想了很长时间，咱们一个牧场，比内地一个县的面积还大，可是只养活了千把人，还没有内地的一个村子的人多呢。这是多大的浪费。要想给党和国家多创造财富，就一定要结束这种落后的原始游牧生活。前些日子我也做了一些调查，咱们场的南面有不少黑沙地，有好几大块，每块地都有几千亩，还有一块地有上万亩。我用铁锹挖过，那里的土很厚，有两尺多深，这么好的地用来放羊太可惜了。我到盟里开会的时候，征求过一个自治区农业局专家的意见，他说这种地完全可以用来种小麦，只要不是大面积连片开垦就没事，几百亩一两千亩的小规模开垦是不会造成沙害的。

包顺贵见乌力吉不吭气，又接着说：我还调查了水，那里的水也方便，挖条小渠就能把河里的水引来浇地。咱们牧场有的是牛羊粪，那都是上好的肥料。我敢说，要是在那儿种小麦，头一年我就能让亩产过黄河，不出几年，咱们牧场的农业产值就上来了，以后没准还能超过牧业。到那时，不光全场人畜的粮食和饲料可以自给，而且可以支援国家。现在全国的粮食这么紧张，在我老家，户户粮食不够吃，家家一年至少缺三个月的口粮。到了牧场，我看着这么好的黑土地荒着，一年就让牛羊在这些地上吃一个多月的草，我真心疼啊。我打算先开几块地试验试验，等成功以后再大搞。听说南边几个公社牧场草场不够，牧业维持不下去了，他们决定划出部分厚土地来搞农业。我觉得这才是内蒙古草原的出路。

乌力吉脸色骤变，他长叹道：我早就知道会有这么一天的。你们老家的人先是不顾草场的载畜量，拼命发展牲畜的数量，还拼命打狼，等把草场啃得不长草了，就垦地种粮。我知道你们老家几十年前也是牧区，改成农区才十几年，家家的粮食都不够吃。这里已经是边境，等什么时候你把这片好牧场也垦成你老家那样，我看你还能往那儿垦？新疆大沙漠比内地一个省的面积还要大，戈壁上全荒无人烟，你说是不是浪费土地？

包顺贵说：这个你尽可放心，我会吸取我老家的教训的，一定严格划清可开垦的地和不可开垦的地的。全牧不成，全农也不成，半农半牧最好。我会尽量保护好草场，搞好牧业的。没有牧业，农业就没有肥料。庄稼一枝花，全靠粪当家。没有了牛羊粪，粮食产量从哪来？

乌力吉生气地说：等农民一来，他们见了土地，到时候谁也管不住了。就算你这一代能控制，到下一代你还能控制吗？

包顺贵说：一代人管一代事，下一代事我就管不着了。

乌力吉说：那你还是要打狼喽？

包顺贵说：你就是打狼不坚决才犯了大错，我可不想走你的老路。要是再让狼干掉一群马，我也跟你一样下场。

远处已见营盘的炊烟。包顺贵说：场部那帮人太势利眼了，他们给了你这么一匹老马，多耽误工夫。又回头对张继原说：小张，你回马群一定要给老乌换一匹好马，告诉巴图就说是我说的。

张继原答道：到了大队，谁都不会让乌场长骑赖马的。

包顺贵说：我的事太多，就先走一步了。我到毕利格家等你，你慢慢走吧。说罢，便一松嚼子，狂奔而去。

张继原勒紧嚼子，跟在那匹慢吞吞的老马身旁，对乌力吉说：

老包对您还是不错的。我听场部的人说，他给上面打了好几次电话，要求把您留在领导班子里。可是，他当兵出身，有不少“军阀习气”，你可别生气。

乌力吉说：老包干工作有冲劲，雷厉风行，经常深入第一线，要是在农区他一定是把好手。可是到了牧区，他的干劲越大，草原就越危险。

张继原说：如果是我刚来草原那会儿，我肯定会支持老包的观点，内地农村有不少人饿死，草原上却有那么多土地闲着。知青中支持他的人还不少呢。可现在，我不那么看了。我也认为您说的道理更有远见。农耕民族不懂草原的载畜量，不懂土地的载人量，更不懂大命和小命的关系，陈阵说草原千百年来有一种朴素的草原逻辑，是符合客观发展规律的。他认为清朝前期和中期二百年的草原政策是英明的，草原就不能让农区的人大量进入，这会付出加倍惨重的代价。

乌力吉对“草原逻辑”这个词很感兴趣，念叨了几遍就记下了。然后接着说：到清朝后期，草原政策顶不住内地的人口压力，还是执行不下去了，草原就一步步向北缩，再往西北缩，快要和大戈壁碰头了。要是长城以北都成了大沙漠，北京怎么办？连蒙古人都心疼着急，北京是蒙古人的光辉顶点，过去是蒙古人的大都，也是当时世界的首都啊……

张继原看见马群正在不远处的井台饮水，便急着向井台跑去，要给乌力吉老场长换一匹好马。

18

汉朝与唐朝统治全亚洲的幻梦是被十三至十四世纪时的元朝皇帝，忽必烈与铁木耳完泽笃，为古老的中国的利益而把它实现了，将北京变成为俄罗斯、突厥斯坦、波斯、小亚细亚、高丽、西藏、印度支那的宗主国首都。

……

统治人的种族，建立帝国的民族为数并不多。能和罗马人相提并论的是突厥——蒙古人。

——［法］勒尼·格鲁塞《草原帝国》

陈阵不停地搅着稠稠的奶肉粥，粥盆里冒出浓浓的奶香肉香和小米的香气，馋得所有的大狗小狗围在门外哼哼地叫。陈阵这盆粥是专门为小狼熬的，这也是他从嘎斯迈那里学来的喂养小狗的专门技术。在草原上，狗崽快断奶以前和断奶以后，必须马上跟上奶肉粥。嘎斯迈说，这是帮小狗长个头的窍门，小狗能不能长高长壮，就看断奶以后的三四个月吃什么东西，这段时间是小狗长骨架的时候，错过了这三四个月，以后喂得再好狗也长不大了。喂得特别好的小狗要比随便喂的小狗，个头能大出一倍。喂得不好的小狗以后就打不过狼了。

一次小组集体拉石头垒圈的时候，嘎斯迈指着一条别家的又瘦又矮、乱毛干枯的狗悄悄对陈阵说，这条狗是巴勒的亲兄弟，是一个狗妈生出来的，你看它俩的个头差多少。陈阵真不敢相信狗里面也有武松和武大郎这样体格悬殊的亲兄弟。在野狼成群的草原，有了好狗种还不行，还得在喂养上狠下功夫。因此，他一开始喂养小狼就不敢大意，把嘎斯迈喂狗崽的那一整套经验，全盘挪用到狼崽身上来了。

他还记得嘎斯迈说过，狗崽断奶以后的这段时间，草原上的女人和狼妈妈在比赛呢。狼妈拼命抓黄鼠、獭子和羊羔喂小狼，还一个劲地教小狼抓大鼠。狼妈妈都是好妈妈，它没有炉子，没有火，也没有锅，不能给小狼煮肉粥，可是狼妈妈的嘴就是比人的铁锅还要好的“锅”。它用自己的牙、胃和口水，把黄鼠旱獭的肉化成一锅烂乎乎温乎乎的肉粥，再喂给小狼，小狼最喜欢吃这种东西了，小狼吃了这样的肉粥长得像春天的草一样快。

草原上的女人要靠狗来下夜挣工分，女人们就要比狼妈妈更尽心更勤快才成。草原上懒女人养赖狗，好女人养大狗。到了草原，只要看这家的狗，就知道这家的女人是好是赖啦。后来陈阵就经常猛夸巴勒，夸得嘎斯迈笑弯了腰。陈阵一直想喂养出像巴勒一样的大狗，此时他更想喂养出一条比狼妈喂养的更大更壮的狼。

自从养了小狼，陈阵一下子改变了自己的许多生活习惯。张继原挖苦说陈阵怎么忽然变得勤快起来，变得婆婆妈妈的，心比针尖还细了。陈阵觉得自己确实已经比可敬可佩的狼妈和嘎斯迈还要精心。他以每天多做家务的条件，换得高建中允许他挤牛奶。他每天还要为小狼剁肉馅，既然是长骨架光喂牛奶还不够，还得再补钙。他小时候曾被妈妈喂过几年的钙片，略有这方面的知识，就在剁肉馅的时候剁进去一些牛羊的软骨。有一次他还到场部卫生院弄来小半瓶钙片，每天用擀面杖擀碎一片拌在肉粥里。这可是狼妈妈和嘎斯迈都想不到的。陈阵又嫌肉粥的营养不全，还在粥里加了少许的黄油和一丁点盐。粥香得连陈阵自己都想盛一碗吃了，可是还有三条小狗呢，他只好把口水咽下去。

小狼的身子骨催起来了，它总是吃得肚皮溜溜圆，像个眉开眼笑的小弥勒，真比秋季的口蘑长势还旺，身长已超过小狗们半个鼻子长了。

陈阵第一次给小狼喂奶肉粥的时候，他还担心纯肉食猛兽不肯吃粮食。肉粥肉粥，但还是以小米为主。结果大出意外，当他把温温的肉粥盆放到小狼的面前的时候，小狼一头扎进食盆，狼吞虎咽，兴奋得呼呼喘气，一边吃一边哼哼，直到把满盆粥吃光舔净才抬起头来。陈阵万万没有想到狼也能吃粮食，不过他很快发现，小狼决不吃没有掺肉糜和牛奶的小米粥。

小狼的肉奶八宝粥已经不烫了。陈阵将粥盆放在门内侧旁的锅碗架上，然后轻轻地开了一道门缝，再贴身挤出了门，又赶紧把门关上。除了二郎，一群狗和小狼全都扑了过来。黄黄和伊勒都将前爪搭到陈阵的胸前，黄黄又用舌头舔陈阵的下巴，张大嘴哈哈地表示亲热。三条小胖狗把前爪搭在陈阵的小腿上一个劲地叼他的裤子。小狼却直奔门缝，伸长鼻子顺着门缝，上上下下贪婪地闻着蒙古包里的粥香，还用小爪子抠门缝急着想钻进去。

陈阵感到自己像一个多子女的单身爸爸，面对一大堆自己宠爱的又嗷嗷待哺的爱子爱女们，真不知道怎样才能顾了这个，又不让另一个受冷落。他偏爱小狼，但对自己亲手抚养的这些宝贝狗们，哪一个受了委屈他也心疼。他不能立即给小狼喂食，先得把狗们安抚够了才成。

陈阵把黄黄伊勒挨个拦腰抱起来，就地悬空转了几个圈，这是陈阵给两条大狗最亲热的情感犒赏，它们高兴得把陈阵下巴舔得水光光黏糊糊。接着他又挨个抱起小狗们，双手托着小狗的胳肢窝，把它们一个个地举到半空。放回到地上后，还要一个一个地摸头拍背抚毛，哪个都不能落下。这项对狗们的安抚工作是养小狼以后新增加的，小狼没来以前就不必这样过分，以前陈阵只在自己特别想亲热狗的时候才去和狗们亲热。可小狼来了以后，就必须时时对狗们表示加倍的喜爱，否则，狗们一旦发现主人的爱已经转移到小狼身上，狗们的嫉妒心很可能把小狼咬死。陈阵真没想到在游牧条件下，养一条活蹦乱跳的小狼，就像守着一个火药桶，每天都得战战兢兢过日子。这些天还是在接羔管羔的大忙季节，牧民很少串门，大部分牧民还不知道他养了一条小狼，就是听说了也没人来看过。可以后怎么办？骑虎难下，骑狼更难下。

天气越来越暖和，过冬的肉食早在化冻以后割成肉条，被风吹成肉干了。没吃完的骨头也已被剔下了肉，风干了。剩下的肉骨头，表面的肉也已干硬，虽然带有像霉花生米的怪臭味，仍是晚春时节仅存的狗食。陈阵朝肉筐车走去，身后跟着一群狗，这回二郎走在最前面，陈阵把它的大脑袋夹搂在自己的腰胯部。二郎通点人性了，它知道这是要给它喂食，已经会用头蹭蹭陈阵的胯，表示感谢。陈阵从肉筐车里拿出一大笸箩肉骨头，按每条狗的食量分配好了，就赶紧向蒙古包快步走去。

小狼还在挠门，还用牙咬门。养了一个月的小狼，已经长到了一尺多长，四条小腿已经伸直，有点真正的狼的模样了。最明显的是，小狼眼睛上的蓝膜完全褪掉了，露出了灰黄色的眼球和针尖一样的黑瞳孔。狼嘴狼吻已变长，两只狼耳再不像猫耳了，也开始变长，像两只三角小勺竖在头顶上。脑门还是圆圆的，像半个皮球那样圆。小狼已经在小狗群里自由放养了十几天了，它能和小狗们玩到一块去了。但在没人看管的时候和晚上，陈阵还得把它关进狼洞里，以防它逃跑。黄黄和伊勒也勉强接受了这条野种，但对它避而远之。只要小狼一接近伊勒，用后腿站起来叼奶头，伊勒就用长鼻把它挑到一边去，连摔几个滚。只有二郎对小狼最友好，任凭小狼爬上它的肚皮，在它侧背和脑袋上乱蹦乱跳，咬毛拽耳，拉屎撒尿也毫不在意。二郎还会经常舔小狼，有时则用自己的大鼻子把小狼拱翻在地，不断地舔小狼少毛的肚皮，俨然一副狗爹狼爸的模样，小狼完全像是生活在原来的狼家里，快活得跟小狗没有什么两样。但陈阵发现，其实小狼早已在睁开眼睛以前，就嗅出了这里不是它真正的家，狼的嗅觉要比它的视觉醒得更早。

陈阵一把抱起小狼，但在小狼急于进食的时候，是万万不能和它亲近的。陈阵拉开门，进了包，把小狼放在铁桶炉前面的地上。小狼很快就适应了蒙古包天窗的光线，立刻把目光盯准了碗架上的铝盆。陈阵用手指试了试肉粥的温度，已低于自己的体温，这正是小狼最能接受的温度。野狼是很怕烫的动物，有一次小狼被热粥烫了一下，吓得夹起尾巴，浑身乱颤，跑出去张嘴舔残雪。它一连几天都害怕那个盆，后来陈阵给它换了一个新铝盆，它才肯重新进食。

为了加强小狼的条件反射，陈阵又一字一顿地大声喊：小、狼，小、狼，开、饭、喽。话音未落，小狼嗖地向空中蹿起，它对“开饭喽”的反应已经比猎狗听口令的反应还要激暴。陈阵急忙把食盆放在地上，蹲在两步远的地方，伸长手用炉铲压住铝盆边，以防小狼踩翻食盆。小狼便一头扎进食盆狼吞起来。

世界上，狼才真正是以食为天的动物。与狼相比，人以食为天，实在是太夸大其词了。人只有在大饥荒时候才出现像狼一样凶猛的吃相。可是这条小饱狼在吃食天天顿顿都充足保障的时候，仍然像饿狼一样凶猛，好像再不没命地吃，天就要塌下来一样。狼吃食的时候，绝对六亲不认。小狼对于天天耐心伺候它吃食的陈阵也没有一点点好感，反而把他当作要跟它抢食、要它命的敌人。

一个月来，陈阵接近小狼在各方面都有进展，可以摸它抱它亲它捏它拎它挠它，可以把小狼顶在头上，架在肩膀上，甚至可以跟它鼻子碰鼻子，还可把手指放进狼嘴里。可就是在它吃食的时候，陈阵绝对不能碰它一下，只能远远地一动不敢动地蹲在一旁。只要他稍稍一动，小狼便凶相毕露，竖起挺挺的黑狼毫，发出低低沙哑的威胁咆哮声，还紧绷后腿，做出后蹲扑击的动作，一副亡命徒跟人拼命的架势。陈阵为了慢慢改变小狼的这一习性，曾试着将一把汉式高粱穗扫帚伸过去，想轻轻抚摸它的毛。但是扫帚刚伸出一点，小狼就疯了似的扑击过来，一口咬住，拼命后拽，硬是从陈阵手里抢了过去，吓得陈阵连退好几步。小狼像扑住了一只羊羔一样，扑在扫帚上脑袋急晃、疯狂撕啃，一会儿就从扫帚上撕咬下好几缕穗条。陈阵不甘心，又试了几次，每次都一样，小狼简直把扫帚当作不共戴天的仇敌，几次下来那把扫帚就完全散了花。高建中刚买来不久的这把新扫帚，最后只剩下秃秃的扫帚把，气得高建中用扫帚把把小狼抽了几个滚。此后，陈阵只好把在小狼吃食的时候摸它脑袋的愿望，暂时放弃了。

这次的奶粥量比平时几乎多了一倍，陈阵希望小狼能剩下一些，他就能再加点奶水和碎肉，拌成稍稀一些的肉粥，喂小狗们。

但是他看小狼狂暴的进食速度，估计剩不下多少了。从它的这副吃相中，陈阵觉得小狼完全继承了草原狼的千古习性。狼具有战争时期的军人风格，吃饭像打仗。或者，真正的军人具有狼的风格，假如吃饭时不狂吞急咽，军情突至，下一口饭可能就要到来世才能吃上了。陈阵看着看着，生出一阵心酸，他像是看到了一个蓬头垢面、狼吞虎咽的流浪儿一样，它的吃相就告诉了你，那曾经的凄惨身世和遭遇。若不是如此以命争食，在这虎熊都难以生存的高寒严酷的蒙古草原，狼又如何能顽强地生存下来呢。

陈阵由此看到了草原狼艰难生存的另一面。繁殖能力很高的草原狼，真正能存活下来的，可能连十分之一都不到。毕利格老人说，腾格里有时惩罚狼，也是六亲不认的，一场急降的没膝深的大雪，就能把草原上大部分的狼冻死饿死。一场铺天盖地的狂风猛火，也会烧死熏死成群的狼。从灾区逃荒过来的饿疯了的大狼群，也会把本地的狼群杀掉一大半。加上牧人早春掏窝、秋天下夹、初冬打围、严冬枪杀，能侥幸活下来的狼便是少数了。老人说，草原狼都是饿狼的后代，原先那些丰衣足食的狼，后来都让逃荒来的饥狼打败了。蒙古草原从来都是战场，只有那些最强壮、最聪明、最能吃能打、吃饱的时候也能记得住饥饿滋味的狼，才能顽强地活下来。

小狼在食盆里急冲锋，陈阵越看越能体会食物对狼的命运的意义。在残酷的生存竞争中，即使是良种，但若争抢不到食物，不把恐怖的饥饿意识，体现在每一根骨头每一根肉丝上，它只能成为狼世界中矮小的武大郎，最后被无情淘汰。

陈阵逐渐发现，蒙古草原狼有许多神圣的生存信条，而以命拼食就是其中的根本一条。陈阵在喂小狼的时候，完全没有在喂狗时那种高高在上救世济民的感觉。小狼根本不领情，小狼的意识里绝没有被人豢养的感觉，它不会像狗一样一见到主人端来食盆，就摇头摆尾感激涕零。小狼丝毫不感谢陈阵对它的养育之恩，也完全不认为这盆食是人赐给它的，而认为这是它自己争来的夺来的。它要拼命护卫它自己争夺来的食物，甚至不惜以死相拼。在陈阵和小狼的关系中，养育一词是不存在的，小狼只是被暂时囚禁了，而不是被豢养。小狼在以死拼食的性格中，似乎有一种更为特立独行、桀骜不驯的精神在支撑着它。陈阵觉得脊背一阵阵发冷，他不知道自己能否将这条小狼留住并养大。

陈阵最后还是打消了在小狼吃食时抚摸它的愿望，决定尊重小狼的这一高贵的天性。以后他每次给小狼喂食的时候，都会一动不动地跪蹲在离小狼三步远的地方，让小狼不受任何干扰地吞食。自己也在一旁静静地看小狼进食，虔诚地接受狼性的教诲。

转眼间，小狼的肚皮又胀得快要爆裂，吞食的速度大大下降，但仍在埋头拼命地吃。陈阵发现，小狼在吃撑以后就开始挑食了，先是挑粥里的碎肉吃，再挑星星点点的肉丁吃，它锐利的舌尖像一把小镊子，能把每一粒肉丁都镊进嘴里。不一会儿，杂色的八宝肉粥变成了黄白一色的小米粥了。陈阵睁大眼睛看，小狼还在用舌尖镊吃着东西，陈阵再仔细看，他乐了，小狼居然在镊吃黄白色粥里的白色肥肉丁和软骨丁。小狼一边挑食，一边用鼻子像猪拱食一样把小半盆粥拱了个遍，把里面所有荤腥的瘦肉丁、肥肉丁和软骨丁，丁丁不落地挑到嘴里。小狼又不甘心地翻了几遍，直到一星肉丁也找不到的时候，它仍不抬头。陈阵伸长脖子再仔细看它还想干什么，几乎乐出了声，小狼居然在用舌头挤压剩粥，把挤压出来的奶汤舔到嘴里面，奶也是狼的美食啊。当小狼终于抬起头来的时候，一大盆香喷喷的奶肉八宝粥，竟被小狼榨成了小半盆没有一点油水、干巴巴的小米饭渣，色香味全无。陈阵气得大笑，他没想到这条小狼这么贪婪和精明。

陈阵没有办法，只好在食盆里加上一把碎肉，加了剩留的牛奶，再加上一点温水，希望还能兑出大半盆稀肉粥，可是他怎么搅也只能搅出肉水稀饭来。陈阵把食盆端到包外，把稀汤饭倒进狗的食盆里，小狗们一拥而上，但马上就不满地哼哼叫起来了。陈阵感到了牧业的艰辛，喂养狗也是牧业分内的一件苦差事，再加上一条狼，他就更辛苦了。而这份苦，完全是他心甘情愿自找的。

小狼撑得走不动道了，趴在地上远远地看小狗们吃剩汤。小狼吃饱了什么都好说，陈阵走近小狼，亲热地叫它的名字：小狼，小狼。小狼一骨碌翻了个身，四爪弯曲，肚皮朝天，头皮贴地，顽皮淘气地倒看着陈阵。陈阵上前一把抱起小狼，双手托着小狼的胳肢窝，把它高高地举上天，一连举了五六次，小狼又怕又喜，嘴高兴地咧着，可后腿紧紧夹着尾巴，腿还轻轻地发抖。但小狼已经比较习惯陈阵的这个举动了，它好像知道这是一种友好的行为。陈阵又把小狼顶在脑袋上，架在肩膀上，但它很害怕，用爪子死死抠住陈阵的衣领。

回到地上，陈阵盘腿坐下，就把小狼肚皮朝天放在了自己腿上，给它做例行的肚皮按摩，这是母狗和母狼帮助小崽们食后消化的工作，现在轮到他来做了。陈阵觉得这件事很好玩，用巴掌慢慢揉着一条小狼的肚皮，一边听着小狼舒服快乐的哼哼声，和小狼打嗝放屁的声音。吃食时狂暴的小狼这时候变成了一条听话的小狗，它用两只前爪抱住陈阵的一根手指头，不断地舔，还用尖尖的小狼牙轻轻地啃咬。小狼的目光也很温柔，揉到特别舒服的时候，小狼的狼眼里还会充满盈盈的笑意，似乎把陈阵当作了一个还算称职的后妈。

辛苦之余，小狼又给了他加倍的欢乐。此时陈阵忽然想起在遥远的古代，或者不知什么地方的现在，一条温柔的母狼在用舌头给刚吃饱奶的“狼孩”舔肚皮，光溜溜的小孩高兴得啃着自己的脚指头，咯咯地笑。一群大小野狼围在这团小胖肉旁边相安无事，甚至还会叼肉来给他吃。从古到今，天下母狼收养了多少人孩，天下的人又收养了多少狼崽。多年来关于狼的奇特传说，如今陈阵能够身临其境了，他能亲身感受、亲手触摸到狼性温柔善良的一面。他心里涌出冲动，希望能替天下所有的狼孩，无论是古匈奴、高车、突厥，还是古罗马、印度和苏联的狼孩们，回报人类对它们的敬意。他低下头用自己的鼻子碰了碰小狼的湿鼻头，小狼竟像小狗一样地舔了一下他的下巴，这使他兴奋而激动。这是小狼第一次对他表示信任，他和小狼的感情又进了一步。他慢慢地享受品味着这种纯净的友谊，觉得自己的生命向远古延伸得很远很远。有一刻他忽然觉得自己好像很老很老了，却还保持着人类幼年时代的野蛮童心。

唯独使他隐隐不安的是：这条小狼不是在野外捡来的，也不是病死战死的母狼的弃儿或遗孤。那种收留和收养充满了自然原始的爱，可他的这种强盗似的收养，却充满了人为的刻意。他为了满足自己的猎奇和研究，把天下流传至今的美好的人狼故事，强制性地倒行逆施了。他时时都在担心那条被抄了窝的母狼来报复。这也许是科学和文明进程中的冷酷与无奈？但愿这种冷酷和新野蛮能为腾格里所理解——他的本意是想由此进入草原民族的狼图腾精神领域啊。

二郎已经把它那份食物吃完了，它向陈阵慢慢走来。二郎每次看到陈阵抱着小狼给它揉肚皮的时候，总会走得很近好奇地望着他俩，有时还会走到小狼的身旁给它舔肚皮。陈阵伸手摸摸二郎的脑袋，它冲他轻轻咧嘴一笑。自从陈阵收养了小狼以后，二郎与他的距离忽然缩短了。难道他自己身上也有野性和狼性？而且也被它嗅了出来？如是那样倒有意思了：一个有野性狼性的人，一条有野性狼性的狗，再加上一条纯粹的野狼，共同生活在充满野性狼性的草原上。那他的情感年龄就突然变得高龄起来。他竟然获得了从远古一直到现代的全部真实感觉，远古的感觉越真实，他就觉得自己的生命越久远。难道现代人总想跑到原始环境里去探奇，难道在下意识中是为了从相反的方向来“延长”自己的寿命吗？他的生活忽然变得比奇特的狼孩故事还要奇特。

陈阵觉得自从对草原狼着了魔以后，他身上萎靡软弱无聊的血液好像正在减弱，而血管里开始流动起使他感到陌生的狼性血液。生命变得茁壮了，以往苍白乏味的生活变得充实饱满了。他觉得自己重新认识了生命和生活，开始珍惜和热爱生命和生活。他渐渐理解为什么《热爱生命》是与一条垂死的狼联系在一起的。为什么列宁在生命垂危的时候，要让他的夫人再给他朗读杰克·伦敦的小说《热爱生命》。列宁是在听着人与狼生死搏斗的故事中安详长眠的，他的灵魂也可能是由异族的狼图腾带到马克思那里去了。连世上生命力最旺盛的伟人都要到荒原和野狼那里去寻找生命的活力，更何况他这个普通人了。

陈阵的思绪渐渐走远。他突然觉得，生命的真谛不在于运动而在于战斗。哺乳动物的生命起始，亿万个精子抱着决一死战的战斗精神，团团围攻一枚卵子，杀得前赴后继，尸横遍宫。那些只运动不战斗、游而不击的精子全被无情淘汰，随尿液排出体外。只有战斗力最顽强的一个精子勇士，踏着亿万同胞兄弟的尸体，强悍奋战，才能攻进卵子，与之结合成一个新人的生命胚胎。此间卵子不断地分泌杀液，就是为了消灭一切软弱无战斗力的精子。

生命是战斗出来的，战斗是生命的本质。世界上曾有许多农耕民族的伟大文明被消灭，就是因为农业基本上是和平的劳动；而游猎游牧业、航海业和工商业却时时刻刻都处在残酷的猎战、兵战、海战和商战的竞争战斗中。如今世界上先进发达的民族都是游牧、航海和工商民族的后代。连被两个大国紧紧封闭在北亚高寒贫瘠内陆、人口稀少的蒙古民族，依然没有被灭绝，显然要比历史上古埃及、古巴比伦和古印度的农耕民族，更具战斗力和生命力。

小狼开始在陈阵的腿上乱扭，陈阵知道小狼要撒尿拉屎了。它也看到了二郎，想跟它一块玩了。陈阵松开手，小狼一骨碌跳下地，撒了一泡尿就去扑闹二郎，二郎乐呵呵地卧下来，充当小崽们的玩具“假山”。小狼爬到了二郎背上玩耍。小狗们也想爬上来玩，但都被小狼拱下去，小狼沙哑地咆哮发威，一副占山为王的架势。两条小公狗突然一起发动进攻，叼住小狼的耳朵和尾巴，然后一起滚下狗背，三条小狗一拥而上，把小狼压在身下乱掐乱咬，小狼气呼呼地踹腿挣扎，拼命反抗，打得不可开交，地面上尘土飞扬。可是不一会儿，陈阵就听到一条小公狗一声惨叫，一条小爪子上流出了血，小狼居然在玩闹中动了真格的了。

陈阵决定主持公道，他揪着小狼的后脖颈把它拎起来，走到小公狗面前，把小狼的头按在小狗的受伤的爪子前面，用小狼的鼻子撞小狗的爪子，但小狼毫无认错之意，继续皱鼻龇牙发狼威，吓得小狗们都躲到伊勒的身后。伊勒火冒三丈，它先给小狗舔了几下伤，便冲到小狼面前猛吼了两声，张口就要咬。陈阵急忙把小狼抱起来转过身去，吓得心嗵嗵乱跳，他不知道哪天两条大狗真会把小狼咬死。在没有笼子和圈的情况下，养着这么一个小霸王太让他操心了。陈阵连忙摸头拍背安抚伊勒，总算让它消了气。陈阵再把小狼放在地下，伊勒不理它，带着三条小狗到一边玩去了。小狼又去爬二郎的背，奇怪的是，凶狠的二郎对小狼总是宽容慈爱有加。

忙完了喂食，陈阵开始清理牛车，为搬家迁场做准备。突然他看见毕利格老人赶着一辆牛车，拉了一些木头朝他的蒙古包走来。陈阵慌忙从牛车上跳下来，抓起小狼，将小狼放进狼窝，盖好木板，压上大石头。他心跳得也希望能有一块大石头来压一压。

黄黄伊勒带着小狗们摇着尾巴迎向老人，陈阵赶紧上前帮老人卸车拴牛，并接过老人沉重的木匠工具袋。每次长途迁场之前，老人总要给知青包修理牛车。陈阵提心吊胆地说：阿阿……爸，我自个儿也能凑合修车了，以后您老就别再帮我们修了。

老人说：凑合可不成。这回搬家路太远，又没有现成的车道，要走两三天呐。一家的车误在半道，就要耽误全队全组的车队。

陈阵说：阿爸，您先到包里喝口茶吧，我先把要修的车卸空。

老人说：你们做的茶黑乎乎的，我可不爱喝。说完突然朝压着石头的木板走去，沉着脸说道：我先看看你养的狼崽。

陈阵吓慌了神，连忙拦住了老人说：您先喝茶吧，别看了。

老人瞪圆杏黄色的眼珠喝道：都快一个多月了，还不让我看！

陈阵横下一条心说：阿爸，我打算把狼崽养大了，配一窝狼狗崽……

老人满脸怒气，大声训道：胡闹！瞎胡闹！外国狼能配狼狗，蒙古狼才不会配呢。蒙古狼哪能看上狗，狼配狗？做梦！你等着狼吃狗吧！老人越说越生气，每一根山羊胡子都在抖动：你们几个越来越不像话了。我在草原活了六十多岁，还从没听说有人敢养狼。那狼是人可以养的吗？狼能跟狗一块堆儿养的吗？跟狼比，狗是啥东西？狗是吃人屎的，狼是吃人尸的。狗吃人屎，是人的奴才；狼吃人尸，是送蒙古人的灵魂上腾格里的神灵。狼和狗，一个天上，一个地下，能把它们俩放到一块堆儿养吗？还想给狼和狗配对？要是我们蒙古人给你们汉人的龙王爷配一头母猪，你们汉人干吗？冒犯神灵！冒犯蒙古祖宗！冒犯腾格里啊！你们要遭报应的啊，连我这个老头子也要遭报应……

陈阵从没见过老人发这么大的火。小狼这个火药桶终于爆炸了，陈阵的心被炸成了碎片。老人这次像老狼一样动了真格了，他生怕老人气得一脚踢上石头踢伤了脚，再气得一石头砸死小狼。老人铁嘴狼牙，越说越狠，毫无松口余地：一开始听说你们养了一条狼崽，我还当是你们内地人汉人学生不懂草原规矩，不知道草原忌讳，只是图个新鲜，玩几天就算了。后来听说道尔基也养了一条，还打算配狼狗，真打算要养下去了。这可不成！今儿你就得当着我的面把这条狼崽给处理掉……

陈阵知道自己闯了大祸。草原养狼，千年未有。士可杀，不可辱。狼可杀可拜，但不可养。一个年轻的汉人深入草原腹地，在草原蒙古人的祖地，在草原蒙古人祭拜腾格里，祭拜蒙古民族的兽祖、宗师、战神和草原保护神狼图腾的圣地，像养狗似的养一条小狼，实属大逆不道。如果这件事发生在古代草原，陈阵非得被视作罪恶的异教徒，五马分尸抛尸喂狗不可。就是在现代，这也是违反国家少数民族政策、伤害草原民族感情的行为。但陈阵最怕的，是他真的深深地激怒和伤害了毕利格老阿爸，一位把他领入草原狼图腾神秘精神领域的蒙古老人，而且就连他掏出的那窝狼崽，也是在老人一步步指点下挖到手的。他无法坚持，也不能做任何争辩了。他哆哆嗦嗦地叫道：阿爸。老人手一甩喊道：甭叫我阿爸！陈阵苦苦央求：阿爸，阿爸，是我错了，是我不懂草原规矩，冒犯了您老……阿爸，您说吧，您说让我怎么处理这条可怜的小狼吧。陈阵的泪水猛然涌出眼眶，止也止不住，泪水洒在小狼和他刚才还快活地玩耍和亲吻的草地上。

老人一愣，定定地望着陈阵，显然一时也不知道该如何处理这条小狼。老人肯定知道陈阵养狼根本就不是为了配狼狗，而是被草原狼迷昏了头。陈阵是他精心栽培的半个汉族儿子，他对草原狼的痴迷已经超过了大部分蒙古年轻后生，然而，恰恰是这个陈阵，干出了使老人最不能容忍的恶行。这是一件老人从未遇到过的，也从未处理过的事情。

老人仰望腾格里长叹一声，说道：我知道你们汉人学生不信神，不管自个儿的灵魂。虽说这一年多，你是越来越喜欢草原和狼了，可是，阿爸的心你还是不明白。阿爸老了，身子骨一年不如一年了。草原又苦又冷，蒙古人像野人一样在草原上打一辈子仗，蒙古老人都有一身病，都活不长。再过不了多少年，你阿爸就要去腾格里了。你咋能要把阿爸的灵魂带上腾格里的狼养在狗窝里呢？你这么做，阿爸有罪啊，腾格里兴许就不要你阿爸的灵魂了，把我打入戈壁下面又呛又黑的地狱。草原上要是都像你对奴才一样待狼，蒙古人的灵魂就没着没落了……

陈阵小声辩解说：阿爸，我哪是像对奴才一样对待小狼啊，我自己都成了小狼的奴才了。我天天像伺候蒙古王爷少爷一样地伺候小狼，挤奶喂奶，熬粥喂粥，煮肉喂肉。怕它冷，怕它病，怕它被狗咬，怕它被人打，怕老鹰把它抓走，怕母狼把它叼走，连睡觉都睡不安稳。连高建中都说我成了小狼的奴隶。您是知道的，我是最敬拜狼的汉人。腾格里全看得见，腾格里最公平，它是不会怪罪您老的。

老人又是微微一愣，他相信陈阵说的全是真的。如果陈阵像供神灵，供王爷一样地供着小狼，这是冒犯神灵还是敬重神灵呢？老人似乎难以做出判断。不管在方式上，陈阵如何不合蒙古草原的传统和规矩，但陈阵的心是诚的。蒙古草原人最看重的就是人心。老人像狼一样凶狠的目光渐渐收敛。陈阵希望争取睿智的老阿爸，能给他这个敬重狼图腾的汉族年轻人一个破例，饶了那个才出生两个月多的小生命。

陈阵隐约看到了一线希望，他擦干眼泪，喘了一口气，压了压自己恐慌而又焦急的情绪说：阿爸，我养狼就是想实实在在地摸透草原狼的脾气和品行，想知道狼为什么那么厉害，那么聪明，为什么草原民族那样敬拜狼。您不知道，我们汉族人是多么恨狼，把最恶最毒的人叫作狼，说他们是狼心狗肺，把欺负女人的人叫作大色狼，说最贪心的人是狼子野心，把美帝国主义叫作野心狼，大人吓唬孩子，就说是狼来了……

陈阵看老人的表情不像刚才那样吓人，壮了壮胆子接着说下去：

在汉人的眼里，狼是天下最坏最凶恶最残忍的东西，可是蒙古人却把狼当神一样地供起来，活着的时候学狼，死了还把自己喂狼。一开始我也不明白这是为什么。在草原两年多了，要不是您经常开导我，给我讲狼和草原的故事和道理，经常带我去看狼打狼，我不会这么着迷狼的，也不会明白了那么多的事理。可是我还是觉着从远处看狼琢磨狼，还是看不透也琢磨不透，最好的办法就是养条小狼，近近地看，天天和它打交道。养了一个多月的小狼，我还真的看到了许多以前没有看到的东西，我越来越觉得狼真是了不起的动物。可到现在，咱们牧场还有一大半的知青，没有改变对狼的看法呢。知青到了草原还不明白狼，那没到过草原的几亿汉人哪能明白呢。以后到草原上来的汉人越来越多，真要是把狼都打光了，草原可怎么办呢？蒙古人遭殃，汉人就更要遭大殃。我现在真是很着急,我不能眼看着这么美的草原被毁掉……

老人掏出烟袋，盘腿坐到石头前。陈阵连忙拿过火柴，给老人点烟。老人抽了几口说：是阿爸把你带坏了……可眼下咋办?孩子啊，你养狼不替你阿爸想，也得替乌力吉想想，替大队想想。老乌场长刚被罢了官，四个马倌记了大过，这是为的啥？就是上面说老乌尽护着狼了，从来不好好组织打狼，还说你阿爸是条老狼，大队的头狼，咱们二队是狼窝。这倒好，在这个节骨眼上，咱队的知青还真的养了一条小狼。别的三个大队的学生咋就不养？这不是明摆着说你是受二队坏人的影响吗？你这不是往人家手里送把柄吗?

老人忧郁的目光，从一阵阵烟雾中传递出来，他的声音越发低沉：

再说，你养小狼，非把母狼招来不可，母狼还会带一群狼过来。额仑草原的母狼最护崽，它们的鼻子也最尖，我估摸母狼一准能找见它的崽子，找到你这块营盘来报复。额仑的狼群什么邪行的事都能干得出来，咱们队出的事故还少吗？要是再出大事故，老乌和队里的干部就翻不了身了，要是狼群盯上了你的羊群，逮个空子毁掉你大半群羊，你养狼招狼，毁了集体的财产，你没理啊，那你非得坐牢不可……

陈阵的心刚刚暖了一半，这下又凉下去多半截。在少数民族地区养狼，本身就违反民族政策，而在羊群旁边养狼，这不是有意招狼，故意破坏生产吗？如果再联系到他的“走资派”父亲的问题，那绝对可以上纲上线，而且还要牵连许多人。陈阵的手不由得微微发抖，看来今天自己不得不亲手把小狼抛上腾格里了。

老人的口气缓和了些，说：包顺贵上台了，他是蒙古族人，可早就把蒙古祖宗忘掉了，他比汉人还要恨狼，不打狼就保不住他的官。你想，他能让你养狼吗？

陈阵还在做最后一线希望的努力，他说：您能不能跟包顺贵说，养狼是为了更好地对付狼，是科学实验。

老人说：这事你自个儿找他去说吧，今天他就来我家住，明天你就找他去吧。老人站起身，回头看了看那块大石头说：你养狼，就不怕狼长大了咬羊？咬你，再咬别人？狼牙有毒，咬上一口，没准人就没命了。我今天就不看狼崽了，看了我心里难受。走，修车去吧。

老人修车的时候一句话也不说。陈阵还没有做好处死小狼的心理准备，但是他不能再给处境困难的老阿爸和乌力吉添乱了……

老人和陈阵修好了两辆牛车，正要修第三辆车的时候，三条大狗猛吼起来，包顺贵和乌力吉一前一后地骑马跑了过来，陈阵急忙喝住了狗。包顺贵一下马就对毕利格说：你老伴说你到这儿来了，我正好也打算看看小陈养的小狼崽。场革委会已经决定，让老乌就住在你家。场部那帮人，差点要把老乌打发到基建队去干体力活。

陈阵的心急跳不停。草原的消息比马蹄还快。

老人应道：嗯，这件事你干得还不赖。

包顺贵说：这回开辟新草场的事情，都惊动了旗盟领导，他们对这件事很重视，指示我们要争取当年成功。能增加这么大的一片新牧场，载畜量就可以翻一番，真是件大好事。这件事是你们俩挑头干的，这次我特地让老乌住到你家，这样你们研究工作就更方便了。

老人说：这件事是老乌一人带头干的，不论啥时候，他的心都在草原上。

包顺贵说：那当然，我已经向领导汇报过了。他们也希望老乌同志能将功补过。

乌力吉淡淡一笑说：不要谈功不功了，还是商量一些具体的事吧。迁场路太远，搬家困难不少，场部的汽车和两台胶轮拖拉机应该调到二队帮忙，还得抽调一些劳力把路修一修……

包顺贵说：我已经派人通知今晚队干部开会，到时候再议吧。包顺贵又转头对陈阵说：你交上来的两张大狼皮，我已经让皮匠熟好，托人捎给我的老领导了，他很高兴，说想不到北京知青也能打到这么大的狼，真是好样的，他还要我代他谢谢你呐。

陈阵说：你怎么说是我打的呢，明明是狗打的嘛，我可不敢贪狗之功。

包顺贵拍拍他的肩膀说：你的狗打的就是你打的。下级的功劳从来都是记在上级的功劳簿上的，这是我军的光荣传统。好吧，让我见识见识你养的小狼。

陈阵看了看毕利格老人，老人仍不说话，陈阵赶紧说：我已经不打算养了，养狼违反牧民的风俗习惯，也太危险，要是招来狼群我可负不起这个责任。他一边说着，一边搬开石头掀开了案板。

洞里，胖乎乎的小狼正要往上爬，一见洞上黑压压的人影，立即缩到壁角，皱鼻龇牙，可是全身的狼毫瑟瑟发抖。包顺贵眼里放出光彩，大声叫好：哈！这么大的一条狼崽，才养了一个多月，就比你交上来的狼崽皮大两倍多了。早知道这样，还不如让你都养了，等大一点再杀，十几张皮就能做一件小狼皮袄了。你们瞧，这身小狼皮的毛真好看，比没断奶的狼崽皮厚实多了……

陈阵苦着脸说：那我可养不起，狼崽特能吃，一天得吃一大盆肉粥，还要喂一碗牛奶。

包顺贵说：你怎么就算不过账来呢，小米子换大皮子多划算。

明年各队再掏着狼崽，一律不准杀，等养大两三倍再杀。

老人冷笑道：哪那么省事，断奶前他是用狗奶喂狼崽的，要养那么多的狼崽，上哪儿找那么多母狗去？包顺贵想了想说：哦，那倒也是。

陈阵伸手捏着小狼的后脖颈，将它拎出洞。小狼拼命挣扎，在半空中乱蹬乱抓，浑身抖个不停。狼其实是天性怕人的动物，只有逼急了才会伤人。

他把小狼放在地上。包顺贵伸出大巴掌在小狼身上摸了几下，笑道：我还是头一回摸活狼呢，还挺胖啊，有意思，有意思。

乌力吉说：小陈啊，看得出来，这一个多月你没少费心。野地里的小狼都还没长这么大呢，你比母狼还会带狼崽了。早就听说你迷上了狼，碰到谁都要让人讲狼故事，真没想到你还养上了狼，你是不是走火入魔了？

毕利格老人出神地看着小狼，他收起烟袋，用巴掌扇走了洞口的烟，说道：我活这么大的岁数，这还是头一回瞅见人养的小狼，养得还挺像样儿，陈阵这孩子真是上了心啊，刚才求了我老半天了。可是，在羊群旁边养狼，不全乱套了吗？要是问全队的牧民，没一个会同意他养狼的。今儿你们俩都在，我想，这孩子有股钻劲，他想搞个科学试验，你们说咋办？

包顺贵好像对养狼很感兴趣，他想了想说：这条小狼现在杀了也可惜了，就这么一张皮子做啥也不好做。能把没断奶的狼崽养这么大，不容易啊。我看这样吧，既然养了，就先养着试试吧。养条狼做科学实验，也说得过去。毛主席说，研究敌人是为了更好的消灭敌人嘛。我也想多琢磨琢磨狼呢，往后我还真得常来这儿看看小狼呢。听说你还打算把狼养大了配狼狗？

陈阵点点头：是想过，可阿爸说根本成不了。

包顺贵问乌力吉：这事草原上从前有人做过吗？

乌力吉说：草原民族敬狼拜狼，哪能配狼狗？

包顺贵说：那倒可以试一试嘛，这更是科学实验了。要是能配出蒙古狼狗来，没准比苏联狼狗还厉害。蒙古狼是世界上最大最厉害的狼，配出的狼狗准错不了。这事部队一定感兴趣，要是能成，咱们国家就不用花钱到外国去买了。牧民要是有了蒙古狼狗看羊，狼没准真的不敢来了。我看这样吧，往后牧民反对，你们就说是在搞科学实验。不过，小陈你记住了，千万要注意安全。

乌力吉说：老包说可以养，那你就先养着吧。不过我得提前告诉你，出了事还得你自己承担，不要给老包添麻烦。我看你这么养着太危险，一定要弄条铁链子拴着养，不让狼咬着人咬着羊。

包顺贵说：对，绝对不能让狼伤着人，要是伤了人，我马上就毙了它。

陈阵紧张得心都快跳出来了，连声说：一定！一定！不过……我还有一件事得求你们，我知道牧民都反对养狼，你们能不能帮我做做工作？

乌力吉说：你阿爸说话比我管用，他说一句顶我一百句呢。

老人摇摇头说：唉，我把这孩子教过了头，是我的错，我也担待一点吧。

老人将木匠工具袋留给陈阵，便套好牛车回家。包顺贵和乌力吉也上马跟着牛车一块走了。

陈阵像是大病初愈，兴奋得没有一点力气，几乎瘫坐在狼窝旁边。他紧紧搂抱着小狼，搂得小狼又开始皱鼻龇牙。陈阵急忙给它挠耳朵根，一下就搔到了小狼的痒处，小狼立刻软了下来，闭着一只眼，歪斜着半张嘴，伸头伸耳去迎陈阵的手，全身舒服得直打颤，像是得了半身不遂，失控地抖个不停。

19

上（汉武帝——引者注）乃下诏："……匈奴常言，'汉极大，然不耐饥渴，失一狼，走千羊。'乃者贰师败，军士死略离散，悲痛常在朕心。"

——司马光《资治通鉴·汉世宗孝武皇帝下之下》

包顺贵带领巴图、沙茨楞等五个猎手和杨克，以及七八条大狗率先进入新草场。两辆装载着帐篷、弹药和锅碗瓢盆的轻便铁轮马车紧随其后。

登上新草场西边山头，包顺贵和猎手们用望远镜，仔细搜索大盆地的每个山沟山褶，河湾河汊，草坡草甸，竟没有发现一条狼，一只黄羊。只有盆地中央的湖泊里成群的野鸭，大雁和十几只大天鹅。

每个猎手似乎都对初夏打狼提不起精神，可都对这片盛着满满一盆草香的碧绿草场惊呆了眼。杨克觉得自己的眼睛都快瞪绿了，再看看别人的眼珠，也是一色绿莹莹，像冬夜里的狼眼那样既美丽又吓人。一路下山，青绿葱葱，草香扑鼻，空气纯净，要想在这里找到灰尘简直比找金沙还要难。马蹄和车轮全被草汁染绿，连拖地的套马杆的尾根也绿了。马拼命挣着嚼子，硬是低下头吃新草。杨克唯一感到遗憾的是，陈阵向他描述的大片野花已经凋谢，全绿的草色略显单一。

包顺贵像发现了大金矿，大声高叫：真是块风水宝地，翡翠聚宝盆啊，真应该先请军区首长们开着小车来这儿玩几天，打天鹅打野鸭子，再在草地上生火吃烤肉。杨克听得刺耳，眼前忽地闪过了芭蕾舞剧《天鹅湖》中，那个背着黑色翅膀的飞魔。

马队轻快地下山，走过一个小缓坡以后，包顺贵又压低声音叫起来了：快瞧左边，那条山沟里停着一群天鹅，正吃草呐。咱们快冲过去打下一只来！说完便带着两个猎手急奔而去。杨克阻拦不及，只好也跟着奔过去。一边揉了揉眼睛望过去，果然在左前方的一个山沟里有一片大白点，像一小群夏季雪白的大羊羔，白得鲜艳夺目，与刚才在望远镜里看到的大天鹅一样白亮。杨克憋得喘不过气来，他手中没枪，要不真想故意走火惊飞天鹅。狂奔了一段，白点还是不动，杨克几乎就要大喊了。正在这时，几个猎手都突然勒住马，垂下了枪，减了马速，并大声说着什么。包顺贵也勒了勒马，掏出望远镜看了起来。杨克也赶紧掏出望远镜，当他看清了镜头里的景物时，一下子就蒙了。他几乎不敢相信自己的眼睛：那群白羊羔似的娇艳亮色，竟然是一大片野生白芍药花丛。前一年的初夏，杨克曾在旧草场的山里见过野芍药，都是几株一丛，零零散散的，但是从来没有见过这么大的一片，他恍然觉得这些芍药花，像是由一群白天鹅在眨眼间摇身一变而成。

包顺贵并没有感到扫兴，他反而又高叫起来：我的天！我可从来没见过这么漂亮的芍药花，比城里大公园里人种人养的芍药长得还要好。快过去看看！几匹马又急奔起来。

冲到花前，杨克惊得像是秋翁遇花神花仙那样快要晕过去了。

在一片山沟底部的冲积沃土上，三四十丛芍药花开得正盛。每丛花都有一米高，一抱粗。几十枝小指那样粗壮的花茎，从土里密密齐齐伸出来，伸到一尺多就是茂密的花叶，而花叶上面就开满了几十朵大如牡丹的巨大白花，将花叶几乎完全遮盖。整丛花像一个花神手插的大白花篮，只见密密匝匝的花朵，不见花叶，难怪远看像白天鹅。杨克凑近看，每朵花，花心紧簇，花瓣蓬松，饱含水分，娇嫩欲滴；比牡丹活泼洒脱，比月季华贵雍容。他从未在纯自然的野地里，见过如此壮观、较之人工培育更精致完美的大丛鲜花，几乎像是天鹅湖幻境里的众仙女。

包顺贵也看傻眼了，他惊叫道：这可真是稀罕玩意儿，要是送到城里，该卖多少钱啊？我得先移几棵给军区首长，让他们也高兴高兴。老干部不爱钱，可都爱名花。送这花，就送到他们的心坎里了。小杨，你们北京的国宾馆，也没有这么神气的芍药花吧？

杨克说：别说国宾馆了，我看国外的皇家花园里都不见得有呢。

包顺贵大喜，转身对猎手们说：你们都听好了，这些花可是宝贝，要严加看管，咱们回去的时候，砍些野杏树杈，把这片花围起来。

杨克说：要是以后咱们搬家走了怎么办？我真怕人偷挖。

包顺贵想了想说：我自有办法，你就别管了。

杨克面露担忧：你千万别把这些花移走，一挪可能就挪死了。

马队和马车来到小河边的一个河套子里，猎手们很快找到狼群打围的几处猎场，黄羊的尸骨几乎吃尽，只剩下羊角、蹄壳和碎皮，连羊头骨都没剩下。巴图说：狼群又打过几次围，来过不少群狼。你看看这些狼粪，我估摸连老狼瘸狼都来过了。包顺贵问：现在狼群上哪儿去了？

巴图说：八成跟黄羊进山去了，也没准狼群上山打獭子去了，要不就是跟黄羊回界桩那边了。小黄羊这会儿都跑得跟大羊一样快，狼抓黄羊难了，要不狼群不会把黄羊吃得这么干净。

包顺贵说：老乌老毕他们明明看见过几百只黄羊，几十条狼，怎么才二十多天，就跑没影了呢？

巴图说：来了那老些狼，黄羊能待得住吗？

沙茨楞笑道：狼群准保最怕你，你一来狼就吓飞啦。对狼太狠的人反倒打不着狼。你看毕利格尽放狼一码，可他一打狼，就是一大群。

巴图对包顺贵说：你看见狼群的好处了吧，要是没有狼群，这么好的一片新草场早就让黄羊啃光尿遍了。咱们的羊群来了，一闻黄羊尿就一口草也不吃啦。这片草场真太好了，马都不肯走了。我看还是选点支帐篷吧，下午歇歇马和狗，明天再进山看看。

包顺贵只得下令过河。巴图找了一片水较浅的沙质河床，然后和几个猎手用铁锹在河的两岸铲出斜坡。巴图骑马牵着驾车的辕马过了河，猎队又在东山坡上一块地势较平的草地上，支起了白帆布帐篷。巴图吩咐两个猎手在帐外埋锅烧茶，然后对包顺贵说：我去南边山沟里看看，没准能找着受伤的黄羊，猎人到了这儿，哪能吃带来的肉干呢。包顺贵高兴得连连点头称是。巴图带上两个猎手和所有大狗向南山奔去。巴勒和二郎认识这片打过黄羊的猎场，猎兴十足地冲在前面。

杨克最惦念湖中的天鹅，不得不把跟巴图去打猎的机会忍痛割舍，而留在营地高坡上远远眺望天鹅湖。为了看天鹅湖里的天鹅，他缠了包顺贵和毕利格老人足足两天，一定要在大队人马畜群开进新草场之前捷足先登，才总算得到了这个充分欣赏边境处女天鹅湖美景的机会。此刻，他觉得天鹅湖比陈阵向他描述的还要美，陈阵没有到小河的东边来，这里地势高，可以越过密密的绿苇，将天鹅湖尽收眼底。他坐在草坡上，掏出望远镜，看得气都透不过来了。他正独自一人沉浸在宁静的遐思中，一阵马蹄声从他身后传来。

包顺贵兴冲冲地对他喊道：嗨，你也在琢磨天鹅哪？走，咱俩上泡子边去打只天鹅来解解馋。这儿的牧民不吃飞禽，连鸡都不会吃。我叫他们去，谁也不去。他们不吃，咱俩吃。杨克一回头，看见了包顺贵正摆弄着手中的那杆半自动步枪。

杨克差点吓破了胆，连连摆手，结结巴巴地说：天鹅可……可是名贵珍稀动物，千……千万不能杀！我求求您了。我从小就爱看芭蕾舞《天鹅湖》，三年困难时期，我为了看苏联一对年轻功勋演员和中国演员合演的《天鹅湖》，旷了一天课，在大冬天饿着肚子，排了半夜的队才买到票。《天鹅湖》可真是太美了，全世界的伟大人物和有文化的人，对天鹅爱都爱不过来呢，哪能到真正的天鹅湖，杀天鹅吃天鹅呢？你要杀就先杀了我吧。

包顺贵没想到碰到这么一个不领情的人，满脑子的兴奋，被泼了一盆冷水。他顿时瞪起牛眼训道：什么天鹅湖不天鹅湖的，你满脑子资产阶级思想，不就是个高中生吗，我的学历不比你低。不把《天鹅湖》赶下台，《红色娘子军》能上台吗？

沙茨楞见包顺贵拿着枪要往泡子走，急忙跑来阻拦，他说：天鹅可是咱们蒙古萨满供的头一个神鸟，打不得，打不得啊。对了，包主任，你不想打狼啦？你的枪一响，山里的狼可就全跑了，咱们不就白来一趟了吗？

包顺贵愣了愣，连忙收住马步，转过身来对沙茨楞说：亏你提醒，要不真得误大事。包顺贵把枪递给沙茨楞，然后对杨克说：那就陪我走走吧，咱们先到泡子边上去侦察侦察。

杨克无精打采地重新备鞍，骑上马跟着包顺贵向湖边走去。

接近湖边，湖里飞起一大群野鸭大雁和各色水鸟，从两人头上扑棱棱地飞过，洒下点点湖水。包顺贵扶着前鞍韂，伸直腿从马镫上站立起来，想越过芦苇往湖里瞧。正在此刻，两只大天鹅突然贴着苇梢，伸长脖颈，展开巨翅，在包顺贵头上不到三米的低空飞过。惊得包顺贵一屁股砸在马鞍上，黄骠马一惊，向前一冲，差点把包顺贵甩下马鞍。大天鹅似乎不怕人，悠悠地飞向盆地上空，又缓缓地绕湖飞翔，再飞回湖里，消失在茂密的芦苇后面。

包顺贵控住了马，猛地扭了一下屁股，校正了歪出马脊梁的马鞍。他笑道：在这儿打天鹅太容易了，拿弹弓都能打得着。天鹅可是飞禽里的皇帝，能吃上一口天鹅肉，这辈子就算没白活。不过，我得等到打完狼，再来收拾它们。

杨克小心翼翼地说：刚才你看见芍药花，说是宝贝，一个劲地要保护。这天鹅可是国宝、世界之宝，你为什么倒不保护了呢？

包顺贵说：我是农民出身，最讲实际，人能得着的宝贝才是宝贝，得不着的就不是宝贝了。芍药没腿，跑不了。可天鹅有翅膀，人畜一来，它张开翅膀就飞到北边去了，就是“苏修”“蒙修”锅里的宝贝了……

杨克说：人家真把天鹅当宝贝，才不会打下来吃呢。

包顺贵有些恼怒地说：早知道你这么不懂事理，我就不带你来了！哼，你瞧着，我马上就要把你的什么天鹅湖，改造成饮马河，饮牛泡子……

杨克不得不咽下这口气，他真想抄起一杆枪，向天鹅湖上空胡乱开枪，把天鹅全部惊飞，飞离草原，飞出国界，飞到产生舞剧《天鹅湖》的那个国度去，那里才会有珍爱天鹅的人民。在这块连麻雀都快被吃光了的土地上，在一个仅剩下癞蛤蟆的地方，哪能有天鹅的容身之地呢？

沙茨楞用手转着大圈，大声高喊让他俩回去。两人急忙奔回营地。桑杰从东南山里回来了，正在套牛车。他说：巴图他们在东南山沟里打着了几只野猪，让他回来套牛车拉猎物，还说让包主任去看看。包顺贵乐得合不拢嘴，一拍大腿说：草原上还有野猪吃？真没想到。野猪可比家猪好吃。小杨，咱们快走。杨克曾听说过猎人打着过野猪，但他来草原后一次也没见过，就跟着包顺贵向桑杰指的方向狂奔而去。

还没有跑到巴图那儿，两人就看到被野猪群拱开的草地。小河边、山坡下、山沟里大约几十亩的肥沃黑土地，像是被失控的野牛拉着犁乱垦过一样。东一块西一块，长一条短一条，有的拱成了沟，有的犁成了田。长着肥草根的阔叶大草，根已被吃掉，干蔫的草叶草棵东倒西歪，有的已被埋进土里，大片优质草场又像是变成了被家猪偷拱过的土豆地。包顺贵看了大骂：这野猪太可恶了，要是往后种上了粮食，还不都让野猪毁了！

两人的马不敢奔跑了，只能慢慢向巴图靠近。巴图坐在山脚下抽烟，大狗们正趴在死猪旁边啃食。两人下了马，只见巴图身边并排躺着两只完整的野猪，还有两只已被狗撕成几大块，狗们分头吃得正香，二郎和巴勒各把着最大的两条猪腿。两只整猪比出栏的家猪小得多，只有一米多长，全身一层稀疏灰黄的粗毛，猪拱嘴比家猪的嘴要长一倍多，但个个长着结结实实的肉，从外表看不出一点骨架。嘴里的獠牙也不算太长，没有想象得那样可怕。两头野猪脖颈上都有狗咬的血洞。

巴图指了指远处一条山沟说：是两条大狗先闻着狼味的，就追了过去，一直追到那条山沟，我们就看见一大片坑坑洼洼的赖地，后来又看见了三四只让狼吃剩下的死猪骨头。两条大狗就不追狼了，顺着野猪的味一直追到这个山沟里，轰出一小群猪，大猪有长牙，又跑得快，狗不敢追。我也不敢开枪，怕惊了狼。狗就咬死了这几只半大的猪，我把两条咬烂的猪喂狗了，剩下两只全拖到这儿来了。

包顺贵用脚踩了踩肉滚滚的野猪，笑道：你们干得不错，这半大的猪，肉嫩着呢，更好吃。今儿晚上，我请大伙儿喝酒。看来这儿的狼还真不少，明儿你们几个再能打上几条狼就更好了。

巴图说：这些野猪都是从几百里外的林子里下来的，那儿野猪多，顺着河就过来了。要不是额仑的狼多，这片草场早就被野猪毁了。

包顺贵说：野猪肉是好东西嘛，往后人多了，多打点野猪，不是可以少吃点牛羊肉了吗。我们农区来的人还是爱吃猪肉，不太爱吃牛羊肉。

桑杰的牛车赶到，几个人将猎物抬上车。巴图示意狗们在原地继续啃食，猎手和牛车先回。营地的柴堆已经准备好，车一到，大伙儿先挑了一只最大的野猪开膛剥皮卸肉，草原牧民吃野猪肉也像吃羊一样先要剥皮，而且不吃皮。不一会儿，篝火上空飘起烤野猪肉的香气。野猪没有家猪的厚肥膘，但是，肚里的肥网油不少，杨克学着包顺贵，用网油裹着瘦肉烤，那肉烤得油汪汪的嗞嗞响，远比家猪烤肉更香。杨克早在猎手们卸肉的时候，就挖了不少野葱野蒜和野韭菜，这回他也尝到了香辣野菜就野味的草原烤肉的原始风味，心里十分得意和满足。他既看到了陈阵没看到的天鹅芍药，又饱餐了草原稀罕的野猪烤肉，回蒙古包后他就可以向陈阵夸耀自己的新奇眼福和口福了。

篝火边，包顺贵一边请大家喝酒，一边给猎手们大讲天鹅美味帝王宴，可是猎手们都摇头，弄得他很是没趣。额仑草原的牧民只猎走兽，不碰飞禽，他们敬畏能飞上腾格里的生灵。

猎狗们结伴回营，警惕地巡守营地。七个人吃得酒足肉饱才站起身，收拾好剩下的猪，放在一只铁皮大洗衣盆里。除了心和肝，大部分的内脏和猪头都扔到草地上，作为狗们下一顿的食物。

傍晚，杨克悄悄离开人群，独自一人走到可以望见天鹅湖全景的地方坐下来，双肘支膝，双手握着望远镜，静静地欣赏也许在不久后就将逝去的天鹅湖。

天鹅湖缓缓波动，湖中西边的波纹反射着东方黑蓝天空的冷色，东边的波纹反射着西边晚霞的暖色。波纹轻轻散开，慢慢滑动，一道道玛瑙红、祖母绿、寿山黄；一道道水晶紫、宝石蓝、珍珠白，冷暖交融，色泽高贵。杨克的眼前仿佛正在上演冷艳凄美的天鹅之死，腾格里撒下了各色宝物宝光，为它珍爱的天鹅和清清天鹅湖道别送行。

波纹一道又一道地缓缓先行，像长长序幕中的序曲，让人不忍看波纹后面的悲剧主角。杨克希望这幕舞剧只有天幕的背景，永远不要出现主角。但是，墨绿色的苇丛下，一只只大天鹅还是悄然滑出水湾，一只两只三只……竟然出现了十二只，缤纷的湖面与身后的天穹，为它们搭建了巨大的舞台。天鹅们已换上了冷蓝色的晚礼服，使得它们头上的那块黄色也变成了冷紫色。幽幽天鹅的弯弯颈项，像一个个鲜明的问号，默默地向天问、向地问、向水问、向人问、向世上万物追问。问号在湖面上静静地移动，静静地等待回答。然而天地间寂静无声，只有水面上的倒影在波纹中颤抖，变成了十几个反问号，一阵风来，十几个反问在波纹和波光中破碎……

杨克想起了狼，此刻，那一条条凶恶的草原狼，竟然显得特别可亲可敬，它们用最原始的狼牙武器，在草原上一直顽抗到原子时代，能让他最后看上一眼草原处女天鹅湖的美景，他和陈阵真是现代汉人中的幸运儿。假如狼群的凶猛和智慧再强一些，也许就能继续延迟人畜对草原的扩张和侵略？而逼迫草原民族去扩张的却是华夏人口失控的农耕民族。杨克心中充满了感动和哀伤，还有对狼的感激。狼群的溃败，将是草原溃败的先兆，也是人类心目中美的溃败。泪水模糊了望远镜镜头。处女天鹅湖渐渐远去……

第二天，猎队在东山里，一条山沟一条山沟地拉网搜索，整整一天却一无所获。第三天猎队进入深山，直到下午，已是人困马乏，包顺贵、巴图和杨克忽然听到不远处传来了一阵枪声。三人循声望去，只见东边山梁上竟然出现了两条狼。两条狼刚刚跌跌撞撞跑上山梁，发现这边也有人马狗，于是便拼命往一处岩石突兀的山头上爬。巴图用望远镜看了看说：大狼群早就逃走了，这是两条跟不上队的老狼。包顺贵兴奋地说：不管老狼还是好狼，扒下这两张狼皮就是胜利。巴图一边追一边嘀咕：咋看不出，你看两条狼后半身的狼毛还没脱干净呢，可怜呐。

山梁两侧的猎手和猎狗全部追向山顶。两条老狼一大一小，大的那条左前腿不能伸直，好像是在以往的战斗中被猎狗咬伤了脚筋。另一条小的像是条老母狼，瘦骨瘦身，老得毛色灰白。巴勒、二郎和其他猎狗，见到两条狼是老狼半瘸狼，不仅不加速，反而有些迟疑。只有一条刚成年的猎狗以为可占到便宜，便不知深浅地冲了上去。

两条狼跑进了遍布风化岩石的地段，那里山势复杂，巨石突兀，碎石虚叠。狼每走一步，就发出碎石垮塌的哗哗声响。马已难行，猎手们纷纷下马，持枪持杆，三面包抄。久经沙场的巴勒和二郎步幅小，吼声大。只有那条争功心切的愣头青，全速猛追，叫都叫不回。只见那条老公狼，刚刚跃上一块巨大方石，便以两个后爪为轴，冷不丁地来了个一百八十度的全身急扫，将那条正跃在半空，眼看就要落到方石上的猎狗打偏了航道。只听一声惨叫，猎狗坠入石下，仰面朝天地卡在两块柱石之间，伤虽不重，但人一时很难将它拔出来，只好任它在那里哭叫。猎狗们全都紧张得竖起鬃毛，老母狼趁机嗖地钻进一个石洞。

老公狼冲到了只有两张饭桌大小的断崖顶部，此崖东南北三面是悬崖绝壁，一面与山体陡坡相连。老狼背冲悬崖独把一面，浑浊的老眼中凶光老辣呛人，它喘了一口气准备死拼。猎狗们围成半圆猎圈，狂吼猛叫，可谁也不敢上，生怕失足坠崖。人们全围了过去，包顺贵一看这阵势高兴地大喊：谁也别动，看我的！他掰顺刺刀，推上子弹，准备抵近射击。

包顺贵刚走到狗群的后面，只见老狼斜身一蹿，朝断崖与山体交接处的碎石陡坡面扑去。老狼头朝上扑住了碎石坡面，用四爪深深地抠住陡坡碎石，头胸腹紧贴坡面，石块哗啦啦地垮塌下去，老狼像是趴在高陡的滑梯上一般，随着无数碎石坠滑下去；碎石带起无数小石大石，纷纷砸到老狼身上，一时卷起滚滚沙灰，将老狼完全吞没、掩埋了。

人们急忙小心地走近崖边，探头下看，直到尘沙散尽，也没有见到老狼的影子。包顺贵问：咋回事儿？狼是摔死了砸死了还是逃跑了？巴图闷闷说：不管死活，反正你都得不着狼皮喽。包顺贵愣在那里半天说不出话来。

杨克低头默立，他想起了中学时看的那个电影《狼牙山五壮士》。

两条守住石洞的猎狗又叫了起来。包顺贵猛醒，他说：还有一条呐，快去！今天怎么也得抓着一条狼。

沙茨楞和桑杰先走向被石头卡住的狗，两人各抓住狗的两条腿，把狗从石头里抬拔出来。狗两肋的毛擦脱了两大片，露出了皮，渗出了血，同一家的狗亲戚上前帮忙舔血。

猎队来到石洞口外，这个洞是石岩风化石垮塌以后形成的一个天然洞，成为草原动物的一个临时藏身洞，石头堆上有几大摊像石灰水似的老鹰粪。包顺贵仔细看了看石洞，开始挠头：他奶奶的，挖还不能挖，一挖准塌方；熏还没法熏，一熏准撒气漏风。巴图，你看咋办？

巴图用套马杆后杆往里捅了捅，里面传出碎石下落的声音。他摇了摇头说：别费事了，挖垮了石堆，伤了人和狗划不来。包顺贵问：这个洞深不深？巴图说：深倒是不深。包顺贵说：我看咱们还是用烟熏，你们都去挖草皮，点火以后，哪儿冒烟就堵那儿。我带着辣椒呢，我不信狼不怕辣烟。快！快！都去干！我和杨克留下守洞。带了你们几个打狼能手，打了三天狼，一条也没打着，全场的人都该看咱们的笑话了。

猎手们分头去找烧柴和草皮，包顺贵和杨克坐守在洞口。杨克说：这条母狼又老又有病，枯瘦如柴，活也活不了多少日子了，再说，夏天狼皮没狼绒，收购站也不收，还是饶它一命吧。

包顺贵面色铁青，吐了一口烟说道：说实话，这人呐，还真不如狼。我带过兵，打起仗来，谁也不敢保证部队里不出一个逃兵和叛徒，可这狼咋就这么宁死不屈？说句良心话，额仑的狼个个都是好兵，连伤兵老兵女兵都让人心惊胆战……不过，你说夏天的狼皮没人要，那你就不懂了，在我们老家，狼毛太厚的狼皮没人敢做皮褥子，睡上去人烧得鼻子出血，毛薄的狼皮倒是宝贝。你可不能心软，打仗就是你死我活，穷寇也得斩尽杀绝。

巴图等人用绳索拖来一捆捆枯枝，沙茨楞等人用单袍下摆兜来了几堆带土的草皮。包顺贵将干柴湿柴堆在洞口，点火熏烟。几位猎手跪在洞口火堆旁，端起蒙古单袍的下摆，朝洞里扇烟。浓烟灌进洞里，不一会儿，石堆四处冒烟，猎手们急忙往冒烟处糊草皮，洞外一片忙乱一片咳声，石堆上漏气漏烟处越来越少。

包顺贵抓了一大把半干辣椒，放到火堆上，一股呛辣浓烟被扇进洞里。人和狗都站到上风头，石洞正处在石堆的下方，像一个大灶的添火口。辣烟滚滚而入，一会儿就完全灌满了石洞，猎手们只是故意留出了一两个小小的出气口。忽然，洞里传出老母狼剧烈的咳嗽声，所有的人都紧握马棒，所有的猎狗都弓背待搏。洞中的咳声越来越响，像一个患老年支气管炎的病人，咳得几乎把肺都要咳出来了。然而，母狼就是不露头。杨克被残烟呛出了眼泪，他简直无法相信狼有这样惊人的忍耐力。要是人的话，死也要死到外面来了。

突然，石堆哗啦一声，一下子塌下半米，几处石缝冲出几股浓烟，不一会儿，所有封泥处都重新冒出烟来。几块大石头像礌石一样滚砸下山，差点砸着扇烟的猎手。人们惊出一身冷汗，包顺贵大喊：洞里塌方，快躲开！

洞中咳声骤停，再没有任何动静。辣烟朝天升去，石洞已灌不进烟了。巴图对包顺贵说：算你倒霉，又碰上了一条敢自杀的狼。它把洞扒塌了，把自个儿活埋了，连皮子也不给你。包顺贵恼怒地吼道：搬石头！我非要把狼挖出来不可。

忙累了多日的猎手们都坐石头上，谁也不动手。巴图掏出一包好烟，分给众猎手，又给包顺贵递上一颗，说道：谁都知道你打狼不是为了狼皮，是为了灭狼，这会儿狼已经死了，不就成了吗？咱们这点人，怕是挖到明儿天亮也挖不成。大伙都可以做证，你这回带打狼队，赶跑了狼群，还打死了两条大狼，把一条狼逼得跳了崖，还把一条狼呛死在石洞里。再说，夏天的狼皮卖不了钱啊……巴图回头说：大伙能证明吗？众人齐声说：能！包顺贵也累了，他猛吸一口说：好吧，休息一会儿，就撤！

杨克愣在石堆前，他的灵魂像是被巨石塌方猛地震砸了一下，全身的血气都冲发出来。他几乎就要单腿下跪向石堆行蒙古壮士礼，挺了挺身子还是站住了。杨克走到巴图面前向他要了一支烟，吸了几口，便双手举烟过头，向石堆拜了三拜，然后把香烟恭恭敬敬地插在石堆面前的石缝里。石堆宛如一座巨大的石坟，袅袅烟雾轻轻升空，带着老母狼不屈的灵魂，升上蓝蓝的腾格里。

猎手们都站了起来，他们没有跟着杨克插香。人吸过的香烟是被蒙古牧民认作不洁之物，不能用来敬神，但是他们都没有计较杨克这种不洁的方式。猎手们掐灭了手中的香烟，站得笔直，仰望腾格里，默默无语，目光纯净清澈，比香烟更快地直上腾格里，护送老母狼的灵魂抵达天国。连包顺贵都不敢再吸一口烟，直到烟烧手指。

巴图对包顺贵说：今天看见了吧，从前成吉思汗的骑兵，个个都像这两条狼，死也要死得让敌人丧胆。你也是蒙古子孙，根还在草原，你也该敬敬蒙古神灵了……

杨克心中感叹道：死亡也是巨大的战斗力，狼图腾培育了多少慷慨赴死的蒙古武士啊。古代汉人虽然几乎比蒙古人多百倍，但宫廷和民间骨子里真正流行的信仰却是好死不如赖活着，这是华夏农耕民族得以延续至今的一种极为实用的活命经验和哲学。好死不如赖活着的“赖劲”，也是一种民族精神，而这种精神又滋生出多少汉奸伪军，让游牧民族鄙视和畏惧。中唐晚唐以后汉人一蹶不振，频频沦为亡国奴，秦皇汉武唐宗时代的浩浩霸气上哪里去了呢？难道是因为中唐晚唐时，中原大地的狼群被汉人斩尽杀绝了吗？是由于凶猛卓绝的狼老师被灭绝，才导致民族精神和性格的萎靡？杨克又有新问题可以和陈阵讨论一夜了。

猎队快到帐篷的时候，包顺贵对巴图说：你们先回去烧一锅水，我去打只天鹅，晚上我请大伙喝酒吃肉。杨克急得大叫：包主任，我求求您了，天鹅杀不得。包顺贵头也不回地说：我非得杀只天鹅，冲冲这几天的晦气！

杨克一路追上去，还想劝阻，但是包顺贵的马快，已经先行冲到湖边。湖上的水鸟大雁野鸭，还在悠悠低飞，根本不提防骑马带枪的人。芦苇中飞起七八只大天鹅，像机群刚刚驶离机场跑道，腾空而起，一扇扇巨大的翅膀迎面扑来，在包顺贵头顶上落下巨大的阴影。还未等杨克追上包顺贵，枪声已响，啪啪啪一连三枪，一只巨大的白鸟落到杨克的马前。马被惊得猛地一闪，把杨克甩到湿漉漉的湖边草地上。

白天鹅在草地上喷血挣扎。杨克多次看过芭蕾舞剧中天鹅之死那凄绝的一幕，但眼前的天鹅却没有舞剧中的天鹅那么从容优雅，而像一只被割断脖子的普通家鹅一样，拼命蹬腿，拼命扑扇翅膀，拼命想用翅膀撑地站起来，求生的本能使它在生命的最后一刻仍在挣扎。血从天鹅雪白侧胸的枪洞里喷涌出来，杨克扑了几次，都没有抱住它，眼睁睁看着那条细细的血河注入草地，然后一滴滴流尽……

杨克终于抱住了大天鹅，它柔软的肚腹上仍带着体温，但那美丽的长颈，已弯曲不成任何有力量的问号了，像被抽了脊骨的白蛇一样，软沓沓地挂在杨克的肘弯里，沾血的白羽毛在人迹初至的天鹅湖畔零落飘飞。杨克小心地托起天鹅的头，放大的瞳孔中是一轮黑蓝色的天空，好似怒目圆瞪的腾格里。他的眼里一下子溢满了泪水——这高贵洁白、翱翔万里的生命，给人类带来无穷美丽幻想的大天鹅，竟然被人像杀草鸡一样地杀死了。

杨克心中的悲愤难以自制，那一刻他真想跳到湖里去，游到苇丛深处去给大天鹅们报警。最后一抹晚霞消失，一锅天鹅肉孤单单地陪着包顺贵，没人同他说话。猎手们仍以烤野猪肉当晚餐，杨克拿着剔肉刀子的手一直在发颤。

天鹅湖的上空，天鹅群“刚刚、刚刚”的哀鸣声整夜不绝。

半夜，杨克被帐外几条猎狗学叫狼嗥的声音惊醒，狗叫声一停，杨克隐隐听到东边远山里传来凄凉苍老、哽咽得断断续续的狼嗥。杨克的心被凄寒冰冷的狼嗥穿透——那条老公狼高山跳崖竟然没有摔死，爬了半夜，带着累累重伤翻过了山。它此时一定在老伴亡妻的石坟前，哀叫哭嚎，痛心痛魂痛不欲生，它可能连扒开石堆再见一次老妻遗容的力气也没有了。丧偶天鹅的哀鸣和丧偶老狼的哀嗥振颤共鸣，合成了《草原悲怆》，比柴可夫斯基的《悲怆》更加真切，更加悲怆。

杨克泪水湍急，直到天明。

几天以后，沙茨楞从场部回来说，包顺贵装了半卡车野芍药的大根，到城里去了。

20

吾父可汗之骑士英勇如狼，其敌人则怯懦如羊。

——《阙特勤碑文》

（转引自〔法〕勒尼·格鲁塞《草原帝国》）

高原初夏的阳光，将盆地上空浮岛状的云朵照得又白又亮，晃得人睁不开眼睛。空气中弥漫着羊群羊羔嚼出的山葱野蒜的气味，浓郁而热辣。人们不得不时时眨一下眼睛，滋润一下自己的眼珠。陈阵睁大眼睛观察新草场和新营盘阵地，他太怕母狼带狼群来抢夺小狼和报复羊群了。

二大队三十多个蒙古包，扎在盆地西北接近山脚的缓坡上。两个蒙古包组成一个浩特，浩特与浩特相距不到一里，各个生产小组之间也很近。这样的营盘安排要比以往各组相距几十里驻营间距，紧了几十倍。毕利格和乌力吉下令如此集中扎营，显然是为了防范新区老区狼群的轮番或联合攻击。陈阵感到额仑的狼群无论如何也攻不破这样密集的人群狗群防线。只要一个营盘遭狼袭击，就会遭到无数猛狗的联合围杀。陈阵稍稍放下心来，开始眯起眼睛欣赏新草场。

大队几十群牛羊马都已开进了新草场，处女草地一天之间就变成了天然大牧场。四面八方传来歌声、马嘶声、羊咩声和牛吼声，开阔的大盆地充满了喜气洋洋的人气、马气、羊气和牛气。

陈阵和杨克的羊群长途跋涉以后都累了，散在蒙古包后面不远的山坡上吃草。陈阵对杨克感慨道：这片夏季草场与去年那块草场真有天壤之别，我心里有一种开疆拓土般的自豪，舒畅还是多于遗憾。有时觉得好像在梦游，把羊放到了伊甸园来了。

杨克说：我也有同感，这真是个世外草原，天鹅草原。要是没有包顺贵，没有知青，没有外来户就好了，额仑的牧民肯定能与那些白天鹅和平共处的。在天鹅飞翔的蓝天下牧羊，多浪漫啊，连伊甸园里可能都没有白天鹅。再过几年，娶一个敢抓活狼尾巴的蒙古姑娘，再生几个敢钻狼洞的蒙汉混血儿，此生足矣。杨克又深深地吸了一口草香说道：连大唐太子都想当个突厥草原人，更何况我了。草原是个爱狗和需要狗的地方，不像北京到处都在“砸烂狗头”。我这个“反动学术权威”的“狗崽子”，能到草原扎根安家就是最好的归宿了。

陈阵反问道：要是没有知青就好了，你不是知青啊？

杨克说：在灵魂诚心诚意拜过狼图腾以后，我就是一个蒙古人了。蒙古草原人真是把草原当作比自己的命还重要的大命，到了牧区以后，我觉得农区来的人真可恶，难怪游牧民族要跟农耕民族打几千年的仗。我要是生在古代，也会像王昭君那样主动请求出塞的，哪怕当昭君的卫兵随从我也干。一旦打起仗来，我就站在草原大命一边，替天行道，替腾格里行道，替草原行道。

陈阵笑笑说：别打啦，历史上农耕与草原两个民族打来打去，然后又和亲又通婚，其实我们早已是中原和草原民族的混血后代了。乌力吉说过，这片新草场能让额仑的人畜松快四五年，如果乌力吉立了这个大功能重新上台就好了，我关心的是乌力吉和毕利格他们的草原力量，能不能抗过掠夺草原的势力。

杨克说：你太乌托邦了！有一次我听见父亲说，中国的前途，就在于把农耕人口数减少到五亿以下。可是农耕人口恶性膨胀的势头谁能挡得住？连蒙古的腾格里和中国的老天爷也干没辙。这二十年不要说把农民逐渐变为工人、市民和城市知识分子了，还恨不得把城里的知识分子统统赶到农村去当二等农民，咱们几百万知青不是一下子就被扫地出城了吗？就乌力吉和毕利格这点力量……连螳臂当车都不如。

陈阵瞪眼道：看来，狼图腾还没有成为你心中真正的图腾！狼图腾是什么？狼图腾是以一当十、当百、当千、当万的强大精神力量。狼图腾是捍卫草原大命的图腾，天下从来都是大命管小命，天命管人命。天地没命了，人的小命还活个什么命！要是真正敬拜狼图腾，就要站在天地、自然、草原的大命这一边，就是剩下一条狼也得斗下去。相信物极必反的自然规律吧，腾格里是会替草原报仇的。站在大命一边，最坏的结果也就是和破坏大命的势力同归于尽，然后灵魂升上腾格里。人生能有这种结局，也就死得其所了。草原绝大多数的狼都是战死的！

杨克一时无语。

小狼对视野宽广的新环境十分好奇和兴奋，它有时对排队去小河饮水的牛群看个没完，有时又对几群亮得刺眼的白羊群，歪着头反复琢磨；过了一会儿，又远眺湖泊上空盘旋飞翔的大鸟水鸟群。小狼看花了眼，它从来没有一下子看到过这么多的东西。在搬家前的接羔草场，陈阵的浩特距最近的毕利格家都有四五里远，那时小狼只能看到一群牛，一群羊，一个石圈，两个蒙古包和六七辆牛车。在搬家的路上，小狼被关在牛粪箱里两天一夜，什么也没看到。当它再次见到阳光时，周围竟然变成这个样子了。小狼亢奋得上蹿下跳，如果不是那条铁链拴着它，它一定会跟着狗们到新草地上撒欢撒野，或者与过路的小狗们打架斗殴。

陈阵不得不听从乌力吉的意见，将小狼用铁链拴养。小狼脖子上的牛皮项圈扣在铁链上，铁链的另一端扣连在一个大铁环上，铁环又松松地套在一根胳膊粗的山榆木的木桩上，木桩砸进地面两尺深，露出地面部分有近一米高。木桩上又加了一个铁扣，使铁环脱不出木桩。这套囚具结实得足以拴一头牛，它的结构又可以避免小狼跑圈时，将铁链缠住木桩，越勒越短，最后勒死自己。

在搬家前的一个星期里，小狼失去了自由，它被一根长一米半的铁链拴住，成了一个小囚犯。陈阵心疼地看着小狼怒气冲冲地与铁链战斗了一个星期，半段铁链一直被咬得湿漉漉的。可是它咬不断铁链，拔不动木桩，只能在直径三米的圆形露天监狱里度日。陈阵经常加长放风溜狼的时间，来弥补他对小狼的虐待。小狼最快乐的时刻，就是偶有一条小狗走进狼圈陪它玩，但它每次又忍不住将小狗咬疼咬哭咬跑，最后重又落得个孤家寡人。只有二郎时常会走进狼圈，有时还故意在圈里休息，让小狼没大没小地在它身上踩肚踩背踩头，咬耳咬爪咬尾。

小狼一天中最重要的一项内容，就是眼巴巴地盯着蒙古包门旁属于自己的食盆，苦苦等待食盆加满再端到它的面前。陈阵不知道小狼能否意识到它成为囚徒的真正原因——小狼眼里总是充满愤怒：为什么小狗们能自由自在，而它就不能？故而常常向小狗发泄，直到把小狗咬出血。在原始游牧条件下，在狗群羊群人群旁边养狼，若不采取“非人的待遇”，稍一疏忽小狼也许就会伤羊伤人，最后难逃被处死的结局。陈阵好几次轻声细语地对小狼说明了这一点，但小狼仍然冥顽不化。陈阵和杨克开始担心这种极其不公平的待遇，会对小狼心理发展产生严重影响。用铁链拴养必然使小狼丧失个性自由发展的条件和机会，那么，在这种条件下养大的狼还能算是真正的狼吗？它与陈阵杨克想了解的野生草原狼肯定会有巨大差别。他俩的科学研究，一开始就碰上了研究条件不科学的致命问题。如果能在某个定居点的大铁笼或一个大石圈里养狼，狼就能相对自由，也能避免对人畜的危害了。陈阵和杨克隐隐感到他们有些“骑狼难下”了，也许这个科学实验早已埋下了失败的种子。杨克有一次偶尔露出了想放掉小狼的念头，但被陈阵断然拒绝。杨克的心里也实在是舍不得放，他对小狼也越发疼爱了。

草原又到了牛群自由交配的季节。草原自由神，几头雄壮的牤牛，居然在当夜就闻着母牛的气味，轰轰隆隆地追到了新草场，找到了它们的妻妾。小狼对近在眼前的一头大牤牛很害怕，赶紧把身子缩在草丛中。当牤牛狂暴地骑上一头母牛后胯的时候，小狼吓得向后猛地一蹿，一下子被铁链拽翻了一个大跟头，勒得它吐舌头，翻白眼。小狼经常忘记自己脖子上的锁链，等到牤牛又去追另一头向它回头示意的母牛的时候，小狼才算平静下来。

小狼对这个新囚地，似乎还算满意，它开始在狼圈里打滚撒欢。新居的领地里长满了一尺多高的青草，比原来的干沙狼圈舒服多了。小狼仰面朝天躺在草上，又侧着头一根一根地咬草拽草，它自己可以和青草玩上半小时。生命力旺盛的小狼在这个小小的天地里，为自己找到了可以燃烧生命的运动，它又开始每日数次的跑圈运动，它沿着狼圈的外沿全速奔跑，一圈又一圈，不知疲倦。

小狼疯跑了一阵以后，突然急刹车，掉头逆时针地跑。跑累了便趴在草地上，像狗一样地张大嘴，伸长舌头，滴着口水，散热喘气。陈阵发现小狼这些日子跑的时间和圈数超出平时几倍，他忽然明白小狼好像有意在为自己脱毛换毛加大运动量。毕利格说，小狼第一次换毛，要比大狼晚得多。

草地最怕踩，狼圈新跑道上的青草，全被小狼踩得委顿打蔫。

突然，东面响起一阵急促的马蹄声，张继原骑马奔来，额头上扎着醒目的白绷带。两人吃了一惊，忙去迎接。张继原大喊：别别！别过来！他胯下那匹小马一惊一乍，根本不容人接近。两人才发现他骑的是一匹刚驯的生个子。两人急忙躲开，让他自己找机会下马。

在蒙古草原，蒙古马性格刚烈，尤其是乌珠穆沁马，马性更暴。驯生马，只能在马驹长到新三岁，也就是不到三岁的那个早春来驯。早春马最瘦，而新三岁的小马又刚能驮动一个人，如果错过这个时段，当小马长到新四岁的时候，就备不上鞍子，戴不上嚼子，根本驯不出来了。就算让别人帮忙，揪住马耳把马摁低了头，强行备鞍戴嚼上马，马也绝不服人骑，不把人尥下马绝不罢休。哪怕用武则天的血腥驯马法也无济于事。这匹马就可能成为永远无人能骑的野马了。

每年春季，马倌把马群中野性不是最强的新三岁小马，分给牛倌羊倌们驯，谁驯出的马，就归谁白骑一年。如果骑了一年后，觉得这马不如自己名下其他的马好，可将新马退回马群。当然，这匹驯好的新马从此就有了名字。在额仑草原，给马取名字的传统方法是：驯马人的名字加上马的颜色。比如：毕利格红、巴图白、兰木扎布黑、沙茨楞灰、桑杰青、道尔基黄、张继原栗、杨克黄花、陈阵青花等等。马名一旦定下，将伴随马的一生。在额仑，马名很少重名。以驯马人名字来给新马命名，是草原对勇敢者的奖励。拥有最多以自己名字命名的马的骑手，在草原上受到普遍的尊敬；如果驯马人觉得自己驯出的是一匹好马，他就可以要下这匹马，但必须用自己原来名额中的一匹马来换。一般羊倌牛倌会用自己名下的四五匹、五六匹马中最老最赖的马，去换一匹有潜力的小新马。

在草原上，马是草原人的命。没有好马，没有足够的马和马力，就逃不出深雪、大火和敌兵的追击，送不及救命的医生和药物，报不及突至的军情和灾情，追不上套不住狼，追不上白毛风里顺风狂奔的马群牛群和羊群，等等。毕利格老人说，草原人没有马，就像狼被夹断两条腿。

羊倌牛倌要想得好马，只能靠自己驯马。草原人以骑别人驯出的马为耻。在额仑草原，即便是普通羊倌牛倌，骑的都是自己驯出来的马，优秀的羊倌牛倌，骑着一色儿的好马，让年轻的小马倌看了都眼红。

马群中剩下的野性最强的新三岁马，大多由马倌自己驯。马倌的马技最好，驯出的马最多，好马倌就有骑不完的马。但是遇到野性奇强的生马，马倌被摔得鼻青脸肿，肉伤骨折的事也时有发生。但在额仑草原，往往野性越大的马就越是快马和有长劲的上等马，成了争强好胜的马倌们争夺的对象。在额仑，哪个马倌好马最多，哪个马倌的地位就最高，荣誉和情人就最多。蒙古草原鼓励男儿钻狼洞、驯烈马、斗恶狼、摔强汉、上战场、出英雄。蒙古草原是战斗的草原，是勇敢者的天下。蒙古大汗是各部落联盟推选出来，而不是世袭钦定的。蒙古人在历史上一直从心底里拒绝接受无能的“太子”登基，蒙元时平庸无能的太子，经常被强悍的皇兄皇弟、勇将悍臣取而代之。

张继原一边挠着马脖子，一边悄悄脱出一只脚的马镫，趁生个子一分神的机会，他一抬腿利索落地。生马惊得连尥了十几下，差点把马鞍尥下马背。张继原急忙收短缰绳，把马头拽到身边，以避开后踢，又费了半天劲，才把马赶到牛车轱辘旁拴结实。生个子暴躁地猛挣缰绳，把牛车挣得哐哐响。

陈阵和杨克都长舒了一口气。杨克说：你小子真够玩命的，这么野的马你也敢压？张继原摸了摸额头说：早上我让它尥了下来，脑袋上还让它尥了一蹄子，正中脑门，把我踢昏过去了，幸亏巴图就在旁边。青草还没长出来的时候我就压了它两次，根本压不住，后来又压了两次才总算老实了。哪想到它吃了一春天的青草，上了膘，就又不肯就范了。幸亏是小马，蹄子还没长圆，没踢断我的鼻梁，要是大马我就没命了。这可是匹好马坯子，再过两三年准是匹名马。在额仑，谁都想得到好马，不玩命哪成！

陈阵说：你小子越来越让人提心吊胆。什么时候，你既能压出好马，又不用打绷带，那才算出师了。

张继原说：再有两年差不多。今年春天我连压了六匹生个子，个个都是好马，往后你们俩打猎出远门，马不够骑就找我。我还想把你们俩的马全换成好马。

杨克笑道：你小子胆子大了，口气也跟着见长。别人嚼过的馍没味道，我想换好马，自个儿驯。今年尽顾小狼了，没时间压生个子，等明年吧。

陈阵也笑着说：你们俩的狼性都见长。真是近朱者赤，近狼者勇。

马群饮完了水，慢慢走到陈阵蒙古包正前方坡下的草甸上。张继原说：这里是一个特棒的观战台，居高临下，一览无余，跟你们说十遍不如让你们亲眼看一遍。从前大队不让马群离营盘太近，你俩没机会看，这回就让你们俩开开眼，一会儿你俩就知道什么叫蒙古马了。

新草场地域宽广，草多水足，进来的又只是一个大队的牲畜，大队破例允许马群饮完水以后，可以在牛羊的草场上暂时停留一段时间。由于没有人轰赶，马群都停下来，低头吃草。

陈阵和杨克立即被高大雄壮剽悍的儿马子夺去了视线。儿马子全都换完了新毛，油光闪闪，比蒙袍的缎面还要光滑。儿马子的身子一动，缎皮下条条强健的肌肉，宛如肉滚滚的大鲤鱼在游动。儿马子最与众马不同的，是它们那雄狮般的长鬃，遮住眼睛，遮住整段脖子，遮住前胸前腿。脖子与肩膀相连处的鬃发最长，鬃长过膝，及蹄，甚至拖地。它们低头吃草的时候，长鬃倾泻，遮住半身，像披头散发又无头无脸的妖怪。它们昂头奔跑时，整个长脖的马鬃迎风飞扬，像一面草原精锐骑兵军团的厚重军旗，具有使敌人望旗胆战的威慑力。儿马子性格凶猛暴躁，是草原上无人敢驯，无人敢套，无人敢骑的烈马。儿马子在草原的功能有二：交配繁殖和保护马群家族。它具有极强的家族责任心，敢于承担风险，因而也更凶狠顽强。如果说犍牛是配完种就走的二流子，那么，儿马子就是蒙古草原上真正的伟丈夫。

没过多久，激烈的马战突然开始。马群里所有儿马子，都凶神恶煞地加入了厮杀。一年一度蒙古马群中驱赶女儿，争抢配偶的大战，就在观战台下爆发了。三个人坐在狼圈旁的草地上静静观看，小狼也蹲坐在狼圈边线，一动不动地注视着马群大战，狼鬃瑟瑟颤抖，如同雪地里的饥狼。狼对凶猛强悍的大儿马子有一种本能的恐惧，但它看得全神贯注。

五百多匹马的大马群中，有十几个马家族，每个儿马子统率一个家族。最大的家族有七八十匹马，最小的家族只有不到十匹马。家族成员由儿马子的妻妾、儿女构成。在古老的蒙古马群中，马群在交配繁殖方面，进化得比某些人还要文明。为了在残酷的草原上，在狼群包围攻击下能够继续生存，马群必须无情地铲除近亲交配，以提高自己种群的质量和战斗力。

每当夏季，三岁的小母马接近性成熟的时候，儿马子就会一改慈父的面孔，毫不留情地把自己的女儿赶出家族群，绝不允许小母马跟在它们妈妈的身旁。发疯发狂的长鬃生父，像赶狼咬狼一样地追咬亲生女儿。小母马们被追咬得哭喊嘶鸣，马群乱作一团。刚刚有机会逃到妈妈身边的小母马，还未喘口气，凶暴的儿马子又快速追到，对小母马又踢又刨又咬，绝不允许有丝毫顶抗。小母马被踢得东倒西歪，只好逃到家族群之外，发出凄惨的长嘶苦苦哀求，请父亲开恩。但是儿马子怒瞪马眼，猛喷鼻孔，狠刨劲蹄，无情威胁，不许女儿重返家族。而小母马的妈妈们刚想护卫自己的女儿，立即会遭到丈夫的拳打脚踢。最后大母马们只好无可奈何地保持中立，它们也似乎理解丈夫的行为。

各个家族驱赶女儿的大战刚刚告一段落，马群中更加残酷的争夺新配偶的恶战接踵而来，这是蒙古草原上真正雄性野性的火山爆发。马群中那些被赶出族门，无家可归的小母马们，立即成为没有血缘关系的其他儿马子的争夺对象。所有儿马子都用两只后蹄高高地站立起来，捉对厮杀搏击，整个马群顷刻间就高出了一倍。它们用沉重巨大的马蹄当武器，只见马蹄在半空中，像抡锤，像击拳，像劈斧。马蹄铿锵，马牙碰响，弱马被打得落荒而逃，强马们杀得难分难解。前蹄不灵就用牙，大牙不行就转身用后蹄，那可是能够敲碎狼头的超级重武器。有的马被尥得头破了，胸肿了，腿瘸了，但儿马子们毫无收场之意。

当小母马趁乱逃回家族的时候，又会遭到狂怒的父亲和贪婪的抢亲者共同追咬。儿马子又突然成了战友，共同把小母马赶到它必须去的地方。

一匹最漂亮健壮的小白母马，成了两匹最凶猛的儿马子争抢的目标。小母马全身雪白的新毛柔顺光亮，一对马鹿似的大眼睛妩媚动人。它高挑苗条，跑起来像白鹿一样轻盈快捷。杨克连声赞道：真是太漂亮了，我要是匹儿马子也得玩命去抢。抢婚比求婚更刺激。妈的，草原上连马群的婚姻制度都是狼给定的，狼是马群最大的天敌与克星。如果没有狼，儿马子犯不上这么凶猛无情，小母马也不得不接受野蛮的抢婚制。

两匹儿马子激战犹酣，打得像罗马斗兽场里的两头雄狮，怒发冲天，你死我活。张继原下意识地跺着脚，搓着手说：为了这匹小母马，这两匹大儿马子已经打了好几天了。这匹小白母马人见人爱，我管它叫白雪公主。这个公主真是可怜，今天在这个儿马子的马群待一天，明天就又被那匹儿马子抢走了，然后两匹马再接着打，后天小公主可能又被抢回去。等这两匹儿马子打得精疲力竭，还会突然杀出一匹更凶猛狡猾的第三号竞争者，小公主又得改换门庭了。小公主哪里是公主啊，完全是个女奴，任儿马子争来抢去，整天东奔西跑，连这么好的草也吃不上几口，你们看它都饿瘦了。前几天，它还要漂亮呢。每年春天这么打来打去，不少小母马也学乖了，自己的家反正也回不去，它就找最厉害的儿马子的马群，去投奔靠得住的靠山，省得让人家抢个没完，少受点皮肉之苦。小母马们很聪明，都见过狼吃马驹和小马的血腥场面，都知道在草原上如果没有家，没有一个厉害的爸爸或丈夫的保护，弄不好就可能被狼咬死吃掉。蒙古马的野性，儿马子的勇猛战斗精神，说到底都是让狼给逼出来的。

张继原继续说：儿马子是草原一霸，除了怕狼群攻击它的妻儿之外，基本上是天不怕地不怕的，不怕狼更不怕人。以前我们常说什么做牛做马，其实跟儿马子根本就不相干。蒙古马群真跟野马群差不多，马群中除了多一些阉马，其他几乎没太大区别。我泡在马群里的日子也不短了，可我还是想象不出来，那原始人一开始是怎么驯服野马的？怎么能发现把马给骟了，就有可能骑上马？骟马这项技术也不是好掌握的，骟马必须在小马新二岁的早春时候骟，骟早了小马受不了，骟晚了又骟不干净。骟掉马睾丸也很难，割破阴囊皮，揪出睾丸以后，睾丸还连着许多细管子。不能用刀切，一切就感染；也不能拽，一拽就会把马肚子里别的器官拽出来。马倌的原始手法是把连着睾丸的细管子拧断，断口被拧成一个小疙瘩，才不会让伤口感染，稍稍一感染小马就会死掉。骟马还必须在新二岁骟，到了新三岁就该驯生个子了，把骟马和驯马放在同一个时候，非把小马弄死不可。这项技术难度太高了，你们说，原始草原人是怎么摸索出并掌握这项技术的呢？

陈阵和杨克互相看了一眼，茫然摇头。张继原便有些得意地说下去：

我琢磨了好长时间。我猜测，可能是原始草原人先想法子抓着被狼咬伤的小野马驹，养好伤，再慢慢把它养大。可是养大以后也不可能骑啊，就算在小马的时候还勉强能骑，可小马一长成儿马子谁还敢骑啊。然后再想办法抓一匹让狼咬伤的小野马驹，再试。不知道要经过多少代，没准原始人碰巧抓住了一匹被狼咬掉睾丸，侥幸活下来的新二岁小马，后来长大了就能驯骑了……这才受到启发。反正原始草原人驯服野马的这个过程，太复杂太漫长了。不知摔伤摔死了多少草原人才终于驯服了野马。这真是人类历史发展的伟大一步，要比中国人的四大发明早得多，也重要得多。没有马，人类古代生活真不堪想象，比现在没有汽车火车坦克还惨，所以，游牧民族对人类的贡献真是不可估量。

陈阵兴奋地打断他说：我同意你的观点。草原人驯服野马，可比远古农民驯化野生稻难多了。至少野生稻不会跑，不会尥蹶子，不会把人踢破头，踢死拖死。驯化野生植物基本上是和平劳动，可是驯服野马野牛，是流血又流汗的战斗。没有勇气、智慧和顽强的性格是成功不了的，农耕民族至今还在享用游牧民族的这一伟大战果呢。

杨克说：游牧民族真了不得，他们既敢战斗，又会劳动和学习。游牧民族文明发展程度虽然不如农耕民族高，可是一旦得到发展条件，那赶超农耕民族的速度要比野马跑得还要快。忽必烈、康熙、乾隆等帝王学习和掌握汉文化，绝对比大部分汉族皇帝厉害得多，功绩和作为也大得多，可惜他们学的是古代汉文化，如果他们学的是古希腊古罗马或近代的西方文化，那就更了不得了。

陈阵叹道：其实现在世界上最先进的民族，大多是游牧民族的后代。他们一直到现在还保留着喝牛奶、吃奶酪、吃牛排，织毛衣、铺草坪、养狗、斗牛、赛马、竞技体育，还有热爱自由、民主选举、尊重妇女等等的原始游牧民族遗风和习惯。游牧民族勇敢好斗顽强进取的性格，不仅被他们继承下来，甚至还发扬得过了头了。人说三岁看大，七岁看老，对于民族也一样。原始游牧是西方民族的童年，咱们现在看原始游牧民族，就像看到了西方民族的“三岁”和“七岁”的童年，等于补上了这一课，就能更深刻懂得西方民族为什么后来居上。西方的先进技术并不难学到手，中国的卫星不是也上天了吗。但最难学的是西方民族血液里的战斗进取、勇敢冒险的精神和性格。鲁迅早就发现华夏民族在国民性格上存在大问题……

张继原说：我当了马倌以后，感触最深的就是蒙汉民族的性格差别。过去在学校，我也算是处处拔尖的，可一到草原，发现自己弱得像只猫。我拼命地想让自己变得强悍起来，后来才发现，咱们好像从骨子里就有些先天不足似的……

陈阵叹道：就是先天不足！华夏的小农经济是害怕竞争的和平劳动；儒家的纲领是君君臣臣父父子子，强调的是上尊下卑，论资排辈，无条件服从，以专制暴力消灭竞争，来维护皇权和农业的和平。华夏的小农经济和儒家文化，从存在和意识两个方面，软化了华夏民族的性格，华夏民族虽然也曾创造了灿烂的古代文明，但那是以牺牲民族性格为代价的，也就牺牲了民族发展的后劲。当世界历史越过了农业文明的低级阶段，中国注定了要落后挨打。不过，咱们还算幸运，赶上了蒙古草原原始游牧生活的最后一段尾巴，没准能找到西方民族崛起的秘密也说不定？

在草甸上，原始马战仍打得不可开交。打着打着，那匹美丽的“白雪公主”，终于被一匹得胜马圈进它的马群。失败者不服气，狂冲过来，朝小母马就是几蹄，小公主被踢翻在地，不知道该向谁求救，卧在草地上哀哀地长嘶起来。小公主的妈妈焦急地就要上前援救，但被恶魔似的丈夫几蹄子就打回了马群。

杨克实在是看不下去了，他推了推张继原说：你们马倌怎么也不管管？

张继原说：怎么管？你一去，马战就停，你一走大战又起。牧民马倌也不管，这是马群的生存战，千年万年就这样。整个夏季，儿马子不把所有女儿赶出家门、不把所有的小母马争抢瓜分完毕，这场马战就不会停止。每年一直要到夏末秋初才能休战，到那时候，最凶猛的儿马子能抢到最多的小母马，而最弱最胆小的儿马子，只能捞到人家不要的小母马。最惨的儿马子甚至连一个小妾也捞不着。夏季这场残酷的马战中，会涌现出最勇猛的儿马子，它配出的后代也最厉害，速度快，脑子灵，性格凶猛。战斗竞争出好马，通过一年一度的马战，儿马子胆量战技也越强越精，它的家族也就越来越兴旺。这也是儿马子锻炼斗狼杀狼，看家护群本领的演习场。没有一年一度的马战演习，蒙古马群根本无法在草原生存。

陈阵说：看来能跑善战，震惊世界的蒙古马，真是让草原狼给逼出来的。

张继原说：那当然。草原狼不光是培养了蒙古武士，也培育了蒙古战马。中国古代汉人政权也有庞大的骑兵，可是汉人的马，大多是在马场马圈里喂养出来的。咱们下乡劳动过，农村养马的过程咱们还不知道吗。马放在圈里养，有人喂水添料，晚上再加夜草。内地马哪见过狼啊，也从来没有马战。马配种不用打得你死我活，全由人来包办，把母马拴在柱子旁边，人再牵一匹种马来配就得了，等配完了母马还不知道公马长得什么样。这种马的后代哪还有个性和战斗力？

杨克笑道：包办婚姻包出来的种，准傻！幸亏咱们哥仨都不是包办出来的种，还有救。不过现在农村的包办婚姻还很普遍，但是总算比耕马强一点，小媳妇们还能知道男人长得什么样。

陈阵说：这在中国可真算是个大进步了。

张继原又说：中原汉人的马，只是苦力，白天干活，晚上睡觉，跟农民的作息没什么两样。所以汉人这边是劳动农民和劳动马，当然就打不过蒙古草原的战士加战马了。

杨克叹道：傻马上阵能不败吗？可马傻的根本原因还是人傻。傻兵骑傻马，夜半临深潭。

三人苦笑。

张继原继续说：战斗性格还真比和平劳动性格更重要。世界上劳动量最大的工程——长城，仍是抗不过世界上最小民族的骑兵。光会劳动不会战斗是什么？就是那些阉马，任劳任怨任人骑，一遇到狼，掉头就逃，哪敢像儿马子那样猛咬狠踢。在马群里待久了就可以发现，马群里有不少大阉马，它们的个头、体重、牙齿和蹄子，跟儿马子也差不了太多，如果它敢跟狼拼命的话，狼肯定打不过它。可是为什么大部分阉马见狼就逃呢？原因就是强悍的雄性和勇气被阉割掉了。

杨克赞同地说：唉，长城万里是死劳动，可人家草原骑兵是活的战斗，绕个几百几千里玩似的。有一次蒙古骑兵与金国交战，攻打居庸关打不动，人家马上南下几百里，打下毫无防备的紫荆关，再从南边攻北京，一攻就下来了。

陈阵说：我觉得咱们过去受的教育，把劳动捧得太极端。劳动创造了人，劳动创造了一切。勤劳的中国人民最爱听这个道理。实际上，光靠劳动创造不了人。如果猿猴光会劳动不会战斗，它们早就被猛兽吃光了，哪还轮得上劳动创造以后的“一切”。猿人发明的石斧，你说这是劳动工具还是武器？或者二者兼而有之？

杨克说：石斧当然首先是武器，不过用石斧也可以砸核桃吃。

陈阵笑道：劳动光荣，劳动神圣。勤劳是华夏民族的一大优势，是未来民族复兴的雄厚资本。但是劳动不是万能的和无害的，劳动之中还有奴隶劳动，奴役性劳动，专政下的劳动，劳改式的劳动，做牛做马的劳动。这种劳动光荣神圣吗？可以赞美吗？而奴隶主，封建主最喜欢和赞美这种劳动。自己不劳动甚至剥削别人劳动的人，同样也会高唱赞美劳动的歌曲。

杨克愤愤说：我最恨的就是这种人，真应该用石斧好好收拾收拾他们。

陈阵思索着说：劳动之中还有无效劳动、破坏性劳动和毁灭性劳动。两千多年以前，修建阿房宫的劳动，就把整个四川的森林砍光了，“蜀山兀，阿房出”，这种劳动多可恶。世界上许多农耕民族的垦荒劳动，其结果是劳动出一片大沙漠，最后把自己的民族和文明都埋葬了。而且，世界上最重要的一些东西，都不是劳动可以创造出来的。比如，劳动创造不了和平、安全、巩固的国防；劳动创造不了自由、民主、平等及其制度；劳动创造不了强烈要求实现自由民主平等的民族性格。不会战斗的劳动者，只是苦力、顺民、家畜、牛马。自由民主平等不可能成为他们的战斗口号。世界上人口最多、最勤劳、劳动历史最长，并且从未中断过劳动的华夏人民，却创造不出劳动历史短得多的西方民族所创造的先进发达的文明……

儿马子终于暂时休战，都去往肚子里填草了。小母马们，趁机又逃回妈妈身边，大母马心疼地用厚厚的嘴唇给女儿撸毛揉伤。但小母马只要一看到父亲瞪眼喷鼻向它怒吼，就吓得乖乖跑回自己的新家，远远地与妈妈相望，四目凄凉。

杨克由衷地说：以后我还真得多到马群去上上课。当年威震天下的蒙古骑兵都是从马群大学中毕业出来的高才生。

高建中赶了一辆牛车兴冲冲地回来。他大喊：咱们赚了！我抢了大半桶野鸭蛋！三人跑过去，从车上拎下沉甸甸的大水桶，里面大约有七八十个长圆形野鸭蛋，其中有一些破了，裂了口子，金黄色的汁液从蛋壳的缝隙里渗出来。

杨克说：你可是一下子就消灭了一大群野鸭啊。

高建中说：王军立他们都在那儿抢呢。西南的泡子边，小河边的草里沙窝里，走不了十几步就能找到一窝野鸭蛋，一窝就有十几个。先去的人都抢了好几桶了。跟谁抢？跟马群抢呗。马群去饮水一踩一大片，河边泡子边尽是蛋黄碎蛋壳，看着真心疼啊。

陈阵问：还有没有？咱们再去抢点回来，吃不了就腌咸鸭蛋。

高建中说：这边没了，四群马一过还能剩下多少，泡子东边可能还有。

杨克冲着张继原大吼：马群真够浑的，你们马倌也不长点眼睛。

张继原说：谁知道河边草里有野鸭蛋啊。

高建中看到了家门口下面不远的马群，立即对张继原说：哪有把马群放在自己家门口的，把草吃光了，我的牛吃什么。你快把马群赶走，再回来吃摊鸭蛋。

陈阵说：他骑的可是生个子，上马下马不容易，还是让他吃了再走吧。他刚才给我们俩上了一课，也得犒赏犒赏他。又对张继原说：别走别走，这么多的破蛋我们仨吃不了。

高建中吩咐说：你们都过来，把破蛋好蛋分开挑出来。我两年没吃到摊鸡蛋了，这次咱们吃个够。正好包里还有不少山葱，野葱摊野蛋，是真正的野味，一定特香。杨克你去剥葱，陈阵你去打蛋，继原去搓一大簸箕干牛粪来，我掌勺。

挑的结果，一半好蛋，一半破蛋。每人先可以吃上八九个破蛋，四人乐得像过节。不一会儿，羊油、山葱和野鸭蛋，浓烈的混合油香溢出蒙古包，在草原上随风飘散。狗们全都流着口水摇着尾巴挤在门口，小狼把铁链挣得哗哗响，也馋得蹦高，凶相毕露。陈阵准备留出一份喂狼，想看看小狼吃不吃羊油摊野鸭蛋。

四人在蒙古包里狼吞虎咽地吃了一碗又一碗。正吃在兴头上，忽然听到嘎斯迈在包外大声高叫：好啊，吃这么香的东西，也不叫我。嘎斯迈带着巴雅尔，扒拉开狗进了包。陈阵和杨克立刻让坐，请两人坐在北面地毡主座的位置上，陈阵一边给两人盛鸭蛋，一边说：我以为牧民不吃这种东西呢，来，你们先尝尝。

嘎斯迈说：我在家里就闻到香味了，太香了，隔着一里地都能闻见，馋得我像狗一样流口水了，连我家的狗都跟来了。我怎么不敢吃？我吃我吃！说完就拿筷子夹了一大块，放到嘴里，嚼了几口，连说好吃好吃。巴雅尔更是吃得像小狼一样贪婪。吃在碗里望着锅里，担心锅底朝天。草原牧民一天早上一顿奶食、肉和茶，晚上一顿主餐，不吃中饭。这时母子俩都确实饿了。嘎斯迈说：这东西太好吃了，我的“馆子”的吃啦。不用进城啦，今天一定得让我吃个饱。

额仑草原的牧民把汉家菜叫作“馆子”，都喜欢吃“馆子”。近年来，牧民的饮食中也开始出现汉菜的佐料，牧民喜欢花椒、酱油和大葱，有的牧民也喜欢辣椒，但所有的牧民都不喜欢醋、蒜、生姜和八角大料，说大料“臭臭的”。

陈阵赶紧说：往后我们做“馆子”一定请你们来吃。

高建中经常吃嘎斯迈送来的黄油、奶豆腐、奶皮子，也经常去她家喝奶茶吃手把肉。他最喜欢吃嘎斯迈做的蒙古奶食肉食，这次终于得到回报的机会了。他笑着说：我这儿有一大桶呢，破的不够就吃好的，保你吃够。他连忙把破蛋放在一边，一连敲了五六个好蛋，专门为嘎斯迈母子摊一锅。

嘎斯迈说：可阿爸不吃这东西，他说这是腾格里的东西不能动，我只好到你们这儿来吃啦。

陈阵说：去年我见到阿爸向场部干部家属要了十几个鸡蛋，那是怎么回事？

嘎斯迈说：那是因为马得了病上了火，他捏住马鼻子，让马抬起头，再在马牙上把两个这东西打破，灌下去。灌几次马病就好啦。

杨克小声跟张继原嘀咕：这事坏了，咱们来了，牧民也开始跟着咱们吃他们原来不吃的东西了，再过几年这儿不要说天鹅了，连野鸭子也见不着了。

巴雅尔越吃越来劲，他满嘴流油地对高建中说：我知道哪儿还有这东西，你再给我们做一碗，我明天带你去捡。土坡上废獭洞的口子里面准有，早上我找羊羔的时候，就在小河旁边见到过。

高建中高兴地说：太好了，小河边是有一个土包，还真有不少沙洞呢，马群肯定踩不着。他一边摊着蛋，一边让陈阵再敲出一些蛋来。又是一大张油汪汪厚嫩嫩的摊鸭蛋出了锅，这回高建中把蛋饼用锅铲一切两半，盛到嘎斯迈母子的碗里，母子俩吃得满头冒汗。油锅里油烟一冒，一大盆打好的蛋汁，又刺啦啦地下了锅。

等摊蛋出了锅以后，陈阵接过锅铲说：我再让你们俩吃新花样。他往锅里放了一点羊油，开始煎荷包蛋，不一会儿，锅里就出现了两个焦黄白嫩的荷包形的标准煎蛋。嘎斯迈母子俩跪起身来看锅，看得眼睛都直了。陈阵给他们俩一人盛了一个，并浇了一点化开的酱油膏。嘎斯迈一边吃一边说：这个新东西更好吃啦，你再给我们做两个。杨克笑嘻嘻地说：待会儿我给你做一碗韭菜炒鸭蛋，你们吃饱以后，再让张继原给你们做一锅鸭蛋葱花汤。我们四个的手艺一个也不落下了。

蒙古包里油烟和菜香弥漫，六个人吃撑得有点恶心了，才放下碗筷。这顿野鸭蛋宴消灭了桶里的大半鸭蛋。

嘎斯迈急着要走，刚搬家，里里外外的活儿多，她打着饱嗝回头笑了笑说：你们可别跟阿爸说啊。过几天，你们几个都上我那儿去吃奶皮子拌炒米。

高建中对巴雅尔说：明天一定带我去找鸭蛋啊。

陈阵追上巴勒，悄悄地给它的嘴里塞了一大块摊蛋，巴勒马上把蛋吐在草地上看了看，又闻了闻、舔了舔，确信这是主人刚才吃的好东西时，才眉开眼笑地吃到嘴里，咂着滋味慢慢咽下，还不忘向陈阵摇尾答谢。

人都散了，陈阵心里惦着自己的小狼，赶紧跑去看。

一眼看去，小狼竟然没了。陈阵冒出一头冷汗，慌忙跑近一看，却见小狼原来是放扁了身子，下巴贴地，趴躲在高高的草丛里。一定是刚才的两个陌生人和一大群陌生狗把它吓成这样，看来小狼天生具有隐蔽的才能，陈阵这才松了一口气。小狼探头看了看陌生人和狗都不在了，才跳起来，上下左右闻着陈阵身上浓重的煎蛋油烟香气，还不断地舔陈阵的油手。

陈阵转身进包，向高建中要了六七个破鸭蛋，又加大羊油量，为小狼和狗们做最后一锅摊鸭蛋。虽然不可能让它们吃饱，但他决定必须要让它们尝一尝。草原狗对零食点心的喜爱有时超过主餐，喂零食也是人亲近狗的好法子。陈阵摊好了蛋，把它分成四大块三小块，四块大的给三条大狗和小狼，三块小的给三条小狗。狗们还挤在门口不肯走，陈阵先把小狼的那块藏好，然后，蹲在门口用炉铲像敲木鱼那样，轻轻敲了敲每条狗的脑门，让它们不准抢，必须排队领食。再拿了最大的一块蛋递给二郎，二郎把蛋块叼住，尾巴摇得有点摆度了。

陈阵等狗们满意地到草地上玩去了，又等到摊蛋完全放凉了，才把小狼的那份蛋放到食盆里向小狼走去。杨克、张继原和高建中都跟着走过来，想看看小狼吃不吃摊鸭蛋，这可是草原狼从来没见过吃过的东西。陈阵高喊：小狼，小狼，开饭喽。食盆一放进狼圈，小狼像饿狼扑羔一样，把羊油味十足的摊鸭蛋一口咬到嘴里，囫囵吞下，连一秒钟都没有。

四人大失所望。张继原说：狼也真是可怜，把东西吞到肚子里就算幸福了。狼的字典里没有“品尝”这个字眼。

高建中心疼地说：真是白白糟蹋了那么好的鸭蛋。

陈阵只好解嘲地说：没准狼的味蕾都长在胃里了。

三人大笑。

陈阵留在家里收拾刚搬来的乱家。其他三人准备去马群、牛群和羊群。陈阵对张继原说：嗳，要不要让我揪住马耳朵帮你上马？

张继原说：那倒不用，生个子很聪明，它一看我要回马群，准不给我捣乱。

陈阵又问：你骑这匹小马，怎么换马？它能追上你的大马吗？

张继原说：马倌都有一两匹老实马，你喊它一声或者用套马杆敲敲它的屁股，它就停，不用追，也不用套。马倌要是没这种马，万一一个人在马群里被烈马摔下来，没马骑了，马群又跑了，那就惨啦。要在冬天，非冻死在深山里不可。

张继原拿了一些换洗的衣服，又跟陈阵借了一本杰克·伦敦的《海狼》，出了包。

张继原果然轻松上马，又在马群里顺利换马，然后赶着马群向西南大山方向跑去。

21

拓跋焘（魏太武帝——引者注）于四二九年决定向东戈壁的蠕蠕蒙古部落采取反侵寇的行动时，他的一些顾问向他预告说：南朝（南京）帝国的汉人可能要趁机来牵制他的兵力。他简单地回答道："汉人乃步卒，吾人则骑士。驹犊群岂能抗拒豺狼。"

——〔法〕勒尼·格鲁塞《草原帝国》

陈阵见前边的几群羊陆续离开湖边，便将羊群拢了拢朝湖边慢慢赶。他看羊群已经走起来，就先骑马跑到湖边。湖西北边的一溜芦苇已经被砍伐干净，又出现了一大片用沙土填出的人造沙滩，以便畜群进湖饮水。一群已经饮饱了的马，还站在水里闭目养神，不肯上岸。野鸭和各种水鸟仍在湖面上戏水，几只美丽的小水鸟甚至游到马腿边，从马肚子下面大摇大摆地钻了过去。马们友好地望着水鸟，连尾巴也不扫一下。只有天鹅不愿与马为伍，它们远离被马蹚浑的湖水，在湖心，湖对岸的芦苇丛和苇巷里慢慢游弋。

突然，湖边坡地上发出惊天动地的羊叫声，陈阵的大羊群闻到了湖水气味。夏季饮羊，两天一次。渴了两天的羊群齐声狂喊，全速冲锋，卷起大片沙尘冲向湖水。人畜进新草场才不到十天，湖旁大片草地已经被牛羊马群踏成了沙地。羊群冲进水里，在马腿旁马肚子下，伸头猛灌湖水。

羊群饮饱了水，刚刚走上了湖边坡地，湖边又响起另一群渴羊的冲锋呐喊声，卷起一阵更浓烈的黄尘。

距湖两里地的一面缓坡上，已经竖起三四个民工帐篷，几十个民工正在开挖地沟。包顺贵指挥着民工们修建药浴池、羊毛库房和临时队部。陈阵看到几个民工和家属在挖沟、翻地、开菜园子。远处的一片山坡上，一些民工已经挖开一个巨大石坑，正在起石头，几挂大车满载着鲜黄色的石头和石片运往工地。陈阵真不愿多看一眼处女草原上新出现的千疮百孔，便赶着羊群匆匆向西北走去。

羊群翻过一道山梁，走出了盆地草场。毕利格老人要求各组畜群不要死啃盆地草场，夏季天长，必须尽量远牧，以便坚持到夏末秋初不搬家。他计划用畜群把这盆地内外大片草场来回蹚过几遍，控制草势疯长，踩实过松的新土壤，以防危险的蚊群。陈阵的羊群散成半月形的队伍，向西面山坡慢慢移动。

阳光下，近千只羊羔白亮得像大片盛开的白菊花，在绿草坡上分外夺目。羊羔的卷毛已经开始蓬松，羊羔又吃奶又吃嫩草，它们的肥尾长得最快，有的快赶上母羊被喂奶耗瘦的尾巴了。满坡的野生黄花刚刚开放，陈阵坐在草地上，眼前一片金黄。成千上万棵半米多高的黄花花株，头顶一朵硕大的喇叭形黄花，枝杈上斜插着沉甸甸的笔形花蕾，含苞欲放。陈阵坐在野生的黄花菜花丛里，如同坐在江南的油菜花田里，他没想到处女草场的野生黄花，要比人工种植的黄花大得多，最大的花蕾竟然差不多像是一支圆珠笔了。

陈阵站起来骑上马，跑到羊群前面花丛更密的地方，蹚花采蕾。这些日子鲜嫩可口的黄花菜，已经成为北京学生的时令蔬菜：鲜黄花炒羊肉，黄花羊肉包子饺子，凉拌山葱黄花，黄花肉丝汤等等。一冬缺菜的知青，个个都像牛羊一样狂吃起草原的野菜野花，让牧民大开眼界，但牧民都不喜欢黄花的味道。早上出门前，高建中已经为陈阵准备了两只空书包。这几天高建中不让陈阵在放羊的时候看书了，要他和杨克抓紧花季尽量采摘，回家以后用开水焯过，再晒制成金针菜，留到冬季再吃。这几天，他们已经晒制出了半面口袋了。

羊群在身后远处的花丛中低头吃草，陈阵大把大把地采摘花蕾，不一会儿就采满了一书包。采着采着，他发现脚下有几段狼粪，立即蹲下身，捡起一段仔细端详。狼粪呈灰白色，香蕉一般粗长，虽然已经干透，但还能看得出是狼在前几天新留下的。陈阵盘腿坐下，细细地琢磨起来，也想多积累一些有关狼粪的知识。他忽然意识到几天以前，他坐的地方正是一条大狼的休息之地。它到这儿来干什么？陈阵看了看周围的草地，既没有残骨，又没有残毛，显然不是狼吃东西的地方。这里花高草深，小组的羊群经常路过这里，可能是狼的潜伏之地，是一处打伏击的好地方？陈阵有点紧张，他急忙站起来四处张望，还好，附近几个制高点都有羊倌坐着休息瞭望，而自己的羊群还在身后半里的地方。他又重新坐了下来。

陈阵认识狼粪，但还没有机会细细研究。他掰开一段狼粪，发现狼粪里面几乎全是黄羊毛和绵羊毛，竟没有一点点羊骨渣，只有几颗草原鼠的细牙齿，还有黏合羊毛的石灰粉似的骨钙。陈阵又捏松了狼粪仔细辨认，还是找不到其他任何的硬东西。狼竟然把吞下肚的羊肉鼠肉、羊皮鼠皮、羊骨鼠骨、羊筋鼠筋全部消化了，消化得几乎没有一点残余，只剩下不能消化的羊毛纤维和鼠齿。再仔细看，即便是羊毛也只是粗毛纤维，而细羊毛和羊绒也被消化掉了。相比之下，狗的消化能力就差远了，狗粪里常常残留着不少未消化掉的骨渣和苞米楂。

陈阵越看越吃惊，草原狼确实是草原的清洁工，它们把草原上的牛羊马，旱獭黄羊，野兔野鼠，甚至人的尸体统统处理干净。经过狼嘴、狼胃和狼肠吸光了所有的养分，最后只剩下一点毛发牙齿，吝啬得甚至不给细菌留下一点点可食的东西。万年草原，如此纯净，草原狼功莫大焉。

微风轻拂，黄花摇曳。陈阵用手指捻着狼粪，粪中的羊毛经过狼胃酸的强腐蚀，狼小肠的强榨取，已经变得像刚出土的木乃伊。羊毛纤维早已失去任何韧性，稍稍一捻，松酥的纤维就立刻化为齑粉，化得比火葬的骨灰还要轻细，像尘埃一样，从指缝漏下，随风飘到草地上，零落成泥，化为草地的一部分，连最后一点残余也没有浪费。狼粪竟把草原生灵那最后的一点残余，又归还给了草原。

陈阵一时陷入了沉思。千万年来，游牧和游猎的草原人和草原狼，在魂归腾格里时，从不留坟墓碑石，更不留地宫陵寝。人和狼在草原生过、活过、战过、死过。来时草原怎样，去时草原还是怎样。能摧毁几十个国家巨大城墙城堡和城市的草原勇士的生命，在草原上却轻于鸿毛。真让想在草原上考古挖掘的后来人伤透脑筋。而这种轻于鸿毛的草原生命，却是最尊重自然和上苍的生命，是比那些重于泰山的金字塔、秦皇陵、泰姬陵等巨大陵墓的主人，更能成为后人的楷模。草原人正是通过草原狼达到轻于鸿毛，最后完全回归于大自然的。他们彼此缺一不可，当肉体的生命消失后，终于与草原完全融为一体。

薊粉在陈阵的指缝里轻轻飘落，也许在这些粉末里，就有某个草原人的毛发残余。在草原，每月或每季都会有天葬升天的草原人。陈阵高高抬起双手，仰望蓝天，祝他们在腾格里的灵魂安详幸福。

牛角梳形的羊群缓缓梳过花丛，漫上山坡。陈阵舍不得扔掉剩下几段狼粪，就把狼粪装进另一个空书包里，跨上马向羊群前行的方向跑去。

不远处的山头上有几块浅黑色巨石，远远望去，很像古长城上的烽火台。在更远的山头上也有几块巨石，陈阵眯着眼看过去，这片山地草原仿佛残存着一段古长城的遗迹。他忽然想起“烽火戏诸侯”和“狼烟四起”那些典故成语，他曾查过权威辞典，狼烟被解释成“是用狼粪烧出来的烟”。可他刚刚捻碎过一段狼粪，很难想象这种主要由动物毛发构成的狼粪，怎能烧出报警的冲天浓烟来呢？难道狼粪中含有特殊成分？他的心突突地跳起来，眼前这现成的“烽火台”，现成的狼粪，何不亲手烧一烧，何不戏戏“诸侯”？亲眼见识见识两千年来让华夏人民望烟丧胆的“狼烟”呢？看看狼烟到底有多么狰狞可怕。陈阵的好奇心越来越强，他决定再多收集一些狼粪，今天就在“烽火台”上制造出一股狼烟来。

羊群缓缓而动，陈阵在羊群前面来回绕行，仔细寻找，找了一个多小时才找到四撮狼粪，加起来只有小半书包。

陈阵的疑心越来越大。即便烧狼粪可以冒出浓烟，但狼不是羊，狼是疾行猛兽，狼粪不可能像羊粪那样集中。狼群神出鬼没，狼粪极分散，要搜集足够燃烟的狼粪，绝非易事。即使在这片狼群不久前围猎打黄羊大规模活动过的地方，都很难找到狼粪，更何况是在牛羊很少的长城附近了。而且，在沙漠长城的烽火台的士兵，又到哪儿去找狼粪呢？万里长城，无数个烽火台，那得搜集多少狼粪？狼是消化力强、排粪少的肉食猛兽，得需要多么庞大的狼群，才能排出够长城烧狼烟的狼粪？陈阵又跑了几个来回，再也找不到一堆狼粪了。他把羊群往一面大坡圈了圈，便直奔山头巨石。

陈阵跑到石下，抬头望去，巨石有两人多高，旁边有几块矮石，可以当石梯。他在山沟里找了一大抱枯枝，用马笼头拴紧，拖到石下。再斜挎书包，踏着石梯，攀上巨石，并把枯柴拽上石顶。石顶平展，有两张办公桌大，上面布满白色鹰粪。

时近正午，羊群已卧在草地上休息。陈阵站在“烽火台”上，用望远镜仔细观察周围形势，没有发现一条狼。他的羊群与其他的羊群相距五六里远，最近的一群羊也在三里之外，不怕羊群混群。陈阵放心地架好柴堆，把所有的狼粪放到柴堆上。此时是初夏，不是防火季节，草原上到处都是多汁的青草，又在高高的巨石上，在此点火冒烟不会受人指责，远处的人只会认为是某个羊倌在烤东西吃。

陈阵定了定心，从上衣口袋里掏出袖珍语录本大小的羊皮袋，里面有两片火柴磷片和十几根红头火柴。这是额仑草原不抽烟的牧人身上必备的东西，防身、烤火、烧食、报信都用得上。陈阵划着了火，干透了的枯枝很快就烧得噼啪作响。他的心怦怦直跳，如果狼粪冒出浓烟，那可是有史以来，汉族人在蒙古草原腹地点燃的第一股狼烟。可能全队所有人都能看到这股烟，大部分的知青看到这座“烽火台”上的浓烟一定会联想到狼烟。毕竟狼烟在汉人的记忆中太让人毛骨悚然了。“狼烟”在中国历史文化中是一个特级警语，意味着警报、恐怖、爆发战争和外族入侵。“狼来了”能吓住汉人的大人和小孩，而“狼烟”能吓住整个汉民族。华夏中原多少个汉族王朝，就是亡在狼烟之中的。

陈阵有些害怕，如果他真把狼烟点起来，不知全队的知青会对他怎样上纲上线，口诛笔伐呢。养了一条小狼还不够，竟然还点出一股狼烟来，此人定是狼心叵测。陈阵抬起一只脚，随时准备用马靴踩灭火堆，扑灭狼烟。这里又是战备紧张的边境，他竟敢烽火戏诸侯，这不是冒烟报信通敌吗？陈阵额上冒出了冷汗。

可是一直到柴火烧旺了，狼粪还没有太大的动静。灰白的狼粪变成了黑色，既没有冒出多少烟也没有蹿出火苗。火堆越烧越旺，狼粪终于烧着了，一股狼臊气和羊毛的焦煳味直冲鼻子。但是狼粪堆还是没有冒出浓黑的烟，烧狼粪就像是烧羊毛毡，冒出的烟是浅棕色的，比干柴堆冒出的烟还要淡。干柴烧成了大火，狼粪也终于全部烧了起来，最后与干柴一起烧成了明火，连烟都几乎看不见了，哪有冲天的黑烟？就是连冲天的白烟也没有。哪有令人胆寒的报警狼烟？哪有妖魔龙卷风状的烟柱？完全是一堆干柴加上一些羊毛毡片，烧出的最平常的轻烟。

陈阵早已放下脚，他擦了擦额上虚惊的冷汗，轻轻地舒了一口气。这堆烟火实在不值得大惊小怪，与羊倌们在冬天雪地里烧火取暖的柴火没什么区别。他一直看着这堆柴粪烧光烧尽，期盼中的狼烟仍未出现。他站在高高的巨石上，东边宽阔的草场是一派和平景象：牛车悠悠地走着，马群依然在湖里闭目养神，女人们低头剪着羊毛，民工们挖着石头。这堆烟火没引起人们的任何反应，最近的一位羊倌只是探身朝他这里看了看。远处蒙古包的烟筒冒出的白烟，倒是直直地升上天空，这堆用真材实料烧出的狼烟，还不如蒙古包的和平炊烟更引人注目。

陈阵大失所望，他想所谓狼烟真是徒有虚名，看来“狼烟”

一定是望文生义的误传了。刚才的试验多少印证了他的猜测：古代烽火台上的所谓狼烟，绝不可能是用狼粪烧出来的烟。那种冲天的浓烟，完全可以是用干柴加湿柴再加油脂烧出来的。就是烧半湿的牛粪羊粪也能烧出浓烟来，而湿柴、油脂、半湿的牛羊粪要远比狼粪容易得到。他现在可以断定，狼烟是用狼粪烧出来的权威和流行说法，纯属胡说八道欺人之谈，是胆小的华夏和平居民吓唬自己的鬼话。

柴灰和狼粪灰被微风吹下了“烽火台”。陈阵没有被自己烧出的狼烟吓着，而对中国权威辞典中关于狼烟的解释十分生气。华夏农耕文明对北方草原文明的认识太肤浅，对草原狼的认识也太无知。狼烟是不是用狼粪烧出来的这么简单的一件事，只要弄点狼粪烧一烧不就知道了吗？可是为什么从古至今的亿万汉人，竟没有人去试一试？陈阵转念一想，又觉得这个简单的事情，实际上并不简单。几千年华夏民族农耕文明的扩张，把华夏狼斩尽杀绝，汉人上哪儿去找狼粪？拾粪的老头拾的都是牛羊猪马狗粪或者是人粪，就是偶然碰到一段狼粪也不会认得。

陈阵坐在高高的“烽火台”上，凝神细想，思路继续往纵深延伸。既然狼烟肯定不是狼粪烧出来的，那么古代烽火台上燃起的冲天浓烟为什么叫作狼烟呢？狼烟这两个字确实具有比狼群更可怕的威吓力和警报作用，而狼烟肯定与狼有关。狼烟难道就是警报“狼来了”的浓烟？长城绝对挡得住草原狼群，而“狼来了”这三个字中的“狼”，实际上不是草原狼群，而是打着狼头军旗的突厥骑兵；是崇拜狼图腾、以狼为楷模、具有狼的战略战术、狼的智慧和凶猛性格的匈奴、鲜卑、突厥、蒙古等等的草原狼性骑兵。草原人从古至今一直崇拜狼图腾；一直喜欢以狼自比，把自己比作狼，把汉人比作羊；一直凭以一当百的豪气藐视农耕民族的羊性格。而古代华夏农耕民族也一直将草原骑兵视为最可怕的“狼”。“狼烟”的最初本义应该是“在烽火台点燃的、警报崇拜狼图腾的草原民族骑兵进犯关内的烟火信号”。“狼烟”与狼粪压根儿就没有直接的关系。

他忽然想到，也许世界上只有汉语中有“狼烟”这一词语。普天之下，鼠最怕猫，羊最怕狼。将“狼烟”作为最恐怖的草原民族进攻的象征，暴露出汉民族的羊性或家畜性的性格本质。自从满清入关以后，由于游牧的满族热爱草原，懂得草原，因而暂时弥合了草原与农耕的矛盾，狼烟渐渐消散。但是草原文明与农耕文明的深刻矛盾并没有解决。不懂草原的汉人重新立国以后，狼烟彻底熄灭了。可是农耕民族垦荒烧荒的浓烟却向草原燃烧蔓延过去。这是一种比狼烟更可怕的战争硝烟，是比自毁长城更愚蠢的自杀战争。陈阵想起乌力吉的话，如果长城北边的草原全变成了沙地，与蒙古大漠接上了头，连成了片，那北京怎么办？陈阵在心中长叹，要让千年来一直敌视草原的农耕民族热爱和珍惜草原，可能要等到长城被超级大漠掩埋以后才有可能。农耕民族是不见海枯石烂不落泪的民族，满族入主中原后，逐渐被农耕文明同化，封关禁海，关起门来自吹自擂，抵制西方先进文明，就是不肯改革维新。非得到列强用坚船利炮轰开国门，割地赔款，把皇室赶出京城，这才有了后来几十年勉强的变革……

陈阵望着脚下已经化为灰烬的狼粪，颓然而沮丧。

高原夏季的阳光，到中午时分突然发力。把满山的青草晒矮了三寸，也把巨石晒得豁开了几道新裂缝。陈阵急忙把残枝残灰扒拉到石缝里，然后下到草地上。羊群被晒昏了头，背对太阳卧在草丛里，把头贴在地面，躲进自己身体的阴影里，整群羊都在静悄悄地午睡。

陈阵躲到巨石的背阴处，也想睡一小觉，但是他不敢，这里可是刚刚还拾到狼粪的地方。很可能一条大狼正躲在不远处盯着你呢，只等你被太阳晒困，睡死过去。陈阵喝了几大口水壶里的酸奶汤，困劲儿才压下去不少。每次轮到他放羊，他总要到嘎斯迈那儿做奶豆腐的木桶里灌一壶酸奶汤。酸奶汤是夏季羊倌解渴去困的饮料，也是待在家里的人和狗喜欢喝的解暑酸汤。

一阵马蹄声传来，道尔基跳下马。他身着白布蒙古单袍，腰扎绿绸腰带，显得精干英俊。他紫红的宽脸全是汗，擦了一把汗说：是你啊，刚才我看见这块石头上冒烟冒火，还当是哪个羊倌套住了獭子，正烤獭肉吃呢。我也饿了。陈阵说：我哪能套住獭子，我，我有点犯困了，烧一把火玩玩，解解困……你的羊呢？道尔基指了指北坡刚刚出现的一群羊说：羊都睡下了。我也想睡，又不敢睡，就找你说说话。我的羊群没事，我让那边的羊倌照看了，那边的两个羊倌正在山头下棋呢。道尔基坐到巨石下乘凉。

陈阵知道草原牧民中流行的游戏，是蒙古狼抓羊的石子棋，还有蒙古骑兵从西方带回来的国际象棋，却无人会下中国象棋。毕利格老人曾说，汉人的棋尽是汉字，蒙古人看不懂，西边国家的棋子上没有字，可谁都认识，特别是马，跟蒙古马头琴上的马头刻得差不多。蒙古人很喜欢有马头的棋。陈阵常想，蒙古草原至今还存有古代蒙古骑兵横扫世界的遗物、证据和影响。草原民族远比汉族更早地接触国际象棋和国际，是最早猎获西方战利品的东方民族。在蒙古人征战世界的时代，连罗马教皇都要向蒙古朝廷遣使致敬，蒙古人的强悍，也是西方不敢完全藐视东方的因素之一。陈阵到草原后，也向牧民学会了下国际象棋。

内蒙古草原的夏季天长得可怕，凌晨三点多天就亮，到晚上八九点天才黑。虽然羊群怕蹚草地露水得关节炎，早上不用太早出圈，必须等上午八九点钟，太阳把露水晒干了才能赶羊上山。可是晚上羊群必须在天黑以后才能进营盘，因为从黄昏到天黑，草原暑气消散的这一时间，是羊群拼命吃草抓膘的主要时段。夏季牧羊要比冬季牧羊几乎长出一倍的时间。草原羊倌都怕夏季，早上一顿奶茶以后，一直要饿到晚上八九点，又晒又困又渴又饿又寂寞单调。如果进入盛夏，草原蚊群出来以后，那草原就简直成了刑狱。北京学生来到草原以后才知道，与夏季比，草原寒冷漫长的冬季，简直就是人们抓膘长肉的幸福季节了。

在蚊群还没出来之前，陈阵感到最难忍受的就是饥渴。牧民极耐饥渴，但大多有胃病。知青第一年夏季放羊时还带一些干粮，但后来渐渐就入乡随俗了。一说到烤獭肉，两人的肚肠都响出声来。

道尔基说：新草场獭子多，西边山梁尽是獭子洞，今儿咱们先摸摸底，明儿放羊的时候下十几个套子，到中午准能套上几只，烤獭肉吃。陈阵连连说好，要是真能套上獭子，那就又解饿又解困了。道尔基望着两群羊没有一点起来吃草的意思，就带着陈阵跑到西北边的坡顶，伏在几块白色的石英石后面，这里既可以向后看到羊群，又可以向前看到西边山梁的獭洞。两人都掏出望远镜，细细搜索。山梁静悄悄，几十个獭洞平台上空荡荡，闪烁着石英矿砂矿片的光亮。额仑草原獭洞极深，旱獭甚至可以把山体里的矿石掏到地面上来。有的牧民曾在獭洞口的平台上捡到过紫水晶和铜矿石。此事还惊动了国家勘探队，要不是额仑草原地处边境，这里就可能变成矿场了。

不一会儿，从山梁那边传来“嘀嘀”“嘎嘎”旱獭的叫声，声音很大，这是獭子们出洞前的声音探测，只要洞外没有反应，獭子们就该大批出洞了。又叫了一会儿，山梁上一下子冒出几十只大大小小的獭子。几乎每一个平台上，都立着一只大母獭，四处瞭望，并发出“嘀、嘀、嘀”缓慢而有节奏的报平安之声，于是小獭子们迅速蹿到洞外十几米的草地上撒欢吃草。草原雕在高高的蓝天上盘旋，母獭子都警惕地望着天空。一旦天敌逼近，母獭子就发出“嘀嘀嘀嘀”急促的警报声，洞外的大小獭子就会嗖嗖地扎进洞去，等待敌情解除后再出来。

陈阵挪动了一下身子，动作稍稍大了一点。道尔基立即按住了他的背，小声说：你看，最北边的那个独洞下面有一条狼，人跟狼又想到一块去了，都想吃獭子了。一听到有狼，陈阵困意顿消，赶紧对准目标望过去。见那个平台上站着一只大雄獭子，双爪垂胸，四处张望，就是不敢离开平台到草地上去吃草。草原旱獭，雄獭与雌獭分居，母獭领着小獭住在一群洞里，公獭住自个儿的独洞。这只公獭洞的平台下面有一大丛高草，微风吹过，草叶摇动，露出几块灰黄色的石头。草影变幻，将草丛下面的东西晃得难以辨认。陈阵说：我还是没看见狼，只看见几块石头。

道尔基说：可那块石头旁边就有一条狼。我估摸它已经趴了老半天了。陈阵又仔细看了看，才模模糊糊看出了半个狼身，不由说：你眼神真好，我怎么就找不见呢？道尔基说：你要是不知道狼是怎么逮獭子的，眼神再好也找不见狼。狼逮獭子得从下风头上去，再趴在獭洞下面的草窝里头。狼抓一次獭子不容易，就专抓大雄獭子。你瞅瞅，这只獭子个头多大，快赶上一只大羊羔了，逮住一只就管饱。你要是想找狼，就得先找雄獭子的独洞，再从下风头的高草里仔细找……

陈阵满心欢喜说：今天我又学了一招。这只獭子什么时候才吃草？我真想看看狼是怎么抓住獭子的。那儿到处都是洞，狼一露头，獭子随便找一个近一点的洞钻进去，狼就没辙了。道尔基说：笨狼当然抓不住獭子，只有最精的狼才能抓住。头狼有绝招，它有法子让獭子钻不成洞，你等着看这条狼的本事吧。

两人回头看了看羊群，见羊群还趴着不动，就打算耐心等待。道尔基说：可惜今天没带狗，要是有狗，等狼抓住了这只大獭子，赶紧放狗追，人再骑马跟上，就准能把獭子抢到手，那咱俩就能饱吃一顿了。陈阵说：待会儿咱们骑马追追试试，没准能追上呢。道尔基说：准保追不上，你看看，狼在山梁上，狼下山，咱们上山，哪能追上？狼一翻过山梁，你就甭想再找见它了。山上獭洞那么多，马也不敢快跑，就更追不上。陈阵只好作罢。

道尔基说：还是明儿下套子吧。今儿我先陪你看看，狼抓獭子也就这半个月了，等下了雨，蚊子一出来，狼就抓不着獭子。为什么？狼最怕蚊子，蚊子专叮狼的鼻子眼睛耳朵。叮得狼直蹦高，狼还能趴得住吗？狼一动，獭子早就逃跑了。到那会儿，狼就又该折腾羊群马群，人畜就该遭罪了。

大雄獭子眼睁睁地看其他獭子大啃青草，看得实在受不了，终于冲下平台，跑到十几米外的草丛迅速吃草，吃了几口又急忙蹿回平台，大声高叫。道尔基说：你看这獭子就是不吃窝边草，留着那些草是为着挡洞。草原上的野物活着都不易。一不留神，小命就没了。

陈阵紧张地注视着那条狼，估计它从潜伏的位置不能直接看到獭子，只能凭听觉来判断獭子的方位和动静，所以它趴得更低了，低得几乎要贴进地里去。

大獭子三番五次冲出又退回，发现没有什么危险，便放松了警惕，向一片长势极旺的青草地跑去。大约过了五六分钟，那条狼突然站起身来。使陈阵吃惊的是，狼并没有立即去扑獭子，而是猛扒碎石，并把几块石头扒拉下坡，石头滚下山坡的声音一定不小，陈阵只见离洞二十米开外的那只大獭子，听见动静后吓得掉头蹿回自己的独洞。这时，等待已久的大狼已像一道闪电蹿上平台，几乎与獭子同时到达洞口。獭子再想改钻别的洞已经来不及，大狼未等獭子钻洞，便一口咬住了獭子的后颈，把它甩到平台上，再咬断脖颈。然后高昂着头，叼着大雄獭子，快速翻过山梁。那条狼从出击到捕获猎物，前后不到半分钟。

山坡上所有獭子都不见了。两人坐起身来，陈阵眼前不断闪回狼抓獭子那一环扣一环的精彩绝技，真有些目瞪口呆。狼的智慧真是深不可测，狼简直太神了。陈阵曾读过《物种起源》，但书本仍然无法解释，他在生活中亲眼目睹的所有现实和奇迹。

阳光已经发黄，两群羊都已站起来吃草，并向西北方向移动了一两里地了。两人聊了几句就准备回羊群，该调转羊头往家赶了。正当两人就要起身牵马的时候，陈阵发现自己的羊群里出现了一阵轻微的骚动，急忙拿起望远镜看，只见羊群左侧，金色的黄花丛中突然蹿出一条大狼，忽地扑翻一只大绵羊，按住就咬。陈阵吓得脸色发白，刚要起身大喊，却被道尔基一把按住。陈阵猛醒，把喊出的声吞回一半，急忙掏出望远镜，见那条狼已经在撕吞羊大腿，活吃羊肉。草原绵羊是见血不敢吭声的低等动物，它脖子喷着血，前蹄乱蹬，拼命挣扎，就是不会像山羊那样大喊乱叫，报警求救。

道尔基说：离羊群这么远，冲过去也救不活羊了。让它吃，等它吃撑得跑不动了再套它。道尔基异常冷静地说：好你这条恶狼，胆敢在我眼皮子底下掏羊，有你好瞧的！两人轻轻坐到石头旁，怕过早惊动狼。

显然，这是条胆大妄为的饿狼，它见羊倌长时间远离羊群，便利用黄花高草的掩护，匍匐潜行，绕到羊群旁边，再突袭加强攻，虎口夺食，抢吃肥羊。它早已看到山梁上的两人两马，但就是不逃。狼用一只眼盯着人，精确地计算人马的距离，争分夺秒，抢一口是一口，能吃多少就吃多少。陈阵想，难怪自家的小狼吃食像打仗冲锋。在草原，时间就是肉，细嚼慢咽的狼非饿死不可。

陈阵听说过牧民羊倌以羊换狼的故事，按照目前的情形，这种遭遇战只能采用那种战法。只要能用一只羊换一条大狼，非常划算，一条大狼一年起码要吃掉十几只羊，还不算马驹和马。用羊换狼的羊倌不仅不会受到大队的批评和处罚，甚至还会受到夸奖。但陈阵担心的是，若是换狼不成反丢一只羊，那损失就大了。他紧握着望远镜死盯着狼，不到半分钟，一条羊腿连皮带毛几乎全被狼吞进了肚。这只羊肯定活不成了，陈阵希望这条饿狼把整只羊全吞下去。两人悄悄移到马跟前，解开马绊子，再握住缰绳，提心吊胆地等待着。

绵羊低等而愚昧，当狼咬翻那只大羊的时候，立即引起周围几十只羊的惊慌，四处奔逃。但不一会儿，羊群就恢复平静，甚至有几只绵羊还傻乎乎战兢兢地跺着蹄子，凑到狼跟前去看狼吃羊，像是抗议又像是看热闹。那几只羊一声不吭地看着热闹，接着又有十几只羊跺着蹄子去围观。最后上百只绵羊，竟然把狼和血羊围成一个三米直径的密集圈子，前挤后拥，伸长脖子看个过瘾。那副嘴脸仿佛是说“狼咬你，关我什么事！”或是说“你死了，我就死不了了”。羊群恐惧而幸灾乐祸，没有一只绵羊敢去顶狼。

陈阵浑身一激灵，愧愤难忍。这场景使他突然想起鲁迅笔下，一些中国愚昧民众伸长脖子，围观日本浪人砍杀中国人的场面，真是一模一样。难怪游牧民族把汉人看作羊。狼吃羊固然可恶，但是像绵羊家畜一样自私麻木怯懦的人群更可怕，更令人心灰心碎。

道尔基表情有些尴尬。全队出名的猎手，竟然扔下羊群带着一个知青看狼抓獭子，大白天的就让狼掏了一只大羊，大羊没了，羊羔吃不成奶，上不了膘，也就过不了冬。这在牧业队算是一次责任事故，陈阵要挨批评，道尔基也脱不了干系。糟糕的是，会有人将这两个养小狼的人上纲上线，为什么这种事故就偏偏出在养狼的人的身上呢？心思不在羊身上的人就放不好羊，养狼的人肯定会受到狼的报复。队里所有反对养狼的人，肯定会抓住这件事大做文章。陈阵越想越怕。

道尔基用望远镜一直看着狼，看着看着他似乎有把握了。他说：这只死羊算在我账上，可是狼皮归我。我只要把狼皮交给包顺贵，他还要表扬咱们两人呢。

大狼一边用狼眼瞄人，一边加快速度，疯狂撕肉，生吞海塞。道尔基说：再精的狼，饿极了也会犯傻。它不想想待会儿怎么跑得动？我看这条狼是条笨狼，抓不着獭子，八成是好些日子没吃东西了。

陈阵看狼已经把半只羊的肉吞下肚，狼肚皮也涨成圆筒了，就问：该上了吧？道尔基说：别着急，再等等。待会儿，一定要快！咱们从南面追过去，把狼往北面赶。那儿有羊倌，他们会帮咱们截狼的。

道尔基又看了会儿，终于开口说：上马！两人扶鞍撑杆飞身上马，向坡下羊群的南边猛冲过去。大狼早已做好逃离的准备，它一见人马冲来，又急吞了几口，才丢下半只死羊，朝北边逃去。但是狼狂跑了几十米，突然一个趔趄，好像发现自己犯了大错，紧接着来了个急刹车，然后低头下蹲。道尔基大叫：不好，再快点！狼要把肚子里的东西吐出来。陈阵果然看见狼弓腰收腹，大口大口地吐出刚吞下去的羊肉。两人抓紧这个难得的机会狂奔猛追，一下子拉近了与狼的距离。

陈阵只知道狼会吐出肚子里的食物喂小狼，但没想到狼居然还会用这种方法轻装快撤，饿疯的狼也不傻。如果大狼迅速腾空了肚子，那事故真就成了事故了。陈阵急得把马抽得飞奔了起来，道尔基的马更快，他一边大喊吓狼，一边呼叫北面山头的羊倌。道尔基越冲越近，大狼不得不停止吐食，拼命狂奔，速度一下子快了一倍。陈阵冲了一段，看到草地上狼吐出的一堆血色羊肉，分量不小。陈阵更加发慌，打马穷追不舍。

大概狼肚子里还有不少羊肉，新吞下的食物又没有来得及变成体力，大狼跑得虽快，但已跑不出平时的最高速。道尔基的快马渐渐追得与大狼的速度一样快，又跑了一段，大狼见甩不掉追敌，突然向一面陡坡奔去，想用草原狼冒险亡命跌冲陡坡的绝招，来拼死一战。正在此时，羊倌桑杰从坡后突然转出来，挥动套马杆一下子截断了狼的逃路，大狼吓得一哆嗦，但只是稍稍犹豫了一下，便当机立断改变方向，立即朝最近的一个羊群冲去。陈阵又没料到，这条狼居然想用冲乱羊群的方法，用乱羊来抵挡追马，让追敌无法下杆，再从混乱中寻机突围。

然而，正是狼的这一犹豫，道尔基的快马抓住机会，激出爆发力，飞似的冲到大狼的近处，桑杰也冲到羊群正面。大狼刚要转身再次改变路线，只见道尔基上身猛然前倾，伸出长长的套马杆，抖出一个空心旗形套索，竟然准确地套住了大狼短粗的脖子。未等大狼缩头甩脖，道尔基又一抖杆死死拧紧套绳，把绞索勒进狼耳后面的肉皮里，牢牢地锁住了狼的咽喉。道尔基不给狼一点喘息机会，猛转马头，倒背套马杆，拽倒大狼就跑。

大狼已毫无反抗能力，沉重的狼身使绞索越勒越紧，狼的舌头被勒了出来，狼张开血口，拼命喘气，嘴里全是血和血气泡。道尔基策马爬坡，这样勒劲更大。陈阵跟在狼后面，看着大狼全身剧烈抖动，已经开始垂死挣扎。陈阵终于松了口气，这次事故的责任总算能够勾销了。但他一点也兴奋不起来，他眼睁睁地看着一条活生生的大狼，在这短短的几分钟就要战死在草原上。草原无比残酷，它对草原上所有生命的生存能力的要求太苛刻，稍稍迟钝笨拙一点就会被无情淘汰。陈阵心中涌出无限惋惜，这条大狼在他看来还是非常聪明强悍的，要是在人群里，有这样的智力和勇气，哪会被淘汰？

等马爬到半山坡，大狼的身体已抖不动了，但还在喷血喘气。道尔基跳下马，双手迅速拽套马杆，不让狼站起身。等把狼拽到跟前，又把扣在手腕上的马棒抓在手里，急忙狠砸狼头，并从马靴里拔出蒙古刀，一刀刺进狼的胸口。等陈阵跳下马，狼已断气。道尔基踢了狼两脚，见没有一点反应，便擦了擦满头的汗，坐在草地上，点了一支烟，吸了起来。

桑杰跑过来看了看死狼，夸了两句道尔基，便去帮道尔基往家圈羊。陈阵跑到自己的羊群旁边把羊拢了拢，拨正羊群回家的方向，又跑到山坡上看道尔基剥狼皮。夏季天热，怕狼皮焐臭，一般不把狼皮剥成皮筒子，而像剥羊皮那样把狼皮剥成摊开来的一大张。当陈阵下马的时候，道尔基已经把狼皮摊在草地上晾晒了。

陈阵说：我还是第一次亲眼看到套狼脖子杀狼呢，你怎么就这么有把握？道尔基嘿嘿一笑说：我早就看出来，这条狼有点笨。要是机灵的狼，套绳刚一碰到狼脖子，狼就甩头缩头了。陈阵说：

你的眼力真厉害，我算是服了你了，我就是练上三年五年，也练不出你这两下子。再说我的马也不行，明年春天我一定也要压几匹好生个子，在草原上没快马真不行。道尔基说：你让巴图给挑一匹好的，巴图是你大哥，他一定会给你的。

陈阵忽然想起了道尔基养的那条小狼，便问：这段日子太忙，一直也没空去你家看看。你的小狼还好吗？没人说你？道尔基摇头说：别提了，大前天我把小狼打死了。陈阵心里一沉，急问：什么，你把小狼打死了？为什么？出什么事了？

道尔基叹了口气说：我要是也像你那样用链子拴着养就好了。我家的小狼比你的小狼个头小，打小野性也不太大，我就一直把它放在小狗堆里一块养，养了一个多月，就跟小狗大狗混熟了，不知道的人还当它是一条小狗呢。后来，小狼越长越胖，比小狗都长得快，真跟一条小狼狗一样，全家人都挺喜欢它。小狼最喜欢跟我的小儿子玩，这孩子才四岁，也最喜欢小狼。可是没想到，大前天小狼跟孩子玩着玩着，狠狠朝孩子的肚子上咬了一口，咬出了血，还撕下一块皮来。孩子吓傻了，疼得大哭。狼牙毒啊，比狗牙还毒，吓得我两棒子就把小狼打死了。又赶紧抱孩子上小彭那儿打了两针，这才没出大事，可这会儿孩子的肚子还肿着呢。

陈阵心里一阵阵地发慌，急忙说：千万别大意，这几天还得接着打针，狂犬病能预防的，打了针就不怕了。

道尔基说：这事牧民都知道，让狗咬了都得赶紧打针，让狼咬了更得赶紧打针了。狼跟狗真不一样，本地人都说不能养狼，看来还真不能养，狼的野性改不了，早晚会出大事。我劝你也别养了，你那条狼个头大，野性大，牙的毒性更大，要是不小心让它咬一口，你小命就没啦，拴着养也不保险。

陈阵也有点害怕，想了想说：我会小心的，好不容易把小狼养这么大，我真舍不得。现在就连过去最讨厌它的高建中，也喜欢上它了，天天逗它玩儿。

羊群已走远，道尔基卷起狼皮拴在鞍上，骑上马去赶羊群回家。

陈阵心里惦记着小狼，他走到被狼吃剩下的半只死羊旁边，从口袋里掏出可折叠的电工刀，割掉被狼咬过撕烂的部分，掏空肠肚，留下心肺。收拾干净以后，用马鞍上的鞍条拴住羊头，准备带回家喂狗和小狼。陈阵骑上马，一步一步走得心事重重。

第二天，道尔基用羊换狼的事迹传遍了整个大队。包顺贵得到了狼皮以后，把道尔基夸个没完，还通报全场给予表扬，并奖励他三十发子弹。几天以后，三组的一个年轻羊倌也想用羊群做诱饵，远远地离开羊群，也想以羊换狼。结果碰上了一条老练狡猾的头狼，它只抢吃了一条半羊大腿，多了不吃，吃饱不吃撑，一点也不影响它逃跑的速度，反而跑得更快更有劲，一会儿就跑没影了。那个羊倌被毕利格老人在大队会上狠狠地训了一通，并罚他家一个月不准杀羊吃。

22

……满族和达斡尔、鄂伦春、鄂温克一些萨满所崇敬的黑狼神，它是勇敢无敌、嫉恶如仇的除恶驱暴的萨满护神与助手，凡是遇到凶险、奸猾、夜间施暴的魔怪，都要委托它用智勇在黑暗中吞噬。它是疯狼，然而它也是恶魔鬼魂的杀手。

——富育光《萨满论》

又轮到陈阵给羊群下夜，有二郎守着羊群，他可以一边下夜一边在包里的油灯下看书做笔记。为了不妨碍两位伙伴睡觉，他把矮桌放到蒙古包门旁边，再用竖起的两本厚书挡住灯光。草场寂静无声，听不到一声狼嗥，三条大狗一夜未叫，但都竖着耳朵，警觉地守夜。他也只出过一次包，打着手电围着羊群转了一圈，二郎总是守卧在羊群的西北边，让陈阵感到放心。他摸摸二郎的大脑袋，表示感谢。回到包，他还是不敢大意不敢闭眼，看书一直看到后半夜才睡下。第二天上午睡醒了觉，陈阵出门后的第一件事就是给小狼喂食。

来到夏季新草场以后，小狼总是从天一亮就像蹲守伏击猎物一样，盯着蒙古包的木门，瞪着它的食盆。在小狼的眼里，这个盆就是活动的“猎物”，它像大狼那样耐心地等待战机，等“猎物”走到它跟前，然后突然袭击“猎物”，因此，抢到嘴的食物就是它打猎打到的，而不是人赐给它的。这样小狼仍然保持了它狼格的独立。陈阵也故意装出怕它的样子，急退几步，但经常忍不住乐出声来。

内蒙古高原在夏天雨季到来之前，常常有一段干旱酷热的天气，这年的热度似乎比往年更高。陈阵觉得蒙古的太阳不仅出得早，而且还比关内的太阳离地面低，才是上午十点多钟，气温已经升到关内盛夏的正午了。强烈的阳光把蒙古包附近的青草晒卷，每根草叶被晒成了空心的绿针。蚊子还未出来，但草原上由肉蛆变出来的大头苍蝇，却像野蜂群似地涌来，围着人畜全面进攻。苍蝇专攻人畜的脑袋，叮吸眼睛、鼻孔、嘴角和伤口的分泌物，或者挂在包内带血的羊肉条。人狗狼一刻不停地晃头挥手挥爪，不胜其烦。机警的黄黄经常能用闪电般的动作，将眼前飞舞的大苍蝇，一口咬进嘴里，嚼碎以后再吐出来。不一会儿，它身旁的地面上，就落了不少像西瓜子壳般的死蝇。

阳光越来越毒，地面热雾蒸腾，整个草场盆地热得像一口烘炒绿茶的巨大铁锅，满地青草都快炒成干绿新茶了。狗们都趴在蒙古包北面窄窄的半月形的阴影里，张大了嘴，伸长舌头大口喘气，肚皮急速起伏。陈阵发现二郎不在阴影里，他叫了两声，二郎也没露面，它又不知上哪儿溜达，也可能到河里凉快去了。二郎在它下夜上班时候尽责尽心，全队的人已经不叫它野狗了，但一到天亮，它“下班”以后，人就管不着它了，它想上哪儿去就上哪儿去，不像黄黄和伊勒白天也忠心守家。

此刻，小狼的处境最惨。毒日之下，小狼被一根滚烫的铁链拴着，无遮无掩，活活地被曝晒着。狼圈中的青草早已被小狼踩死踩枯，狼圈已变成了圆形的黄沙地，像一个火上的平底锅，里面全是热烫的黄沙。而小狼则像一个大个儿的糖炒毛栗子，几乎被烤焦烤煳了，眼看就像要开裂炸壳。可怜的小狼不仅是个囚徒，而且还是个上晒下烤，天天受毒刑的重号犯。

小狼一见门开，呼地用两条后腿站起来，铁链和项圈勒出了它的舌头，两条前腿拼命在空中敲鼓。小狼此时最想要的好像不是阴凉，也不是水，仍然是食物。狼以食为天，几天来，陈阵发现小狼从来没有热得吃不下饭的时候，天气越热，狼的胃口似乎越大。小狼拼命敲鼓招手，要陈阵把它的食盆放进它的圈里。然后把食盆“抢猎”到手，再凶狠地把陈阵赶走。

陈阵犯愁了。草原进入夏季，按牧民的传统习惯，夏季以奶食为主，肉食大大减少，每日一茶一餐，手把肉不见了。主食变成了各种面食，小米、炒米和各种奶制品：鲜奶豆腐、酸奶豆腐、黄油、奶皮子等等。

牧民喜食夏季新鲜奶食，可知青还没有学会做奶食，一方面是不习惯以奶食代替肉食，更主要的是知青受不了做奶食的那份苦。谁也不愿意在凌晨三点就爬起来，挤四五个小时的牛奶，然后不间断地用捣棒慢慢地捣酸奶桶里的发酵酸奶，捣上几千下才算完；更不愿意到下午五六点钟母牛回家以后，再挤上三四个小时的奶，以及第二天一系列煮、压、切、晒等麻烦的手工劳动。知青宁肯吃小米捞饭，素面条素包子素饺子素馅饼，也不愿去做奶制品。夏季牧民做奶食，而知青就去采野菜，采山葱、野蒜、马莲韭、黄花、灰灰菜、蒲公英等等，还有一种东北外来户叫作“哈拉盖”的、类似菠菜形的大叶辣麻味野菜。夏季断肉，牧民和知青正好都改换口味，尝个新鲜。这样一来，却苦了陈阵和小狼。

草原民族夏季很少杀羊，一则因为杀一只大羊，大部分的肉无法储存。天太热，苍蝇又多，放两天就发臭生蛆。牧民的办法是将鲜羊肉割成拇指粗的肉条，沾上面粉，防蝇下卵，再挂在绳上放到包里的阴凉处，晾成干肉条。每天做饭的时候，切两根肉干条放在面条里，只是借点肉味而已。如果碰上连续阴天，肉条照样发绿发臭变质长蛆。二则，还因为夏天是羊上水膘的季节，羊上足水膘以后，到秋季还得抓油膘。两膘未上，夏羊只是肉架子，肉薄、油少、味差，牧民也不爱吃。而且夏季羊刚剪过羊毛，杀羊后羊皮不值钱，只能做春秋季穿的剪茬毛薄袍。毕利格老人说，夏天杀羊是糟践东西。牧民夏季少杀羊吃，就像农民春天不会把麦苗割下来充饥一样。

额仑草原虽然人口稀少，畜群庞大，但是政策仍不允许草原牧民敞开肚皮吃肉。对于当时油水稀缺，限量供肉的中国，每一只羊都是珍稀动物。

饱吃了一秋一冬一春肉食的知青，一下子见不到肉，马上就受不了了，便不断要求破例照顾。但知青向组里申请杀羊，往往得不到批准。嘎斯迈一见陈阵上门，就笑呵呵地用香喷喷的奶皮子砂糖拌炒米来堵他的嘴，还准备了一包新鲜奶食品送给他们包，弄得陈阵每次都只好把要求杀羊的话憋回去。偶尔有一个小组的知青申请到一只羊，立即就拿出一半羊肉，分给其他小组的同学，让大家都能隔上一段日子吃到点鲜肉，但这样一来，各家的肉条存货就越发地少了。

人还好说，可小狼怎么办？

这天陈阵先给小狼的食盆里放了半根臭肉条，简单地打发了小狼，然后赶紧拿着空食盆回到包里想办法。他坐下来吃早饭，望着锅里几块小小的羊肉干，犹豫了一下，还是把肉干拣出来，放到小狼的食盆里。小狼跟狗不一样，它不吃没有肉味的小米粥和小米饭，没有肉和骨头，小狼就会坐立不安，发狠地啃铁链子。

陈阵就着腌韭菜，吃了两碗肉干汤面，就把半锅剩面倒在小狼的食盆里，又用木棍搅了搅，把盆底的几块羊肉干搅到表面，好让小狼看到肉。陈阵端起盆闻了闻，还是觉得羊肉味不足，他打算往食盆里放一些用来点灯的羊油。夏天天热，放在陶罐里凝固的羊油已经开始变软变味了，好在狼是喜食腐肉的动物，腐油对狼来说也算是好东西。包里从冬天存下来的两大罐羊油，是他和杨克每天晚上读书的灯油，够不够坚持到深秋还难说。但小狼正在长身子骨的关键阶段，他只好忍痛割舍掉一些读书时间了。不过他仍然改不掉天天读书的习惯，看来只好厚着脸皮去向嘎斯迈要了。毕利格老人和嘎斯迈如果听说他们读书的灯油不够了，一定会尽量供应给他的。夏季太忙太累，他给老人讲历史故事，并听老人讲故事的机会越来越少了。

陈阵从陶罐里挖了一大勺软羊油，添到热热的食盆里，搅成了油汪汪的一盆。他又闻了闻，羊油味十足，应该算是小狼的一顿好饭了。他又把大半铝锅的小米稠粥倒进狗食盆里，但没舍得放羊油。夏季少肉，草原上的狗每年总要过上一段半饥半饱的日子。

推开门，狗们早已拥在门外。陈阵先喂狗，等狗们吃光舔净食盆，退到了包后的阴影里，才端着狼食盆向小狼走去。一边走着，一边照例大喊：小狼，小狼，开饭喽。小狼早已急红了眼，亢奋雀跃几乎把自己勒死。陈阵将食盆快速推进狼圈，跳后两步，一动不动地看小狼抢吃肉油面条。看上去，它对这顿饭似乎还很满意。

给小狼喂食必须天天读，顿顿喊。陈阵希望小狼能记住他的养育之恩，至少能把他当作一个真心爱它的异类朋友。陈阵常想，将来有一天他娶妻生子后，可能对自己的儿女也不会如此上心动情。他相信狼有魔力，在饥饿的草原森林，母狼会奶养人类的弃婴，狼群会照顾保护他，并把他抚养成狼。如果没有一种超人类超狼类的魔力情感，是不可能出现这种“神话”的。陈阵自从养狼以后，经常被神话般的梦想和幻想所缠绕。他在上小学的时候，曾读过一篇苏联小说，故事说一个猎人救了一条狼，把它养好伤以后放回森林。后来有一天早晨，猎人推开木屋的门，门口雪地上放着七只大野兔，雪地上还有许多行大狼脚印……这是陈阵看到的第一篇人与狼的友谊故事，与当时他看过的所有有关狼的书和电影都不同。书里写的大多都是狼外婆、狼吃小羊，狼掏吃小孩的心肝一类的可怕残忍的事情，甚至，连鲁迅笔下的狼都是那种传统的残暴形象。所以他一直对那篇苏联小说十分着迷，多年不忘。他常常梦想成为那个猎人，踏着深雪到森林里去和狼朋友们一起玩，抱着大狼在雪地上打滚，大狼驮着他在雪原上奔跑……

如今他竟然也有一条属于自己的、可触可摸的真狼了。他只要把小狼喂饱，也可以抱着它在绿绿的草地上打滚，他已经和小狼滚过好几次了。他的梦想差不多算是实现了一半，但那另一半，他似乎不敢梦想下去了——小狼长大以后，给他留下一窝狼狗崽，然后重返草原和狼群。陈阵曾在梦中见到自己骑着马，带着一群狼狗来到草原深处，向荒野群山呼喊：小狼，小狼，开饭喽。我来喽，我来喽。于是，在迷茫的暮色中，一条苍色如钢、健壮如虎的狼王，带着一群狼，呼啸着久别重逢的亢奋嗥声，向他奔来……可惜这里是草原牧区，不是森林，营盘有猎人猎狗步枪和套马杆，即使长大后能重返自然的小狼，也不可能叼七只大野兔，作为礼物送到他蒙古包门口来的……

陈阵发现自己血管里好像也奔腾着游牧民族的血液，虽然他的曾祖父是地地道道的农民，但他觉得自己仍不像是纯种农耕民族的后代，不像华夏的儒士和小农那样实际、实干、实用、实利和脚踏实地，那样敌视梦想幻想和想入非非。陈阵既然冒险地实现了一半的梦想，他还要用兴趣和勇气去圆那个更困难的一半梦想。陈阵希望草原能更深地唤醒自己压抑已久的梦想与冒险精神。

小狼终于把食盆舔净了。小狼已经长到半米多长，吃饱了肚子，它的个头显得更大更威风，身长已比小狗们长出大半个头了。陈阵将食盆放回门旁，走进狼圈，现在到了他可以盘腿坐下来和小狼耳鬓厮磨的时候了。他抱了一会儿小狼，然后把它朝天放在自己的腿上，再轻轻地给小狼按摩肚皮。在草原上，狗与狼在厮杀时，它们的肚皮绝对是敌方攻击的要害部位，一旦被撕开了肚皮就必死无疑。所以狗和狼是绝不会仰面朝天地把肚皮亮给它所不信任的同类或异类的。虽然道尔基的小狼因为咬伤孩子被打死，但陈阵还是把自己的手指让小狼抱着舔，抱着咬。他相信，小狼是不会真咬他的，它啃他的手指，就像咬它的亲兄弟姐妹一样，都是点到为止，不破皮不见血。既然小狼把自己的肚皮放心地亮给他，他为什么不可以把手指放进小狼的嘴里呢？他在小狼的眼睛里看到的完全是友谊和信任。

已近中午，高原的毒日把空心绿草针晒没了锋芒，青草大多打蔫倒伏。小狼又开始受刑了，它张大嘴，不停地喘，舌尖上不断地滴着口水。陈阵将蒙古包的围毡全部掀到包顶上去，蒙古包八面通风，像一个凉亭，又像一个硕大的鸟笼。在包里他可以一边看书，时不时向外张望照看小狼，只是犹豫着不知道该不该帮帮它。草原狼从来不惧怕恶劣天气，那些受不了严寒酷热的狼，会被草原无情淘汰，能在草原生存下来的都是硬骨铁汉。可是，如果天气太热，草原狼也会躲到阴凉的山岩后面的。陈阵听毕利格老人说，夏天放羊遇到凉快的地方，别马上让羊停下来乘凉，人先要过去看看草丛里有没有狼“打埋伏”。

陈阵不知道该如何帮小狼降温解暑，他打算先观察狼的耐热力究竟有多强。吹进蒙古包里的风也开始变热，盆地草场里的牛群全不吃草了，都卧在河边的泥塘里。远处的羊群，大多卧在迎风山口处午睡。山顶上，出现了一顶顶的三角白“帐篷”。羊倌们热得受不了了，就把套马杆斜插在旱獭洞里，再脱下白单袍把领口拴在杆上，用石头压住两边拖地的衣角，就能搭出一顶临时遮阳帐篷来。陈阵在里面乘过凉，很管用。帐篷里往往是两个羊倌，一人午睡，一人照看两群羊。三角白帐篷只有在草原最热的时候才会出现。陈阵渐渐坐不住了。

小狼已被晒得焦躁不安，站也不是，卧也不是。沙地冒出水波似的热气，小狼的四个小爪子被烫得不停地倒换，它东张西望到处寻找小狗们，看到一条小狗躲在牛车的阴影下，它更是气急败坏地挣铁链。陈阵赶紧出了包，他担心再这么曝晒下去，小狼真成了糖炒栗子，万一中暑，场里的兽医绝不会给狼治病的。怎么办？草原风大，只有雨衣，没有伞，不可能给小狼打一把遮阳伞。那么推一辆牛车来让小狼躺到牛车下？但牛车的结构太复杂，弄不好，小狼脖子上的铁链会被轱辘缠住，把小狼勒死。最好是给小狼搭一个羊倌那样的三角遮阳帐篷，可他又不敢。所有野外的人畜都干晒着，有人竟为狼搭凉棚，这是什么“阶级感情”？那样全队反对养狼的牧民和知青就该有话说了。这一段大家都忙，几乎都已忘掉了小狼，偷养小狼不可张扬，陈阵再不能做出提醒人家记起小狼的事情。

陈阵从水车木桶里舀了半盆清水，端到小狼面前，小狼一头扎进盆里，一口气把水舔喝光。然后竟然迅速钻到陈阵身体的阴影里，来躲避毒日。它像个可怜的孤儿，苦苦按住他的脚，不让他走。陈阵站了一会儿，马上就感到脖子后面扎扎地疼，再不离开就要被晒爆皮。他只好退出狼圈，打了半桶水泼在狼圈里，沙地冒出揭屉蒸笼般的蒸汽来。小狼立即发现地面温度降了不少，马上就躺下来休息，它已经一连站了好几个小时了。可是，不一会儿沙地就被晒干，小狼又被烤得团团转。陈阵再没有办法了，他不可能连连给它泼水，就算能，那么轮到他放羊外出时怎么办？

陈阵进了包，看不下书去，他开始担心小狼晒病、晒瘦，甚至晒死。他没想到，拴养小狼保证了人畜的安全，却保证不了小狼的生命安全。要是在定居点，把小狼养在圈里，至少还可以得到一面墙的阴影。难道在原始游牧的条件下真不能养狼？连毕利格老人也不知道如何养狼，他没有一点经验可以借鉴。

陈阵始终盯着小狼，苦思苦想，却仍是一筹莫展。

小狼继续在狼圈里转，它的脑子好像也在不停地转，转着转着，它似乎发现了狼圈外的草地，要比圈内的沙地温度低很多。小狼偏着身子，用后腿踩了几脚草地，大概不怎么烫，小狼马上就把整个身体躺到圈外的草地上去了，只把头和脖子留在圈内的烫沙上。铁链被小狼拽得笔直，它终于可以伸长着脖子休息了。虽然小狼还在曝晒之中，但却大大地减少了身子下的烘烤。陈阵高兴得真想亲小狼一口，小狼这个绝顶聪明的行为，给了陈阵一线希望。他也总算想出了一个办法，等到天更热的时候，他就隔些日子给小狼换一个有草的狼圈，只要狼圈里又快被踩成了沙地，就马上挪地方。陈阵在心中叹道，狼的生存能力总是超出人的想象，连没娘带领的小狼，天生都会自己解决困难，就更不要说那些集体行动的狼群了。陈阵半躺在被卷上开始看书。

蒙古包外响起了一阵急促的马蹄声，两匹快马卷着沙尘，顺着门前二十多米远的车道急奔。陈阵以为这只是过路马倌，没太注意是谁。没想到，两匹马跑近蒙古包的时候，突然急拐弯，离开车道朝小狼冲去，小狼立即惊起后退，绷直了铁链。前面那个人，用套马杆一杆子就套住了小狼的头，又爆发性地狠命一拽，把小狼拽得飞了起来。这一杆力量之大，下手之狠，完全是为了要小狼的命，恨不得借着铁链的拉劲，一下子就把小狼的脖子拽断。小狼刚刚噗地摔在地上，后面那个人又用套马杆的套绳，狠狠地抽了小狼一鞭子，把小狼抽得一个溜滚。前面那人勒住马，倒手换马棒，准备下马再击。陈阵吓得大叫了一声，抄起擀面杖，疯了似的冲出去。那两人见到陈阵一副拼命的样子，迅速骑马卷沙扬长而去。只听一人大声骂道：狼在掏马驹，他还养狼！我早晚得杀了这条狼！

黄黄和伊勒猛冲过去狂吼，也挨了一杆子。两匹马向马群方向狂奔而去。

陈阵没有看清那两人是谁，他估计有一位可能是挨了毕利格老人批评的那个羊倌，另一个是四组的马倌。这两人来势凶猛，打算好了要对小狼下死手。陈阵亲身领教了蒙古骑兵闪击战的可怕。

陈阵冲到小狼身边，小狼夹着尾巴吓得半死，四条腿已抖得站不稳了。小狼见到陈阵，就像一只在猫爪下死里逃生的小鸡扑向老母鸡那样，跌跌撞撞地扑向陈阵。陈阵哆哆嗦嗦地抱起小狼，人与狼马上就抖到了一起了。他慌忙去摸小狼的脖子，幸好脖子还没有断，但是脖子上的一片毛被套绳钩掉，下面是一道深深的血印。小狼的心脏怦怦乱跳，陈阵连哄带抚摸，好不容易才止住了小狼和自己的颤抖。他又进包拿出一小条肉干，安慰小狼。等小狼吃完了肉条，陈阵又抱起小狼，把它脸贴脸地抱在胸前，他摸了摸小狼的胸口，狼心已渐渐恢复平稳。小狼余悸未消，它盯着陈阵看，看着看着，突然舔了陈阵的下巴一下。陈阵受宠若惊，他这是第二次得到狼的舔吻，也是第一次得到了狼的感谢。看来狼给救命恩人叼去七只野兔的故事不是瞎编出来的。

但是陈阵的心却沉得直往下坠，他一直担忧的事终于发生了。养狼已得罪了绝大部分牧民，他感到了牧民对他的疏远和冷落，连毕利格阿爸来他们包的次数也少多了。他仿佛已被牧民看作像包顺贵和民工一样的破坏草原规矩的外来户了。狼是草原民族精神上的图腾，肉体上半个凶狠的敌人。无论从精神到肉体，草原牧民都不允许养狼。他养狼，在精神上是亵渎，在肉体上是通敌。他确实触犯了草原天条，触动了草原民族和草原文化的禁忌。他不知道还能不能保住小狼，还该不该养狼。但是他实在想记录和探究“狼图腾，草原魂”的秘密和价值，不能眼睁睁地看着曾对世界和中国历史产生过巨大影响的狼图腾，随着草原游牧生活的逐渐消亡而消亡，像草原人的肉体那样，通过狼化为齑粉，不留痕迹地消失得无影无踪。这可能是最后的一次机会了，陈阵不得不固执己见，咬紧狼牙，坚持下去。他到处去找二郎，可二郎还没有回家。如果有它看家，除了本组牧民以外，其他组的牧民还不敢轻易上门。二郎会把陌生人的马追咬得破胆狂奔。他也突然感到刚才那两位快骑手目光的锐利，他们一定是看到二郎不在家，才实施突然袭击的。

太阳还没有发出它在这一天的最高温，草原盆地却已把所有的热量全聚拢到了小狼的狼圈里。小狼虽然身体下面减少了烘烤，但它的脑袋和脖子还留在沙盘里，加上脖子受伤，小狼躺不住了，它站起来在狼圈里转磨，转几圈又躺到草地上去。

陈阵看不下去书，开始做家务，他摘韭菜，打野鸭蛋，拌馅和面，烙馅饼，一直埋头干了半小时。当他抬头再看小狼的时候，他愣住了——小狼居然在沙圈里撅着屁股和尾巴，拼命刨土掏洞，沙土四溅，像礼花似的从地洞里喷出。陈阵急忙擦了擦手跑出包去，走进狼圈蹲下身子好奇地观察起来。

小狼在圈中南半部，用力刨洞，半个身子已经扎进洞里，尾巴乱抖，沙土不断从小狼的身底下喷射出来。过了一会儿，小狼退出洞，用两只前爪搂住沙堆往后扒拉。小狼浑身沾满了土，它看了陈阵一眼，狼眼里充满野性和激情，像是在挖金银财宝，亢奋中还露出贪婪和焦急。

小狼到底想干什么？难道想刨倒木桩，逃到阴凉处？不对，位置不对。小狼并没有对准木桩刨，而且木桩埋得很深，它得刨多大一个坑？小狼是在狼圈的南半部，背对木桩，由北朝南，冲着阳光的方向刨。陈阵心中一阵惊喜，他立刻明白了小狼的意图。

小狼又在洞里刨松了许多沙土，它半张着嘴哈哈哈地忙里忙外，一会儿钻进洞刨土，一会儿又往外倒腾土。小狼两眼放光，贼亮贼亮，根本没工夫搭理陈阵。陈阵看得终于忍不住，小声叫它：小狼小狼，慢点刨，小心把爪子刨断。小狼瞟了陈阵一眼，眯着眼睛笑了笑，它好像对自己的行为很是得意。

洞里刨出的沙土有些潮气，远比洞外的黄沙凉得多。陈阵抓了一把沙土，握了握，确实又潮又凉。陈阵想，小狼真是太聪明了，它这是在为自己刨一个避光避晒避人避危险的凉洞和防身洞。一点没错，小狼准是这样想的，洞里有凉气有黑暗，洞的朝向也对，洞口朝北，洞道朝南，阳光晒不进洞，小狼钻进去刨土的时候，它的大半个身子已经晒不到毒辣的阳光了。

小狼越往里挖，里面的光线就越弱。它显然尝到了黑暗的快乐，也开始接近它预期的目标。黑暗黑暗，黑暗是狼的至爱，黑暗意味着凉快、安全和幸福。它以后再也不会受那些可恶的大牛大马大人的威胁和攻击了。小狼越挖越疯狂，它简直乐得快合不上嘴了。又过了二十多分钟，洞外只剩下一条快乐抖动的毛茸茸的狼尾巴，而小狼的整个身体，全都钻进了阴凉的土洞里。

陈阵又一次被小狼非凡的生存能力和智慧所震惊。他想起了“龙生龙，凤生凤，耗子生儿会打洞”。老鼠会打洞，那小鼠至少见过大鼠和母鼠打洞吧？可这条小狼眼睛还没有睁开就离开了狼妈，它哪里见过大狼打洞？况且，后来它周围的狗，也不可能教它打洞，狗是不会打洞的家畜。那么，小狼打洞的本领是谁教给它的？而且打洞的方位和朝向也绝对正确，打洞的距离更是恰到好处。如果离木桩的距离太远，那么铁链的长度就会限制狼洞向纵深发展。可是小狼选的洞位恰恰在木桩和圈边之间，它竟然打了一个可以带半截铁链进洞的狼洞，这又是谁教的？这个选址的本领可能连草原上的大狼都不具备，它自己又是怎样计算出来的呢？

陈阵惊得心里发毛。这条才三个多月大的小狼，居然在完全没有父母言传身教的情况下，独自解决了生死攸关的问题。这确实要比狗，甚至比人还聪明。狼的先天遗传居然强大到这般地步？陈阵从自己的观察做出判断：遗传只是基础，而小狼的智商更强大。他这个有知识的大活人，在毒日下转悠了大半天，就是没有想到就地给小狼挖一个斜斜的遮阳防身洞。一个现代智人，竟眼睁睁傻乎乎地让一条小狼给他上了一堂高难度的生存能力课。陈阵自叹不如，小狼的智慧确实大大地超过了他。他应该心悦诚服地接受小狼对他的嘲笑。怪不得，小狼在跟他玩耍的时候，他会感到一种莫名其妙的“平等”。此刻，陈阵似乎更觉得小狼可能根本不把他放在眼里。小狼桀骜不驯的眼神里，总是有一种让他感到恐惧的意味：你先别得意，等我长大了再说。陈阵越来越吃不准小狼长大了会怎样对待他。

但是陈阵心里还是很高兴，他跪在地上看了又看，觉得自己不是在豢养一个小动物，而是在供养一个可敬可佩的小导师。他相信小狼会教给他更多的东西：勇敢、智慧、顽强、忍耐、热爱生活、热爱生命、永不满足、永不屈服，并藐视严酷恶劣的环境，建立起强大的自我。他暗暗想，华夏民族除了龙图腾以外，要是还有个狼图腾就好了。那么华夏民族还会遭受那么多次的亡国屈辱吗？还会发愁中华民族实现民主自由富强的伟大复兴吗？

小狼撅着尾巴干得异常冲动，越往深里挖，它似乎越感到凉快和惬意，好像嗅到了它出生时的黑暗环境和泥土气息。陈阵感到小狼不仅是想挖出个凉洞和防身洞，好像还想挖掘出它幼年的美好记忆，挖掘出它的亲妈妈和它同胞兄弟姐妹。他想象着小狼挖洞时的表情，也许极为复杂，混合着亢奋、期盼、侥幸和悲伤……

陈阵的眼眶有些湿润，心中涌出一阵剧烈的内疚。他越来越宠爱小狼，可是他却是毁了这窝自由快乐的狼家庭的凶手。如果不是他的缘故，那窝狼崽早已跟着它们狼爸狼妈东征西战了。陈阵猜想，这条优秀的小狼，也许就是额仑草原那头白狼王的儿子。如果在久经沙场的狼群的训导下，在未来它甚至可能成长为新一代的狼王。可惜它们的锦绣前程被一个千里之外的汉人给彻底断送了。

小狼已经挖到了极限，铁链的固定长度已不允许它再往深里挖。陈阵也不打算再加长铁链。此地沙土松脆，狼洞顶只是一层盘结草根的草皮层，再往里挖，万一哪匹马，哪头牛踩塌了洞顶，就可能把小狼活埋。小狼挖洞的极度兴奋被突然中断，气得发出咆哮，它退出洞，拼命冲撞铁链。项圈勒到了它脖子上的伤口，疼得它张嘴倒吸凉气，它不肯罢休，直到它累得撞不动为止。小狼趴在新土堆上大口喘气，休息了一会儿，它探头朝洞里张望，陈阵不知道它还能琢磨什么新点子来。

小狼喘气刚刚平稳，又一头扎进洞。不一会儿，洞里又开始喷出沙土。陈阵又傻了眼，他急忙俯下身，凑到洞口往里看。只见小狼在往洞的两边挖，它竟然知道放弃深度，横向扩大广度。小狼挖掘不出它的妈妈和兄弟姐妹，它只好为自己挖一个宽大的卧铺，一个能将自己的整个身体，囫囵个儿放在里面的安乐窝。陈阵愣愣地坐下来，他简直不敢相信，小狼从开始选址、挖洞，一直到量体裁洞的整个过程，从设计到完工都是一次成功，工程没有反复，没有浪费。陈阵真是无法理解狼的这种才华到底是从哪里来的。可能正是这种人类太多的“无法理解”，从古到今，草原民族才会把狼放到“图腾”的位置上去。

小狼的凉洞和防身洞终于挖成了。小狼舒舒服服地横卧在洞里，陈阵怎么叫也叫不出它来。他朝洞里望进去，小狼圆圆的眼睛绿幽幽的，阴森可怕，完全像一条野狼。小狼此时显然正在专心享受它所喜欢的阴暗潮湿和土腥气味，它如同回到了自己的故土故洞，回到了妈妈的怀抱，回到了同胞兄弟姐妹的身旁。此刻的小狼心平气和，它终于逃离了在人畜包围中惶惶不可终日的地面，躲进了狼的掩蔽所，回到狼的世界里去了。小狼也终于可以睡个安稳觉，做个狼的美梦了。陈阵把狼洞前的土堆铲平，把沙土摊撒到狼圈里。小狼总算有了安全的新家，这一意外的壮举，使得陈阵也重新对小狼的生存恢复了信心。

傍晚，高建中和杨克回到家里，两人见到家门前不远的狼洞，也都大吃一惊。杨克说：在山上放了一天羊，人都快晒干了，渴死了，我真怕小狼活不过这个夏天。没想到，小狼还有这么大的本事，真是一条小神狼。

高建中说：往后还真得留点神，得防着它，每天都要检查铁链、木桩、脖套。说不定在什么节骨眼上，小狼给咱们捅个大娄子，牧民和同学们都等着看笑话呢。

三个人都省下自己份内的半张油汪汪的韭菜鸭蛋馅饼，要拿去喂小狼。杨克刚一叫开饭喽，小狼就蹿出洞，将馅饼嗖地叼进洞里。它已经认定那是自己的领地，从此谁也别想冒犯它了。

二郎在外面浪荡了一天，也回到家。它的肚皮胀鼓鼓的，嘴巴上油渍汪汪，不知道它又在山里猎着了什么野物。黄黄、伊勒和三条小狗一拥而上，抢舔二郎嘴巴上的油水，多日不见油腥，狗们馋肉都馋疯了。

小狼听见二郎的声音，嗖地蹿出洞。二郎走进狼圈，小狼又继续去舔二郎的嘴巴。二郎发现小狼的洞，它好奇惊喜地围着洞转了几圈，然后笑呵呵地蹲在洞口，还把长鼻子伸进洞闻了又闻。小狼立即爬到二郎干爸的背上上蹿下跳，打滚翻跟头。它开心得忘掉了脖子上的伤痛，精神勃勃地燃烧着自己野性的生命力。

草原上太阳一落，暑气尽消，凉风嗖嗖。杨克立即套上一件厚上衣，走向羊群，陈阵也去帮他拦羊。吃饱的羊群，忌讳快赶，两人像散步一样，将羊群缓缓地圈到无遮无拦无圈栏的营盘。夏季的游牧，到了晚上，大羊群就卧在蒙古包外侧后面的空地上过夜。夏季下夜是件最苦最担风险的工作，他们两人都不敢大意，最担心的还是狼群会不会发现小狼，伺机报复。

狼的一天是从夜晚开始的。小狼拖着铁链快乐地跑步，并时不时地去欣赏它的劳动成果。两人坐在狼圈旁边，静静地欣赏黑暗中的小狼和它的绿宝石一样的圆眼睛。两人都不知道狼群是否已经嗅到了小狼的气味，失去狼崽的母狼们是否就潜伏在不远的山沟里。

陈阵给杨克讲了这一天发生的事情，又说：得想办法弄点肉食了，要不然，小狼长不壮，二郎也不安心看家，那就太危险了。杨克说：今天我在山上吃到了烤獭子肉，是道尔基套的。要是他套得多，咱们就跟他要一只，拿回来喂狗喂狼，可就是羊倌羊群干扰太多，獭子吓得不上套。

陈阵忧心忡忡地说：我现在样样都担心，最担心的是狼群夜里偷袭羊群。母狼是天下母性最强的猛兽，失掉孩子以后的报复心也最强最疯狂。万一要是母狼们带着大狼群，半夜里打咱们一次闪电战，咬死小半群羊，那咱们就惨了。杨克叹了口气说：牧民都说母狼肯定会找上门来的。额仑草原今年被人掏了几十窝狼崽，几十条母狼都在寻机报仇呢。牧民一个劲地想杀这条小狼，其他组的同学也都反对养狼。今天小彭他们为这事差点没跟我急了，他们说要是出了事，全队的知青都得倒霉，咱们现在真是四面楚歌啊。我看咱们还是悄悄地把小狼放掉算了，就说小狼挣断链子逃跑了，那就没事了。杨克抱起小狼，摸摸它的头说：不过，我也真舍不得小狼，我对我的小弟弟也没这么亲。

陈阵狠了狠心说：中国人干什么事都是前怕狼后怕虎的。咱们既然入了狼窝，得了狼子，就不能半途而废，既然养了就得养到底。

杨克忙说：我不是害怕担责任，我是看小狼整天拴着铁链像个小囚徒，太可怜了。狼是最爱自由的动物，现在却无时不在枷锁中，你能忍心吗？我可是已经在心里真正拜过狼图腾了。我能理解为什么阿爸反对你养狼。这真是亵渎神灵啊。

陈阵的心里十分矛盾，嘴上却依然强硬，猛地上来一股执拗劲儿，冲着杨克发狠说：我何尝不想放狼归山啊，但现在不能放。我还有好多问题没弄清楚呢。小狼的自由是一条狼的自由，可要是将来草原上连一条狼都没有了，还有什么狼的自由可言？到时候，你也会后悔的。

杨克想了想，终于还是妥协了。他犹豫着说：那……咱们就接着养。我想法子再多弄点“二踢脚”来。狼跟草原骑兵一样，最怕火药炸，火炮轰。只要咱们听到二郎跟狼群一掐起来，我就先点一捆“炸弹”，你再一个一个地往狼群里扔，准保能把狼群炸蒙。

陈阵口气缓和下来说：其实，你的狼性和冒险劲比我还大。嗳，你将来真打算娶个蒙古女孩？比母狼还厉害的？

杨克赶紧摆手说：你可别张扬啊，要不然，哪个蒙古女孩野劲一上来，像条小母狼一样追我，我还真招架不住。我至少得先给自己挣出一个蒙古包吧。

23

董仲舒对曰："……秦则不然，师申、商之法，行韩非之说，憎帝王之道，以贪狼为俗……"

——司马光《资治通鉴·汉世宗孝武皇帝上之上》

杨克背对着身后喧嚣杂乱的工地，静静地望着盆地中央的天鹅湖。他不敢回头去看那片人声鼎沸的工地。自从包顺贵杀吃了那只大天鹅，他在夜里梦见从天鹅湖里流出来的都是血水，蓝色的湖面被鲜血染成了红色……

三十多个从内蒙古农区来的民工，已经在新草场扎下了根。他们神速地为自己修建了坚固的土房。这些常年在牧区打长工和季节工的民工，上上辈是牧区的牧民，上一辈是半农半牧区蒙汉杂居的半农半牧民，到了他们这一辈，草场大多开成了贫瘠沙质的农田，土地已养活不了他们，于是他们就像候鸟一样飞到草原上来。他们会讲流利的蒙语和汉话，懂得牧业活又是地道的庄稼汉，对草原远比内地纯农区来的汉人熟悉，对如何就地取材，建造农区生活设施具有特殊的本事。陈阵和杨克每次到湖边给羊群饮完水，就顺便到民工点看看聊聊。杨克发现，由于工程太忙，工期太紧。包顺贵已下了死令，必须赶在雨季之前完成临时库房和药浴池的工程，这些民工看来一时还顾不上湖里的天鹅。

杨克和陈阵这些日子经常讨论中国古代汉族政府实行“屯垦戍边”“移民实边”，以及清朝后期的“放荒招垦”的政策。这些蚕食草原、挤压游牧的政策竟然一直持续到现在。杨克弄不懂，为什么报纸广播一直在批判赫鲁晓夫滥垦草原，制造大面积的沙漠，给草原人民造成无穷的灾难，却不制止自己国内的同样行为？而“军垦战歌”在近几年倒是越唱越凶了。杨克没有去东北、新疆等农垦兵团，而最终选择了草原，因为他是看俄罗斯森林草原小说、电影、油画和舞蹈，听俄罗斯森林草原歌曲长大的。俄罗斯伟大的作家、导演、画家、音乐家和舞蹈家对俄罗斯森林草原的热爱，已经把杨克熏陶成了森林草原“动物”了。他没有想到逃脱了东北新疆的农垦兵团，却还是没有逃脱“农垦”。看来农耕民族垦性难移，不把全国所有的草原垦成沙漠是不会甘心的。

杨克不得不佩服民工的建房本领。他第一次去的时候，还是块平地，可是第二天，一排土房厚厚的墙体已垒到一人多高了。杨克骑马仔细看了几圈，见民工们用两挂大车，从靠近湖边的碱性草滩，用大方铲切挖草泥砖。切挖出来的草泥砖要比长城城砖大一倍，厚一倍。草滩湿地的碱性胶泥呈灰蓝色，黏度极高，泥砖里又长满密密匝匝的草根，整块草泥砖一旦干透，其硬度强度和韧度远远高于“干打垒”。从草滩里切挖草泥砖，真是取之不尽，用之不竭。所以民工修的墙体要比普通墙体厚得多。杨克用马靴踹了踹泥砖墙，感到像钢骨水泥碉堡一样坚固。

民工们拉几车泥砖就可以砌一层，草砖一律草面冲下，泥根冲上，码齐之后用方铲铲平，再码第二层。三拨人马连轴转，只两天工夫，一排土房的墙体就完工了。等墙体干透，就可以上梁盖顶。新草场坡下那一大片绿色的草滩不见了，变成了一片浑泥水塘，又像是一片尚未插秧的水田，布满乱草烂泥，牛马羊去饮水都得绕行。

新草场突然出现了一排土泥房，杨克感到比眼里揉进泥沙还要扎眼。天然美丽的新牧场如果扎上白色的蒙古包，仍然不减天然牧场的美色。可是出现了一排灰色的土房，就像在天鹅湖舞剧布景上，画了一排猪舍土圈那样丑陋。杨克简直无法容忍，他只好向民工头头老王头央求，能不能给土房刷一层白灰，看上去能跟蒙古包的色儿一个样。老王头赖皮赖脸地笑着说，你掏钱买来白灰，我立马就刷。杨克气得干没辙，草原不产白灰，他花钱也买不来。

山坡上的石料坑也越来越具有规模了。蒙古草原普通的山包，只要刨开一两尺薄的草皮沙土碎石，下面就是风化的石片、石板和石块。用杠棒一撬，石材就可取出，根本不需要铁锤钢钎和炸药。七八个民工从洞里到洞外倒运着石料，绿色的山坡出现了三四个巨大的鲜黄色石堆，像一座座石坟。

不几天，工程全面开工，又有二十多个民工坐着胶轮大车开进了新草场。车上满载大红大绿、刺目俗气的包裹行李，一些民工的老婆孩子也来了，还抱着几只东北家鹅，大有在此安家落户、扎根草原、新貌变旧颜的架势。杨克痛心地对陈阵抱怨说，这么美的天然牧场，就快要变成东北华北农区脏了吧叽的小村子了，稀有的天鹅湖也快要变成家鹅塘了。陈阵苦着脸回答：人口过剩的民族，活命是头等大事，根本没有多余的营养来喂养艺术细胞。后来杨克探到，这几拨民工大多来自包顺贵的老家，他恨不得把半个村子都挪到草原上来。

又过了几天，杨克发现几个民工家属在土房前开沟翻地，四条深沟围起十几亩菜园子。不几天，白菜、圆白菜、水萝卜、大萝卜、香菜、黄瓜、小葱、大蒜等各色蔬菜竟出了苗，引得全队的知青纷纷订购这些草原少见的汉家菜。

草场上自然弯曲的牛车道，被突突奔跑的拉羊毛的胶轮拖拉机强行去弯拉直，又带来了更多捡羊毛、拾杏核、挖药材、割野韭菜的场部职工家属。一盆宝地刚打开，农区盲流便蜂拥而入，草原深处竟到处都能听到东北口音的蒙式汉话。陈阵对杨克说，汉族农耕文明二三百年同化了清朝的满族，因为满族的老家东三省有辽阔深厚的黑土地，可以同化出农耕文化的“同根”来，这种同化问题还不算太大。可是汉文化要是同化了薄薄的蒙古草原，那就要同化出“黄祸”了。

包顺贵天天泡在工地上，他已经看准了这片新草场的发展潜力，打算第二年就把四个大队全迁进来，将新草场变为全场四个大队的夏季草场，以便腾出牧场境内原有的几片黑沙土地，用以发展农业。到时候，要粮有粮要肉有肉，他就有资本将老家的至爱亲朋们，更多地迁到这块风水宝地，建立一个包氏农牧场。包顺贵对工程进度的要求近乎苛刻，但民工们却毫无怨言。

毕利格老人和几个老牧民整天跟民工吵架，逼着民工填平菜园子四周的壕沟，因为已经有马夜行时栽进土沟里。土沟虽被填平，但不久又出现了一圈半人高的土墙。乌力吉满面愁容，他好像有点后悔开辟这片新草场。

杨克背对乱哄哄的工地，费了半天的劲才把注意力集中到眼前的景色，久久地欣赏着天鹅湖，只想多留下一些天鹅湖的印象。近日来，杨克对天鹅湖的迷恋已胜过了陈阵对草原狼的痴迷。杨克担心，也许用不了一年，河湖对岸的草滩草坡就会出现其他三个大队的庞大畜群，以及更为庞大的民工工地。假如天鹅湖四周的芦苇被砍伐净，剩下的那些天鹅就再也没有青纱帐作掩护了。

杨克骑马走向湖边，想看看湖面上有没有天鹅雏仔游动。按照季节，雌天鹅早该开始抱窝了。幸亏这会儿除了几头牛以外，畜群都不在湖边，小河清活的流水，带走了畜群蹚浑的污浊，又带来遥远森林中的泉水，湖水重又变得透明清亮。他真希望水鸟们能得到暂时的宁静。

忽然，苇丛中惊起一群水鸟，响起各种音调的惊叫声。野鸭大雁贴着水面向东南急飞，天鹅迅速升空，向北边大片沼泽上空飞去。杨克立即掏出望远镜搜索苇丛，莫非真有人进湖猎杀大天鹅了？

过了十几分钟，远处的水面才有了一些动静。一个像抗日战争时期白洋淀雁翎队使用的那种伪装筏子，出现在他的镜头里。筏子从苇巷里轻轻划出来，上面有两个人，头上都戴着用青苇扎成的巨大伪装帽，身上还披着用青苇做的蓑衣。筏子上堆满了苇子，像一团活动的苇丛，如果不仔细辨认，很难将筏子和周围的苇丛区分开来。杨克看清楚，筏子上的人显然已有收获，其中一个人正在脱帽卸装，另一个人手里竟然握着一把铁锹，以锹代桨，慢慢朝岸边划过来。

筏子渐渐靠近，这筏子原来是用六个大车轮胎的内胎和几块门板绑扎成的。杨克认出其中一人是老王头，另一个是他的侄子二顺。二顺抱走筏子表面的青苇，下面露出一个铁皮洗衣盆，里头装满了大大小小的鸟蛋，中央还有两只白香瓜似的醒目的大蛋，蛋皮细腻光滑，像两只用羊脂玉雕磨出来的宝物。杨克的心一下子就抽缩起来了，暗暗惊叫：天鹅蛋！更让他恐惧的是，苇子蓑衣下面还露出半只大天鹅，白亮的羽毛上一片血迹。杨克热血涌上额头，几乎就要冲上去掀翻这只筏子，却又只能强忍住心中的怒火。打死的天鹅已经不能复活，但是那两只大天鹅蛋，他无论如何要想办法救下来。

筏子靠岸，杨克冲上去大声喝道：谁让你们打死天鹅，掏天鹅蛋的！走！跟我上队部去！

老王头个子不高，但精明结实，满脸半蒙半汉式的硬茬黑胡须。他瞪了杨克一眼说：是包主任让打的，碍你什么事了？基建队吃野物，还可以给你们大队省下不少牛羊呢。

杨克吼道：中国人都知道，癞蛤蟆才想吃天鹅肉呢，你还是中国人吗？

老王头冷笑道：是中国人就不能让天鹅飞到老毛子那儿去，你想把天鹅送给老毛子吃啊？

杨克早已发现盲流的嘴上功夫相当厉害，一时竟被噎得说不出话。

大天鹅被拖上岸，让杨克吃惊的是，天鹅的胸口上竟然插着一支箭，筏子上还有一把用厚竹板做的大竹弓，还有一小把没用完的箭。难怪他一直没有听到枪声，刚才他还纳闷，这两个没枪的人是怎么打到天鹅的呢？原来他们竟然使用了最原始的武器。在枪炮时代，他看见了弓箭，这张弓具有致大天鹅死命的杀伤力，甚至比枪更有效，更有隐蔽性，不至于太惊吓其他的天鹅和水鸟，以便更多次的猎杀。杨克提醒自己可不能小看了这些人，得由硬攻改为智取了。

杨克暂时压下了心中的愤怒，十分吃力地改换了表情，拿起那张弓说：哦，好弓好弓，还是张硬弓，你们就是用这张弓射着天鹅的？

老王头见杨克变了口气，便自夸道：那还有假？这把弓我是在场部毡房，用擀毡子弹羊毛的竹弓改做的，这弓有劲，射死个人也不费劲呢。杨克抽了一支箭说：让我试一试行吗？老王坐在岸边草墩子上看着二顺搬猎物，一边抽旱烟一边说：做箭可是费工夫，我还得留着接着打呢，只能试一支，多了不行。

杨克仔细研究这副弓箭。做弓的竹板有近一指厚三指多宽，弓弦是用几股细牛皮条拧出来的，铅笔一般粗。箭杆是用柳条削刮出来的，箭羽是就地取材的雁羽。最让杨克吃惊的是，那箭头居然是用罐头盒的铁皮做的，上面还能看到“红烧……”两个字。铁皮先被剪成三角形，然后再卷在箭杆头上，再用小钉固定，杆头上就形成了一个鹅毛笔管形的尖管，尖管里面的箭杆头也被削斜了，被铁皮尖管裹得严丝合缝。杨克用手指试了试箭头，又硬又锋利，像支小扎枪。他掂了掂箭杆，箭身并不重，但箭头较重，箭射出去不会发飘。

弓很硬，杨克使足了劲，才能拉开五六分。他挽弓搭箭，瞄准十几米开外的一个草墩子，用力开弓，一箭射去，射在草墩子的旁边，箭头深深戳进地里。杨克跑过去，小心拔出箭，抹净泥土，箭头依然尖锐锋利。那一刻他忽然觉得自己回到了蒙古草原骑射的远古时代。

杨克走到老王头的面前问道：你射天鹅的时候，离它有多远？

也就七八步吧。

你离天鹅这么近，天鹅没看见你？

老王头敲了敲烟袋锅说：前天我进苇塘找天鹅窝，找了大半天，才找见。今儿一大早，我俩就披着苇子，戴上苇帽慢慢划进去。亏得雾大，没让天鹅瞅见。天鹅的窝有一人多高，用苇子摞起来的，母鹅在窝里孵蛋，公鹅就在旁边水道里来回守着。

那你射死的这只是公的还是母的？

我俩趴得低，射不着抱窝的，就等那只公的。等了老半天，公鹅游到筏子跟前，我一箭穿心，它扑腾了几下就没气了。母鹅听见了动静，利麻索地就飞跑了，我俩这才靠过去把窝里两个蛋捡来了。

杨克暗想，这批流民的生存和破坏能力，真是非同小可。没有枪弹，可以做出弓箭；没有船，可以做出筏子。还会伪装，会长时间潜伏，能够首发命中。如果他们装备起枪支弹药拖拉机，指不定把草原毁成什么样子？他们祖辈原本都是牧民，但是被汉族的农耕文化征服和同化以后，居然变成了蒙古草原的敌人。千年来中国人常为自己可以同化异族的非凡能力而沾沾自喜，但是中国人只能同化比自己文化水平低的民族，而且同化出的灾难性恶果的一面却从来闭口不提。杨克目睹恶果，看得心中滴血。

二顺清扫完筏子也坐下来休息。杨克此时最关心的是那两枚天鹅蛋。既然母天鹅还没有死，就一定要把蛋放回窝里，要让那两只小天鹅出世，跟它们妈妈远走高飞，飞到遥远的西伯利亚去。

杨克强作笑脸对老王头说：您老真了不得，往后我还真得跟您老学两手。

老王头得意地笑道：干别的咱不成，可打鸟、打獭子、打狼下夹子、挖药材、捡蘑菇啥的，咱可是行家。这些玩意儿，咱老家原先都有，后来闯关东进草甸的汉人太多了，地不够了，野物也让你们汉人吃尽了，得亏咱的老本事没忘，只好再上草原混碗饭吃。我们虽说也是蒙古族，可出门在外不容易，你们知青从北京来，又有本地户口，往后多给咱这外来户说点好话，别让当地的老蒙古赶我们走，他们能听你们的。你要答应，我就教你几手，准保让你一年弄上个千儿八百块。

杨克说：那我就拜您为师啦。

老王头往杨克旁边凑了凑说：听说你们和牧民的包里都留了不少羊油，你能不能给我弄点来？我们四五十口人，天天干重活，吃粮全是从黑市上买来的高价粮，还天天吃野菜吃素，肚里一点油水也没有。可你们还用羊油点灯，多糟践东西，你便宜卖给我点羊油吧。

杨克笑道：这好办，我们包还有两罐羊油呢。我看这两个天鹅蛋挺好看的，这样吧，我用半罐羊油换这两个蛋，成吗？老王头说：成！这两个大蛋，我拿回去也是炒着吃，就当是少吃五六个野鸭蛋呗，你拿走吧！杨克连忙脱下外衣把天鹅蛋小心包好，对老王头说：明儿我就把羊油给您送去。老王头说：你们北京人说话算数，我信得着。

杨克喘了口气又说：这会儿天还早，我想借您的筏子进湖去看看天鹅窝……你刚才说天鹅窝有一人多高，我可不信，得亲眼见识见识。

老王头盯了一眼杨克的马说：成啊。这样吧，我借你筏子，你把马借给我。我得把大鹅驮到伙房去，这只鹅这老沉，快顶上一只羊了。

杨克站起身说：就这么定了……等等，你还得告诉我那个天鹅窝在哪儿。

老王头也站起身，指着苇巷说：到东头，再往北拐，那条巷子里有好些苇子让筏子压趴下了。顺着水路划，准能找见。你会划筏子吗？

杨克上了筏子用铁锹划了几下，很稳。他说：我在北京北海公园经常划船，还会游泳，游几千米没问题，淹不死。

老王头又叮嘱一句：那你回来还原照样把筏子拴好。说完就抱起死天鹅驮到马鞍上，自己坐在马屁股上，慢慢向工地走去。

二顺吃力地端着大盆跟在后面。

等两人走远，杨克上了岸，将包着天鹅蛋的衣服卷放到筏子上，然后急匆匆地向东边苇丛划去。

宽阔的湖面倒映着朵朵白云，亮得晃眼，一群胆大的大雁绿头鸭，又从北面沼泽飞回来。倒影中，水鸟们在水里穿云破雾，不一会儿又稳稳地浮在水中的白云软垫上。杨克一划进湖中，便不由得放慢划桨的速度，沉浸在浓浓的苇绿之中。苇巷里吹来湖水和苇叶的清香，越往里划，湖水越绿越清，犹如真正进入了他梦幻中的天鹅湖。杨克想，如果能邀上陈阵和张继原一同游天鹅湖就好了。他们仨一定会泡在湖里不出来，躺在筏子上随波逐流，待上一整天或一整夜的。

筏子渐渐接近湖东边的苇丛，这里的水是流动的，是穿湖而过的小河的主河道。河水向北流去，河道的水较深，很少长苇子，而河道两旁却长满茂密的芦苇和蒲棒。筏子顺河道往北漂划过去，水面上漂来一些羽毛，有白的、灰的、咖啡色的、褐黄色的、金绿色和暗红色的。

有时苇巷里会突然游出几只野鸭，一见人又钻进苇丛里。苇巷幽深隐蔽，是水鸟们静静的产房，是雏鸟们安全的乐园。下午的阳光已照不到苇巷的水面上，一阵清凉的风，吹走了杨克浑身的汗气。

苇巷又拐了一个弯，河道忽窄忽宽。杨克又划了一会儿，苇巷分了汊。杨克停下手，忽然看到其中一条小巷有几株折倒在水面上的芦苇，便顺着这条水巷继续往里划。水面越来越宽，他的面前出现了一个隐蔽的湖中之湖，在靠东北的湖面上有一大片割倒的芦苇，一条人工开出的水路出现在杨克眼前。他顺着水路望去，在几丛打蔫的芦苇后面，突然出现了一个黄绿相间的巨大苇垛，足有两米多高，直径有一米多粗。杨克的心跳得像擂鼓，就是它！这就是他从未见过、也从未在电影和图片上见过的天鹅巢。他揉了揉眼睛，简直不敢相信这是真的。

杨克呼吸急促，双手发抖。他歪歪扭扭地朝天鹅窝划去，用铁锹拨开水面上的断苇，轻轻向大巢靠近。他终于在巨大的苇柱旁边固定好了筏子，喘了一口气，拄着铁锹，轻轻地踮起脚来，伸长脖子往窝顶看，他想看看那只丧子丧偶的天鹅女王还在不在窝里。但大巢太高了，他看不到窝顶，凭着感觉，窝好像是空的。

杨克愣愣地站在天鹅巢前。他惊呆了，这是他见过的最大最高最奇特的鸟巢。他原以为天鹅窝会搭建在离水面不高的芦苇丛上，天鹅可能会踩倒一大丛芦苇，再折一些苇枝苇叶和旧芦花，编成像其他普通鸟窝那样的碗状窝巢。但是，眼前的天鹅窝，却使他深感自己的想象力仍是过于平庸贫乏了——作为鸟中之王的天鹅，眼前的大巢不仅具有王者风范，造型与工艺更是不同凡响。这是一个独具匠心、精工编织、异常坚固的安乐窝。

杨克确定了雌天鹅不在窝里之后，便开始近距离细心琢磨起这个巨巢了。

天鹅大巢位置极佳，这里是湖中芦苇最茂密的地方，又是在水巷最深处，巢旁更是一小片湖中之湖。天鹅情侣在这里筑巢，便于隐蔽，便于就近觅食洗浴，又便于雄天鹅就近巡逻守卫。如果不是那两个狡猾的民工，划着经过伪装的筏子，砍出一条水道，悄悄划进来偷袭，一般很难有人能发现和靠近这个鸟王之王巢的。

杨克用双手推了推巨巢，就像推一棵一米多粗的巨树一般，纹丝不动。它虽然长在水里，但它的根却像古榕树一样盘根错节，深深地扎进湖底。大巢的结构是杨克从未见过的，杨克细心揣摩，终于大致弄清天鹅是怎样建造这个窝的了：一对天鹅先挑选一圈苇秆最粗最韧的苇丛，然后以这组苇秆作为大巢的钢筋支柱，再在苇丛下用苇秆像编筐一样地穿插编织，一层一层地编上去。杨克估计，在最开始的时候，这对天鹅先密密地编了一层，然后，两只天鹅就站上去，用它们的体重将巢基压到水下，接着再编再压，直到编织层露出水面。杨克用铁锹试了试水的深度，水深约一米半。那么如果加上水面以上两米多高的主体部分，这个大巢竟然将近四米高——这也许可算是飞禽王国中的顶级工程了。

成熟的苇秆像竹子一样，具有油性韧性，还耐腐蚀。杨克曾在秋季草场掏过一口七八年的旧井，他发现垫在井底周围防沙用的苇把，仍然没有完全腐烂。杨克用铁锹捅了捅水下的巢基，果然庞大坚硬。

当窝巢露出水面之后，天鹅情侣便一层一层往上编织水上建筑的主体了。杨克发现这个粗大的巢柱编织得纵横交错又紧又密，宛如一个巨大的实心筐篓。巢的基柱搭到离苇梢还有一尺距离的高度便收住了，而充当钢筋立柱的苇秆已被挤到大巢的四周，像巢的护栏，与周围的苇梢连成一片。杨克抠住巢柱，又用马靴在巢体上踢出可以蹬踏的缝隙，然后小心翼翼地攀上两尺，他终于看清了天鹅王后的产房，窝底呈浅碟状，而不是像普通鸟窝那样的深碗状。里面铺着一层细苇叶、散落着羽毛和羽绒，柔软舒适。

杨克落到筏子上，久久地欣赏眼前的天鹅王巢。聪明勤劳的天鹅情侣，竟然如此深谙建筑力学和美学。蒙古草原是珍稀动物的天堂，也是强者和智者的王国，深藏着许许多多农耕民族所欣赏不到的奇珍异宝。杨克接着又发现了天鹅巢更多的优点，它耸立在芦苇丛上端，通风凉爽干燥，视野开阔，可以享受周围芦苇嫩梢青纱帐的掩护，又远离苇下陈苇枯叶的腐臭。到了盛夏，还可以躲避苇丛里蚊群的叮咬，以及水蛇的偷袭。如果小天鹅破壳出世，它一睁开眼就可以看见蓝天和白云。当秋凉之后，天鹅南飞之前，它们又将隐没在蓬松美丽的芦花丛中。大小天鹅飞得再远，它们还能忘记自己如此美丽浪漫的故乡吗？

微风吹拂，满湖的芦苇随风轻摇，成千上万的苇梢弯腰低头。但是天鹅巨巢岿然不动，像帝王宝座在接受亿万臣民的膜拜。高傲的天鹅想必是世上飞得最高的大鸟，但杨克仍是没有想到，在没有一棵大树的草原，高傲的天鹅依然高傲，它远比凭借山峰高度来增加自己鸟巢高度的草原雄鹰还要高傲得多。杨克见过十几个草原鹰在山顶上的窝巢，彻底打破了他以往对于鹰巢的神秘敬仰之心——那哪是个窝，只是一摊枯枝加几块破羊皮，粗糙简陋得简直像乞丐的街头地铺。

高傲的大天鹅，从天空到地面，永远圣洁高傲。如果世上没有大天鹅，还会有人间舞台上的天鹅湖吗？还会有乌兰诺娃吗？还会有柴可夫斯基的天鹅乐曲吗？人们的美好愿望还会被带上天空吗？杨克仰望天鹅王座，睁大眼睛放大瞳孔，深深地印记着王巢的每一个细节。他真想将来在国家大剧院的门前广场上，塑造一个高耸的鸟王巨巢，作为热爱天鹅和天鹅湖的人们的图腾柱。那天鹅图腾柱的顶端，是那对圣洁高傲、展翅舞蹈的天鹅情侣。它们也将成为人类心中的爱与美的图腾，永存于世。

湖中的风渐渐变冷，芦苇的绿色也慢慢变深。杨克双手捧托着那两枚天鹅蛋，贴在胸口，想再给它们传去一点人的体温。世上的癞蛤蟆越来越多，舞台上红色娘子军的大刀片，赶走了天鹅公主们。但是这世界上仍然有爱你，崇拜你的人。

杨克小心地攀住巢柱，用一只手虔诚地将一只天鹅蛋举过头顶，轻轻放回窝巢。又从怀里掏出另一枚，再放进去。杨克落到筏子上的时候，长长地舒了一口气。他相信那高大的图腾柱上的两枚天鹅蛋，会像两枚硕大的宝石，在苇浪之中发出耀眼的光芒，直上云天，召唤高空飞翔的天鹅女王。

天空上终于出现一个白点，高高盘旋。杨克急忙解开绳索，撑筏轻轻退向河道。他将被筏子压倒压弯的芦苇一一扶起，并用铁锹拨开水面上漂浮的苇秆苇叶。他希望这片被人砍倒的苇地重新长出新苇，好将已被暴露的天鹅巨巢重新掩隐。

杨克划离苇巷前，看到一只天鹅正在急切盘旋下降，当他靠岸的时候，天空已看不到那只大天鹅了。

杨克走回到工地伙房，二顺说他叔叔已经骑马到第三牧业组买病牛去了。伙房外的空地上已经出现一个大土灶，土灶上有一口巨锅。地面上摊着一大堆湿漉漉的天鹅羽毛，大锅冒着热气，锅里竟是被剁成拳头大小的天鹅肉块。杨克看到那只天鹅头正在滚水中翻腾哭泣，而大锅旁边一个汉人装束的年轻女人，正在往锅里大把地撒着花椒大料，葱段姜块，还对准那高贵的天鹅头浇了半瓶廉价酱油。杨克一阵头晕目眩，一下子瘫坐在牛车上。年轻女人对二顺说，快扶北京学生进屋，待会儿给他端碗鹅肉汤补补身子。杨克一甩手，扒拉开二顺，气得差点把铁锅踹翻。他实在忍受不了锅中冒出的气味，但他不敢踹锅，也不敢发火。人家是贫下中农，而他却是上山下乡来接受再教育的“狗崽子”。他只能暗自横下心，决心找机会毁掉那只筏子。

浑身灰浆臭汗的民工陆陆续续收工了。他们闻到了肉香，跑过来，流着口水，围着大锅又唱又叫：

癞蛤蟆吃着天鹅肉了，癞蛤蟆吃着天鹅肉了！

吃着天鹅肉，还能是癞蛤蟆吗？

那是啥？

土皇上呗。

一个五短身材，瞪着两只蛤蟆眼的人，趁乱捏了一把烧火女人的屁股，大声浪笑道：谁说癞蛤蟆吃不着天鹅肉？一会儿就吃着喽。话音未落，他便挨了一烧火棍。

众民工见肉还未熟，便脱光膀子，抡着脏毛巾冲向湖边。有几个人上了筏子，向湖中划。几个水性好的早已脱得赤条条跳进水里，向湖中心游狗刨，扑通扑通，一时浊浪四溅。那阵势，如同在天鹅湖舞台上，冲进一群花里胡哨，扭唱着“二人转”的红脸蛋。刚刚静下来的湖面，又惊起大群水鸟，哀鸿遍野。

杨克不明白，同是蒙古族，农区来的这些人为什么这么快地就忘记了蒙古民族所敬拜的水神。在北京知青尚未到公社牧场，路过盟首府的时候，一些来看望知青的蒙汉族干部私下里对杨克他们说，到草原要尊重草原牧民的风俗习惯和宗教信仰。其中提到蒙古草原缺水，蒙古民族特别敬水神，不敢在河湖里洗衣服，更不敢洗澡。历史上，早期的蒙古民族因为伊斯兰民族喜欢在河湖里洗浴，亵渎了蒙古人的水神，就跟伊斯兰民族打得血流成河。他们希望知青到了草原以后千万不要到河里泡子里去游泳。两年多了，喜欢游泳的北京知青都忍住了爱好。但是，没想到这些农区来的蒙古族民工却如此放肆地破了草原规矩。

杨克忍无可忍地站起身，打算回蒙古包去同陈阵商量对策。刚走几步，他突然发现土房的墙根下摆着五六个巨大的根茎。他心中又是一惊，想起了仙女般的天鹅芍药，便急忙跑到土房前面，仔细察看。他从未见过芍药块根，这些块根大如羊头，又像是疙疙瘩瘩的巨大红薯。花枝全被剪掉了，只剩下刚刚冒出的几枝淡红色的嫩芽。有几个最大的块茎被放在大号的铁皮水桶里，一个桶只能放下一个，桶里装了大半桶湿沙，像是为了保活。

杨克急忙问二顺：这些是不是芍药根？从哪儿挖来的？二顺说：是白芍药，反正是长在山里，在哪儿挖的不能告诉你。前几天还拉走多半车呢，全卖给城里的中药铺了。杨克没想到包顺贵原先挖走的那半卡车芍药根，只是一小部分，民工队一进来，这片草场的天鹅芍药花就被彻底掘地三尺，斩草除根了。这些连自己家乡都不爱惜的人，到了异地他乡，就更加肆无忌惮地开始掠夺抢劫了。

杨克回到家，给陈阵和高建中讲了他一天的所见所感。

陈阵也气得半天说不出话来，他缓过了神才慢慢说：你讲的正好是几千年东亚游牧民族和农耕民族相互关系的缩影。游牧民变为农耕民，然后再掉头杀回草原，杀得两败俱伤。

杨克不解地问：为什么非得两败俱伤呢？本是同根生，相煎何太急？游牧归游牧，农耕管农耕，不就相安无事了嘛。

陈阵冷冷地说：地球就这么点大，谁都想过好日子，人类的历史在本质上就是争夺和捍卫生存空间的历史。华夏的小农，一生一世只管低头照料眼皮子底下一小块农田，眼界狭窄，看不了那么远。咱们要是不来草原，不也还在那儿鼠目寸光、自以为是嘛。

门外传来三条大狗的疯狂吼叫。杨克说：准是老王头来还马了。凶狠的二郎把老王头叫咬得下不了马，吓得大喊杨克。杨克急忙出门喝住了狗，让老王头进包，然后去卸马鞍。马被狠狠骑了半天，全身大汗淋漓，马鞍毡垫完全湿透，冒着热腾腾的汗气。杨克气得猛一拉门进了包。老王头浑身酒气蒜味，嘴巴油光光，连声说天鹅肉好吃，好吃。为了不打草惊蛇，杨克只好忍住这口气，还得给他拿羊油。老王头抱着半罐羊油高高兴兴地走了，杨克一想到早晨还在自由飞翔的那只雄天鹅，此刻竟在老王头的肚子里和臭大蒜搅拌在一起，心疼得直想哭。

三个人愣了半天没说一句话。为什么不把老王头按在地上臭揍一顿？为什么不好好地教训教训他？但是他们知道对这帮人多势众的盲流痞子，打，不敢打；讲道理，又全是对牛弹琴。真想治他们，唯一方法就是以毒攻毒。陈阵和高建中都赞成破坏老王头的筏子，而且要毁得他们无力再造。一定要确保小天鹅出世长大飞走。杨克伤心地说：我看明年春天天鹅们是不会再回来了。三人一时黯然。

然而他们没想到队里通知当晚全队政治学习，传达最高最新指示，规定不准请假。这使他们错过了破坏筏子的唯一一次机会。

在额仑草原杀吃天鹅是包顺贵开的头，但是那次是在打狼队的帐篷里。那锅天鹅肉没放葱姜蒜和花椒大料酱油，只是一锅清水加盐的天鹅手把肉，当时所有猎手和杨克谁都没动一筷子。包顺贵独饮闷酒，也没吃出皇帝宴的感觉和心情来。他甚至说，天鹅肉跟他老家的用玉米泔水喂出来的家鹅的味道差不离。

包顺贵这回及时赶到了工地伙房。这锅天鹅肉是在汉式大灶里，加放汉人的各式佐料，大火小火精心闷制出来的。再加上几十人划酒猜拳，轮番捧场，他确实吃出了土皇帝土王爷的感觉和心情来了。

可惜肉少蛤蟆多。包顺贵和老王头各自独食了一盆肉，而其他伙计则没分到几块。天鹅宴一散，包顺贵油嘴光光地去主持政治学习，可众伙计却闹开了锅。他们的馋虫全被勾了出来，于是决定抽人在第二天天不亮就再披苇衣，再带弓箭，再进苇巷。为了保险，他们还借来包顺贵的半自动步枪。准备用枪打天鹅，要是打不着天鹅，就打大雁野鸭，怎么着也得让大伙吃个痛快。

第二天早晨，杨克、陈阵和高建中被湖里的枪声惊醒，三人后悔得直跺脚。杨克疯了似的骑马冲向湖边，陈阵请官布代放一天羊，也和高建中骑马直奔湖边。

三人提心吊胆地等到那个筏子靠岸。眼前的惨景让杨克和陈阵像突见亲人的暴死。筏子上又躺着一只大天鹅和几只大雁野鸭，还有那两枚天鹅蛋，上面沾满了血。死天鹅显然就是那只刚刚丧偶的雌天鹅，它为了两个未出世的心肝宝贝，没有及时飞离这个可怕的湖，也随亡夫一同去了。它的脑袋被子弹炸碎了，死得比它的爱侣更惨，它是死在尚未破壳的一对儿女身上的，它把热血作为自己最后一点热量，给了它的孩子们。

杨克泪流满面，如果他不把那两枚天鹅蛋送还到天鹅巢里，可能那只雌天鹅就不会遭此毒手了。

老王头登上岸，岸边聚了一群民工、牧民和知青。老王头既得意又恶狠狠地瞪着杨克说道：你还想用羊油换蛋吗？做梦吧！这回我得把这两个大蛋给小彭了。昨儿，我去买病牛，见到他。跟他说你用半罐羊油换了两个天鹅蛋，他说我换亏了，他跟我订了货，说他用一罐羊油换一个大蛋。

说话间，只见小彭气喘吁吁跳下马，急忙把两个血蛋抓到手，装进塞满羊毛的书包里，骑上马一溜烟跑了。

众民工像过节似的，抬着猎物回伙房。牧民们疑惑和气愤地看着民工，他们不明白为什么这些穿汉人衣服的蒙古族人，也对草原神鸟这么残忍，竟敢杀吃能飞上腾格里的大鸟。毕利格老人显然也是第一次遇到这种事情。他气得胡须乱抖，大骂老王头伤天害理，对萨满神鸟不恭不敬，忘了蒙古族的本！到底还是不是蒙古人！老王头不吃这一套，大声嚷嚷：什么萨满萨满，我们老家连菩萨佛爷都给砸烂了，你还念叨萨满！全是“四旧”，都得砸烂！毕利格见用蒙古草原天条镇不住老王头，就连忙去翻蒙文毛主席语录小红书，急急地问陈阵：治这帮土匪，该念哪条语录？陈阵和杨克想了半天，实在想不起最高指示中有哪条语录，可以惩治猎杀珍禽的行为。

民工们人多势众，又有后台撑腰，都敢用流利的蒙话跟毕利格老人骂架。牧民们拥上去猛吼。对立的双方，都是蒙古族人，都是贫下中农（牧），民族相同，阶级相同，但都不能调和游牧与农耕的冲突。杨克、陈阵和部分知青加入穿蒙袍的队伍，和穿汉装的民工对骂起来。双方越骂越凶，鼻子几乎对上鼻子。眼看狼性暴烈的兰木扎布等几个马倌就要动用马鞭，包顺贵急急骑马赶到。他冲到人群前，用马鞭狠狠地在自己的头顶上挥了几下，大吼一声：都给我住嘴！谁敢动手我就叫专政小组来抓人。把你们统统关进学习班去！众人全都不吭声了。

包顺贵跳下马，走到毕利格面前说：天鹅这玩意儿，是“苏修”喜欢的东西。在北京，演天鹅的老毛子戏已经被打倒，不让再演了，连演戏的主角儿都被批斗了。咱们这儿要是还护着天鹅，这事传出去问题可就大了，成了政治问题……咱们还是抓革命，促生产吧。要想加快工程进度，就得让干活人吃上肉。可大队又舍不得卖给他们处理羊，让他们自个儿去弄点肉吃，这不是挺好的一件事儿吗？

包顺贵又转身对众人说：大忙季节，都待在这儿干什么？都干活去！

众人气呼呼地陆续散去。

杨克咽不下这口气，他骑马奔回包，取来三支大爆竹，对准湖面连点三炮。砰砰砰……六声巨响，将大雁野鸭等各种水鸟惊得四散逃飞。包顺贵气得返身冲下山坡，用马鞭指着杨克的鼻子大骂：你想断了我的下酒菜，你长几个脑袋？别忘了你的反动老子还跟着黑帮一块劳动改造呢！你要好好接受贫下中农的再教育，这些工地上的人，还有我，都是贫下中农！

杨克瞪眼顶撞道：到草原插队，我首先接受牧民，接受贫下中牧的再教育！

毕利格老人和几个马倌搂着杨克的肩膀往坡上走。老人说：你这回放炮，阿爸心里高兴。

杨克后来听说，用羊油换走了天鹅蛋的小彭，是一个奇物收藏爱好者，居然懂得长期保存天鹅蛋的技巧。小彭是大队“赤脚医生”，他用注射器在天鹅蛋的底部扎了一个针眼，抽出蛋清蛋黄，又用胶水封住小孔，这样就不必担心天鹅蛋发臭爆壳，两个美丽但失掉了生命的天鹅蛋便可永久珍藏了。他还到场部木工房，割了玻璃，做了两个玻璃盒，盒的底部垫上黄绸缎包面的毡子，将天鹅蛋安放在绸垫上，犹如一件珍奇的工艺品。小彭把这两件宝贝一直藏在箱底，秘不示人。若干年后，他把这两件珍藏送给了到草原招收工农兵大学生的一个干部，小彭终于借了草原天鹅的翅膀飞进了城，飞进了大学。

第四天傍晚，高建中赶牛回家。他神神秘秘地对杨克和陈阵说：老王头买的那头病牛让狼给掏了，就在他们房前不远的地方。

两人听了都一愣。杨克说：对了，工地上那帮人没有狗，这下他们亏大了。

高建中说：我去他们房前看了，那头牛就拴在房前十几步的柱子旁边，只剩下了牛头牛蹄子牛骨架，肉全啃没了。老王头气得大骂，说这头牛是用伙房半个月的菜金买来的，往后工地上又该吃素了。高建中笑道：其实这头病牛也没啥大毛病，就是肚子里有寄生虫。老王头懂点兽医，他弄来点药，把牛肚子里的虫子打了，想利用这儿的好水好草，把牛养肥了再宰。可没想到刚养胖了一点，就喂了狼。

杨克深深地出了一口恶气说：这帮农区来的盲流哪有牧民的警觉性，夜里睡得跟死猪似的。额仑的狼群也真够精的。它们一眼就能看出这是些外来户，就敢在民工的家门口掏吃牛。杨克解恨地说：这不是欺负贫下中农吗？这年头谁也不敢，就狼敢！

陈阵说：这不叫欺负，这叫报复。

杨克忽又长叹：在枪炮时代，狼群已经没有太大的报复力量了，内蒙古草原上最后一个处女天鹅湖还是失守了。如果我以后还有机会回北京的话，我可再也不敢看舞剧《天鹅湖》了。一看《天鹅湖》，我就会想起那锅天鹅肉，还有酱油汤里的那个天鹅头，它活着的时候是多么高贵和高傲……我过去认为中国的农耕文明总是被西方列强侵略和欺负，可没想到农耕文明毁坏游牧文明，同样残酷狰狞。

高建中打断他说：别扯那么远，狼群都杀到家门口了，咱们包尤其得小心，要是狼群一拐弯，闻见小狼在咱们包门口，那咱们的两群牛羊就悬了。

24

秦穆公……灭十二个戎国，开地千里，成西戎霸主。西周覆灭后，西周故地，戎狄杂居……西周文化为戎狄俗与商文化所摧毁。秦采用这些落后制度（包括君位兄终弟继制）与文化，虽然已成西方大国，却被华夏诸侯看作戎狄国，不让它参与盟会。

——范文澜《中国通史简编》（第一编）

内蒙古高原的夏夜，转眼间就冷得像到了深秋。草原上可怕的蚊群很快就将形成攻势了，这是最后几个宁静之夜。刚刚剪光羊毛的羊群紧紧地靠卧在一起，悠悠反刍，发出一片咯吱咯吱磨牙碾草的声音。二郎和黄黄不时抬头仰鼻，警惕地嗅着空气，并带领着伊勒和三条小狗，在羊群的西北边慢慢溜达巡逻。

陈阵握着手电筒，拖了一块单人褥子大小的毡子，走到羊群西北面，找了一块平地，铺好毡子，披上破旧的薄毛皮袍，盘腿而坐，不敢躺下。进入新草场之后，放羊，下夜，剪羊毛，伺候小狼，读书做笔记，天长夜短，睡眠严重不足。只要他一躺下马上就会睡死过去，无论大狗们怎样狂叫，再也叫不醒他。本来他应该趁着蚊群爆起之前的平安夜，抓紧机会多睡觉，可是他仍然丝毫不敢懈怠，草原狼是擅长捕捉“侥幸”的大师。

一小群狼成功偷袭了工地的病牛之后，他们三个人都绷紧了神经。狼群吃掉病牛，是给牧人的一个信号，报告狼群进攻的目标，已经从黄羊旱獭黄鼠转到畜群身上来了。小黄羊早已奔跃如飞，旱獭也更加机警，饥饿的狼群已不满足靠抓草原鼠充饥，转而向畜群展开攻击战。在这新草场，人畜立足未稳，毕利格老人召集了几次生产会议，再三提醒各组牧民和知青不得大意，要像狼那样，睡觉的时候就是闭上眼睛，也得把两只耳朵竖起来。额仑草原又要进入新一轮人狼大战。

陈阵每天都要把小狼的地盘彻底打扫干净，清除狼粪狼臊味，还要盖上一层薄薄的沙土。这不仅是为了狼窝的卫生，保证小狼身体健康不得病，更重要的是怕小狼的气味会暴露目标。

陈阵最近常常琢磨当时从狼窝带回小狼崽之后的各个细节，想得脑袋发疼。他觉得其实任何环节都可能出问题，都会被母狼发现。比如在旧营盘，母狼就可以嗅出小狼的尿味。他夜夜都担心狼群发动突然袭击，血洗羊群，抢走小狼。他唯一庆幸的是，这次开进新草场，长途跋涉的路途中，一直把小狼关在牛粪木箱里，也没有让小狼下过车，因此在路上就没有留下小狼的气味踪迹。即使母狼嗅出旧营盘上小狼留下的气味，它也不可能知道小狼被转移到哪里去了。

空气中似乎没有狼的气味，三条半大的小胖狗跑到陈阵身边，他挨个抚摸它们。黄黄和伊勒也跑到陈阵身边，享受主人的爱抚。只有二郎忠于职守，依然在羊群西北边的不远处巡视。它比普通狗更知晓狼的本事，任何时候它都像狼一样警觉。

夜风越来越冷，羊挤得更紧，羊群的面积又缩小了四分之一，三只小狗都钻进了陈阵的破皮袍里面。刚过午夜，天黑得陈阵看不见身旁的白羊群。后半夜风停了，但寒气更重，陈阵把狗们赶到它们应该去的岗位，自己也站起来裹紧皮袍，打着手电，围着羊群转了两圈。

当陈阵刚刚坐回毡子上的时候，在不远的山坡上转来凄凉悠长的狼嗥声，“呜欧……欧……欧……”尾音拖得很长很长，还带有颤音和间隙很短的顿音。狼嗥声音质纯净，底气充足，具有圆润锐利的渗透力和穿透力。战栗的尾音尚未终止，东南北三面大山就开始发出低低的回声，在山谷、盆地、草滩和湖面慢慢地波动徘徊，又揉入了微风吹动苇梢的沙沙声，变幻组合出一波又一波悠缓苍凉的狼声苇声风声的和弦曲。曲调越来越冷，把陈阵的思绪带到了蛮荒的西伯利亚。

陈阵好久没有在极为冷静清醒的深夜，细细倾听草原狼的夜半歌声。他不由打了一个寒噤，裹紧皮袍，但是仍感到那似乎从冰缝里渗出的寒冷声音，穿透皮袍，穿透肌肤，从头顶穿过脊椎，一直灌到尾骨。陈阵伸出手把黄黄搂进皮袍，这才算有了点热气。

阴沉悠长的序曲刚刚退去，几条大狼的雄性合唱又高声嗥起。这次狼嗥立即引来全大队各个营盘一片汹涌的狗叫声。陈阵周围的大狗小狗也都冲向西北方向，站在羊群的外围线，急促猛吼。二郎先是狂吼着向狼嗥的地方冲去，不一会儿，又怕狼抄后路，就又退到羊群迎着狼嗥方向不远的地方停下，继续吼叫。沿盆地的山坡排成长蛇阵的大队营盘，都亮起了手电光，全大队一百多条狗足足吼了半个小时，才渐渐停下来。

夜更黑，寒气更重。狗叫声一停，草原又静得能听到苇叶的沙沙声。不一会儿，那条领唱的狼，又开始第二遍嚎歌。紧接着北、西、南三面大山传来更多更密的狼嗥声，像三面声音巨墙向营盘围过来，大有压倒狗群叫声的气势。全队的狗叫得更加气急败坏、澎湃汹涌。各家各包下夜的女人全都打着手电，向狼的方向乱扫，并拼命高叫，“啊嗬……乌嗬……依嗬……”尖厉的声音一波接一波，汇成更有气势的声浪，向狼群压去。草原歌手的嗓子也许都是下夜喊夜驱狼练出来的。

狗仗人势，各家好战的大狗恶狗叫得更加嚣张。狗的吠声、吼声、咆哮声、挑衅声、威胁声、起哄声，错杂交汇成一片分不清鼓点的战鼓声。轰轰烈烈，惊天动地，犹如又一次决战在即，大狗猎狗恶狗随时就要冲出阵大杀一场。

陈阵也扯着脖子乱喊乱叫，但与草原女人和草原狗的高频尖锐之声相比，他觉得自己就像一只牛犊，微弱的喊声很快被夜空吞没。

草原许久没有发生这样大规模的声光电的保卫战了。新草场如此集中扎营，使牧人的声光反击战，比在旧营盘更集中更猛烈，也给宁静的草原，单调的下夜，带来紧张热闹的战斗气氛。陈阵顿时来了精神，他想，假如草原上没有狼，草原民族可能会变成精神木讷的萎靡民族，这个后果必将影响中原：也许华夏民族就不用修长城了，那么，华夏民族也可能早就彻底灭亡于没有敌国外患的死水安逸之中。

群狼的嗥声，很快被压制下去。乌力吉和毕利格老人集中扎营的部署显示出巨大的实效，营盘牢不可破，狼群难以下手。

陈阵忽然听见铁链的哗哗声响，他急忙跑到小狼身旁。只见白天在防晒防光防人洞里养足精神的小狼，此刻正张牙舞爪地上蹿下跳，对这场人狼狗，声光电大战异常冲动亢奋。它蹦来跳去，挣得铁链响个不停，不断地向它的假想敌冲扑撕咬，恨不得冲断链子，立即投入战斗。小狼急得呼呼哈哈地喘气，生怕捞不到参战的机会，简直比抢不到肉还要难受。

酷爱黑暗的狼，到了黑夜，全身的生命活力必然迸发；酷爱战斗的狼，到了黑夜，全身求战的冲动必须发泄。黑夜是草原狼打家劫舍，大块吃肉，大口喝血，大把分猎物的大好时光。可是一条铁链将小狼锁在了如此狭小的牢地里，使它好战、更好夜战的天性狼性憋得更加浓烈，就像一个被堵住出气孔的高温锅炉，随时都可能爆炸。它冲不断铁链，开始发狂发怒。求战不得的狂暴，将它压缩成一个毛球，然后突然炸出，冲入狼圈的跑道，以冲锋陷阵的速度转圈疯跑。边跑边扑边空咬，有时会突然一个急停，跟上就是一个猛扑，再来一个就地前滚翻，然后合嘴、咬牙、甩头，好像真的扑住了一个巨大猎物，正咬住要害部位致猎物于死命。

过了一会儿，它又眼巴巴地站在狼圈北端，紧张地竖耳静听，一有动静，它马上又会狂热地厮杀一通。小狼的战斗本能，已被紧张恐怖的战争气氛刺激得蓬蓬勃勃，它似乎根本分不清敌我，只要能让它参战就行，至于加入哪条战线则无所谓，不管是杀一条小狗或是杀一条小狼它都高兴。

小狼一见到陈阵便激动地扑了上来，却够不着他，就故意退后几步，让陈阵走进狼圈。陈阵有些害怕，他向前走了一步，刚蹲下身，小狼一个饿虎扑食，抱住他的膝头，张口就要咬。幸亏陈阵早有防备，急忙拿手电筒挡住小狼的鼻子，强光刺得小狼闭上了嘴。他心里有些难受，看来小狼被憋抑得太苦了。

全队的狗又狂吼起来。家中的几条狗围着羊群又跑又叫，有时还跑到小狼旁边，但很快又冲到羊群北边，根本忘记了小狼的存在。三条小狗俨然以正式参战的身份，叫得奶声奶气，吼得煞有其事，使得近在咫尺的小狼气得浑身发抖。它的本性、自尊心、求战心受到了莫大的轻视和伤害，那种痛苦只有陈阵能够理解，他料想它无论如何也不会甘于充当这场夜战的局外者的。

小狼歪着头，羡慕地听着大狗具有雄性战斗性的吼声，然后低头沉思片刻，它似乎发现了自己不会像狗们那样狂叫，第一次感到了自卑。但小狼立即决定要改变目前的窘况，它张了张嘴，显然是想要向狗学狗叫了。陈阵深感意外，他好奇地蹲下来仔细观察。小狼不断地憋气张嘴，十分费力地吐出呼呼哈哈的怪声，就是发不出“汪汪”或“喔喔”的狗叫声。小狼十分恼火，它不甘心，又吸气憋气，收腹放腹，极力模仿狗吼叫的动作，但是发出的仍然是狗不狗、狼不狼的憋哑声，急得小狼原地直打转。

陈阵看着小狼的怪样直想乐。小狼还小，它连狼嗥还不会，要发出狗叫声太难为它了。虽然狗与狼有着共同的祖先，可是二者进化得越来越远。大多数狗都会模仿狼嗥，可狼却从来不学狗叫，可能大狼们根本不屑发出狗的声音。然而此时，在狗叫声中长大的小狼却极想学狗叫，可怜的小狼还不知道自己的真实身份呢。

小狼在焦虑煎急之中，学习模仿的劲头仍是丝毫不减。陈阵弯腰凑到它耳旁，大声学了一声狗叫。小狼似乎明白“主人”想教它，眼里露出笨学生的难为情，转而又射出凶学生恼羞成怒的目光。二郎跑过来，站在小狼的身旁，慢慢地一声接一声高叫，像一个耐心的老师。突然，陈阵听到小狼发出了“慌……慌……”的声音，节奏已像狗叫，但就是发不出“汪”音，小狼兴奋得原地蹦高，去舔二郎的大嘴巴。以后小狼每隔六七分钟，就能发出“慌慌”的声音，让陈阵笑得肚子疼。

这种不狼不狗的怪声，惹得小狗们都跑来看热闹，并引起大狗小狗一片哼哼叽叽的嘲笑声。陈阵笑得前仰后合，每当小狼发出“慌慌”的声音，他就故意接着喊“张张”，营盘战场出现了“慌慌、张张”极不和谐的怪声。小狼可能意识到人和狗都在嘲笑它，于是它叫得越发慌慌张张了。小狗们乐得围着小狼直打滚，过了几分钟，全队的狗叫声都停了，小狼没有狗们领唱，它又发不出声来了。

狗叫声刚停，三面大山又转来狼群的嗥声。这场声战精神战来回斗了四五个回合，人和狗终于都喊累了。狼群擅长悄声突袭，连集团冲锋的时候都静得像死神，而此夜却如此大张旗鼓、大嗥大吼，显然是在虚张声势，并没有强攻的意图。当三面大山再次传来狼嗥声，人的声音已经停止，手电也已熄灭，连狗的叫声也敷衍起来，而狼群的嗥声却更加嚣张。陈阵感到其中一定隐藏着更大的阴谋，可能狼群发现人狗的防线太集中太严密，所以采取了大规模的疲劳消耗战术，等到把人狗的精神体力耗尽了才采取偷袭或突袭战。可能这场声音麻痹战将会持续几夜。陈阵想起八路军游击队“敌驻我扰”的战术，还有，把点燃的鞭炮放在洋油筒里用来模仿机关枪，吓唬敌人的战法。但是，这类声音疲劳扰敌战，草原狼却在几万年前就已经掌握了。

陈阵躺在毡子上，让黄黄趴下当他的枕头。没有人喊狗叫，他可以细细地倾听狼嗥的音素音调，反复琢磨狼的语言。来到草原以后，陈阵一直对狼嗥十分着迷。狼嗥在华夏名声极大，一直是中原居民闻声丧胆的声音。以至中国人总是把“鬼哭”与“狼嗥”相提并论。到草原以后，陈阵对狼嗥已习以为常，但是他始终不明白，为什么呜欧呜欧……的狼嗥声，总是那么凄惶苍凉，如泣如诉，悠长哀伤呢？确实像是关内坟地里丧父的女人那种凄惨的长哭。陈阵从第一次听到狼的哭腔就觉得奇怪，为什么这么凶猛不可一世的草原狼，它的内心却有那么多的痛苦哀伤？难道在草原生存太艰难，狼被饿死冻死打死得太多太多，狼是在为自己凄惨的命运悲嚎吗？陈阵一度觉得，貌似凶悍顽强的狼，它的内心其实是柔软而脆弱的。

但是跟狼打了两年多的交道，尤其是这大半年，陈阵渐渐否定了这种看法。他感到骨硬心硬命更硬的草原狼，个个都是硬婆铁汉，它们总是血战到底，死不低头。狼的字典中根本没有软弱这个字眼，即便是母狼丧子，公狼受伤，断腿断爪，那暂时的痛苦只会使狼伺机报复，变得愈加疯狂。陈阵养了几个月的小狼，使他更确信这一点，他从未发现小狼有软弱萎靡的时候，除了正常的困倦以外，小狼始终双目炯炯，精神抖擞，活泼好动。即使它被马倌差点拽断脖子、要了性命，可是仅过了一会儿，它又虎虎有生气了。

陈阵又听了一会儿狼嗥，分明听出了一些狂妄威吓的意思。可为什么威吓人畜也要用这种哭腔呢？最近一段时间狼群没有遭到天灾人祸的打击，好像没有痛苦哀伤的理由。难道像有些牧民说的那样，狼的哭腔，是专为把人畜哭毛哭慌，搅得人毛骨悚然，让人未战自败？草原狼莫非还懂得哀兵必胜，或是精神恐吓的战略思想？这种说法虽有一定的道理，但是为什么狼群互相呼唤，寻偶寻友，组织战役，向远方亲友通报猎情，招呼家族打围或分享猎物的时候，也使用这种哭腔呢？这显然与心理战无关。

那么草原狼发出哭腔到底出于何种原因？陈阵的思考如同锥子一般往疑问的深处扎去。他想，刚毅强悍的狼虽然也有哀伤的时候，但它们绝不会在任何时间、任何地点、任何喜怒哀乐的情绪下，都在那里“哭”。“哭”绝不会成为狼性格的基调。

听了大半夜的狼嗥狗叫，陈阵的头脑越来越清醒，往往比较和对比是解开秘密的钥匙。他突然意识到在狼嗥与狗叫的差异中可能隐藏着答案，陈阵又反复比较着狼嗥和狗叫的区别，他发现狗叫短促，而狼嗥悠长。这两种叫声的效果极为不同：狼的悠长嗥声要比狗的短促叫声传得更远更广。大队最北端蒙古包传来的狗叫声，就明显不如在那儿附近的狼嗥声听得真切。而且陈阵隐隐还能听到东边大山深处的狼嗥声，但狗叫声绝不能传得那么远。

陈阵渐渐开窍。也许狼之所以采用凄凉哭腔作为狼嗥的主调，是因为在千万年的自然演化中，它们渐渐发现了哭腔的悠长拖音，是能够在草原上传得最远最广最清晰的声音。就像“近听笛子远听箫”一样，短促响亮的笛声确实不如呜咽悠长的箫声传得远。古代草原骑兵使用拖音低沉的牛角号传令，寺庙的钟声也以悠长送远而闻名天下。

草原狼擅于长途奔袭，分散侦查，集中袭击。狼又是典型的集群作战的猛兽，它们战斗捕猎的活动范围辽阔广大。为了便于长距离通讯联络，团队作战，狼群便选择了这种草原上最先进的联络讯号声。残酷的战争最看重实效，至于是哭还是笑，好听不好听那不是狼所需要考虑的。强大的军队需要先进的通讯手段，先进的通讯手段又会增强军队的强大。古代狼群可能就是采用了这种草原上最先进的通讯嗥音，才大大地提高了狼群的战斗力，成为草原上除了人以外，最强大的军事力量，甚至将虎豹熊等个体更大的猛兽逐出草原。

陈阵又想：狗之所以被人驯服成家畜的重要原因之一，可能就是远古狗群的通讯落后，因而被狼群打败，最后只好投靠在人的门下，仰人鼻息。草原狼的自由独立，勇猛顽强的性格，是有其超强本领作为基础的。人也是这样，一个民族自己的本事不高，性格不强，再想独立自由，民主富强也只是空想。陈阵不禁在心里长叹：艺高狼胆大，胆大艺愈高。草原狼对人的启示和教诲真是无穷无尽。看来，曾经横扫世界的草原骑兵，在通讯手段上也受到了狼的启示，古战场上悠长的牛角号声，曾调集了多少草原骑兵，号令了多少场战斗啊。

狼群的嗥声渐渐稀落。忽然一声奶声嫩气的狼嗥，从羊群和蒙古包后面传来。陈阵顿时吓得一激灵:狼居然抄了羊群的后路?二郎带着所有的狗，猛吼着冲了过去。陈阵一骨碌爬起来，抄起马棒和手电也跟着冲了过去。冲到蒙古包前，只见二郎和大狗小狗，围在小狼的狼圈外，都惊奇地冲着小狼乱哼哼。

电筒光下，陈阵看见小狼蹲踞在木桩旁边，鼻尖冲天，仰天长嗥——那一声狼嗥竟然是从小狼喉咙里发出来的。小狼居然会狼嗥了？这是陈阵第一次听到小狼长嗥，他原以为小狼要完全长成标准的大狼才会嗥呢。没想到这条四个月狼龄的半大小狼，这一夜突然就发出了“呜欧——呜欧”的狼嗥声，那声音和动作，嗥得和真正的野狼一模一样。陈阵兴奋得真想把小狼紧紧抱在怀里，再亲它一口。但他不愿打断它初展歌喉的兴奋，也想最近距离地欣赏自己宝贝小狼的歌声。陈阵比一个年轻的父亲听到自己宝贝孩子第一次叫他爸爸还要激动。他忍不住轻轻抚摸小狼的背毛，小狼高兴地舔了一下他的手，又继续引吭高歌。

狗们都糊涂了，不知道该咬死它，还是制止它。在同仇敌忾看羊狗的阵线里，突然出现了仇敌的嗥声，小组的狗队阵营顿时大乱。邻居官布家的狗也突然停止了叫声，有几条狗甚至跑到陈阵的家门口来看个究竟，并随时准备支援。只有二郎欣喜地走进狼圈，舔舔小狼的脑袋，然后趴在它的身旁，倾听它的嗥声。黄黄和伊勒恶狠狠地瞪着小狼，这一刻，小狼稚嫩的嗥声，把它在狗群里生活了几个月渐渐模糊的身份，不打自招了——它不是一条狗，而是一条狼、一条与狗群嗥吠大战的野狼没有任何区别的狼。但是黄黄和伊勒见主人笑眯眯地望着小狼抚摸小狼，敢怒不敢言。邻家的几条大狗看着人狗狼和平共处，一时也弄不清它到底是狗还是狼，它们歪着脑袋怀疑地看了几眼这条奇怪的东西，便悻悻地回家了。

陈阵蹲在小狼身边听它的长嗥，仔细观察狼嗥的动作。陈阵发现小狼开始嗥的时候，一下子就把鼻尖抬起，把它的黑鼻头直指中天。陈阵欣赏着小狼轻柔绵长均匀的余音，就像月光下，一头小海豚正在水下用它长长的鼻头轻轻点拱平静的海面，海面上荡起一圈一圈的波纹，向四面均匀扩散。陈阵顿悟，狼鼻朝天的嗥叫姿态，也是为了使声音传得更远，传向四面八方。只有鼻尖冲天，嗥声才能均匀地扩散音波，才能使分散在草原四面八方的家族成员同时听到它的声音。狼嗥哭腔的悠长拖音，狼嗥仰鼻冲天的姿态，都是草原狼为适应草原生存和野战的实践而创造出来的。草原狼进化得如此完美，如此成功，不愧是腾格里的杰作。而且，草原骑兵的牛角号的发音口也是直指天空的。牛角号悠长的音调和指天的发声，与草原狼嗥的音调和方向完全一样，这难道是偶然的巧合吗？看来古代草原人早已对草原狼嗥的音调和姿态的原因做了深刻的研究。草原狼教会了草原人太多的本领。

陈阵浑身的热血涌动起来。在原始游牧的条件下，在内蒙古草原的最深处，此前大概还没有一个人，能抚摸着狼背倾听狼的嗥歌。紧贴着小狼倾听狼嗥声真是太清晰了，小狼的嗥声柔嫩圆润纯净，虽然也是“呜欧……欧……”那种标准的狼嗥哭腔，但声音中却没有一点悲伤。相反，小狼显得异常兴奋，它为自己终于能高声长歌而激动无比，一声比一声悠长、高昂、激越。小狼像一个初登舞台就大获成功的歌手，亢奋得赖在台上不肯谢幕了。

尽管几个月来，小狼常常做出令陈阵吃惊的事情，但是此时，陈阵还是又一次感到了震惊。小狼学狗叫不成，转而改学狼嗥，一学即成，一嗥成狼。那狼嗥声虽然可以模仿狼群，但是长嗥的姿态呢？黑暗的草原，小狼根本看不见大狼是用什么姿态嗥的，可它竟然又一次无师自通。小狼学狗叫勉为其难，可学狼嗥却是心有灵犀一点通。真是狼性使然，小狼终于从学狗叫的歧途回到了它自己的狼世界。小狼不鸣则已，一鸣惊人！小狼长大了，从此将长成一条真正的草原狼。陈阵深感欣慰。

然而，随着小狼的嗥声一声比一声熟练、高亢、嘹亮，陈阵的心像被小狼爪抓了一下，突然揪紧了。偷来的锣敲不得，可是偷来和偷养的小狼却自己大张旗鼓地“敲打”起来了，唯恐草原上的人狗狼不知道它的存在。陈阵暗暗叫苦：我的小祖宗，你难道不知道有多少人和狗想打死你？有多少母狼想抢你回去？你为了躲避人挖了一个洞，把自己藏起来，你这一嗥不就前功尽弃了吗？这不是自杀吗？陈阵转念一想，又突然意识到，小狼不顾生命危险，冒死高嗥，肯定是想让它的妈妈爸爸来救它。它发出自己的声音以后，立刻本能地意识到了自己的身份——它不是一条“汪汪”叫的狗，而是野外游荡长嗥的那些“黑影”的其中一员。荒野的呼唤在呼唤荒野，小狼天性属于荒野。陈阵出了一身冷汗，感到了来自人群和狼群两方面的巨大压力。

小狼突然运足了全身的力气发出音量最大的狼嗥。

对于小狼的长嗥，陈阵以及草原上的人群、狗群和远处的狼群，最初都没有反应过来，小狼给了大家一个措手不及。仓促中，仍是狼群的反应最快，当小狼发出第三声第四声娇嫩悠长的嗥声时，三面大山的狼群刹那间静寂无声，有的狼“欧……”的尾音还没有拖足拖够，就戛然而止，把剩下的嗥声吞回狼肚。

陈阵猜想，在人的营盘传出标准的狼嗥声，这是所有草原上的狼王、老狼、头狼和母狼闻所未闻的事情。陈阵可以想象狼们的吃惊程度，狼们可能想：难道是一条不听命令的小狼擅自闯进人的营盘了？那也不对啊，小狼误入营盘，按常理它马上会被恶狗猛犬撕碎。可是为什么听不到小狼的惨叫呢？而且小狼居然还安全愉快地嗥个没完。

那么难道不是小狼，而是一条会学狼嗥的小狗？陈阵试着按照狼的逻辑进一步推测。可老狼头狼们从来没听到过能发出如此精确、只有狼所独有的嗥声的狗叫。那么难道是人养了一条小狼？可草原上自古到今只有狼养人，而从没有人养狼的事情。就算是人养了条小狼，这是谁家的狼崽呢？在春天，人和狗掏了不少狼窝的狼崽，可那时狼崽还不会嗥，母狼们也听不出这条小狼是谁家的孩子。

狼群肯定是蒙了慌了和糊涂了。陈阵估摸，此刻狼们正大眼瞪小眼，谁也发不出声音来。一个来自北京的知青违反草原天条的莽撞行为，使老狼头狼们全傻了眼。但是，狼群迟早会听出这是一条真的狼。那些春天丧子的母狼，也肯定会草原烈火般地燃起寻子夺子的一线希望。小狼突如其来的自我暴露，使陈阵最担心的事情终于突现眼前。

草原上第二批对小狼的嗥声做出反应的，是大队的狗群。刚刚开始休息的狗群听到营盘内部传出狼嗥声，吃惊不小。狗们判断准是狼群趁人狗疲乏，突袭了一家的羊群，于是全队的狗群突然集体狂吠起来，它们好像有愧于自己的职责，全都以这一夜最凶猛疯狂的劲头吼叫，把接近凌晨的草原吼得个天翻地覆。狗群准备拼死一战，并警报主人们，狼群正在发动全面进攻，赶快持枪应战。

草原上反应最迟钝的却是人，绝大部分下夜的女人都累困得睡着了，没有听到小狼的长嗥，她们是被极为反常和猛烈的狗叫声惊醒的。近处远处各家女人尖厉的嗓音又响起来了，无数手电的光柱扫向天空和山坡。谁也没想到在蚊群大规模出动之前，狼群竟提前进攻了。

陈阵被全队狗群震天的声浪吓蒙了头，这都是他惹的祸。他不知道天亮以后怎样面对全大队的指责。他真怕一群牧民冲到他家把小狼抛上腾格里。可是小狼还在嗥个不停，它快乐得像是在过成人节。小狼毫无收场的意思，喝了几口水，润润嗓子，又兴冲冲地长嗥起来。天色已褪去深黑，不下夜的女人们就要起来挤奶，陈阵急得一把搂住小狼，又用左手狠狠握住小狼的长嘴巴，强行制止它发声。小狼哪里受过这等欺负，立即拼出全身力气，狂暴挣扎。小狼已是一条半大的狼了，陈阵没想到小狼的力气那么大，他一只胳膊根本就按不住它，而握住狼嘴的手又不敢松开，此时放手，他非得被小狼咬伤不可。

小狼疯狂反抗，它翻脸不认人，两眼凶光毕露，两个小小的黑瞳孔像两根钢锥，直刺陈阵的眼睛。小狼的嘴甩不脱陈阵的手，它就用两个狼爪拼命地乱抓乱刨，陈阵的衣裤被撕破，右手手背手臂也被抓了几道血口子。陈阵疼得大叫杨克杨克。门开了，杨克光着脚冲了过来，两人使足了劲才把小狼牢牢地按在地上。小狼呼呼喘气，两个爪子在沙地上刨出两个小坑。

陈阵手背上渗出了血，两人只好齐声喊，一、二、三，同时松手，然后跳出狼圈。小狼不肯罢休，疯扑过来，但被铁链死死勒住。杨克急忙跑进包，从药箱拿出绷带和云南白药，给陈阵上药包扎。高建中也被吵醒了，爬起来走出门外，气得大骂：狼啊，个个都是白眼狼！你天天像侍候大爷似的侍候它，它竟敢咬你。你们下不了手，我下手，待会儿我就杀了它！

陈阵急忙摆手：别、别，这次不怪小狼。我攥住了它的嘴，它能不急眼吗？

天已微微发白，小狼的狂热还没有退烧。它活蹦乱跳，喘个不停，一会儿又蹲坐在狼圈边缘，眼巴巴地望着西北方向，抬头仰鼻又要长嗥。却没想到，经过刚才那一通搏斗，小狼竟把尚未熟练的狼嗥声忘了，突然发不出声来。憋了几次，结果又发出“慌慌、哗哗”的怪声。二郎乐得直摇尾巴，三个人也乐出了声。小狼恼羞成怒，竟然冲二郎干爹皱鼻龇牙。

陈阵发愁地说：小狼会嗥了，跟野狼嗥得一模一样，全队的人可能都听到了，这下麻烦就大了，怎么办呢？

高建中坚持说：快把小狼杀了，要不以后狼群夜夜围着羊群嗥，一百多条狗跟着叫，吵得全队不下夜的人还能睡好觉吗？要是再掏了羊群，你就吃不了兜着走吧。

杨克说：可不能杀，咱们还是悄悄把小狼放了吧，就说它挣断链子逃跑了。

陈阵咬牙说道：不能杀也不能放！坚持一天算一天。要放也不能现在放，营盘边上到处都是别人家的狗，一放出去就得让狗追上咬死。这些日子，你天天放羊吧，我天天下夜看羊群，白天守着小狼。

杨克说：只好这样了。要是大队下了死令，非杀小狼不可，那咱们就马上把小狼放跑，把小狼送得远远的，到没狗的地方再放。

高建中哼一声说：你俩尽想美事，等着吧，待会儿牧民准保打上门。我被它吵了一夜，没睡好，头疼得要命。我都想杀了它！

早茶未吃完，门外就响起马蹄声。陈阵杨克吓得慌忙出门，乌力吉和毕利格老人已经来到门前，两人并未下马，正在围着蒙古包转圈找小狼，转了两圈才看到一条铁链通到地洞里。老人下了马，探头看了一眼说：怪不得找不见，藏这儿了。陈阵杨克急忙接过缰绳，把两匹马拴在牛车轱辘上。两人一句话也不敢说，准备听候发落。

乌力吉和毕利格蹲在狼圈外面，往洞里看。小狼正侧卧休息，非常讨厌陌生人打扰，它发出呼呼的威胁声，目光凶狠。

老人说：哦，这小崽子长这么大了，比野地里的小狼还大。老人又回头对陈阵说：你还真宠着它，想着给它挖个凉洞。这阵子我还想，你把小狼拴在毒日头底下，不用人杀它，晒也把它晒死了。

陈阵小心地说：阿爸，这个洞不是我挖的，是小狼自个儿挖的。那天它快晒死了，自个儿转悠了半天，想出了这个法子。

老人露出惊讶的目光，盯着小狼看，停了一会儿，说：没母狼教，它自个儿也会掏洞？兴许腾格里还不想让它死。

乌力吉说：狼脑子就是好使，比狗强多了，好些地方比人都聪明。

陈阵的心嗵嗵跳个不停，他喘了一口气说：我也……也纳闷，这么小的狼怎么就有这个本事呢？把它抱来的时候它还没开眼呢，连狼妈都没见过。

老人说：狼有灵性。没狼妈教，腾格里就不会教它吗？昨儿夜里，你瞅见小狼冲天嗥了吧。草原上牛羊马狗狐狸黄羊旱獭叫起来全都不冲着天，只有狼冲着天嗥，这是为啥？我不是早就说了嘛，狼是腾格里的宝贝疙瘩，狼在草原上碰见麻烦，就冲天长嗥，求腾格里帮忙。狼那么多的本事都是从腾格里那儿求来的，草原上的狼早就会“早请示，晚汇报”了。草原人遇上大麻烦，也要抬头恳求腾格里。草原万物，只有狼和人敬腾格里。

老人看小狼的目光柔和了许多，又说：草原人敬拜腾格里还是跟狼学的呐。蒙古人还没有来到草原的时候，狼早就天天夜夜抬头对腾格里长嗥了。活在草原太苦，狼心里更苦，夜里，老人们听着狼嗥，常常会伤心落泪。

陈阵心头一震。在他的长期观察中，茫茫草原上，确实只有狼和人对天长嗥或默祷。草原人和狼活在这片美丽而贫瘠的草原上太艰难了，他（它）们无以排遣，不得不常常对天倾诉。从科学的角度看，狼对天长嗥，是为了使自己的声音讯息传得更远更广更均匀。但陈阵从情感上，却更愿意接受毕利格阿爸的解释。人生若是没有某些神性的支撑，生活就太无望了。陈阵的眼圈发红。

老人转身看着陈阵说：别把手藏起来，是让小狼抓的吧？昨儿晚上我全听见了。孩子啊，你以为我是来杀小狼的吧……今儿早上，就有好几拨马倌羊倌上我家告你的状，让大队处死小狼。我和老乌商量过了，你还接着养吧，可得多加小心。唉，真没见过像你这样迷狼的汉人。

陈阵愣了几秒钟才吃惊地问：真让我接着养啊？为什么？我也真怕给队里造成损失，怕给您添麻烦。我正打算给小狼做一个皮条嘴套，不让它嗥。

乌力吉说：晚了，母狼全都知道你家有一条小狼了。我估摸，今天夜里狼群准来。不过，我们俩让各组的营盘扎得这么密，人多狗多枪多，狼群不好下手。我就怕以后回到秋草场，营盘一分散，那你们包就危险了。

陈阵说：到时候我家的三条小狗长大了，有五条大狗，再加上二郎这条杀狼狗，我们下夜的时候再勤往外跑，还可以点大爆竹，我们就不怕狼了。

老人说：到时候再看看吧。

陈阵还是不放心，忍不住问：阿爸，那么多的人让您下令处死小狼，您怎么跟他们说啊？

老人说：这些日子狼群专掏马驹子，马群损失太大。要是小狼能把狼群招到这儿来，马群就可以减少损失，马倌的日子就能好过一些。马群再不能出事了。

乌力吉对陈阵说：你养小狼倒是有这么一个好处，能减轻马群的压力……你千万别让小狼咬了，那可不是闹着玩的。前些日子，有一个民工夜里去偷牧民家的干牛粪，让牧民的狗咬伤了，差点得了狂犬病送了命。我已经叫小彭上场部再领一些药。

老人和乌力吉骑上马去了马群，走得急匆匆。马群一定又出事了。陈阵恍然大悟地望着两股黄尘，心里不知是轻松还是紧张。

25

晋国原是戎狄游牧地区，成王封同母弟叔虞为唐侯，在唐国内“疆以戎索”（左传定公四年），就是说，按照戎狄生活惯例，分配牧地，不像鲁卫农业地区按周法分配耕地。叔虞子燮父改国号为晋。

——范文澜《中国通史简编》（第一编）

陈阵拿出家里最后两根肉条，再加了一些羊油，给小狼煮了一锅稠肉粥。小狼食量越来越大，满满一盆肉粥还不能把它喂饱。陈阵叹了口气，进包抓紧时间睡觉，争取养足精神，准备应对这夜更危险的夜战。到午后一点多钟，他被一阵叫声喊醒，急忙跑出了门。

张继原骑着一匹驮着东西的大马，走到蒙古包门前空地，那匹马前半身全是血，一惊一乍不肯靠近牛车。狗们一拥而上，把人马围住，猛摇尾巴。陈阵揉了揉还未睡醒的眼睛，吓了一跳：张继原的马鞍上竟然驮着一匹受伤的马驹子。他慌忙上前牵住马笼头，稳住大马。马驹子疼得抬头挣扎，胸颈的几个血洞仍在流血，染红了马鞍马身。大马惊恐地瞪大了眼，鼻孔喷着粗气，一条前腿不停地打颤，另一条腿不时刨地跺蹄。张继原坐在鞍后马屁股上，下马很困难，又怕血淋淋的马驹摔落到马蹄下，惊炸了坐骑。陈阵连忙腾出一只手攥住了小马驹的一条前腿，张继原费力地把右脚退出马镫，小心下了马，几乎摔倒在地。

两人在大马的两侧，抬起马驹，轻轻放到地上。大马急转身，瞪大眼，哀哀地看着马驹。小马驹已经抬不起头，睁大了美丽的黑眼睛，哀求地望着人，疼得咝咝地叫，前蹄撑地，但已经站不起来了。陈阵忙问：还有救吗？张继原说：巴图已经看过伤口，他说肯定是没救了。咱们好久没吃肉了，趁它还活着，赶紧杀吧。沙茨楞刚给毕利格家也送去了一匹咬伤的马驹。

陈阵心里咯噔一下。他给张继原打了一盆水，让他洗手，忙问：马群又出事了？损失大不大？

张继原丧气地说：别提了。昨天一晚上，我和巴图的马群就被狼吃了两匹马驹，咬伤一匹。沙茨楞那群马更惨，这几天，被狼一口气掏了五六匹。别的马群还不知道，损失肯定也不少。队里的头头都去了马群。

陈阵说：昨天夜里，狼群围着大队营盘嗥了一夜。狼群都集中在我们这儿，怎么又跑到马群那儿去了呢？

张继原说：这就叫作群狼战术，全面出击，四面开花。声东击西，互相掩护，佯攻加主攻，能攻则攻，攻不动就牵制兵力，让人顾头顾不了尾，顾东顾不了西。狼群的这招要比集中优势兵力，各个击破的战术更厉害。张继原洗完手又说：赶紧把马驹杀了吧，等马驹死了再杀，就放不出血，血淤在肉里，肉就不好吃了。

陈阵说：都说马倌狼性最足，一点也不假。你现在有马倌的派头了，口气越来越大，有点古代草原武士的凶残劲儿了。陈阵把铜柄蒙古刀递给张继原：还是你下刀吧，杀这么漂亮的小马驹我下不了手。

张继原说：这马驹是狼杀的，又不是人杀的，跟人性善恶没关系……算了，我杀就我杀。说好了，我只管杀，剩下剥皮开膛卸肉的活就全是你的了。陈阵一口答应。

张继原接过刀，踩住马驹侧胸，按住马驹脑袋，又按照草原的传统，让马驹的眼睛直对腾格里。然后一刀戳进脖子，挑断颈动脉。马血已经喷不出来，但还能流淌。张继原像看一只被杀的羊一样，看着马驹挣扎断气。狗们都流着口水摇尾巴，小狗们拥上前去舔吃地上的马血。小狼闻到了血腥味也早已蹿出洞，冲拽铁链，馋得狼眼射出凶光。

张继原说：前几天我已经杀过一匹驹子，没这匹个大肉足。我和几个马倌吃了两顿马驹肉馅包子，马驹肉特嫩特香，夏天吃马驹肉包子，草原牧民本是迫不得已。千百年下来，马驹肉包子倒成了草原出名的美味佳肴了。张继原洗净了手，坐在木桶水车的车辕上，看陈阵剥马皮。

陈阵剥出了马驹肥嫩的肉身，也乐了，说：这马驹子个头真不小，快顶上一只大羯羊了。这一个月，我都快不知道肉味了。人还好说，小狼快让我养成羊了，再不给它肉吃，它就要学羊叫了。

张继原说：这匹驹子是今年最早生下来的，爹妈个头大，它的个头当然也就大了。你们要是觉着好吃，过几天我再给你们驮一匹回来。夏季是马群的丧季，年年如此。这个季节，母马正下驹子，狼群最容易得手的就是马驹。每个马群，隔三岔五就得让狼掏吃一两匹驹子，真是防不胜防。这会儿，马群的产期刚过，每群马差不多都新添了一百四五十匹驹子。额仑草好，母马奶水足，马驹长得快，一个个又调皮好动，儿马子和母马真管不过来……

陈阵把马驹的头、胸、颈这些被狼咬过的部分用斧子剁下来，又放到砧板上剁成小块。六条狗早已把陈阵和马驹围得水泄不通，五条狗尾摇得像秋风中的芦花，只有二郎的长尾像军刀一样伸得笔直，一动不动地看着陈阵怎样分肉。多日不知新鲜肉味的小狼闻到了血腥，急得团团转，急出了“慌慌、哗哗”的狗叫声。

肉和骨头分好了，仍是三大份三小份。陈阵将半个马头和半个脖子递给二郎，它摇摇尾巴，叼住肉食就跑到牛车底下的阴凉处享用去了。黄黄伊勒和三条小狗也分到了自己的那份，各自跑到牛车和蒙古包的阴凉处。陈阵等狗们分散了，才把他挑出的马驹胸肉和胸骨剁成小块，放到小狼的食盆里，足有大半盆，再把马驹胸腔里残存的血浇在肉骨上。然后高喊：小狼，小狼，开饭喽！向小狼走去。

小狼的脖子早已练得脖皮厚韧，一见到带血的鲜肉，就把自己勒得像牛拉水车爬坡一样，勒出了小溪似的口水。陈阵将食盆飞快地推进狼圈，小狼像大野狼扑活马驹一样扑上马驹肉，并向陈阵龇牙咆哮，赶他走。陈阵回到马驹皮旁继续剔骨卸肉，一边用眼角扫视着小狼。小狼正狂吞海塞，并不时警觉地瞟着狗和人，身体弯成弓状，随时准备把食盆里的鲜肉叼进自己的洞里。

陈阵问张继原：牧民吃不吃马驹的内脏？张继原说：被狼咬伤的马驹的内脏，牧民是不吃的。陈阵就先把马驹的胃包大肠小肠掏出来，扔到炉灰堆旁边，随狗们去抢。然后从包里拿出两个空肉盆，把马驹的心肝肺、腰子气管盛了满满两盆，放在包里碗架下的阴凉处，留作下一顿的狼食和狗食。

陈阵问：难道你们马倌拿狼一点办法都没有？

张继原说：当了快两年的马倌，我觉得草原游牧，最薄弱的环节就是马群。一群马四五百匹，只配备两个马倌，现在加了一个知青也不够，两三个人黑白班轮流倒，一个人看马群，哪能看得过来啊。

陈阵问：那为什么不给马群多配备几个马倌？

张继原说：马倌是草原上的“飞行员”，属于高难工种。培养一个合格马倌不容易，要花很长时间。草原上谁也不敢让不合格的马倌放马，弄不好一年就能损失半群。还有，马倌太苦太累太担风险。冬天夜里的白毛风，零下三四十度，圈马常常要圈上一整夜，就是穿上三层皮袍，也可能冻僵冻掉脚指头。夏天的蚊子能把人和马的血吸干，好多马倌往往干上十年八年就干不下去了，或者改行，或者受伤退役。咱们大队的四个知青马倌，不到两年就只剩下我一个了。草原上马倌常常不够用，哪还能给马群多配备呢？马群流动性太大，速度又快；马群里母马小马阉马多，胆子小，容易惊群。马倌在小包里只做一顿饭的工夫，马群就可能跑没影了。一丢马群，往往就得找上好几天，饿上好几天。在这几天里，狼群就可以敞开追杀马驹了。上次四组的马倌马失前蹄摔伤了头，一群马一夜之间就跑出了边境。场部通过边防站，花了十几天才要回马群。这十几天里马群没人管，损失就更大了。

陈阵问：两国关系那么紧张，人家怎么没把马扣下？

张继原说：那倒不会。两国早就有协定，只要边防站报准马群越境的时间、地点和数量，尤其是儿马子的头数和毛色，人家都会派人把马群送过来的，咱们这边也是一样。可是马群在途中，被狼咬死吃掉的，双方的边防站都不负责任。有一回，人家报了一百二十多匹，可咱们派人找了两天才找到九十多匹。马倌说，那些没找到的，多半被狼吃掉了。

陈阵抓住机会盯着问：我一直搞不明白，马群为什么经常会玩儿命地跑？

张继原说：原因多着呐。冬天太冷为了取暖，要跑；春天脱毛必须出汗，要跑；夏天躲蚊子，要顶风跑；秋天抢吃牛羊的好草场，要偷着跑。可最要命的是为了逃避狼群的追杀，一年四季都得玩命跑。马群流动性大，留不住狗。一到夜里，马倌没有狗群帮忙下夜，就一个人看管那么胆小的马群，哪能看得过来。要是到了没有月亮的晚上，狼群常常偷袭马群。如果狼不多，马倌和儿马子还能守住马群，狼要多，马群惊了群，兵败如山倒，马倌和儿马子根本守不住。

张继原又接着说：现在我可知道成吉思汗的骑兵为什么日行千里那么神速了。蒙古马天天夜夜都被狼群逼着练速度，练长跑，练体力耐力。我在马群里常常看到马与狼的残酷生存竞争，太惨烈了。狼群黑夜追杀马群，那叫狠，一路穷追猛打，高速飞奔，连续作战，根本不让马群喘息。老马、病马、慢马、小马、马驹和怀孕马只要一掉队，马上就被一群狼包围咬死吃掉。你真是没见过马群逃命的惨样，个个口吐白沫，全身汗透。有的马把垂死挣扎的力气都用光了，跑完了最后一步，一倒地就断气，活活跑死。那些跑得最快的马，能喘一口气，停一会儿，一低头就拼命吃草，饿极了，什么草都吃，连干苇子都吃；渴极了，什么水都喝，不管脏水臭水，渗入牛尿羊尿的水坑里的水都喝下去。蒙古马的体力耐力、消化力、抗病力、耐寒耐暑力，可数天下第一。可是只有马倌知道，蒙古马的这种本事都是被草原狼群用速度和死亡强化训练出来的……

陈阵听得入了迷。他把马驹肉和手把肉骨头块端进包里，又把马驹皮摊在蒙古包顶上。又说：你当了一年多的马倌快成专家了，你说的这些东西太重要了。外面热，走，进包，你只管讲，剁馅擀皮的活我包了。两人进包，陈阵动手剥葱和面剁馅炸花椒油，准备做牧民常吃的死面肉馅包子。

张继原喝了一碗凉茶说：这些日子我这个马倌一直在想马的事。我想，是蒙古草原狼造就了世界上最能吃苦耐劳的蒙古马，也造就了震撼世界的匈奴、突厥和蒙古的强悍骑兵。汗血马、伊犁马、阿拉伯马、顿河马等等都是世界名马，可是，为什么西域中亚骑兵、俄罗斯钦察骑兵、阿拉伯骑兵还有欧洲条顿骑士，都被蒙古骑兵打败了呢？蒙古骑兵往西一直打到波兰、匈牙利、奥地利、埃及的家门口。匈奴骑兵还横扫整个欧洲，一直打到现在法国的奥尔良。世界上哪个国家和民族的战马，具有如此高强的体力和耐力？

陈阵插话道：史书上说，古代的蒙古草原，人少马多，出征的时候，一个骑兵带四五匹、五六匹马，倒换着骑，可日行千里。所以，蒙古骑兵是原始的摩托化部队，专打闪电战。蒙古马多，还可以用伤马当军粮，饿了吃马肉，渴了喝马血，连后勤都用不着了。

张继原笑着点头：没错。记得你说过，从犬戎、匈奴、鲜卑、突厥，一直到现在的蒙古族，所有在蒙古草原上生活战斗过的草原民族，都懂得狼的奥秘和价值。这话，我越来越觉得有道理。蒙古草原狼给了草原人最强悍的战斗性格、最卓越的战争智慧和最出色的战马。这三项军事优势，就是蒙古草原人震撼世界的秘密和原因。

陈阵一边使劲和着面，一边说：善战的蒙古战马出自蒙古狼的训练，你的这个发现太重要了。我原以为狼图腾解决了草原人勇猛强悍性格，以及军事智慧的来源问题，没想到，狼还是义务驯兽师，为马背民族驯养了世界一流的战马。有了那么厉害的蒙古战马，蒙古人性格和智慧因素就如虎添翼了。行啊，你当了一年多的马倌真没白当。

张继原笑道：那也是受了你这个“狼迷”的影响。你这两年给我讲了那么多书上的历史，我自然也得还给你一些活材料了。

陈阵也笑了，说：这种交换合算合算！不过，还有一点我还没弄清楚，狼群除了追杀马和马驹子以外，还用什么手段来杀马驹子？

张继原说：那手段就多了。马群每次走到草高的或是地形复杂的地方，我就特紧张。狼会像壁虎似地贴着地匍匐爬行，还不用抬头看，它用鼻子和耳朵就能知道猎物在什么地方。母马经常小声叫唤马驹子，狼就能凭着母马的声音判断马驹大致的方位，然后慢慢靠近。只要儿马子不在马驹附近，狼就猛扑上去，一口咬断马驹喉咙，再将马驹拖到隐蔽处狼吞虎咽。如果让母马和儿马子发现了，狼就急忙逃跑，马群是带不走死马驹的，等马群走了之后，狼再回来吃。有的特别狡猾的狼，还会哄骗马驹子。一条狼发现了马群边上有一匹马驹，但旁边有母马，这时狼就会匍匐过去，躲到附近的高草丛里，然后仰面朝天，把目标大的身体藏在草丛里面，再把目标小的四条爪子伸出草丛，轻轻摇晃。从远处看那晃动的狼腿狼爪，像野兔的长耳朵，又像探头探脑的大黄鼠或其他的小动物，反正不像狗和狼。小马驹刚刚来到世上，好奇心特强，一见比自己小的活东西，就想跑过去看个究竟。母马还没有来得及拦住马驹，狼就已经一口咬断马驹的喉咙了。

陈阵说：有时我真觉得狼不是动物，而是一种神怪。

张继原说：对对，就是神怪！你想，白天马群散得很开，马倌就是在马群里，也保不住哪儿会出问题。到了夜里那狼就更加肆无忌惮了。能偷则偷，能抢就抢，偷抢都不成，就组织力量强攻。儿马子们会把母马马驹子紧紧地圈在马群当中，并在圈外狼刨狼咬围狼。普通狼群很难冲垮十几匹大儿马子的联合防卫，弄不好狼还会被儿马子踢死咬伤。但是遇到恶劣天气和大群饿疯了的狼群，儿马子们就挡不住了，这时候两个马倌都得上阵，人要是灯照枪打还挡不住，那狼群就会冲垮马群，再追杀马驹子。到夏天这时候，狼群里的小狼都长起来了，狼群食量大增，狼抓不着黄羊旱獭，所以就开始主攻马群里的马驹了。

陈阵问：那马群每年要损失多少马驹子？

张继原略略想了想说：我和巴图的这群马，去年下了一百一十多匹马驹子。到今年夏天，只剩下四十多匹了，有七十多匹马驹被狼咬死或吃掉。年损失百分之六十，这在全大队四个马群里还算是好的了。第四牧业组的马群，去年下的马驹子现在就剩下十几匹了，一年损失了百分之八十多。我问过乌力吉，全牧场马群每年马驹的损失占多少比例，他说平均损失大约在百分之七十左右。

陈阵吃了一惊，说：小马驹的死亡率真是太高了，怪不得马倌们都恨透了狼。

张继原说：这还没完呢，小马长到新二岁，还没脱离危险期，仍是狼群攻击的目标。马驹要长到三岁以后，才勉强可以对付狼。可是遇到群狼饿狼，可能还是顶不住。你说我们马倌有多难？像野人一样拼死拼活干上一年，只能保下百分之三四十的马驹子，要是稍稍马虎一点，这一年就全白干了。

陈阵无语，开始动手擀包子皮儿。

张继原洗了手，帮陈阵包包子，一边说：可是再苦再累，也不能没有狼。巴图说，要是没有狼群，马群的质量就会下降。没有狼，马就会变懒变胖，跑不动了。在世界上，蒙古马本来就矮小，要是再没了速度和耐力，蒙古马就卖不出好价钱，军队骑兵部队不敢用来当战马了。还有，要是没有狼，马群发展就太快。

你想想，一群马一年增加一百几十匹马驹，假如马驹大部分都能活下来，一群马一年就增加百分之二三十，再加上每年新增加的达到生育年龄的小母马，马驹增加的比例就更高了。这样三四年下来，一群马的数量就会翻一番。一般情况下，马要长到四五岁才能卖，那么大批四五岁以下的马就只能养着。而马群是最毁草场的牲口，乌力吉说，除了黄鼠野兔，马群是草场最大的破坏分子。蒙古马食量大，一匹马一年要吃掉几十只上百只羊的草量。现在牧民都嫌马群抢牛羊的草场，如果全场的马群不加控制敞开发展，那么用不了多少年，牛羊就该没草吃了，额仑草原就会逐渐沙化……

陈阵用擀面杖敲了一下案板：这么说，草原牧民是利用狼群来给马群实行计划生育，控制马群的数量，同时达到提高或保持蒙古马质量的目标？

张继原说：那当然。草原人其实是运用了草原辩证法的高手，还特别精通草原的“中庸之道”。不像汉人喜欢走极端，鼓吹不是东风压倒西风，就是西风压倒东风。草原人善于把草原上的各种矛盾，平衡控制在“一举两得”之内。

陈阵说：不过，这种平衡控制真叫残酷。春天马倌们掏狼崽，一掏就是十几窝几十窝，一杀就是一两百，但就是不掏光杀绝；到夏天，狼群反过来，掏杀马驹子，一杀就是百分之七八十，但马倌就是不让狼杀百分之一百。平衡控制的代价就是血流成河，而控制平衡就要靠牧民毫不松懈的战斗。这种中庸比汉族的“中庸”更具有战斗性，也更接近真理。

张继原说：现在一帮农区来的干部，一直在草原上瞎指挥，拼命发展数量，数量！数量！最后肯定“一举多失”：狼没了，蒙古马没人要了，内蒙古大草原黄沙滚滚了，牛羊饿死了，咱们也可以回北京了……

陈阵说：你做美梦吧，北京在历史上不知道让草原骑兵攻下过多少回，当了多少次草原民族政权的首都。北京连草原骑兵都挡不住，哪还能挡住比草原骑兵能量大亿万倍的沙尘“黄祸”？

张继原说：那咱们就管不着，也管不了了。亿万农民拼命生，拼命垦，一年生出一个省的人口，那么多的过剩人口要冲进草原，谁能拦得住？

陈阵叹道：正是拦不住，心里才着急啊。中国儒家本质上是一个迎合农耕皇帝和小农的精神体系。皇帝是个大富农，而中国农民的一家之主是个小皇帝。“皇帝轮流做，明天到我家”，“水可载舟，又可覆舟”。谁不顺应农耕人口汪洋大海的潮流，谁就将被大水“覆舟”，遭灭顶之灾。农耕土壤，只出皇帝，不出共和。“水可载舟，又可覆舟”实际上是“农可载帝，又可覆帝”，载来覆去，还是皇帝。几千年来，中国人口一过剩就造反，杀减了人口，换了皇帝，再继续生，周而复始原地打转。虽然在农耕文明的上升阶段，君民上下齐心以农为本，是螺旋上升的进步力量，但一过巅峰，这种力量就成为螺旋下降，绞杀新生产关系萌芽的打草机……

张继原连连点头。他撮来干牛粪，点火架锅，包子上了笼屉。两人围着夏季泥炉，耐心地等着包子蒸熟，谈兴愈浓。

陈阵说：今天你这一说，我倒是想明白了——为什么马背上的民族不把马作为自己民族的图腾，相反却把马的敌人——狼，作为图腾。我也真想通了。这种反常的逻辑中却包含着深刻的草原逻辑。这是因为蒙古马是草原狼和草原人共同驯出来的“学生”，而“学生”怎能成为被老师崇拜的图腾和宗师呢？而草原狼从未被人驯服，狼的性格和许多本领，人学了几千年还没能学到呢。狼在草原上实际统领着一切，站在草原各种错综复杂的关系的制高点上……

张继原说：我真替犬戎和匈奴感到惋惜。他们是多么优秀的民族，狼图腾崇拜是他们最早确立的，又是从他们那里传下来的，一直传到今天，还没有中断。

陈阵说：狼图腾的精神比汉族的儒家精神还要久远，更具有天然的延续性和生命力。儒家思想体系中，比如“三纲五常”那些纲领部分早已过时腐朽，而狼图腾的核心精神却依然青春勃发，并在当代各个最先进发达的民族身上延续至今。蒙古草原民族的狼图腾，应该是全人类的宝贵精神遗产。如果中国人能在中国民族精神中剜去儒家的腐朽成分，再在这个精神空虚的树洞里，移植进去一棵狼图腾的精神树苗，让它与儒家的和平主义、重视教育和读书功夫等传统相结合，重塑国民性格，那中国就有希望了。只可惜，狼图腾是一个没有多少文字记载的纯精神体系，草原民族致命的弱点就是文字文化上的落后。而跟草原民族打了几千年交道的中国儒家史学家，也不屑去记载狼图腾文化。我怀疑，那些痛恨狼的儒生，也许有意删除了史书上记载下来的东西。所以，现在咱们从中国史书上查找狼图腾的资料，就像大海捞针一样难。咱们带来的几百本书太不够用了，下回探家，还得想法子多弄一点。

张继原又添了几块干牛粪说：我有一个亲戚在造纸厂当小头头，厂里堆满了抄家抄来的图书，工人经常拿着那些就要化成纸浆的线装书卷烟抽。爱书的人可以用烟跟他们换来名著经典。我当马倌一个月七十多块钱，算是高薪了，买烟换书的事我来干。可是，从建国以后，政府就一直鼓励奖励打狼灭狼，草原上打狼“英雄”快要成为新的草原英雄。蒙古族年轻人，尤其是上过小学初中的羊倌马倌，也快不知道什么是狼图腾了。你说，咱们研究这些，究竟有什么用？

陈阵正在揭锅盖，回头说：真正的科学研究是不问有用没用的，只是出于好奇和兴趣。再说，能把自己过去弄不明白的问题弄通，能说没用吗。

马驹肉馅包子在一阵弥漫的热气中出了屉。陈阵倒着手，把包子倒换得稍稍凉了一点，便咬了一口，连声赞道：好吃好吃，又香又嫩！以后你一碰到狼咬伤马驹子，就往家驮。

张继原说：其他三个知青包都跟我要呢，还是轮着送吧。

陈阵说：那你也得把被狼咬过的那部位拿回来，我要喂小狼。

俩人一口气吃了一屉包子，陈阵心满意足地站起来说：我已经记不清这是第几次吃狼食了。走，咱去玩“肉包子打狼”。

等肉包子凉了，陈阵和张继原各抓起一个，兴冲冲地出了蒙古包，朝小狼走去。陈阵高喊：小狼，小狼，开饭了！两个肉包子轻轻打在小狼的头上和身上，小狼吓得夹起尾巴“嗖”地钻进了洞。肉包子也被黄黄和伊勒抢走。两人愣了一会儿才反应过来。陈阵笑道：咱俩真够傻的。小狼从来没见过和吃过肉包子，肉包子打狼，怎能有去无回呢？狼的疑心太重，连我都不相信。它一定是把肉包子当成打它的石头了。这些日子，过路的蒙古孩子可没少拿土块打它。

张继原笑着走到狼洞旁，说：小狼太好玩了，我得抱抱它，跟它亲热亲热。

陈阵说：小狼认人，就认我和杨克。只让我和杨克抱，连高建中都不敢碰它一下，一碰它就咬。你还是算了吧。

张继原低下头，凑近狼洞，连声叫小狼，还说：小狼，别忘了，是我给你拿来马驹肉的，吃饱了，就不认我啦？张继原又叫了几声，可是小狼龇牙瞪眼就是不出来。他刚想拽铁链把小狼拽出来，小狼“嗖”地蹿出洞，张口就咬。吓得张继原往后摔了一个大跟头。陈阵一把抱住小狼的脖子，才把小狼拦住，又连连抚摸狼头，直到小狼消了气。张继原拍了拍身上的沙土站了起来，面露笑容说：还行，还跟野地里的狼一样凶。要是把小狼养成狗就没意思了。下次回来，我再给它带点马驹肉。

陈阵又把小狼嗥声所引来的种种危险告诉张继原。张继原把《海狼》换了一册《世界通史》，对陈阵说：根据我的经验，今晚狼群准来，千万小心，千万别让狼群把咱们的宝贝小狼给抢走了。得多长点心眼，狼最怕炸药，狼群真要是冲羊群的话，你们就扔“二踢脚”。上次我给你们弄来的一捆，你再仔细检查一下，要是潮了就炸不响了。

陈阵说：杨克用蜡纸包好了，放在包里最上面的那个木箱里，肯定潮不了。前几天，他跟盲流们干架，还点了三管，都炸得惊天动地的。

张继原急冲冲奔回马群。

26

臣光曰：……武帝（汉武帝——引者注）好四夷之功，而勇锐轻死之士充满朝廷，辟土广地，无不如意。及后息民重农……民亦被其利。此一君之身趣好殊别，而士辄应之，诚使武帝兼三王之量以兴商、周之治……

臣光曰：孝武（汉武帝——引者注）……异于秦始皇者无几矣。

——司马光《资治通鉴·汉世宗孝武皇帝下之下》

晚饭后，包顺贵从毕利格家来到陈阵的蒙古包。他慷慨地发给了陈阵和杨克一个可装六节电池的大号电筒，以往这是马倌才有资格用的武器和工具。包顺贵特别交代了任务：如果狼群攻到羊群旁边就开大手电，不准点爆竹，让你们家的狗缠住狼。我已经通知你们附近几家，一见到你们打亮，大伙都得带狗过来围狼。

包顺贵笑着说：想不到你们养条小狼还有这么大的好处，要是这次能引来母狼和狼群，再杀他个七条八条狼，那咱们又能打个大胜仗了。就是只杀了一两条母狼也算胜利。牧民都说今天夜里母狼准来，他们都要我毙了小狼，把小狼扒了皮挂起来，再把狼尸扔到山坡野地，让母狼全死了心。可我不同意。我跟他们说，我就怕狼不来，用小狼来引大狼，这机会上哪找啊。这回大狼可得上当啦。你们俩得小心点，这么大的手电，能把人的眼睛晃得几分钟内跟瞎了一样，狼就更瞎了。不过嘛，你们也得准备铁棒铁锹，以防万一。

陈阵杨克连连答应。包顺贵忙着到别的包去布置任务，严禁开枪惊狼走火伤人伤畜，就急急地走了。

这场草原上前所未有的以狼诱狼战，虽然后果难以预料，但已给枯燥的放牧生活增添了许多刺激。有几个特别恨狼，好久不上门的年轻马倌羊倌牛倌，也跑来探问情况和熟悉环境地形，他们对这种从来没玩过的猎法很感兴趣。一个羊倌说：母狼最护崽子，它们知道狼崽在这儿一定会来抢的，最好每夜都来几条母狼，这样就能夜夜打到狼了。一个马倌说：狼吃了一次亏，再不会吃第二回。另一个羊倌说：要是来一大群硬冲怎么办？马倌说：狼再多也没有狗多，实在不行那就人狗一块上，打灯乱喊、开枪放炮呗。

人们都走了以后，陈阵和杨克心事重重地坐在离小狼不远的毡子上，两人都深感内疚。杨克说：如果这次诱杀母狼成功，这招实在是太损了。掏了人家的全窝崽子还不够，还想利用狼的母爱，把母狼也杀了。以后咱俩真得后悔一辈子。

陈阵垂着头说：我现在也开始怀疑自己，当初养这条小狼究竟是对还是错。为了养一条小狼，已经搭进去六条狼崽的命，以后不知道还要死多少……可我已经没有退路了，科学实验有时真跟屠夫差不多。毕利格阿爸主持草原也真不易，他的压力太大了，一方面要忍受牲畜遭狼屠杀的悲哀，另一方面还要忍受不断去杀害狼的痛苦，两种忍受都是血淋淋的。可是为了草原和草原人，他只能铁石心肠地来维持草原各种关系的平衡。我真想求腾格里告诉母狼们，今晚千万别来，明晚也别来，可别自投罗网，再给我一点时间，让我把小狼养大，咱俩一定会亲手把它放回母狼身边去的……

上半夜，毕利格老人又来了一趟，检查陈阵和杨克的备战情况。老人坐在两人旁边，默默抽旱烟，抽了两烟袋锅以后，老人像是安慰他的两个学生，又像是安慰自己，低声说道：过些日子蚊子一上来，马群还要遭大难，不杀些狼，今年的马驹子就剩不下多少了，腾格里也会看不过去的。

杨克问：阿爸，依您看，今晚母狼会不会来？

老人说：难说啊，用人养的小狼来引母狼，我活了这把年纪，还从来没使过这种损招，连听都没听说过。包主任非叫大伙利用小狼来打一次围，马驹死了那么多，不让包主任和几个马倌杀杀狼，消消气，能成吗？

老人走了。盆地草场静悄悄，只有羊群咯吱吱的反刍声，偶尔也能听到大羊甩耳朵轰蚊子的噗噜噜的声音。草原上第一批蚊子已悄然出现，但这只是小型侦察机，还没有形成轰炸机群的凌厉攻势。

两人轻轻聊了一会儿，互相轮流睡觉。陈阵先睡下，杨克看着腕上的夜光表，握着大电筒，警惕四周动静，又把装了半捆爆竹的书包，挂在脖子上，以防万一。

吃饱马驹肉的小狼从天还没有黑就绷紧铁链，蹲坐在狼圈的西北边缘，伸长脖子，直直地竖着耳朵，全神贯注，一动不动，紧张地等待着它所期盼的声音。狼眼炯炯，望眼欲穿，力透山背，比孤儿院的孤儿盼望亲人的眼神还要让人心酸。

午夜刚过，狼嗥准时响起。狼群又发动声音疲劳战，三面山坡，嗥声一片，攻势凶猛。全队的狗群立即狂吠反击，巨大的声浪扑向狼群。狼嗥突然停止，但是狗叫声一停，狼嗥又起，攻势更加猛烈。几个回合过去，已经吼过一夜的狗群认为狼在虚张声势，便开始节约自己的声音弹药，减弱音量，减少次数。

陈阵连忙和杨克走近小狼，凭借微微的星光观察小狼。狼圈里铁链声哗哗作响，小狼早已急得围着狼圈团团转。它刚想模仿野狼嗥叫就被狗叫声干扰，还常常被近处二郎、黄黄和伊勒的吼叫，拐带到狗的发声区。小狼一急又发出“慌慌，哗哗”的怪声，它气得痛心疾首，甩晃脑袋。几个月来与狗们的朝夕相处，使它很难摆脱狗叫声的强行灌输，找回自己的原声。

二郎带着狗们紧张地在羊群西北边来回跑动，吼个不停，像是发现了敌情。不一会，西北方向传来狼嗥，这次嗥声似乎距陈阵的羊群更近。其他小组的狗群叫声渐渐稀落，而狼群好像慢慢集中到陈阵蒙古包的西北山坡上。陈阵的嘴唇有些发抖，悄声说道：狼群的主力是冲着咱们的小狼来了。狼的记性真没得说。

杨克手握大电筒，也有些害怕。他摸了摸书包里的大爆竹说：要是狼群集体硬冲，我就管不了那么多了，你打手电报警，我就往狼群里扔“手榴弹”。

狗叫声终于停止。陈阵小声说：快！快蹲下来看，小狼要嗥了。

没有狗叫的干扰，小狼可以仔细倾听野狼的嗥声。它挺直胸，竖起耳，闭嘴静听。小狼很聪明，它不再张口乱学，而是先练听力，使自己更多接受些黑暗中传来的声音，然后才学叫。

狼群的嗥声仍然瞄准小狼。小狼焦急地辨认，北面嗥，它就头朝北；西边嗥，它就头朝西。如果三面一起嗥，它就原地乱转。

陈阵侧耳细听，他发现此夜的狼嗥声与前一夜的声音明显不同。前一夜的嗥声比较单一，只是骚扰威胁声。而此夜的狼嗥声却变化多端，高一声低一声，其中似乎有询问、有试探，甚至有母狼急切呼儿唤女的意思。陈阵听得全身发冷。

草原上，母狼爱崽护崽的故事流传极广：为了教狼崽捕猎，母狼经常冒险活抓羊羔；为了守护洞中的狼崽，不惜与猎人拼命；为了狼崽的安全，常常一夜一夜地叼着狼崽转移洞穴；为了喂饱小狼，常常把自己吃得几乎撑破肚子，再把肚中的食物全部吐给小狼；为了狼群家族共同的利益，那些失去整窝小崽的母狼，会用自己的奶去喂养它姐妹或表姐妹的孩子。毕利格老人曾说，很久以前，额仑草原上有个老猎人，曾见过三条母狼共同奶养一窝狼崽的事情。那年春天，他到深山里寻找狼崽洞，在一面暖坡发现三条母狼，躺成半个圈给七八只狼崽喂奶，每条母狼肚子旁边都有两三只狼崽，于是他和猎手们不忍心再去掏那个窝。老人曾说，蒙古草原的猎手马倌，掏杀狼崽从不掏光，那些活下来的狼崽，干妈和奶妈也就多，狼崽们奶水吃不完，身架底子打得好，所以，蒙古狼是世界上个头最大最壮最聪明的狼……陈阵当时想说，这还不是全部，狼的母爱甚至可以超越自己族类的范围，去奶养自己最可怕的敌人——人类的孤儿。在母狼的凶残后面，还有着世上最不可思议、最感人的博爱。

而此刻，在春天里失去狼崽的母狼们，全都悲悲切切、怀有一线希望地跑来认子了。它们明明知道这里是额仑草原营盘最集中、人狗枪最密集的凶险之地，但是母狼们还是冒险逼近了。陈阵在这一刹那，真想解开小狼的皮项圈，让小狼与它那么多的妈妈们，母子相认重新团聚。然而，他不敢放，他担心只要小狼一冲出营盘的势力范围，自家或邻家的大狗马上就会把它当作野狼，一拥而上把它撕碎。他也不敢把小狼带到远处黑暗中放生，那样，他自己将陷入疯狂的母狼群中……

小狼似乎对与昨夜不同的声音异常敏感，它对三面六方的呼唤声，有些不知所措。它显然听不懂那些奇奇怪怪、变化复杂的嗥声是什么意思，更不知道应当如何回应。狼群一直得不到小狼的回音，嗥声渐少。它们可能也不明白昨夜听到的千真万确的小狼嗥声，为什么不再出现了。

就在这时，小狼坐稳了身子，面朝西北开始发声。它低下头，“呜呜呜”地发出狼嗥的第一关键音，然后憋足气，慢慢抬头，“呜”音终于转换到“欧”音上来。“呜呜呜……欧……欧……”，小狼终于磕磕绊绊完成了一个不太标准的狼嗥声。三面狼嗥戛然而止，狼群好像一愣，这“呜呜呜……欧……欧……”是什么意思？狼群有些吃不准，继续静默等待。过了一会儿，狼群里出现了一个完全模仿蒙古包旁小狼的嗥声，好像是一条半大野狼嗥出来的。陈阵发现自己的小狼也愣了一下，弄不明白那声嗥叫询问的是什么。小狼像一头刚刚被治愈的聋哑狼，既听不懂人家的话，又说不出自己想要说的意思。天那么黑，即便打手势做表情，对方也看不见。

小狼等了一会，不见回音，就自顾自地进一步开始发挥。它低头憋气，抬头吐出一长声。这次小狼终于完全恢复到昨夜的最高水平：“呜……欧……”欧声悠长，带着奶声奶气的童音，像长箫、像薄簧、像小钟、像短牛角号，尾音不断，余波绵长。小狼对自己的这声长嗥极为满意，它不等狼群回音，竟一个长嗥接着一个长嗥过起瘾来了，由于心急，嗥声的尾音稍稍变短。它的头越抬越高，直到鼻头指向腾格里。它亢奋而激越，嗥得越来越熟练，越来越标准，连姿势也完全像条大狼。长嗥时，它把长嘴的嘴形拢成像单簧管的圆管状，运足腹内的底气，均匀平稳地吐气拖音，拖啊拖，一直将一腔激情全部用尽为止。然后，再狠命吸一口气，继续长嗥长拖。小狼欢天喜地长嗥着“哭腔哀调”，兴高采烈地向狼群“鬼哭狼嗥”，激情兴奋地向草原展示它的美妙歌喉。小狼的音质极嫩、极润、极纯，如婴如童，婉转清脆。在悠扬中它还自作主张地胡乱变调，即兴加了许多颤音和拐弯。

两人听得如痴如醉，杨克情不自禁压低声音去模仿小狼的狼歌。

陈阵小声对杨克说：我有一个发现，听了狼的长嗥，你就会明白为什么蒙古族民歌为什么会有那么长的颤音和拖音了。蒙古民歌的风格，和汉人民歌的风格区别太大了。我猜测，这种风格是从崇拜狼图腾的匈奴族那里传下来的。史书里就有过记载：《蠕蠕匈奴徒何高车列传》(《匈奴传》) 里面就说，在很古很古的时候，匈奴单于有两个漂亮的女儿，小女儿主动嫁给了一条老狼，跟狼生了许多儿女。原文还说：“妹……下为狼妻，而产子。后遂滋繁成国。故其人好引声长歌，又似狼嗥。”

杨克忙问：《匈奴传》里真有这样记载？你读书还是比我读得仔细。要是真有这个记载，那么就真的找到蒙古民歌的源头了。

陈阵说：那还有错？《匈奴传》我不知看了多少遍了，里面好多精彩段落我背都能背下来了。读书人来到蒙古草原生活，不看《匈奴传》哪成？在草原，狼图腾真是无处不在。一个民族的图腾，是这个民族崇拜和模仿的对象，崇拜狼图腾的民族，肯定会尽最大的可能去学习模仿狼的一切：比如游猎狩猎技巧、声音传递、军事艺术、战略战术、战斗性格、集体团队精神、组织性纪律性忍耐性、竞争头狼强者为王、服从权威、爱护家族和族群、爱护和捍卫草原、仰天敬拜腾格里，等等，等等。所以我认为，蒙古人的音乐和歌唱，也必然受到狼嗥的影响，甚至是有意的学习和模仿。草原上所有其他动物，牛羊马狗黄羊旱獭狐狸等等的叫声，都没有这样悠长的拖音，只有狼歌和蒙古民歌才有。你再好好听听，像不像?

杨克连连点头说：像！越听越像。你要是不说我还真没往那儿琢磨。胡松华唱的蒙古《赞歌》，尤其是开头那段，那么多的拐弯颤音，那么长的拖音，活脱脱是从狼嗥那儿模仿过来的。这两年咱们听了那么多的蒙古民歌，几乎没有一首歌不带长长的颤音和拐弯拖音的。可惜，没有录音机，要是能把狼嗥狼歌和蒙古民歌都录下来再作比较，那就一定能找出两者的关系来。

陈阵说：咱们汉人也喜欢听蒙古民歌，苍凉悠长，像草原一样辽阔，可没人知道蒙古歌的源头原来是狼。不过，现在内蒙古的蒙古族人，都不愿意承认他们的民歌是从狼歌那儿演变来的。我问过好几个牧民，有的说不是，有的支支吾吾。这也不奇怪，现在《红灯记》里不是在唱“……狱警传，似狼嗥”吗，那谁还敢说蒙古民歌来源于狼？要不然，那首敬祝伟大领袖万寿无疆的《赞歌》就该封杀了，歌手也会被打成反革命。可事实就是事实，这绝不是巧合。

陈阵叹道：真正能传递蒙古大草原精神的歌声，只有狼歌和蒙古民歌。

二郎率领两家的大狗小狗，冲西北方向又是一通狂吼。等狗叫一停，小狼再嗥，慢慢地小狼已经能够不受狗声的干扰了，熟练地发出标准的狼声。小狼连嗥了五六次，突然停了下来，跑到圈边上的水盆旁边，喝了几口水，润润嗓子，然后又跑回西北边长嗥起来，嗥了几次便停住，竖起耳朵静候回音。过了很长时间，在一阵杂乱的众狼嗥声之后，突然，从西边山坡上传来一个粗重威严的嗥声。那声音像是一头狼王或是头狼发出来的，嗥声带有命令式的口气，尾音不长，顿音明显。陈阵能从这狼嗥声中，感到那狼王体格雄壮，胸宽背阔，胸腔深厚。两人都被这嗥声镇吓得不敢再出一点声音。

小狼又是一愣，但马上就高兴地蹦起来。它摆好身姿，低头运气，但不知道如何回答，只好极力去模仿那个嗥声。小狼的声音虽然很嫩，但它模仿的顿音尾音和口气却很准。小狼一连学了几次，可是那头狼王威严的声音却再也没有出现。

陈阵费力地猜测这次对话的意思和效果。他想，可能狼王在问小狼：你到底是谁？是谁家的孩子？快回答！可是小狼的回答竟然只是把它的问话重复了一遍：你到底是谁家的孩子？快回答！并且还带着模仿狼王居高临下的那种命令口气。那头狼王一定被气得火冒三丈，而且还加深了对这条小狼的怀疑。如此一问一答，效果简直糟透了。

小狼显然不懂狼群中的等级地位关系，更不懂狼群的辈分礼节。小狼竟敢当着众狼模仿狼王的询问，一定被众狼视为藐视权威、目无长辈的无礼行为。众狼发出一片短促的叫声，像是义愤填膺，又像是议论纷纷。过了一会儿，群狼不吭气了，可小狼却来了劲。它虽然不懂狼王的问话和群狼的愤怒，但它觉得黑暗中的那些影子已经注意到自己的存在，还想和它联系。小狼急切地希望继续交流，可是它又不会表达自己的意思，它急得只好不断重复刚学来的句子，向黑暗发出一句又一句的狼话：你是谁家的孩子？……快回答！快回答！快回答！

所有的大狼一定抓耳挠腮，摸不着狼头了。草原狼在蒙古大草原生活了几万年，还从来没有遇到过这种小狼。它显然是在人的营盘上，待在狗旁和羊群旁，嘻嘻哈哈，满不在乎，胡言乱语。

那么它到底是不是狼呢？如果是，它跟狼的天敌，那些人和狗们，到底是什么关系？听小狼的口气，它急于想要跟狼群对话，但它好像生活得不错，没有人和狗欺负它，声音底气十足，一副吃得很饱的样子。既然人和狗对它那么好，它究竟想要干什么呢？

陈阵望着无边的黑暗中远远闪烁的幽幽绿眼，极力设身处地想象着群狼的猜测和判断。此时，狼王和群狼一定是狼眼瞪绿眼，一定越来越觉得这条小狼极为可疑。

小狼停止嗥叫，很想再听听黑影的回答。它坐立不安，频频倒爪，焦急等待。

陈阵对这一效果既失望又担忧。那条雄壮威严的狼王，很可能就是小狼的亲爸爸，但是从小失去父爱的小狼，已经不知道怎么跟父亲撒娇和交流了。陈阵担心小狼再一次失掉父爱，可能永远再也得不到父爱了。那么，孤独的小狼真会从此属于人类、属于他和杨克了吗？

忽然，又有长长的狼嗥传来，好像是一条母狼发出的，那声音亲切绵软、温柔悲哀，满含着母爱的痛苦、忧伤和期盼，尾音颤抖悠长。这可能是一句意思很多，情感极深的狼语。陈阵猜测这句话的意思可能是：孩子啊，你还记得妈妈吗？我是你的妈妈……我好想你啊，我找你找得好苦，我总算听到你的声音了……我的宝贝，快回到妈妈身边来吧……大家都想你……欧……欧……

从母狼心底深处发出的、天下最深痛的母爱哀歌，呜呜咽咽，悲凉凄婉，穿透远古的岁月，震荡在荒凉古老的原始草原上。陈阵忍不住自己的眼泪，杨克也两眼泪光。

小狼被这断断续续、悲悲切切的声音深深触动。它本能地感到这是它的“亲人”在呼唤它。小狼发狂了，它比抢食的动作更凶猛地冲撞铁链，项圈勒得它长吐舌头乱喘气。那条母狼又呜呜欧欧悲伤地长嗥起来，不一会儿，又有更多的母狼加入到寻子唤子的悲歌行列之中，草原上哀歌一片。母狼们的哀歌将原本就具有哭腔形式的狼嗥，填充得表里如一淋漓尽致。这一夜，此起彼落忧伤的狼歌哭嚎，在额仑草原持续了整整一夜，成为动天地，泣鬼神，摄人魂的千古绝唱。母狼们像是要把千万年来，年年丧子丧女的积怨统统哭泄出来，苍茫黑暗的草原沉浸在万年的悲痛之中。

陈阵默默肃立，只觉得彻骨的寒冷。杨克噙着泪水，慢慢走进小狼，握住小狼脖子上的皮项圈，拍拍它的头和背，轻轻地安抚它。

母狼们的哀嗥悲歌渐渐低落。小狼挣开了杨克，像是生怕黑暗中的声音再次消失，跳起身朝着西北方向扑跃。然后极不甘心地又一次昂起了头，凭着自己有限的记忆力，不顾一切地嗥出了几句较长的狼语来。陈阵心里一沉，压低声音说：坏了！他和杨克都明显感到，小狼的嗥声与母狼的狼语差别极大，小狼可能把模仿的重点放在母狼温柔哀怨的口气上了，而且，小狼的底气还是不够，它不能嗥得像母狼那样长。结果，当小狼这几句牛头不对马嘴的狼话传过去以后，狼群的嗥声一下子全部消失了。草原一片静默。

陈阵彻底泄气，他猜想，可能小狼把母狼们真切悲伤的话漫画化了，模仿成了嘲弄，悲切成了挖苦，甚至可能它把从狼王那里学来的狼话也塞了进去。小狼模仿的这几句狼话可能变成：孩啊子……记得还你，你是谁？……妈妈回到身边，快回答！欧……欧……

或许，小狼说的还不如陈阵编想的好。不管怎样，让一条生下来就脱离狼界，与人狗羊一起长大的小狼，刚会“说话”就回答这样复杂的问题，确实是太难为它了。

陈阵望着远处突然寂灭无声的山坡。他猜测，那些盼子心切的母狼们一定气昏了头，这个小流氓居然拿它们的悲伤讽刺挖苦寻开心。可能整个狼群都愤怒了，这个小浑蛋绝不是它们想要寻找的同类，更不是它们准备冒死拼抢的狼群子弟，一贯多疑的狼群定是极度怀疑小狼的身份。善于设圈套诱杀猎物而闻名草原的狼，经常看到同类陷入人设陷阱的狼王头狼们，也许断定这条“小狼”是牧人设置的一个诱饵，是一只极具诱惑力、杀伤力，但伪装得露出了破绽的“狼夹子”。

狼群也可能怀疑这条“小狼”是一条来路不明的野种。草原上从来没有人养狼崽的先例。每年春天，那些会骑马的两条腿的家伙，总会带上狗群搜狼寻洞，熏掏狼窝。眼尖的母狼，可以在隐蔽的远处看到人掏出狼崽，马上扔上天摔死。母狼回到被毁的洞穴，能闻到四处充满了鲜血的气味。有些母狼还能从旧营盘找到被埋入地下的，被剥了皮的狼崽尸体。那么恨狼的人怎么可能养小狼？

狼群也可能判断，这条会狼嗥的小东西不是狼，而是狗。在额仑草原，狼群常常在北边长长的沙道附近，见到穿着绿衣服的带枪人，他们总是带着五六条耳朵像狼耳一样竖立的大狗，有几条狼耳大狗也会学狼嗥。那些大狗比本地大狗厉害得多，每年都有一些狼被它们追上咬死。多半，这个也会狼嗥的小流氓，就是“狼耳大狗”的小崽子。

陈阵继续猜测，也许，狼群还是认定这条小狼是条真狼，因为，他每天傍晚外出溜狼的时候，溜得比较远时，小狼就在山坡上撒下不少狼尿。可能一些母狼早已闻出了这条小狼的真实气味。

但是，草原狼虽然聪明绝顶，它们还是不可能一下子绕过一个弯子，这就是语言上的障碍。狼群必定认为既然是真小狼，就应该和狼群中其他小狼一样，不仅能嗥狼语，听懂狼话，也能与母狼和狼群对话。那么，这条不会说狼话了的小狼，一定是一条彻底变心、完全投降了人的叛狼。它为什么自己不跑到狼群这边来，却一个劲地想让狼群过去呢？

在草原上，千万年来，每条狼天生就是宁可战死、决不投降的铁骨硬汉，怎么竟然出现了这么一个千古未有的败类？那么，能把狼驯得这么服服帖帖的这户人家，一定有魔法和邪术。或许，草原狼能嗅出汉人与蒙人的区别，它们可能认定有一种蒙古狼从未接触过的事情，已经悄悄来到了草原，这些营盘太危险了。

狼群完全陷入了沉默。

静静的草原上，只有一条拴着铁链的小狼在长嗥，嗥得喉管发肿发哑，几乎嗥出了血。但是它嗥出的长句更加混乱不堪，更加不可理喻。群狼再也不做任何试探和努力，再也不理睬小狼的痛苦呼救。可怜的小狼永远错过了在狼群中牙牙学语的时光和机会，这一次小狼和狼群的对话失败得无可挽救。

陈阵感到狼群像避瘟疫一样迅速解散了包围圈，撤离了攻击的出发地。

黑沉沉的山坡，肃静得像查干窝拉山北的天葬场。

陈阵和杨克毫无睡意，一直轻声地讨论。谁也不能说服对方、并令人信服地解释为什么会出现最后的这种结果。

直到天色发白，小狼终于停止了长嗥。它绝望悲伤得几乎死去。它软软地趴在地上，眼巴巴地望着西北面晨雾迷茫的山坡，瞪大了眼睛，想看清那些“黑影”的真面目。晨雾渐渐散去，草坡依然是小狼天天看见的草坡，没有一个“黑影”，没有一丝声音，没有它期盼的同类。小狼终于累倒了，像一个被彻底遗弃的孤儿，闭上了眼睛，陷入像死亡一样的绝望之中。陈阵轻轻地抚摸它，为它丧失了重返狼群、重获自由的最佳机会而深深痛心内疚。

整个生产小组和大队又是一夜有惊无险。全队没有一个营盘遭到狼群的偷袭和强攻，羊群牛群安然无恙。这种结局出乎所有人的预料，牧民议论纷纷。人们百思不得其解，为什么一向敢于冒死拼命护崽的母狼们居然不战而退？连所有的老人都连连摇头。这也是陈阵在草原的十年生活中，所遇到的最不可思议的事情。

包顺贵和一些盼着诱杀母狼和狼群的羊倌马倌空欢喜了一场。但包顺贵天一亮就跑到陈阵包，大大地夸奖了他们一番，说北京学生敢想敢干，在内蒙古草原打出了一场草原上从未有过的“不战而屈人之兵”的漂亮仗。并把那个大手电筒奖给他们，还说要在全场推广他们的经验。陈阵和杨克长长地松了一口气，至少他俩可以继续养小狼了。

早茶时分，乌力吉和毕利格老人走进陈阵的蒙古包，坐下来喝茶吃马驹肉馅包子。

乌力吉一夜未合眼，但气色很好。他说：这一夜真够吓人的，狼群刚开始嗥的时候我最紧张。大概有几十条狼从三面包围了你们包，最近的时候也就一百多米，大伙真怕狼群把你们包一窝端了，真险呐。

毕利格老人说：要不是知道你们有不少“炸炮”，我真就差一点下令让全组的人狗冲过去了。

陈阵问：阿爸您说，狼群为啥不攻羊群？也不抢小狼？

老人喝了一口茶，吸了一口烟，说：我想八成是你家小狼说的还不全是狼话，隔三岔五来两声狗叫，准把狼群给闹蒙了……

陈阵追问：您常说狼有灵性，那么腾格里怎么没告诉它们真事呢？

老人说：虽说就凭你们包三个人几条狗，是挡不住狼群，可是咱们组的人狗都憋足了劲，母狼跟狼群真要是铁了心硬冲，准保吃大亏。包主任这招儿，瞒谁也瞒不过腾格里。腾格里不想让狼群吃亏上当，就下令让它们撤了。

陈阵杨克都笑了起来。杨克说：腾格里真英明。

陈阵又问乌力吉：乌场长，您说，从科学上讲，狼群为什么不下手？

乌力吉想了一会说：这种事我还真没遇见过，听都没听说过。我寻思，狼群八成把这条小狼当成外来户了。草原上的狼群都有自个儿的地盘，没地盘的狼群早晚待不下去，狼群都把地盘看得比自个儿的命还要紧。本地狼群常常跟外来的狼群干大仗，杀得你死我活。可能这条小狼说的是这儿的狼群听不懂的外地狼话，母狼和狼群就犯不上为一条外来户小狼拼命了。昨晚上狼王也来了，狼王可不是好骗的，它准保看出这是个套。狼王最明白“兵不厌诈”，它一看小狼跟人和狗还挺近乎，疑心就上来了。狼王有七成把握才敢冒险，它从来不碰自己闹不明白的东西。狼王最心疼它的母狼，怕母狼吃亏上当，就亲自来替母狼看阵，一看不对头，就领着母狼跑了。

陈阵杨克连连点头。

陈阵和杨克送两位头头出包。小狼情绪低落，瘦了一圈，怏怏地趴在地上，下巴斜放在两只前爪的背上，两眼发直，像是做了一夜的美梦和噩梦，直到此刻仍在梦中醒不来。

毕利格老人看见小狼，停下脚步说：小狼可怜呐，狼群不认它了，亲爹亲妈也认不出它来了。它就这么拴着链子活下去？你们汉人一来草原，草原的老规矩全让你们给搅了。把这么机灵的小狼当犯人奴隶一样拴着，我想想心就疼……狼最有耐心，你等着吧，早晚它会逃跑的，你就是天天给它喂肥羊羔，也甭想留住它的心。

第三夜第四夜，第二牧业组的营盘周围仍然听不到狼嗥，只有小狼孤独悲哀的童音在静静的草原上回荡，山谷里传来回声，可是再没有狼群的回应。一个星期以后，小狼变得无精打采，嗥声也渐渐稀少了。

此后一段时间，陈阵杨克的羊群和整个二组，以及邻近两个生产组的羊群牛群，在夜里再也没有遭到过狼群的袭击。各家下夜的女人都笑着对陈阵杨克说，每天晚上都能睡个安稳觉了，一直可以睡到天亮挤牛奶的时候。

那些日子，当牧民们聊到养狼的时候，对陈阵的口气缓和了许多。但是，仍然没有一个牧民，表示来年也养条小狼用来吓唬狼群。四组的几个老牧民说，就让他们养吧，小狼再长大点，野劲上来了，看他们咋办？

27

李白，他身上就有突厥人的血液，这从他两个子女的名字就可以得到证实。他的儿子叫“颇黎”，这在汉文中无法解释，其实这是突厥语“狼”的译音。狼是突厥人的图腾，用颇黎作人名像汉族人用“龙”取名一样。李白的女儿叫“明月奴”，在今天的维吾尔族中叫“阿衣努儿”的女孩子很多，“阿衣”是月亮，“努尔”是光，明月奴，月是意译，奴是音译。而李白本人长的眼睛正是突厥的眼睛特征……

——孟驰北《草原文化与人类历史》

有了张继原时不时的马驹肉接济，那段时间小狼的肉食供应一直充足。但陈阵一想到狼群里的小狼，有那么多狼妈的悉心照顾，就觉得自己应该让小狼吃得再好一点，吃撑一点；再多多地遛狼，增加小狼的运动时间。可是，眼看剩下的马驹内脏只够小狼吃一顿了，何况狗们已经断顿。陈阵又犯愁了。

前一天傍晚他听高建中说，西南方向的山坡下了一场雷阵雨，大雷劈死了一头在山头吃草的大犍牛。第二天一早，陈阵就带上蒙古刀和麻袋赶到那个山头，但还是晚了一步，山坡上只剩下连巨狼都啃不动的牛头骨和大棒骨，狼群连一点肉渣都没给他剩下。他坐在牛骨旁边仔细看了半天，发现牛骨缝边上有许多小狼尖尖的牙痕。大狼大口吃肉块，小狼小牙剔肉丝，分工合作，把一头大牛剔刮得干干净净，连苍蝇都气得哼哼乱叫，叮了几口就飞走了。三组的一个老牛倌也来到这里，这头只剩下骨头的牛好像就是他牛群里的。老人对陈阵说：狼群不敢来吃羊了，腾格里就杀了一头牛给狼吃。你看看，早不杀晚不杀，专等傍黑杀，民工想第二天一早把死牛拉回去吃肉都不赶趟了。年轻人，草原的规矩是腾格里定的，坏了规矩是要遭报应的。老人阴沉着脸，夹了夹马，朝山下的牛群慢慢走去。

陈阵想，老牧民常常挂在嘴边的草原规矩，可能就是草原自然规律，自然规律当然是由苍天即宇宙“制定”的，那么他在原始游牧的条件下养一条狼，肯定打乱了游牧的生产方式，小狼已经给草原带来了许多新麻烦。他不知道小狼还会给牧民，给他自己添什么新麻烦……陈阵空手而归，一路思绪烦乱。他抬起头仰望腾格里，长生天似穹庐，笼盖四方。天苍苍，野茫茫，风吹草低不见狼。在草原，狼群像幽灵鬼火一样，来无影，去无踪；常闻其声，常见其害，却难见其容，使人们心目中的狼越发诡秘，越发神奇，也把他的好奇心、求知欲和研究癖刺激得不能自已。自养了小狼以后，陈阵才真实地搂抱住了活生生的狼—— 一条生活在狼图腾信仰包围中的狼。历经千辛万苦，顶住重重压力和凶险，他已是欲罢不能，如何轻言放弃和中断呢？

陈阵跑到民工营地，花高价买了小半袋小米，他只能给小狼增加肉粥中的粮食比例，争取坚持到下一次杀羊的时候，也打算让狗们也接上顿。陈阵回到家刚准备睡一小觉，突然发现家中的三条小狗欢叫着朝西边方向猛跑。陈阵出门望去，只见二郎、黄黄和伊勒从山里回来了。二郎和黄黄都高昂着头，嘴上叼着一只不小的猎物。黄黄和伊勒也忍受不了半饥半饱的日子，这些天经常跟着二郎上山打食吃。看来今天它们大有猎获，不仅自己吃得肚儿溜圆，而且还开始顾家了。

他急忙向它们迎上去。三条小狗争抢大狗嘴上的东西，二郎放下猎物将小狗赶开，又叼起猎物快步往家里跑。陈阵眼睛一亮，二郎和黄黄嘴上叼着的竟是旱獭子，连伊勒的嘴上也叼着一只一尺多长的金花鼠，个头有大白萝卜那样粗。陈阵还是第一次见到自家的猎狗往家叼猎物，兴奋地冲上前想把猎物拿到手。黄黄和伊勒表功心切，急忙把猎物放到主人脚下，然后围着陈阵笑哈哈地又蹦又跳，使劲抡摇尾巴，抡了一圈又一圈。黄黄甚至还做了一个他从来没见过的前腿分开的劈叉动作，前胸和脖子几乎碰到了獭子，那意思是告诉主人这猎物是它抓到的。獭子的身子腹部露出一排胀红的奶头，那是一只还在喂奶的母獭。陈阵连连拍击两条狗的脑袋，连声夸奖：好样的！好样的！

但是，二郎却不肯放下獭子，竟然绕过陈阵径直朝小狼那边跑。陈阵见二郎叼的獭子又大又肥，马上猛追几步，双手抓住二郎的大尾巴，从它的嘴上抢下大獭子。二郎倒也不气恼，还朝他轻轻摇了几下尾巴。陈阵抓住獭子的一条后腿，拎了拎，足足有七八斤重，皮毛又薄又亮。这是刚刚上足夏膘的大公獭子，油膘要等到秋季才有，但肉膘已经长得肉滚滚的了。陈阵打算把这只獭子留给人吃，包里的三个人已经好久没吃到草原野味了。

陈阵左手拎着大公獭，右手拎着大母獭和大鼠，兴冲冲往家走，三条大狗互相逗闹着跟在主人的身后。陈阵先把大公獭放进包，再关上门。小狗们还从来没吃过旱獭，好奇地东闻闻，西嗅嗅，它们还不会自己撕皮吃肉。

陈阵决定将那只瘦母獭喂三条小狗，把那只又肥又大的金花鼠囫囵个地喂小狼，让它尝尝野狼们最喜欢吃的美味，也好让它锻炼锻炼自己撕皮吃肉。

夏季的旱獭皮，只有毛没有绒，不值钱，收购站也不要。于是陈阵用蒙刀把獭子连皮带肉带骨带肠肚，分成四等份，三份给小狗，另给小狼留一份下顿吃。陈阵把三大份肉食分给小狗们，小狗们一见到血和肉，就知道怎么吃了，不争不抢，按规矩就地趴在自己那一份食物旁边大嚼起来。三条大狗都露出笑容，它们一向对陈阵分食的公平很满意。陈阵这种公平待狗的方法，还是从杰克·伦敦的小说《荒野的呼唤》里学来的。这本小说自打借出去以后，已经转了两个大队的知青包，再也收不回来了。

三条大狗肚皮胀鼓鼓的。立下军功应及时奖励，这是古今中外的传统军规，也是蒙古草原的老规矩。陈阵从蒙古包里拿出四块大白兔奶糖来犒赏大狗。他先奖给了二郎两块，二郎叼住不动，斜眼看主人怎样奖赏黄黄和伊勒，当二郎看清了它俩各自只得到一块糖，它便得意地用爪子和嘴撕纸吃糖，嚼得咔吧咔吧作响。黄黄和伊勒比二郎少得了一块糖，但也都没意见，立即开吃。陈阵怀疑，它们俩叼的猎物可能都是二郎抓获的，它俩只是帮着运送回来而已。

小狼早已被血腥气味刺激得后腿站立，挺起少毛的肚皮，疯狂地乱抓空气。陈阵故意不去看它，越看它，它就会被铁链勒得越狠。一直到把大狗小狗摆平之后，陈阵才去摆弄那只大鼠。草原鼠品种繁多，最常见的是黄鼠、金花鼠和草原田鼠。蒙古草原到处都有金花鼠，任何一个蒙古包外，不到五六米就有鼠洞，鼠们经常站立在洞边吱吱高叫。有时，蒙古包正好支在几个鼠洞上，鼠们就会马上改草食为杂食，偷吃粮食、奶食和肉食，在食物袋里拉屎撒尿，甚至还钻进书箱里啃书。等到搬家时，人们还会在不穿的蒙古靴和布鞋里发现一窝窝肉虫一样的鼠崽，极恶心。牧民和知青都极讨厌草原鼠，陈阵和杨克更是恨之入骨，因为老鼠啃坏了他们的两本经典名著。

金花鼠与北京西郊山里的小松鼠差不多大，只是没有那么大的尾巴，它们也有松鼠一样的大眼睛，一身灰绿色带黄灰斑点和花纹的皮毛，还有一条像小刷子似的粗毛尾巴。

据毕利格老人说，金花鼠是古代蒙古小孩，用小弓小箭练习射猎的小活靶子。

金花鼠贼精，奔跑速度也极快，而且到处都有它们的洞，出箭稍慢，鼠就扎进洞里去了。蒙古孩子每天只有射够了家长规定的数目，才能回家吃饭。但射鼠又是蒙古孩子的快乐游戏，大草原成了孩子们的游乐园，他们常常玩得上瘾连饭都忘了吃。等孩子长大一点，就要换大弓练习骑马射鼠。当年征服俄罗斯的成吉思汗的大将之一、蒙古最出名的神箭手哲别，就是用这种古老而有效的训练方法练出来的。哲别能够骑在快马上，射中一百步外的金花鼠的小脑袋。老人说蒙古人守草原，打天下，靠的是天下第一的骑射本领。而箭法就是从射最小最精最难射的活鼠练出来的。如果射鼠能过关，箭法就百发百中，射黄羊狐狼、敌马敌兵，也就能一箭命中要害。汉人的马不好，射箭只能练习射死靶子，哪能练得出蒙古骑兵的骑射本事。战场上两军相遇，蒙古骑兵只要两三拨箭射出去，那边的人马就折了一小半。

老人还说，蒙古人拿活鼠来训练孩子，这也是从狼那里学来的。狼妈教小狼捕猎，就是从带领小狼抓鼠开始的，又好玩，又练身手反应实战本领，还能填饱肚子。狼抓鼠，又帮着草原减少鼠害。

古时候，每年草原上的小狼和小孩都在高高兴兴地玩鼠捕鼠射鼠，每年要练出多少好狼好兵？要杀死多少老鼠？能保护多少草场？陈阵常常感叹蒙古人有这么好的草原军校，有这么卓绝的狼教头。蒙古人不仅信奉“天人合一”，而且信奉“天兽人草合一”，这远比华夏文明中的“天人合一”，更深刻更有价值。就连草原鼠这种破坏草原的大敌，在蒙古人的天地里，竟然也有着如此不可替代的妙用。

陈阵拎起大鼠的尾巴仔细看。他放羊的时候也曾见过硕大的金花雄鼠，但还从来没有见过一尺多长、比奶瓶还粗的大鼠。只有在山里的肥草地里才能养出这么大的鼠来。他相信鼠肉一定又肥又嫩，是草原小狼和大狼爱吃的食物。他想象着小狼只要一闻到大鼠伤口上的血腥味，一定会立即扑上去，像吃马驹肉那样把大鼠生吞活咽下去。

陈阵拎着大鼠的尾巴，伤口流出的血，一直滴到大鼠的鼻尖上，又滴到沙地里。陈阵站在狼圈外沿，大声高喊：小狼，小狼，开饭喽！

小狼瞪红了眼，它从来没见这种食物，但血腥味告诉它这绝对是好吃的东西。小狼一次又一次向半空蹿扑，陈阵一次又一次把大鼠拎高。小狼急得只盯着肥鼠，不看陈阵。而陈阵却坚持非要小狼看他一眼，才肯把大鼠给小狼。但陈阵发现自己的愿望这一次好像要落空：小狼见到野鼠以后一反常态，像一条兽性大发的凶残野狼，面目狰狞，张牙舞爪，狼嘴张大到了极限，四根狼牙全部凸出，连牙肉牙床都暴露无遗。小狼的凶相让陈阵胆战心寒。陈阵又晃了几次，仍然转移不了小狼的视线，只得把大鼠扔给小狼。他蹲坐在圈外，准备观看小狼疯狂撕鼠，然后狼吞虎咽。

然而，小狼从半空中接到大鼠以后的一系列动作行为表情，完全出乎陈阵的意料，又成为一件他终生难忘并且无法解释的事情。

小狼叼住大鼠，像叼住了一块烧红的铁砣，吓得它立即把大鼠放在地上，迅速撤到距大鼠一米的地方，身子和脖子一伸一探惊恐地看着大鼠。它看了足有三分钟，目光才安定下来，然后紧张地弓腰，在原地碎步倒腾了七八次，突然一个蹿跃，扑住大鼠，咬了一口，又腾地后跳。看了一会儿，见大鼠还是不动，就又开始扑咬，复又停下，狼眼直勾勾地望着大鼠，如此反复折腾了三四次，突然安静下来。

此时，陈阵发现小狼的眼里竟然充满了虔诚的目光，与刚才凶残的目光简直判若两狼。小狼慢慢走近大鼠，在大鼠身边左侧站住，停了一会儿，忽然，小狼恭恭敬敬地先跪下一条右前腿，再跪下左前腿，然后用自己右侧背贴蹭着大鼠的身体，在大鼠身边翻了个侧滚翻。它迅速爬起来，抖了抖身上的沙土，顺了顺身上的铁链，又跑到大鼠的另一侧，先跪下左前腿，再跪下右前腿，然后又与大鼠身贴身、毛蹭毛地翻了一个侧滚翻。

陈阵紧张好奇地盯着看，他不知道小狼想干什么，也不知道小狼的这些动作从哪里学来，更不知道它贴着大鼠的两侧翻跟头，究竟是什么意思？小狼的动作就像一个小男孩第一次独自得到一只囫囵个的烧鸡那样，想吃又舍不得动手，在手里一个劲地倒腾。

小狼完成了这套复杂的动作以后，抖抖土，顺顺链，又跑到大鼠的左侧，开始重复上一套动作，前前后后，三左三右，一共完成了三套一模一样的贴身翻滚运动。

陈阵心头猛然一震。他想，从前给小狼那么多的好肉食，甚至是带血的鲜肉，它都没有这番举动，为什么小狼见到这只大肥鼠竟然会如此反常？难道是狼类庆贺自己获得食物的一种方式？或是开吃一只猎物前的一道仪式？那虔诚恭敬的样子真像教徒在领圣餐。

陈阵把脑袋想得发疼，才突然意识到，他这次给小狼的食物与以前给的食物有本质不同。他以前给小狼的食物质量再好，但都是碎骨块肉，或由人加工过的食物。而这只“食物”却完全是纯天然和纯野性的完整食物，是一只像牛羊马狗那样有头有尾、有身有爪（蹄）、有皮有毛的完整“东西”，甚至是像它自己一样的“活物”。可能狼类是把这种完整有形的食物和“活物”，作为高贵的狼类才配享用的高贵食物。而那些失掉原体形的碎肉碎骨，味道再好，那也是人家的残汤剩饭。如果食之，便有失高贵狼的身份。难道人类把烤全牛、烤全羊、烤整猪、烤整鸭作为最高贵的食物，食前要举行隆重的仪式，也是受了狼的影响？或是人类与狼类英雄所见略同？

小狼这还是第一次面对这种高贵完整的食物，所以它高贵的天性被激发出来，才会有如此恭敬虔诚的举动和仪式。

但是小狼从来没有参加过狼群中的任何仪式，它怎么能够把这三套动作，完成得如此有条不紊而章法严谨呢？就好像每组动作已经操练过无数遍，熟练精确得像是让一个严格的教练指导过一样。陈阵又百思不得其解。

小狼喘了一口气，还是不去撕皮吃肉。它抖抖身体，把皮毛整理干净以后，突然高抬前爪，慢慢地围着大鼠跑起圈来。它兴奋地眯着眼，半张着嘴，半吐着舌头，慢抬腿，慢落地，就像苏联大马戏团马术表演中的大白马，一板一眼地做出了带有鲜明表演意味的慢动作。小狼一丝不苟地慢跑了几圈以后，又突然加速，但无论慢跑快跑，那个圈子却始终一般大，沙地上留下了无数狼爪印，组成了一个极其标准的圆圈。

陈阵头皮发麻，他突然想起了早春时节，军马群尸堆里那个神秘恐怖的狼圈。那是几十条狼围着最密集的一堆马尸跑出来的狼圈狼道，像怪圈鬼圈鬼画符。老人们相信这是草原狼向腾格里发出的请示信和感谢信……那个狼圈非常圆，此刻小狼跑出的狼圈也非常圆，而两个圈的中央则都是囫囵个、带皮毛的猎物。

难道小狼不敢立刻享用如此鲜美野味，它也必须向腾格里画圈致谢？

无神论者碰上了神话般的现实，或现实中的神话，陈阵觉得无法用“本能”和“先天遗传”来解释小狼的这一奇特的行为。他已经多次领教了草原狼，它们的行为难以用人的思维方式来理解。

小狼仍在兴奋地跑圈。可是它已经一天没吃到鲜肉了，此刻是条饥肠辘辘的饿狼。按常理，饿狼见到血肉就是一条疯狼。那么，小狼为什么会如此反常，做出像是一个虔诚的宗教徒才有的动作来呢？它竟然能忍受饥饿，去履行这么一大套繁文缛节的“宗教仪式”，难道在狼的世界里也有原始宗教？并以强大的精神力量支配着草原狼群的行为？甚至能左右一条尚未开眼就脱离狼群生活的小狼？陈阵问自己，难道原始人的原始宗教，是由动物界带到人世间来的？草原原始人和原始狼，难道在远古就有原始宗教的交流？神秘的草原有太多的东西需要人去破解……

小狼终于停了下来。它蹲在大鼠前喘气，等胸部起伏平稳之后，便用舌头把嘴巴外沿舔了两圈，眼中喷出野性贪欲和充满食欲的光芒，立即从一个原始圣徒陡变为一条野狼饿狼。它扑向大鼠，用两只前爪按住大鼠，一口咬破鼠胸，猛地一甩头，将大鼠半边身子的皮毛撕开，血肉模糊的鼠肉露了出来。小狼全身狂抖，又撕又吞。它吞下大鼠一侧的肉和骨，便把五脏六腑全掏了出来，它根本不把鼠胃中的酸臭草食，肠中的粪便清除掉，就将一堆肠肚连汤带水，连汁带粪一起吞下肚去。

小狼越吃越粗野，越来越兴奋，一边吃，一边还发出有节奏的快乐的哼哼声，听得陈阵全身发憷。小狼的吃相越来越难看和野蛮，它对大鼠身上所有的东西一视同仁，无论是肉骨皮毛，还是苦胆膀胱，统统视为美味。一转眼的工夫，一只大肥鼠只剩下鼠头和茸毛短尾了。小狼没有停歇，马上用两只前爪夹住鼠头，将鼠嘴朝上，然后歪着头几下就把鼠头前半截咬碎吞下，连坚硬的鼠牙也不吐出来。整个鼠头被咬裂，小狼又几口就把半个鼠头吞下。就连那根多毛无肉只有尾骨的鼠尾，小狼也舍不得扔下，它把鼠尾一咬两段，再连毛带骨吞进肚里。沙盘上只剩下一点点血迹和尿迹。小狼好像还没吃过瘾，它盯着陈阵看了一会儿，见他确已是两手空空，很不甘心地靠近他走了几步，然后失望地趴在地上。

陈阵也发现小狼对草原鼠确实有异乎寻常的偏爱，草原鼠竟能激起小狼的全部本能和潜能，难怪额仑草原万年来从未发生过大面积鼠害。

陈阵的心里一阵阵涌上来对小狼的宠爱与怜惜，他几乎每天都能看到小狼上演的一幕幕好戏，而且狼戏又是那么生动深奥，那么富于启迪性，使他成为小狼忠实痴心的戏迷。只可惜，小狼的舞台实在太小，如果它能以整个蒙古大草原作为舞台，那该上演多么威武雄壮、启迪人心的话剧来。而草原狼群千年万年在蒙古草原上演的浩如烟海的英雄正剧，绝大部分都已失传。现在残存的狼军团，也已被挤压到国境线一带了。中国人再没有大饱眼福、大受教诲的机会了。

小狼眼巴巴地望着还在啃骨头的小狗们。陈阵回包去剥那只大旱獭的皮，他又将被狗咬透的脖颈部位和头割下来，放在食盆里，准备等到晚上再喂小狼。

陈阵继续净膛、剁块，然后下锅煮旱獭手把肉。一只上足夏膘的大獭子的肉块，占了大半铁锅，足够三个人美美地吃一顿的了。

傍晚，小狼面朝西天端端正正地坐在沙盘里，焦急地看着渐渐变成半圆形的太阳。只要残阳在草茸茸的坡顶剩下最后几点光斑，它就嗖地把身体转向蒙古包的门，并做出各种各样的怪异动作和姿态，像敲鼓，像扑食，前后滚翻。再就是把铁链故意弄得哗哗响，来提醒陈阵或杨克：现在是属于它的时间了。

陈阵自己提前吃了獭子手把肉，便带着马棒，牵着铁链去遛狼，二郎和黄黄也一同前往。每天黄昏的这段半自由的时间，是小狼最幸福的时刻，比吃食还要幸福。但是遛狼绝不同于军人遛狼狗，遛狼也是陈阵一天中最愉快、又是最累最费力的劳动。

小狼猛吃猛喝、越长越大，身长已超过同龄小狗一头，体重相当于一条半同龄小狗的分量。小狼的胎毛已完全脱光，灰黄色的新毛已长齐，油光发亮，背脊上一溜偏黑色的鬃毛，又长又挺，与野外的大狼没什么区别了。小狼刚来时的那个圆圆的脑门，变平了一些，在黄灰色的薄毛上面，长出了像羊毛笔尖那样的白色麻点。小狼的脸部也开始伸长，湿漉漉的黑鼻头像橡皮水塞，又硬又韧。陈阵总喜欢去捏狼鼻头，一捏小狼就晃头打喷嚏，它很不喜欢这种亲热的动作。小狼的两只耳朵，也长成了尖勺状的又硬又挺的长耳，从远处看，小狼已经像一条草原上标准的野狼。

小狼的眼睛是小狼脸上最令人生畏和着迷的部分。小狼的眼睛溜溜圆，但是内眼角低，外眼角高，斜着向两侧升高。如果内外眼角拉成一条直线，与两个内眼角的连接线相接，几近四十五度角，比京剧演员化妆出来的吊眼还要鲜明，而且狼眼的内眼角还往下斜斜地延伸出一条深色的泪槽线，使狼眼更显得吊诡。陈阵有时看着狼眼，就想起“柳眉倒竖”或“吊睛白额大虎”。狼的眉毛只是一团浅黄灰色的毛，因此，狼眉在狼表示愤怒和威胁时起不到什么作用。狼的凶狠暴怒的表情，多半仗着狼的“吊睛”，一旦狼眼倒竖，那凶狠的威吓力绝不亚于猛虎的白额“吊睛”，绝对比“柳眉倒竖”的女鬼更吓人。最为精彩的是，小狼一发怒，长鼻两侧皱起多条斜斜的、同角度的皱纹，把狼凶狠的吊眼烘托得越发恐怖。

小狼的眼珠与人眼或其他动物的眼睛都不同，它的“眼白”呈玛瑙黄色。都说汽车的雾灯选择为橘黄色，是因为橘黄色在雾中最具有穿透力。陈阵感到狼眼的玛瑙黄，对人和动物的心理也具有锐不可当的穿透力。小狼的瞳仁瞳孔相当小，像福尔摩斯小说中那个黑人的毒针吹管的细小管口，黑丁丁，阴森森，毒气逼人。陈阵从不敢在小狼发怒的时候与小狼对视，生怕狼眼里飞出两根见血毙命的毒针。

自从陈阵养了小狼并与小狼混熟之后，常常可以在小狼快乐的时候，攥着它的两个耳朵，捧着它的脸，面对面，鼻对鼻地欣赏活狼的眉目嘴脸。他几乎天天看，天天读，已经有一百多天了，陈阵已经把小狼的脸读得滚瓜烂熟。虽然他经常可以看到小狼可爱的笑容，但他也常常看得心惊肉跳。仅是一对狼眼就已经让他时时感到后脊骨里冒凉气，要是小狼再张开血碗大口，龇出四根比眼镜蛇的毒牙更粗更尖的小狼牙，那就太令人胆寒了。他经常掐开小狼的嘴，用手指弹敲狼牙，狼牙发出类似不锈钢的当当声响，刚性和韧性都很强；用指头试试狼牙尖，竟比纳鞋底的锥子更尖利，狼牙表面的那层的“珐琅质”，也比人牙硬得多。

腾格里确是偏爱草原狼，赐予它们那么威武漂亮的面容与可怕的武器。狼的面孔是武器，狼的狼牙武器又是面容。草原上许多动物还没有与狼交手，就已经被草原狼身上的武器吓得缴械认死了。小狼嘴里那四根日渐锋利的狼牙，已经开始令陈阵感到不安。

好在遛狼是小狼最高兴的时段，只要小狼高兴，它是不会对陈阵使用面容武器的，更不会亮出它的狼牙。噬咬，是狼们表达感情的主要方式之一，陈阵也经常把手指伸在小狼嘴里任它啃咬吮吸。小狼在咬玩陈阵手指的时候，总是极有分寸，只是轻轻叼舔，并不下力，就像同一个家族里的小狼们互相之间玩耍一样，绝不会咬破皮咬出血。

这一个多月来，小狼长势惊人，而它的体力要比体重长得更快。每天陈阵说是遛狼，实际上根本不是遛狼，而是拽狼，甚至是人被狼遛。小狼只要一离开狼圈，马上就像犍牛拉车一样，拼命拽着陈阵往草坡跑。为了锻炼小狼的腿力和奔跑能力，陈阵或杨克常常会跟着小狼一起跑。可是当人跑不动的时候，小狼就开始铆足力气拽人拖人，往往一拽就是半个小时一个小时。陈阵被拽疼了手，拖痛了胳膊，拽出一身臭汗，比他干一天重活还要累。内蒙古高原的氧气比北京平原稀薄得多，陈阵常常被小狼拖拽得大脑缺氧，面色发白，双腿抽筋。一开始他还打算跟着小狼练长跑，练出一副强健草原壮汉的身板来。但是当小狼的长跑潜能蓬蓬勃勃地迸发出来后，他就完全丧失了信心。狼是草原长跑健将，连蒙古最快的乌珠穆沁马都跑不过狼，他这个汉人的两条腿何以赛狼？陈阵和杨克都开始担心，等小狼完全长成大狼，他们如何

“遛狼”？弄不好反倒有可能被小狼拽到狼群里去。

有时，陈阵或杨克在草坡上被小狼拽翻在地，远处几个蒙古包的女人和孩子都会笑弯了腰。尽管所有的牧民都认为养狼是瞎胡闹，但大家也都愿意看热闹。全队牧民都在等待公正的腾格里制止和教训北京学生的所谓“科学实验”。有一个会点俄语的壮年牧民对陈阵说：人驯服不了狼，就是科学也驯不服草原狼！陈阵辩解说：他只是为了观察狼，研究狼，根本就没打算驯服狼。没人愿意相信他的解释，而他打算用狼来配狼狗的计划却早已传遍全场。他和杨克遛狼被狼拽翻跟斗的事情，也已经成为牧民酒桌上的笑谈，人们都说等着听狼吃母狗的事儿吧。

小狼兴奋地拽着陈阵一通猛跑，陈阵气喘吁吁地跟在后面。奇怪的是，以往一到放风时间，小狼喜欢无方向地带着陈阵乱跑。但是，近日来，小狼总拽着陈阵往西北方向跑，往那天夜里母狼声音最密集的地方跑。陈阵的好奇心又被激起，也想去看个究竟。他就跟着小狼跑了很长的一段路，比任何一次都跑得远，穿过一条山沟，小狼把陈阵带到了一面缓缓的草坡上。陈阵回头看了看，离蒙古包已有三四里远，他有点担心，但因有二郎和黄黄保护，手上又有马棒，也就没有硬拽小狼调头。又小跑了半里，小狼放慢脚步，到处闻四处嗅，无论是草地上的一摊牛粪、一个土堆、一块白骨、一丛高草和一块石头，每一个突出物它都不放过。

嗅着嗅着，小狼走到一丛针茅草前，它刚伸鼻一闻，突然浑身一激灵，背上的鬃毛全像刺猬的针刺那样竖了起来。它眼中射出惊喜的光芒，闻了又闻，嗅了又嗅，恨不得把整个脑袋扎进草丛中去。小狼忽然抬起头，望着西边天空的晚霞长嗥起来。嗥声呜呜咽咽，悲切凄婉，再没有初次发声时那种亢奋和欢快，而是充满了对母爱和族群的渴望和冲动，将几个月囚徒锁链生活的苦痛统统哭诉出来……

二郎和黄黄也低头嗅了嗅针茅草丛，两条大狗也都竖起鬃毛，凶狠刨土，又冲着西北方向一通狂吼。陈阵顿时明白过来：小狼和大狗都闻到了野狼的尿味。他用穿着布鞋的脚扒开草丛看了看，几株针茅草的下半部已被狼尿烧黄，一股浓重的狼尿臊味直冲鼻子。陈阵有点发慌，这是新鲜狼尿，看来昨夜狼仍在营盘附近活动过。晚霞已渐渐褪色，山坡全罩在暗绿色的阴影里，轻风吹过，草波起伏，草丛里好像露出许多狼的脊背。陈阵浑身一抖，他生怕在这里遭遇狼的伏兵，蹿出一群不死心的母狼。他想也没想，急忙拽小狼，想把它拽回家。

就在这一刻，小狼居然抬起一条后腿，对着针茅草丛撒尿。陈阵吓得猛拉小狼。母狼还在惦记小狼，而囚徒小狼竟然也会通风报信了。一旦小狼再次与母狼接上头，后果不堪设想。陈阵使足了劲，猛地把小狼拽了一个跟头。这一拽，把小狼的半泡尿憋了回去，也把小狼苦心寻母的满腔热望和计划强行中断。小狼气急败坏，吊睛倒竖，勃然大怒，突然后腿向下一蹲，猛然爆发使劲，像一条真正的野狼扑向陈阵。陈阵本能地急退，但被草丛绊倒，小狼张大嘴，照着陈阵的小腿就是狠狠一口。陈阵“啊”的一声惨叫，一阵钻心的疼痛和恐惧冲向全身。小狼的利牙咬透他的单裤，咬进了肉里。陈阵呼地坐起来，急忙用马棒头死顶小狼的鼻头。但小狼完全疯了，狠狠咬住就是不撒口，恨不得还要咬下一块肉才解气。

两条大狗惊得跳起来，黄黄一口咬住小狼的后脖子，拼命拽。二郎狂怒地冲小狼的脑袋大吼一声，小狼耳边响起一声炸雷，被震得一哆嗦，这才松了口。

陈阵惊吓得几乎虚脱。他在他亲手养大的小狼的狼牙上，看到了自己的血。二郎和黄黄还在扑咬小狼，他急忙上前一把抱住小狼的脖子，紧紧地夹在怀里。可小狼仍发狠挣扎，继续狼眼倒竖，喷射“毒箭”，龇牙咆哮。

陈阵喝住了黄黄和二郎，两条大狗总算暂停攻击，小狼才停止挣扎。他松开了手，小狼抖抖身体，退到离陈阵两步的距离，继续用野狼般毒辣的目光瞪着陈阵，背上的鬃毛也丝毫没有倒伏的意思。陈阵又气又怕，他气吁吁地对小狼说：小狼，小狼，你瞎了眼啦？你敢咬我？小狼听到熟悉的声音，才慢慢从火山爆发般的野性和兽性的疯狂中醒了过来。它歪着脑袋再次打量面前的人，好像慢慢认出了陈阵。可是，小狼眼中绝无任何抱歉的意思。

伤口还在流血，已经流到布鞋里去了。陈阵急忙站起来，把马棒深深地插进一个鼠洞，又将铁链末端的铁环套在这个临时木桩上。他怕小狼见血起邪念，便走出几步，背转身，坐在地上脱鞋卷裤。小腿肚子侧面有四个小洞，洞洞见血，幸好劳动布的布料像薄帆布那般厚实坚韧，阻挡了部分狼牙的力度，伤口还不太深。陈阵急忙采用草原牧民治伤的土法，用力撸腿挤血，让体内干净的血流出来冲洗毒伤，挤出大约半针管的血以后，才撕下一条衬衫布，将伤口包好扎紧。

陈阵重又站起身，牵着铁链把小狼的头拉向蒙古包，指了指蒙古包的炊烟，大声说：小狼，小狼，开饭喽，喝水喽。这是陈阵和杨克摸索出来的，每次结束放风遛狼后能让小狼回家的唯一有效方法。小狼一听到开饭喝水，舌头尖上马上滴出口水，立刻将刚才发生的事情忘得一干二净，头也不回地拽着陈阵往家跑。一到家，小狼直奔它的食盆，热切地等待开饭添水。陈阵把铁环套在木桩上，扣好桩子头上的别子，然后把獭子的脖颈递给小狼，又给小狼舀了大半盆清水。小狼渴坏了，它先不去啃骨头，而是一头扎进水盆，一口气把半盆水喝了一半。每次放风后为了能把小狼领回来，必须一天不给它喝水，在遛狼时等它跑得“满嘴大汗”，又渴又饿的时候，只要一提到水，它就会乖乖地拽着人跑回家。

陈阵进包换药，高建中一见到狼牙伤口就吓得逼着陈阵去打针。陈阵也不敢侥幸，急忙骑马跑到第三牧业组的知青包，求赤脚医生小彭给他打了一针狂犬疫苗、上药扎绷带，并求他千万不要把小狼咬人的事情告诉别人。交换的条件是不追究小彭借丢《西行漫记》一书的责任，而且还要再借他《拿破仑传》和《高老头》，小彭这才算勉强答应下来，一边嘟哝说：每次去场部，卫生院就只给三四支狂犬疫苗，民工被牧民的狗咬了，已经用了两支，大热天的，我又得跑一趟场部了。陈阵连连说好话，可他也不知道自己说的是什么，他满脑子想的是如何保住小狼。小狼终于咬伤了人——草原规矩极严厉，狗咬伤了羊就得被立即处死，咬伤了人就更得现场打死，那么小狼咬伤了人，当然就没有一丝通融的余地了。养狼本属大逆不道，如今又“出口伤人”，小狼真是命在旦夕。陈阵上了马，忘记了对伤口的担心，一路上拍着自己的脑袋，真想让脑子多分泌出一些脑汁来，想出保住小狼的办法。

一回到家，陈阵就听到杨克和高建中，正在为如何处置这条开始咬人的小狼争论不休。高建中嚷嚷说：好个小狼，连陈阵都敢咬，那它谁还不敢咬啊！必须打死！以后它要是再咬人怎么办？等咱们搬到秋季草场，各组相隔四五十、六七十里，打不上针，人被毒牙感染，狂狼病可比狂犬病厉害，那可是真要闹出人命来的！

杨克低声说：我担心场部往后再不会给陈阵和我打狂犬疫苗了。狂犬疫苗那么稀罕，是防狼或狗意外伤人用的，哪能给养狼的人用呢？我的意见是……我看只能赶紧放生，再晚了，大队就会派人来打死小狼的。

高建中说：狼咬了人，你还想放了它，你真比东郭还东郭，没那么便宜的事！

此刻陈阵反倒忽然清醒起来。他咬牙说：我已经想好了，不能打死，也不能放。如果打死小狼，那我就真的白白地被狼咬了，这么多日子的心血也全白费了；如果放，很可能放不了生，还会把它放死。小狼即使能安全回到狼群，头狼们会把小狼当作“外来户”，或者是“狼奸”看待的，小狼还能活得了吗？

那怎么办？杨克愁云满面。

陈阵说：现在唯一的办法，就是给小狼动牙科手术，用老虎钳把它狼牙的牙尖剪掉。狼牙厉害就厉害在锋利上，如果去掉了狼牙的刀刃，“钝刀子”咬人就见不了血了，也就用不着打针了……咱们以后喂狼，就把肉切成小块。

杨克摇头说：这办法倒是管用，可是你也等于杀了它了。没有锋利狼牙的狼，它以后还能在草原上活命吗？

陈阵垂下头说：我也没有别的办法了。反正我不赞成被狼咬了一口，就因噎废食，半途而废。那狼牙尖儿兴许以后还会长出来呢？还是避其锋芒吧。

高建中挖苦道：敢虎口拔牙？非得让狼再咬伤不可！

第二天早上，羊群出圈以前，陈阵和杨克一起给小狼动手术。两人先把小狼喂饱哄高兴了以后，杨克双手捧住小狼的后脑勺，再用两个大拇指从腮帮子两边掐开狼嘴，小狼并不反感，它对这两个人经常性的恶作剧举动早已习惯了，也认为这是很好玩的事情。两人把狼的口腔对着太阳仔细观察：狼牙呈微微的透明状，可以看到狼牙里面的牙髓管。幸好，狼牙的牙髓管只有狼牙的一半长，只要夹掉狼牙的牙尖，可以不伤到牙髓，小狼也不会感到疼。这样就可以保全小狼的四根狼牙了，也许不久，小狼能重新磨出锋利的牙尖来。

陈阵先让小狼闻闻老虎钳，并让它抱着钳子玩了一会儿。等小狼对钳子放松了警惕，杨克掐着狼嘴，陈阵小心翼翼又极其迅速地，咔嚓咔嚓夹断了四根狼牙的牙尖，大约去掉了整个狼牙的四分之一，就像用老虎钳子剪夹螺丝尾巴那样。两人原以为“狼口钳牙”一定类似“虎口拔牙”，并做好了捆绑搏斗，强行手术的准备，但是手术却用了不到一分钟就做完了，一点也没伤着小狼。小狼只是舔了舔狼牙粗糙的断口，并没有觉得有什么损失。两人轻轻放下小狼，想犒赏它一些好吃的，又怕碰疼了伤口，只好作罢。

陈阵和杨克都松了一口气，以后再不怕狼咬伤人了。然而，两人好几天都打不起精神。杨克说：去了狼牙尖，真比给人去了势还残忍。陈阵也有些茫然地自问：我怎么觉得，咱们好像离一开始养狼的初衷越来越远了呢？

小彭一连借走了三本好书，两人心疼得要命。全场一百多个北京知青，只有陈阵和杨克带来了几大箱“封资修”经典名著。前两年最疯狂的政治风暴过去了，在枯燥单调的牧羊生活中，知青们也开始如饥似渴地偷看禁书了。因此只要书一借出，就甭想再收回来。但是，陈阵不得不借……要是让三位头头知道小狼咬伤了人，包顺贵就准会毙了小狼。经典名著很管用，果然，在很长时间里，全大队一直没人知道陈阵被小狼咬伤过。

28

世民（唐太宗——引者注）自起兵以来，前后数十战，常身先士卒，轻骑深入，虽屡危殆而未尝为矢刃所伤。

……

……世民手杀数十人，两刀皆缺，流血满袖，洒之复战。渊兵复振。

……

上（唐太宗——引者注）曰："……凡用兵之道，见利速进，不利速退。"

——司马光《资治通鉴》（第一百九十、第一百八十四、第一百九十六卷）

几场大雨过后，额仑草原各条小河河水涨满，新草场的湖面扩大，湖边草滩变成了湿地，成了千百只小鸭练飞和觅食的乐园。与此同时，一场罕见和恐怖的蚊灾，突然降临边境草原。

对北京知青来说，草原蚊灾是比白灾黑灾、风灾火灾、旱灾病灾和狼灾更可怕的天灾。额仑草原蚊灾中的蚊子就像空气，哪里有空气哪里就有蚊子。如果不戴防蚊帽，在草原任何一个地方吸一口气，准保能吸进鼻腔几只蚊子。内蒙古中东部的边境草原，可能是世界上蚊群最大最密最疯狂的地区，这里河多湖多，草深草密，蚊子赖以平安越冬的獭洞鼠洞又特别多。蚊子有吸之不尽的狼血人血、牛羊马血，以及鼠兔狐蛇旱獭黄羊血。那些喝过狼血的蚊群，最近已把一个十六岁的小知青折磨得精神失常，被送回北京去了。更多吸过狼血的蚊群，以比草原狼群更加疯狂的野性，扑向草原所有热血和冷血动物。

在新草场，前一年安全越冬的蚊子更多，因此，这里的蚊灾就更重。

午后，陈阵在蒙古包的蚊帐里看了一会儿书，便头戴养蜂人戴的防蜂帽式的防蚊帽，手握一柄马尾扫蝇掸子，从捂得严严实实的蒙古包走出，去观察被蚊群包围的小狼。这是一天当中蚊群准备开始总攻的时刻。陈阵刚走出包，就陷入了比战时警报还恐怖的嗡嗡哼哼的噪音之中。

额仑草原的大黄蚊，不具有狼的智慧，但却具有比狼更亡命更敢死的攻击性。它们只要一闻到动物的气味，立即扑上去就刺，毫不试探毫不犹豫，没有任何战略战术，如同飞针乱箭急刺乱扎，无论被马尾牛尾抽死多少，依然蜂拥而上，后续部队甚至会被抽开花的蚊子血味刺激得越发凶猛。

陈阵眼前一块一尺见方的防蚊帽纱窗，一瞬间就落满无数黄蚊。他调近了眼睛的视焦，看到大黄蚊从一个个细密的纱网眼中，将长嘴针像一支支大头针一样空扎进来。陈阵用马尾掸子狠狠地抽扫了一下，几十只黄蚊被扫落，可转眼间此纱窗上又一片黄蚊密布。他只得像扇扇子那样不断抽扫，才能看清眼前的东西。陈阵抬头望天，蚊群像是在做战前准备，密密麻麻悬飞在头顶不到两米的空中，草原上仿佛燃起了战火，天空中罩上了一层厚厚的黄烟。陈阵想：真正可怕的“狼烟”，应该是草原蚊群形成的“黄烟”。这个季节，草原人畜全进入了战争状态。

陈阵抬头仔细观察蚊情，好为晚上下夜做准备。他发现这天的蚊群不仅密集，蚊子的个头也大得吓人。黄蚊都在不断地抖翅，翅膀看不见了，看见的都是黄蚊的身体，大得好像一只只虾米皮。一时间他竟然像是置身于湖底，仰望清澈的水空，头顶上是一片密集的幼虾群。

陈阵的戴着马绊子的白马，早已不敢在草坡上吃草了，它此时正站在空荡荡的羊粪盘上，这里的地上铺了一层羊粪，一根草也没有，蚊子较少。但是，马身上仍然落上厚厚一片黄蚊，全身像是粘上了一层米糠。白马看见主人拿着掸子正在扫蚊子，便一瘸一拐，一步三寸地往陈阵身旁挪动。陈阵急忙上前，弯腰替白马解开了皮“脚镣”，把马牵到蚊子更少一些的牛车旁边，再给它扣上了马绊子。白马不停地上下晃头，并用大马尾狠狠地抽扫马肚马腿和侧背的蚊子，而前胸前腿前侧背的蚊子只能靠马嘴来对付了。千万只黄蚊，都用前肢分开马毛，然后用针头扎马肉。不一会儿蚊子的肚子就鼓了起来，马身上像是长出一片长圆形的枸杞子，鲜红发亮。白马狠命地抽扫，每抽一下便是一层红血，马尾已被血粘成马尾毡，马尾巴的功能在它的势力范围之内，确实发挥得鲜血淋漓尽致。而白马则像一匹刚从狼群里冲杀出来的血马。

陈阵用掸子替马轰蚊，使劲抽扫马背马前腿，大马感激得连连向主人点头致谢。可是蚊群越来越密，轰走一层，立即就又会飞来一层，马身上永远裹着一层“米糠”、一层“枸杞子”。

陈阵最惦记小狼，急忙跑向狼圈。狼洞里积了半洞的雨水，小狼无法钻进洞里避蚊。它的薄毛夏装根本无法抵御蚊群的针刺，那些少毛或无毛的鼻头耳朵、眼皮脸皮、头皮肚皮以及四爪，更是直接暴露在外，小狼此时已经被蚊群折磨得快要发疯了。草原蚊群似乎认准狼血是大补，小狼竟然招来了草原上最浓烈的“黄烟”，被刺得不断就地打滚。刺得实在受不了了，就没命地疯狂跑圈，跑热了连吐舌头也不敢，更不敢大口喘气，生怕把蚊群吸进喉咙里。不一会儿，小狼又蜷缩身体，把少毛的后腿缩到身体底下，再用两只前爪捂住鼻头。陈阵从未想到这个草原小霸王，居然会被蚊群欺负成这副狼狈相，活像一个挨打的小叫花子。但是，小狼的目光依然刺亮有神，眼神里仍然充满了倔强凶狠的劲头。

天气越来越闷，头顶悬飞的蚊群被低气压聚拢得散不开去。陈阵用马尾掸子替小狼轰赶蚊群，又用手掌抹它的头和身子，一抹一把“糠”，一抹一把血。陈阵心疼难忍，这些血可都是他用时间和心血换来的啊。小狼却高兴得连连去舔陈阵掌中的狼血，还歪着头在他的膝盖上疯狂地蹭痒痒，蹭得陈阵膝头上一片红狼毛。小狼简直把陈阵当成了救命稻草，抓住不放，狼眼里充满了感激兴奋之意。陈阵又想到了野外的狼群。相比之下，营盘上的草已啃薄了，而山里草甸里草高蚊群更多，狼群一定比小狼更苦：钻洞，蚊群会跟着进洞；顺风疯跑，可前面还是蚊群。旱獭是抓不到了，就算抓到一只，也不够补偿被蚊群吸血的损失。毕利格老人说，蚊灾之后必是狼灾，蚊群把狼群变成饿狼疯狼群，人畜就该遭殃了。草原最怕双灾，尤其是蚊灾加狼灾。这些日子，全场人心惶惶。

小狼明显地疲惫不堪，但还不见瘦。每天每夜，它不知道要被蚊群抽掉多少血，还要无谓地加大运动量。在猖狂的蚊灾面前，小狼桀骜的个性更显桀骜，蚊群的轰炸丝毫不影响小狼的饭量和胃口。盛夏蚊灾，畜群中病畜增加，陈阵经常可以弄到死羊来喂小狼，小狼就以翻倍的食量来抵抗蚊群对它的超额剥削和精神折磨。小狼在大灾之季，依然一心一意地上膘长个。陈阵像一个省心的家长，从来不用逼迫或利诱孩子去做功课。小狼只需要他做好一件事：顿顿管饱。只要有肉吃有水喝，再大的艰难和灾祸它都顶得住，而且还可以天天带给你出色的成绩报告单。陈阵想，养过小狼的人，可能再也不会对自己的孩子抱有太高的期望。不要说“望子成龙”了，就是“望子成狼”，也是高不可攀的奢望。

小狼突然神经质地蹦跳起来，不知是哪只大黄蚊，钻到了小狼的肚皮底下，扎刺了小狼的小鸡鸡。疼得它顾头不顾尾，马上改变了避蚊的姿势，高抬后腿，把头伸到肚子下面，想用牙齿来挠它的命根。可是它刚一抬起后腿，几百只饿蚊呼啦一下冲过去覆盖了它的下腹，小狼疼得恨不得把自己的那根东西咬掉。

陈阵撇下小狼，拿上镰刀背上柳条筐，快步走向西山沟去割艾草。前一年蚊子少，陈阵只跟着嘎斯迈去割过一次艾草。搬到湖边的新草场后，连逢雨水，陈阵早就侦察好了哪里长有艾草。雨水带来了大蚊灾，也给草原带来了一片又一片茂盛的艾草。蚊群刚到最猖獗的时候，山沟里的艾草也正好长得药味奇浓。陈阵仰望腾格里，他想假如草原上没有艾草，草原民族究竟还能否在草原上生存？

狗们都怕草地里的蚊子，没有跟陈阵走，仍趴在蚊子比较少的牛车底下避蚊避晒。陈阵往西山沟走，他看见远处小组的羊群都被放到草少石多风顺的山头上，只有在那里，羊群才能待得住。羊倌们个个都戴着防蚊帽，虽然热得透不过气来，但谁也不敢脱帽。

山沟里草深蚊密吹不到风，陈阵汗流浃背。他的劳动布外衣已湿了一大片，许多大蚊的硬嘴针刺进厚湿布，刺了一半就刺不动，也拔不出。于是，陈阵衣服上出现许多被自己嘴针拴住的飞蚊。陈阵懒得去拨弄它们，让它们自作自受飞死累死。但不一会儿，他就感到肩膀头上狠狠地挨了一针，一拍，手心上一朵血花。

陈阵刚一走近一片艾草地，蚊群就明显减少。地里长满近一米高的艾草，灰蓝白色的枝茎，细叶上长着一层茸毛，柔嫩多汁。艾草如苦药，牛羊马都不吃，因而艾草随意疯长。陈阵一见高草就职业性地放慢脚步，他握紧镰刀，警惕地弯下身体，做好战斗准备。老羊倌们常常提醒知青羊倌，夏天放羊的时候一定得留神艾草地，那里草高蚊子少，是狼避蚊藏身的地方。狼为了驱蚊，还会故意在艾草地里打滚，让全身沾满冲鼻的艾草药味，给自个儿穿上一件防蚊衣。

没有狗，陈阵不敢深入，他大吼了两声，不见动静，又站了一会儿，才慢慢走进艾草地。陈阵像见到救命仙草一样，冲进最茂密的草丛一通狂割。草汁染绿了镰刀，空气中散发出浓郁的药香，他张大了嘴敞开呼吸，真想把自己的五脏六腑都裹上艾草气息。

陈阵割了结结实实冒尖的一大筐艾草，快步向家走。他抓了一把嫩艾草，拧出汁抹在手背上。果然，唯一暴露在外的皮肤也没有多少蚊子敢刺了。

回到包里，陈阵加大炉火，添加了不少干牛粪。再到柳条筐车里找出一年来收集的七八个破脸盆，他挑了最大的一个，放进几块燃烧的牛粪，又加上一小把艾草，盆里马上就冒出了浓浓的艾香白烟。

陈阵端起烟盆放到狼圈的上风头，微风轻吹，白烟飘动，罩住了大半个狼圈。草原上，艾烟是黄蚊的天敌克星，烟到之处，黄蚊惊飞，连吸了一半血的蚊子都被熏得慌忙拔针逃命。刹那间，大半个狼圈里的蚊群便逃得无影无踪。

艾烟替小狼解了围。可是小狼见了火星和白烟，却吓得狼鬃奓立，全身发抖，眼里充满恐惧，乱蹦乱跳，一直退到狼圈边缘，直到被铁链勒停，还在不停地挣扎。小狼像所有野狼那样怕火怕烟，怕得已经忘掉了蚊群叮刺的痛苦，拼命往白烟罩不到的地方躲。陈阵猜想，千万年来草原狼经常遭遇野火浓烟的袭击，小狼的体内一定带有祖先们怕火怕烟的先天遗传。陈阵又加了一把艾草，挪了挪烟盆，将白烟罩住小狼。他必须训练小狼适应烟火，这是帮它渡过最苦难的蚊灾的唯一出路。在野地里，母狼会带领小狼们到山头或艾草丛里避蚊；而在人的营盘，陈阵必须担起狼妈的责任，用艾烟来给小狼驱蚊了。

白烟源源不断，小狼拼死挣扎，几乎把自己勒死。陈阵狠下心不为所动，继续加火添草。小狼终于累得挣扎不动了，只好哆哆嗦嗦地站在艾烟里。小狼虽然对白烟充满了恐惧，但是它好像渐渐感到浑身轻松起来，包围它几天几夜的蚊群噪声消失了，可恶的小飞虫也不见了。它觉得很奇怪，转着脑袋四处张望，又低头看了看肚皮，那些刺得它直蹦高的小东西也不知上哪儿去了。小狼眼里充满狐疑和惊喜，顿时精神了不少。

白烟继续涌动，但小狼只要一看到烟，就缩成一团。烟盆里突然冒出几个火星，小狼吓得立即逃出烟阵，跑到没有烟的狼圈边缘。但它刚一跑出白烟，马上又被蚊群包围，刺得它上蹿下跳，没命捂脸。刺得实在受不了了，它只好又开始转圈疯跑。跑了十几圈，小狼的速度慢慢减了下来，它好像忽然发现了蚊多和蚊少的区域差别：只要一跑进烟里，身上的蚊子就呼地飞光；只要一跑出白烟，它的鼻头准保挨上几针。小狼瞪圆了眼睛惊奇地望着白烟，而且在白烟里停留的时间越来越长了。小狼是个聪明孩子，它开始飞快地转动脑筋，琢磨眼前的新事物。但它还是怕烟，在烟与无烟的地带犹豫。

一直在营盘牛车下躲避蚊子的几条大狗，很快发现了白烟。草原上的大狗都知道艾烟的好处，它们眼睛放光，兴奋得赶紧带着小狗们跑来蹭烟。大狗们一冲进烟阵，全身的蚊子呼地熏光了。大狗又开始抢占烟不浓不淡的地盘，卧下来舒服地伸懒腰，总算可以痛痛快快地补补觉了。小狗们还从来没尝到过艾烟的甜头，傻乎乎地跟着大狗冲进到烟阵，马上就高兴得合不上嘴了，也开始抢占好地盘。不一会儿，四米直径的小小狼圈，卧下了六条狗，把小狼看得个目瞪口呆。

小狼那叫高兴，眼也眯了，嘴也咧开了，尾巴也翘起来了。它平时那般殷勤地挥动双爪，三番五次热情邀请狗们到它的狼圈来玩，可狗们总是对它爱搭不理，今天竟然突然间不邀自来，并且全体出动，就连最恨它的伊勒也来了，真让小狼感到意外和兴奋，比得到六只大肥鼠还要开心。小狼一时忘掉了害怕，它冲进烟阵，一会儿爬上二郎背上乱蹦；一会儿又搂住小母狗滚作一团。孤独的小狼终于有了一个快乐的大家庭，它像一个突然见到了全家成员一同前来探监的小囚徒，对每条狗好像都闻不够、亲不够、舔不够……陈阵从来没有见过小狼这样高兴过，他的眼圈有些发涩……

狗多烟少，外加一条狼，艾烟就有些不够用了。小狼原本是这块地盘的“主人”，现在反倒被反客为主的狗们挤到烟流之外去了。小狗们还在争抢地盘，两条小公狗毫不客气地把好客的小狼再次顶出烟外。小狼有些纳闷，它忍受着蚊群的叮刺，歪着脑袋琢磨着狗们的行为。不一会儿，小狼眼中露出恍然大悟的神色，眼里的问号没有了，它终于明白：狗们并不是冲着它来的，而是冲着白烟来的。那片一直让它害怕的白雾，是没有可恶小飞虫的舒服天地，而这块地盘原本是特为它准备的。从不吃亏的小狼立即感到吃了大亏，便怒气冲冲像抢肉一样冲进烟阵，张牙舞爪凶狠地驱赶两条小公狗。一条小狗死赖在地上不肯离开，小狼粗暴地咬住它的耳朵，把它生生地揪出烟阵，小公狗疼得呜哇乱叫。小狼终于为自己抢占了一个烟雾不淡又不呛的好地段，舒舒服服地趴下来，享受着无蚊的快乐。好奇心、求知欲、研究癖极强的小狼，始终盯着冒烟的破盆看，看得津津有味，一动不动。

过了一会儿，小狼突然站起来，向烟盆慢慢走去，想去看个究竟，可没走几步，就被浓烟呛得连打喷嚏，它退了几步，过了一会儿，它又忍不住好奇心，再去看。小狼把头贴在烟少的地面“蹑手蹑脚”匍匐前进，接近烟盆，它刚抬起头，一颗火星被风吹出，刚好飞到小狼的鼻头上，它被烫得一激灵，像颗被点着火捻的炸弹那样炸了起来，又重重地落在地面。它的鬃毛也全部奓起，呈往外放射状。小狼吓得夹起尾巴跑回二郎身旁，钻进它的怀里。二郎呵呵笑，笑这条傻狼不知好歹。二郎张开大嘴，伸出舌头舔小狼的鼻头，小狼老老实实趴在了地上，傻呆呆地望着烟盆，再也不敢上前一步了。过了一会儿，小狼像一个犯困的婴儿，困得睁不开眼睛，很快睡了过去。被蚊群折磨了几天几夜的小狼，总算可以补一个安稳觉了。但陈阵却留意到，熟睡中的小狼，耳朵仍在微微颤动，它的狼耳仍在站岗放哨。

陈阵听到磕磕绊绊的马蹄声，那匹白马也想来蹭烟。陈阵连忙上前，解开马绊，把马牵到狼圈的下风头，再给白马扣上马绊子。密布马身的黄蚊“米糠”，呼地扬上了天。白马长舒了一口气，低下头，半闭眼睛打起盹来。

大蚊灾之下的一盆艾烟，如同雪中送炭，竟给一条小狼、一匹大马和六条狗救了灾。这八条生命都是他的宝贝和朋友，他能给予它们最及时有效的救助，陈阵深感欣慰。小狼和三条小狗像幼儿一样还不知道感谢，在舒服酣睡，而大白马和三条大狗，却不时向陈阵投来感激的目光，还轻轻摇着尾巴。动物的感谢像草原一样真挚，它们虽然不会说一大堆感恩戴德的肉麻颂词，但陈阵却感动得愿意为它们做更多的事情。陈阵想，等聪明的小狼长大了，一定会比狗们更加懂得与他交流。大灾之中，陈阵觉得自己对于动物朋友们越来越重要了。他又给烟盆加了一些干牛粪和艾草，就赶紧去翻晒背运牛粪饼。

蚊灾刚刚开始，山沟里的艾草割不完，抗灾的关键在于是否备有足够的干牛粪。无须催促，整个大队的女人和孩子，都在烈日下翻晒背运牛粪饼。

在额仑草原，牛羊的干粪是牧民的主要燃料。在冬季，干牛粪主要是用来引火，那时的燃料主要是靠风干的羊粪粒，因为家家守着羊粪盘，每天只要在羊群出圈以后，把满圈的羊粪粒铲成堆，再风吹日晒几天就是很好的燃料，比干牛粪更经烧。但是在草原的夏季，羊粪水分多不成形，牧民在蒙古包里就不能烧羊粪，只能烧干牛粪。然而在夏季，牛吃的是多汁的嫩青草，又大量地喝水，牛粪又稀又软，不像其他季节的牛粪干硬成形，因此必须加上一道翻晒工序。

夏季翻晒牛粪是件麻烦事和苦差事。每个蒙古包的女人和孩子，一有空，就要到营盘周围的草地上，用木叉把一摊摊表面晒干、内部湿绿的牛粪饼一一翻个，让太阳继续曝晒另一面。再把前几天翻晒过的牛粪饼三块一组地竖靠起来，接着通风暴晒。然后，又把更早几天晒硬了的牛粪饼捡到柳条筐里，背到蒙古包侧前的粪堆上。但是刚背回来的牛粪还没有干透，掰开来，里面仍然是潮乎乎的，此时把外干内湿的牛粪，堆在粪堆上主要是为了防雨。盛夏多雨，如不抓紧时间，一遇上急雨，粪场上晾晒多日的牛粪不一会儿就会被雨淋成稀汤。而堆在粪堆上的半干牛粪，遇雨则可马上盖上大旧毡挡雨。雨过之后，再掀开暴晒。

在草原夏季，看一家的主妇是否勤快善持家，只要看她家蒙古包前的牛粪堆的大小便可知晓。知青刚立起自己的蒙古包时，不懂未雨绸缪，一到雨季知青包常常冒不出烟来，或者光冒烟不着火，经常要靠牧民不断接济干牛粪，才能度过雨季。到了两年后的这个夏季，陈阵杨克和高建中都已懂得翻粪、晒粪和堆粪的重要性，他们包门前的“柴堆”也不比牧民的小了。

陈阵和杨克一向讨厌琐碎的家务活，这些鸡毛蒜皮的小事，常常把读书的时间拆得零七八碎，使他们烦心恼火。但是，自从养了小狼以后，一项项没完没了的家务活，成了能否把小狼养大的关键环节。家务活一下子就升格为决定战役胜负的后勤保障的战略任务。于是他俩都开始抢着料理柴米油盐肉粪茶这七件“大事”。

按常年的用量，陈阵包前的“柴堆”已足够度过整个夏季。但突降的大蚊灾，用柴量将成倍增加，牛粪堆也将很快一日日矮缩下去。陈阵决定用狼的劲头，忍受一切劳苦闷热和烦躁，把柴堆迅速增大几倍。

高原的阳光越来越毒，陈阵这身像防化兵服一样的厚重装束，让他热得喘不过气来。他背着沉重的粪筐，只背运了两三筐，就感到缺氧眩晕，闷热难当，步履艰难。汗已流干，防蚊服干了又湿、湿了又干，汗迹花白，此刻已经成为背在身上的干硬板结的盐碱地了。但是他望着在轻烟薄云下安稳睡觉的小狼、小狗、大狗和大白马，不得不咬牙坚持。

此外，陈阵肩上还背负着远比半湿牛粪更沉重的压力。他咬牙苦干，不仅是为了小狼和狗们，也是为了羊群。这近两千只羊的大羊群，是他和杨克两个人的劳动果实，两年多来两次接羔，他俩接活的羊羔就达两千多只，已经被分出过两群。他俩顶风冒雪，顶蚊暴晒，日日夜夜与狼奋斗，一天二十四小时轮班放羊下夜连轴转，整整干了两个春夏寒暑。羊群是集体财产，不能出半点差错。眼下又偏偏遇上了可怕的“双灾”，如稍有疏忽，将酿成他俩的政治大灾。这么大的一群羊，每夜非得点五六盆烟才够。如果艾烟罩不住整个羊群，羊群被蚊群刺得顶风狂跑，单靠一个下夜的人根本拦挡不住。一旦羊群冲进山里，被狼群打一个尸横遍野的大伏击，有人再把这责任与“狗崽子”养狼的事实联系起来，那可就罪责难逃了。巨大的压力和危险，逼迫陈阵咬紧狼牙，用狼的勇敢、智慧、顽强、忍耐、谨慎和冒险精神，来把他养狼研究狼的兴趣爱好坚持下去，同时又更能磨炼出像草原狼顽强桀骜的个性。陈阵忽然感到他有了用不完的力气和不服输的狼劲。

陈阵一旦冲破了疲劳的心理障碍与极限，反而觉得轻松了。他不断变换工种，调节劳动强度，一会儿背粪，一会儿翻粪，越来越感到有目标的劳动的愉快。同时，他渐渐发现了自己如此苦心养狼，好像已经从一开始仅仅出于对狼的研究兴趣，转换成了一种对狼的真切情感，还有像父母和兄长所担负的那种责任。小狼是他一口奶、一口水、一口肉养大的孩子，是一个野性兽性、桀骜不驯的异类孩子。潜藏于他心底的人兽之间那种神秘莫测、浓烈和原始的情感，使陈阵越来越走火入魔，几乎成为在草原上遭人白眼、不可理喻的人。但陈阵却觉得这半年来，自己身心充实，血管中开始奔腾起野性的、充满活力的血液。高建中曾对其他包的知青说，养一条小狼能够使陈阵从一个四体不勤、五谷不分的“黑帮走资派”子弟，变成一个勤快人，也就不能算是件坏事。

陈阵在黏稠脏臭的牛粪场上干得狼劲十足。他满筐满筐地往家背粪，粪堆像雨后的黑蘑菇那样迅速膨胀。邻家的主妇看得都站着不动了，谁也不知道他为什么这么疯干。有的知青挖苦道：这叫作近粪者臭，近狼者狼。

傍晚，庞大的羊群从山里回营盘。杨克嗓音发哑，坐骑一惊一乍，他已经累得连挥动套马杆的力气都快没有了。羊群从山里带回亿万黄蚊，整个羊群像被野火烤焦了似的，冒着厚厚一层“黄烟”。近两千只羊，近四千只羊耳朵拼命甩耳甩蚊，营盘顿时噪声大作，噗噜噜、噗噜噜的羊耳声一浪高过一浪。一直悬在半空等待聚餐的厚密蚊群，突然像轰炸机群俯冲下来。那些最后一批被剪光羊毛，光板露皮的羊，经过野外一整天的肉刑针刑，早已被叮刺得像疙疙瘩瘩的癞蛤蟆一样，惨不忍睹。密集饿蚊的新一轮轰炸，简直要把羊们扎疯了。羊群狂叫，原地蹦跳，几只高大的头羊不顾杨克的鞭抽，铆足了劲顶风往西北方向冲。陈阵抄起木棒，冲过去一通乱敲乱打，才将头羊轰回羊粪盘。但是，整个羊群全部头朝风，憋足了劲随时准备顶风猛跑，借风驱蚊。

陈阵以冲锋的速度，手脚麻利地点起了六盆艾烟，并把盆端到羊群卧盘的上风头。六股浓浓的白烟像六条凶狠的白龙，杀向厚密的蚊群。顷刻间，毒蚊群像遇上了更毒的天龙一般，呼啸溃逃。救命的艾烟将整个羊群全部罩住，疲惫不堪的大羊小羊，扑通扑通跪倒在地。一天的苦刑，总算熬到了头。黄烟里的羊群一片寂静，羊们被折磨得几乎连反刍的力气都没有了。

杨克下马，沉重地砸在地上。他急忙牵着满身蚊子的马，走进烟阵，又摘掉防蚊帽，解开粗布厚上衣，舒服得大叫：真凉快！这一天快把我憋死了。明天你放羊，准备受刑吧。

陈阵说：我在家里也受了一天刑。明天我放羊回来你也得给我备足六盆烟，还得给小狼点烟。

杨克说：那没问题。

陈阵说：你还不去看看小狼，这小兔崽子挺知道好歹的，钻进烟里睡觉去了。

杨克疑惑地问：狼不是最怕烟怕火吗？

陈阵笑道：可狼更怕蚊子，它一看狗来抢它的烟，就不干了，马上就明白烟是好东西。我乐得肚子都疼了，真可惜你没看到这场好戏。

杨克连忙跑向狼圈，小狼侧躺在地，懒懒地伸长四腿，正安稳地睡大觉呢。听到两位大朋友的脚步声，小狼只是微颤眼皮，向他俩瞟了一眼。

整整一夜，陈阵都在伺弄烟盆。每隔半个多小时，就要添加干粪。只要药烟一弱，又要添加艾草。如果风向变了，就得把烟盆端到上风头。有时还要赶走挤进羊群来蹭烟的牛，牛皮虽厚，但牛鼻、眼皮和耳朵仍然怕叮刺。陈阵为了不让牛给羊群添乱，只好再点一盆烟放到牛群的上风头。为了保证艾烟始终笼罩牛羊和小狼，陈阵几乎一夜未曾合眼。三条大狗始终未忘自己的职责，它们跑到羊群上风头的烟阵边缘，躲在烟雾里，分散把守要津。

烟阵外密集饥饿的蚊群气得发狂发抖，噪音嚣张，但就是不敢冲进烟阵。战斗了大半夜的陈阵望着被击败的强敌，心中涌出胜者的喜悦。

这一夜，全大队的各个营盘全都摆开烟阵，上百个烟盆烟堆，同时涌烟。月光下，上百股浓烟越飘越粗，宛如百条白色巨龙翻滚飞舞；又好像原始草原突然进入了工业时代，草原上出现了一大片林立的工厂烟筒，白烟滚滚，阵势浩大，蔚为壮观。不仅完全挡住了狂蚊，也对草原蚊灾下饥饿的狼群起到巨大的震慑作用。

陈阵望着月色下白烟茫茫的草原，眼前犹如出现了太平洋大海战的壮阔海景：由千百艘美国航母、巡洋舰、驱逐舰以及各种舰艇，组成的世界上最庞大的舰队，形成最具威力的猎圈阵形，冒着滚滚浓烟，昂起万千巨炮，向日本海破浪挺进。那是现代化的西方海狼对东方倭寇海狼的一次现代级别的打围。人类历史发展至今，冲在世界最前列的，大多是用狼精神武装起来的民族。在世界残酷竞争的舞台上，羊欲静，而狼不休。强狼尚且有被更强的狼吃掉的可能，那就更不要提弱羊病羊了。华夏民族要想自强于群狼逐鹿的世界之林，最根本的是必须彻底清除农耕民族性格中的羊性和家畜性，把自己变成强悍的狼。至少也应该有敬崇狼精神狼图腾的愿望……

辽阔的草原也具有软化浓烟的功能。全队的白烟飘到盆地中央上空，已经变为一片茫茫云海。云海罩盖了蚊群肆虐的河湖，平托起四周清凉的群山和一轮圆月，“军工烟筒”消失了，草原又完全回到了宁静美丽的原始状态。

陈阵不由吟诵起李白的著名诗句：“明月出天山，苍茫云海间。长风几万里，吹度玉门关……”陈阵从小学起就一直酷爱李白，这位生于西域，并深受西域突厥民风影响的浪漫诗人，曾无数次激起他自由狂放的狼血冲动。在原始草原的月夜吟诵李白的诗，与在北京学堂里吟诵的感觉迥然不同。陈阵的胸中忽然涌起李白式的豪放，又想起了一个困扰他很久的问题：中国诗家都仰慕李白，但却不主张去学李白，说李白恃才傲上，桀骜不驯，无人学得了。陈阵此刻顿悟，李白豪放的诗风之所以难学，难就难在他深受崇拜狼图腾的突厥民风影响的性格，以及群狼奔腾的草原般辽阔的胸怀。李白诗歌豪情冲天，而且一冲就冲上了中国古典诗歌的顶峰，无可逾越。哪个汉儒能够一句飞万里，一字上九天："大鹏一日同风起，扶摇直上九万里。""君不见黄河之水天上来，奔流到海不复回。""我本楚狂人，凤歌笑孔丘。"哪个汉儒敢狂言嘲笑孔圣人？哪个汉儒敢接受御手调羹的伺候？哪个汉儒敢当着大唐皇帝的面，让杨贵妃捧砚，让高力士脱靴？噫吁戏，危乎高哉！李白之难难于上青天。尔来四万八千岁，文坛"诗仙"仅一人。

陈阵长叹：草原狼的性格再加上华夏文明的精粹，竟能攀至如此令人眩晕的高度……

到下半夜，陈阵隐约看到远处几家营盘已经不冒烟了，随后就听到下夜的女人和知青赶打羊群的吆喝声、羊群的骚动声。显然，那里的艾草已经用完，或者主人舍不得再添加宝贵的干牛粪。

蚊群越来越密，越来越躁急，半空中的噪声也越来越响。小半个大队的营盘失去了安宁，人叫狗吼，此起彼落。手电的光柱也多了起来。忽然，陈阵听到最北面的营盘方向，隐约传来剧烈的狗叫声和人喊声。不知哪家的羊群冲破人的阻拦，顶风开跑了。只有备足了干粪艾草和下夜人狗警惕守夜的人家，还是静悄悄的。陈阵望着不远处毕利格老人的营盘，那里没有人声，没有狗叫，没有手电光。隐约可见几处火点忽明忽暗，嘎斯迈可能正在侍候烟堆。她采用的是"固定火点，机动点烟"的方法。羊群的三面都有火点，哪边来风就点哪边的火堆。火堆比破脸盆通风，燃火烧烟的效果更好，只是比较费干粪。但嘎斯迈最勤快，为了绝对保证羊群的安全，她是从不惜力的。

突然，最北边的营盘方向传来两声枪响。陈阵心里一沉，狼群终于又抓住一次战机，这是它们在忍受难以想象的蚊群叮刺之后，钻到的一个空子。陈阵长叹一口气，不知这次灾祸落在哪个人的头上。他也暗自庆幸，深感迷狼的好处：对草原狼了解得越透，就越不会大意失荆州。

不久草原重又恢复平静。接近凌晨，露雾降临，蚊群被露水打湿翅膀，终于飞不动了。烟火渐渐熄灭，但大狗们仍未放松警惕，开始在羊群西北方向巡逻。陈阵估计，快到女人们挤奶的时候了，狼群肯定撤兵了。陈阵将二茬毛薄皮袍侧蒙住头，安心地睡过去了。这是他一天一夜中唯一完整的睡眠时间，大约有四个多小时。

第二天陈阵在山里受了一天的苦刑，到傍晚，赶羊回家的时候，他发现自己家像是在迎接贵客：蒙古包顶上摊晾着刚剥出来的两张大羊皮。小狼和所有的狗都兴致勃勃地啃咬着自己的一大份羊骨羊肉。进到包里，碗架上，哈那墙上的绳子上也晾满了羊肉条，炉子上正煮着满满一大锅手把肉。

杨克对陈阵说：昨天夜里最北边额尔敦家的羊群出事了。额尔敦家跟道尔基家一样，都是早些年迁来的外来户，东北蒙古族。他们家刚从半农半牧区的老家娶来一个新媳妇，她还保留着一觉睡到大天亮的习惯。夜里点了几堆火，守了小半夜就睡着了。烟灭了，羊群顶风跑了，被几条狼一口气咬死一百八十多只，咬伤的羊倒不太多。幸亏狗大叫又挠门，叫醒包里的主人，男人们骑马带枪追了过去，开枪赶跑了狼。要是再晚一点，大狼群闻风赶到，这群羊就剩不下多少了。

高建中说：今天包顺贵和毕利格忙了一整天，他俩组织所有在家的人力，把死羊全都剥了皮，净了膛。一百八十多只死羊，一半被卡车运到场部廉价处理给干部职工，剩下的死羊伤羊留给大队，每家分了几只，不要钱，只交羊皮。咱们家拉回来两只大羊，一只死的，一只伤的。天这么热，一下子来了这么多的肉，咱们怎么吃得完？

陈阵高兴得合不上嘴，说：养狼的人家还会嫌肉多？又问：包顺贵打算怎么处理那家外来户？

高建中说：赔呗。月月扣全家劳力的半个月工分，扣够为止。嘎斯迈和全队的妇女都骂那个二流子新郎和新媳妇的公婆，这么大的蚊灾，哪能让刚过门的农家媳妇下夜呢……咱们刚到草原的时候，嘎斯迈她们还带着知青下了两个月的夜，才敢让咱们单独下夜的。包顺贵把额尔敦两口子狠狠地训了一通，说他们真给东北蒙古族的外来户丢脸。可是他对自己老家来的那帮民工趁机给好处，把队里三分之一的处理羊都白送给了老王头，他们可乐坏了。

陈阵说：这帮家伙还是占了狼的便宜。

高建中打开一瓶草原白酒，说：白吃狼食，酒兴最高。来来来，咱们哥仨，大盅喝酒，大块吃肉。

杨克也来了酒瘾，笑道：喝！我要喝个够！养了一条小狼，人家尽等着看咱们的笑话了，结果怎么样？咱们倒看了人家的笑话。他们不知道，狼能教人偷了鸡，还能赚回一把米来。

三人大笑。

烟阵里，撑得走不动的小狼，趴在食盆旁边，像一条吃饱肚子的野狼，舍不得离开自己的猎物那样，死死地守着盆里的剩肉。它哪里知道，这是狼爸狼叔们送给它的救灾粮。

29

在我们的血液里，特别是在君主和贵族的血液里，潜伏着游牧精神，无疑它在传授给后代的气质中占着很大的部分，我们必须把那种不断地急于向广阔地域扩张的精神也归根于这部分气质，它驱使每个国家一有可能就扩大它的疆域，并把它的利益伸展到天涯海角。

——〔英〕赫·乔·韦尔斯《世界史纲》

巴图和张继原一连换了四次马，用了两天一夜的时间，才顺着风将马群抽赶到新草场西北边的山头。山头的风还不小，他俩总算不必担心马群再掉头顶风狂奔。两人累得腿胯已僵在马鞍上了，几乎下不了马，喘了好几口气才滚鞍落地，瘫倒在草坡上，松开领扣，让山风灌满单袍，吹吹汗水湿透的背心。

西北是山风吹来的方向，东南是大盆地中央的湖水，整群马散在浑圆的山头上。全身叮满黄蚊的马群，既想顶风驱蚊又想饮水，焦躁不安，犹豫不决。马群痛苦疲惫地在坡顶转了两三圈以后，几匹最大家族的儿马子长嘶了几声，还是放弃了风，选择了水。马群无奈地朝野鸭湖奔去，千百只马蹄搅起草丛中的蚊群，疯狂饥饿的新蚊顺风急飞，扑向汗淋淋的马群，又见缝插针地挤进一层。群马被扎刺得又踢又咬，又惊又乍，跑得七倒八歪，全像得了小儿麻痹症。

巴图和张继原见马群冲下山，不等系上领扣便睡死过去。蚊群扑向两人的脖子，但此时，蚊子即便有锥子那样大的嘴针，也扎不醒他们了。两人自从蚊灾降临，七天七夜没有连续睡过三小时。蚊灾下的马群早已成了野马、病马和疯马，不听吆喝，不怕鞭子，不怕套马杆，甚至连狼群也不怕。无风时整群马集体乱抽风，有风时，便顶风狂奔。前几天，马群差点叛逃越境，要不是风向突变，他俩可能这会儿还在边防站请求国际交涉呢。有一天夜里，两人费尽心力刚把马群赶到自己的草场，蚊群一攻，马群大乱，竟然分群分族分头突围出去。两人又花了一天一夜的时间，才将十几个大小家族圈拢到一起，但是数了数儿马子，发现还是丢了一个小家族共二十多匹马。巴图让张继原独守马群，自己换了一匹快马，又用了整整一天的工夫，才在八十多里以外的沙地里找到马群。可是这群马中的马驹子已经一匹不剩，狼群也已被蚊群逼疯了，拼命杀马，补充失血，巴图连马驹子的马蹄和马鬃都没有找到。

马群裹挟着沙尘般的蚊群冲向野鸭湖。被蚊群几乎抽干了血，渴得几乎再也流不出汗的马群，扑通扑通跃入水中。它们没有急于低头饮水，而是先借水驱蚊——马群争先恐后往深水里冲，水没小腿，小腿不疼了；水淹大腿，大腿上的吸血鬼见鬼去了；水浸马肚，马肚上来不及拔出针头的血蚊被淹成了孑孓。马群继续猛冲，被马蹄搅浑了的湖水终于淹没了马背。湖水清凉，杀蚊又刹痒，群马兴奋长嘶，在湖水中拼命抖动身体，湖面上漂起一层糠麸一样的死蚊。

马群终于吐出一口恶气，纷纷开始喝水，一直喝到喝不动为止。然后借着全身的泥浆保护层，走回到水触肚皮的地方，站在水里昏昏欲睡，没有一点声音，连个响鼻也懒得打。湖面上的马群集体低头静默，像是在开追悼会，悼念那些被蚊狼合伙杀掉的家族成员。山头上的马倌和湖里的马群都一同死睡过去。

不知过了多少时间，人马几乎同时被饿醒。人和马已经几天几夜没吃什么东西了。巴图和张继原挣扎起来跑到一个最近的蒙古包，灌饱了凉茶和酸奶汤，吃饱了手把肉，又睡死过去。马群被饿得上岸吃草，强烈的阳光很快晒裂了马身上的泥壳保护层，蚊群又见缝插针。湖边的牧草早已被牛羊啃薄，为了不被饿死，积攒体力与狼拼命，马群只好重返茂密的草坡，一边吃草一边继续忍受蚊群的轰炸。

全队的干部都在毕利格家里开会。老人说：天上的云不厚也不薄，雨还是下不来，夜里更闷，这几天蚊子真要吃马群了。队里各个畜群的人手都不够，羊群刚刚出了事，实在无法抽调人力把马倌换下来休息。包顺贵和毕利格老人决定，抽调场部的干部来放羊，替换出的羊倌和队里半脱产的干部，再到马群去替换小马倌和知青马倌，一定要顶过蚊灾狼灾最重的这段灾期。

已经困乏虚弱至极的张继原，却像一头拉不回头的犟牛，无论如何不肯下火线。他明白，只要能顶过这场大灾，他从此就是一个蒙古草原上可以独当一面的合格马倌了。陈阵和杨克都给他鼓劲，他俩也希望在养狼的知青蒙古包里能出一个优秀的马倌。

下午，天气越来越闷，大雨下不来，小雨也没希望。草原盼雨又怕雨，大雨一下，打得蚊子飞不动，但是雨后又会催生更多的蚊群。吸过狼血的蚊子越来越多，它们产下的后代更具有狼性和攻击性。额仑草原已变成人间地狱，张继原抱定了下地狱的横心，和草原大马倌们一起冲进草甸。

毕利格老人带着巴图和张继原，将马群赶向西南六七十里的沙地，那里草疏水少，蚊群相对少一些。马群距边境有近百里的缓冲地段，大队其他三群马也按照毕利格的指挥调度，分头从原驻地向西南沙地快速转移。

老人对张继原说：西南沙地原来是额仑草原上好的牧场，那时候那儿有小河，有水泡子，牧草也壮，养分大，牲畜最爱吃。牛羊不用把肚皮吃成大水桶，也能蹭蹭地上膘。老人仰天长叹：才多少年啊，就成这副模样了，小河连条干沟也没剩下，全让沙子给埋了。

张继原问：怎么会这样子的呢？

老人指了指马群说：就是让马群给毁的，更是让内地的人给毁的……那时候，刚解放，全国没多少汽车，军队需要马，内地种地运输需要马，东北伐木运木头也需要马，全国都需要马，马从哪儿出？自然就跟蒙古草原要啦。为了多出马，出好马，额仑牧场只好按照上面命令把最好的草场拿来放马。内地人来选马、试马、买马，也都在这片草场。人来马往，草场快成了跑马场了。从前几百年，哪个王爷舍得把这块草场养马啊。几年下来马群一下子倒是多了，可是，这大片草场就成了黄沙场了。如今这块大沙地就剩下一个好处，蚊子少，到大蚊灾的时候，是马群躲蚊子的好地方。可是，乌力吉早就下令，不到活不下去的时候，谁也不能再动这片沙地草场。他是想看看沙地要多少年才能变回原来的草场。今年灾大，马群是活不下去了，老乌也只好同意马群进去。

张继原说：阿爸，现在汽车拖拉机越造越多，打仗也用坦克快不用骑兵了，往后不需要那么多马了，再过些年草场是不是会好起来？

老人摇着头说：可是人和拖拉机多了更糟。战备越来越紧张，草原上就要组建生产建设兵团，已经定下来了。大批的人和拖拉机就要开进额仑草原了。

张继原惊得半天说不出话，他憋足的满腔豪情顿时泄了一半。他没有想到传闻中的建设兵团来得如此神速。

老人又说：从前草原最怕农民、锄头和烧荒，这会儿最怕拖拉机。前些日子老乌招呼额仑的老牧民联名给自治区写了信，请求不要把额仑牧场变成农场。谁不知道管不管用？包顺贵这些日子高兴得不行，他说让这么大的一片地闲着，光长草不长庄稼，实在是太浪费了，早晚得用来……广……广积粮什么的……

张继原心中暗暗叫苦，到拖拉机时代，以草为生的民族和除草活命的民族之间的深刻矛盾，终于快结束了，东南农耕风终于要压倒西北游牧风了，但到最后，西北黄沙巨风必将覆盖东南……

暮色中四群马开进了白音高毕沙地，方圆几十里全是湿沙，沙地上东一丛西一丛长着旱芦旱苇、蒺藜狼毒、地滚草、灰灰菜、骆驼刺，高高矮矮，杂乱无章。乱草趁着雨季拼命拔高，长势吓人。这里完全没有了草原风貌，像是内地一片荒芜多年的工地。毕利格老人说：草原只有一次命，好牧草是靠密密麻麻的根来封死赖草的，草根毁了以后，就是赖草和沙子的地盘了。

马群渐渐深入沙地。马不吃夜草不肥，可这里实在没有多少马可吃的草。但沙地上的蚊子确实出奇地少，毕竟可以让马休息，让蚊子少抽一些血了。

包顺贵和乌力吉骑马奔来。毕利格老人对他们说：只能这样了，夜里就让马饿着，等天亮前下露水的时候把马群赶到草甸里去吃草，蚊子一上来再把马群赶回来。这样虽说保不了膘，但是可以保住命。

包顺贵松了一口气说：还是你们俩的门道多，马群总算有了活路。这两天快把我吓出病来了。

乌力吉仍然紧锁眉头，说：我就怕狼群早就在这儿等着马群了，人能想到的事，狼群还能想不到？

包顺贵说：我已经给马倌们多发了子弹，我还正愁找不着狼呢，狼来了更好。

张继原陪着三位头头登上沙地最高坡，四处观察。毕利格老人也有些担心地说：今年雨水大，这些耐旱的大草棵，长这么高，狼正好藏身，难防啊。

包顺贵说：一定得让所有马倌勤喊，勤走动，勤打手电。

老人说：只要稳住马群不乱跑，儿马子就能对付狼。

两辆轻便马车也跟了上来。马倌们在高岗支起两顶帐篷，埋锅，煮茶，下羊肉挂面。

夜里，高岗沙地湿润凉爽。马群带来的蚊群也被马尾抽扫得伤亡大半。没有新蚊的补充，疲惫多日的马群终于安静下来。夜色中，蒙古马仍像野战中的战马，耳朵都在警惕地转动，处于高度的战备状态。马群像精锐野战军一样，遇灾便自动降低伙食标准，不挑食，不厌食，啃嚼着苦涩带刺的乱草，尽量往肚子里装进可以维持生命的苦草纤维。张继原在夜巡时发现，一些最凶猛的儿马子和马倌们的名马，竟然都把自己的肚皮吃圆了。

第一夜，蚊少又无狼，人马都得到休整。下露水的时候，蚊子飞不起来了，马倌准时将马群赶到草甸。马群珍惜营养草，全都像狼一样疯狂进食。太阳出来蚊群一起，马群自动返回沙岗；第二夜，依然如此。第三天，包顺贵派人驾着轻便马车送来两只大羊。傍晚时分，渐渐补足了觉的马倌们，围着肉锅喝酒吃肉。众人又吃又喝又唱，剽悍地狂呼乱叫，既享受酒肉，又惊狼吓狼。一年多来，张继原酒量大长，酒后晕晕唱“酒歌”，他发现自己的歌声中也颇有些狼嗥的悠长意味了。

第四天上午，场部通信员快马跑来通知，生产兵团的两位干部已经来到新草场，要找乌力吉和毕利格了解情况。两人只得回队部，临走前，毕利格老人再三叮嘱马倌们不可大意。

两位草原权威人物一离开，几个年轻马倌便开始惦记他们的情人。傍晚，有两个小马倌快马飞奔，去找夜里在蒙古包外下夜的姑娘们“下夜”去了。额仑草原的“下夜”一词内容双关，跟姑娘们千万不能笑着说“下夜”，要不然人家没准真会等上一夜。

庞大的马群已经将粗草苦草吃得只剩下秃秆，吃不到夜草的马群有些熬不住了。但是大儿马子们却像凶恶的狱警，紧紧地看押着家族成员，谁敢向草甸走几步，马上就被它喝回。马群在饥饿中罚站，儿马子却还得饿着肚子四方巡逻。

一直耐心潜伏在远处乱草棵子里的狼，也早已饿瘪了肚皮，尤其闻到了肉锅里冒出的香味，狼群更是饥饿难耐。而且狼群在这片少蚊的沙地也养足了精神，正在暗暗等待战机。巴图估计，额仑草原半数的狼群，都已经潜伏在沙地周围了，只是不敢轻易下手。众多的马倌们个个荷枪实弹，凶猛强悍的儿马子全都守在马群外围。有几匹野劲无处发泄的大儿马子，不断向黑暗中的狼影跺蹄咆哮，那架势恨不得想咬住一条狼的脊背，再把它甩到天上去，等它掉下来的时候再用巨蹄把狼头踩碎。然而，野放的马群最大的弱点是没有狗。草原人最终也没有把顾家恋家的看家狗，训练成马群的卫兵。

晚饭后，巴图带着张继原，专门到马群远处的大草棵子里寻查狼的踪迹。但是他俩把路线转圈放大了好几圈，仍然没有发现新鲜的狼爪印。巴图隐隐感到不安，前几天他远距离巡查的时候，还见过一两条狼的影子，可是在人马都有些松懈的时候，狼却没了踪影。他知道，狼群在发动总攻之前，往往主动脱离它们要攻击的目标，故意后撤以再一次迷惑人畜。

张继原对如此平静的马场也感到了莫名的紧张。两人同时想到了天气，抬头望去，西北天空星星不见了，阴云密布，正朝沙地方向逼近，两人赶紧拨转马头奔回驻地。巴图发现其他三个马群都少了一个马倌，一问大马倌，有的说是去场部领电池了，有的说是回大队部看病去了。巴图大怒：我知道他们上哪儿去了，要是今儿夜里出了大事，那几个开小差的，非交场部严办不可。又指着马倌们说：今天夜里谁也不准睡觉，每个人都换上自己最好的马，整夜值班，一定要把马群圈住，不能让马群冲下草甸，狼群今晚准来！

马倌们急忙搭配新旧电池，装填子弹，穿上雨衣，急奔马群换马，准备接战。

上半夜，沙地上的吆喝声响了，手电光柱多了。强悍的马倌和儿马子死死地圈住马群，大马们似乎感到了狼的气息，也尽量往外圈站，用血肉之躯，筑成了几道围墙，把圈中的安全之地让给母马小马和马驹子。小马驹子躲在母马身旁寸步不离。张继原好像能听到马群中千百颗心脏跳动的怦怦声，和他的心跳得一样快速猛烈。

到下半夜，一阵狂风过后，突然从空中砸下一个巨雷，轰的一声，马群中间像是爆炸了一个火药库。刹那间，地动山摇，群马惊嘶，所有的大小马群全炸了群，近两千匹马在圈中乱撞乱跑。

儿马子全都头朝圈里，疯了似的用两条后腿站起来，用两只前蹄，劈打刨击那些吓破胆、往外冲的惊马。马倌们狂喊猛抽马群，帮助儿马子死守最后一道防线。但是，天上很快又砸下一连串巨雷，空中的闪电犹如一条条剧烈痉挛的神经纤维，一直颤动到马群中。马群好像遭受地震的高山环形水库，四处崩堤，一下子冲垮了儿马子和马倌的防线，神经质地疯跑起来。

劈雷的巨响压倒了人喊马嘶和枪声，闪电的强光盖住了手电的光柱。黑暗中短暂的亮光中，只见一条条银灰色的大狼，从四面八方冲进了马群。马倌们全都吓白了脸，张继原大叫:狼来了！狼来了！声音已变了调。他从来没有见过在腾格里雷鸣电闪发怒助威声中，狼群如此气势凶猛的集团性攻击。狼群犹如得到腾格里天旨的正义神兵，师出有名，替天行道，替草原复仇，凶狠地杀入马群，屠杀毁草破地的罪魁——蒙古马。

刚被雷击破胆的马群，又遭逢气焰嚣张的狼群围攻，集体团队精神顿时土崩瓦解，它们只剩下最后的本能——逃命。兵败如山倒，惊马更胜过败兵。在雷电和黑暗的掩护下，狼群以飞箭的速度直插马群中央，随即中心开花，然后急转掉头，又冲向四周的马群，把马群冲得七零八落，冲成了最有利于狼群各个击破的一盘散沙。

狼群攻击的第一目标是马驹子。从来没有听到过霹雳般的炸雷声的小马驹，早已吓得呆若木马。大狼们一口一个，一口一匹，迅速咬杀马驹。短短几分钟，已有十几匹马驹子倒在沙场。只有那些最胆大机警的马驹，紧紧贴着母马狂跑；找不到妈妈的，就去找凶狂的爸爸，紧紧跟在大儿马子的身边，躲闪狼的攻击。

张继原急慌慌地寻找着那匹心爱的“白雪公主”，他害怕黑暗中白马驹更抢眼更吃亏。又是一个闪电，他看到两匹大儿马子，正在追杀白马驹身边的三条大狼，又刨又咬，凶狠无比。白马驹也紧随儿马子，甚至还敢对狼尥几蹄子。狼群抢的是速度，一看不能迅速得手，就急忙钻到黑暗中去寻杀其他傻驹。儿马子拼命呼叫母马，马群中除了儿马子，只有护子心切的母马最冷静，最勇敢，一听丈夫的叫声，母马们都连踢带尥护着马驹朝儿马子跑去。最强悍的儿马子和最勇敢的母马和马驹们，在雷电和狼群第一次的合围冲击中，迅速稳住了阵脚，并集合起自己的家族部队。

但是，大半马群已经崩溃。一条条恶狼像一颗颗炸弹，在湖中掀起一波又一波惊涛骇浪。憋足杀劲的饿狼此刻已根本不把马倌放在眼里——你打手电，不如闪电刺目；你甩套马杆，在黑暗中根本没有准头；你大喊大叫甚至鸣枪，也被滚滚雷声吞没掩盖。马倌们都已失去全部看家本领，半个小时以后，连人与人都快失去了联系。巴图急得用手电向马倌们发出信号，声嘶力竭地大喊：不要管东南方向，全部集中，追西北方向的马！防止马群往边境冲！马倌们猛醒，掉头向西北方向急奔。

雷鸣电闪之后，大滴的雨水砸了下来，此刻马群已冲进四周的草甸，雨滴打得蚊群暂时难以加入这场血腥大餐。雷声越来越远，闪电在天边时亮时暗。一阵大风过后，巴图看到了天上的星星。他对不远处的张继原和几个马倌大喊：快截住马头，要快！蚊子马上就要上来了！马倌们急得狂抽坐骑，以冲刺的速度狂奔。

初战得手，使狼群膨胀起惯有的野心和胃口。一旦狼群抓住一次战机，就会把这次机会狠狠榨干，将战果扩大到极限。狼群不仅攻杀跑得慢和跑丢了母马的马驹，还攻杀那些惊慌失措的新二岁和新三岁的小马。狼群开始从单兵作战变为两三条狼协同配合作战。一匹又一匹的小马被扑倒，被咬断颈动脉，血喷如注，把马群吓得不顾一切地四下疯狂逃奔。

正在这紧要关头，突然从大队方向跑来三匹马，晃着三条光柱。三个开小差想去“下夜”的马倌，半途中发现天气突变，急忙掉头抄近路及时赶到，截住了失控的马群。马群见到人和光稍稍收慢了脚步，巴图等马倌从侧后两面迅速插上，总算将马群拦住并调转了头。

雷声远去，闪电熄灭。马倌们的喊叫声和手电光柱，开始发挥震慑引领作用，招呼惊散的马群归队，儿马子也引颈长嘶呼唤自己的家族。马群向南急行，沿途的逃兵败军闻声见光后陆续奔回马群。三四十匹高大凶猛的儿马子，自动在马群前面一字排开，如牛头马面，凶神恶煞般地向狼群猛攻。狼群立即掉头撤退，一阵风似的朝东南方向蹿去。从各处跑来的弱马、小马和伤马，如遇救星惊慌地扑进马群，又有不少儿马子带领不足数的家族归队。大马群里响起一片呼儿唤女，认爹认妈的马嘶声，马群在行进途中慢慢走出原建制的家族队形。

暂时后撤的狼群行动得有条不紊，它们不急于去吞食已经倒毙的猎物，而是趁马倌和儿马子重新整队的时候，分头追杀东南方向的散兵游勇。巴图和几个大马倌跑到马群前面数了数儿马子，还有近三分之一的儿马子没有收拢进来。巴图急忙跑到马群后面，命令四个马倌分两个组向东西方向扩大收容范围，剩下的马倌尽量轰赶马群，要把马群赶得奔起来。巴图让张继原先朝东南方去轰赶狼群。

从西北方向撤下来的狼群，以高速追上东南方向正杀得起劲的狼群。有一些马家族的马驹已被杀得一匹不剩，会师后的狼群开始围杀老弱病残的大马。西北方向人喊马嘶声越来越近，但狼群依然沉着围杀，并不急于进食。张继原发现自己一人根本赶不走狼群，只好回到大队伍帮助轰赶马群。深谙草原气象和战机的草原狼，像是在等待对它们更有利的时机。

就在众马倌将马群赶到距沙岗高地还有三四里的地方，湿草甸中的蚊群突然轰地涌起，简直像油库爆炸后的浓烟，将马群团团围住。这年大蚊灾中最疯狂的一茬毒蚊倾巢而出，千万只毒针刺进了马的身体。遭遇雷击狼袭后惊魂未定的马群，重又被刺得狂蹦乱跳起来。

此时，最毒最重的酷刑落到马群的保护神——儿马子身上。儿马子体壮毛薄，皮肉紧绷，多日的抽扫，马尾都已被血粘成了毡棒，马尾的抽扫功能几乎降到了零。毒蚊集中针头，重点攻击儿马子，而且专门叮刺马眼皮、下腹的阴部和阴囊，这可是儿马的要害命根。凶猛的儿马子立即被刺得狂躁暴烈，刺得失去了理智和责任心。偏偏此刻风力渐弱，刮不动蚊群，却提示了马群迎风追风的方向。被刺得半瞎半疯的躁狂儿马子，甩下妻儿老小，顶风狂跑猛冲起来。

从无蚊的沙岗出来的马倌大多没戴防蚊帽，马倌的头上、脸上、脖子上和手上全部叮满了毒蚊。马倌们的眼皮肿了，眼睛挤成了一条线；脸“胖”了，胖得像是发了烧；嘴唇厚了，厚得突突地跳着疼；手指粗了，粗得快握不住套马杆。马倌们的坐骑，全都不听驾驭，一会儿猛尥蹶子；一会儿三步急停，低头伸膝蹭痒；一会儿又迎风狂跑；一会儿甚至不顾背上骑着的人，竟想就地打滚刹痒止疼。

人马几乎都已丧失战斗力，全部陷入蚊海战术的汪洋之中。马群没命地迎风惊奔完全失控，其他方向的散马，也从原地掉头向西北方向疯跑。

蚊群狂刺，马群狂奔，狼群狂杀。雷灾、风灾、蚊灾、狼灾，一齐压向额仑草原的马群。张继原又一次切身感受到了草原民族的苦难，恐怕任何一个农耕民族都难以承受如此残酷的生存环境。他被毒刺刺得快要发疯、发狂、发虚了，真想拨转马头逃到沙岗去。然而，蒙古马倌们个个都像勇猛无畏的成吉思汗骑兵，没有一个临阵脱逃，犹如在飞箭如蝗的沙场上冲锋陷阵。冲！冲！冲！但黑夜冲锋是骑兵之大忌，那完全是盲人骑瞎马，一旦马蹄踏进鼠洞、兔洞或獭洞，就会被摔伤、摔死，或被马砸死。巴图脸色惨黑，猛抽马腹鞭马飞奔，并用马鞭狠抽坐骑的脑袋，把马打得忘掉了蚊子的针刺。张继原被这一股草原武士狂猛死战的气势所裹挟，也放胆冒死地冲了上去。

巴图边追边喊：把马群往西压！那儿还有一片沙地，压过去！压过去！千万不能让马群往边防公路跑！马倌们发出"嗬！嗬！嗬！"胆气冲天的回应声。张继原听到一声惨叫，一个马倌马失前蹄，从马鞍上飞了出去，砸在地上。没有人下马救援，马倌继续狂冲，毫不减速。

然而，驮着人的马，怎能追得上被毒蚊饿狼追杀的轻装马群。马倌们还是没能把马群压向西面。最后一线希望破灭，但巴图和马倌们仍在大喊狂追不死心……

突然，从远处山坡后面，射出多条光柱。巴图大叫：队里派人来接咱们啦。马倌们狂呼，全都打开手电，指示马群方位。山后一彪人马冲上一道横梁，狂呼呐喊，光柱横扫，像一道闸门拦住了逃马的去路。马群再一次被圈定，并被赶得掉回头，人们有意将马群赶得挤在一起，让群马身挨身，肚碰肚，挤死成片的蚊子。

毕利格老人像一位部落酋长，率领部落援军，在最关键的时刻，最关键的地点，及时赶到，而整个部落援军又像是一支由老狼王亲率的精锐狼队，突入狼群。狼群被新出现的喊声和光柱吓住了，而且似乎能辨听得出毕利格老人的声音，于是狼王猛收脚步，率队掉头回撤。它们此次的目的很明确，要抢先跑到第一屠场，尽快吃饱肚子，然后蹿入深山。

毕利格、包顺贵和乌力吉带领十几个羊倌牛倌和知青，与马倌们一起收拢马群，快速向沙地聚拢，并派了两个牧民去照顾摔伤的马倌。陈阵跑到张继原身边询问夜里发生的事情，并告诉他毕利格老人和乌力吉料定马群要出事，所以在变天之前就组织援军斜插过来了。张继原吁一口气说：好险啊，要不然全队的马群就完了。

到了沙地高岗，天已发白。失散的马都已找回，但马群损失惨重。经过仔细清点，老弱病残的大马被咬死四五匹，新二岁的小马死亡十二三匹，小马驹被咬杀最多，大概有五六十匹，总共损失了七十多匹马。这次大灾，雷、电、风、蚊都是杀手，但直接操刀断头的，仍是狼！

包顺贵骑马巡视了尸横遍野的沙岗草甸，气得大骂：我早就说牧场的头等大事就是灭狼，可你们就是不支持，这下看见了吧，这就是对你们的惩罚。往后谁要是还敢替狼说好话，我就要撤他的职，给他办学习班，还得让他赔偿损失！

毕利格老人一只手握着另一只手的手背，凄凉地望着蓝天，嘴唇微微颤抖。陈阵和张继原都能猜到老人在说什么。陈阵小声对张继原说：驾驭草原太难了，主持草原的人，可能最后都变成了替罪羊……

张继原急忙走近包顺贵说：这么大的天灾，人力根本无法抗拒。我估计咱们的损失还算小的呢，其余的边境公社牧场损失可能更大。这次大队马群的儿马子、大马、母马，以及一大半的小马和马驹子都保下来了。我们所有马倌都尽心尽责，有人受伤，但没有一个人临阵脱逃，这容易吗？幸亏毕利格阿爸和乌力吉指挥调度得好，要不是五天前他们及时把全队马群调到这片沙地，马群早就完啦……

兰木扎布说：是啊，要不是毕利格和乌力吉，马群一准跑过界桩，跑过边境了。等大灾过去，我看就剩不下多少马了，我们马倌坐牢，你这个主任也当不成啦。

巴图说：马驹子每年都要损失一大半，现在还没损失这么多呢。往后我们马倌再多加小心，一年算下来，没准跟平常年份的损失，差不了太多呢。

包顺贵大声吼道：不管你们怎么说，这么多的马都是让狼咬死的。蚊子再厉害能咬死匹马吗？要是早点把狼消灭了，能出这么大的事故吗？兵团首长这几天就在场部，他们要是看到这么多死马，非撤了我的职不可。狼群太可恶了，往后必须加紧打狼，不把狼群消灭干净，人畜就永远不得安生！真正的大兵团马上就要开进牧场，你们不打狼，我就请建设兵团来打！兵团有的是卡车、吉普、机关枪！

牧民们分头去处理尸场，脸色阴沉地忙乎着。几个马倌驾着两辆轻便马车将完整的死马驹装车，再由羊倌拉回大队，分给各家。那些被狼啃烂的马尸只好丢弃在沙地。草原狼在饥饿夏季的大蚊灾中还是能够人口拔牙，为自己夺到度灾的救命粮。

那些活下来的小马驹见到死马驹，都惊吓得四腿发抖。血的教训将使马驹们在下一次遇到天灾时，变得更警觉，更勇敢，更沉着。但陈阵心里忽地一颤，反问自己：下次，还会再有下次吗？

30

四九四年，魏孝文帝率领贵族、文武百官及鲜卑兵二十万，自平城迁都洛阳。这些人连同家属和奴隶，总数当不下一百万人。

……

隋唐时期居住在黄河流域的汉族，实际是十六国以来北方和西北方许多落后族与汉族融化而成的汉族。

——范文澜《中国通史简编》(第二册)

《朱子语类》壹壹陆《历代类》叁云：唐源流出于夷狄，故闺门失礼之事不以为异。

——陈寅恪《唐代政治史述论稿》

一场冷冷的秋雨，突然就结束了内蒙古高原短暂的夏季，也冻伤了草原上的狼性蚊群。陈阵出神地望着静静的额仑草原，他懂得了蚊群和狼群之所以如此疯狂的原因——草原的夏季短，而秋季更短，一过了秋季，就是长达半年多的冬季。这是草原上那些不会冬眠的动物的死季，就连钻入獭洞的蚊子都得冻死大半。草原狼没有一身油膘和厚毛根本过不了冬，草原的严冬将消灭大部分瘦狼、老狼、病狼和伤狼。所以蚊群必须抓紧这个生长的短季，拼命抽血，竭力抢救自己生命而疯狂攻击；而狼群，更得以命拼食，为自己越冬以及度过来年春荒而血战。

分给陈阵包的一匹死马驹，还剩下已经发臭的两条前腿和内脏。小狼又饱饱地享受了一段丰衣足食的好时光，而且剩下的腐肉还够它吃几天。小狼的鼻子告诉它自己：家里还有存粮。所以，这些日子它一直很快乐。小狼喜欢鲜血鲜肉，但也爱吃腐肉，甚至把腐肉上的肉蛆也津津有味吞到肚子里去。连高建中都说：小狼快成咱们包的垃圾箱了，咱们包大部分的垃圾都能倒进小狼的肚子里。

最使陈阵惊奇的是，无论多臭多烂多脏的食物垃圾吃进小狼的肚子，小狼也不得病。陈阵和杨克对小狼耐寒、耐暑、耐饥、耐渴、耐臭、耐脏和耐病菌的能力佩服至极。经过千万年残酷环境精选下来的物种真是令人感动，可惜达尔文从没来过内蒙古额仑草原，否则，蒙古草原狼会把他彻底迷倒，并会加上长长的一章。

小狼越长越大，越长越威风漂亮，已经长成了一条像模像样的草原狼了。陈阵已经给它换了一根更长的铁链。陈阵还想给它更换名字，应该改叫它“大狼”了。可是小狼只接受“小狼”的名号，一听陈阵叫它小狼，它会高高兴兴跑到跟前，跟他亲热，舔他的手，蹭他的膝盖，扑他的肚子，还躺在地上，张开腿，亮出自己的肚皮，让陈阵给它挠痒痒。可是叫它“大狼”，它理也不理，还左顾右盼东张西望，以为是在叫“别人”。陈阵笑道：你真是条傻狼，将来等你老了，难道我还叫你小狼啊？小狼半吐着舌头，呵呵傻乐。

陈阵对小狼身体的每一部分都很欣赏，最近一段时间他尤其喜欢玩小狼的耳朵。这对直直竖立的狼耳，挺拔、坚韧、干净、完整和灵敏，是小狼身体各部最早长成大狼的标准部件，已经完完全全像大狼的耳朵了。小狼也因此越来越具有草原狼本能的自我感觉。陈阵盘腿坐到狼圈里，跟小狼玩的时候，总是去摸它的耳朵，但小狼好像有一个从狼界那儿带来的条件，必须得先给它挠耳朵根，挠脖子，直到挠得它全身痒痒哆嗦得够了，才肯让陈阵玩耳朵。陈阵喜欢把小狼的耳朵往后折叠，然后一松手，那只狼耳就会噗地弹直，恢复原样。如果把两只耳朵都后折，再同时松手，但两耳绝不会同时弹直，而总是一前一后，发出噗噗两声，有时能把小狼惊得一愣，好像听到了什么敌情。

这对威风凛凛的狼耳，除了二郎以外，令家中所有的狗十分羡慕、嫉妒甚而敌视。陈阵不知狗耳和狼耳的软骨中，是否也有“骨气”的成分？狗祖先的耳朵也像狼耳一样挺拔，可能后来狗被人类驯服以后，它的耳朵便耷拉下来，半个耳朵遮住了耳窝，听力就不如狼灵敏了。远古的人类可能不喜欢狗的野性，于是经常去拧它的耳朵，并且耳提面命，久而久之，狗的耳朵就被人拧软了，耳骨一软，狗的“骨气”也就走泄，狗最终变成了人类俯首帖耳的奴仆。蒙古马倌驯生马首先就得拧住马耳，按低了马头，才能备上马鞍骑上马；中国地主婆也喜欢拧小丫鬟的耳朵。一旦被人拧了耳朵，奴隶或奴仆的身份就被确认下来。

小狼的耳朵使陈阵发现耳朵与身份地位关系密切。比如，强悍民族总喜欢去拧非强悍民族的耳朵，而不太强悍的民族又会去拧弱小民族的耳朵。游牧民族以“执牛耳”的方式，拧软了野牛、野马、野羊和野狗的耳朵，把它们变成了奴隶和奴仆。后来，强悍的游牧民族又把此成功经验用于其他部族和民族，去拧被征服地的民族的耳朵，占据统治地位的集团去拧被统治民族的耳朵。于是人类世界就出现了“牧羊者”和“羊群”的关系。刘备是“徐州牧”，而百姓则是“徐州羊”。世界上最早被统治集团拧软耳朵的人群就是农耕民族。直到如今，“执牛耳”仍然是许多人和集团孜孜以求的目标。“执牛耳”还保存在汉族的词典里，这是汉族的游牧祖先传留给子孙的遗产，然而，北宋以后的汉族却不断被人家执了“牛耳”。如今，“执牛耳”的文字还在，其精神却已走泄。现代民族不应该去征服和压迫其他民族，但是，没有“执牛耳”的强悍征服精神就不能捍卫自己的“耳朵”。

这些日子，陈阵常常望着越来越频繁出现的兵团军吉普扬起的沙尘，黯然神伤。他是第一批也许是最后一批实地生活和考察内蒙古边境草原原始游牧的汉人。他不是浮光掠影的记者和采风者，他有一个最值得骄傲的身份——草原原始游牧的羊倌。他也有一个最值得庆幸的考察地点——一个隐藏在草原深处，存留着大量狼群的额仑牧场。他还养了一条亲手从狼洞里掏出来的小狼。他会把自己的考察和思考深深地记在心底，连每一个微小的细节他都不会忘记。将来，他会一遍一遍地讲给朋友和家人听，一直坚持到自己离开这个世界的时候。可惜，炎黄子孙离开草原祖地的时间太久，草原原始古老的游牧生活很快就要结束，中国人今后再也不能回到原貌祖地来拜见他们的太祖母了……

陈阵久久地抚摸着狼耳。他喜欢这对狼耳，因为小狼的耳朵是他这几年来所见过的唯一保存完整的狼耳。两年多来，他所近距离见过的活狼、死狼、剥成狼皮或狼皮筒上的狼耳朵，无一例外都是残缺不全的。有的像带齿孔的邮票，有的没有耳尖，有的被撕成一条一条，有的裂成两瓣或三瓣，有的两耳一长一短，有的干脆被齐根斩断……越老越凶猛的狼耳就越“难看”，在陈阵的记忆里，实在找不到一对完整挺拔毫毛未损的标准狼耳。陈阵忽然意识到，在残酷的草原上，残缺之耳才可能是“标准狼耳”。

那么，小狼这对完整无缺的狼耳就不是标准狼耳了吗？陈阵心里生出一丝悲哀。他也突然意识到，小狼耳朵的“完整无缺”恰恰是小狼最大的缺陷。狼是草原斗士，它的自由顽强的生命是靠与凶狼的儿马子、凶猛的草原猎狗、凶残的外来狼群和凶悍的草原猎人生死搏斗而存活下来的。未能身经百战、招摇着两只光洁完美的耳朵而活在世上的狼还算是狼吗？陈阵感到了自己的残忍，是他剥夺了小狼的草原狼勇士般的生命，使它变成徒有狼耳而无狼命，生不如狗的囚徒。

是否把小狼悄悄放生？放回残酷而自由的草原，还它以狼命？可陈阵不敢。自从他用老虎钳夹断了小狼的四根狼牙的牙尖后，小狼便失去了在草原自由生存的武器。小狼原来的四根锥子般锋利的狼牙，如今已经磨成四颗短粗的圆头钝牙，像四颗竖立的芸豆，连狗牙都不如。更让陈阵痛心的是，当时手术时尽管倍加小心，在夹牙尖时并没有直接伤到牙髓管，但是，陈阵手中的老虎钳还是轻微地夹裂了一颗牙齿，一条细细的裂缝伸进了牙髓管。过了不久以后陈阵发现，小狼的这颗牙齿整个被感染，牙齿颜色发乌，像老狼的病牙。后来陈阵每次看见这颗黑牙，心里就一阵阵地绞痛，也许到不了一年，这颗病牙就会脱落。狼牙是草原狼的命根，小狼若是只剩下三颗钝牙，连撕食都困难，更不要说是去猎杀动物了。

随着时间的推移，陈阵已绝望地看清了自己当初那个轻率决定的严重后果——他将来也不可能再把小狼放归草原，他也不可能到草原深处去探望“小狼”朋友了。陈阵那个浪漫的幻想，已被他自己那一次残忍的小手术彻底断送。同时也断送了这么优秀可爱的一条小狼的自由。更何况，长期被拴养的小狼，一点儿草原实战经验也没有，额仑草原的狼群会把它当成“外来户”毫不留情地咬死。一个多月前陈阵在母狼呼唤小狼的那天夜里，没有下决心把小狼放生，他为此深深自责和内疚。陈阵感到自己不是一个合格和理性的科研人员，幻想和情感常常使他痛恨“科研”。小狼不是供医用解剖的小白鼠，而是他的一个朋友和老师。

草原上的人们都在忐忑不安地等待着内蒙古生产建设兵团的正式到来。毕利格、乌力吉和蒙古老人们的联名信起了作用，兵团决定，额仑草原仍是以牧为主，额仑宝力格牧场改为牧业团，以牧业为主，兼搞农业。而其他大部分牧场和公社则改为农业团，蒙古草原出产最著名的乌珠穆沁战马的产地——马驹子河流域，将变成大规模的农场。一小部分牧场改为半农半牧团。

兵团的宏伟计划已经传到古老的额仑草原。基本思路是：尽快结束在草原上延续几千年的原始落后的游牧生产方式，建立大批定居点。兵团将带来大量资金、设备和工程队，为牧民盖砖瓦房和坚固的水泥石头棚圈、打机井、修公路，建学校、医院、邮局、礼堂、商店、电影院等等。还要适当开垦厚土地，种草种粮，种饲料，种蔬菜。建立机械化的打草队、运输队和拖拉机站。要彻底消灭狼害、病害、虫害和鼠害。要大大增强抵御白灾、黑灾、旱灾、风灾、火灾、蚊灾等等自然灾害的能力。让千年来一直处于恶劣艰苦条件下的牧民们，逐步过上安定幸福的定居生活。

全场的知青、年轻牧民，还有多数女人和孩子，都盼望兵团到来，能早日实现兵团干部和包顺贵描述的美好图景。但是多数老牧民和壮年牧民却默不作声。陈阵去问毕利格老人，老人叹气说：牧民早就盼望孩子能有学校，看病也再不用牛车马车拉到旗盟医院，额仑没有医院，死了多少不该死的人呐。可是草原怎么办？草原太薄啊，现在的载畜量已经太重了。草原是木轱辘牛车，就能拉得动这点人畜，要是来那老些人和机器，草原就要翻车了。草原翻了个，你们汉人可以回老家，可牧民咋办呐？

陈阵最揪心的是草原狼怎么办？农区的人一来，天鹅大雁野鸭就被杀了吃肉，剩下的都飞走了。而草原狼不是候鸟，世世代代生活在额仑草原的狼群，难道也要被斩尽杀绝，或赶出国门赶出家园吗？外蒙古高寒草疏人畜少，那里的穷狼，要比额仑的富狼更凶猛。到了那里，它们就要变成了狼群中受气挨欺的“外来户”了。陈阵没想到自己竟然这么快地看到了草原狼末日的来临，而他对草原狼群的考察和研究才刚刚开始……

时近傍晚，杨克把羊群赶到距营盘三里的地方，把羊群赶得对准了自家的蒙古包，便离开羊群回家喝水。快要搬家迁场了，可以让羊群啃啃营盘附近刚刚长出来的一茬新草。

杨克灌了两大碗凉茶，对陈阵说：谁能想到兵团说来就来了？在和平时期，我最讨厌军事化生活，好不容易躲开了黑龙江生产建设兵团，没想到又让内蒙古兵团给罩住了。额仑今后到底会怎么样，我心里一点都不托底，咱们还真得快点儿把草原狼的一些事情弄明白……

两人正说着，一匹快马沿着牛车车道飞奔而来，马的身后腾起近一百米长的滚滚黄尘。陈阵和杨克一看就知道是张继原倒班回家休息来了。张继原已完全像个草原大马倌，马快马多，骑马嚣张，不惜马力，毫不掩饰那股炫耀的劲头。高建中一脸坏笑地说：嗳，你们看，他把好几个包的蒙古丫头都招出家门了，那眼神儿就像小母马追着他跑似的。

张继原一跳下马，就说：快，快来看，我给你们带来什么东西了？

他从马鞍上解下一个鼓鼓囊囊的大号帆布包，里面好像是活物，还动了几下。

杨克接过包，摸了摸，笑道：难道你也抓着一条小狼崽，想给咱家的小狼配对？

张继原说：这会儿的狼崽哪能这么小，你好好看看，小心别让它跑了。

杨克小心翼翼解开一个扣，先看到里面的一对大耳朵，他伸手一把握住，便把那只活物拽了出来。一只草原大野兔在杨克手下乱蹬乱扭，黄灰色带黑毛的秋装发出油亮亮的光泽，个头与一只大家猫差不多，看样子足有五六斤重。

张继原一边拴马一边说：今天晚上咱们就吃红烧兔肉，老吃羊肉都吃腻了。

正说着，离着七八步远的小狼突然野性大发，猛地向野兔扑过来。如果不是铁链拴着它，大兔肯定就被它抢走了。小狼在半空中被铁链拽住，噗地跌落在地。它一个翻滚立即站起来，两条前爪向前空抓，舌头被项圈勒出半尺长，两眼暴突，凶光残忍，恨不得一口活吞了野兔。

家中的狗们都见识过这种跑跳极快，很难抓到手的东西。狗们都围上来，好奇地闻着野兔，但谁也不敢抢。

杨克看看小狼贪婪的嘴脸，便拎起大兔朝小狼走了几步，拿着兔子向小狼悠了悠。小狼的前爪一碰到兔腿，立刻变成了一条真正的野狼，满脸杀气，满口嗜血欲，舌头不断舔嘴的外沿，一对毒针吹管似的黑瞳孔，嗖嗖地发射无形毒针，异常恐怖。当活兔又悠回杨克身边的时候，小狼恶狠狠地望着所有人和狗，人狼之间顿时界限分明，几个月的友谊和感情荡然无存。在小狼的眼里，陈阵、杨克和最爱护它的二郎，顿时全都成了它的死敌。

杨克吓得下意识地连退三步，他定定神说：我提个建议，小狼长这么大了，还没有亲自杀吃过活物，咱们得满足它一点天性。我宣布放弃吃红烧兔肉，把野兔送给小狼吃，今天咱们看野狼杀吃野兔，可以近距离地感受感受活生生的狼性。

陈阵大喜，马上表示赞同说：兔肉不好吃，要跟沙鸡一块炖才行。这一夏天小狼帮咱们下夜，一只羊也没被狼掏走，应该给它奖励。

高建中点头说：小狼不光给羊群下夜，还给我的牛犊下了夜，我投赞成票。

张继原咽下一口唾沫，勉强说：那好吧，我也想看看咱家小狼还有没有狼性。

四个人顿时都兴奋起来。潜伏在人类内心深处的兽性、喜爱古罗马斗兽场野蛮血腥的残忍性，以正当合理的借口畅通无阻地表现出来了。一只活蹦乱跳的草原野兔，在凶狠的狼、鹰、狐、沙狐和猎狗等天敌杀手、围剿追杀中艰难生存下来的草原生命，就这样被四个北京知青轻易否决了。好在野兔有破坏草原的恶名，还有兔洞经常摔伤马倌的罪行，判它死刑在良心上没有负担。四人开始商量斗兽规则。

草原上无遮无拦，没有可借用的斗兽场，大家都为不能看到野狼追野兔的场面而遗憾。最后四人决定把野兔的前腿和后腿分开拴紧，让它既能蹦跳，又不至于变成脱兔。

显然这是一只久经残酷生存环境考验的成年兔。杨克在给兔子绑腿的时候，冷不防被这个强壮有力的家伙狠狠地蹬了一下。善刨洞的野兔长有小尖铲似的利爪，把杨克的手背蹬出几道深深的血口子，他疼得倒吸一口凉气，说：人说兔子急了也咬人，没想到它真会用爪子咬人。好厉害，你先别得意，待会儿我就让小狼活剥了你！陈阵急忙跑进包拿出云南白药和纱布，给他上药包扎。

四个人一起动手，费了好大劲才把野兔的腿绑紧。野兔躺在地上一动不动，但两只眼睛射出凶狠狡猾的光芒。张继原掰开野兔的三瓣嘴，看了看兔牙说：你们看，这是一只老兔子，牙都发黄了。大车老板都说，“人老尖，马老滑，兔子老了鹰难拿。”老兔子可厉害呢，弄不好小狼会吃大亏的。

陈阵扭头问张继原：哎，为什么说兔子老了鹰难拿？

张继原说：老鹰抓兔子，从空中先俯冲下来，用左爪抓住兔子的屁股，兔子一疼就会转身，身子就横过来了。老鹰另一只爪子正好得劲，再一把抓住兔背，这样兔子就跑不了了。老鹰抓稳了兔子，就飞上天再松开爪子，把兔子扔下来摔死，然后才把兔子抓到山顶上去吃。可是，老兔子就不会让老鹰轻易得手。一旦老兔被老鹰抓住了屁股，再疼也不回身，然后豁出命猛跑，往最近的草棵子红柳地里跑。我就亲眼看见过，一只老兔子愣是带着老鹰一起冲进了红柳地，密密麻麻的柳条，万鞭齐抽，把老鹰的羽毛都抽下来了。老鹰都快被抽晕了，只好松开爪子把兔子放走。那只老鹰垂头丧气，像只斗败了的鸡，在草丛里歇了半天才飞走……

杨克听得两眼发直，说：咱们可得想好了。

陈阵说：还是把兔子扔给小狼吧。一边是老奸巨猾的大兔，一边是年幼无知，牙口不全的小狼；一边拴着腿，一边拴着铁链，这场角斗还算公平。

杨克说：咱们都看过小说《斯巴达克》，按照罗马竞技场的规则，老兔子如果胜了就应该奖给它自由。

三人都说：成！

杨克对野兔自言自语说：谁让你掏了那么多的洞，毁了那么多草皮，对不起啦。又对小狼大喊：小狼，小狼，开饭喽！说完一扬手把野兔扔进狼圈。野兔一落地，就一骨碌翻过身来，乱蹦乱跳。小狼冲过去，却没处下嘴，它用前爪猛地拨拉一下野兔，兔子一下子倒在地上，缩成一团，像是吓破了胆，胸部急促起伏，浑身乱颤。可是那双圆圆的大眼睛却异常冷静地斜看着小狼的一举一动。显然，这只野兔在狼爪鹰爪下不知逃脱过多少次了。

野兔在颤抖的掩护下，继续收缩身体，越缩越紧，最后缩成一个极具爆发力的“拳头”，然后收缩利爪，调整刀口的位置，犹如暗器在袖。

小狼有过吃大肥鼠的经历，见到野兔就以为是一只更大的野鼠。它馋得口水一丝丝地挂下来，它上前闻了闻。野兔还在颤动，小狼伸出前爪，想把它按得像手把肉那样“老实”。它东按按，西闻闻，寻找下口之处。

野兔突然停止颤抖，此时小狼的脑袋正好移到了野兔的后腿处。“不好！”四人几乎同时叫了起来，但已经来不及提醒小狼了。老野兔以最后一拼的力量，勾紧爪甲，像地雷爆炸一样，照准小狼的脑袋蹬去，一爪正中狼头。小狼嗷的一声被蹬了一个后滚翻，好容易爬起来的时候，已是满头流血，狼耳被豁开一个大口子，头皮几处抓伤，右眼也差一点被蹬瞎。

陈阵和杨克心疼得变了脸色，两人呼地站起来。杨克急忙掏出白药瓶，打算给小狼上药。陈阵狠了狠心，拦住杨克说：草原上哪条狼不伤痕累累，也该让小狼尝尝受伤的滋味了。

小狼还从来没有吃过这么大的亏，它躬起身，满脸惊恐、愤怒，但又好奇地盯住野兔看。老兔得手后，开始拼命挣扎，翻过身，一瘸一拐，连蹦带拱，向狼圈外挪动。几条狗也生气地站起来，冲着老兔狂吠。二郎实在看不过去，想冲进狼圈咬杀老兔，被陈阵一把抱住。

老兔慢慢拱向圈线，小狼慢慢跟在后面，保持一尺距离，只要老兔后腿稍有大一点的动作，小狼就像被毒蝎咬了一样，蹭地后跳。

杨克说：这次角斗应该判老兔赢。要是在野地里，老兔刚才那一下就把小狼打蒙了，老兔也早就趁机逃跑了。这家伙二十分钟内连伤一人一狼，好生了得。我看还是把它放生吧，同样是农耕食草动物，中国汉人要是能有草原老兔精神，哪能沦为半殖民地？

陈阵心情矛盾地说：再给小狼最后一次机会吧。如果老兔拱出圈子，就算老兔赢。如果出不了圈子，那还得比下去。

杨克说：好吧，就以圈线定胜负。

老兔像是看到了一线生机，连滚带拱往圈外挪。小狼也恼了，似乎觉得眼前这个本属于它圈子里的东西，快要不属于它了。它急得乱蹦乱跳，像对付一只刺猬一样，不敢咬不敢抓。但是，一有机会就用前爪把老兔往圈里拨拉一下，然后马上跳开。而老兔一等小狼跳开，又会再次往圈外拱。拉锯了几个回合，猎性十足的小狼终于找到了老兔的弱点，它避开老兔的后腿，而跑到兔头前面，采用“执牛耳”战术，看准机会一口叼住了老兔的长耳朵往里拽。老兔一挣扎，小狼就松开嘴。小狼渐渐发现那只厉害的后腿蹬不着它了，就大胆咬住兔耳，一直把老兔拽到木桩旁边。老兔眼露惊恐，连蹬带踹一刻不停，像一条钓上岸的大鲤鱼，蹦跳得让狼无法下口。

陈阵决定给小狼一点提示，他突然大喊：小狼，小狼，开饭喽！小狼猛然一怔，这声叫喊，一下子唤醒了小狼的饥饿感，它立即从一条斗狼变成了一条饿狼。只见小狼猛地按住兔头，再用后牙咔嚓一声咬断了老兔的一只长耳朵，然后连皮带毛吞进肚里。兔血喷出，小狼见血眼开，狼性勃发，又凶狠地咬断另一只耳朵，吞下肚。失去耳朵的野兔，酷似一只大旱獭子，乱蹬乱咬，拼死反抗。狼圈内，一条满头是血的小狼，与一只满头涌血的老兔，搅作一团，打得你死我活。狼圈变成了真正充满血腥味的战场。

但小狼还是没有掌握如何先咬死兔子，再从容吃肉的杀技。只是咬一口吃一口，生吞活剥、毫无章法地在老兔身上胡乱摸索猎杀方法。小狼的牙虽钝，但具有老虎钳般的力度，它咬夹住兔皮便猛甩头，将兔皮一条一条地撕下来。它虽然不懂得一口咬断野兔的咽喉致命处，但是它却本能地找到了野兔的另一处要害——肚子。可怜的老兔终于被小狼撕豁了肚皮，一嘟噜内脏被小狼狠命拽出来，这些柔软无毛带血的东西是草原狼最爱吃的食物。小狼两眼放光，把肠肚心肺肝肾统统吞到肚子里，老兔一直战斗到失去了心脏才停止反抗。

陈阵总算给了小狼一次活得像条真狼的机会。小狼终于长大了，它付出了脸耳破相的代价，从此有了草原狼的“标准狼耳”，而成为具有实战记录的草原狼。但陈阵的心里却好像高兴不起来，小狼赢了，他反倒为老兔感到了惋惜与哀伤。那只可怜的老兔拼尽了全力，死得可敬可佩。它被同样英勇顽强的小狼杀死吃掉了，但它精神上并没有被打败。蒙古草原的一切生灵，除了绵羊以外，不论是食肉动物还是食草动物，都具有草原母亲给予的勇猛顽强的精神，这就是游牧精神，也只有游牧草原才给得出这种精神。

羊群自己进了营盘。陈阵和杨克暂时中止了这天小狼的放风课程。小狼还沉浸在极度亢奋之中，对于每日傍晚的遛狼居然也忘得一干二净。

四人难得有机会聚在一起做饭吃饭，蒙古包里的气氛异常温暖融洽。陈阵给张继原倒了一碗茶，问道：你还没给我们讲，你是怎么抓到老兔子的？

张继原也像草原大马倌那样喜欢卖关子了，他停了停说：嗨，这只野兔还是狼送给我的呢。

三个人一愣。张继原又停了几秒钟才说：今天中午，我和巴图去找马，半路上，刚翻过一个小坡，离老远看到了一条狼，正撅着屁股尾巴刨土。我们俩正好都骑着快马，一鞭子就冲了过去。狼马上翻坡逃走了，我们冲到狼刨土的地方，一看是个小洞，外面有不少狼刨出的新土。这个洞很隐蔽，藏在草丛下面，要不是洞外有新土，很难发现。巴图一看就说这是个兔洞，但不是兔子的窝，只是它的临时藏身洞。草原野兔除了狡兔三窟四窟以外，还在它的活动范围内挖了许多临时藏身洞，一遇敌情，马上就钻进最近的一个临时洞。马倌最恨这种洞，常常伤人伤马。去年，兰木扎布的一匹最好的杆子马，就是被这种洞别断了前腿，废了。这回我俩发现了这个兔洞，气就不打一处来，两人下了马，非把它掏出来打死不可。兔洞有一米多深，用套马杆捅了捅，是软的，里面真有只活兔。狼会刨洞，一会儿就能把野兔刨出来。可是狼跑了，我们拿什么刨洞呢？巴图说他有法子，他解下套马杆的小杆，用刀子在小杆上劈开一个小口子，在口子里塞上点粗草，做成了一个小叉子，把杆伸进洞，慢慢探到了兔子的身子，然后就用杆子顶尖上的叉子夹兔子毛，夹住毛了以后，就开始拧兔毛，最后连毛带皮全拧到杆子上了，一直拧到拧不动为止。再用杆子压住兔子一点点儿往外拽，不一会儿，巴图就把这只大野兔拧了出来。它刚一露头，我就一把揪住了它的耳朵。

三人连声叫绝：高！实在是高！

高建中说：上回我也发现一只野兔钻进洞，怎么也弄不出来。今天我又学了一招。你们说得没错，牧民好像是比农民强悍聪明多了。真是什么行业出什么人啊，以前我一直都不明白咱中国人到底差在哪儿，窝里斗得比谁都狠，可跟外边一打就败。这么大的一个中国，这么多的人口，愣让小日本占了八年，要不是苏联出兵，美国扔原子弹，不知道还要占多少个八年呢。可刚把小日本打败没多少年，听外电说人家经济上又成一流强国了，这小日本海盗，别说，那民族性格真是了不得。

三人全笑了，张继原对陈阵说：真是近朱者赤啊，连高建中都同意你的观点了。

四人围着炕桌吃小米捞饭，粉蘑炖羊肉和腌野韭菜花。

杨克问张继原：你腿快，消息灵通，给我们说说兵团的事吧。

张继原说：咱们的场部已经成为团部了，第一批干部已经下来，一半蒙古族一半汉族。建团后的第一件事可能就是灭狼。那些兵团干部一看见狼群咬死那么多马驹子，全都气坏了。他们说过去部队一到草原先帮着牧民剿匪，现在第一件是就是要帮着牧民剿狼，调派精兵强将为民除害。人家好心好意，可蒙古老人有苦难说啊，跟那些农民出身的大兵讲狼的好处，那不是对牛弹琴吗？这会儿狼毛快长齐了，狼皮能卖钱了。兵团干部工资也不高，参谋、干事一个月也就六七十块钱，可卖一条狼皮能得二十块钱，还有奖励，师部团部的兵团干部积极性特高。

杨克叹了一口气说：蒙古草原狼，英雄末路，大势已去，赶紧往外蒙古逃吧。

31

李渊出身贵族……母为鲜卑贵族独孤信之女，与隋文帝皇后为从姐妹。

——张传玺《中国古代史纲》(下)

若以女系母统言之，唐代创业及初期君主，如高祖（唐高祖李渊——引者注）之母为独孤氏，太宗（唐太宗李世民——引者注）之母为窦氏，即纥豆陵氏，高宗（唐高宗李治——引者注）之母为长孙氏，皆是胡种，而非汉族。故李唐皇室之女系母统杂有胡族血胤，世所共知……

——陈寅恪《唐代政治史述论稿》

清晨，两辆敞篷军吉普停在陈阵包前不远处。小狼见到两个庞然大物，又闻到一种从没闻过的汽油味，吓得嗖地钻进狼洞。大狗小狗冲过去，围住吉普狂吼不止。陈阵杨克急忙跑出包，喝住了狗，并把狗赶到一边去。

车门打开，包顺贵带着四个精干的军人，下车径直走向狼圈。陈阵、杨克和高建中不知会发生什么事，慌忙跟了过去。陈阵定了定神，上前打招呼：包主任，又领人来看小狼啦。

包顺贵微微一笑说：来来，我先给你们介绍介绍。他摊开手掌，指了指两位三十多岁的军官说：这两位是兵团来咱们大队打前站的干部，这位是徐参谋，这位是巴特尔，巴参谋。又指了指两位司机说：这是老刘，这是小王。他们以后都要在草原上扎根了，等团部的新房子盖好，他们还要把家属接来呢。这次是团部派他们下队帮助咱们打狼的。

陈阵的心跳得像逃命的狼。他上前同几位军人握了握手，马上以牧民的方式请客人进包喝茶。

包顺贵说：不啦，先看看小狼。快招呼小狼出来，两位参谋是专门来看狼的。

陈阵强笑道：你们真对狼这么有兴趣？

带有陕西口音的徐参谋温和地说：这里的狼太猖狂，师、团首长命令我们下来打狼，昨天李副团长亲自下队去了。可我们俩还没有亲眼见过草原上的狼呢，老包就领我们上这儿来看看。

带有东北口音的巴参谋说：听老包讲，你们几个对狼很有研究，打狼掏狼崽有两下子。还专门养了一条狼，摸狼的脾气，真是有胆有识啊。我们打狼还真得请你们协助呢。

两位参谋和蔼可亲，没有一点架子。陈阵见他们不是来杀小狼的，便稍稍放心。又支吾地说：狼……狼……的学问可大了，几天几夜也说不完，还是看小狼吧。待会儿，你们先往后面退几步，千万别进狼圈，小狼见生人会咬的，上次盟里的一个干部就差点让小狼咬了一口。

陈阵从包里拿出两块手把肉，又拎起一块旧案板，悄悄走到狼洞口，先把案板放在洞旁，然后大声叫喊：小狼，小狼，开饭喽。

小狼嗖地蹿出洞，扑住手把肉。陈阵急忙将案板一推，盖住了狼洞，又跳出狼圈。平时喂狼是在上午和下午，这么一大早喂食还从来没有过。小狼喜出望外，扑住骨头肉就狼吞虎咽起来。包顺贵和几位军人立即退后了几步。

陈阵打了个手势，四五个人向前挪到狼圈外一米的地方，蹲在地上，围成了小半个圈。突然来了这么多穿绿军装的人，传来这么多陌生的气息，小狼一反常态，不敢像以往那样见到生人就扑咬，而是垂下尾巴，缩小身体，叼着肉块跑到狼圈的最远端，放下肉，又把第二块肉也叼过来。小狼耸着狼鬃，抓紧时间抢吃，非常不满意被那么多人围观，觉得对自己构成了巨大的威胁。它刚啃上两口，突然翻了脸，皱鼻张口露牙，猛地向几个军人扑去。动作之快，凶相之狠，大出几个军人的意外，四个人中有三个吓得一屁股坐倒在地上。小狼被铁链拽住，血碗大口只离军人不到一米远。

巴参谋盘腿坐了起来，拍了拍手上的灰土说：厉害，厉害！比军区的狼狗还凶，要是没有链子，非得让它撕下一块肉去。

徐参谋说：当年出生的狼崽就这么大了，跟成年狼狗差不多了，比北京动物园里的大狼还要大。老包，今儿你带我们来看狼还真对，我现在真有身临战场的感觉。又对巴参谋说：狼的动作要比狗突然和隐蔽，击发的时候还得快！

巴参谋连连点头。小狼突然掉头，蹿到肉旁，一边发出嘶嘶哈哈沙哑的威胁声，一边快速吞咽。

两位参谋还用手指远远地量了量狼头和后半身的比例，又仔细看了看狼皮狼毛。一致认为打狼头或从侧面打前胸下部最好，一枪毙命又不伤皮子。

两位参谋观察得很专业。包顺贵满脸放光，说：所有牧民和大多数知青都反对养狼，可我就批准他们养。知己知彼才能百战百胜嘛。这个夏天，我已经带了好几拨干部来看小狼了。越是汉人越想看，越怕狼的人也越想看，他们都说这要比动物园里的狼好看，还说下到蒙古草原再这么近看蒙古活狼，机会难得啊，全内蒙古草原也没有第二条。往后，兵团首长下连队视察，我就先陪他们到这儿来见识见识大名鼎鼎的蒙古狼。

两位参谋都说，首长们要是听说了肯定要来看的。徐参谋又叮嘱陈阵道：必须要常常检查铁链和木桩。

包顺贵看了看手表，对陈阵说：说正事儿吧，今天一大早赶来，一是来看狼，二是让你们俩出一个人带我们去打狼。这两位参谋都是骑兵出身，是军区的特等射手。兵团首长专门为了除狼害才把他俩调过来的。昨天徐参谋在半路上还打下一只老鹰，那老鹰飞得老高老高的，看上去才有绿豆那么点大，徐参谋一发命中……哎，你们俩谁去啊？

陈阵的心猛地一沉：额仑草原狼这下真要遇到克星了。军吉普再加上骑兵出身的特等射手，随着农耕人口的急剧膨胀，终于一直推进到边境线来了。陈阵苦着脸说：马倌比我们俩更知道狼的习性，也知道狼在哪儿，你们应该找他们当向导。

包顺贵说：老马倌请不动，小马倌又不中用，有经验的几个马倌都跟着马群进山了，马群离不开人。今天你们俩必须去一个，两位参谋来一趟不容易，下次就不让你们去了。

陈阵又说：你怎么不去请道尔基，他可是全队出名的打狼能手。

包顺贵说：道尔基早就让李副团长请走了。李副团长枪也打得准，一听打猎就上瘾。人家开一辆苏联“小嘎斯”卡车，又快又灵活，站在车上打狼比吉普车更得劲。包顺贵又看了看表说：别浪费时间了，赶紧走！

陈阵见推不掉，就对杨克说：那就你去吧。

杨克说：我真不如你明白狼，还是……还是你去吧。

包顺贵不耐烦地说：我定了，小陈你去！你可别耍滑！你要是像毕利格老头那样放狼一马，让我们空手回来，我就毙了你这条小狼！别废话，快走！

陈阵脸色刷白，下意识地挪了一步，挡了挡小狼说：我去，我去，我这就去。

两辆敞篷军吉普，向西飞驰，车道上腾起两条黄沙巨龙。

初秋的阳光刺得陈阵眯起眼睛。他坐在副驾驶座位上，猛烈的风吹得几乎戴不住单帽。他即使骑上最快的马，也跑不出如此令人窒息的迎面风来。两辆吉普都是八成新的好车，噪音极小，转向灵活，马力强悍。两位司机显然都有很长的驾龄，并具有高超的军事越野驾驶经验，车开得又稳又快，在起伏的草原山道上如履平地。

陈阵已经有两年多没有乘坐吉普车了。如果他没有迷上狼，如果他是个刚到草原的新手，如果他没有接受两年多草原和草原狼的教诲和输血，他一定会为得到这样难得的现代化猎狼机会而受宠若惊。坐在敞篷军吉普里，在绿色的大草原上，风驰电掣般地追杀草原蒙古狼，那该是多么刺激和享受的一件事。这可能比英国贵族吹着号角骑马率狗猎狐、比俄国贵族在森林雪地猎熊、比满蒙皇室贵族万骑木兰围猎，更令人神往陶醉。但此时陈阵却从心底盼望吉普抛锚，他觉得自己像个叛徒带着军队去抓捕自己的导师。他对狼的态度，包顺贵其实早已了如指掌。所以他真不知道今天如何才能既保住小狼，又不让大狼们毙命。

兵团的灭狼运动已在全师广阔的草原上展开。内蒙古大草原最后一批还带有远古建制的狼军团，仍保留着在匈奴、突厥、鲜卑和成吉思汗蒙古时代的战略战术的活化石狼军团，就要在现代化兵团的围剿中全军覆灭了。而且还是背着最恶毒的骂名和黑锅，被彻底抹杀了其不可估量的影响和功绩的状态下，被深受其惠的中国人赶出国门，赶出历史舞台。陈阵的悲哀只有草原上的毕利格阿爸，和那些崇拜狼图腾的草原人能懂，也只有自己蒙古包的两个伙伴能懂。陈阵的悲哀在于他太超前，又太远古了。

额仑草原五里不同风、十里不同雨。军吉普驶上了湿沙的土路，呼啸的秋风将陈阵吹得格外清醒。他打算无论如何也要让他们见着狼，但那地方又得便于狼隐蔽和逃脱。

陈阵侧转头对后座上的包顺贵说：有狼的地方我知道，可是都是陡坡和苇地，吉普车使不上劲。

包顺贵瞪了一眼说：你可别跟我耍心眼。现在就数苇地里的蚊子多，狼哪能待在苇地里，我打了大半年的狼，还不知道这个？

陈阵只得改口：我是说……不能进山进苇地，只能到蚊子少的沙岗和大缓坡去。

包顺贵紧逼陈阵：沙岗那儿出了事以后，马倌早就把狼给撵跑了。昨天我们在那儿转了好几圈，一条狼也没见着。我看你今天不想拿出真本事来？你可听好了，我说话一向算数！昨天一天没打着狼，我们几个都窝了一肚子火呢。

包顺贵吸了一口烟，直接喷到陈阵的后脑勺上。

陈阵明白自己很难糊弄这位从基层爬上来的人精，只好说：我知道还有一片沙地，在查干窝拉的西北边。那儿迎风，沙多草少，老鼠和大眼贼特别多，旱獭也不少，狼吃不着马驹子，只好到獭子和老鼠多的地方去了。

陈阵决定把他们带到牧场最西北的一片半沙半草的贫瘠草场

去，那里虽然也是避蚊放马的好地方，但是距边境线比较近，马倌从不敢把马群放到那里。陈阵希望到那里让他们见着狼，狼又可以及时逃过边防公路。

包顺贵想了想，露出笑容说：没错，那真可能是个有狼的地方，我怎么就没想起来呢。老刘，往北边那条路开，今儿哪儿也不去，就直接去那儿，再开快点！

陈阵补充说：打狼最好步行。吉普动静太大，只怕狼一听车响，就往草甸子跑，今年雨水大，草长得高，狼容易隐蔽。

徐参谋说：你只要让我见着狼就行，剩下的事你就不用管了。

陈阵感到自己可能犯了大错。

军吉普沿着牧民四季迁场的古老土路，向西北方向急驰。在春季被牲畜吃秃了的接羔草场，秋草已齐刷刷地长到二尺高，草株紧密，草浪起伏，秋菊摇曳，一股股优质牧草的浓郁香气扑面而来。几只紫燕飞追吉普，抢吃被吉普惊起的飞虫飞蛾。燕子很快被吉普甩到后面，前面又冒出几只，在车前车后的半空中划出一道道紫色的弧线。

陈阵大口吸着秋草秋花的醉香。眼前可是来年春季接羔的地方，作为羊倌，他很关心这片草场的长势。牧场每年百分之七十的收入要靠出售羊毛和活羊，接羔草场都是黄金宝地，是牧场的命根子。陈阵细细地一路看过去，草长得真好，简直像有专人看管保护的大片麦田。自从大队搬迁到夏季新草场之后，这里再没有扎过一个蒙古包。陈阵深深感谢狼群和马倌，如果没有狼群，这么喷香诱人的草场，早就让黄羊、野兔和草原鼠啃黄了。整整一个夏季，草原狼硬是没让那些抢草高手得逞。

在如此丰茂的草场上，陈阵每一眼看见的又是马倌们的辛苦。是他们不分昼夜、不顾炎热和蚊群，死死地拦住贪嘴快腿的马群，把它们圈到山地草场去吃那些二等的羊胡子山草，或牛羊啃过的剩草，就是不让马群走近接羔草场。马背上的民族都爱马，视马如命。但是，在放牧时，牧民却把马群当作盗贼和蝗虫来提防。如果没有马倌，这片牧民的活命草场，只会剩下一堆堆消化不充分的马粪、一丛丛被马尿烧黄烧死的枯草。可是，农区来的兵团干部，能懂得草原和牧业的奥妙吗?

吉普飞驰，但已卷不起黄尘。经过一个夏季的休养，古老的土路上已长出一层细碎的青草。游牧就是轮作，让薄薄的草皮经受最轻的间歇伤害，再用牛羊尿粪加以补偿。千百年来，草原民族就是用这种最原始但又可能是最科学的生产方法，才保住了蒙古草原。陈阵想了又想，忍不住对徐参谋说：你看，这片草场保护得多好。今年春天全大队人马到这儿来准备接羔的时候，从外蒙古冲过来几万只黄羊，人用枪打都打不走，白天赶走了，晚上又回来了，跟下羔母羊抢草吃。后来亏得狼群过来了，没几天就把黄羊轰得干干净净。草原上要是没有狼，母羊没草吃，羊羔没奶吃，成千上万的羊羔都得饿死。牧业可不比农业，农业遇灾，就顶多损失一年的收成，可牧业遇到灾害，可能把十年八年，甚至牧民一辈子的收成全赔进去。

徐参谋点点头，用鹰一样的眼睛继续搜索侧前方的草地。他停了一会说：打黄羊哪能靠狼呢？太落后了。牧民的枪和枪法都不行，也没有卡车，等明年春天你看我们的吧，咱们用汽车、冲锋枪和机关枪打，再来几万只黄羊也不怕。我在内蒙古西边打过黄羊，打黄羊最好在晚上开着大车灯打，黄羊怕黑，全都挤到车前面的灯光里，一路开过去，一路扫射，一晚上就能干掉几百只。这儿有黄羊，太好了！黄羊来得越多越好，那样，师部和农业团就都有肉吃了。

看！包顺贵轻轻喊了一声，指了指左侧方。陈阵用望远镜看了看，赶紧说：是条大狐狸，快追上去。包顺贵看了一会，失望地说：是条狐狸，别追了。对举枪瞄准的徐参谋说：别打别打！狼的耳朵贼尖，要是惊了狼，咱们就白来了。

徐参谋坐下来，面露喜色说：今天看来运气不错，能见着狐狸就能见到狼。

越野吉普离沙地草场越近，草甸里山坡上的野物就越多，而且都是带“沙”字头的：沙燕、沙鸡、沙狐、沙鼠。褐红色的沙鸡最多，一飞一大群，羽翎发出鸽哨似的响声。陈阵指了指远处一道低缓的山梁说：过了这道梁就快到沙地了。老牧民说，那片沙地原先是个大草场，还有个大泉眼。几十年前，额仑遇上连年大旱，湖干了，河断了，井枯了，可就是这股泉眼有水。当时额仑草原的羊群牛群马群，全赶到这儿来饮水，从早到晚，大批牲畜排队等水喝，连啃带踩，没两年，这片草场就踩成沙地了。幸亏泉眼没瞎，这片草场才慢慢缓了过来，可是还得等上几十年，才能恢复成原来的样子。草原太脆弱，载畜量一超，草场就沙化。

一群草原鼠吱吱叫着，从车轮前飞快掠过，四散开去。陈阵指着草原鼠说：载畜量里还包括载鼠量，草原上的老鼠比牲畜更毁草场，而狼群是减轻载畜量的主要功臣。待一会儿，你们要是打着狼，我就给你们解剖一条狼的肚子看看，这个季节狼肚子里多半是黄鼠和草原田鼠。

徐参谋说：我还真没听说过狼会吃老鼠。狗拿耗子都是多管闲事，狼还会管那闲事？

陈阵说：我养的小狼就特别喜欢吃老鼠，它连老鼠尾巴都吃下去。额仑草原从来没发生过鼠害，就是因为牧民从不把狼打绝。你们要是把狼打没了，黄鼠横行，额仑草原真会发生鼠灾的……

包顺贵打断他说：集中心思好好观察！

吉普渐渐接近山梁，徐参谋紧张起来，他看了看地形，果断地让车往西开，说：要是沙地真有狼，就不能直接进去，先打外围的游动哨。

吉普开进一条东西向的缓坡山沟，沟中的牛车道更窄，左边是山，右边是沙岗。徐参谋用高倍军事望远镜仔细搜索两边草地，突然低声说：左前方山坡上有两条狼！他立即回头朝着后面的车，做了个手势。陈阵也看见了两条大狼，正慢慢向西小跑，大约有三四里远。

徐参谋对老刘说：别直接开过去，还是顺着土路走，保持原速，争取跟狼并排跑，打狼的侧胸。

老刘应了一声说：明白！便顺着狼跑的方向开去，速度稍稍加快。

陈阵突然意识到，这位特等射手具有高超的实战经验，吉普这种开法，既能缩短与狼的距离，又能给狼一个错觉，使狼以为吉普只是过路车，不是专冲它们去的。额仑草原边防站的巡逻吉普有严格的纪律，非特殊情况禁止开枪，以保持边防巡逻的隐蔽性和突然性，所以额仑草原狼对军吉普早已习以为常。此时，土路上长着矮草，草下是湿沙，车开起来声势不大。两条狼仍在不紧不慢地跑着，还不时停下来看几眼汽车，然后继续向西小跑。但是，狼的路线已渐渐变斜，从山脚挪向山腰方向。陈阵看清了狼的意图：如果吉普是过路车，狼就继续赶路或游动放哨；如果吉普冲它们开过去，它们就立即加速，翻过山梁，那吉普就再也甭想找到它们了。

两条大狼跑得有条不紊，额仑草原狼都知道猎手步枪的有效射程。只要在射程之外，狼就敢故意藐视你，甚至还想诱你追击，把你引入容易车翻马倒的危险之地。如果附近还有同家族的狼，那它就更会把追敌诱向歧途，让它的狼家族脱险。陈阵见狼还不加速，心中暗暗揪心，预感到这回狼可能要吃大亏，这辆吉普可不是边防巡逻车，而是专来打狼的猎车，车上还坐着额仑草原狼从未遇见过的两位特等射手，他们可以在牧民射手的无效射程内，迅速做出有效射击。

吉普渐渐就要与两条大狼平行跑了，车与狼的距离从一千五六百米缩近到七八百米。狼似乎有些紧张起来，稍稍加快了步子。但小车在土路上的匀速行驶确实大大地迷惑了狼，两条狼仍是没有足够的警惕。陈阵甚至怀疑两条狼是否还担负着其他任务，是否故意在吸引和牵制吉普车？这时，两位射手都已伸出枪管，开始端枪瞄准。陈阵的心都快要跳出来了，他紧盯着徐参谋的动作，希望他们在射击时能停下车来，也许狼还有一个逃脱的机会。

吉普终于与狼接近平行了，距离大约在四五百米。两条狼停下来侧头看了一眼，一定是看到了车上的枪，于是猛然加速，一前一后朝山梁斜插过去。与此同时，陈阵只听“砰”“砰”两声枪响，两条大狼一后一前几乎同时栽倒在地上。包顺贵大叫：好枪法！太神了！陈阵惊出了一身冷汗。在两辆颠簸行进的吉普车上，两位射手两个首发命中，完全超出了陈阵和额仑草原狼的想象。

两位特等射手似乎只是喝了一杯开胃酒，刚刚提起兴致。徐参谋对老刘下令：快往沙地开！要快！说完，又用双手向后车做了个钳形合围手势。两辆吉普加足马力，冲出车道，向右边沙岗飞驶过去。

老刘按照徐参谋的指挥，一口气翻过山坡，开进一片开阔的沙草地，又迅速登上一个最近的制高点。徐参谋握住扶手站起身，扫望沙地，只见远处有两小群狼，正分头往西北和正北两个方向狂奔。陈阵用望远镜看过去，正北的狼群大约有四五条，个头都比较大。西北的狼群有八九条，除两三条大狼外，其他的都是个头中等的当年小狼。徐参谋对老刘说：追正北的这群！又向后车指了指西北那群，两辆吉普分头猛追了过去。

半沙半草、平坦略有起伏的沙地草场，正是军吉普放胆冲锋的理想战场。老刘大叫：你们都攥紧扶手！看我的！不用枪我都能碾死几条！

吉普开得飞了起来。陈阵的脑子里闪过了“死亡速度”那几个字——草原上除了黄羊还能跟这种速度拼一拼，再快的杆子马，再快的草原狼，就是跑死了也跑不出这种速度。吉普车如同死神一般向狼群追去。追了二十多分钟，芝麻一样大小的狼渐渐变成了“绿豆”，又渐渐变成“黄豆”，可徐参谋仍是不开枪。陈阵想，这个参谋既然连绿豆大小的老鹰都能打下来，为什么还不动手呢？

包顺贵说：可以打了吧？

徐参谋说：这么远，一打，狼就跑散了。近点打，可以多打两条，还不伤皮子。

老刘兴奋地说：今天最好多打几条，一人分一条大狼皮。

徐参谋厉声喝道：专心开车，要是翻了车，咱们都得喂狼！

老刘不吭声，继续加速，吉普飞驰。可是刚过一个沙包，突然，前面沙地小坡上出现了一个庞大的牛身骨架，牛角断骨，如矛如枪，像古战场上的一个鹿角拦马障。狼群可以飞身跃过，可对于吉普来说，却是一道坚固刺车、无法逾越的路障。老刘吓得猛打方向盘，车身猛拐，两右轮悬空，差点翻车，车上的人全都屁股离座，几乎全被甩出车，把一车人都吓得惊叫起来。车身擦着牛骨茬掠过去，陈阵吓飞了魂，车身稳住以后半天也缓不过劲来。他知道狼群开始利用地形地物来打撤退战了，狼群略施小计，差一点就让一车追兵车毁人亡。包顺贵脸色发白大喊：减速！减速！老刘擦了擦一头冷汗，车速稍减，狼又远了一点。徐参谋却大喊：加速！吉普刚跑出速度，沙地上又突然出现了一丛丛的乱草棵子，陈阵在这里放过羊，对这里的地形还有印象，他大叫：前面是洼地，尽是草疙瘩，更容易翻车，快减速！

但是徐参谋不为所动，双手扶紧把手，侧身紧盯前方，不断给老刘发令：加速！加速！

油门踩到了底，吉普发疯似的狂冲，经常四轮离地飞出去，两轮着地砸下来。陈阵死死攥紧扶手，五脏六腑，翻江倒海。

陈阵明白，这群狼巧妙地利用了地形，正在用最后的速度冲刺。它们只要冲下洼地，追兵的车就开不动了。老刘大骂：狼他妈的真贼，跑到这鬼地方来了。

徐参谋冷冷地喝道：别慌！现在不是演习！是实战！

又狂追了七八里，眼看就要接近洼地，那里布满树桩一样硬的草墩子，但此时吉普已经冲到牧民射手的有效射程之内。徐参谋叫道：斜插过去！老刘轻打方向盘，吉普像战舰一般一闪身，侧炮出现，狼群全部暴露在后座徐参谋的枪口下。“砰”的一声响，狼群中最大的一条狼应声倒地，子弹击中狼头，狼群惊得四散狂奔。又是一枪，第二条狼又被击中，一头栽倒。几乎与此同时，剩下的狼全部冲进洼地的乱草棵子里，再没有击发的机会了。狼向边防公路逃去，消失在草丛中。西北边的枪声也停止了，吉普就在坡面与洼地交接处刹住了车。

徐参谋擦了擦汗说：这儿的狼太狡猾，要不然，我还能敲掉它几条！

包顺贵伸出两个大拇指说：太解气了！不到三十分钟就连敲四条大狼，我打了半年，也没亲手打着过一条狼。

徐参谋余兴未尽地说：这儿的地形太复杂，是狼群打游击的好地方。怪不得这儿的狼害除不掉呢。

吉普车向死狼慢慢开过去。第二条狼被击中侧胸，狼血喷倒了一片秋草。包顺贵和老刘将沉重的狼尸抬到车后面的地上，老刘踢了踢狼说：嘿，死沉死沉的，够十个人吃一顿的了。然后打开窄小的后备厢，从里面掏出帆布包，放到后座上。又掏出两条大麻袋，将死狼装进一个麻袋，再塞进后备厢里。厢盖合不上，变成了敞开吊链平台，老刘显然想用后厢盖来托载另外两条死狼。

陈阵很想剖开一条狼肚给几位军人看看，但是他看军人们没有就地剥狼皮筒子的意思，就问：你们还敢吃狼肉？狼肉是酸的，牧民从来不吃狼肉。

老刘说：尽胡说，狼肉一点也不酸，跟狗肉差不离，我在老家吃过好几回了，狼肉做好了比狗肉还好吃，你瞧这条狼多肥啊。做狼肉跟做狗肉一样，先得用凉水拔一天，拔出腥味，然后多用大蒜和辣椒，可劲炖，那叫香。在我老家，谁家炖一锅狼肉，全村子的人都会跑来要肉吃，说是吃狼肉壮胆解气呐。

陈阵怀着恶意紧紧逼问道：这儿牧民有一个风俗习惯就是天葬，人死了就被家属用车拉到天葬场喂狼，吃过死人的狼你们也敢吃？

老刘却满不在乎地说：这事儿我知道，只要不吃狼胃和狼下水就行了。狗吃人屎，谁嫌狗肉脏了？大粪浇菜，你嫌菜脏了吗？咱们汉人不是都喜欢吃狗肉吃蔬菜吗？兵团一下子来了这么多人，吃羊肉限定量，到了草原吃不上肉，大伙儿馋肉都馋疯了，这几条狼拉到团部，哪够分的？真是羊多狼少啊。老刘大笑。

徐参谋也笑得很开心：我下来的时候，师部就跟我定下狼肉了，今天晚上就得给他们送过去。有人说狼肉能治气管炎，好几个老病号早就跟我挂上了号，我都快成门诊大夫了。打狼真是件美差，一能为民除害，二能自个儿得皮子，第三还真能治病救人，第四还能治治一大帮馋虫，你看，一举四得嘛，一举四得啊。

陈阵想，他就是解剖出一肚子的老鼠来，也丝毫扫不了他们打狼的兴头。

老刘把车开回到打死第一条狼的地方。大狼的脑袋已被打碎，子弹从狼头后侧打进，前半个脸已经炸没了，脑浆和着血流了一地。陈阵急急地扫了几眼，还好没有在狼脖狼胸上看到白毛，这不是白狼王，他松了一口气。但肯定这是一条头狼，它显然是为了保护整个家族的安全，带着几条快狼来引诱追敌的。可惜，它对于吉普车和特等射手这种草原灭狼的新车新人新武器，还完全缺乏经验和准备。

老刘和包顺贵揪了一把草，擦了擦狼血和脑浆，高高兴兴把狼装袋，再抬到铁链吊挂的后备厢盖上，绑牢拴紧。老刘啧啧称道：这条狼的个头快顶上一头二岁的小牛了。两人用草擦净手，然后上车向巴参谋的那辆车开去。

两车相遇停了下来，巴参谋那辆吉普车的后座下放着一条鼓鼓的麻袋。巴参谋大声说：这边尽是柳条棵子，车根本没法开。开了三枪才撂倒一条小狼。这一群狼全是母狼和小狼，像是一家子。

徐参谋略露敬佩的神情说：这儿的狼就是鬼，那几条公狼把最好的退路全让给母狼和小狼了。

陈阵说：看到蒙古狼的精神了吧，头狼公狼都是冲锋在前、撤退在后的真正的军人。你们也知道了吧，蒙古人为什么那么崇拜狼？

徐参谋没说话，但是巴参谋却连连说：佩服！佩服！

包顺贵高叫：又打了一条！大胜仗，大胜仗啊！今天是我来牧场一年多最高兴的一天，总算出了一口恶气。走，上那两条死狼那儿去，我带着好酒好菜呢，咱们先喝个痛快。

陈阵急忙跳下车，去看那条小狼。他走到车前，解开麻袋，见那条被打死的小狼，长得跟自己的小狼很相像，可是竟比自己养的小狼个头还大些。他没想到，自己这么好吃好喝供养的小狼，在个头上还是没有追上野小狼，野小狼不到一年就成材了，已经能靠打猎把自己喂得饱饱的了……可是，它的生活才刚刚开始就死在人的枪口下。陈阵轻轻抚摸了几下狼头，就像摸自家小狼的头一样。为了保住自己的小狼，却让这条自由的小狼丧了命……

两辆吉普向南边开去。陈阵满眼凄凉，回望边境草场：这群狼的头狼和主力，竟然在不到一个小时就被干掉了，它们可能从来没有遭到过如此快速致命的打击。剩余的狼逃出边境一定不会再回来了。但是失掉凶悍首领和战斗主力的狼群，到了那边怎么生存？毕利格老人曾说过，失掉地盘的狼群，比丧家犬还要惨。

吉普车开到第一处开枪的地方，两条健壮的成年大狼倒在血泊里，两小群大苍蝇正在叮血。陈阵不忍再看，独自一人走开去，又坐在草地上呆呆地远望边境那边的天空。如果阿爸知道是他带着两辆吉普抄了狼群，老人会怎么想？是老人手把手地传授给他那么多的狼学问，最后竟被他用到了杀狼上。陈阵心里发沉发虚，他不知道以后如何面对草原上的老人……到了夜里，母狼和小狼们一定会回来寻找它们的亡夫和亡父，也一定会找到所有遗留血迹的地方。今夜，这片草原将群狼哀嗥……

老刘和小王把两个麻袋抬到小王吉普车的后排座底下。

草地上铺着几大张包装弹药的牛皮纸，纸上放着三四瓶草原白酒，一大包五香花生米，十几根黄瓜，两个红烧牛肉铁皮罐头、三瓶阔口玻璃瓶猪肉罐头，还有一脸盆手把肉。

包顺贵握着一瓶酒，和徐参谋一起走到陈阵身旁，把他拉到野餐席旁。包顺贵拍拍陈阵的肩膀说：小陈，今天你可帮了我大忙了，你今天立了大功，要是没你，两位特等射手就英雄无用武之地了。

徐参谋和其他三位军人都端起酒杯给陈阵敬酒。徐参谋满眼诚意地望着陈阵说：喝，喝，我这第一杯酒是专敬你的，你养狼研究狼，真研究出名堂来了，一下子就把我们带到了狼窝里。你不知道，昨天包主任带我们转了一百多里地，一条狼也没见着。来，喝一杯，谢谢你啦。

陈阵的脸色惨白，欲言又止，接过酒杯一饮而尽，他真想找个地方大哭一场。可是，如果按汉人或军人的标准衡量，徐参谋绝对是条汉子。徐参谋刚到草原，很难用草原的立场标准来跟他过不去。但是原始游牧生活眼看就要结束在他们的枪口下了，汉人的立场从此就将在这里生根，然后眼睁睁看着草原变成沙漠。陈阵本能地抓起一根黄瓜狠狠地大嚼起来，民工在草原上开出的菜园子已经可以收获黄瓜了，他有两年多没吃到新鲜黄瓜了，汉家的蔬菜瓜果真好吃啊。可能汉人有宁死不改的农耕性，满席的美味佳肴，他为什么偏偏就先挑黄瓜来吃呢？黄瓜的清香突然变成了满嘴的苦汁苦味……

徐参谋拍了拍陈阵的后背说：小陈啊，我们杀了这么多的狼，你别难过……我看得出，你养狼养出了感情，也受了老牧民的不少影响。狼抓兔子，抓老鼠，抓黄羊旱獭，确实对草原有大功，不过那是很原始的方法了。现在人造卫星都上了天，我们完全可以用科学的方法来保护草原。兵团就准备出动“安二”飞机到草原撒毒药和毒饵，彻底消灭鼠害……

陈阵一愣，但是马上就反应过来。他慌忙说：可别，可别！要是中毒的老鼠再让狼、狐狸、沙狐和老鹰吃下去，那草原动物不是全要死绝了吗？

包顺贵说：老鼠死绝了，还留狼干什么？

陈阵争辩道：狼的用处大了，跟你们说不清楚，至少可以减少黄羊野兔和旱獭。

老刘红着酒脸大笑：黄羊、野兔和旱獭都是有名的野味，等我们的大批人马开到，这些野味还不够人吃的呢，能留给狼吗？

32

人 + 兽性 = 西洋人……自然不必再说这兽性的不见于中国人的脸上，是本来没有的呢，还是现在已经消除。如果是后来消除的，那么，是渐渐净尽而只剩了人性的呢，还是不过渐渐成了驯顺。野牛成为家牛，野猪成为猪，狼成为狗，野性是消失了，但只足使牧人喜欢，于本身并无好处。人不过是人，不再夹杂着别的东西，当然再好没有了。倘不得已，我以为还不如带些兽性，如果合于下列的算式倒是不很有趣的：人 + 家畜性 = 某一种人。

——鲁迅《而已集·略论中国人的脸》

野餐一结束，包顺贵跟徐参谋嘀咕了几句，两辆吉普便往东北方向急驰。陈阵忙说：方向不对，顺着原路回去，好走多了。

包顺贵说：回队部有一百四十多里地，这么长的路，总不能空跑吧。

徐参谋说：咱们要避开刚才响枪的三个地点，绕着走，没准还能再碰上狼。就算碰不见狼，碰见狐狸也不赖。应该发扬我军连续作战，扩大战果的光荣传统嘛。

吉普很快就进入了辽阔的冬季草场，陈阵眼前是一望无际的针茅草原。针茅草是一种冬季的优良牧草，比其他季节的牧草高得多，草叶有两尺长，稀疏的草秆草穗有一米多高。到了冬季，平常年景，大雪盖不住草；即便较大的雪灾，针茅草秆草穗仍能露出一半，同样是畜群的好饲料，而且羊群还可以顺着草秆刨雪，吃雪下的草叶。额仑草原的冬季长达七个月，全大队的牲畜能否保膘保命越冬，全仗着这大片的冬季牧场。

秋风吹过，草浪起伏，慢慢涌来，从边境线一直漫到吉普车，淹没了四轮。两辆小车像两艘快艇，在草海中乘风破浪。陈阵松了一口气：要想在牧草这么茂密高耸的草场上找到狼，就是用天文望远镜也白搭。

陈阵再一次涌出对草原狼和马倌们的感激之情。这片看似纯天然纯原始的美丽草原，实际上却是草原狼和马倌们流血流汗，拼了一春一夏才保护下来的。美丽天然和原始中包含着无数的人工和狼工。每当牧民在下雪以后，赶着畜群开进冬季草场的时候，都会感受到狼群给他们的恩泽。牧民们常常会唱起狼歌那样悠长颤抖的草原长调，每次都令陈阵怡然心动。

两辆吉普飞速行驶，射手都带着醉意，但他们仍然举着望远镜，仔细搜索着狼皮和狼肉。

陈阵仍然沉浸在自己的思绪里，他还从来没有在人畜未到之前，如此从容快速地浏览冬季草场的原始美。此刻，广袤无边的草场上，没有一缕孤烟、一匹马、一头牛、一只羊。休养生息了近半年的冬季草场，虽是一片浓密的绿色，却显得比春季接羔草场更为荒凉。春季草场有许多石圈、土圈、库房和高高的井台，人工的痕迹散布草场。而在冬季草场，人畜有雪吃，不用打井，修井台；到冬季，羊羔牛犊都已长大，也用不着给它们修棚盖圈，用牛车、活动栅栏和大毡搭建的半圆形挡风墙就可充当羊圈。因此，在秋初时节静观这冬季草场，眼前没有人迹、没有畜迹、没有一件人工建筑物，只有波涛般起伏的针茅草。如果戴着哥萨克黑羔皮高帽的葛里高利，突然出现在这片草场，陈阵一定不会怀疑他俩的身后，就是那美得令人心酸的顿河草原。早在上初中时，陈阵就看过两三遍《静静的顿河》，无论是小说，还是影片。后来他在离开北京的时候，又将《静静的顿河》和其他关于草原的小说一同带到了额仑草原。

《静静的顿河》也是陈阵来草原的原始驱动力之一。陈阵对顿河草原的向往是由于葛里高利、娜塔莉亚和阿克西妮亚那样热爱自由的人。而陈阵对蒙古草原的痴迷，则是由于热爱自由、拼死捍卫自由的草原狼和草原人。草原为什么会有如此强大的磁场，让他情感罗盘的指针总是颤抖地指向这个方向？陈阵常常能感到来自草原地心的震颤与呼救，使他与草原有一种灵魂深处的共振，比儿子与母亲的心灵共振更加神秘，更加深沉。它是一种隔过了母亲，隔过了祖母、曾祖母、太祖母，而与更老更老的始祖母遥遥的心灵感应，在他从未感知的心底深处，呼唤出最远古的情感。

陈阵望着荒凉寂寥的草原，陷于梦境般的神游，好像望见了史前蛮荒时期的人类祖先。导师曾经告诉人们："直立和劳动创造了人类。"那么，类人猿究竟是在森林中，还是在草原上直立起来的呢？这是一个更为深远的有关"祖地"的质疑。

陈阵已经与草原猛兽打过两年多的交道，在他看来，类人猿不可能是在森林中直立起来的。因为，在森林中猿猴的前肢更重要，也更发达。在森林中要想看得远，就必须爬得高；要想躲避猛兽，就更要爬得高。而要想爬得高就必须靠前肢前掌，要想采摘果实也必须依靠前肢前掌。更重要的是，猿猴在森林里的快速行动主要是靠前肢“行走”。当猿猴的前肢前臂的功能如此重大，它们的后肢就不可能发达，后肢只是前肢的辅助器官，它担负不了独立行走的艰巨任务。因此，在森林里，猿猴或类人猿不可能，也没必要直立起来。

其后由于动物繁衍，森林拥挤，食物逐渐减少，严酷的环境把一部分猿猴赶出了森林，逼到了草原上，草原的新环境开始改造猿猴的前后肢的功能。一方面，草原藏狼卧虎环境凶险，却又无高可攀，猿猴要想在高高的草丛里看清远处的敌人和猎物，就必须站起来；另一方面，草原无枝可依，猿猴前肢的快速“行走”功能，被置于无用之地，草原逼迫猿猴的后肢逐渐强化强壮强健，历经几十万年，后肢的频繁使用，一点点拉直了猿猴的脊椎骨和腿骨，使类人猿的胸膛和后腿挺立起来。通过直立，类人猿便有了人的意义上的腿，也才解放并开发出令所有动物望而生畏的“手”，并促进了更加可怕的大脑智力的进步，因而打败了所有猛兽，成为百兽之王，最终变成了人。

手握石斧和火把的原始人，是以战斗的姿态站立起来的。石斧首先是与野兽搏斗的战斗武器，然后才是获取食物的生产工具。战斗使其生存，生存尔后劳动。不仅是直立和劳动创造了人，而且是那些促成了直立的无数次战斗，才真正创造了人。那些拒绝直立，继续用四肢奔跑的猿猴，终因跑不过虎豹狮狼而被淘汰。陈阵多年来的观察思索与直觉都告诉他自己：猿猴是在草原上直立起来的。而草原狼是逼迫猿猴直立起来的重大因素之一。

所以，残酷美丽的草原，不仅是华夏民族的祖地，也是全人类的祖地和摇篮。草原是人类直立起来“走向”全球的出发地。草原大地是人类最古老的始祖母。陈阵觉得有一种古老温柔的亲情，从草原的每一片草叶每一粒沙尘中散发出来，将他紧紧包裹。

与此同时，也有一股深深的愤懑之气在胸腔里久久不去，他觉得那些烧荒垦荒破坏草原的农耕人群，是最愚昧最残忍的罪人。

吉普沿着矮草古道向东疾驰。古道沙实土硬，但牧民搬家迁场遗留在道上的畜粪畜尿较多，因此古道上的野草虽矮却壮，颜色深绿。远远望去，草原古道就像一条低矮深绿色的壕沟，伸向草原深处。

陈阵突然在右前方不远处的草丛中发现三个黑点，他知道那是一条大狐狸，它的前爪垂胸，用后腿站起来，上半身露出草丛，远远地注视着吉普。下午橙黄的阳光照在狐狸的头、脖、胸上，毛色雪白的脖颈和前胸变得微黄，与淡黄的针茅草穗混为一色。而脖颈部以上的三个黑点却格外清晰，那是狐狸的两只黑耳朵和一个黑鼻头。陈阵每次与毕利格阿爸外出猎狐的时候，尤其是在冬天的雪地，老人总是指给他看那“三个黑点”，有经验的猎手就会朝“三个黑点”的下部开枪。狡猾的草原狐狸的伪装和大胆，瞒不过草原猎人，却能把有鹰一样眼睛的特等射手，骗得如同“睁眼瞎”。陈阵没吭声，他不想再见到血，而且美丽狡猾的狐狸也是草原捕鼠能手。吉普渐渐接近了“三个黑点”，“黑点”悄悄下蹲，然后消失在深深的草丛之中。

又行驶了一段，一只大野兔也从草丛中站立起来，也在注视吉普。身子夹杂在稀疏的草穗里，胸前毛色也与草穗相仿，但那两只大耳朵破坏了它的伪装。陈阵悄声说：嗨，前面有一只大肥兔，那可是草原大害，打不打？

包顺贵有些失望地说：先不打，等以后打光狼了再打野兔。

野兔又站高了几寸，它根本不怕车，直到吉普离它十几米远，才一缩脖，不见了。草香越来越浓，针茅汹涌如海。射手们也感到在冬季草场是不可能发现猎物了。吉普只好向南开出针茅草原，来到遍布丘陵的秋季草场。这里的牧草较矮，但是，千百年来牧民之所以把这里定为秋季草场，主要是因为丘陵草场的草籽多。到了秋季，像野麦穗、野苜蓿豆荚一样的各种草穗草籽都成熟了，沉甸甸地饱含油脂和蛋白质。羊群一到这里，都抬起头用嘴撸草籽吃，就像吃黑豆大麦饲料一样。额仑羊群能在秋季抓上三指厚的背尾油膘，靠的就是这些宝贵的草籽。而不懂这种原始科学技术的外来户，羊群油膘不够，往往过不了冬，即便过了冬，到春季母羊没奶，羊羔就会成批死亡。经过毕利格老人两年多的传授，陈阵已经快出师了。他弯腰伸手撸了一把草籽，放在手掌里搓了搓。草籽快熟了，大队也该准备搬家迁往秋季草场了。

牧草矮下去一大半，视线宽广，车速加快。包顺贵突然发现土路上有几段新鲜狼粪，射手又兴奋紧张起来，陈阵立刻也揪起心。此地已经离开枪响的地方六七十里，如果这里有狼，不会防备从没人的北面开来两辆几乎悄无声息的汽车。

吉普刚翻过一个缓坡，突然，车上的三个人都轻轻叫了起来：狼！狼！陈阵揉了揉眼睛，只见车头侧前方三百多米的地方蹿起一条巨狼，个头大得像只金钱豹。在额仑草原，巨狼仗着个大力猛速度快，常常脱离狼群单打独斗，看似独往独来吃独食，实际上它是作为狼群的特种兵，为家族寻找大机会。

巨狼好像刚睡了一小觉，一听到车声显然吃惊不小，拼命往山沟草密的地方冲去。老刘一踩油门，激动得大呼小叫：这么近，你还逃得掉啊！吉普嗖地截断了大狼的逃路，狼急忙转身往前面坡顶狂奔，几乎跑出了黄羊的速度，但立即被巴参谋的车紧紧咬住。两辆吉普呈夹击态势，向狼猛冲。大狼已跑出全速，可吉普车的油门还没有踩到底。

两位特等射手竟互相谦让起来。徐参谋大声说：你的位置好，你打吧！巴参谋说：你的枪法更准，还是你打。

包顺贵挥手高声叫道：别开枪！谁也别打！今儿咱们弄一张没有枪眼的大狼皮。我要活剥狼皮，活皮的皮板好，毛鲜毛亮，那种皮子最值钱！

太对了！两位射手和两位司机几乎同声高叫。老刘还向包顺贵伸出大拇指说：看我的，我保证把狼追爬蛋！小王说：我一定把狼追得吐血！

矮草缓坡丘陵是吉普的用武之地，又在这么近的距离内，两车夹一狼，巨狼绝无逃脱的可能。狼已跑得口吐白沫，紧张危险的吉普打狼战，忽然变成了轻松的娱乐游戏。陈阵到草原以后，从来没有想过，人对狼居然可以具有如此悬殊的优势。称霸草原万年的蒙古草原狼，此时变得比野兔还可怜。陈阵脑子里突然闪过了“落后便挨打，先进便打人”那句话，腾格里的大自然，莫非真是如此无情？

吉普车在两位驾技高超的司机控制下，不紧不慢地赶着大狼跑，狼快车就快，狼慢车就慢，并用刺耳的喇叭声逼狼加速，车与狼总是保持五六十米的距离。巨狼速度虽快，但是体大消耗也大，追出二十多里地，狼已跑得大口吐气，大喷白沫，嘴巴张大到了极限，仍然喘不过气来。陈阵从来没有这么长久地跟在狼的身后，在汽车上看狼奔跑。草原狼也从来没被追敌追到没有一丝喘息机会的地步。陈阵有一刻闭上了眼不忍看，却又忍不住睁眼去看。他多么希望大狼跑得快些再快些，或能钻天入地，就像传说中的那条飞狼，能从草地上腾空而起，破云而去；或者钻进他掏挖过的那种深狼洞。然而巨狼既飞不上天，又找不到洞。草原上狼的神话在先进的科技装备面前统统飞不起来了。但是眼前的巨狼仍然在拼死拼命地跑，拼尽狼的所有意志和顽强地狂奔。好像只要追敌没有追上它，它就会一直这样跑下去。陈阵真希望车前再突然出现大坑、大沟、大牛骨，即便真的被甩下车，他也认了……

两辆车上的猎手都为碰上如此高大威猛漂亮的巨狼而激动，比灌足了酒还要红光满面。包顺贵大叫：这条狼比咱们打的哪条狼都大，一张皮子就能做条狼皮褥子，连拼接都不用。

徐参谋说：这张皮子就别卖了，送给兵团首长吧。

巴参谋说：对！就送给兵团首长，也好让他们知道这儿的狼有多大，狼灾有多厉害。

老刘拍着方向盘说：内蒙古大草原富得流油，一年下来，咱们可就能安个比城里还漂亮的富家了。

那一刻陈阵的拳头攥出了汗，他真想从后脑勺上给那个姓刘的一家伙。可是陈阵眼前忽然闪过了家里的小狼，心里掠过一阵亲情软意，就像家里有个嗷嗷待哺的婴儿等着他回去喂养。他的胳膊无力地耷拉下来，只觉得自己的整个身子和脑子都木了。

两辆吉普终于把狼赶到了一面长长的大平坡上。这里没有山沟，没有山顶，没有坑洼，没有一切狼可利用的地形地物。两辆吉普同时按喇叭，惊天动地，刺耳欲聋。巨狼跑得四肢痉挛，灵魂出窍。可怜的巨狼终于跑不快了，速度明显下降，跑得连白沫也吐不出来。两位司机无论怎样按喇叭，也吓不出狼的速度来了。

包顺贵抓过徐参谋的枪，对准狼身的上方半尺，啪啪开了两枪，子弹几乎燎着狼毛。这种狼最畏惧的声音，把巨狼骨髓里的最后一点气力吓了出来。巨狼狂冲了半里路，跑得几乎喘破了肺泡。它突然停下，用最后的一丝力气，扭转身蹲坐下来，摆出最后一个姿态。

两辆吉普刹在离巨狼三四米的地方。包顺贵抓着枪跳下车，站了几秒钟，见狼不动，便大着胆子，上了刺刀，端起枪慢慢朝狼走去。巨狼全身痉挛，目光散乱，瞳孔放大。包顺贵走近狼，狼竟然不动。他用枪口刺刀捅了捅狼嘴，狼还是不动。包顺贵大笑说：咱们已经把这条狼追傻了。说完伸出手掌，像摸狗一样地摸了摸巨狼的脑袋。这可能是千万年来蒙古草原上第一个在野外敢摸蹲坐姿态的活狼脑袋的人。巨狼仍是没有任何反应，当包顺贵再去摸狼耳朵的时候，巨狼像一尊千年石兽轰然倒地……

陈阵像罪人一样地回到家。他简直不敢跨进草原上的蒙古包。他犹豫了几步，但还是进了自己的家门。

张继原正在跟杨克和高建中讲全师灭狼大会战，张继原越说越生气：现在全师上下，打狼剥皮都红了眼。卡车小车、射手民兵一起上，汽油子弹充足供应。连各团的医生都上了阵，他们从北京弄到无色无味的剧毒药，用针管注射进死羊的骨髓里，再扔到野地，毒死了不知多少狼。更厉害的是跟着兵团进来的民工修路队，十八般武器全都上了阵，还发明了炸狼术，把炸山取石的雷管塞到羊棒骨的骨管里，再糊上羊油，放到狼群出没的地方，狼只要一咬骨头，就被炸飞半个脑袋。民工们到处布撒羊骨炸弹，还把牧民的狗炸死不少。草原狼陷入了人民战争的汪洋大海，到处都在唱：祖祖孙孙打下去，打不尽豺狼决不下战场。听说，牧民已经到军区去告状了……

高建中说：咱们队的民工这几天也来了劲，一下子打了五六条大狼。这批从牧民变成农民的人，打狼技术更高。我花了两瓶白酒的代价才弄清楚他们是怎么打着狼的。他们也是用狼夹子打，可就是比这儿的牧民狡猾多了。这儿的猎手总是在死羊旁边下夹子，时间长了，狼也摸到规律了，它们一见野地里的死羊，就特别警惕，不敢轻易去碰，往往要等鼻子最灵的头狼闻出夹子，把夹子刨出来，才下嘴吃羊。这帮民工就不用这种办法，他们专在狼多的地方下夹子，旁边既没有什么死羊，也没有骨头，地上平平的。你们猜他们用什么做诱饵？打死你，你也猜不出来……他们把马粪泡在化开的羊油里，再捞出来晾干，然后把羊油味十足的马粪搓碎，撒到下好狼夹子的地方，一撒好几溜，每一溜都连到下夹子的地方，这就是诱饵。当狼路过这地方的时候，会闻见羊油味儿，因为没有死羊也没有肉骨头，狼就容易放松警惕，东闻闻，西闻闻，闻来闻去就被夹子夹住了。你们说这招毒不毒？偷鸡连把米都不用出。老王头说，他们就是用这种法子，把老家的狼害给灭了……

陈阵没有再听下去，他走向狼圈，轻轻叫着小狼小狼。一整天没见，小狼也想他了，小狼早已亲亲热热地站在狼圈最边缘，翘着尾巴盼着他进狼圈。陈阵蹲下身，紧紧抱着小狼，把脸贴在小狼的脑袋上，久久不愿松开。草原秋夜，霜月凄冷，空旷的新草场，草原狼颤抖悠长的哭嚎声已十分遥远……陈阵倒是不用再担心母狼们来拼抢小狼了，然而，他却非常盼望母狼们能把小狼领走，再带到边境北边去……

有脚步声在陈阵的身后停住，传来杨克的声音：听兰木扎布说，他看见白狼王带着一群狼冲过边防公路了，团部的那辆小“嘎斯”没追上。我想，白狼王是不会再回到额仑草原来了。

陈阵一夜辗转无眠。

33

对基督教世界来说，从十三世纪初到十五世纪末的三个世纪是一个衰退时期。这几个世纪是蒙古诸族的时代。从中亚来的游牧生活支配着当时已知的世界。在这时期的顶峰，统治着中国、印度、波斯、埃及、北非、巴尔干半岛、匈牙利和俄罗斯的是蒙古人或同种的突厥族源的土耳其人和他们的传统。

——〔英〕赫·乔·韦尔斯《世界史纲》

熊可牵，虎可牵，狮可牵，大象也可牵。蒙古草原狼，不可牵。

小狼宁可被勒死，也不肯被搬家的牛车牵上路。

全大队的牛群羊群，天刚亮就已提前出发，浩浩荡荡的搬家车队也已经翻过西边的山梁，分组迁往大队的秋季草场。可是二组的知青包六辆重载的牛车还没有启动，毕利格老人和嘎斯迈已经派人来催了两次。

张继原这几天专门回来帮着搬家。然而，面对死犟狂暴的小狼，陈阵与张继原一筹莫展。陈阵没有想到，养狼近半年了，一次次大风大浪都侥幸闯了过来，最后竟会卡在小狼的搬家上。

从春季草场搬过来的时候，小狼还是个刚刚断奶的小崽子，只有一尺多长，搬家时候，把它放在装干牛粪的木头箱子里就带过来了。经过小半个春季和整整一个夏季的猛吃海塞，到秋初，小狼已长成了一条体型中等的大狼。家里没有可以装下它的铁箱和铁笼，即便能装下它，陈阵也绝无办法把它弄进去。而且，他也没有空余的车位来运小狼，知青的牛车本来就不够用，他和杨克的几大箱书又额外占了大半车。六辆牛车全部严重超载，长途迁场弄不好就会翻车，或者坏车抛锚。草原迁场的日子取决于天气，为了避开下雨，全大队的搬家突然提前，陈阵一时手足无措。

张继原急得一头汗，嚷嚷道：你早干什么来了？早就应该训练牵着小狼走。

陈阵没好气儿地说：我怎么没训？小时候它分量轻，还能拽得动它，可到了后来，谁还能拽得动？一个夏天，从来都是它拽我走，从来就不让我牵，拽狠了，它就咬人。狼不是狗，你打死它，它也改不了。狼不是老虎狮子，你见过大马戏团有狼表演吗？再厉害的驯兽员也驯不服狼，你就是把苏联驯虎女郎请来也没用。你见狼见得比我多，难道你还不知道狼？

张继原咬咬牙说：我再牵它一次试试，再不行我就玩狠的了。他拿了一根马棒，走到小狼跟前，从陈阵手里接过铁环，开始拽狼。小狼立即冲着他龇牙咧嘴，凶狠咆哮，身子的重心后移，四爪朝前撑地，梗着脖子，狼劲十足，寸步不让。张继原像拔河一样，使足了全身力气，也拽不动狼。他顾不了许多，又转过身，把铁链扛在肩膀上像长江纤夫那样伏下身拼命拉。这回小狼被拉动了，四只撑地的爪子扒出了两道沙槽，推出了两小堆土。小狼被拉得急了眼，突然重心前移准备扑咬。它刚一松劲，张继原一头栽到地上，扑了一头一脸的土，也把小狼拽了一溜滚，人与狼缠在一起，狼口离张继原的咽喉只有半尺。陈阵吓得冲上去搂住小狼，用胳膊紧紧夹住它的脖子。小狼被夹在陈阵的胳肢窝里还朝张继原张牙舞爪，恨不得冲上去狠狠给他一口。

两人脸色发白发黑，大口喘气。张继原说：这下可真麻烦了，这次搬家要走两三天呢。要是一天的路程，咱们还可以把小狼先放在这里，第二天再赶辆空车回来想办法。可是两三天的路程，来回就得四五天。羊毛库房的管理员和那帮民工还没搬走呢。一条狼单独拴在这里，不被他们弄死，也得被团部的打狼队打死。我看，咱们无论如何也得把小狼弄走。对了，要不就用牛车来拽吧。

陈阵说：牛车？我前几天就试过了，没用，还差点没把它勒死。我可知道了什么叫桀骜不驯，什么叫宁死不屈。狼就是被勒死也不肯就范，我算是没辙了。

张继原说：那我也得亲眼看看。你再牵一条小母狗在旁边，给它作个示范吧？

陈阵摇头：我也试过了，没用。

张继原不信：那就再试一次。说完就牵过来一辆满载重物的牛车，将一根绳子拴在小母狗的脖子上，然后又把绳子的另一端拴在牛车尾部的横木上。张继原牵着牛车围着小狼转，小母狗松着皮绳乖乖地跟着牛车后面走。张继原一边走，一边轻声细语地哄着小狼说：咱们要到好地方去了，就这样，跟着牛车走，学学看，很简单很容易的，你比狗聪明多了，怎么连走路都学不会啊，来来来，好好看看……

小狼很不理解地看着小母狗，昂着头，一副不屑的样子。陈阵连哄带骗，拽着小狼跟着小母狗走。小狼勉强走了几步，实际上仍然是小狼拽着陈阵在走。它之所以跟着小母狗走，只是因为它喜欢小母狗，并没有真想走的意思。又走了一圈，陈阵就把铁链套扣在牛车横木上，希望小狼能跟着牛车开路。铁链一跟牛车相连，小狼马上就开始狠命拽链子，比平时拽木桩还用力，把沉重的牛车拽得哐哐响。

陈阵望着面前空旷的草场，已经没有一个蒙古包、没有一只羊了，急得嘴角起泡。再不上路，到天黑也赶不到临时驻地，那么多岔道，那么多小组，万一走迷了路，杨克的羊群，高建中的牛群怎么扎营？他们俩上哪儿去喝茶吃饭？更危险的是，到晚上人都累了，下夜没有狗怎么办？如果羊群出了事，最后查原因查到养狼误了事，陈阵又该挨批，小狼又该面临挨枪子的危险。陈阵面前出现包顺贵晃着枪向小狼走去的幻影。

陈阵急得发了狠心，说：如果放掉它，它是死；拖它走，它也是死，就让它死里求生吧。走！就拖着它走！你去赶车，把你的马给我骑，我押车，照看小狼。

张继原长叹一口气说：看来游牧条件下真养不成狼啊。

陈阵将拴着小母狗和小狼的牛车，调到车队的最后。他把最后一头牛的牛头绳，拴在第五辆牛车的后横木上，然后大喊一声：出发！

张继原不敢坐在头车上赶车，他牵着头牛慢慢走。牛车一辆跟着一辆启动了，当最后一辆车动起来的时候，小母狗马上跟着动，可是小狼一直等到近三米长的铁链快拽直了还不动。这次搬家的六条大犍牛，都是高建中挑选出来的最壮最快的牛，为了搬家，还按照草原规矩把牛少吃多喝地拴了三天，吊空了庞大的肚皮，此时正是犍牛憋足劲拉车的好时候。六头牛大步流星地走起来，狼哪里犟得过牛，小狼连撑地的准备动作还没有做好，就一下子被牛车呼地拽了一个大跟头。

小狼又惊又怒，拼命挣扎，四爪乱抓，扒住地猛地一翻身，急忙爬起来，跑了几步，迅速做好了四爪撑地的抵抗动作。牛车上了车道，加快了速度。小狼梗着脖子，踉踉跄跄地撑了十几米，又被牛车拽翻。绳子像拖死狗一样地拖着小狼，草根茬刮下一层狼毛。当小狼被拖倒在地，它的后脖子就使不上劲，而吃劲的地方却是致命的咽喉。皮项圈越勒越紧，勒得它伸长了舌头，翻着白眼。小狼张大嘴，拼命喘气挣扎，四爪乱蹬，陈阵吓得几乎就要喊停车了。就在这时，小狼忽然发狂地拱动身体，连蹬带踹，后腿终于踹着了路埂，又奇迹般地向前一蹿，一轱辘翻过身爬了起来。小狼生怕铁链拉直，又向前快跑了几步。陈阵发现这次小狼比上次多跑了两步，它明显是为了多抢出点时间，以便再做更有效的抵抗动作。小狼抢在铁链拽直以前，极力把身体大幅度地后仰，身体的重心比前一次更加靠后半尺。铁链一拉直，小狼居然没被拽倒，它犟犟地梗着脖子，死死地撑地，四只狼爪像搂草机一般搂起路梗上的一堆秋草。草越积越多，成了滑行障碍，呼地一下，小狼又被牛车拽了一个大跟头。急忙跑了两步，再撑地。

小母狗侧头同情地看看小狼，发出哼哼的声音，还向它伸了一下爪子，那意思像是说，快像我这样走，要不然会被拖死的。可是小狼对小母狗连理也不理，根本不屑与狗为伍，继续用自己的方式顽抗，拽倒了，拱动身体踹蹬路埂，挣扎着爬起来，冲前几步，摆好姿势，梗着脖子，被绷直的绞索勒紧，然后再一次被拽倒，再拼命翻过身……陈阵发现，小狼不是不会跟着牛车跑和走，不是学不会小狗的跟车步伐，但是，它宁可忍受与死亡绞索搏斗的疼痛，就是不肯像狗那样被牵着走。被牵与拒牵，在性格上绝对是狼与狗、狼与狮虎熊象、狼与大部分人根本区别的一道界限。草原上没有一条狼会越出这道界限，向人投降。拒绝服从，拒绝被牵，是作为一条真正的蒙古草原狼做狼的绝对准则，即便是这条从未受过狼群教导的小狼也是如此。

小狼仍在死抗，坚硬的沙路像粗砂纸，磨着小狼爪，鲜血淋漓。陈阵胸口一阵猛烈地心绞痛。草原狼，万年来倔强草原民族的精神图腾，它具有太多让人感到羞愧和敬仰的精神力量。没有多少人，能够像草原狼那样不屈不挠地按照自己的意志生活，甚至不惜以生命为代价，来抗击几乎不可抗拒的外来力量。陈阵满心羞愧，人格在狼格面前显得这样苍白无力。草原狼永远是个谜，它们有着人类想象不到和高不可攀的境界。陈阵自以为已经比任何汉人，甚至比许多草原年轻人都更深地了解草原狼，可是这条只有半岁多的小狼，却以自己的鲜血和生命，又给他上了深深震动他灵魂的一课。

陈阵由此觉得自己对草原狼的认识还是太肤浅了。很长时间来，他一直认为狼以食为天、狼以杀为天。显然都不是，那种认识是以人之心，度狼之腹。草原狼无论食与杀，都不是目的，而是为了自己神圣不可侵犯的自由、独立和尊严。神圣得使一切真正崇拜它的牧人，都心甘情愿地被送入神秘的天葬场，期盼自己的灵魂也能像草原狼的灵魂那样自由飞翔……

倔强死犟的小狼被拖了四五里，它后脖子的毛已被磨掉一半，肉皮渗出了血，四个爪子上厚韧的爪掌，被车道坚硬的沙地磨出了新肉。更可怕的是，当小狼再一次被牛车拽倒之后，耗尽了体力的小狼翻不过身来了，像围场上被快马和套马杆拖着走的垂死的狼，它挣扎不动，只能大口喘气。继而，一大片红雾血珠突然从小狼的口中喷出，小狼终于被项圈勒破了喉咙。陈阵吓得大喊停车，迅速跳下马，抱着全身痉挛的小狼向前走了一米多，松了铁链。小狼拼命喘息补气，大口的狼血喷在陈阵的手掌上，他的手臂上也印上了小狼后脖子洇出的血。小狼气息奄奄，嘴里不停地喷血，疼得它用血爪挠陈阵的手，但狼爪甲早已磨秃，爪掌也已成为血嫩嫩的新肉掌。陈阵鼻子一酸，泪水扑扑地滴在狼血里。

张继原跑来，一见几处出血的小狼，惊得瞪大了眼。他围着小狼转了几圈，急得手足无措，说：这家伙怎么这么倔啊？这不是找死嘛，这可怎么办呢？

陈阵紧紧抱着小狼，也急得不知如何是好。小狼疼痛得颤抖，使他的心更加疼痛和战栗。

张继原擦了擦满头的汗，又想了想说：才半岁大，拖都拖不走，就算把它弄到了秋草场，往后就该一个月搬一次家了，它要是完全长成大狼，咱们怎么搬动它？我看……我看……咱们还不如就在这儿……把它放了算了，让它自谋出路吧……

陈阵铁青着脸冲着他大声吼道：小狼不是你亲手养大的，你不懂！自谋生路？这不是让它去送死吗！我一定要养小狼！我非得把它养成一条大狼！让它活下去！说完，陈阵心一横，呼地跳起来，大步跑到装杂物和干牛粪的牛车旁，气呼呼地解开了牛头绳，把牛车牵到车队后面，一狠心，解开拴车绳，猛地掀掉柳条车筐，把大半车干牛粪呼地全部卸到了车道旁边。他已铁定主意，要把牛车上腾空的粪筐改造成一个囚车厢，一个临时囚笼，强行搬运小狼。

张继原没拦住，气得大叫：你疯啦！长途搬家，一路上吃饭烧茶全靠这半车干粪。要是半道下雨，咱们四个连饭也吃不上了。就是到了新地方，还得靠这些干粪坚持几天呢。你、你你竟然敢卸粪运狼，非被牧民骂死不可！高建中非跟你急了不行！

陈阵迅速地卸车装车，咬着牙狠狠说道：到今天过夜的地方，我去跟嘎斯迈借牛粪，一到新营盘我马上就去捡粪，耽误不了你们喝茶吃饭!

小狼刚刚从死亡的边缘缓过来，不顾四爪的疼痛，顽强地站在沙地上，四条腿疼得不停地发抖，口中仍然滴着血。却又梗起脖子，继续做着撑地的姿势，提防牛车突然启动。小狼瞪着牛车，摆出一副战斗到死的架势，哪怕被牛车磨秃了四爪四腿，磨出骨茬，也在所不惜。陈阵心头发酸，他跪下身，一把搂过小狼，把它平平地放倒在地，他再也舍不得让小狼四爪着地了。然后急忙打开柜子车，取出云南白药，给小狼的四爪和后脖颈上药。小狼口中还在滴血，他又拿出两块纺锤形的光滑的熟犍子肉，在肉表面涂抹了一层白药。一递给小狼，它就囫囵吞了下去。陈阵但愿白药能止住小狼咽喉伤口上的血。

陈阵把粪筐车重新拴紧，码好杂物，又用旧案板旧木板，隔出大半个车位的囚笼，再垫了一张生羊皮，还拿出了半张大毡子做筐盖，一切就绪，估计囚笼勉强可装下小狼。可怎样把小狼装进筐里去呢？陈阵又犯难了。小狼已经领教了牛车的厉害，它再也不敢靠近牛车，一直绷紧铁链离牛车远远的。陈阵从牛车上解下铁链，挽起袖子抱住小狼，准备把小狼抱进囚笼里。可是，刚向牛车走了一步，小狼就发疯咆哮挣扎，陈阵想猛跑几步，将小狼扔进车筐里，但是，未等他跑近车筐，小狼张开狼嘴，猛地低头朝陈阵的手臂狠狠地就是一口，咬住就不撒口。陈阵哎哟大叫了一声，吓出一身冷汗。小狼直到落到地上才松了口，陈阵疼得连连甩胳膊。他低头看伤，手臂上没有出血，可是留下了四个紫血包，像是摔倒在足球场上，被一只足球钉鞋狠狠地踩了一脚。

张继原吓白了脸，说道：幸亏你把小狼的牙尖夹掉了，要不然，非咬透你的手臂不可。我看还是别养了，以后等它完全长成大狼，这副钝牙也能咬断你的胳膊的。

陈阵恼怒地说：快别提夹狼牙的事了，要是不夹掉牙尖，没准我早就把小狼放回草原了。现在它是个残废，它这副牙口连我胳膊上的肉都咬不透，到了草原可怎么活啊？是我把它弄残废的，我得给它送终养老。现在兵团来了，不是说要建定居点吗，定居以后我给它砌个石圈，就不用铁链了……

张继原说：行了行了，再拦你，你该跟我拼命了，还是想法子赶紧上路吧。可是……怎么把它弄到牛车上去？你伤了，让我来试试吧。

陈阵说：还是我来抱。小狼不认你，它要是咬你就不会这么客气了。没准，它一抬头一口把你的鼻子咬下来。这样吧，你拿着毡子在一边等着，只要我把小狼一扔进筐里，你就赶紧盖上。

张继原叫道：你真不要命啦！你要是再抱它，它非得把你往死里咬，狼这东西翻脸不认人，闹不好它真会把你的喉咙咬断！

陈阵想了想说：咬我也得抱！现在只能牺牲一件雨衣了。他跑到柜车旁边，拿出了自己的一件一面绿帆布、一面黑胶布的军用雨衣。又给了小狼两块肉，把小狼哄得失去警惕。陈阵定了定心，控制了自己微微发抖的手，趁小狼低头吃肉的时候，猛然张开雨衣蒙住了小狼，迅速裹紧。趁着小狼一时发蒙、黑灯瞎火什么也看不清，不知道该往哪儿咬的几秒钟，陈阵像抱着炸药包一样，抱着裹在雨衣里疯狂挣扎的小狼，冲到了牛车旁，连狼带雨衣一起扔进车筐。张继原扑上前，将半块大毡罩住车筐。等小狼从撕开口的黑色雨衣中爬出来的时候，它已经成为囚车里的囚犯了，两人已经用马鬃长绳绑紧了毡盖，与囚车牢牢地绑在一起。陈阵大口喘气，浑身虚汗，瘫坐在地上，一点力气也没有了。小狼在囚车里转了一圈，陈阵马上又跳了起来，准备防止它再疯狂撕咬毡子，拼死冲撞牢笼。

牛车车队就要启动，但陈阵还是觉得这样单薄的柳条车筐，根本无法囚住这头强壮疯狂的猛兽。他赶紧连哄带赏，送进囚车几大块手把肉，又柔声细语地安慰小狼，再把所有大狗小狗都叫到车队后面，陪伴小狼。张继原坐到头车上，敲打头牛，快速赶路。陈阵又从车上找来一根粗木棒，准备随时敲打筐壁，以防小狼凶猛反抗。陈阵骑马紧紧跟在车后，不敢离开半步，生怕小狼故意迷惑他，等他一离开就拼死造反，咬碎拆散车筐，冲出牢笼。连铁链都不能忍受的小狼哪能忍受牢笼？陈阵提心吊胆地跟在小狼的后面。

但是又完全出乎陈阵的预料，车队开始行进，小狼在囚车里并没有折腾个天翻地覆，小狼一反常态，眼里露出了陈阵从未见过的恐慌的神色。它吓得不敢趴下，低着头，弓着背，夹着尾巴，战战兢兢地站在车里，往车后看陈阵。陈阵从柳条筐缝里紧紧地盯着它，见它异常惊恐地站在不断摇晃的牛车上，越来越害怕，吓得几乎把自己缩成一个刺猬球。小狼不吃不喝，不叫不闹，不撕不咬，竟像一个晕船的囚徒那样，忽然丧失了一切反抗力。

陈阵深感意外，他紧紧地贴近车，握紧木棒，跟着牛车翻过山梁。他透过车筐后面的缝隙，看见小狼仍然一动不动地站着，两眼惊恐，后身半蹲，夹着尾巴，用陈阵从来没有见过的紧张陌生的眼光，可怜巴巴地看着陈阵。小狼早已筋疲力尽，爪上还有伤，嘴里仍在流血，它的眼神和头脑似乎依然清醒，可它就是不敢卧下来休息。狼对牛车的晃动颠簸，对离开草原地面好像有着天然本能的恐惧。半年多来，对小狼一次又一次谜一样的反常行为，陈阵总是百思不得其解，不知该如何解释。

犍牛们拼命追赶牛群，车队平稳快速行进。陈阵骑在马上也有了思考时间，他又陷入沉思：刚才还那么暴烈凶猛的小狼，怎么一下子却变得如此恐惧和软弱，这太不符合草原狼的性格了。

难道天底下真的没有完美的英雄，世上的英雄都有其致命的弱点？即使一直被陈阵认为进化得最完美的草原狼也有一个性格上的缺陷？

陈阵看着小狼，想得脑袋发疼，总觉得小狼像一个什么人，又好像是别的什么东西。想着看着，忽然脑中灵光一闪，他立刻想起希腊神话中的盖世英雄安泰。难道草原狼也有安泰的那个致命弱点吗？在希腊神话中，安泰虽然英勇无敌，举世无双，但是他有一个致命的弱点，就是他一旦脱离了生他养他的大地母亲盖娅，他的身体就失去了一切的力量。他的敌人盖尔枯里斯发现了他的这个弱点，就设法把他举到半空，而在空中把他扼死。莫非草原狼也是这样，一离开草原地面，脱离了生它养它的草原母亲，它就会神功尽弃、变得软弱无力？难道草原狼对草原母亲真有那么深重的依赖和依恋？难道草原狼的强悍和勇猛真是草原母亲给予的？

陈阵又突然猛醒，莫非英雄安泰和大地母亲盖娅的神话故事，就来源于狼？非常可能的是：具有游牧血统的雅利安希腊人，在早期游牧生活中也曾经养过小狼，也在搬运小狼的时候，发现了小狼的这个令人不可思议和发人深省的弱点，从而得到了启发，创作了那个伟大的神话故事。而安泰和盖娅的神话故事里的哲理，曾影响了多少东西方人的精神和信念啊，甚至《联共（布）党史》都把这个故事和哲理作为全书的结束语，以告诫全世界的共产党人不要脱离大地母亲——人民，否则，再强大无敌的党，也会被敌人掐死在半空。陈阵对联共党史那最后两页中的那个神话的启迪和教诲，早已熟记在心。

然而，陈阵没有想到在蒙古草原上，他似乎碰见了这个伟大神话的源头和原型。诞生希腊神话的年代虽然过去了两千多年，太古老了。但是草原狼却仍然保持着几千年前的个性和弱点。草原狼这种古老的活化石，对现代人探寻人类先进民族的精神起源和发展具有太重要的价值。陈阵又想起了罗马城徽上那位伟大的狼母亲和它奶养的两个狼孩——那两个后来创造了罗马城的兄弟……狼对东西方人的精神影响真是无穷无尽，直到如今，狼精神的哲理仍然在指导着先进民族。然而，狼却被愚昧的人群无情斩杀……

陈阵胳膊上的伤，又开始钻心地疼起来。但他不仅没有丝毫怪罪小狼，反而感谢小狼随时随地对他的启迪和教诲。他无论如何也要把小狼养成一条真正的大狼，并要留下它的后代。

哲理太深太远，陈阵不得不回到眼前的现实——现实的问题是，以后到秋季冬季频繁搬家怎么办？尤其到小狼完全长成大狼，谁还敢把它抱进车筐？车筐再也装不下它了，总不能腾出一辆车专门用来搬狼吧？到了冬季还得专门用一辆牛车装肉食，车就更不够用了。没有搬家用的牛粪，怎么取暖煮茶做饭？总不能老向嘎斯迈借吧？陈阵一路上心悸不安，乱无头绪。

一下坡，车队的六条大犍牛闻到了牛群的气味，开始大步快走，拼命向一串串芝麻大小的搬家车队追去。

牛车队快走出夏季新草场的山口时，一辆“嘎斯”轻型卡车，卷着滚滚沙尘迎面开来。还未等牛车让道，“嘎斯”便骑着道沿开了过去。在会车时，陈阵看见车上有两个持枪的军人，几个场部职工，和一个穿着蒙古单袍的牧民，牧民向他招招手，陈阵一看竟是道尔基。看见打狼能手道尔基和这辆在牧场打狼打出了名的小“嘎斯”，陈阵的心又悬到嗓子眼。他跑到车队前问张继原：是不是道尔基又带人去打狼了？

张继原说：那边全是山地，中间是大泡子和小河，卡车使不上劲，哪能去打狼呢？大概去帮库房搬家吧。

刚走到草甸，从小组车队方向跑来一匹快马。马到近处，两人都认出是毕利格阿爸。老人气喘吁吁，铁青着脸问道：你们刚才看见那辆汽车上有没有道尔基？

两人都说看见了。老人对陈阵说：你跟我上旧营盘去一趟。又对张继原说：你先一人赶车走吧，一会儿我们就回来。

陈阵对张继原小声说：你要多回头照看小狼，照看后面的车。要是小狼乱折腾，车坏了就别动，等我回来再说。说完就跟老人顺原路疾跑。老人说：道尔基准是带人去打狼了，这些日子，道尔基打狼的本事可派上大用场。他汉话好，当上了团部的打狼参谋，牛群交给了他弟弟去放，自己成天带着炮手们开着小车卡车打狼。他跟大官小官可热乎啦，前几天还带师里的大官打了几条大狼，现在人家是全师的打狼英雄了。

陈阵问：可是那儿全是山和河，怎么打？我还不明白。

老人说：有一个马倌跑来告诉我，说道尔基带人带车去旧营盘了，我一猜就知道他干啥去了。

陈阵问：他去干啥？

老人说：去各家各户的旧营盘下毒、下夹子。额仑草原的老狼、瘸狼、病狼可怜呐，自个儿打不着食，只能靠捡大狼群吃剩的骨头活命。平常也去捡人和狗吃剩下的东西，饥一顿，饱一顿。每次人畜一搬家，它们就跑到旧营盘的灰堆、垃圾堆捡东西吃。什么臭羊皮、臭骨头、大棒骨、羊头骨、剩饭剩奶渣，还把人家埋的死狗、病羊、病牛犊刨出来吃。额仑的老牧民都知道这些事。有时候牧民搬家，把一些东西忘在旧营盘，等回到旧营盘去找，常常能看见狼来过的动静。牧民信喇嘛，心善，都知道来旧营盘找食的那些老狼病狼可怜，没几个人会在那儿下毒下夹子，有些老人搬家的时候还会有意丢下些吃食，留给老狼。

老人叹了口气说：可自打一些外来户来了以后，时间长了，他们也看出了门道。道尔基一家从他爹起，就喜欢在搬家的时候给狼留下死羊，塞上毒药和下夹子，过一两天再回来杀狼剥狼皮。他家卖的狼皮为啥比谁家的都多？就是他家不信喇嘛，不敬狼，什么毒招都敢使，杀那些老狼瘸狼也真下得了手。你说，狼心哪有人心毒啊……

老人满目凄凉，胡须颤抖地说：这些日子，他们打死了多少狼啊。打得好狼东躲西藏，都不敢出来找东西吃了。我估摸大队一走，连好狼都得上旧营盘找东西吃。道尔基比狼还贼呐……再这么打下去，额仑草原的人就上不了腾格里，额仑草原也快完了……

陈阵无法平复这位末代游牧老人的伤痛。谁也阻止不了恶性膨胀的农耕人口，阻止不了农耕对草原的掠夺。陈阵无法安慰老阿爸，只好说：看我的，今天我要把他们下的夹子统统打翻！

两人翻过山梁，向最近一个旧营盘跑去。离营盘不远处，果然看见留下的汽车车轮印。汽车的动作很快，已经转过坡去了。两人走近营盘，再不敢贸然前行，生怕钢夹打断马蹄腕。两人下了马，老人看了一会儿，指指炉灰坑说：道尔基下的夹子很在行，你看那片炉灰，看上去好像是风吹的，其实是人撒的，那炉灰底下就是夹子，旁边还故意放了两根瘦羊蹄。要是放两块羊肉，狼倒会疑心。瘦羊蹄本来就是垃圾堆里的东西，狼容易上当。我估摸他下夹子的时候，手上也是沾着炉灰干的，人味就全让炉灰给盖住了。只有鼻子最灵的老狼能闻出来。可是狼太老了，鼻子也老了，就闻不出来……

陈阵一时惊愕而气愤得说不出话来。

老人又指了指一片牛犊粪旁边的半只病羊说：你看那羊身上准保下了药。听说，他们从北京弄来高级毒药，这儿的狼闻不出来，狼吃下去，一袋烟的工夫准死。

陈阵说：那我把羊都拖到废井里去。

老人说：你一个人拖得完吗？那么多营盘呐。

两人骑上马又陆陆续续看了四五个营盘，发现道尔基并没有在每一个营盘上做手脚。有的下毒，有的下夹子，有的双管齐下，还有的什么也不下。整个布局真真假假，虚虚实实。而且总是隔一个营盘做一次手脚，两个做了局的营盘之间往往隔着一个小坡。如果一处营盘夹着狼或毒死狼，并不妨碍另一处的狼继续中计。

两人还发现，道尔基下毒多，下夹子少。而下夹子又利用灰坑，不用再费力挖新坑。因而，道尔基行动神速，整个大队的营盘以他们布局的速度，用不了大半天就能完成。

再不能往前走了，否则就会被道尔基他们发现。

毕利格老人拨转马头往回走，一边自言自语地说：救狼只能救这些了。两人走到一处设局的营盘，老人下马，小心翼翼地走到半条臭羊腿旁边，然后从怀里掏出一个小羊皮口袋，打开口，往羊腿上撣出一些灰白色的晶体。陈阵立刻看懂了老人的意图，这种毒药是牧场供销社出售的劣质的毒兽药，毒性小，气味大，只能毒杀最笨的狼和狐狸，而一般的狼都能闻出来。劣药盖住了好药，那道尔基就白费劲了。

陈阵心想，老人还是比道尔基更厉害。想想又问：这药味被风刮散了怎么办？

老人说：不会。这毒药味儿就是散了，人闻不出来，狼能闻出来。

老人又找到几处下夹子的地方。老人让陈阵捡了几块羊棒骨，用力扔过去，砸翻了钢夹。这也是狡猾的老狼对付夹子的办法之一。

两人又走向另一处营盘。直到老人的劣等药用完之后，两人才骑马往回返。

陈阵问:阿爸，他们要是回团部的时候发现夹子翻了怎么办?老人说:他们一定还要绕弯去打狼，顾不上呐。陈阵又问:要是过几天他们来溜夹子，发现有人把夹子动过了怎么办?这可是破坏打狼运动的行为啊，那您就该倒霉了。

老人说:我再倒霉，哪比得上额仑的狼倒霉。狼没了，老鼠野兔翻天翻地，草原完了，他们也得倒霉，谁也逃不掉啊……我总算救下几条狼了，救一条算一条吧。额仑狼，快逃吧。逃到那边去吧……道尔基他们真要是上门来找我算账，更好，我正憋着一肚子火没处发呢……

登上山梁，半空中几只大雁凄惶哀鸣，东张西望地寻找着同类，形单影孤地绕着圈子。老人勒住马抬头看，长声叹道:连大雁南飞都排不成队了，都让他们吃掉了。老人回头久久望着他亲手开辟的新草场，两眼噙满了浑浊的泪水。

陈阵想起跟老人第一次进入这片新草场时的美景，才过了第一个夏季，美丽的天鹅湖新草场，就变成了天鹅大雁野鸭和草原狼的坟场了。他说:阿爸，咱们是在做好事，可怎么好像跟做贼似的?阿爸，我真想大哭一场……

老人说:哭吧，哭出来吧，你阿爸也想哭。狼把蒙古老人带走了一茬又一茬，怎么偏偏就把你老阿爸这一茬丢下不管了呢……

老人仰望腾格里，老泪纵横，呜呜……呜……像一头苍老的头狼般地哭起来。陈阵泪如泉涌，和老阿爸的泪水一同洒在古老的额仑草原上……

小狼忍着伤痛，在囚笼里整整站了两个整天。到第二天傍晚，陈阵和张继原的牛车队，终于在一片秋草茂密的平坡停下车。邻居官布家的人正在支包。高建中的牛群已经赶到驻地草场，他已在毕利格老人给他们选好的扎包点等着他们，杨克的羊群也已接近新营盘。陈阵、张继原和高建中一起迅速支起了蒙古包。嘎斯迈让巴雅尔赶着一辆牛车，送来两筐干牛粪。长途跋涉了两天一夜的三个人，可以生火煮茶做饭了。晚饭前杨克也终于赶到了家，他居然用马笼头拖回一大根在路上捡到的糟朽牛车辕，足够两顿饭的烧柴了。两天来，一直为陈阵扔掉那大半车牛粪而板着脸的高建中，也总算消了气。

陈阵、张继原和杨克走向囚车。他们刚打开蒙在筐车上的厚毡，就发现车筐的一侧竟然被小狼的钝爪和钝牙抓咬开一个足球大的洞，其他两侧的柳条壁上也布满抓痕和咬痕，旧军雨衣上落了一层柳条碎片木屑。陈阵吓得心怦怦乱跳，这准是小狼在昨天夜里牛车停车过夜的时候干的。如果再晚一点发现，小狼就可能从破洞里钻出来逃跑。可是拴它的铁链还系在车横木上，那么小狼不是被吊死，就是被拖死，或者被牛车轮子压死。陈阵仔细查看，发现被咬碎的柳条上还有不少血迹，他赶紧和张继原把车筐端起来卸到一边。小狼嗖地蹿到了草地上，陈阵急忙解开另一端的铁链，将小狼赶到蒙古包侧前方。杨克赶紧挖坑，埋砸好木桩，把铁环套进木桩，扣上铁扣。饱受惊吓的小狼跳下地后，似乎仍感到天旋地转，才一小会儿就坚持不住了，乖乖侧卧在不再晃动的草地上，四只被磨烂的爪掌终于可以不接触硬物了。小狼疲劳得几乎再也抬不起头。

陈阵用双手抱住小狼的后脑勺，再用两个大拇指，从小狼脸颊的两旁顶进去，掐开小狼的嘴巴。他发现咽喉的伤口的血已经减少，但是那颗坏牙的根上仍在渗血，便紧紧捧住小狼的头，让杨克摸摸狼牙，杨克捏住那颗黑牙晃了晃，说：牙根活动了，这颗牙好像废了。陈阵听了，比拔掉自己一颗好牙还心疼。两天来，小狼一直在用血和命反抗牵引和囚禁，拼争自由，付出全身多处重伤，还居然不惜把自己的牙咬坏。陈阵松了手，小狼不停地舔自己的病牙，看样子疼得不轻。杨克又小心地给小狼的四爪上了药。

晚饭后，陈阵用剩面条、碎肉和肉汤，给小狼做一大盆半流食，放凉了才端给小狼。小狼饿急了，转眼间就吃得个盆底朝天。但是陈阵发觉，小狼的吞咽不像从前那样流畅，常常在咽喉那里打呃，还老去舔自己那颗流血的牙。而且，吃完以后，小狼突然连续咳嗽，并从喉咙里喷出了一些带血的食物残渣。陈阵心里一沉：小狼不仅牙坏了，连咽喉与食道也受了重伤，可是，有哪个兽医愿意来给狼看病呢？

杨克对陈阵说：我现在明白了，狼之所以个个顽强，不屈不挠，不是因为狼群里没有“汉奸”和软蛋，而是因为残酷的草原环境，早把所有的孬种彻底淘汰了。

陈阵难过地说：可惜这条小狼，为它的桀骜付出的代价也太大了。人是三岁看大，七岁看老。可狼是三个月看大，七个月看老啊。

第二天早晨，陈阵照例给狼圈清扫卫生的时候，突然发现狼粪由原来的灰白色变成了黑色。陈阵吓得赶紧掐开小狼的嘴巴看，见咽喉里的伤口还在渗血。他急忙让杨克掐开狼嘴，他再用筷子夹住一块小毡子，再沾上白药，伸进狼咽喉给它上药，可是咽喉深处的伤口实在是够不着。两个人使尽招数，土法抢救，把自己折腾得筋疲力尽，一个劲后悔怎么没早点儿自学兽医。

第四天，狼粪的颜色渐渐变淡，小狼重又变得活跃起来，两人才松了一口气。

34

很长时期里一切文明都沿着君主政体的路线，即君主专制政体的路线上生长和发展。从每一个君主和朝代，我们看到似乎有一个必然的过程，即从励精图治而走向浮华、怠惰和衰微，最后屈服于某个来自沙漠或草原的更有朝气的家系。

……

我们看到所有的游牧民都一样，不论是诺迪克人、闪米特人，或是蒙古利亚人，他们的本性比起定居民族从个人角度来说更乐从和更刚毅。

——〔英〕赫·乔·韦尔斯《世界史纲》

毕利格老人再也不被邀请到团部师部去开生产会议，陈阵经常见他闲在家里，坐在蒙古包里默默地做皮活。

经过夏秋的雨季，马倌、牛倌和羊倌的马笼头、马缰绳、马嚼子和马绊子，被雨水一遍遍地淋湿泡软，都已严重脱硝，又被太阳一遍遍地晒干、晒硬、晒裂，皮马具的牢度大大降低。马匹挣断缰绳，挣脱马绊子逃回马群的事经常发生。

毕利格老人总算有时间为家人、为小组的马倌和知青做皮活了。陈阵、杨克和高建中经常抽空到老人的蒙古包学做皮活。十几天下来，他们三人都能做出像模像样的马笼头、马鞭子了。杨克还做出了难度最大的马绊子。

老人宽大的蒙古包成了蒙古皮活作坊，堆满了白生生的牛皮活计，弥散着呛鼻的皮硝气味。所有的活计就差最后一道工序——给皮件上旱獭油。

旱獭油是草原上最高级最奇特的动物油。内蒙古高原冬季奇寒，羊油黄油、柴油机油都会凝固，而唯独旱獭油始终保持液态，即便在零下三十度的隆冬，也能把黏稠的旱獭油从瓶子里倒出来。

獭油是草原的特产，牧民家的宝贝，家家必备。在数九寒天的白毛风里，马倌羊倌只要在脸上抹上一层獭油，鼻子就不会冻掉，脸面也不会冻成死白肉。用獭油炸出来的蒙式面馃子，色泽又黄又亮，味道也最香。獭油馃子往往只出现在婚礼的宴席和招待贵客的茶桌上。獭油还可以治烫伤，效果不比獾油差。

獭油和獭皮又是牧民的主要副业收入来源之一。每年秋季獭毛最厚、獭膘最肥的时候，牧民都会上山打獭子。獭肉自己吃，獭皮和獭油则送到收购站和供销社换回砖茶、绸缎、电池、马靴、糖果等日用品。一张大獭皮四块钱，一斤獭油一块多钱。旱獭皮是做女式皮袭的上等皮料，全部出口换汇。大獭子有一指厚的肥膘，可出两斤獭油。牧民打一只大獭子，除了肉以外可收入五六块钱。一个秋季打上百只旱獭就可收入五六百块钱，比羊倌一年的收入还要多。在额仑草原，牧民半牧半猎，主业虽然是牧业，但许多人家的主收入却来自猎业。光打旱獭一项就可超过放羊，如果加上打狼、狐狸、沙狐、黄羊等等的收入就更多了。当时额仑牧民生活的富裕程度，超过北京城里中等干部的家庭，几乎家家都有让城里人吃惊的存款。

但是，牧民的猎业收入并不稳定。草原的野生动物像内地的果树一样，也有大年和小年，由气候、草势、灾害等因素决定。额仑草原的牧民懂得控制猎业的规模，没有每年增长百分之几的硬性规定指标。野物多了就多打，野物少了就少打，野物稀少了就不打。这样打了几万年，几乎年年都有得打。

牧民打旱獭子，獭皮基本都卖掉，但獭油大多舍不得卖。獭油用途广，消耗量也大，用得最多的地方还是在皮活上。抹上獭油的皮活，呈深棕色，顿时变得漂亮柔韧起来。如果在雨季常常给皮马具上獭油，就不容易脱硝，延长使用寿命，减少事故发生。獭油用量大，用途广，因此，牧民家中的存货往往就接不到来年的打獭季节。

老人望着满满一地毡的皮活，对陈阵说：家里就剩半瓶獭油，我也馋獭肉了，这会儿的獭子肉最好吃。从前的王爷到这季节就不吃羊肉啦……明天我带你去打獭子。

嘎斯迈说：等我炼出獭油，你们几个都上我这儿来喝茶吃獭油馃子。

陈阵说：那太好了。今年我也得多存一些獭子油，不能老到你这儿大吃大喝。

嘎斯迈笑道：自打你养狼以后，都快把我给忘了。这几个月，你上我家喝过几回茶啊？

陈阵说：你是组长，我养狼给你添了那么多麻烦，我是吓得不敢见你了。

嘎斯迈说：要不是我护着你，你那条小狼早就让别组的马倌给打死了。

陈阵问：你是怎么跟他们说的？

嘎斯迈笑道：我说，汉人都恨狼，还吃狼，只有陈阵杨克喜欢狼。那条小狼就像是他们俩抱来养的孩子呐。等他俩把狼的事情闹明白了，就跟我们蒙古人一个样啦。

陈阵满心感激，连连道谢。

嘎斯迈朗声大笑：怎么谢？那就给我做一顿“馆子”吧。我想吃你们汉人的大中……羊肉宪兵（大葱羊肉馅饼）。陈阵听得直乐。嘎斯迈给陈阵使了个眼色，又悄悄指了指一直闷闷不乐的老人说：你阿爸也喜欢吃汉人的“宪兵”。

陈阵终于乐出声来，立即说：张继原从场部买来好多大葱，还有半捆呢。今天晚上我就把东西拿过来给你们做，让阿爸、额吉和你们全家吃个痛快。

老人脸上稍稍有了些笑容，说：羊肉不用拿了，我这儿刚杀了羊。高建中做的馅饼，比旗里馆子做的还好吃。叫杨克，高建中一起来，我们喝酒。

晚上，高建中教会嘎斯迈拌馅、包馅、擀饼和烙饼，大家又吃又喝又唱。老人突然放下了碗，问道：兵团说为了减少牧民生病，减轻牧民放牧的辛苦，以后要让牧民定居。你们看定居好不好？你们汉人不是喜欢定居住房子吗？

杨克说：我们也不知道几千年的游牧生活能不能改成定居放牧。我看好像不成。草原的草皮太薄，怕踩。一个营盘，人畜顶多踩上一两个月就得搬地方。一定居，定居点周围的几里地，用不了一年，都得踩成沙地，将来定居点再连成片，不就成大沙漠了吗？再说，定居到底往哪儿选地方呢？也不好办。

老人点点头说：在蒙古草原搞定居真是瞎胡闹。农区来的人不明白草原，自个儿喜欢定居，就非得让别人也定居。谁不知道定居舒服啊，可是在蒙古草原，牧民世世代代都不定居，这是腾格里定下的规矩。就先说草场吧，四季草场各有各的用处。春季接羔草场的草好，可是草矮，要是一家人定居在那儿，冬天下大雪把矮草全盖没了，牲畜还能活吗？冬季草场靠的就是草长得高，不怕大雪盖住，要是一家人定在那里，春夏秋三季都在那儿吃草，那到冬天，草还能有那么高吗？夏季草场非得靠水近，要不牲畜都得渴死。可是靠水近的地方都在山里面，定在那儿，一到冬天冷得能把牲畜冻死。秋季草场靠的是草籽多，要是一家人的牲畜定在那里，啃上一春一夏，到秋天还能打出草籽吗？每季草场，都有几个坏处，只有一个好处。游牧游牧，就是为了躲开每季草场的坏处，只挑那一个好处。要是定在一个地方，几个坏处一上来，连那一个好处都没了，还怎么放牧？

陈阵、杨克、高建中都点头表示赞同。陈阵觉得定居只有利于养狼，但是他没敢说出来。

老人喝了不少酒，还吃了四张大葱羊肉馅饼，但是他的心情似乎变得更糟。

第二天早晨，陈阵和杨克调换了班，跟毕利格老人进山套獭子。老人的马鞍后面拴着一个麻袋，里面装着几十副套子。獭套结构很简单，一根半尺多长的木楔子，上面拴着一根用八根细铁丝拧成的铁丝绳，再用铁丝绳做一个绞索套。下套时，把木楔子钉在旱獭的洞旁边，把套放在獭洞的洞口。但是套索不能贴地，必须离地二指，这样旱獭出洞的时候才可能被套住脖子或后胯。陈阵套过旱獭，但是收获甚少，而且尽是些小獭子。他这次也想跟老人学点绝活。

两匹马向东北方向急行。秋草已经黄了半截，但下半截还有一尺多高的草茎草叶是绿的。旱獭此时频繁出窝，抓紧时间争取再上最后一层膘。它们要冬眠七个月，没有足够的脂肪是活不到来年开春的。所以此时也是旱獭最肥的时候。陈阵问：我上回用的套子就是从您那儿借的，可为什么总是套不住大獭子？

老人嘿嘿一笑说：我还没有告诉你下套的窍门呢。额仑草原猎人的技术是不肯传给外乡人的，就怕他们把野物打尽。孩子啊，你阿爸老了，就把下套的窍门传给你吧。外来户下的套都是死套，大獭子贼精，它会缩紧身子从套子里钻出来。我下的套子是有弹性的，只要轻轻一碰，套子就收紧，不是勒住脖子就勒住后胯，再也跑不掉啦。下套的时候，要先把套圈勒小一点，再张大，一松手，套子不就弹回去了吗？

陈阵问：那怎么固定呢？

老人说：在铁丝上弯一个小小的鼓包，再把套头拉到鼓包后面轻轻扣住，轻了不行，风一吹，套子收了，就白瞎了；重了也不行，套子收不住，也套不住獭子。非得不松不紧，活套才能固定。旱獭钻了一半，总要碰到铁丝，一碰上，套子就唰地脱扣勒紧了，用这个法子，下十套能套住六七只大獭子。

陈阵一拍脑门说：绝了！太绝了！怪不得我下的套，套不住獭子，原来，我的套是死的，獭子可以随便进出。

老人说：待会儿，我做给你看看，不容易做好，还要看洞的大小，獭子爪印的大小。做的时候还有更要紧的窍门，我一边做一边教你，做好了，你一看就明白。不过，这些窍门你自个儿知道就行了，不要再告诉外人。

陈阵说：我保证。

老人又说：孩子啊，你还得记住一条，打獭子只能打大公獭和没崽的母獭子，假如套住了带崽的母獭和小獭子，都得放掉。我们蒙古人打了几百年旱獭，到这会儿还有獭肉吃，有獭皮子卖，有獭油用，就是因为草原蒙古人，个个都不敢坏了祖宗的规矩。旱獭子毁草原，可也给蒙古人那么多的好处。从前，草原上的穷牧民也是靠打獭子过冬，旱獭救了多少蒙古穷人，你们汉人哪知道啊。

两匹马在茂密的秋草中急行。马蹄踢起许多粉色、橘色、白色和蓝色的飞蛾，还有绿色、黄色和杂色的蚱蜢和秋虫。三四只紫燕环绕着他俩，飞舞尖唱，时而掠过马腰，时而钻上天空，享受着人马赐给它们的飞虫盛宴。两匹马急行了几十里，这些燕子也伴飞了几十里，当吃饱的燕子飞走，又会有新的燕子加入这伴歌绕舞的行列。

毕利格老人用马棒指了指前面的几个大山包说：这就是额仑草原的大獭山，这里的獭子多，个头大，油膘厚，皮毛也好，是咱们大队的宝山呐。南面和北面还有两片小獭山，獭子也不少。过几天各家都要来这儿了，今年的獭子容易打。

陈阵问：为什么？

老人目光黯淡，发出一声长叹：狼少了，獭子就容易上套了。秋天的狼是靠吃肥獭子上膘的，狼没膘也过不了冬。狼打獭子也专打大的不打小的，所以狼也年年有獭子吃。在草原，只有蒙古牧民和蒙古狼明白腾格里定下的草原规矩。

两人渐渐接近大獭山。突然，两人发现那里的山洼处扎了两顶帆布帐篷，帐外炊烟升起，还有一挂大车和木桶水车，一副临时工棚的景象。

糟了！他们又抢先了一步。毕利格老人脸色陡变，气得两眼冒火，朝帐篷冲去。

两匹马还没有跑近帐篷，就闻到香喷喷的獭肉和獭油的气味。两人在帐篷前急忙下马，看到帐外地灶上有一口巨锅，大半锅棕色旱獭油，正咕嘟咕嘟冒着油泡；几只熬干了油膘，只剩下肉身的大獭子在锅里翻滚，獭肉已炸得焦黄酥脆。一个年轻民工刚刚捞出一只炸透的獭子，又准备再往锅里下一只剥了皮、净了膛，满身肥膘的獭子。老王头和一个民工坐在一只破木箱旁，破木箱上放着一碗黄酱，一碟椒盐和一盘生葱。两人一边对着酒瓶嘴喝酒，一边大嚼着油炸獭子，快活至极。

大锅旁边一个大号铁皮洗衣盆里，盛满着剥了皮的獭子，其中大部分是仅有尺把长的小獭子。草地上，放着几块大门板和十几张饭桌大小的柳条编，上面铺满了大大小小的獭皮，足有一两百张。陈阵跟老人走进帐篷，帐篷地下摞着几摞半人多高已经晒干的獭皮，大约也有一百多张。帐篷中央放着一个一米多高的汽油桶，桶里已装半桶獭子油，地上还散放着一些小号的油壶油桶。

老人又冲出帐篷外，走到铁皮盆前，用马棒拨拉开表面的几只小獭子，发现底下还有几只油膘很薄的母獭子。

老人气得用马棒猛敲铁皮盆，对老王大吼：谁让你们把母獭子和小獭子都打了？这是大队的财产，这是额仑世世代代的牧民，费老了劲才留下来的獭子，你们胆子也太大了，不经过大队的同意就敢杀掉这么多的獭子！

老王头醉醺醺地继续喝酒吃肉，不紧不慢地说：我哪敢在您老的地盘上打獭子啊，可这还是您老的地盘吗？连你们大队都归了兵团了。告诉您吧，是团部派我们来打的。孙参谋长说啦，旱獭毁草场，旱獭还是狼群过冬前的主食，灭了旱獭，狼群不就过不了冬了吗？团部下令，灭狼大会战必须把旱獭一块堆消灭。师部医院的大夫说，旱獭会传鼠疫，这会儿那么多的人进了这块地界，要是得了传染病你负责啊？

毕利格老人憋了半天又吼道：就是团部下令也不成！你们把獭子打光了，牧民拿什么来做皮活？要是笼头缰绳断了，马惊了，人伤了，谁负责？你们是破坏生产！

老王头喷了一口酒气说：上头让我们打的，自然有人负责呗，您老有本事就去找上头去说啊，冲我们干力气活的人嚷嚷有啥用？老王头又瞧了一眼老人马鞍上的麻袋说：您老不也是来打獭子的吗？许你打，为啥就不许我打？野物也不是你们家养的，谁打着就归谁。

老人气得胡须乱颤，说：你等着，我一会儿就回去叫马倌来，这些皮子和油，都得给我送到大队去！

老王说：这些獭肉獭油，都是团部食堂定的，明儿就得给他们送去。你要是叫人来抢，尽管抢，到时候可有人跟你算账！这些皮子也早就有大官定好了，连包主任都得亲自给他送货去。

老人垂着手，被噎得半天说不出话来。

陈阵冷冷地说道：你们本事真不小啊，一气打了这么多旱獭！大獭小獭连窝端，看你们明年还打什么！

老王头说：你们不是管我们叫盲流吗，盲流盲流，“盲目流动”，还管什么明年，哪儿有吃的就往哪儿流，过一年就算一年呗。你们替獭子操心，可谁替盲流操心了？

陈阵知道，同这些痞子盲流根本无理可讲。他只想知道他们是用什么绝招打了这么多的旱獭，难道他们也会下有弹性的活套？陈阵转了口气问：你们用的什么法子？打了这么多的獭子？

老王头得意地说：想跟咱学一手？晚啦！这片獭山剩不下几窝洞了。大前天，我们就往师部送了一大车獭子肉和油呢……想知道咋打的啊？上山去见识见识吧，再晚了就见不着啦。

陈阵扶老人上了马，两人直奔山头。在最东北的一个小山包上有四五个人正弯着腰忙活，两人全速冲了过去。老人大叫：住手！住手！住手！民工停下手里的活，站起来张望。两人下了马，陈阵一见眼前的阵势，惊怵得全身发麻。山包顶侧有五六个獭洞，他一看便知，这是一窝獭子的连环洞。但是除了主洞和一个辅洞以外，其他四个洞都已经被土石封死。最让陈阵感到恐怖的是，一个为首的民工，手里握着一只一尺多长的小獭子，小獭正拼命挣扎。在小獭子的尾巴上赫然拴着一挂大鞭炮，那条短尾上还系着一根绳子，绳子的一头又拴着一卷拳头大小的旧毡子，上面沾满了红色的辣椒面，毡子上刚倒上了柴油，气味冲鼻。旁边一个民工手里拿着一盒火柴。如果再晚来一会儿，他们就要把小獭放进洞，再点火炸洞熏洞了。

毕利格老人急跑两步，把一只脚踩进洞里。然后坐在洞旁，大声呵斥民工，让他们把手里的东西都放下。几位民工对这位管了他们一夏天的头头，不敢造次，赶紧解绳子。

陈阵在草原还从来没见过如此贪婪毒辣、满门抄斩的捕猎方式，比竭泽而渔更残忍。一旦小獭子把点燃的鞭炮、辣椒面和柴油毡带进洞，又一窝旱獭将面临灭顶之灾。旱獭洞是草原上最深最陡、内部结构最复杂的兽穴，而且有防烟工事。一旦遇到人往洞里熏烟，獭子就会迅速在洞中的窄道堆土堵洞。但是，这批来自半农半牧区的民工猎手，采用的这种毒招，就可打旱獭们一个措手不及。放进洞的小獭子会吓得不顾一切地直奔窝底旱獭扎堆的地方，把鞭炮辣烟带到那里。而窝中的獭子根本来不及堵洞，就中心开花了。连续的爆炸和浓辣呛烟，会把整窝的獭子统统炸熏出来。出口只剩下一个，等待它们的就是棍棒和麻袋。这项毒招简单易行，只要先用套子套上一只小獭子来做“引子”就行了。短短几天之内，这伙人就毁了一座千年獭山，旱獭几乎被种族灭绝。

毕利格老人用马棒狠敲地面，敲得碎石四溅。他几乎瞪爆了眼珠，猛敲猛吼：把红炮剪断！把辣椒绳子剪断！把小獭子放回洞里！

民工们磨磨蹭蹭解绳子，可就是不放小獭子。

老王头赶着轻便马车赶了过来，他好像已经酒醒，跳下车满脸堆笑，一个劲地给老人敬烟递烟，一面转身大骂伙计。他向握着小獭子的民工走去，一把抓过獭子，用刀子割断绳子，又走到老人身边说：您老起来吧，我这就放生。

老人慢慢站起来，掸掸身上的土说：你就是放了，往后再别想揽到我们大队的基建活了。

老王头赔笑说：哪能呢，我这也是奉命办事。不杀光獭子，就断不了狼的后路，这也是为民除害嘛。不过，您老说的也对，没了獭子油，笼头缰绳不结实，容易出事，是得给牧民留些獭子……

小獭子放到獭洞的平台上，老王头一松手，小獭子嗖地钻进洞里。

老王头叹气说：其实，弄一窝獭子也不容易，今天好不容易才套住一只小獭子。这些日子，尽点炮了，獭子吓得都不敢出来了。

老人不依不饶地说：这事没完！你马上把打的东西送到大队部！这事要是让兰木扎布那些马倌知道了，还不把你们的大车和帐篷砸了！

老王头说：我们收拾收拾就走，还得跟包主任汇报汇报。

老人看了看表，他又开始担心北面的小獭山，便对老王头说：我这就去找人去，一会儿还回来。两人跨上马，向边防公路方向跑去。

刚刚翻过两个山包，突然隐约听到身后有几声鞭炮响，一会儿就没动静了。老人说；不好，咱又上当了。两人急拨马头往回跑。奔到山顶，只见老王头下半脸蒙着湿布，正指挥众人捕杀獭子，洞外已经摊了一地的死獭子。獭洞里不断冒出呛鼻的辣烟，最后几只獭子刚刚钻出洞就被乱棒打死。毕利格老人被浓烟呛得剧烈咳嗽，陈阵把老人搀到迎风处，不停地给他拍后背。

蒙着湿布的一帮人像江洋大盗，迅速将十几只大小獭子装进麻袋，扔上车，慌忙驾车冲下山去。

陈阵说：我真不明白，他们怎么这么快就又套上一只小獭子的？

老人说：没准，刚才他们套了两只，在麻袋里还藏了一只，咱们没瞅见。再就是，他们用长杆子把红炮捅进洞底下，也能炸出獭子的。这帮土匪！土匪！比从前草原的盗马土匪还可恶！老人拄着马棒站起身来，望着这一窝被灭门灭族的老獭洞，泪流满面，哆哆嗦嗦地说：作孽啊！这个獭洞我认识。我小时候就跟着阿爸在这个老洞下过套。我们祖祖辈辈不知道有多少代人都在这个獭洞打过獭子，可是这窝獭子从来没有绝过后，每年这窝獭子大獭小獭都叫得欢着呐。这个獭洞年年兴旺，少说有百十年了……谁承想，就两袋烟的工夫，这百年老洞就成了空洞……

陈阵难过地说：您老别生气了，咱们还是回去想想办法吧？

老人还在担心，突然说：在这儿咋没见着道尔基？我看他是带人上北边的小獭山去了。他们有车，跑得快，总是抢在咱们的前头。快走！于是两匹马朝北边急奔。两人翻过几道缓坡，就看见外蒙古的巨大山脉，国界线就在那山脉的脚下。

老人指了指远处的一片灰绿色的山包说：从前可以到那儿去打獭子，现在形势紧张，不让去了。这会儿蚊子少，狼准保上那儿去抓獭子了。狼能想到的事儿，道尔基也准保能想到。

陈阵问：边防站就不管管他们吗？

老人说：那儿的山多，边防站也不容易发现，就是发现了，都是部队的车，顶多说几句就完了。

跑着跑着，两匹马都开始自行减慢了速度，不时低头抢一大口青草吃。陈阵发现马嘴里的青草要比草地上的牧草绿得多，而且根根粗壮，都是草场上最优质的牧草，草尖上还带着饱满的草穗草籽。他再低头看，发现草丛下面到处都是一堆一堆的青草，每个草堆大如喜鹊巢。他知道这是草原鼠打下的过冬粮，正堆在鼠洞口晾晒，晒干以后就一根根地叼进鼠洞。此时草地上的秋草半截已经变黄，可是草原鼠打的草却全是绿的，这些草堆都是鼠们在几天以前，青草将黄未黄之前啃断的。因而，马见到这么香喷喷的优质绿草自然就不肯快走了。

老人勒了勒马，走到草堆最密集的地方，说：歇歇吧，让马从老鼠那儿抢回一些好草来。没想到狼群刚一走，老鼠就翻了天，今年的草堆要比头年秋天的草堆多几倍呐。

两人下了马，摘了马嚼子，让马痛痛快快地吃绿草。两匹马高兴地用嘴巴扒拉开草堆表层的干青草，专挑草堆里面未晒干的青草吃，如同吃小灶，吃得满嘴流绿汁，连打响鼻，吃了一堆又一堆，一股浓郁的青草草香扑面而来。老人踢开一堆草，草堆旁边露出了一个茶杯口大小的鼠洞，里面一只大鼠正探头探脑，看见有人动它的过冬活命粮，冲出洞咬了一口老人的马靴尖头，又蹿回鼠洞，急得吱吱乱叫。一会儿，两人身后传来一阵马急抖马鞍子的声音，回头一看，只见一只一尺长的大鼠，竟然蹿出洞狠狠咬了正低头吃草的马的鼻子一口，马鼻流出了血，人马周围一片鼠叫声。

老人气得大骂：这世道真是变了，老鼠还敢咬马！再这么打狼，老鼠该吃人了！陈阵赶紧跑了几步将马牵住，把缰绳拴在马前腿上。马再低下头吃草就长了心眼，它先用蹄子把鼠洞口刨塌，或干脆就用大蹄子盖住鼠洞，然后再拼命吃草。

老人踢翻了一个又一个的草堆，说：七八步就是一堆青草，老鼠把草场上最好的草都挑光了，连配种站的新疆种羊，都吃不上这么好的草料啊。老鼠比打草机还厉害，打草机只能好草赖草一块儿打，可老鼠专拣好草打。这个冬天老鼠窝里存草多，老鼠冻死饿死的就少，明年开春母鼠的奶就多，下的崽更多，又偷草又往洞外掏沙子，明年老鼠就该翻天了。你看看，草原上的狼一少，老鼠都不用偷偷摸摸地干，都变成强盗一个样了……

陈阵望着近处远处数不清的草堆，感到悲哀和恐惧。每年秋季，额仑草原都要进行一场人畜鼠大战。草原鼠再狡猾也有它的致命弱点，它们在秋季深挖洞广积粮准备越冬，就必须提前堆草晒草，因为湿草叼进洞必然腐烂无法储存。老鼠们每年秋季鬼鬼祟祟的集体晒草行动，无疑等于自我暴露目标，给人畜提供了灭鼠的大好时机。牧民只要一发现哪片草场出现大量草堆，就连忙报警，生产小组就会立即调动所有羊群牛群甚至马群，及时赶到抢吃草堆。那时草场已经开始变黄，而鼠草堆又绿又香，又有草籽油水，畜群一到，拼命争抢，不消几天就能抢在鼠草晒干以前把草堆吃光，让鼠害最严重的草场的老鼠，一冬无粮无草，饿死冻死。这是蒙古牧民消灭草原鼠害的古老而有效办法。

但是，秋季草原灭鼠，人畜还必须与狼群协同作战，狼群负责杀吃和压制草原鼠。每年秋鼠最肥的时候，又是狼大吃鼠肉的黄金季节，打草拖草的鼠行动不便，很容易被狼逮住，草堆也给狼指明哪里的鼠最多最大。因此，每年秋季草原鼠损失惨重。更重要的是，狼使鼠在关键的打草季节不敢痛痛快快地出洞打草备草，以至使大批草原鼠由于过冬粮草不足而饿死；在狼不让鼠们痛快打草的同时，人畜就负责消灭草堆。千百年来，狼和人畜配合默契，有效地抑制了鼠害。由于老鼠采集的草堆，延长了牧草变黄的时间，使得牲畜多吃了近十天的绿草和好草，等于多抓了十天的秋膘，所以，秋季人畜狼鼠大战，达到了一举多得的奇效。而更远的冬季草场，人畜鞭长莫及，主要还得依靠狼来灭鼠，和骚扰老鼠打草备粮。那些初到草原的农区人，哪能懂得这场关系草原命运战争的奥妙呢？

两匹马狂吃了不到半个小时，就把肚子吃鼓了。然而，面对这样大范围、大规模的草堆，大队畜群的兵力就显然不够了。面对从未见过的战况，老人想了半天说：调马群来？那也不成，这儿是牛羊的草场，马群来了，老规矩就全乱套。这么多的草堆，就是调搂草机来也搂不完啊。看样子草原真要闹灾了……

陈阵狠狠地说：是人灾！

两人跨上马，忧心忡忡地继续往北走。一路上的草堆，断断续续，或密或疏，向边防公路延伸。

两人跑到离小獭山不远的地方，突然从山里传来叭叭的声音，既不像步枪声，又不像鞭炮声，声音响过之后就没动静了。老人无奈地叹了口气说：团部找道尔基当打狼参谋真是找对了人。哪儿有狼，哪儿就有他。连狼的最后一块地盘，他都不放过。

两人夹马猛跑，山谷中迎面开出一辆军吉普。两人勒住了马，吉普停在他们面前，车上是两位特等射手和道尔基。徐参谋亲自开车，道尔基坐在后排座上，他的脚下是一个满是血污的大麻袋，小车的后备厢又被撑得合不上了。老人的目光立即被巴参谋手中握着的长管枪吸引住。陈阵一看便知这是小口径运动步枪，老人从来没见过这种奇怪的枪，一直盯着看。

两位参谋一见老人便忙着问候，“塔赛诺，塔赛诺”（您好，您好）。巴参谋说：你们也去打獭子吧？别去了，我送您老两只吧。

老人瞪眼道：为啥不去？

巴参谋说：洞外的獭子，都让我们给打没了，洞里的獭子也不敢出来了。

老人问：你手里的是啥家伙？管子咋这老长？

巴参谋说：这是专打野鸭子的鸟枪，子弹就筷子头那点大，打旱獭真得劲。枪眼小，不伤皮子，您看看……

老人接过枪，仔细端详，还看了看子弹。

为了让老人见识见识这种枪的好处，巴参谋下了车，又拿过枪，四处望了望，见到二十多米外山坡上，有一只大鼠站在洞外的草堆旁吱吱地叫着。巴参谋略略地一瞄，叭的一枪，便把老鼠的脑袋打飞了，鼠身倒在洞外，老人浑身哆嗦了一下。

徐参谋笑道：狼全跑到外蒙古去了。今天道尔基领着我们兜了大半天，一条狼也没瞅见。幸亏带了这杆鸟枪，打了不少獭子。这儿的獭子真傻，人走到离洞口十来步也不进洞，就等着挨枪子儿呢。

道尔基用炫耀的口气说：两位炮手在五十米外就能打中獭子的脑袋，我们一路上见一只就打一只，可比下套快多了。

巴参谋说：待会儿路过您家，我给您留下两只大獭子，您老就回去吧。

老人还没有从这种新式武器的威力中回过神来，吉普就一溜烟地开走了。毕利格老人神情呆滞，好像还停留在他习惯中的秋季草原里。老人也可能还在回想那支便捷轻巧的长管枪，短短的一个多月，这么多可怕的新人新武器新事物新手段涌进草原，老人已经完全蒙了。吉普车的烟尘散去，老人转过身一言不发，松松地握着马嚼子，信马由缰地往家走。陈阵缓缓地跟在老人的身旁，他想，都说末代皇帝最痛苦，然而，末代游牧老人更痛苦，万年原始草原的没落，要比千年百年王朝的覆灭更加令人难以接受。老人全身的血气仿佛突然被小小的筷子子弹头穿空，身子顿时佝偻缩小了一半，浑浊的泪水顺着憔悴苍老的皱纹流向两边，洒在大片大片白蓝色的野菊花上。

陈阵不知道怎么才能帮帮老人，驱散他心里的哀伤。默默走了一会，结结巴巴说：阿爸，今年秋草长得真好……额仑草原真美……等明年也许……

老人木木地说：明年？明年还不知道会冒出什么别的怪事呢……从前，就是瞎眼的老人，也能看到草原的美景……如今草原不美了，我要是变成一个瞎子就好了，就看不见草原被糟蹋成啥样儿了……

老人摇摇晃晃地骑在马上，任由大马步履沉重地朝前走。他闭上了眼睛，喉咙里发出含混而苍老的哼哼声，散发着青草和老菊的气息，在陈阵听来，歌词有如简洁优美的童谣：

百灵唱了，春天来了。
獭子叫了，兰花开了。
灰鹤叫了，雨就到了。
小狼嗥了，月亮升了。
……

老人哼唱了一遍又一遍，童谣的曲调越来越低沉，歌词也越来越模糊了。就像一条从远方来的小河，从广袤的草原上千折百回地流过，即将消失在漫漶的草甸里。陈阵想，或许犬戎、匈奴、鲜卑、突厥、契丹的孩子们，还有成吉思汗蒙古的孩子们，都唱过这首童谣？可是，以后草原上的孩子们还能听得懂这首歌吗？那时他们也许会问：什么是百灵？什么是獭子？灰鹤？野狼？大雁？什么是兰花？菊花？

衰黄而苍茫的原野上，几只百灵鸟从草丛里垂直飞起，扇动着翅膀停在半空，仍然清脆地欢叫……

35

炎帝姓姜……姜姓是西戎羌族的一支，自西方游牧先入中部。

——范文澜《中国通史简编》(第一编)

西羌……以战死为吉利，以病终为不祥。堪耐寒苦同之禽兽，虽妇人产子，亦不避风雪。性坚刚勇猛，得西方金行之气焉。

——《后汉书·西羌传》

这年初冬的第一场新雪，很快就化成了空气中的湿润，原野变得寒冷而清新。一离开夏季新草场，喧闹的营地已成往事，每个小组又相隔几十里，连狗叫声也听不见了。冬草茂密的旷野，一片衰黄，荒凉得宛如寸草不生的大漠高原。只有草原的天空仍像深秋时那样湛蓝，天高云淡，纯净如湖。草原雕飞得更高，变得比镜面上的锈斑还要小。它们抓不到已经封洞的旱獭和草原鼠，只好往云端上飞，以便在更大视野里去搜寻野兔，而会变色的蒙古野兔躲藏在高高的冬草里，连狐狸都很难找到它们。老人说过，每年冬季，会饿死许多老鹰。

陈阵从团部供销社买回一捆粗铁丝。他补好了被小狼咬破抓破的柳条车筐，又花了一天的时间，在车筐里面贴着筐壁密密地拧编了一层铁丝格网，还编了一个网盖。铁丝很粗，比筷子细不了多少，用老虎钳得两只手使劲才能夹断铁丝。他估计小狼就是再咬坏一颗狼牙，也不可能咬开这个新囚笼，反正粗铁丝有的是，可以随破随补。在冬季，大雪将盖住大半截的牧草，牲畜能吃到的草大大减少。所以，冬季游牧就得一个月搬一次家，当牛羊把一片草场吃成了白色，就要迁场，把畜群赶往黄色雪原，而把封藏在旧草场雪底下的剩草，留给会用大马蹄刨雪的马群吃。冬季游牧每次搬家，距离都不远，只要移出上一次羊群吃草的范围便可，一般只有半天左右的路程。小狼再能折腾，要想在半天之内咬破牢笼，几乎不可能。陈阵舒了一口气，他苦思苦想了半个月，总算为小狼在冬季必须频频搬家，这件生死攸关的大事想出了办法。

游牧的确能逼出人的智慧。陈阵和杨克也想出了请狼入笼的法子：先在地上用加盖的车筐扣住小狼，然后再把牛车的车辕抬起来，把车尾塞到车筐底部，再把车筐连同小狼斜推上车，最后把车放平，再把车筐紧紧拴在车上。这样就可以让小狼安全上车，既伤不了人，也伤不了它自己。搬到新营盘下车时，就按相反的顺序做一遍即可。两人希望能用这种方法坚持到定居，到那时就给小狼建一个坚固的石圈，就可以一劳永逸，朝夕相守了。然后把小母狗和它放在一起养，它们本来就是一对青梅竹马耳鬓厮磨的小伙伴，以后天长日久肯定能创造感情的结晶——几窝狼狗崽。那可是真正的草原野狼的后代。

陈阵和杨克经常坐在小狼的旁边，一边抚摸着小狼，俩人一边聊天。这时小狼就会把它的脖颈架在他或他的腿上，竖起狼耳，好奇地听他俩声音。听累了，它就摇着头，转着脖子在人的腿上蹭痒痒。或者仰面朝天，后仰脖子，让他俩给它抓耳挠腮。两人憧憬着他们和小狼的未来。杨克抱着小狼，慢慢给它梳理狼毛，说：如果将来小狼有了自己的小狼狗，它就肯定不会逃跑了，狼是最顾家的动物，所有公狼都是模范大丈夫，不是小丈夫，只要没有野狼来招引它，咱们就是不拴链子，让它在草原上玩儿，它自个儿也会回窝的。

陈阵摇头说：如果那样，小狼就不是狼了，我可不想把它留在这儿……我原来梦想着有一条真正的野狼朋友。假如我骑马跑到西北边防公路旁边的高坡上，朝路那边的深山高声呼叫：小狼、小狼、开饭喽！它就会带着全家，一群真正的草原狼家族，撒着欢儿朝我跑过来，它们的脖子上都没有锁链，它们牙齿锋利，体魄强健，可它们会跟我在草地上打滚儿，舔我的下巴，叼住我的胳膊，却不使劲儿真咬我……可是小狼没了锋利的狼牙，我的幻想真就成了梦想了……

陈阵轻轻地叹气道：唉，我真是不死心啊。这些日子我又产生了新的幻想，我幻想自己成了一个牙科医生，重新给小狼镶上了四根锋利的钢牙，然后到明年开春，小狼完全长成大狼以后，就悄悄把它带到边防公路，把它放到外蒙古的大山里去。那里有狼群，没准它的狼爹白狼王，已经杀出一条血路，开辟了新的根据地。聪明的小狼一定能找到它的父王的，如果近距离接触，白狼王也可能从小狼身上嗅出自己家族的血缘气味，接纳咱们的小狼。没准小狼有四根锋利钢牙的武装，能在那边的草原打遍天下无敌手。说不定过几年白狼王会把王位交给咱们的小狼。这条小狼绝对是额仑草原最优秀的狼种，个性倔强又绝顶聪明，本来它就应该是下一代狼王的。如果小狼杀回蒙古本土，那里地广人稀，才只有两百万人口，是真正崇拜狼图腾的精神乐土，而且又没有恨狼灭狼的农耕势力，那里辽阔广袤的大草原才真是咱们小狼的英雄用武之地……我真是罪过啊，毁了这么出色的小狼的锦绣前程……

杨克痴痴地望着边境北方的远山，目光渐渐黯淡下去。叹了口气说道：你的前一个梦想，你要是再早十年来草原的话，还真没准能够实现。可是后一个幻想，就永远是个梦想了。你上哪儿去搬来一套贵重的牙医设备，连旗里医院都没有。老牧民镶牙还得上八百里远的盟医院呢。你敢抱着一条狼，上盟医院吗？别再幻想下去了，再这么下去，你就要成为蒙古草原的祥林嫂了，都是因为狼，可你的立场全在狼这边了……唉，咱俩还是面对现实吧。

回到现实中，陈阵和杨克最牵挂的还是小狼的伤，它的四只爪掌的伤口已经痊愈，而那颗乌黑的坏牙越发松动，牙龈也越来越红肿。小狼已不敢像从前那样拼命撕拽食物，有时它贪吃忘了牙疼，猛地撕拽，会一下子疼得松开食物，张大嘴倒吸凉气，并不断舔吮伤牙，直到疼劲儿过去，才敢用另一侧的牙慢慢撕咬。

更让陈阵感到不安的是，小狼咽喉内部的伤口，也一直没有愈合。他连续在肉食上涂抹云南白药，让小狼吞下，伤口倒是不再流血，但小狼进食时吞咽依然困难，而且经常咳嗽。陈阵不敢请兽医，只好借了几本兽医书，慢慢琢磨。

作为过冬肉食的牛羊已经杀完冻好。陈阵的蒙古包四个人，按照牧场的规定，整个冬季每人定量是六只大羊，共二十四只，四个人还分给了一头大牛。知青的粮食定量仍没有减下来，还是每人每月三十斤。而牧民的肉食定量与知青相同，但粮食只有十九斤。这样，陈阵包的肉食，就足够人吃、狗吃和狼吃的了。而且，在冬季，羊群中时常会有冻死病死的羊，人不吃，就都可以用来喂狗和喂狼。陈阵再也不用为小狼的食物操心了。陈阵和高建中把大部分冻好的肉食储存到小组的库房里，库房是三间土房，建在小组的春季草场，是到团部去的必经之路。蒙古包只留下一筐车的肉食，吃完了再到库房里去取。

草原冬季日短，每天放羊只有六七个小时，仅是夏季放牧时间的一半多一点，除了刮白毛风那种恶劣天气之外，冬季却是羊倌牛倌们休养生息的好日子。陈阵打算陪伴着小狼，好好读书和整理笔记。他等着欣赏小狼在漫天大雪中不断上演新的精彩好戏。陈阵相信狼的桀骜、智慧和神秘是草原戏剧的喷涌源泉。小狼一定不会让他这个最痴迷的狼戏戏迷失望的。

在漫长寒冷的冬季，逃出境外的野狼们将面临严酷几倍的生存环境，可他的小狼却生活在肉食可以敞开供应的游牧营地旁。小狼的冬毛已经长齐，好像猛地又长大了一圈，完全像条大狼了。陈阵把手掌插进小狼厚密的狼绒里，不见五指，还能感到狼身上小火炉似的体温，比戴什么手套都暖和。小狼还是不愿接受“大狼”的名字，叫它“大狼”它就装着没听见，叫它小狼，它就笑呵呵地跑来蹭你的腿和膝盖。小母狗经常跑进狼圈和小狼一起玩，小狼也不再把它的“童养媳”咬疼了，还常常把小母狗骑在胯下，练习本能动作，亲昵而又粗暴。杨克笑眯眯地说：看来明年有门儿了……

第三场大雪终于站住。阳光下的额仑草原黄白相间，站起来看，是一片黄白色的雪原，坐下来看，却是一片金色的牧场。嘎斯迈牧业小组将像一个原始草原部落，逐渐往辽阔而蛮荒的草原深处迁徙。陈阵又要带着小狼搬家了，去往另一处没有外人干扰、与世隔绝的冬季针茅草场。

陈阵和高建中带上两把铲雪的木锹，装了满满一车干牛粪，和两车搭羊圈用的活动栅栏和大围毡，赶着牛车先去新营盘打前站，铲羊圈。两人用了大半天时间，堆出四大堆雪，铲清了羊圈、牛圈、狼圈和蒙古包地基，又卸了车。下午赶着三辆空牛车往回走的时候，陈阵心情很愉快，这样一来，顺便就把装运小狼的空车也腾出来了。

第二天早晨，三个人拆卸了蒙古包，装车拴车，最后又顺利地把小狼扣进囚笼，推上囚车，绑好拴紧。小狼愤怒地咬了几口铁丝壁网，牙疼得使它不敢再咬。牛车一动，小狼又惊恐地低着头，缩着脖，半蹲着后半身，夹着尾巴，一动不动地在牛车上站了半天，一直站到新营盘。

陈阵把小狼安顿好了以后，给小狼一顿美餐——大半个煮熟的肥羊尾，让它体内多积累一些御寒的脂肪。陈阵还用刀子把羊尾切成条，使它更容易吞咽。套着锁链的小狼始终顽固坚守着两条狼性原则：一是，进食时绝对不准任何人畜靠近。小狼在吃东西的时候依然六亲不认，对陈阵和杨克也不例外。二是，放风时绝对不让人牵着走，否则就一拼到死。陈阵尽一切可能尊重小狼的这两条原则。在天寒地冻、白雪皑皑的冬季，小狼对食物的渴望和珍惜更加超过春夏秋三季。每次喂食，小狼总是龇牙咆哮，两眼喷射“毒针”，非把陈阵扑退到离狼圈外沿一步的地方，才稍稍放心地回到食物旁边吃食，而且还像野狼一样不时向陈阵发出咆哮威胁声。小狼虽然有伤，却依然强壮，它用加倍的食量来抵抗伤口的失血。

小狼的牙齿和咽喉的伤，还是影响了它的狼性气概，原先三口两口就能吞下的肥羊尾，现在却需要七口八口才能吞进肚。陈阵心里总有一种隐隐的担忧，不知道小狼的伤能不能彻底痊愈。

人迹罕至的边境冬季草原，弥散着远比深秋更沉重的凄凉，露出雪面的每一根飘摇的草尖上，都透出苍老衰败的气息。短暂的绿季走了，枪下残存的候鸟们飞走了，曾经勇猛喧嚣、神出鬼没的狼群已一去不再复返，凄清寂静单调的草原更加了无生气。陈阵心中一次次涌出茫无边际的悲凉，他不知道苏武当年在北海草原，究竟是怎么熬过那样漫长的岁月；他更不知道，在如此荒无人烟的高寒雪原，如果没有小狼和那些从北京带来的书籍，他会不会发疯发狂或是发痴发呆发麻发木。杨克曾说，他父亲年轻时在英国留学时发现，那些接近北极圈的欧洲居民的自杀率相当高。而那片俄罗斯草原和西伯利亚荒原上，许多个世纪来流行的斯拉夫忧郁症，也与茫茫雪原上黑暗漫长的冬季连在一起。但是为什么人口稀少的蒙古草原人，却精神健全地在蒙古草原和黑夜漫长的雪原上生活了几千年呢？他们一定是靠着同草原狼紧张、激荡和残酷的战争，才获得了代代强健的体魄与精神的。

草原狼是草原人肉体上的半个敌人，却又是精神上至尊的宗师。一旦把它们消灭干净，鲜红的太阳就照不亮草原，而死水般的安定就会带来消沉、萎靡、颓废和百无聊赖等等更可怕的精神敌人，将千万年强悍激情的草原民族精神彻底摧毁。

草原狼消失了，额仑草原的烈酒销量几乎增长了一倍……

陈阵开始说服自己，当年的苏武，定是仰仗着与北海草原凶猛的蒙古狼的搏斗，来战胜寂寞消沉和孤独岁月的。苏武成天生活在狼群的包围中，是绝不能消沉也不允许萎靡的。而且，匈奴单于配给苏武的那个蒙古牧羊姑娘，也一定是一个像嘎斯迈那样的勇敢、强悍而又善良的草原女人。这对患难夫妻生下的那个孩子，也定是一个敢于钻狼洞的“巴雅尔”。强悍勇敢的家庭肯定也在精神上支撑了苏武。遗憾的是，后来出使草原的汉使，只救出了苏武夫妇，而那个“巴雅尔”却永远留在了蒙古草原。陈阵越来越坚定甚至偏激地认定，是草原狼和狼精神最终造就了不辱使命、保持汉节的伟大的苏武。一个苏武尚且如此，那整个草原民族呢？

狼图腾，草原魂，草原民族刚毅之魂。

知青的荒凉岁月，幸而陈阵身边的小狼始终野性勃勃。

小狼越长越大，铁链越显越短。敏感不吃亏的小狼只要稍稍感到铁链与它的身长比例有些“失调”，它就会像受到虐待的烈性囚犯那样疯狂抗议：拼尽全身力气冲拽铁链，冲拽木桩，要求给它增加铁链长度的待遇。不达到目的，就不惜把自己冲死。小狼咽喉的伤还未长好，所以，陈阵只得又为小狼加长了一小截铁链，只有二十厘米长。然而，陈阵不得不承认，对已经长成大狼的“小狼”，新加长的铁链还是显短，但是他不敢再给它加长了。否则，铁链越长，小狼的助跑的距离就会越长，冲拽铁链的力量就会越强。陈阵担心铁链总有一天会被小狼磨损冲断。

开始采取狱中斗争的小狼，对拼死争夺到的每一寸铁链长度都非常珍惜，只要铁链稍一加长，它就会转圈疯跑，为新争到的每一寸自由而狂欢。小狼的四爪一踩到了黄草圈外的新雪地，就像是攻占了新领地，比捕杀了一匹肥马驹还激狂。还不等陈阵替它清雪扩圈，小狼马上就在新狼圈里跑得像轮盘赌一样疯狂。呼呼呼，呼呼呼，一圈又一圈，跑出了像是十几条前后追逐的狼队；跑得又像打草机和粉碎机，铁链狂扫，黄草破碎，草末飞舞。小狼发疯似的旋转，像一个可怕的黄风怪，平地卷起龙卷风一般的黄狼黄草黄沙风圈，让近在咫尺的陈阵看得心惊肉跳，生怕小狼在高速奔跑和旋转中，被强大的离心力像甩链球一样地甩出去，逃进深山，冲出国境。

每次只要陈阵一坐到小狼的圈旁，他心中的荒凉感就会立即消失，就像一股强大的野性充填到心中，一管热辣的狼血输进血管，体内勃勃的生命力开始膨胀。他情绪的发动机，被小狼高转速的引擎打着了火，也轰轰隆隆地奔突起来，使他感到兴奋和充实。

陈阵又开始兴致勃勃地欣赏小狼的表演了。看着看着，他就发现，小狼不光是在庆祝狂欢，还好像另有企图，小狼的兴奋过去了以后，还在拼命跑。陈阵感到小狼好像是在本能地锻炼速度，锻炼着越狱逃跑的本领，它企图挣脱铁链的劲头也远远强于夏秋时节。这条越来越强壮，越来越成熟的小狼，眼巴巴地望着辽阔无边的自由草原，似乎已被眼前触爪可及的自由，刺激诱惑得再也忍受不了脖子上的枷锁。陈阵非常理解小狼的心情和欲望，在自由的大草原上，让天性自由的狼见到自由，可又让它得不到自由，这可能是世界上最残忍的刑罚。但是陈阵不得不让小狼继续忍受，面对着雪原上连大狼都难以生存的漫长严冬，它一旦逃离这个狼圈，只有死路一条。小狼不断挣链，更加延缓了咽喉创伤的愈合。陈阵望着小狼，心口常常一阵阵发紧发疼。他只能增加了检查铁链、项圈和木桩的次数，严防它从自己眼皮子底下阴谋越狱，逃向自由和死亡。

小狼半张着嘴，还在不知疲倦地奔跑，有时还笑呵呵地向陈阵瞟一眼。那眼神如电光火石稍纵即逝。那个瞬间，陈阵心里忽而觉得无比温暖与感动——他的生命力难道已经萎缩了吗？他的意志与梦想难道就此了结了吗？面对着小狼的野性与蓬勃，陈阵惭愧地自问。他发现小狼昂扬旺盛的生命力，正在迅猛地烘干他生命中沤烟的湿柴。那么就让小狼纵情发泄，尽情燃烧吧，他要让小狼跑个痛快。

小狼又疯跑了几圈，开始跌跌撞撞起来，突然，它猛地刹车停步，站在那里大口喘气，身体晃了两下，噗地趴倒在地。陈阵不知发生什么事，慌忙跑进狼圈，想扶起小狼。却发现它的两只狼眼，明明望着他，却聚不拢视焦，对不准他的眼睛了。小狼挣扎了几下，自己站了起来，晃了两晃，又重重地跌倒在地，像一条喝醉酒的狼。陈阵乐出了声，显然小狼飞速转磨转晕了。狼从来没有在像驴拉磨一样的跑道上如此疯跑过，即使毛驴转圈拉磨，还要蒙上眼睛，更何况是狼了。陈阵第一次见到晕狼，小狼晕得东倒西歪，难受得张大嘴直想吐。

陈阵急忙给小狼打来半盆温水，小狼晃晃悠悠，当的一声，鼻梁撞到了盆边。好不容易才站稳了脚，总算探头喝到了水。然后张开四肢，侧躺在地，喘了半天，重又站起来。奇怪的是，它刚刚缓过劲来，又上了赌盘转磨疯跑。

陈阵心里一阵酸涩，一种更为强烈的自责突然袭来。在这荒无人迹的流放之地，有小狼陪伴，有狼圈里的生命发动机对他的不断充电，才使他有力量熬过这几乎望不见尽头的冬季。这片肥沃而荆棘丛生的土地，充满了两种民族的性格和命运的冲撞，令他一生受用不尽。然而，他对狼的景仰与崇拜，他试图克服人类对狼的无知与偏见的研究和努力，难道真的必须以对小狼的囚禁羁押为前提、以小狼失去自由和快乐为代价，才能实施与实现的吗？

陈阵深深陷入了对自己这一行为的怀疑和忧虑之中。

该读书了，但陈阵步履迟疑，他感到自己在精神和情感上仿佛患了小狼依赖症。他一步三回头地离开了小狼，他不知道自己还能为小狼做些什么。

小狼的性格最终决定了小狼的命运。

陈阵始终认为，他在那个寒冷的冬天，最后失去了小狼，是腾格里安排的一种必然，也是腾格里对他良心的终生惩罚，使他成为良心上的终生罪犯，永远得不到宽恕。

小狼伤情的突然恶化，是在一个无风、无月亮、无星星和无狗吠的黑夜。古老的额仑草原静谧得如同化石中的植物标本，没有一丝生命的气息。

后半夜，陈阵突然被一阵猛烈的铁链哗哗声惊醒。强烈的惊悚，使得他头脑异常清醒，听力超常灵敏。他侧耳静听，在铁链声的间隙，隐隐地从边境大山传来了微弱的狼嗥，断断续续，如簧如箫，苍老哀伤，焦急愤懑。那些被赶出家园和国土的残败狼群，可能又被境外更加剽悍的狼军团攻杀，只剩下白狼王和几条伤狼孤狼，逃回到边境以南、界碑防火道和边防公路之间的无人区。然而，它们却无法返回充满血腥的故土。狼王在焦急呼嗥，似乎在急切地寻找和收拢被打散的残兵，准备再次率兵攻杀过去，拼死一战。

陈阵已经有一个多月没有听到额仑自由狼的嗥声了。那微弱颤抖焦急的嗥声，却包含了他所担心的所有讯息。他想，毕利格阿爸可能正在流泪，这惨烈的嗥声比完全听不到嗥声更让人绝望。额仑草原大部分最强悍、凶猛和智慧的头狼大狼，已被特等射手们最先消灭。大雪覆盖额仑草原以后，吉普已停行，但是那些骑兵出身的特等射手早已换上快马继续去追杀残狼。额仑草原狼好像已经没有实力再去杀出一条血路，打出一块属于自己的新地盘了。

陈阵最为担心的事情也终于发生。久违的狼嗥声忽然唤起了小狼的全部希望、冲动、反抗和求战欲。它好像是一个被囚禁的草原孤儿王子，听到了失散已久的苍老父王的呼声，而且是苍老的求援声，它顿时变得焦躁狂暴，急得想要把自己变成一发炮弹发射出去，又急得想发出大炮一样的轰响来回应狼嗥。然而，小狼的咽喉已伤，它已经发不出一丝狼嗥声来回应父王和同类的呼叫，它急得发疯发狂，豁出命地冲跃、冲拽铁链和木桩，不惜冲断脖颈，也要冲断铁链，冲断项圈，冲断木桩。陈阵的身体感到了冻土的强烈震动，从狼圈方向传来的那一阵阵激烈的声响中，他能想象出小狼在助跑！在冲击！在吐血！小狼越冲越狠，越冲越暴烈。

陈阵吓得掀开皮被，迅速穿上皮裤皮袍，冲出蒙古包。手电光下，雪地上血迹斑斑，小狼果然在大口喷血，一次又一次的狂冲，它的项圈勒出了血淋淋的舌头，铁链绷得像快绷断的弓弦，胸口挂满一条条的血冰。狼圈里血沫横飞，血气蒸腾，杀气腾腾。

陈阵不顾一切地冲上去，企图抱住小狼的脖子，但他刚一伸手就被小狼吭地一口，袖口被撕咬下一大块羊皮。杨克也疯了似的冲了过来，但两人根本接近不了小狼，它憋蓄已久的疯狂，使它像杀红了眼的恶魔，又简直像一条残忍自杀的疯狼。两人慌得用一块盖牛粪的又厚又脏的大毡子扑住了狼，把它死死地按在地下。小狼在血战中完全疯了，咬地、咬毡子、咬它一切够得着的东西，还拼命甩头挣链。陈阵觉得自己也快疯了，但他必须耐着性子一声一声亲切地叫着小狼，小狼……不知过了多久，小狼才终于拼尽了力气，才慢慢瘫软下来。两人像是经历了一场与野狼的徒手肉搏，累得坐倒在地，大口喘着白气。

天已渐亮，两人掀开毡子，看到了小狼疯狂反抗、拼争自由和渴望父爱的严重后果：那颗病牙，已歪到嘴外，牙根显然是在撕咬那块脏毡子的时候拽断的，血流不止，小狼很可能已把脏毡上的毒菌咬进伤口里。精疲力竭的小狼，喉咙里不断冒血，比那次搬家时候冒得还要凶猛，显然是旧伤复发，而且伤上加伤。小狼瞪着血眼，一口一口地往肚子里咽血，皮袍上，厚毡上，狼圈里，到处都是大片大片的血迹，比杀一只马驹子的血似乎还要多，血都已冻凝成冰。陈阵吓得双腿发软，声音颤抖、结结巴巴地说：完了，这回可算完了……杨克说：小狼可能把身上一半的血都喷出来了，这样下去血会流光的……

两人急得团团转，却不知道怎样才能给小狼止住血。陈阵慌忙骑马去请毕利格阿爸。老人见到满身是血的陈阵也吓了一跳，急忙跟着陈阵跑过来。老人见小狼还在流血，忙问：有没有止血药？陈阵连忙把云南白药的小药瓶全都拿了出来，一共四瓶。老人走进蒙古包，从手把肉盆里，挑出一整个熟羊肺，用暖壶里的热水化开泡软，切掉了气管等硬物，把左右两肺断开，然后在软肺表面涂满白药，走到狼圈旁边，让陈阵喂小狼。陈阵刚把食盆送进狼圈，小狼便叼住一叶肺吞了下去。羊肺经过食道吸泡了血，便鼓胀了起来，小狼差点被噎住。涂着白药的柔软羊肺像止血棉，在咽喉里停留了好一会儿，才困难地通过喉咙。泡胀的羊肺止压了血管，并把白药抹在了食道的伤口上。小狼费力地吞进两叶羊肺，口中的血才渐渐减少。

老人摇了摇头说：活不成了，血流得太多，伤口又在要命的喉咙里，就算这一次止住了，下次它再听见野狼叫，你还能止住吗？这条狼，可怜呐，不让你养狼，你偏要养。我看着比刀子割我脖子还难受啊……这哪是狼过的日子，比狗都不如，比原先的蒙古奴隶还惨。蒙古狼宁死也不肯过这种日子的……

陈阵哀求道：阿爸，我要给它养老送终，您看它还有救吗？您把您治病的法子全教给我吧……

老人瞪眼道：你还想养？趁着它还像一条狼，还有一股狼的狠劲，赶紧把它打死，让小狼像野狼一样战死！别像病狗那样窝囊死！成全它的灵魂吧！

陈阵双手发抖，他从来没有想过要让自己来亲手打死小狼，这可是他历经风险、千辛万苦才养大的小狼啊。他强忍眼泪，再一次恳求：阿爸，您听我说，我哪能下得了手……就是有一星半点的希望我也要救活它……

老人脸一沉，气得猛咳了几下，往雪地上啐了一大口痰，吼道：你们汉人永远不明白蒙古人的狼！

说完，老人气呼呼地跨上马，朝马狠狠抽了一鞭，头也不回地向自己的蒙古包奔去。

陈阵心里一阵剧烈的疼痛，就好像他的灵魂也狠狠地挨了一鞭子。

两个人像木桩似的定在雪地上，失魂落魄。

杨克用靴子踢着雪地，低头说：阿爸还没对咱俩发过这么大的火呢……小狼已经不是狼崽了，它长大了，它会为了自由跟咱们拼命的。狼才是真正“不自由，毋宁死”的种族。照这个样子，小狼肯定是活不了了。我看还是听阿爸的话吧，给小狼最后一次做狼的尊严……

陈阵的泪在面颊上冻成了一长串冰珠。他长叹一声说：我何尝不理解阿爸说的意思？可是从感情上，我下得了这个手吗？将来如果我有儿子的话，我都不会像养小狼这样玩命了……让我再好好想想……

失血过量的小狼，摇摇晃晃地站起来，走到狼圈的边缘，用爪子刨了圈外几大块雪，张嘴就要吃。陈阵急忙抱住了它，问杨克：小狼一定是想用雪来止疼，该不该让它吃？

杨克说：我看小狼是渴了，流了那么多血能不渴吗？我看现在一切都随它，由它来掌握自己的命运吧。

陈阵松开了手，小狼立即大口大口地吞咽雪块。虚弱的小狼疼冷交加，浑身剧烈抖动，犹如古代被剥了皮袍罚冻的草原奴隶。小狼终于站不住了，瘫倒在地，它费力地蜷缩起来，用大尾巴弯过来捂住自己的鼻子和脸。小狼还在发抖，每吸一口寒冷的空气，它全身都会痉挛般地颤抖，到吐气的时候颤抖才会减弱，一颤一吸一停，久久无法止息。陈阵的心也开始痉挛，他从来没有见过小狼这样软弱无助，他找来一条厚毡盖在小狼的身上，恍惚间觉得小狼的灵魂正在一点一点脱离它的身体，好像已经不是他原来养的那条小狼了。

到了中午，陈阵给小狼煮了一锅肥羊尾肉丁粥，用雪块拌温了以后，端去喂小狼。小狼用足全身的力气，摆出狼吞虎咽的贪婪架势，然而，它却再没有狼的吃相了。它吃吃停停，停停吃吃，边吃边滴血边咳嗽。咽喉深处的伤口仍然在出血，平时一顿就能消灭的一锅肉粥，竟然吃了两天三顿。

那两天里，陈阵和杨克白天黑夜提心吊胆地轮流守候服侍小狼。但小狼一顿比一顿吃得少，最后一顿几乎完全咽不下去了，咽下去的全是它自己的血。陈阵赶紧骑上快马，带了三瓶草原白酒，请来了大队兽医。兽医看了满地的血就说：别费事了，亏得是条狼，要是条狗，早就没命啦。

兽医连一粒药也没给，跃上马就去了别家的蒙古包。

到第三天早晨，陈阵一出包，发现小狼自己扒开毡子，躺在地上后仰着脖子急促喘气。他和杨克跑去一看，两人都慌了手脚。小狼的脖子肿得快被项圈勒破，只能后仰脖子才能喘到半口气。陈阵急忙给小狼的项圈松了两个扣，小狼大口喘气，喘了半天也喘不平稳，它又挣扎地站起来。两人掐开小狼的嘴，只见半边牙床和整个喉咙肿得像巨大的肿瘤，表皮已经开始溃烂。

陈阵绝望地坐倒在地。小狼挣扎地撑起两条前腿，勉强端坐在他的面前，半张着嘴，半吐着舌头，滴着半是血水的唾液，像看老狼一样地看着陈阵，好像有话要跟他说，然而却喘得一点声音也吐不出来。陈阵泪如雨下，他抱住小狼的脖子，和小狼最后一次紧紧地碰了碰额头和鼻子。小狼似乎有些坚持不住，两条负重的前腿又剧烈地颤抖起来。

陈阵猛地站起，跑到蒙古包旁，悄悄抓起半截铁钎，然后转过身，又把铁钎藏到身后，大步朝小狼跑去。小狼仍然端坐着急促喘息，两条腿抖得更加厉害，眼看就要倒下。陈阵急忙转到小狼的身后，高举铁钎，用足全身的力气，朝小狼的后脑砸了下去。小狼没有发出一点声音，软软倒在地上，像一头真正的蒙古草原狼，硬挺到了最后一刻……

那个瞬间，陈阵觉得自己的灵魂被击出体外，他似乎又听到灵魂冲出天灵盖的铮铮声响，这次飞出的灵魂好像再也不会回来了。陈阵像一段惨白的冰柱，冻凝在狼圈里……

全家的大狗小狗，不知发生了什么事，全跑了过来，看到已经倒地死去的小狼，上来闻了闻，都惊吓得跑散了。只有二郎冲着两位主人愤怒地狂吼不止。

杨克噙着泪水说：剩下的事情，也该像毕利格阿爸那样来做。我来剥狼皮筒，你进包歇歇吧。

陈阵木木地说：是咱们俩一起掏的狼崽，最后就让咱俩一起剥皮筒吧。

两人控制着发抖的手，小心翼翼地剥出了狼皮筒，狼毛依旧浓密油亮，但狼身已只剩下一层瘦膘。杨克把狼皮筒放在蒙古包的顶上，陈阵拿了一个干净的麻袋，装上小狼的肉身，拴在马鞍后面。两人骑马上山，跑到一个山顶，找到几块布满白色鹰粪的岩石，用马蹄袖扫净了雪，把小狼的尸体轻轻地平放在上面。他俩临时选择的天葬场寒冷肃穆，脱去战袍的小狼已面目全非，陈阵已完全不认识自己的小狼了，只觉得它像所有战死沙场、被人剥了皮的草原大狼一模一样。陈阵和杨克面对宝贝小狼的白生生的尸体，却没有了一滴眼泪。在蒙古草原上，几乎每一条蒙古狼都是毛茸茸地来，赤条条地去，把勇敢、强悍和智慧，以及美丽的草原留在人间。此刻的小狼，虽已脱去战袍，但也卸下了锁链，它终于像自己的狼家族成员和所有战死的草原狼一样，无拘无束、自由自在地面对坦荡旷达的草原。小狼从此将正式回归狼群，重归草原战士的行列，腾格里是一定不会拒绝小狼的灵魂的。

他俩不约而同地抬头看了看天空，已有两只苍鹰正在头顶上空盘旋。两人再低头看看小狼，它的身体已经冻硬了薄薄一层，陈阵和杨克急忙上马下山。等他俩走到草甸的时候，回头看，那两只鹰已经螺旋下降到山顶岩石附近。小狼还没有冻硬，它将被迅速天葬，由草原鹰带上高高的腾格里。

回到家，高建中已经挑好了一根长达六七米的桦木杆，放在蒙古包门前，并在狼皮筒里塞满了黄干草。陈阵将细皮绳穿进小狼的鼻孔，再把皮绳的另一端拴在桦木杆的顶端。三个人把笔直的桦木杆，端端正正地插在蒙古包门前的大雪堆里。

猛烈的西北风，将小狼的长长皮筒吹得横在天空，把它的战袍梳理得干净流畅，如同上天赴宴的盛装。蒙古包烟筒冒出的白烟，在小狼身下飘动，小狼犹如腾云驾雾，在云烟中自由快乐地翻滚飞舞。此时它的脖子上再没有铁链枷锁，它的脚下再没有狭小的牢地。

陈阵和杨克久久地仰望着空中的小狼，仰望腾格里。陈阵低低自语：小狼，小狼，腾格里会告诉你的身世和真相的。在我的梦里咬我，狠狠地咬吧……

陈阵迷茫的目光追随着小狼调皮而生动的舞姿，那是它留在世上不散的外形，那美丽威武的外形里似乎仍然包裹着小狼自由和不屈的魂灵。突然，小狼长长的筒形身体和长长的毛茸茸大尾巴，像游龙一样地拱动了几下，陈阵心里暗暗一惊，他似乎看到了飞云飞雪里的狼首龙身的飞龙。小狼的长身又像海豚似的上下起伏地拱动了几下，像是在用力游动加速……风声呼啸、白毛狂飞，小狼像一条金色的飞龙，腾云驾雾，载雪乘风，快乐飞翔，飞向腾格里、飞向天狼星、飞向自由的太空宇宙、飞向千万年来所有战死的蒙古草原狼的灵魂群……

那一刹，陈阵相信，他已见到了真正属于自己内心的狼图腾。

尾　声

额仑狼群消失以后的第二年早春，兵团下令减少草原狗的数量，以节约宝贵的牛羊肉食，用来供应没有油水的农业团。首先遭此厄运的是狗崽们，草原上新生的一茬小狗崽几乎都被抛上腾格里，额仑草原到处都能听到母狗们凄厉的哭嚎声，还能看到母狗刨出被主人悄悄埋掉的狗崽，并叼着死狗崽发疯转圈。草原女人们号啕大哭，男人们则默默流泪。草原大狗和猎狗也一天天消瘦下去。

半年后，二郎远离蒙古包，又在草丛中沉思发呆的时候，被一辆兵团战士的卡车上的人开枪打死，拉走。陈阵、杨克、张继原和高建中狂怒地冲到团部和两个连部，但是一直未能找到凶手。所有新来的汉人在吃狗肉上结成统一战线，把凶手藏得像被异族追捕的英雄一样。

四年后一个白毛风肆虐的凌晨，一位老人和一位壮年人骑着马驾着一辆牛车向边防公路跑去，牛车上载着毕利格老人的遗体。大队的三个天葬场已有两处弃之不用，一些牧民死后已改为汉式的土葬。只有毕利格老人坚持要到可能还有狼的地方去。他的遗嘱是让他的两个远房兄弟，把他送到边防公路以北的无人区。

据老人的弟弟说，那夜，边防公路的北面，狼嗥声一夜没停，一直嗥到天亮。

陈阵、杨克和张继原都认为，毕利格阿爸是痛苦的，也是幸运的老人。因为他是额仑草原最后一个由草原天葬而魂归腾格里的蒙古族老人。此后，草原狼群再也没有回到过额仑草原。

不久，陈阵、杨克和高建中被连队抽调到连部，杨克当小学老师，高建中去了机务队开拖拉机，陈阵当仓库保管员，只有张继原仍被牧民留在马群当马倌。伊勒和它的孩子们都留给了巴图嘎斯迈一家，忠心的黄黄却抛弃妻儿跟着陈阵到了连部。但是只要嘎斯迈的牛车狗群一到连部，黄黄就会跟妻儿玩个痛快，而且每次车一走，它就会跟车回牧业队，拦也拦不住，每次都要待上好多天才自己单独一个跑回陈阵身边。不管牧业组搬得再远，甚至一百多里远，它都会回来。可每次回来以后都闷闷不乐。陈阵担心黄黄半路出事，可是见它每次都能平安回来，也就大意了，他也不忍剥夺黄黄探亲和探望草原的自由和快乐。然而，一年后黄黄还是走“丢”了。草原人都知道草原狗不会迷路，也不会落入狼口。额仑狼已经消失，即使狼群还在，草原上也从未有过狼群截杀孤狗的先例。半路截杀黄黄的只有人，那些不是草原人的人……

陈阵和杨克又回到汉人为主的圈子里，过着纯汉式的定居生活。周围大多是内地来的转业军人和他们的家属，以及来自天津和唐山的知青兵团战士。然而，他俩从情感上却永远不能真正地返回汉式生活了。两人在工作和自学之余经常登上连部附近的小山顶，久久遥望西北的腾格里，在亮得耀眼的、高耸的云朵里，寻找小狼和毕利格阿爸的面庞和身影……

一九七五年，内蒙古生产建设兵团被正式解散。但水草丰美的马驹子河流域，却早已被垦成了大片沙地。房子、机器、汽车、拖拉机，以及大部分的职工和他们的观念、生活方式还都留在草原。额仑草原在一年一年地退化。如果听到哪个蒙古包被狼咬死一只羊，一定会被人们议论好几天，而听到马蹄陷入鼠洞，人马被摔伤的事情却渐渐多了起来。

几年后，陈阵在返回北京报考研究生之前，借了一匹马，去向巴图和嘎斯迈一家道别，然后特地去看望了小狼出生的那个百年老洞。老洞依然幽深结实，洞里半尺的地方已结了蜘蛛网，有两只细长的绿蚂蚱在网上挣扎。陈阵扒开草探头往洞里看，洞中溢出一股土腥味，原先那浓重呛鼻的狼气味早已消失。老洞前，原来七条小狼崽玩耍和晒太阳的平台已长满了高高的草棵子……陈阵在洞旁坐了很久，身边没有小狼，没有猎狗，甚至连一条小狗崽也没有了。

在北京知青去额仑草原插队三十周年的夏季，陈阵和杨克驾着一辆蓝色“切诺基”离开了京城，驶向额仑草原。

陈阵在社科院研究生院毕业以后，一直在一所大学的国情研究所从事国情和体制改革的研究。杨克取得法学学士学位以后，又拿下硕士学位和律师资格，此时他已经是北京一家声誉良好的律师事务所的创办人。这两个年过半百的老友一直惦念草原，但又畏惧重返草原。然而三十周年这个“人生经历”的“而立”之年，使他俩必须立定决心重返额仑草原。他俩将去看望他们的草原亲友，看望他们不敢再看的“乌珠穆沁大草原”，看望黑石山下那个小狼的故洞。陈阵还想再到草原验证和感受一下自己学术书稿中的观点。

吉普一进入内蒙古地界，天空依然湛蓝。然而，只有在草原长期生活过的人知道，腾格里已经不是原来的腾格里了，天空干燥得没有一丝云。草原的腾格里几乎变成了沙地的腾格里。干热的天空之下，望不见茂密的青草，稀疏干黄的沙草地之间是大片大片的板结沙地，像铺满了一张张巨大的粗砂纸。干沙半盖的公路上，一辆辆拉着牛羊的铁笼卡车，卷着黄尘扑面而来，驶向关内。一路上几乎见不到一个蒙古包、一群马、一群牛。偶尔见到一群羊，则乱毛脏黑、又瘦又小，连从前额仑草原的处理羊都不如……两人几乎打消了继续前行的愿望。他俩都舍不得自己心中湿润青绿的草原美景底片被干尘洗掉，被“砂纸”磨损。

杨克在路边停下车，拍了拍身上的干尘对陈阵说：前十来年太忙，没时间回草原看看。这些年，我下面的人都可以独当一面了，这才有点时间，可又不敢来。今年春天张继原去了一趟额仑，他跟我讲了不少草原沙化的事儿。我做了那么长时间的精神准备，没想到草原沙化还是超出我的想象。

陈阵拍了拍方向盘说：让我来开吧……阿爸才走了二十多年，咱们就亲眼看到他所预言的恶果了。咱俩还真得回额仑草原去祭拜他。而且，再不回去看看，小狼的那个洞可能真要被沙子填死了。老洞是称霸草原千万年的草原狼留在世上的唯一遗迹了。

杨克说：百年老洞都是最结实的洞，几百年都塌不了，才过了二十多年也准保塌不了。老洞那么深，风沙没一百年也准保填不满它。

陈阵说：我也真想念乌力吉，真想再见到他，再向他好好请教请教狼学和草原学。只可惜，他对草原伤透了心，他退休以后就离开了草原进了城，住到女儿家里养病去了。中国没有竞争选拔人才的科学民主机制，耿直的优秀人才总被压在下面。这位中国少有的狼专家和草原专家就这么被体制黄沙彻底埋没了。我看，体制黄沙比草原黄沙更可怕，它才是草原沙尘暴的真正源头之一。

吉普在干尘热风中行驶了一千多公里，直到把两条胳膊晒疼晒黑，两人才接近额仑草原。第二天，吉普进入额仑，毕竟额仑草原是乌珠穆沁大草原的死角和边境，两人总算见到了连成片的稀疏草场。额仑还算是绿的，但是，不能低头看，一低头，草场便清澈见底，可以看清地面的沙尘和沙砾。而在过去，密密的草下全是陈草羊粪马粪的腐殖质，甚至还长着像豆芽菜那样的细长灰头蘑菇。陈阵在草原的盛夏，居然想起了描写草原初春的古代诗句，他苦涩地吟道："草色遥看近却无。"

两人的心悬了起来。他们知道再往前走就是一条千年古河，河水没马膝，甚至贴马腹。从前只有大卡车才能涉水过河，军吉普只能加足马力冲水才能利用惯性过河。到草原雨季，这条河经常可以让牧场断邮短粮断百货半个月甚至一个月。陈阵和杨克正商量用什么办法过河，"切诺基"却已到达河岸，两人往下一看都闭上了口。离开草原时还是河水湍急的老河，如今已经水落石出，河床上只剩下一片湿漉漉的河沙、晒干表面的碎石和几条蚯蚓般细小的水流。吉普轻松过河，他俩的心却越发沉重。

过河不久，两人仿佛进入草原战场，广袤的额仑到处都布满了水泥桩柱和铁丝网。吉普竟然在铁丝网拦出的通道里行驶。陈阵再仔细观察铁丝网，发现每块被铁丝网圈起来的草场大约有几百亩，里面的草比圈外的草要高得多，但是仍是稀疏草场，可以看得见草下的沙地。杨克说：这就是所谓的"草库仑"了，牧区的草场和牲畜承包到户以后，家家都圈出一块草场留作接羔草场，夏秋冬三季不动。陈阵说：这点儿草怎么够啊？杨克说：我听说这几年牧民都开始减少自己的牲畜，有的人家已经减了一半了。

又路过几个"草库仑"，两人发现每个草库仑中间都盖有三四间红砖瓦房和接羔棚圈。但在这个季节房子里都没有住人，烟囱不冒烟，门前也没有狗和牛犊。牧民可能都赶着畜群迁到深山里的无主草场去了。陈阵望着草原上一层又一层的铁丝网感慨道：在盛产蒙古最出名的乌珠穆沁战马的草场，过去谁敢修建铁丝网啊？到了晚上，那还不成了绊马索，把马勒伤勒死？可如今，那曾经震撼世界的蒙古马，终于被人赶出了蒙古草原。听说牧民大多骑着摩托放羊了。电视上还把这件事当作牧民生活富裕的标志来宣传，实际上是草原已经拿不出那么多的草来养马了。狼没了以后就是马，马没了以后就是牛羊了。马背上的民族已经变成摩托上的民族，以后没准会变成生态难民族……咱们总算见到了农耕文明对游牧文明的“伟大胜利”。现在政治上已经发展到“一国两制”，可是汉民族在意识深处仍然死抱着“多区一制”，不管农区牧区，林区渔区，城区乡区，统统一锅烩，炮制成一个“大一统”口味。“伟大胜利”之后就是巨大的财政补贴，可是即便贴上一百年，草原的损失也补不回来了。

两人沿着土路向原来的连部所在地开去，他俩急于想见到牧民，见到人。但是，翻绕过那道熟悉的山梁，原连部所在地竟是一片衰黄的沙草地，老鼠乱窜，鼠道如蛇，老鼠掏出的干沙一摊又一摊。原先的几排砖房土房已经一间不剩。陈阵驾车在曾经喧闹的连部转了一圈，竟连一条墙基也没有压到，却几次陷到压塌的鼠窝里。两人才离开这里二十年，所有残基却都已被一年叠一层的黄沙掩盖得如此干净。

陈阵叹道：草原无狼鼠称王。深挖洞，广积粮，谁说老鼠不称霸？中国人虽然也说“老鼠过街，人人喊打”，可是潜意识里却尊崇鼠性，十二生肖鼠为首。子鼠与子民，与小农意识在目光、生育、垦殖和顽固方面何其相似。

杨克替换了陈阵，疯了似的把车开到最近的一个小山包。登高远望，才总算在北面找到了一些牛群和几座冒着炊烟的房子，但还是没有发现一个蒙古包。杨克立即驾车向最近的炊烟疾驰而去。刚走出十几里，忽然远处土路上卷起长长一溜黄尘，陈阵多么希望是马倌的一匹快马啊。开到近处却发现是一辆锃亮的雅马哈摩托。一位身着夹克衫，头戴棒球帽的十五六岁蒙古少年，一个原地掉头急刹车，停在吉普车的旁边。陈阵吃惊地发现少年肩上竟然斜背着一支小口径步枪，摩托车的后座旁边还挂着一只半大的老鹰，正滴着血。陈阵眼前立即闪现老阿爸第一次见到这种枪惊惶失色的眼神。他没想到蒙古孩子也已经拥有这种武器，而且还坐在更先进的进口两轮机器上使用这种武器。

杨克急忙用蒙语问候，并亮明自己的身份，报了自家的名字。少年白红的脸上露出陌生和冷淡，他一边瞪大眼睛望着“切诺基”，一边用东北口音的汉话说，他是朝鲁的小儿子，从盟里中学回家过暑假。陈阵想了半天才想起，朝鲁是外来户，是原场部管基建队的一个小干部。听张继原等同学说，草原改制以后，所有兵团和牧场留下的转业军人和场部职工也都分到了草场和牲畜，变成了汉式生活方式的牧民，额仑草原凭空增加了百分之三十的汉式定居牧业点。

陈阵问：你打老鹰干什么？

少年说：玩呗。

你是个中学生，难道不知道保护野生动物？

老鹰叼羊羔，怎么不可以打？额仑的老鼠太多，打死几只老鹰，外蒙古的老鹰马上又会飞过来的。

杨克问了巴图和嘎斯迈的家的地点。少年指了指北边说，过了边防公路，最北边的，最大的一个石圈就是他们家。说完，急转一百八十度，头也不回地朝有老鹰的山头冲去了。

杨克和陈阵忽然感到自己好像变成了额仑草原的客人和外人，一种从未有过的陌生感越来越排斥他俩的到来。杨克说：咱们谁家也别去，先直奔巴图家。只有见到嘎斯迈他们，咱俩才不是外人。

吉普加快车速，沿着他俩熟悉的草原迁场古道朝边防公路飞驰。陈阵开始寻找山包上的旱獭，微微突起的古老獭洞平台依然散布在山包上，獭洞旁边的草也比较高。然而，跑了几十里，却一只獭子也没有发现。杨克说：连小孩都有了小口径步枪，你还能找到獭子吗？陈阵只好收回目光。

吉普路过几家有人住的房子，但是，冲出来的狗却又少又小，一般只有两三条，而狗的体格竟比北京别墅区里的“黑背”狼狗还要小。从前吉普路过蒙古包，被七八条十几条毛茸茸巨狗包围追咬的吓人场面再也见不到了，狗的吼声再也没有了以前能吓住草原狼的那种凶狠气概。杨克说：狼没了以后就是狗，狗没了以后就是战斗，战斗没了以后就只剩下懒散和萎靡了……草原狗可能比北京城里的狗更早成为人们的宠物。

陈阵叹道：我真想二郎啊，要是它还活着，这些苗条的狗还能叫作狗吗？

杨克说：草原没了狼，其他各个环节全松扣了。没有狼，猛狗变成了宠物，战马变成了旅游脚力和留影道具。

陈阵揉了揉吹进眼里的沙子，说：汉人对草原一无所知，现在的政策对草原功能的定位还是没定准，重经济，轻生态。内蒙古草原是华夏的生态和生命的屏障，应该把内蒙古草原定为生态特区，给予生态财政补贴，实行特别通行证制度，严禁农业、工业和流民进入草原。

吉普进入原来二队的黄金宝地——春季接羔草场，可眼前一片斑驳。秃地与沙草一色，硝粉与黄尘齐飞。陈阵满目干涩，望着草甸东北边远远的黑石山，他真想让杨克把车直接开到那里的山脚下。

杨克说：我在电视里看了二十年的《动物世界》，越看我就越想骂你和骂我自己。要不是你，我也不会欠草原那么重的债。内蒙古草原腹地七条最棒的小狼崽，个个都是珍稀品种，全死在你的手里了。我成为你的最大帮凶。现在我儿子一提起这件事，就骂我愚昧！农民！残忍！唉，从现代法律上讲，我的法律责任也不小，是我支持你去掏狼窝的。要是我不去，你肯定不敢一个人半夜上狼山的。上海知青在云南的孽债，还可挽回，补救，而且还能重新找回那么可爱的女儿，让我好生羡慕。可你我的孽债，真是无可挽回了……还是女儿好啊。我那个儿子，在家里是条狼，可一出门连只山羊都不如。被同学抢走三个钱包，连叫都不敢叫一声。

陈阵默然。杨克又问：你这二十年，国内国外，模型体制，经济政治，农村城市研究了一大圈，为什么最后又转回到国民性的课题上来？

陈阵反问道：难道你认为这个问题不解决，其他的问题能得到最终解决吗？

杨克想了想说道：那倒也是。自从鲁迅先生提出国民性的问题以后，这个问题还是没有得到解决。中国人好像始终就除不掉那个病根……改革二十年了，进步不小，可走起来还是病病怏怏的，你就找个时间先给我开个讲座吧。

吉普一过高坡上的边防公路，可以俯看漫长的边境线，两人都惊大了眼睛。原先二十多里宽的军事禁区和无人区，终于被人畜的增长压力所突破，如今成了人畜兴旺的牧场。这里竟是行驶一千多公里以后所见的唯一还能叫作草原的草场。草场的草虽然比过去矮了一半，但仍是一片深绿，被军事禁区保护了几十年的草地还没有明显地出现沙化的迹象。大概也受到边境那边原始草原的湿气侵漫，这片草场竟显出一些被雾露滋润的嫩青色。一路上所见的干黄萧条印象顿时为之一扫。草场上红砖瓦房，石圈石棚像一座座散布在边境线上的明碉暗堡，每座房子大多建在地势较高的地方，是一片片个人承包草场的中心。眼前边境线草场散布着数十群牛羊，使两人吃惊的是羊群，每群羊庞大无比，大多超过三千只，有的甚至多达四千只。游牧已变成定居定牧。

杨克掏出精致的高倍望远镜，又仔细地看了看说：这里的羊群也太大了，咱俩可从来没有放过这么大的羊群，比咱俩放的羊群大一倍，羊倌还不得累死啊？

陈阵说：原来的羊群是集体的，要是归私人所有，再大的羊群也能管得过来。个人管不了，可以雇人管啊，还可以提供就业岗位，利于刺激劳动积极性嘛。

陈阵面对如此兴旺的定居牧场，却感到脚下发虚。从前在夏季新草场集中扎营，集中放牧，人们都不用担心，牧草啃矮了，还有三季保存完好的草场可用。但是，定居定牧的畜群除了“草库仑”里的草以外，再没有其他草场了。两人都急于想知道牧民以后怎么办，陈阵觉得这也许是内蒙古草原最后的一线虚假繁荣了。

两辆摩托车和一匹快马向“切诺基”冲来。陈阵终于看见了久违的草原骑手。摩托车还是比马先冲到吉普跟前，一个身着蓝色蒙古单袍的壮汉刹住了车。陈阵和杨克几乎同时高喊：巴雅！巴雅！两人跳下吉普，高大的巴雅尔像熊一样地抱住陈阵，气吁吁地说：陈陈（阵）！陈陈（阵）！阿嬷一看到车就知道你来了，她让我来接你回家。说完又狠狠抱了抱陈阵，然后又去抱杨克，又说：阿嬷知道陈陈来你也一定来，都住我家去吧。

两个小青年也跳下马，跳下车。一个十六七岁，一个十四五岁。巴雅尔说：赶紧叫爷爷，这是陈爷爷，这是杨爷爷。两个孩子叫过以后，便围着“切诺基”转着看。巴雅尔又说：这两个孩子放暑假，刚从盟里回来。我想往后让他俩到北京上大学，这两个孩子就可以交给你们俩了。快上车吧！阿嬷听张继原说你们俩要来，都快想出病来了。

吉普跟着摩托车和快马朝最远处的炊烟处冲去。巴图和嘎斯迈两位白发苍苍的老人互相搀扶着迎出了两里地，陈阵跳下车，大喊：阿嬷！阿嬷！巴图！和两位老人热泪拥抱，嘎斯迈的泪水滴在陈阵的肩膀上。她双拳敲砸陈阵的肩头，生气地说：你二十年也不回来！别的知青都回来过两三次了，你再不来我就死啦！陈阵说：你可不能死，是我该死，让我先死好了！嘎斯迈用粗糙的手掌擦干陈阵的眼泪，说：我知道你一读进书里面，就连你自个儿的亲阿爸亲额吉都忘啦，哪还能想起草原上的家。陈阵说：这些年我天天都在想草原，我在写草原的书，还写阿爸你们一家呢，我哪能忘掉草原上的家呢？这些年我一直活在草原上，和你们在一起。陈阵急忙扶两位老人上车，将车开到家。

这个家有一个巨大的石圈，要比从前牧业队的石圈大两倍。车过石圈，在圈墙的西面是一排宽大的新瓦房，带有电视天线和风力发电机。房子的西窗下还停着一辆帆布篷已经褪色的老式北京吉普。房子和石圈周围方圆一里都是沙地，稀稀落落长着半人高的灰灰菜。陈阵在房前停下了车。他离开额仑草原二十年，再回来时却跨不进老阿爸住过的蒙古包了，心里顿感失望。

陈阵和杨克从车上卸下好烟好酒、罐头饮料、果冻奶糖、披肩护膝、皮带打火机、“敌杀死”等等礼物，抱进蒙古式的客厅。客厅有四十多平米，沙发茶几，电视录像，酒柜酒具一应俱全。一幅淡黄色的成吉思汗半身像大挂毯，挂在墙壁正中，圆眼吊睛和蔼地望着他的蒙古子孙和客人。陈阵恭敬地站在像前看了一会儿。

嘎斯迈说：这是阿爸的一个亲戚，从外蒙古回额仑老家探亲的时候带来的。那个亲戚还说，这边真富啊，路特别好，就是教育和草场不如那边……

一家人坐下来喝奶茶，吃新鲜奶食。

嘎斯迈已经不爱吃大白兔奶糖了，但是她却很领这份情。她微笑道：你还真没有忘记我，那时候你给狗吃都不给我吃。嘎斯迈很快就对她从未见过的果冻赞不绝口，学着陈阵的动作，往嘴里挤了一个又一个。她笑道：你怎么知道我的牙掉没了？带来这老些不用牙的好吃东西。

陈阵摸了摸鬓角说：连我都老了，白头发都有了，牙也掉了几颗，我哪能忘记你。我在北京跟好多人讲过你敢一个人抓蒙古大狼的尾巴，还把尾巴骨头掰断。好多人都想到草原来旅游，还想见见您呐。

嘎斯迈连忙摆手道：不见！不见！外蒙古的亲戚讲，他们那儿有专门保护狼的地盘，不让打狼了。这会儿咱们电视里也讲不让打狼了。你怎么尽跟人家讲我的坏事儿呢？

天色已暗，房外传来熟悉的羊蹄声。陈阵和杨克急忙出包，羊群像洪水般地漫过来。一个汉装打扮的羊倌，骑着马轰赶着羊群。陈阵猜想这可能就是额仑草原上新出现的雇工。两人上前帮着慢慢赶羊入圈。巴图微笑道：你们两个羊倌的老本行还真没忘，二十多年了，还知道吃饱的羊群不能快赶。

陈阵笑道：草原的事，我一点都忘不了的。又问：这群羊真够大的，有多少只？

巴图说：三千八百多只吧。

杨克嘘了一声说：大大小小这些羊，就算平均一只羊一百五十至一百七十元，那你的家产，光羊群就价值六七十万了。再加上牛群、房子、汽车、摩托车，你已经是个百万富翁啦。

巴图说：沙地上的财产靠不住啊。要是这片草场往后也跟外来户的草场那样沙化了，我家就又成贫下中牧了。

杨克问：分给你家的草场能养多少羊啊？

巴图将圈门关好，说：要是雨水足，我的草场可以养两千多只羊；要是天旱，就只能养一千只。这些年连着旱，四五年没下过透雨了，这会儿能养一千只都难啊。

陈阵听得吓了一跳，忙问：那你怎么敢养这么多的羊呢？

巴图说：你准是要说我不管载畜量了吧。住在这片草场的都是原来嘎斯迈牧业组的牧民，都是你阿爸带出来的兵，都懂载畜量，知道爱惜草场。我养这么多的羊，有半群就养半年，到下雪前我就要卖掉两千只，把当年的一千四百多只大羔子，还有几百只羯羊、老母羊全卖掉。草场剩下的草差不多就够羊群过大半个冬天的了。我再把卖羊得的钱，拿出一小半买一大圈青干草，整群羊就能过冬了。夏末秋初，我也把羊群赶到深山的荒草场去。这些年天旱，蚊子都干死了，羊群在深山里也能抓上点膘……

回到客厅，巴图继续说：我们小组的人家还是用草原蒙古人的老法子，草好就多养羊，草赖就少养羊。养羊跟着腾格里走，跟着草走，不跟人的贪心走。可是那些外来户哪懂草原老规矩，自个儿草场的草啃没了，就常常赶羊过来偷吃草，真让人生气。还有一些本地蒙古的酒鬼二流子也讨厌，把分到的羊全换酒喝了，老婆跑了，孩子野了，现在就靠出租自个儿的草场活命，一年收一两万租金。

陈阵问：谁来租草场？

巴图愤愤地说：一些从半农半牧区新来的外来户，这帮人根本不顾载畜量，只能养五百只羊的草场，他们就敢养两千只、三千只，狠狠啃上几年，把草场啃成沙地了，就退了租，卖光了羊，带着钱回老家做买卖去了。

杨克对陈阵说：没想到外来的“过江龙”越闹越成势了，草原早晚都得毁在他们的手里。

陈阵对巴图和嘎斯迈的草场和家业有了点信心，说：看到咱们家的日子过得这么好，我真高兴啊。

嘎斯迈摇摇头说：大草场坏了，我家的小草场也保不住啊。草原干了，腾格里就不下雨，我们这些家的草场也一年不如一年了。我要供四个孩子上学，还要留出钱给孩子结婚盖房子，还要看病，还要存一大笔钱防大灾……现在的孩子都只顾眼前，看什么就想买什么……刚才他们看见你们的高级车了，一个劲儿想让巴雅买你们这样的车。我怕草原上的老人都走了以后，年轻人就不懂草原的老规矩了，拼命多养羊，用羊来换好车，好房子，好衣服……

杨克说：怪不得我一下车这小哥俩就缠着我问这车多少钱。

嘎斯迈说：蒙古人也应该搞计划生育。孩子多了，草原养不起他们啊。这两个男孩子要是考不上大学，再回到草原放羊，往后结婚分家，羊群也要分家。羊群一分家，就显小了，他们就更想多养了，可草场就这么大。这小片草场要是再盖几个房子，草场就要被压死了……

巴雅尔一直在屋外杀羊，过了一会儿，他的妻子，一个同样结实的蒙古女人，端进来满满一大盆手把肉。陈阵和杨克也拿出各式罐头和真空包装食品。突然，风力发电机将客厅里的电灯点亮了。

陈阵对巴图说：嘿！真亮堂！牧民终于不用点羊油灯了。那时候我凑近油灯看书，常常把头发烧焦。

杨克问：风力发电机发出的电能用多长时间？

巴图笑着回答道：有风的时候，风力发电机转一天，把电存到蓄电池里，这些电可以用两个小时，要是不够用，我还有小型柴油发电机呢。

不一会儿房外响起一片喇叭声，整个嘎斯迈"部落"的人几乎都开着吉普和骑着摩托来了，把宽大的客厅挤成了罐头。草原老朋友相见，情感分外火辣，陈阵和杨克挨了一拳又一拳，又被灌得东倒西歪，胡言乱语。兰木扎布仍然瞪着狼眼，梗着牛脖子，这会儿又加上撸着山羊胡子，冲着杨克大叫：你为啥不娶萨仁其其格？把她带到北京去！罚……罚……罚酒！

杨克醉醺醺地大言不惭：你说吧！百灵鸟双双飞，一个翅膀挂几杯？

老友们惊愕！酒量已不如当年的兰木扎布忙改口道：不……不对！不……不罚酒！罚你把你的高级车借……借我开一天。我要过……过过好车瘾！

杨克说：是你说，我这个"羊羔"配不上额仑最漂亮的"小母狼"的，我哪敢娶她啊，全怪你！借车好办，可明天你开车不能喝一滴酒！

兰木扎布一人把着一瓶泸州老窖，狠狠地灌了一口说：我……我没眼力啊！你没娶萨仁其其格倒也没啥。可我为啥就没把我的小妹妹乌兰嫁给你，要不，草原上打官司就有北京的大律师上阵啦。这些年破坏草场的人太多，还到处挖大坑找矿石，找不着，也不把坑埋上……北京少给我们草原一点钱都不要紧，最要紧的是给草原法律和律师！他又灌了一口酒高叫：说好了！明天我就来开你的车！你先把钥匙给我！

接着，沙茨楞、桑杰等各位老友都来借车。

杨克已醉得大方至极，连说：成！成！成！往后你们打官司也找我吧。说完便把车钥匙扔给了兰木扎布。

众人狂笑。接着便是全部落的豪饮高歌、男女大合唱，歌声高亢苍凉，狼声欧音悠长，如箫如簧：……这……就欧……是……蒙古欧……人……热……爱……故欧……乡的人……

酒歌通宵达旦，众友泪水涟涟。

酒宴上，陈阵和杨克像北京“二锅头”一般，被好客又好酒的各家定了单，一天两家，家家酒宴，顿顿歌会。那辆蓝色“切诺基”成了好友们的试用车、过瘾车和买酒运酒的专用车，并用它接来其他小组的老友们。巴图家门口成了停车场，第二天下午几乎半个大队的吉普和摩托都停在这里，骑马来的却很少。牧民说，要不是冬天雪大，骑摩托放不了羊还得骑马，可能蒙古马早就没人养了。原来二大队的四群马，现在就剩一群，还没有原来的半群大。巴图说：狼没了，草少了，马懒了，跑不快了，个儿头也没从前大了，额仑马没人要喽。陈阵还发现，毕利格那一代的老人都不在了。杨克教的那些小学生已经成为额仑牧业的主力军。

三天之内两人喝得血压升高，心动过速。不过，草原上的汉家菜园子已成规模，酒桌上天天顿顿都能吃到大盆的生蔬菜蘸酱，要不然，他俩的血脂胆固醇也要升高。连日的酒宴，小组的牧业也瘫了一半，全靠外来雇工支撑。陈阵问过雇工，他们每月的工资是两百元加两只大羊，同时管吃管住，干得好年终还有奖励。有一位雇工说，他是额仑西南边四百里一个苏木（乡）的牧民，前几年他家也有一千七百多只羊，日子不比额仑的牧民差多少，他家也雇了一个牧工。可是草场一年不如一年，前年一场大旱，沙起了，草焦了，羊渴死饿死一大半，他只好出来打工。可是一年下来挣到的二三十只大羊也不能运回老家，老家没草，活羊没用了，只好卖掉，换成钱带回家……

两人在各自的老房东家睡了整整一天才缓过神来。第四天陈阵又和嘎斯迈一家人聊了大半夜。

第五天清早，陈阵和杨克驾车开往黑石山方向。

理性探掘

——关于狼图腾的讲座与对话

吉普一过边防公路，就可以隐约看见东南远处的黑石山。杨克驾着车在草原土路缓缓行驶。

陈阵叹道：草原狼的存在是草原存在的生态指标，狼没了，草原也就没了魂。现在的草原生活已经变质，我真怀念从前碧绿的原始大草原。作为现代人，在中原汉地最忌怀旧，一怀旧就怀到农耕、封建、专制和“大锅饭”那里去了。可是对草原，怀旧却是所有现代人的最现代的情感。

杨克用一只手揉着太阳穴说：我也怀旧，一到草原，我满脑子里涌出来的都是原始游牧的场景。二三十年前的事，就像昨天发生的一样。

杨克又说：从草原回城后，咱俩各忙各的，你苦干了那么多年，这次也该把你研究的东西好好跟我讲讲了吧。

陈阵说：这些年我有了一个全新的角度和立场，可以重新认识华夏的农耕文化和华夏民族的国民性，可以重新认识游牧民族对中华文明的救命性的贡献，这样也就可以基本弄清“中国病”的病根。“中国病”就是“羊病”，属于“家畜病”的范畴。

杨克说：咱们那段经历，还有草原游牧精神，真值得好好挖掘。

陈阵马上进入主题，他加重了语气说道：中国病的病根就在于农耕和农耕性格。过去知识界也有不少人认为中国病的病根是在这里，但是就是批判得不深不透，还遭遇强烈的抵抗和反批判。我认为，这场关系到中国命运的思想斗争，之所以持续了近一个世纪还没有结束，不仅是因为中国农耕性格的势力太深厚，还因为批判阵营没有找到有力的批判武器。对于中国农耕意识的深厚传统的批判，零敲碎打不行，必须进行历史的、系统的分析和批判，最关键的是必须使用比农耕历史更悠久、更有生命力、更有战斗力的游牧精神武器。

我所说的游牧精神，是一种大游牧精神，不仅包括草原游牧精神，包括海洋“游牧”精神，而且还包括太空“游牧”精神。这是一种在世界历史上从古至今不停奋进，并仍在现代世界高歌猛进的开拓进取精神。在历史上，这种大游牧精神不仅摧毁了野蛮的罗马奴隶制度和中世纪黑暗专制的封建制度，开拓了巨大的海外市场和“牧场”，而且在当前还正在向宇宙奋勇进取，去开拓更巨大更富饶的“太空牧场”，为人类争取更辽阔的生存空间，而这种游牧精神是以强悍的游牧性格，特别是狼性格为基础的。草原的“飞狼”最终还是要飞向腾格里、飞向太空的啊。

杨克赞道：开篇不错。一下子就点到我最感兴趣的兴奋点上。

陈阵从挎包里掏出文件夹，里面是电脑打印稿。他清了清嗓子说：我的讲座比较长，我没有带书稿，只带了一份提纲和一些卡片。这回和你一起来草原，我也想跟你讲讲，再听听你的意见。今天我只能简要地讲，还希望你参与和补充。

杨克说：那没问题。

陈阵平稳地说：我觉得，华夏农耕文明的致命缺陷就在于，这种文明内部没有比阶级斗争更深层更广泛的残酷激烈的生存竞争。

杨克点头道：可是游牧文明恰恰相反，游牧生活内部的生存竞争太残酷，也太普遍。农耕社会哪有草原这样不间断的激烈生存竞争。严师出高徒，严酷的竞争出强悍的狼群、战马和民族。两种生存环境一对比，两个民族的性格差异就对比出来了。真有狼羊之别啊。难怪草原民族一直把自己比作狼，把农耕民族比作羊。那几年兰木扎布就不叫我杨克，他在我的名字后面加了一个“奥”，管我叫“羊羔”。可我就是摔不过他，干没辙。那年集体劳动，人特多。休息的时候，兰木扎布真跟狼摔羊羔似的，一口气把我摔了六七个跟头，那些漂亮的蒙古丫头看得都冲他笑。兰木扎布还指着萨仁其其格说，额仑最漂亮的小母狼哪能嫁给羊羔呢，她要是忍不住把你给吃了，咋办？一圈人都笑了，连我也笑了，笑得苦胆汁都倒流到嘴里面。这次喝酒他又提起这件事。

陈阵苦笑道：那时候咱们还真是不行，到草原已经摔打了几年都摘不掉“羊”的帽子，那么亿万汉民族呢？刚到草原的时候，让我感触最深的是，牧民总是说蒙古人是狼，汉人是羊。这对我当时的大汉族主义思想冲击不小，可能正是因为这种精神冲击，才促使我下狠心去研究狼和羊，研究两个民族的精神和性格的……

吉普路过当年毕利格老人指挥打围的猎场。杨克感慨道：那次打围的场面至今历历在目。咱俩总算亲眼见到过草原骑兵的骁勇善战。那还是一场普通的打围呢。咱们中学时下乡劳动也参加过农民的打场，真是一点意思也没有。

陈阵问道：你考虑过没有，为什么周秦汉唐时期华夏中原民族也曾把犬戎、山戎、匈奴和突厥打得落花流水？到汉唐时期打了几百年的恶仗，还灭掉或驱逐了强大的北匈奴和西突厥。那是中国古代最辉煌的时期。在文化上也是高峰林立，群星灿烂，为什么那段时期的华夏民族就那么厉害？具有气吞山河的阳刚雄健进取的民族性格？

杨克不假思索地说：我想那时候华夏族正处在上升阶段。上升阶段总是冲劲十足。

陈阵说：我认为，因为那个时期华夏民族的血管里“狼血”成分很浓，“羊血”倒不太多。人类脱胎于野兽，远古时期人类的兽性狼性极强，这是人类在几十万年残酷竞争中赖以生存下来的基本条件。没有这种凶猛的性格，人类早就被凶残的自然环境和兽群淘汰了。但是兽性狼性对人类文明的发展危害也极大，如果一个国家里的人群全像狼群一样，这个国家的人群就会在互相厮杀中同归于尽、彻底毁灭。人类的文明就是在不断抑制和驾驭人类自身的兽性和狼性才逐步发展起来的。这是古今中外的圣贤、思想家和政治家们所思考的根本问题之一。但是，如果完全或大部消灭了人性中的兽性和狼性，甚至用温和的羊性和家畜性来替代它，那么，人类就又会失去生存的基本条件，被残酷的竞争所淘汰，人类的文明也无从谈起。

因此，没有人类的半野蛮，就没有人类持续灿烂，不断跃进的文明。西方民族走的就是一条保留人性半野蛮的文明发展道路，而华夏民族力图走一条人性“无野蛮”的农耕式文明发展道路。形象地说，西方走的是一条“文明狼”的道路，而华夏走的是一条“文明羊”的道路。人家顺利地从“古代野蛮狼”走到“古代文明狼”，再一直走到“现代文明狼”，现在正朝着未来真正大写的“文明人”演进。而咱们落下了不知道多少个阶段，而且还是南辕北辙。

华夏先圣，怀着善良朴素的愿望，受到历史发展阶段的限制，力图实现克己复礼、天下为公的大同理想，以为只要铲除人性中的狼性就能逐步实现这一理想。因此，在性格教化方面，儒家孔学千年谆谆教导:“其为人也，温柔敦厚。”然而，普天之下牛羊的性格最“温柔敦厚”，儒家教化具有鲜明崇羊灭狼的农耕性质。到后来的宋明理学那就更极端了，大力鼓吹“存天理，灭人欲”，连正常的人欲都要灭，就不要说消灭人性中存留的兽性狼性了。在农耕民族存在的基础上，经过千年的教化驯牧，华夏的知识层充满温柔敦厚的谦谦君子，华夏下层布满了软弱可欺的良民顺民，羊性几乎成了华夏的国民性。这条道路走得太极端，后来敦厚的羊群一旦遇上了凶悍的草原狼群，其结果，二十四史早已记录得血流成河。再后来，世界变小，敦厚的华夏“文明羊”遇上了凶悍的西方“文明狼”，两种文明相撞，撞翻的当然是羊。所以，古老的华夏道路必然被西方道路打垮，最后打成了西方的殖民地和半殖民地。

杨克的谈兴也浓了起来，问道:我真不明白，古代中国怎么就走到这么一条绝路上去了呢？在周秦汉唐时期华夏族不是走得好好的吗？

陈阵开始侃侃而谈:民族最初的道路主要是由客观环境所决定的。华夏族生活在世界上最适合农业发展的、最大的“两河流域”，也就是长江黄河流域。这个流域要比埃及尼罗河流域、巴比伦两河流域、印度河恒河流域大得多。因此，华夏族就不得不受世界上最大规模的农耕生活摆布，这就是华夏民族的民族存在。民族性格也不得不被农耕性质的民族存在所改造，所决定。

而西方民族，人口少，靠海近，牧地多，农业不占绝对优势。狩猎业、牧业、农业、商业、贸易、航海业齐头并进，草原狼、森林狼、高山狼、陆狼、海狼一直自由生活。西方民族强悍的游牧遗风和性格顽强存留下来，而且在千年的商战、海战和贸易战中得到不断加强，后来又进入到现代工业残酷的生存竞争中来，狼性越发剽悍，所以西方民族强悍进取的性格从来没削弱过。民族存在决定民族性格，而民族性格又决定民族命运。这种性格是西方后来居上并冲到世界最前列的主观原因。

世界上从古到今大致有狩猎、游牧、农耕、商业、航海、工业这六种行业和六种民族。其中，农耕最特殊，因为只有农耕可以自给自足，自我封闭，自花授粉，自行退化，基本上可以不需要竞争、交换和杂交。除了农耕以外，其他五种行业都不是“和平”的行业，不能自给自足，必须竞争交换搏杀才能生存发展。这五种行业都是竞争激烈，风险巨大，环境险恶，你死我活的行业。如果这五种民族没有像狼一样凶悍顽强进取的性格，就不能生存。因此，这六大行业中产生出来的六种民族，除了农耕民族以外，狩猎民族、游牧民族、经商民族、航海民族和工业民族这五个民族，都是世界上强悍进取的民族。

而且这五种行业和民族有着继承关系，从狩猎游牧发展到经商航海，从经商航海又发展到近现代工业。这五种强悍行业是为强悍民族准备的，也只有强民族才敢干强行业。从低级强行业一直干到高级强行业，这就是世界历史发展的主航线。西方世界基本上就是由狩猎游牧，发展到经商航海，再发展到现代工业时代的。

古代农耕民族的历史是一个闭门造车、自给自足的历史支流，他们创造了灿烂的古代文明。但游牧民族及其后代冲进他们的流域，抢走了他们的创造发明，并把他们灭了国，灭了族，或当作附庸，便继续在惊涛骇浪中扬帆远航，去创造发明更先进的文明了。华夏民族一起步就踏上农田，走进农耕民族发展的历史支流，越走越弱，当然在民族性格上就要大大吃亏。

华夏先民的性格绝对不比西方民族弱，同样勇敢智慧，强悍进取，狼心勃勃。可是一落到华夏这片世界最大的温良敦厚肥沃的农田里，再凶悍的狼性也悍不起来了。古代中国广阔深厚的农田，是软化驯化草原狼和狼性的温柔之乡。

吉普进入边防公路以南的草场，草已矮得贴了地皮，像一大片光秃秃的练车场。杨克将车开出土路径直向黑石山驶去。

陈阵略略翻了翻打印稿，继续说：黄河流域并不是中国古代文化的唯一发祥地。西北草原，尤其是内蒙古草原，更是中国古代文化的发祥地之一。据《内蒙古历史地理》一书介绍，考古发掘证明，早在旧石器时代内蒙古就有人类活动。著名的“大窑文化”的历史久远性令世人吃惊。大窑遗址在内蒙古呼和浩特市东北郊保合少乡大窑村，是全国重点文物保护单位。大窑遗址有一个远古人类的石器制造厂，时间跨度从旧石器时代的早期、中期，一直到晚期，前后长达几十万年。遗迹最早的年代距今约七十万年，比北京猿人的遗迹还早十万到五十万年。到新石器时代，内蒙古的古人类活动的范围更广。迄今为止，在内蒙古发现的新石器时代的遗址约有一百多处，而在这些遗址出土的器物形状和彩陶风格，与中原的仰韶文化和龙山文化有区别。

还有，在西北陕西发现的蓝田人距今约六十万至八十万年，也比北京猿人的历史久远。即便是北京猿人，也不属于黄河流域的中原人，而是远古北方人。在远古时期，北方和西北的高原和草原水草丰茂，气候湿润，适于人类生活。草原的远古人类过着狩猎、游牧和采集的生活，而大禹治水以前的黄河中下游的中原，还是定期和不定期的“黄泛区”，许多地方都不适合人类居住。中原是黄土高原水土流失，并由黄河输送泥沙而堆积形成的平原，因此，西北高原和草原是中原之父，黄河是中原之母。西北草原的人类史自然也就比中原的人类史更久远，中原的原始先民来自于西北高原和草原。

中国草原先民必定以他们强悍进取的游牧精神和性格，以及流动扩张的特性，慢慢进入和开发中原，并持续深刻地影响了中原部族和华夏文明的形成和发展。

中华民族的人文始祖炎帝和黄帝就是出身于西北游牧族，据传说，炎黄二帝都出自远古少典部族。范文澜综合了史书记载的传说后认为，“炎帝姓姜……姜姓是西戎羌族的一支，自西方游牧先入中部”，慢慢开始农耕。古羌族属于典型的游牧民族，是华夏汉人的祖族之一。西羌族性格刚烈勇猛，这就不是传说了，而是事实。《后汉书·西羌传》记载：“西羌……以战死为吉利，病终为不祥。堪耐寒苦同之禽兽，虽妇人产子，亦不避风雪。性坚刚勇猛，得西方金行之气焉。”这几句评语真是太精彩了，简直就是在说狼，也是对草原狼和游牧民族性格的高度概括。因为只有草原狼和游牧民族才宁肯战死，不愿病终。这段记载和评语极为准确生动地抓住了西羌族和中国游牧民族的共同本质性格特征——狼性性格；也敏锐地指出了西北游牧民族的性格的来源——“同之禽兽”，也就是同之于猛禽猛兽、同之于草原雄鹰和草原狼；而且又指出了中华民族的金行之骨气志气的产地——西方和西北方的游牧区。我真为汉人的先祖有这样“坚刚勇猛”的性格而感到自豪和振奋。

羌族是中国的一个了不起的古老民族和华夏民族的主要祖族之一，她不仅孕育了包括“犬戎”“白狗”“白狼”等大部分西戎族，还孕育了汉族、党项、吐蕃、藏族等民族，而且古羌族流入蒙古草原的分支部族还参与了蒙古草原民族的形成。据有的专家研究，单音节有声调的汉藏语系就发源于单音节的古羌语。直到现在，许多汉字还带有华夏祖先羌人的游牧血统的胎记，例如，现在用得最滥的“美”字就是这样，美字由“羊”字和“大”字组合而成。许慎在《说文解字》中说：“美……从羊，从大羊。”徐铉注释道：“羊大则美，故从大。”可见华夏先祖的审美观是游牧人的审美观。咱们俩都当过羊倌，能够体会这种美感。羊肉是牧人的主食，把一群羊羔养成一群大羊，那心里是多美啊。“羊大”也是草原狼的审美观，当一条大狼猎到了一只大羊的时候，那它就美得乱哼哼了。如果汉人的先祖是农民，那美字就不是“大羊”而可能是“大米”了。远古选美选大羊，现代选美选美人，但是美字本身依然是“大羊”。

羌族的伟大在于她的刚强性格和超人的智慧，与古羌族同时存在的古匈奴等游牧民族早已消亡，而她却一直顽强生存延续至今，她的儿孙子族的数量已达到令世界震惊的十几亿之巨……

咱们还是回到炎黄时期，在炎帝进入中原之后，传说中的南方“兽身人言”的九黎族蚩尤也北上中原，与炎帝族发生激烈冲突，开始务农的炎帝族被凶悍的蚩尤九黎族不断进逼，“九黎族驱逐炎帝族，直到涿鹿”。炎帝便联合更加强悍的黄帝族共同作战，在涿鹿大败九黎族，并把九黎驱出中原。黄帝族以后又打败炎帝族，并把炎帝族挤到长江流域，才正式进入中原定居。再往后黄帝族又与炎帝族联合，共同抗击南方蛮族。

我认为黄帝族之所以能够战胜蚩尤九黎族是有其民族性格根源的。这是因为当时黄帝族仍是游牧族。《三皇本纪》的注释说：“炎帝黄帝皆少典之子，其母又皆有娲氏之女……姜姬二帝同出少典氏，黄帝之母又是神农母。”因此，黄帝族与炎帝族同属一族。既然炎帝族起源于西戎羌族，那么黄帝族也起源于西羌和西北高原。史书记载，传说中的黄帝族发源于西北游牧区，活动范围在西北，主要功绩和事迹也发生在西北。庄子说：“昆仑之虚，黄帝之所休。”《山海经》说：“海内昆仑之虚，在西北，帝之下都。”《史记·五帝本纪》又说：黄帝族“迁徙往来无常处，以师兵为营卫”。而且，黄帝“有土德之瑞，故号黄帝”。《史记》的注释解释道：“有土德之瑞，土色黄，故称黄帝。”而黄色之土，乃游牧之地西北黄土高原也。范文澜认为：“黄帝族原先居住在西北方，据传说，黄帝曾居住在涿鹿地方的山弯里，过着往来不定迁徙无常的游牧生活。”

在传说中，黄帝与炎帝打败蚩尤九黎，发生在涿鹿；黄帝与炎帝三次大战发生在阪泉，而阪泉在河北怀来，古称怀戎，是游牧区，就在涿鹿东边几十里的地方。涿鹿在华北的西北部，是内蒙古草原的延伸地，在上古时期是典型的游牧区。上古时期，涿鹿、怀来、妫河和燕山地区是游牧民族的地盘。后来，黄帝又定都于涿鹿。最后，黄帝叶落归根，“黄帝崩，葬桥山”，而桥山更是地处西北，人所皆知。炎黄二帝起源于西北游牧族和游牧区，因此必定崇拜天，也就是崇拜草原和游牧民族的“腾格里”。《史记》说，轩辕黄帝擒杀蚩尤以后，“诸侯咸尊轩辕为天子”。

陈阵从文件夹中抽出一张卡片说：中国西北的游牧族世代崇拜腾格里，这是经过考证的。你听听《草原帝国》的作者、法国研究亚洲史的泰斗勒尼·格鲁塞是怎么说的。他说：“匈奴人于公元第三世纪后半期时组成了一个统一的和强有力的民族。他们的首领被称作单于，这称号的全文译音为撑梨孤涂单于，汉文内译作‘天子’，我们辨别出撑梨为突厥——蒙古语字根，它显明的是突厥字与蒙古字‘腾格里’（天）的译音。”你看，从匈奴到突厥，再到蒙古，全都崇拜腾格里。而匈奴是极为古老的民族，古称荤粥，在夏朝称为“淳维”，在殷商时期称为“鬼方”，到汉朝才称为匈奴。《史记》的注释说：荤粥乃“匈奴别名也”。在黄帝时期，黄帝就曾与荤粥打过交道，《史记·五帝本纪》说：“黄帝……北逐荤粥。”由此推断，在黄帝时期的西北游牧族就崇拜腾格里，要不当时的各部族就不会把黄帝尊为天子了。腾格里崇拜和天子这一称号都来自上古时期的西北游牧族。

由于黄帝族是游牧族，因此也必定具有狼一样的猛兽性格，《五帝本纪》说：黄帝“教熊罴貔貅貙虎，以与炎帝战于阪泉之野”。传说中，黄帝的军队就是这样一支凶猛可怕的猛兽之师，带有鲜明的游牧军队特性。要注意的是，在上述六种猛兽中却没有狼，这是因为在猛兽中狼是不可被驯教的，连半人半神的黄帝也不能驾驭狼，而且崇拜草原狼的游牧族是绝对不会去驾驭狼的。

所以，我们汉人实际上都是西北游牧民族的后代。后来汉族鄙视游牧民族，那真是忘本忘祖。汉族出身于游牧民族，那它的血管里肯定还有狼性血液的遗存。这可是未来中华民族复兴的资源，应该像保存火种那样把它好好保存并发扬光大。

杨克眼睛闪亮，说：怪不得草原民族代代崇拜腾格里，华夏农耕民族也世代崇拜“天”，崇拜老天爷。原来华夏族的“天崇拜”，是炎黄二帝从草原老家和游牧祖先那儿带到华夏来的。

陈阵微笑道：没错。所以中华大地的游牧民族和农耕民族本是同根生，是腾格里之父，和草原大地之母生出来的一对兄弟，草原民族是兄，华夏民族是弟。这两个东亚古老的民族同时崇拜天、崇拜腾格里。这种共同的最高崇拜对中华民族和文明的发展产生了深刻久远的影响。现在看来，炎黄以后的中华历史表明，这对有共同最高崇拜的同根兄弟民族，不管怎样打得血流成河，但却是在共同创造中华的文明和历史。一旦华夏民族在农耕环境中软弱下去，严厉又慈爱的腾格里天父，就会派强悍狼性的游牧民族冲进中原，给羊性化的农耕民族输血，一次一次地灌输强悍进取的狼性血液，让华夏族一次一次地重新振奋起来。后来在软弱的弟弟实在扶不起来的时候，强悍的哥哥就会入主中原，入主半个中国，甚至入主整个中华，代替弟弟掌管社稷，维持华夏文明，一直坚持到与西方文明相遇。兄弟两族就是用这种特殊的方式，共同创造了灿烂的中华文明，也创造了世界唯一的奇迹——世界上四大文明古国，唯有中华文明从未中断，一直延续至今。而且，还深深地蕴涵着民族复兴的伟大潜力。

中华文明道路是世界上最大的强悍草原，和世界上最大的软弱农田上产生出来的奇特之路。

还需要注意的是，炎黄大战，最后以黄帝胜出，这是因为虽然炎帝黄帝都起源于游牧族，但是炎帝族比黄帝早几百年进入中原农耕区，炎帝又称作“神农氏”，是上古时期华夏各族中最早开始进行大规模农业生产的部族，因此炎帝就比黄帝更早地受到农耕对民族性格上的软化影响。游牧精神不断战胜，并最终战胜农耕精神这一世界性的客观规律，也在中华历史中发生作用。炎黄大战成为中华文明史中极为重要的一条主线的起点，这条主线就是游牧民族和农耕民族，游牧精神和农耕精神之间的斗争、融合和发展的历史。这条主线的历史比阶级斗争的历史更久远、更漫长，在阶级还没有形成的时候就已经开始了。而且这条主线的历史对中华文明影响也更深远，至今还在发挥作用。

杨克兴致勃勃地说：更有意思了。看来不到草原祖地，不拜会草原民族、草原狼和狼图腾，咱们就不会站在全新立场来弄清中华文明的来龙去脉，以及这种文明的底蕴。到草原跟狼打过交道以后，我脑子里的大汉族主义也确实清除得差不多了。

陈阵说：这些年我一直在思考和研究这些问题。中华历史和华夏民族五千年的性格形成和演变相当复杂，但确有规律可寻，现在总算理出点头绪来了。

杨克说：接着讲，只要你不累，我就可以奉陪到底。

陈阵说：我也正憋着要跟你讲呢，讲一讲才能理得更清楚。有你听，我就更来劲……等会儿再讲吧，快要到小狼的故居了，我要向我的小狼导师汇报研究成果呢，它是我真正的指导老师，还有一位就是毕利格阿爸。而草原狼群和草原人，也都是我的尊师啊。

山脚下原来的茂密的苇林早已消失。吉普车穿过低矮稀疏、青黄错杂的旱苇地，爬上黑石山下的缓坡。

杨克问：你还记得小狼的狼洞吗？

陈阵口气肯定地说：学生怎么会忘记老师的家门呢？我会在离老洞最近的坡底下停下来的，上面一段路还得步行，必须步行！

吉普慢慢前行，距小狼的出生地越来越近，陈阵的心骤然紧张起来，他感到自己似乎像一个老战犯正在去一个陵墓谢罪，那个陵墓里埋葬的就是被他断送性命的七条蒙古草原狼：五条小狼崽还没有睁眼和断奶，一条才刚刚学会跑步，还有一条小狼竟被他用老虎钳剪断了狼牙，用铁链剥夺了短短一生的自由，还亲手将它砸死。天性自由，又越来越尊崇自由的陈阵，却干出了一件最专制独裁的恶事，他简直无法面对自己年轻时期的那些血淋淋的罪行。他有时甚至憎恨自己的研究成果，正是他的好奇心和研究癖，才断送了那七条小狼的快乐与自由，他的书稿是蘸着七条可爱的小狼的鲜血写出来的，那可是具有白狼王高贵血统的一群蒙古草原狼啊……二十多年来，他的内心深处常常受着这笔血债的深深谴责和折磨。他也越来越能理解那些杀过狼的草原人，为什么在生命的最后都会心甘情愿地把自己身体交还给狼群。那不仅仅是为了灵魂升天，也不仅仅为了是“吃肉还肉”，可能其中还含着偿债的深重愧疚，还有对草原狼深切的爱……可是如今的草原再也没有天葬场了。

二十多年来，可敬可佩、可爱可怜的小狼，经常出现在他的梦里和思绪里，然而，小狼却从来不曾咬过他，报复过他，甚至连要咬他的心思都没有。小狼总是笑呵呵地跑到他的跟前，抱他的小腿，蹭他的膝盖，而且还经常舔他的手，舔他的下巴。有一次，陈阵在梦里，他躺在草地上，突然惊醒，小狼就卧在他的头旁，他下意识地用手捂住了自己的咽喉，可是小狼看到他醒来，却就地打滚，把自己的肚皮朝天亮出来，让他给它挠痒痒……在二十多年的无数梦境中，小狼始终以德报怨，始终像他的一个可爱的孩子那样跑来与他亲热……使他感到不解的是，小狼不仅不恨他，不向他皱鼻龇牙，咆哮威胁，而且还对他频频表示狼的友情爱意，狼眼里的爱，在人群里永远见不到，小狼的爱意是那么古老荒凉，温柔天真……

杨克见到这面碎石乱草荒坡，好像也记起二十七八年前那场残忍的灭门恶行。他眼里露出深深的内疚和自责。

吉普在山坡上停下，陈阵指了指前面不远的一片平地说：那就是小狼崽们的临时藏身洞，是我把它们挖出来的，主犯确实是我。我离开额仑的时候它就塌平了，现在一点痕迹也看不出来了。咱们就从这儿往老洞走吧。两人下了车，陈阵背上挎包，领着杨克向那个山包慢慢绕过去。

走上山坡，原来长满刺草荆棘高草棵子，阴森隐蔽的乱岗，此时已成一片秃坡，坡下也没有茂密的苇子青纱帐做掩护了。又走了几十米，百年老洞赫然袒露在两人的视线里，老洞似乎比以前更大，远看像陕北黄土高坡的一个废弃的小窑洞。陈阵屏着呼吸快步走去，走到洞前，发现老洞并没有变大，只是由于老洞失去了高草的遮挡才显得比从前大。连年的干旱使洞形基本保持原样，只是洞口底部落了不少碎石碎土。陈阵走到洞旁，跪下身，定了定神，趴到洞口往里看，洞道已被地滚草、荆棘棵子填了一大半。他从挎包里掏手电往里面照了照，洞道的拐弯处已几乎被土石黄沙乱草堵死。陈阵失落地坐到洞前的平台上，怔怔地望着老洞。

杨克也用手电仔细看了看洞道，说：没错！就是这个洞！你就是从这个洞钻进去的。那会儿，我在外面真是吓得两头害怕，又怕你在里面碰见母狼，又怕外面的狼跟我玩命……咱俩当时真是吃了豹子胆了。说实话，你的理论确实是真正深入草原腹地，深入狼洞里得来的……

杨克又弯下身冲着老洞呼喊：小狼！小狼！开饭喽！陈阵和我来看你啦！杨克就像在新草场对着小狼自己挖的狼洞，叫小狼出来吃饭一样。然而，小狼再也不会从狼洞里疯了似的蹿出来了……

陈阵站起身，掸了掸身上的土，又蹲下身，一根一根地拔掉平台上的碎草，然后从挎包里拿出七根北京火腿肠，其中有一根特别粗大，这是专门给他曾经养过的小狼准备的。陈阵把祭品恭恭敬敬地放在平台上，从挎包里拿出七束香，插在平台上点燃，又从文件夹里抽出文稿的扉页，点火烧祭。火苗烧着了《狼图腾》和陈阵的名字，陈阵希望小狼和毕利格阿爸的在天之灵能收到他的许诺和深深的忏悔。火苗一直烧到陈阵的手指才熄灭。陈阵又掏出一扁瓶毕利格老人喜欢的北京“二锅头”酒，祭洒在老洞平台上和四周的沙草地上。他知道，额仑草原原二队草场上的每一个老狼洞旁都有老人的脚印。由于他不听老人的话坚持养狼，伤了老人的心，他对老人的愧疚也永远不能弥补了。

两人都伸出双臂，手掌朝天，仰望腾格里，随着袅袅上升的青烟，去追寻小狼和毕利格老阿爸的灵魂……

陈阵真想大声呼喊，小狼！小狼！阿爸！阿爸！我来看你们了……然而，他不敢喊，他不配喊。他也不敢惊扰他们的灵魂，唯恐他们睁开眼睛看到下面如此干黄破败的“草原”。

干旱的腾格里欲哭无泪……

时间还早，两人走到车旁，搬下食物筐，在吉普车的阴影里，就地野餐。陈阵闷头喝酒，心情压抑哀伤，酒气呛出眼泪，眼前的狼山一片模糊。

杨克说：你也别太伤心了。你把你的东西写出来，就是对小狼和阿爸的最大安慰和补偿。实际上到后来，小狼跟咱俩特亲，尤其是对你，它都快把你当作干爸了。就是腾格里告诉它真相，小狼也不会记恨你的。在现代，人的感情越来越靠不住。干了十几年律师，我对中国人越来越失望。老爸还没咽气呢，儿女亲属就在老人的病床前，为争夺遗产大吵大闹，吵得老人都咽不下最后一口气。现代都市真正动情的哭泣，只有在人们的宠物爱犬死的时候才能听到……将来，人们只能到动物世界去寻找真、善、美了。

陈阵叹道：何止是真、善、美啊。

杨克说：继续你的讲座吧。在草原狼的故土沙场开狼图腾讲座，这是对小狼、对所有战死在草原的狼壮士的最好祭奠。小狼在天上一定会歪着脑袋，竖起耳朵安安静静地听你讲的。

陈阵猛灌了一口酒，一股狼性血气直冲头顶，他开始继续滔滔不绝的草原实地讲座：

一般说来，狼性草原环境具有狼性性格和血液的造血功能；而羊性农田环境具有羊性性格和血液的造血功能。当炎黄二帝率领部族进入中原，当时的形势是这样的：第一，炎黄部族本身带有凶猛强悍的狼性格和狼性血液。第二，中原和西北大地当时还拥有大片牧地，那里猛狼成群。因此，当时的华夏仍然存有狼性血液的强大造血功能。第三，大量农田的开发，使农耕环境的羊性血液的造血功能开始发挥作用。第四，儒家孔学还未出世。后来出现的儒家是集农耕意识大成的大家，它对华夏民族的性格形成将产生巨大影响。需要说明的是，早期的儒家产生于当时华夏半牧半农的土壤中，因此虽然儒家充满三纲五常、保守顺从的农耕意识，但早期的儒家经典中还含有刚毅强悍的游牧遗风和性格，如“天行健，君子以自强不息”，与后来宋明时期的纯农耕儒家有重大差别。

因此，在最初阶段，炎黄先民的狼性血液还没有被部分和平安定的农耕生活所稀释；凶猛桀骜的狼性性格和游牧精神，也不可能轻易被部分定居安逸的农耕环境所软化。

炎黄部族开始半牧半农。这样，他们既有凶猛的战斗性格和卓越的军事才能，以保家卫国；又有相对安定的劳动生产条件，以生产供应充足的生活资料。因而这个新民族产生了巨大的能量。炎黄先民从此在中原大地崛起，人口快速增长，国土剧烈扩张，从黄河流域一直扩展到长江流域。大禹陵至今还矗立在江南。

然而，逐渐扩大的农耕生活，在慢慢销蚀游牧民族遗留下来的狼性性格，并慢慢破坏已经逐渐缩小的中原牧地的狼性造血功能。到商末时期，西部的周族开始崛起，当时周族已开始农耕，但是，由于周国地处西部，国内居民大多是戎狄游牧民族。周古公曾费大力气改革戎狄旧俗，建立新的封建生产关系。一般说来，游牧民族尚武善战，农耕民族尚文重教化。周国内部存在的农耕与游牧杂居融合的民族现象，就使得周国在民族性格上具有农耕与游牧半羊半狼的杂交优势。还有，周国经常遭到境外戎狄游牧民族的侵略，被迫与之交战，从而也得到了性格和军事上的实战锻炼。因此，周民族在性格上就比较全面，狼羊结合，半野蛮半文明，文韬武略，智勇双全，具有比中原农耕为主的民族更多的狼性血液，具有更强悍进取的狼性格，还具有较高的礼仪文明，敦厚待民爱民的向心力。

公元前十一世纪，周武王联合八个西方戎狄国，亲率“戎车三百乘，虎贲三千人，甲士四万五千人，以东伐纣”。而“戎车”和“虎贲”都标明了周国军队的游牧虎狼的特性。周武王在与商纣王七十万大军决战之前指天“大誓”，号召全军“如虎如罴如豺”勇猛杀敌。而“豺”就是狼。周国凶猛的虎狼之师，以少胜多，取得大胜，灭掉商朝，建立起对中华文明影响极大的西周王朝。

周国在与戎狄民族杂居交融的时候受到了游牧民族天崇拜和图腾崇拜的深刻影响，后来周国又将这一影响带进华夏，并继续把天崇拜作为华夏民族的最高崇拜，周朝的最高君王也被称为周天子。

周国和周朝的这种半羊半狼的杂交优势，使周国和西周不仅接受了一次游牧民族狼性血液的输血，而且实际上还对整个华夏民族，重新输入一次草原狼性血液，使千年来被农耕羊血稍稍冲淡了的狼性血液，恢复到原有的浓度比例。这次输血产生了周文王、周武王和周公这些对华夏民族和文明产生了深远影响的伟大人物。那时候华夏族的圣贤，都具有刚强的游牧精神：性格强悍，胸襟开阔，目光远大。“天行健，君子以自强不息”的民族精神就产生于这个时代，也是对当时民族性格的准确写照。而这种民族精神中充满了中华游牧精神。

农耕所必然产生的不思进取的安逸腐化，是商朝覆灭的内因，自强不息的周王朝取代商朝便顺理成章。在西周的盛期，文武之道张弛有度，文治武功光辉灿烂，为华夏民族的形成和发展奠定了基础。

陈阵背靠车轮，伸开腿，继续说：中华民族以后的道路就是按照中国特色的路线发展下去的。农耕必定软化农耕民族的性格，而草原游牧必定强化游牧民族的性格，古代中华文明的发展和延续必须依靠游牧民族定期或不定期的不断输血。这就是几千年中国古代文明的发展规律，而这个规律涉及民族生存发展的根本问题，即民族性格问题。

中国和世界的历史证明，历史绝对不是“一堆偶然事件的堆积”，而是有其内在的客观发展规律的。可是中华文明兴衰发展的特殊规律直到现在还隐藏在“偶然事件的堆积”里。如果不从“民族存在和民族性格”的研究角度及其方法来研究分析这些“堆积”，那么中国人就永远掌握不了中国特殊的文明兴衰发展规律和中国的命运。

性格对于个人来说，是其能否成功和发展的决定性因素。对于民族来说，民族性格则更是一个决定民族命运的生死攸关的国家大事。从世界各民族兴亡盛衰的历史看，民族性格属于民族脊梁问题。历史证明，一个民族的性格强悍进取，这个民族生存发展的机会就大就多；而一个民族的性格软弱，这个民族被淘汰的可能性就增大。从世界上实际存在的民族价值标准看，民族性格软弱是一个民族最致命的缺陷。因为，软弱的民族性格是万恶之源，它将导致一系列最可耻、最不可饶恕的罪恶：不思进取、坐井观天、丧权辱国、割地赔款、叛卖投降、俯首称臣，人民被杀戮、被贩卖、被奴役、被歧视，民族被改种、改文、改姓、改身份，等等。世界上无数古老农耕民族就因其性格软弱，而被残酷的世界无情淘汰。世界发展到现在，人口激增，生存空间和资源日益短缺，民族性格问题更加突出，因此，必须更加充分重视民族性格问题。为此，就必须从民族性格的视角重新审视中华文明的演变发展史。

我认为，中华游牧民族对中华民族和文明的伟大贡献，最主要是在精神上性格上的贡献。而刚强进取的民族性格则是创造和支撑中华文明的支柱。华夏农耕民族是创造古代中华文明的脑与手，而游牧精神和游牧性格则是整个中华民族和中华文明的脊梁。

特别需要指出的是，从西周以后，华夏民族的一个主导性的盛衰规律也由此开始：一旦华夏民族性格羊性太强于狼性，华夏就被异族入侵，山河破碎，任人宰割；一旦狼性太强于羊性，华夏中国就专制暴政，或军阀混战，民变蜂起，战乱不休。只有华夏民族在性格上的狼性羊性大致平衡，狼性略大于羊性时，华夏中国才疆域扩大，国富民强，经济文化繁荣昌盛。

下面，咱们就来看看中国的历史是不是按此规律发展的，而且中国历史发展的事实是不是又印证了这一发展规律。

到西周末期，长期的农耕和平环境，使得君王荒淫无度，玩物丧志，烽火戏诸侯。君主性格软化，无心富国强兵，结果周幽王被野蛮强悍的犬戎族攻杀，幽王的宠妃褒姒被掳，象征华夏最高权力和地位的“九鼎”宝器也被犬戎掠往草原，都城丰、镐西北被犬戎占领。强盛约三百年的西周覆灭。此后，犬戎便成了华夏民族最可怕的敌人，直到唐朝，中原民族还把一切西北游牧民族统称为“犬戎”和“戎狄”。在唐代宗年间，太常博士柳伉上疏说：“犬戎犯关度陇，不血刃而入京师……”在唐德宗年间，大臣柳浑对德宗说：“戎狄，豺狼也，非盟誓可结。”这个“犬戎”的“犬”字带有汉族特点的强烈的侮辱性，而且说戎狄是“豺狼”，也准确地指出了犬戎或戎狄族的狼性格。至春秋初期，犬戎又成为秦国的强敌。后来犬戎的一支北迁到蒙古草原，成为蒙古草原最早的游牧民族之一。研究中国的游牧民族、游牧精神和游牧民族的图腾，也必须从古匈奴荤粥和犬戎开始。

根据文献记载，犬戎族就是自称自己的祖先是二白犬，并以白犬为图腾的西北最古老的游牧民族，属于西羌族，是炎黄族先祖的近亲。早在炎黄时期，犬戎族就是炎黄族的劲敌。《后汉书》就有记载：“昔高辛氏有犬戎之寇，帝患其侵暴，而征伐不克。”高辛氏就是黄帝的曾孙，尧帝的父亲。史料只记载了犬戎族的图腾是白犬，但并没有说明白犬是野犬还是家犬。但是，白犬到底是野犬还是家犬，关系重大，这涉及民族性格问题、中华游牧民族和中华民族的图腾起源等一系列关键性问题。

我认为，白犬可能就是白狼，据《后汉书》记载，到汉朝，在原来犬戎活动范围内曾出现一个人口众多的西戎白狼国。到东汉明帝时，“白狼……等百余国，户百三十余万，口六百万以上，举种奉贡”，自愿归属东汉。白狼王还命人作诗三首，合称《白狼歌》，献给东汉皇帝。因此，我认为白狼国就是犬戎国的变种，白狼王则是犬戎的后人，而白狼族就是崇拜白狼，并以白狼为图腾的部族。白狼国的存在，也可以证明犬戎所崇拜的白犬很可能就是白狼。

退一步说，即便白犬不是白狼，那么白犬也一定是像藏獒那样的比草原狼更高大更凶猛的野狗。据史料记载，犬戎族极为野蛮凶悍，根据我对游牧民族的长期研究，历史上最古老最野蛮的犬戎族，按其民族性格来说，他们绝不会崇拜性格温顺听话的家狗，就像蒙古草原上从古到今所有马背上的民族，无一例外都不会以马为图腾那样。因为马是草原人所驯服的动物，性格凶猛强悍的所有中华草原民族，绝对不会崇拜被自己所驯服的动物，也更不会把家狗家畜作为自己民族的图腾。而且，图腾是草原民族神圣的精神崇拜，而家畜却是受牧人鞭打驱使的奴仆，绝无神圣可言。咱俩在草原上生活了十年还不知道吗，牧民虽然很爱狗，但是在草原人的心目中，狗与狼地位极其悬殊，狗是草原人的战友，而狼则是草原人的神灵。

因此，我的看法是：犬戎族崇拜的白犬，或者是白狼，或者就是野生白犬，一种与狼同科，与狼同形，比狼更凶猛的自由野狗。所以，当时犬戎族的“犬图腾”就等于“狼图腾”，古犬戎就是中国历史上有文字记载的、最早崇拜“狼图腾”的古游牧部族之一。

说犬戎是最早崇拜狼图腾的部族之一，这是因为，据史书记载犬戎的母族——古羌族也崇拜犬图腾。《资治通鉴》第一百九十卷里说：在唐朝初年有“白简、白狗羌并遣使入贡”，而且，唐还“以白狗等羌地置维、恭二州”。这说明古羌族也崇拜白犬。实际上，从民族归类上看，犬戎族就是西羌族，许慎在《说文解字》中说：“羌，西戎牧羊人也。”因此，犬戎就是西羌，西羌包含犬戎。那么以上所说的“犬戎”、“白狗”和“白狼”等族就都是西羌族。由此可以断定，西羌族是以白狼或白犬为图腾的游牧民族。而“以战死为吉利，以病终为不祥”的勇猛古羌族当然也不会崇拜驯顺的家狗的，因此古羌族崇拜的“白狗”不是白狼就是比狼更凶猛的野生白狗，因而，古羌族就是崇拜狼图腾的古老的民族。由于华夏人文始祖之一——姜姓炎帝族是古羌族的一支，而黄帝又与炎帝同族，那么，如果追本溯源的话，白犬图腾，或狼图腾，是中华民族的最原始最主要的图腾。

狼图腾崇拜起始于华夏最古老的羌族、犬戎族和古匈奴荤粥，后经白狼、匈奴、高车、鲜卑、突厥、契丹等游牧民族，一直延续到现代的蒙古民族。这是世界上历史最悠久的游牧民族图腾，在强悍的西北和蒙古草原上，一个又一个的游牧民族被更强悍的游牧民族打败，民族来复去，而狼图腾和狼精神却永世长存。这种狼图腾文化和精神从未中断，甚至大大超过从未中断的华夏农耕文明的历史长度。可惜，狼图腾所包含的巨大的精神价值，从未被怕狼恨狼的汉人重视和研究过，甚至还故意将其打入冷宫。

特别重要的是：中华大地的这两个“从未中断”的文化，以游牧民族的狼图腾文化更有生命力，也更有价值。如果没有“从未中断”的狼图腾精神和文化，那么华夏几千年的农耕文化和文明就可能中断。中国几千年的文明从未中断，这已经成为世界公认的世界文明历史中的奇迹，而奇迹背后的奇迹却是历史更久远，又从未中断的狼图腾文化。狼图腾之所以成为西北和蒙古草原上无数游牧民族的民族图腾，全在于草原狼的那种让人不得不崇拜的、不可抗拒的魅力和强悍智慧的精神征服力量。这种伟大强悍的狼图腾精神就是中华游牧精神的精髓，它深刻地影响了西北游牧民族的精神和性格，深刻影响了中华民族和中华文明，也深刻影响了全世界。

我认为历史如此悠久的狼图腾崇拜和精神，恰恰是永葆其旺盛生命活力的古代和现代游牧精神的本源。现代中国人真应该为中国还埋藏有如此伟大珍贵、悠久丰厚的精神遗产而感到庆幸和自豪。现在到了应该剥去掩盖它的农耕羊皮，而让其大放光彩的时候了。它将是当代中华民族性格转换工程的最宝贵的本土精神资源。“东方睡狮”将由于狼图腾精神的复活，而真正苏醒和抖擞起来。

好！带劲！杨克噗地拉开了一罐啤酒，连声叫好。他把酒递给陈阵，自己也打开一罐，仰头猛喝了一大口说：你这个挖掘真比白狼王挖的狼洞还要深，一直挖到炎黄的祖族那儿去了。你的结论我同意，我也认为西羌犬戎崇拜的“白犬”肯定是野狗或者就是白狼。我到现在还特崇拜咱们的二郎呢。羌族和犬戎崇拜的肯定就是这样的野狗，或者更厉害的藏獒式的野狗，绝不会崇拜听人话的宠物狗的。要不然真无法理解东方游牧民族为什么会有那么大的能量。你这个观点能说服我。再接着讲！

陈阵一罐啤酒下肚，谈兴更盛。他挺起身，盘腿坐在沙草地上，继续开讲：西周之后，历史进入春秋战国时代，由于华夏民族先祖强悍性格的遗传基因很强，又由于在陕西、山西、河北、华北北部仍保留着大量的牧地和游牧民族，甚至在现在的河北腹地定县平山一带还出现一个由白狄匈奴所建立的著名的中山国。中山国立国几百年，以出产“中山狼”而闻名于世，因此中山国民性格强悍，与韩、燕、宋同时称王，还曾掠占过燕国的大片土地，可见当时中原华北还有不少狼性土地和狼性性格。而且，当时中原国家又经常遭受西北游牧民族的入侵输血。因此，春秋战国时期的整个华夏民族的性格依然强悍，甚至强悍到产生不出一个大一统中央集权专制制度来统治他们的程度。在春秋战国时期，群狼逐鹿中原，诸侯争霸华夏，血沃中华大地。“卧薪尝胆，奋发图强”就是那个时代民族性格和精神的写照。从民族性格中涌出的锐意进取的力量像火山群持续喷发，此起彼落五百年。这一时期，在思想文化方面，更像是一次轰轰烈烈的造山运动，儒家、道家、墨家、兵家以及法家等狼家，百家争鸣，群峰林立。在华夏古代历史上出现了思想精神文化上的空前盛世。后来，中国在文化上的几次复古运动，都试图恢复当年的民族精神和性格，虽然没有成功，但都取得了不小的成就。唐代韩愈和北宋欧阳修、苏轼的复古，造就了文坛上气势磅礴的“韩潮苏海”。历史证明，在政治经济上不能复古，否则就是倒退，但在民族精神和性格上必须经常“复古”。西方的“文艺复兴”就是一次非常伟大和成功的“复古”运动。

到秦朝，秦国又有一个类似于又不同于西周的开端。秦国也是地处西部，因此它拥有西北千里游牧区和秦川汉中巴蜀农耕区的半牧半农的经济基础，和在此民族存在的基础上形成的半狼半羊杂交的国民性格。强悍性格产生强烈要求改革变法的强大动力和愿望，秦国商鞅变法首先成功，而以农耕为主的和信奉周礼的六国，却因为长期的农耕生活国民性格日益软化。秦国很快便对六国形成压倒性的优势。到秦始皇时代便横扫六国，统一华夏。公元前二二一年，秦始皇建立中国历史上第一个中央集权的国家。秦始皇开拓猛进的狼性性格，以今非古，焚书坑儒，强行推行“书同文，车同轨，行同伦”，又筑长城，修驰道，建骑兵，击匈奴。敢作敢为，大气磅礴，首创了一个强悍向上的崭新时代。需要说明的是，这“书、车、行”的三同奠定了华夏民族的统一的基础。中国第一个“大一统”并不是由儒家帝王建立的，而恰恰是由焚书坑儒的狼性秦始皇建立的。还需要说明的是，中国第一个中央集权封建专制王朝得以建立，也表明此时华夏民族的国民性格已经开始显露农耕化的迹象。

然而，由于秦国立国的基地是在戎狄游牧区。秦国在秦穆公时期灭掉十二个戎国，开地千里，成为“西戎霸主”，采用西戎游牧民族的风俗习惯和法律。司马光说秦“以贪狼为俗”，可见秦国受西戎的狼性格和狼图腾的影响极深。秦国当时已经是西部大国，秦襄公还曾被周平王封过诸侯。但是，华夏其他诸侯却认为秦是西戎野蛮国，根本不承认它是华夏诸侯国，还不让秦国参加华夏诸侯盟会。秦国国内游牧民族的成分确实更重，因此，秦国国民性格的狼性过强，在这块狼性土壤中诞生的秦始皇就很容易成为一个狼性暴君。结果，暴行激起反抗，潜伏在六国民间的狼性好汉揭竿而起，开始软弱的华夏民族又被激发出强悍精神，起义遍布全国，秦王朝二世而亡。但是，秦朝对中国历史影响极为深远，而游牧民族的狼性性格在其中起到关键性作用，如果没有秦国君民狼性格的因素，中国历史绝不会出现以后汉唐的辉煌上升时期。

秦国到秦朝这段历史，是草原民族对华夏民族又一次狼性血液的输血，大大地冲淡了千年来从农耕生活中涌进民族血管的羊血，使刚刚又要羊化和孱弱的华夏民族性格，再一次刚强起来。

公元前二〇六年，刘邦建立西汉王朝。西汉时期，“汉承秦制”，西汉又承袭秦朝狼血，汉武帝在性格上就是第二个秦始皇，史家称汉武帝“异于秦始皇无几矣”，凶悍好战，举全国之兵力财力，连年征伐，毫不妥协，不灭匈奴誓不罢休。当时的汉朝，主战派占绝对优势，“锐勇轻死之士充满朝廷”，大有古羌族“以战死为吉利，以病终为不祥”的民族性格。汉武帝还大胆起用李广、卫青、霍去病等等充满狼性豪情的将领，以骑兵攻骑兵，以骑射对骑射，凶猛果敢，长途奔袭，深入草原，血战匈奴数十年，打得匈奴元气大伤。雄才大略的汉武帝甚至还把作为防御性工程的长城，也变成对草原经济封锁的进攻性武器，严禁铁器武器药材出关，斩杀大批违禁商人。

当时华夏的农耕厚土上生长出来的儒家，也终于长成大树，进入官方主导意识形态。儒家主张以农为本，与民休息，轻徭薄赋；并主张施仁政，以驯化软化国民性格，来换取国家和社会的稳定，为帝王所用。以典章制度治国安民，求得和平发展。汉武帝在认识水平上高于秦始皇，他懂得儒家的作用。因此，西汉时期，狼羊结合，霸道王道杂之，狼血羊血大体平衡。西汉时期，汉民族终于在性格上从秦朝的“野蛮狼”发展到汉朝的“文明狼”，达到古代“文明狼”的最佳性格水平，与同时代的西方强悍的古罗马民族性格大致相当，国家强盛的程度也差距不远。当时整个汉民族充满了勇猛顽强，开疆拓土，消灭强敌的壮志豪情。那时的西汉国运昌盛，国富民强；文史哲经，艺术科技，高度繁荣；并第一次征服西北和西域，扩大华夏的游牧国土，切断了匈奴的财政来源，消灭了匈奴的主力，造就了一个长达四百年的辉煌朝代。大汉帝国是华夏汉民族最值得骄傲的时代之一。遗憾的是，在以后的朝代，纯粹汉民族的民族性格再也没有达到过这样的高度和水平，此后，靠汉族独木难以支撑华夏文明大厦了。

随着汉朝屯垦戍边政策的实行，农耕对草原的扩张，和对草原民族的一次次沉重军事打击和压迫，以及晋朝残酷的“徙戎政策”，即用武力驱逐异族出境，激起游牧民族的强烈反抗。草原民族终于又积累起巨大的报复力量。到晋末，匈奴、羯、氐、羌和鲜卑五个草原民族先后冲进中原，又先后建立十六个国家，史称“五胡十六国”。秦汉以来几百年的农业大发展，华夏的农业已取得优势，整个汉族已成为标准的农耕民族。民族性格羊性化，畏战怕死，不堪一击。“五胡”便像狼冲羊群一样，将整个中原变成“草原狼”的天下，时间长达一百二十多年。在此期间，中原大地狼性太盛。因而，群狼混战，血腥残暴，尸骨遍野，人口锐减。但这次巨大灾难的内因，仍在于农耕文明的本身，温柔敦厚的农耕民族缺乏强悍的国民性格来抵御外来侵略。

建国于公元三八六年的北魏，是一个狼羊性格结合比较好的时代。我对北魏非常感兴趣。建立北魏的鲜卑族和后来的蒙古族都属于东胡，两民族的语言有共同的祖源。鲜卑族发源于大兴安岭北麓的鲜卑山。蒙古史权威、中国元史研究会原会长韩儒林先生说:“据近代学者研究，鲜卑为蒙古族。”

早在东汉和帝时，汉大将窦宪击败匈奴，鲜卑乘虚占领匈奴旧地，十多万户匈奴人自号鲜卑，加入鲜卑族，同时也把匈奴的文化和原始崇拜带入鲜卑族。因此，鲜卑族又是东胡与匈奴的融合民族。鲜卑拓跋部极为凶悍，但是鲜卑的文化极其落后，连文字也没有。然而，他们有蒙古草原狼一样凶猛的性格和智慧的头脑，具有超凡的军事才能，是五胡中最卓绝的一支。北魏太武帝拓跋焘简直就像头神狼王，神武异常。他居然用了不到十年时间，依靠凶猛的鲜卑骑兵，扫平群狼，统一了北部中国。在中国历史西周以后，开创了第一个由草原民族建立的强悍有作为的朝代。

更有意思的是，鲜卑拓跋像蒙古草原狼一样爱动脑子极善学习，他们对汉文化极为痴迷，又一次表现出游牧民族在文化和制度上开拓进取、勤奋学习的民族性格。在冯太后和孝文帝时期，大力倡导全民族学习汉文化并与汉族通婚，几乎达到全盘汉化的程度。后来百万鲜卑迁都洛阳以后，完全使用汉语汉服汉制度，甚至将鲜卑姓改为汉姓，例如将皇族拓跋氏改为长孙氏。让南朝汉人来使，一时分不清是到了胡国还是到了汉国。

需要说明的是，草原民族对汉文化的主动接受是有深刻的种族根源的：一是，汉文化中有至高无上的天崇拜，也就是腾格里崇拜，而汉文化中的天崇拜本来就是来源于草原民族的腾格里崇拜，是炎黄先祖从草原带到中原的原始崇拜。因此蒙古草原游牧民族的最高崇拜与汉族天崇拜文化不仅不冲突，反而因原始崇拜的亲缘关系而情感亲近，容易接受。后来蒙古本土的蒙古族和华夏的汉族最终没有接受基督教和伊斯兰教，而都接受佛教，也是与蒙古族和汉族共同的最高天崇拜有很大关系。二是，汉文化儒学中也具有早期儒学遗留下来的强悍进取的游牧精神，像“天行健，君子以自强不息”，“富贵不能淫，贫贱不能移，威武不能屈”等强健不屈的精神也颇合草原民族性格和狼图腾精神。三是，儒家全力维护“天子”，也就是“腾格里之子”的皇权。总之，汉文化本来就是游牧民族来到农耕地区而逐步发展起来的文化，因此，在后来的草原民族入主中原农耕大地之后，就不必在文化上从头开始，只要把游牧先辈和后辈的文化成果拿来即可。当然，后来鲜卑、蒙古族和满族都看到了汉文化的缺陷，在接受汉文化时做了不小的取舍，并增添了许多游牧文化的内容。

还需要说明的是，传统观点认为游牧民族虽然可以在武力上征服中原，但是汉族却可以用汉文化征服游牧民族，这实际上是一种大汉族主义观点。因为，这种观点最大的错误在于否定了最根本的非文化因素——华夏农耕土地的征服作用。华夏广阔的农田能够征服和软化古代任何武功强悍的游牧民族，华夏农田的征服作用远远超过文化上的作用。游牧民族被汉文化征服的观点的片面性，又在于否定了汉文化中的游牧成分，否定了汉文化中的游牧民族的部分所有权。而且，实际上游牧民族也不是被动地被汉文化征服，而是游牧民族主动地选择了汉文化，而这种主动选择重要的原因也是由于汉文化中有游牧民族的成分。

鲜卑拓跋的改革相当成功，北魏政治稳定，经济繁荣，人口剧增，国际交往频繁，一派东方大国强国的风貌。而且文化发达，佛教盛行，云冈石窟、龙门石窟中的北魏时期的大石佛至今令人景仰，使昏庸腐败、内乱短命的南朝汉族国家根本无法与之相比。以至于后来的中国人大多知道大名鼎鼎的北魏，而对同时期南朝汉人的宋国和齐国知之甚少。北魏和南朝的鲜明对比，说明华夏农耕民族文化和民族性格已开始暴露出它致命的羊性软弱性。游牧民族一旦集合起整个民族的力量，抓住一次机会便可以武力入主中原，再经过短短的几代，就可以把华夏民族花费几千年时间创造出来的文明成果学到手，甚至还超过你一头。而缺乏进取精神的汉民族，虽然文化比草原民族先进，但是它不得不依靠定期或不定期的输血为生。如果几百年不进行一次大规模狼性血液的输血，它的骨头就软得难以支撑华夏大厦。古言道："五百年必有王者兴。"实际上真正的"王者"就是游牧精神和性格，而某个具体的王者，就是游牧精神和性格的某个代表人物。

鲜卑统治北中国长达一百四十多年，这次草原民族对华夏农耕民族的输血和混血，意义重大，影响深远。所谓输血和混血，主要表现在两个方面：一是，游牧民族入主中原以后在游牧精神和性格上对农耕民族的深刻影响。所谓"输血"，也就是游牧精神的输入。二是种族混血杂交，增强民族杂交优势，增加新性格人群的数量。"五胡入中华"造成中原大地巨大战乱，洛阳焚毁，血沃中原，十室九空，人口锐减。战乱又造成华夏民族第一次规模巨大的民族大迁徙。据史料记载，中州，也就是中原，大约有六七成的汉人逃往江南，这又进一步地减少了北中国的汉族人口。此后源源不断来自草原的游牧民族，尤其是鲜卑族，便填补了空荡荡的中原和荒凉的洛阳。《中国通史简编》说："照江统《徙戎论》所说，关中人口百余万，氐羌和鲜卑等族约占半数。"魏孝文帝从平城迁都到洛阳时，就迁来鲜卑文武百官和军队，连同他们的家属和奴仆，总数不下一百万人。为了学习汉文化和增加人口，鲜卑统治集团亲自带头实行鼓励鲜汉通婚的政策。由于居于统治地位的游牧民族获得了财产和权力上的优势，就可以广泛地通婚纳妾多生子女，使得游牧民族在种族人口繁殖上也取得超过汉族人口增长的优势。因而，经过十六国和整个北朝长达二百六十多年的民族输血和杂交混血，北中国实际上已成为游牧民族与汉族在数量上大致相当的民族混合地区，尤其以鲜卑族的数量和影响为最大。

这次民族输血和混血，使得被农耕软化和羊性化的华夏中原民族的性格和精神，又一次被激活，再一次强悍起来。但必须指出的是，中国游牧民族对农耕民族的输血和混血，对农耕民族来说是一件痛苦和残酷的事情，但却又是对"中国病"的绝对必要的抢救性治疗。客观地说，没有这一次长期广泛的输血和混血，就不会有后来伟大的隋唐。

北魏后来分裂为东魏和西魏，这两国依然是鲜卑族执政。公元五五〇年高洋废东魏帝自立，国号齐，史称北齐。公元五五六年鲜卑人宇文觉废西魏恭帝自立，国号周，史称北周，依然是鲜卑政权。到周武帝时期，雄才大略的鲜卑皇帝——周武帝宇文邕又灭掉北齐，重新统一北中国。

公元五八一年，北周大丞相杨坚废掉周静帝，篡夺鲜卑北周王朝而建立隋朝，他便是中国历史上著名的隋文帝。因此，隋朝实际上是建立在鲜卑国家的基础之上的。北朝之后的隋朝，由于刚刚经过长达二百六十多年的五个游牧民族的狼性血液的输血，中原民族实际上是由鲜卑民族等游牧民族和汉族所组成的混合民族。又由于杨坚篡周建隋，所以鲜卑北周的统治集团也基本上被保留下来。隋朝朝廷充满鲜卑族官员，连隋文帝的独孤皇后都是鲜卑人，独孤皇后是鲜卑大贵族、柱国大将军独孤信的女儿。因此，从隋朝的国家政权的组成和民族的构成上说，鲜卑族的比重极大。从民族成分上讲，隋朝是鲜卑族和汉族共同创造的伟大朝代。在隋文帝时期，中原民族性格强悍，文化发达，又是一次狼羊结合较好的时期。

因而，隋朝又是一个勇猛进取，有创造，有作为，了不起的朝代：实行均田制，开凿大运河，首创科举制，击败拥有四十万骑兵的强大突厥，又征服南中国，结束中国长达两个半世纪的战乱和分裂，建立起国土辽阔的统一国家。

特别要提到的是，中国北方经过游牧民族入侵长期战乱破坏，本该在国力上落后于未受异族入侵的南朝。事实上恰恰相反，在南朝，汉族执政的宋齐梁陈一个比一个腐朽黑暗，软弱无能，内讧短命。南中国的汉族政权后来被大隋朝轻而易举地灭掉。

从此以后，在古代中国又出现一个规律：受到过游牧民族输血和混血的北方中原，无论被战乱破坏得多么严重，但大多可以灭掉或收降南中国汉族政权，而南中国汉族的最后政权则无一例外地都被北方国家轻易灭掉。此规律的适用性还可以上推到秦。从秦灭楚吴、魏灭蜀、晋灭吴、隋灭梁陈、宋灭后蜀南唐吴越、元灭南宋，一直到清灭南明三藩太平天国。此规律证明，游牧性格大大强于农耕性格，强悍性格是民族自立于民族之林的决定性因素。纯农耕的南中国一旦丧失了残存的炎黄游牧精神，又得不到新鲜游牧精神的输血，也就丧失了民族的脊梁，即便有发达的文化和经济，也无法捍卫自己的国土、保障自己国家的独立。

陈阵望了一眼狼洞山坡，叹了一口气说道：但是隋朝还是一个短命朝代，根本的问题又出在狼羊不平衡上，隋朝统治集团在性格上狼性又太强于羊性。隋炀帝本人就是一个汉族与鲜卑族的混血帝王。他的生母文献独孤皇后，是一个连隋文帝都惧怕的鲜卑悍妇。独孤皇后的家族连她自己在内，先后出过三位皇后和一位皇太后。她的姐姐是北周周明帝的皇后，她的大女儿是周宣帝的皇后，她的从姐妹是唐朝唐高祖李渊的生母。她的鲜卑家族性格刚勇，势力强大，深刻影响了北周、大隋和大唐三个朝代。她在皇宫，后宫不敢给隋文帝送嫔妃，她还敢于杀掉隋文帝看中的女人。这位狼性十足的鲜卑族皇后在朝中拥有大权，与隋文帝并称为“二圣”。独孤皇后还谋划了废长立幼，废黜太子杨勇，再立她所偏爱的杨广为皇太子。后来，独孤皇后成为武则天效仿的楷模。因此，隋炀帝杨广是喝“狼奶”长大的“狼”。他继承的狼性基因过多，因而他是中国历史上少有的暴君，穷兵黩武，残暴腐化，横征暴敛，民不聊生。隋炀帝三伐高丽，动用几百万军队，三战三败，损失惨重，国力耗尽，激起全国大起义。大隋三十七年便亡，与秦朝相似。公元六一八年，胡化了的汉人大贵族李渊建立唐朝。

中国人引以为自豪和骄傲的大唐朝，实际上也是鲜卑族和汉族共同创造的一个伟大王朝，是草原狼性格和华夏文明精粹的伟大结晶，达到了古代华夏文明之巅。就像“汉承秦制”那样，唐朝是唐承隋制。李唐王朝继承了隋朝皇族，尤其是隋皇族女系母统的强悍鲜卑性格。从性格血统上，李唐王朝的开国皇帝和初期君主都是胡化了的汉人和鲜卑贵族女性的混血儿。唐高祖李渊的生母、皇后、一个儿媳均是鲜卑人。唐太宗李世民的祖母、生母和皇后是鲜卑人，唐高宗李治的曾祖母、祖母和生母是鲜卑人，而李渊的生母就是大名鼎鼎隋朝独孤皇后的从姐妹。几代连续杂交混血，几代鲜卑家族狼性格的持久影响和熏陶，使李唐家族血统里的汉血比例降到四分之一以下，因此在性格上取得非同寻常的杂交优势。太宗李世民尤为突出，他的骁勇凶猛顽强的狼性性格堪称中国帝王之最。甚至，李家也出过李世民的太子承乾那种学胡语、吃胡食，仰慕突厥狼头军旗、想解发回草原当突厥人的极端例子。后来太子承乾被唐太宗废掉。这个极端例子也证明，李唐家族中的草原民族血统及其影响极重极深。

我给你举几个《资治通鉴》里记载的例子：有一次，李世民跟李渊出战，李渊进军失利，李世民亲自率兵上阵，从敌阵后面冲进去，身先士卒，使用双刀，亲手砍杀几十人，杀红了眼，砍得两把刀都缺了口，两个袖子里都灌满了敌兵的血，他甩掉血，继续拼杀，直到打垮敌军，反败为胜。还有一次，李世民与窦建德交兵，李世民只带尉迟敬德一员大将和几个士兵去诱敌，窦建德五六千骑兵追杀过来。李世民善骑射，毫无惧色，他亲手射死一员敌将和几个士兵。尉迟敬德也杀了十几个士兵，居然吓得几千骑兵不敢再追。再有，在玄武门事变中，为了大唐利益，李世民先发制人，设伏兵杀死了想加害于他的亲生兄弟建成和元吉。李世民亲手射杀了长兄建成，毫不手软，像狼一样凶猛果敢地夺取了太子位。

李世民凶猛善战，大智大勇，连当时打着金狼头军旗的突厥骑兵，甚至突厥可汗也佩服得五体投地。唐太宗还被各草原民族奉为“天可汗”，也就是“腾格里可汗”。后来唐朝能降伏强大的突厥，靠的就是这种李唐家族的狼性格，还有大批著名的充满朝廷的草原民族贤臣强将。其中最著名的是长孙无忌。据《旧唐书·长孙无忌传》记载，长孙无忌是凶险的“玄武门事变”的主要策划人，就是他像狼一样勇敢地力劝李世民先发制人，并亲自带领尉迟敬德、侯君集等九人协同李世民，在玄武门伏杀建成和元吉。长孙无忌是辅佐李世民登上皇位的第一功臣，后任宰相长达三十年。而长孙无忌就是鲜卑人，他的先祖是北魏鲜卑皇族，其后世家族成员在北魏、西魏、北周时历任重臣，封王袭公，其父是隋朝的右骁卫将军。长孙无忌又是唐太宗的文德长孙皇后的亲哥哥。唐太宗的祖母、生母、皇后，甚至连宰相都是鲜卑人。你说大唐王朝的鲜卑血统和性格有多重。

唐朝的伟大来源于民族性格的伟大，也来源于唐朝女性的伟大。唐初的三位鲜卑女性不仅为唐朝养育了几代杰出帝王，而且，中国第一支“娘子军”，中国第一个也是唯一的女皇帝都诞生于唐朝。咱们到草原还不知道吗？草原民族是开放和尊重妇女的民族，妇女地位比较高，女人大多敢作敢为，像嘎斯迈那样敢徒手斗狼的女人不在少数。唐朝的鲜卑血统也决定了唐朝女性的惊人业绩，据《新唐书·诸公主列传》记载：唐高祖李渊的女儿平阳公主，在李渊太原起兵反隋时，她自己先到关中地区拉起一支起义军，屡屡挫败隋军，并把义军发展到七万之众，威震关中，为李渊夺取长安立下大功。《新唐书》说：“主（平阳公主——引者注）引精兵万人与秦王会渭北……号称娘子军。”山西著名的娘子关就是由于平阳公主曾率军在此驻守而得名。平阳公主的生母就是李渊的鲜卑人太穆皇后窦氏，平阳公主是与李世民同父同母同性格同打江山的杰出女性。娘子军对中国女性的影响太深远了，而娘子军精神中所包含的就是自由开放、坚韧独立的游牧精神和狼精神。

还有，中国唯一的女皇帝武则天也产生在唐朝。武则天出生在游牧精神浓厚、有深厚“胡服骑射”传统的山西。而山西是鲜卑族的根据地之一，鲜卑北魏最初的都城就定在山西平城。武则天的父亲曾随李渊起兵反隋，后封为应国公。所以武则天也应该算作将门狼女。后来又在李唐皇族的游牧精神的熏陶下，武则天成为中国狼性最强的杰出女政治家。在性格上，她勇敢强悍，智慧超人，大刀阔斧，铁腕血腥，毫不手软；在政策上，打击士族，强化科举，破格选才，劝课农桑，发展人口，把唐太宗开创的贞观之治的盛世维持了半个世纪。

陈阵停了停，突然问杨克：你注意过武则天的形象没有？

杨克有些茫然，摇摇头说：没注意。你又发现了什么？

陈阵说：我看过武则天的画像，她很富态，有母仪之相。洛阳龙门石窟那座最著名最高大的卢舍那石像，是武则天下令凿刻的。那雕像有异常大气矜持的端庄美，脸庞颈肩丰满圆润。据说这是当时的艺术家和石工按照武则天本人的形象雕刻出来的。中国人都知道，在审美标准上，唐朝是“以胖为美”，李唐帝王大多选丰满女人为后为妃。唐太宗选武则天为妃，唐太宗的儿子唐高宗李治后来又对武则天穷追不舍，直到把她立为皇后，而后来的唐玄宗李隆基又以丰腴的杨玉环为贵妃。几代唐朝皇帝如此热衷丰满女人，确实大大有悖于中国汉族帝王的传统审美标准。华夏汉族帝王大多喜欢苗条女人，比如：“楚王好细腰，后宫多饿死。”汉朝汉成帝的宠妃赵飞燕就是“楚腰纤细掌中轻”式的女人，后来被成帝立为皇后。

那么汉唐这两个齐名的大朝代，为什么会出现“环肥燕瘦”截然相反的审美标准的呢？原因就在于唐朝皇族与历代华夏朝代的民族血统不同。唐朝“以胖为美”，深刻地反映了李唐王朝的鲜卑族的血统和印记。我过去也一直弄不懂为什么上个大朝代汉朝还以瘦为美，怎么到下一个大朝代唐朝突然就以胖为美了？后来弄清了李唐王朝的鲜卑血统以后才明白，再联想到咱们在草原上的生活就一下子想通了。当初咱们刚到草原的时候，就发现蒙古人以胖为美，比如咱们队那个绰号叫“一盏明灯”的萨仁其其格，真够丰满的，一定比杨贵妃还要胖，那时候几乎有一大半的马倌都围着她献殷勤。在额仑被牧民公认为美人的蒙古女人绝大多数是丰满女人。而鲜卑族和蒙古族是两个有着亲缘关系的蒙古草原游牧民族。鲜卑族一定是把狼图腾和“以胖为美”的审美标准，一同传给蒙古族了。实际上，游牧民族从古到今都以养肥牲畜为职业，以“羊大”为美，当然在民族审美上就以胖为美了。

杨克连连点头，又笑着说：没错！……不过有点儿扯远了吧。

陈阵说：一点也没扯远。唐朝“以胖为美”，恰恰又从民族意识的一个审美层面上证明唐朝之所以那么强悍伟大的性格根源。汉人一直回避唐朝的游牧精神和草原血统，实际上汉人很不情愿把中国最伟大朝代的大半功绩记在草原民族的功劳簿上……

我再接着讲……李世民过人之处，还在于他极其重视文治，采纳魏征的“偃武修文”的政策。兴科举，重谏臣，着力教化，改善政治，轻徭薄赋，鼓励经济，开创了中国历史上著名的贞观之治，唐朝的疆土达到前所未有的广度。

我特别要说的是，李世民是第一个提出“华夷平等”政策的中国皇帝。他说：“自古皆贵中华，贱夷、狄，朕独爱之如一，故其种落皆依朕如父母。”而唐太宗“华夷平等”政策的提出，是有李唐皇族性格上的华夷混血、狼羊平衡的血统背景的。过去以及后来华夏儒家正统思想都是极力“尊华贬夷”，根本无视游牧精神和草原民族性格的巨大价值，以及对华夏民族和文明的救命性的贡献，而且还把这种狼性性格作为儒家教化所重点打击的对象。只有具有游牧血统的李世民，深刻看出了汉族和草原民族双方的优缺点，而且身体力行地实行“华夷平等”政策。唐朝之所以能达到中国古代文明的辉煌顶点，根本原因就在于它使草原民族勇猛进取的性格和农耕民族的儒家精华相结合。只可惜，中国农耕土壤太广阔太深厚，李世民“华夷平等”的卓越思想，很快就被华夏强大而狭隘的农耕意识和儒家正统思想所扼杀。后来，支撑华夏民族活命的新鲜血液，仍然是草原民族用武力强行灌输进来的。但是，由于汉族农耕病体已趋严重，以后无论怎样输血，都输不出汉唐盛期的豪迈强悍的民族风骨来了。“东方睡狮”正是从中唐以后开始进入漫长的冬眠状态的，而华夏广袤农田就是它舒服沉睡的“软榻”，儒学则是使它久睡不醒的“催眠曲”和“安眠药”。

从安史之乱开始，一直到五代十国的两百年里，重又软化羊性化下去的华夏民族，又陷于大混乱之中。从此，华夏的农耕民族走向漫长的下坡通道。虽然，也出现过几次小高峰，但总的下降趋势已不可逆转。华夏文明和华夏国土的延续和保持越来越依赖草原民族。

虽然整个农耕民族在软化，但是炎黄先祖的狼性血液的遗传，和游牧民族的不断输血和混血，在华夏广大的农民中仍然保留了一些强悍的种子。中国历史上的农民起义，就是农民中狼性好汉率领的反抗。但是农民起义只是改朝换代的工具，一旦起义成功，也不能为新王朝增添多少新东西和新血液。唐末的黄巢农民大起义，作为汉民族一次民族复兴的重大行动，并没有成功。究其原因，农民起义是农耕土壤中生长出来的“农副产品”，农耕王朝所具有的性格软弱性的局限它也不可能避免，能避免的只是极少数。虽然黄巢起义大军攻打王朝军队势如破竹，还残忍愚昧地焚毁了古代中国最为气势恢宏的长安城。但是，它还是被唐政府借来的、名不见经传的西突厥沙陀族骑兵消灭了。这是因为被输血者总比不过输血者身心强健。汉唐以后，华夏农耕民族无论是政府军还是农民起义军与游牧民族的骑兵交战总是败多胜少。

到五代十国，北中国又陷于狼性远远大于羊性的大动荡时代。北方五代梁唐晋汉周之中，后唐、后晋、后汉都是西突厥沙陀族政权。同时并存的强大辽国，则是鲜卑后裔契丹族建立的游牧民族国家。

公元九六〇年，赵匡胤不费吹灰之力，忘恩负义地篡夺后周周世宗打下的中原江山之后建立了北宋。北宋初期借助五代时期游牧民族的输血，还有些生气。但是，宋太祖已没有汉武帝和唐太宗的“文明狼”的锐气了。宋太宗两次北伐都被契丹辽国打得惨败。可是他收拾南方的汉族国家，却易如反掌。

中唐以后，中国的经济重心已由北方移到南方。而唐末五代时期，北方的经济遭到大破坏，南北差距更加悬殊。南方汉族国家的强大经济实力，并不能弥补民族性格上的软弱。那里的帝王早就在“春花秋月”、“雕栏玉砌”和江南水乡中软掉了骨头。因此，受过狼性格输血的北中国再次轻松灭掉或收降南部汉族国家。李后主、吴越王等国君主纷纷败亡投降。春秋汉唐时期南中国的那种“力拔山兮，气盖世”，“三千越甲可吞吴”，“楚虽三户，亡秦必楚”的民族气概和性格荡然无存。长期的农耕环境和儒教终于彻底教化和软化了没有草原的南中国。

陈阵继续讲：宋朝是汉族国民性格质变的转折时期，除了历史种种不利因素的积累以外，宋朝对汉族性格的转换还有着两个关键而特殊的作用。

首先，北宋无力收回汉唐原有的广大草原国土。大宋大宋，实际上它的疆土连汉唐时期的一半还不到。它的北面是包括华北北部和蒙古草原的幅员万里的契丹辽国。它的西面是剽悍的党项西夏和羌族吐蕃。它的西南面是白族的大理国。这种局面导致了严重后果。本来，从炎黄到汉唐，华夏一直拥有北部和西北的大片草原牧区，它具有制造强悍性格的造血功能，历史上广阔草原为华夏民族培育了无数强兵猛将和杰出帝王。古言道，“关西出将，关东出相”，“烈士武臣，多出凉州，土风壮猛，便习兵事”。《宋史·李纲传》也说：“自古中兴之主，起于西北，则足以据中原，而有东南。”汉唐时期，中国雄才大略的帝王之所以大力经营西域，紧紧抓住西北草原不放，就是深深懂得这片草原维系着中华文明的根，而游牧精神和性格则是支撑中华的脊梁。汉唐时期那种半农半牧的国土和经济基础，是华夏民族维持半狼半羊性格的命脉。而软弱无能的宋朝无力收复华夏西北的命脉草原牧区，就对汉民族的性格最终转换起到了致命的影响。

其次，宋朝“理学”的盛行。由于宋朝的华夏只剩下纯农耕的国土，中国儒教的这棵大树被纯农耕土壤滋养得越发农耕化，并发展得越来越极端。宋朝“理学”的出现，把早期儒家中含有的游牧遗风、雄健向上的精神大大削弱，却加强了压抑阉割民族性格的“新精神”。最致命的是提出“存天理，灭人欲”，三纲五常是天理，必须用“天理”来灭除人欲。对狼性和狼欲就更得斩尽杀绝，火烧沉塘。只有堵了狼的路，才能迈得开羊的步。理学把汉民族压制调理得像家畜牛羊那样驯服听话，任劳任怨，使得汉族宋朝的生产力大发展，还制造出当时世界上最先进最具威力的火药武器：火铳、火箭、火蒺藜、霹雳炮、突火枪等等。但是仍然弥补不了华夏民族迅速软化和羊化的性格缺陷。

历史证明，一个民族要想复兴和富强，必须发展生产力，但是绝不能“唯生产力”。发展生产力是振兴民族的基础，但还不是基础的基础。必须把培育强悍进取的民族性格和发展生产力同时并举，这才具备民族腾飞的两个翅膀。

到宋朝，在性格上，纯农耕的华夏汉族终于由汉唐时期强悍的“文明狼”转变为软弱的“文明羊”。

然而，北宋还是得到了一个长达一百六十多年的稳定和繁荣。但是这不是因为它自身强大，而是由于强敌契丹辽国发生了民族性格上的重大转换。辽国在宋朝建立之前的十几年，占领了华北幽云十六州的汉族农业区。此后，它的农业开始大发展，并向东北黑土地扩展。经过几十年的垦殖，以至于农业在辽国经济中的比例越来越重，大量牧民渐渐变成农民。这样一个原来纯粹的游牧民族国家渐渐变成了以一个农业为主的半农半牧国。于是，农耕软化民族性格的铁律，也对契丹辽国发生强烈作用，契丹族的狼性性格也开始软化。在萧太后时期，辽宋两国签订“澶渊之盟”的不平等和约。宋朝每年向大辽国巨额进贡，宋真宗称萧太后为叔母。但长期的战争基本停止，两国“和平友好”，两国放心睡大觉，两国在安逸的农耕环境中双双繁荣和软化下去。

但是，羊欲静，而狼不休，世界上这条规律仍然支配着世界。正当辽国农业越来越兴旺的时候，生活在松花江黑龙江流域的游牧民族女真族迅速崛起。为了摆脱辽国对女真的残酷压迫，女真领袖完颜阿骨打率领强悍的女真骑兵像狼群一样猛攻辽国，很快占领辽国大片国土，并建立金国。后来用了二十年，到金太宗时，金国就灭掉了大辽国。连半羊半狼的大辽国都挡不住金国凶猛的狼性骑兵，那么此时早已成为富裕软弱的“文明羊”的北宋就更无招架之力了。

"文明羊"的头羊宋徽宗，已经"文明"到成为中国杰出的画家的地步，尤擅长花鸟工笔，比绣女绣的还要柔软。金太宗具有狼王的洞察力，他马上就看透了宋朝的羊性。金军一灭掉大辽，不待休整，迅速挥师南下，吓得宋徽宗立即退位，让位给儿子赵桓，也就是宋钦宗。这是中国两位最腐败无能的皇帝。第二年金兵再攻宋朝，软弱的宋军如羊见狼，兵败如羊跑。开封几乎是开城迎敌，使金兵轻易占领开封，俘虏徽、钦二帝，国库珍宝被掠空，后宫几千佳丽被掳往北国荒原，充当奴婢妓妾。拥有当时世界上最多的人口、最发达的生产力、最先进的火药武器、最智慧的《孙子兵法》的北宋，几乎不战而败，两年而亡。当时的北宋几乎什么都不缺，唯一缺少的就是"脊梁"——刚强的民族性格。

北宋的"靖康耻"是华夏汉族最最耻辱的一页，甚至比清朝末期的丧权辱国还要可耻。至少清朝还敢跟列强打几仗，周旋几十年，而且也没有退位给列强。一个民族如果不把强化民族性格作为最基本的国策方略，无论经济文化有多发达，人口和军队有多庞大，其结局必定重蹈"北宋"的覆辙。

幸亏，中国当时远离基督教文明和伊斯兰文明，如果金兵是当时高级文明的军队，那华夏民族很可能就被改字、改文、改种和改信仰了。西域民族原来是信仰佛教的民族，后来不是被强悍的伊斯兰改得脱胎换骨了吗？而这也与宋朝无力收复西域脱不了干系。

随着华夏民族农耕性的增长，华夏民族性格日益孱弱，大片国土丢失，华夏的首都也从接近游牧区的地方向纯农耕区败退，从西北退向东南，越退越软，越软越退。从秦汉隋唐时期的长安，退到东汉西晋的洛阳，又退到北宋的开封，最后一直退到南宋的南京和杭州。杭州是当时中国民风温柔的靡靡歌舞之乡，它竟然成为汉族大宋朝的最后国都。如果一个民族只有发达的脑和手，而没有坚硬的脊梁，那也只能成为民族中的无脊椎软体动物。软弱无能的南宋最后只得向凶狠顽强的蒙古王朝献出传国玉玺，举国投降。此种北强南弱的局面一直到近代西方文明狼的经济、科技和思想输进南中国以后，才得以根本改变。

陈阵长叹一声，接着说下去：但是我仰望腾格里，仔细想想觉得腾格里还是对的。性格这么软弱的民族实在不配占据这么辽阔肥沃的土地，真是给天父腾格里丢了脸，天理难容，真真到了要开除这个民族的“球籍”地步了。腾格里的“天理”没有错，软弱的农夫不应痛骂人家的残暴，实际上农夫们也是按此天理来对待庄稼的，绝不肯让弱苗懒秧占着好地，而毫不留情地铲除它们，给强苗优秧让位。不过腾格里还是没有开除这个民族的球籍，毕竟华夏民族的脑和手闻名于世，最早驯化了野生粟和稻，创造了丝、茶、瓷、漆业，贡献了四大发明等先进技术，以及浩如烟海的文史哲经。尤其是四大发明：指南针帮助西方民族成为真正的航海民族，帮助他们成为能在大洋中辨别方向的海狼，帮助他们发现新大陆，攫取了资本主义的原始积累；造纸、印刷术和火药又帮助西方民族摧毁了中世纪愚昧和坚固的封建城堡。华夏民族对世界文明做出了巨大贡献，所以苍天有眼，腾格里还是派出它的大儿子——草原游牧民族，来好好教训教训这个不争气的农耕弟弟，继续给它输血，硬化它的脊梁，让它重新站立振作起来。

农耕必定软化民族性格的这一规律继续发生巨大作用。灭掉了契丹辽国以后，强悍的大金国又重蹈大辽国的覆辙。金国时期农业大发展，到金国盛期，耕地面积甚至超过了北宋。农业人口也急剧膨胀，从金初的三百万户，发展到金中后期的七百六十多万户，四千五百多万人，超过了北宋真宗景德时期的全国人口。

结果，强悍的女真民族也日益软弱下去。

太阳已微微发黄，额仑草原好像金色的大漠，从前狼群出没的山谷，已经显出半月形的阴影。陈阵站起身，又本能地看了看狼洞山坡，在他当羊倌的时候，太阳一黄，就要提防狼群出动了。狼给他的印象比被蛇咬的感觉还深。二十多年过去了，此刻他的脊背还能感到狼群逼人的寒气。他伸了伸手脚，对杨克说：是不是该回去了，嘎斯迈他们该着急了。

杨克听得正上瘾，忙摆手说：没事，嘎斯迈知道咱俩的毛病。一聊起来就没有黑白天了。我出来的时候已经跟她说了，今晚可能不回来住，没准到别的队看看。你还真跟说评书的学了一手，说到最节骨眼的地方，就来个“且听下回分解”。我知道，下面就该蒙古骑兵出场了。你上车吧，我把车座放倒，你半躺着讲，我半躺着听。继续讲！

陈阵上了车，半躺下来，说：没想到，在小狼的出生地旁边开讲座，真容易进入角色，我一定是得了狼洞的地气了。

陈阵立刻开讲：……到蒙古民族崛起的时候，不要说中国的农耕民族已经软弱得不堪一击，就是世界所有的农耕民族也都已经软得没有还手之力了。蒙古区区十几万骑兵之所以能够横扫欧亚，最主要的原因有两个：

第一个原因在于蒙古民族是世界上最虔诚信奉狼图腾的游牧民族，把狼作为民族的图腾、兽祖、战神、宗师、楷模，以及草原和草原民族的保护神。

蒙古人不仅认为自己民族的先祖来自于“苍色的狼”，而且，蒙古王族一些核心部落的领袖，甚至一些核心部落本身，还直接以狼为名。古波斯大历史学家拉施特在他的历史巨著《史集》的

第一卷中指出：产生过成吉思汗的六世祖海都汗、五世祖伯升豁儿汗和四世祖屯必乃汗的家族，发展到成吉思汗的四世祖的一代，出现了一个蒙古王族的直系核心部落——“赤那思部落”。该部落的两个领袖，就是成吉思汗四世祖屯必乃汗的两个儿子，一个名叫“坚都－赤那”，另一个名叫“兀鲁克臣－赤那”。“赤那”的蒙语意思是“狼”。拉施特说：“‘坚都－赤那’这个名字是公狼的意思，‘兀鲁克臣－赤那’是母狼的意思。”因此，这两位领袖的名字分别是“公狼”和“母狼”。不仅如此，他们还把自己部落称为“赤那思”。“赤那”蒙语的意思是“狼”，而“赤那思”意为“狼群”。“赤那思部落”也就是“狼群部落”。蒙古史权威韩儒林先生解释道：“赤那思……为复数，意为狼之集团也。”

而且，成吉思汗的叔父的父亲也以狼为名。拉施特指出：“察剌合－领昆在其兄伯升豁儿死后，娶嫂为妻……他又从他原配的妻子生下过几个儿子；其中一个继承了父位并且很著名，名叫速儿黑都忽－赤那。他与屯必乃汗住在一起。他的儿子和嗣位者为俺巴孩合罕。”俺巴孩就是成吉思汗的叔父，也就是说成吉思汗叔父的父亲就是速儿黑都忽－赤那。“速儿黑都忽”的蒙语的意思不详，但是“赤那”的意思是“狼”。因此成吉思汗叔父的父亲的名字也是“狼”。

蒙古人以“赤那”，也就是以“狼”为名的人还很多。可再举一例：《史集》中记载，成吉思汗的三世祖（曾祖父）合不勒汗，他的第四子叫合丹，而合丹的亲家名叫“阿里黑－赤那”。“阿里黑”蒙语的意思不详，但是“赤那”依然是“狼”。

可见，狼在蒙古人的心目中占据了何等崇高的地位。而汉人是没有一个人会用“狼”字给孩子起名的。上述事实也可以证明，震撼世界的成吉思汗不仅是在狼的草原上长大的，而且也是在人的“狼群”中长大的。

因此，蒙古民族是以狼为祖、以狼为神、以狼为师、以狼为荣、以狼自比、以身饲狼、以狼升天的民族，是古代世界性格最勇猛强悍、刚毅智慧的民族。而蒙古骑兵则是世界上最凶猛、最智慧、最善战的蒙古草原狼训练出来的军队。

蒙古骑兵之所以能够横扫世界的第二个原因，就在于几千年的古代农耕文明已经成熟过度，已经软化了世界上所有农耕民族，从硬桃子“成熟”到了一捏就烂的软桃子。因而，以草原狼图腾精神武装起来的蒙古骑兵也就创造了世界奇迹，创造了世界历史上版图最大的蒙古帝国，达到了草原游牧力量所能达到的顶峰。

需要注意的是，世界历史上另一个版图仅次于蒙古大帝国的古罗马帝国，也是一个崇拜狼精神的帝国，罗马城徽中的母狼形象至今仍然深深地印烙在西欧人的“游牧精神”里。世界历史上这两个最大版图、最强悍的帝国都是崇拜狼精神的帝国，难道还不能说明狼精神的伟大影响和作用吗？

软弱的金国、南宋的灭亡，和蒙古骑兵的胜利，跟生产力高低没有太大关系，而跟农耕的民族存在以及由它所决定的民族性格有直接关系。一个民族要想防止被淘汰的命运，就必须部分保留或创造能培育强悍民族性格的生产方式和民族存在。总之，一个民族只有锤炼出自己的刚毅顽强的性格，才能掌握自己的命运。

蒙古民族建立的中国元朝，对世界东西方文化交流做出重大贡献，对中国和华夏民族也功不可没。

首先，蒙古民族给了中国历史上从未有过的最大疆土，其面积超过汉唐，这就向世界再一次展示了中国人生存空间的范围。元朝为古老中国领土的延续，承接了关键性的一棒，否则，汉唐以后二三百年不受中国政府管辖的地域就可能永远独立出去，变成其他强大文明的领土，使中国失去屏障，把农耕腹地直接暴露在外。后来在明代，强大的西突厥斯坦帖木耳帝国曾扬言要强迫中国人改信伊斯兰教，帖木耳大汗还差一点就率百万骑兵进攻中国。后来因为帖木耳突然死亡才避免了这场灾祸。假如帖木耳未死，假如西北不在中国手里而被伊斯兰民族占据，又假如他从甘肃宁夏地区率百万大军进攻中国，那么中国国土和文明还能保得住吗？因此，元朝重新恢复和扩大中国汉唐时的疆土，功莫大焉，大大地扩展了西北屏障，将其他高级强悍文明国家的边界推向远方；而且也为后来的明清两朝继续收复、守卫和扩大中国汉唐疆土打下基础。这对现代中国人的生存和发展至关重要。

其次，是再一次强大的民族性格上的输血。这可以从四方面来看。其一，蒙古民族入主华夏，带来蒙古草原刚勇的游牧精神和民风：摔跤搏击，骑马射箭，赛马围猎，宰牛杀羊，狂歌豪饮，大脚妇女，抛头露面等等，将北宋南宋华夏民族的文弱萎靡，裹足不前的汉风为之一扫。其二，虽然忽必烈等部分蒙古上层已经深受儒家精神熏陶，但是广大蒙古官员军民草原性格不变，这就大大冲击了儒家的势力和影响，使华夏民族从严密的宋朝理学精神控制下得到部分解放。其三，统治民族总是将自己民族的性格、风俗、习惯强加到被统治民族身上。而统治民族的性格、作风和习惯又是被统治民族的模仿对象。这种上下两方面灌输和模仿，就是民族性格的“输血”和“受血”。此外，民族之间的通婚混血日益增多，进一步增强了华夏民族的血性和性格。其四，由于元朝是中国历史上第一次由草原游牧民族建立的统治全中国的大朝代，人数稀少的游牧民族第一次打败了世界上人口最庞大的汉民族，并统治整个华夏，这对一向骄傲自大、藐视四夷的汉族刺激极大。因而，汉民族也深深为自己民族的软弱性格和失败而感到羞愧，从而激发了华夏优秀儿女学习蒙古民族的强悍性格的自觉行动。朱元璋就是一个非常敬佩蒙古人的汉族帝王。

所以我认为，元朝蒙古民族对汉族的这次输血是非常及时有效的。近一个世纪的民族影响和输血，再一次使华夏民族振作起来。至元朝末年，华夏大地上涌现出一大批狼一样勇猛的起义领袖，就是这次输血的直接结果。

蒙古民族后来的败退，原因与鲜卑北魏、契丹辽国和女真金国一样。再强悍的游牧民族一陷落到世界上最广阔的华夏农田和农耕之中，以及套上儒家精神枷锁，经过几代以后狼性就必然退化。由于在世界上华夏的农田最广大最深厚，它的软化力量也就最强。蒙古民族在世界上建立的四个汗国，以在中国建立的元朝败得最快。中国汉人只用了八九十年就最先把蒙古人赶回草原。公元一三六八年，朱元璋推翻元朝，建立明王朝。

明太祖朱元璋和他的儿子明成祖朱棣，就是在经过输血的华夏大地上诞生的中国杰出帝王，在他们的身上具有汉人中少见的狼性性格，具有像狼一样的凶猛、智慧、顽强、残忍、气魄和雄心。朱元璋能像唐太宗那样身先士卒，冲锋陷阵。占领南京之后又不像后来的农民起义军领袖洪秀全那样贪图享受，不思进取北伐，而是倾明军主力主将大举北伐，攻下大都。而后，取四川、定云南，基本完成全国统一。他杀违纪的大将、贪官以及功臣也毫不手软，手段残忍。燕王朱棣身处与蒙古狼性骑兵交战的第一线，锤炼出狼一样的性格。他篡权夺位果敢血腥，还开创了“灭十族”的残暴先例。朱家父子的专制残暴必须加以批判，不能留情，但是对朱元璋和朱棣的强悍征战的狼性性格还应该给予肯定，毕竟他俩不像以后的明朝皇帝，只敢对百姓凶猛残暴，而不敢对强敌凶猛征战。然而，靠输血为生并不能持久，明朝后几代皇帝都不是草原狼，而是典型的中国黄鼠狼，内战内行，外战外行，鼠性十足，耗子扛枪窝里横！

为了恢复中华大业，打击退回草原的蒙古骑兵，朱棣敢于把帝都从温柔富贵之乡的南京迁移到军事第一线的北京，而且他一生竟五次率兵亲征，直到病死在征伐的归途中。一个在位皇帝能够抛弃享受，戎马一生，“马革裹尸”，这在汉族王朝的皇帝中绝无仅有。永乐大帝不愧为强悍进取的汉族大帝，《永乐大典》也是一部古代中国最优秀、最宽容海量、最敢于收录不同政见的大典。

两位雄才大略的大明皇帝与北宋南宋软弱腐败的帝王形成鲜明对比。而这种狼性性格在汉唐以后的华夏这块农耕土地上，是很难生长出来的。蒙古民族的强大输血，不仅造就了朱家帝王父子的狼性格，还造就了一大批狼性猛将，像徐达、常遇春等等都是汉唐以来罕见的大智大勇的汉族军事将领。明朝盛期，疆土扩大到东北黑龙江库页岛、西域和西藏。除蒙古草原以外，基本收复了汉唐时期的国土，一扫汉族在汉唐以后的颓势。这次汉民族的复兴真应该感谢蒙古民族的慷慨献血，感谢狼图腾精神在华夏土地上的又一次复活。

然而，从性格上讲，受血者总是弱于输血者。初期强悍的明朝后来仍然没有战胜蒙古北元。狼性草原是蒙古骑兵力量的源泉，当蒙古骑兵一退到草原，很快就凶猛剽悍起来。明成祖五次亲征，除第一次获胜外，其他四次收效不大，明军根本就找不到像狼一样行踪诡秘的蒙古主力骑兵。相反，蒙古骑兵却屡屡重挫明军，击败徐达的主力大军，全歼丘福率领的十万大军，打得明朝修了两百多年的长城。最惨的是，土木堡一战，蒙古瓦剌部区区两万骑兵全歼明英宗亲自率领的五十万大军，并生俘大明皇帝英宗。要不是于谦率军民奋力死战保卫北京，元朝还可能复辟。此后，农耕民族的羊性旧病再次发作，宋明理学又使民族精神一蹶不振，大明王朝日益衰弱，关外几千里游牧国土再次丢失，直到被清朝灭亡。还要提一句的是，一直被现代史家称颂的李自成农民起义大军，同样不堪一击，被凶悍的满族骑兵所消灭，重蹈唐末黄巢农民起义大军被游牧骑兵消灭的覆辙。汉民族经过元朝蒙古民族输血所得到的一点元气再次耗尽。汉民族终于无力独木支撑中华大厦，而不得不把中流砥柱的重任让位给北方游牧民族——满族。

陈阵又翻了翻打印稿，继续说：女真满族建立的大清朝是中国最后一个帝制王朝，这是中国历史上一个了不起的和大有作为的朝代。我对清朝也特感兴趣。你想想，只有几十万人口的满族居然建立了大清朝，统治了几亿汉族人口，居然打下了仅次于蒙古元朝大帝国的巨大疆土；而且还创造了中国历史上时间最长的“康乾之治”，时间长达一百二十年，比汉民族最引以为荣的汉朝“文景之治”和唐朝的“贞观之治”的时间加起来还长一倍多。清朝是中国历朝历代有作为、具有文韬武略才能的帝王最多，皇位交接得最好的朝代。如果康乾盛世遇上的不是帆船时代的西方列国，而是发展到铁甲巨舰时代的西方列强，我相信励精图治的康乾时代很可能会出现中国的明治天皇，取得维新成功。并以进取的游牧性格来引进西方强悍的文明、制度和工业，彻底改造华夏民族的民族存在和民族性格，与西方文明狼竞争搏斗，改变千年停滞不前的民族命运。可惜清朝被华夏农耕和儒家软化下去以后，西方列强才发展到铁甲巨舰的大工业时代。中国的运气不佳，这是后话了。

那么，为什么小小的满族能够创造超过汉唐的康乾盛世奇迹？我认为，在中国古代，只有满族上层最能深刻认识中国盛衰强弱的规律，认识农耕文明和游牧文明的优缺点，并能将二者的优点牢牢地结合起来；只有满族最能深刻认识民族性格对民族命运的决定作用，特别懂得保持满族民族性格中的狼性的极端重要性，并能够保持近两个世纪。他们明白只要保持狼一样不屈不挠、勤奋进取的性格和精神，学习和掌握华夏文化和文明也并不困难，而且还可以超出一头。

为了保持游牧民族的狼性性格，满族统治集团吸取了鲜卑北魏、契丹辽国，特别是满族祖先建立的金国和蒙古族元朝的失败教训，没有全盘汉化，而创造性地增加了许多新内容，实行了保持自己民族性格的七项国策：其一，保持满族骑射搏击的传统，从小抓起，全民族参与，连皇子也不能例外。其二，定期组织大规模木兰围猎，皇帝亲征，八旗子弟跟随，以猎练兵，与狼近战，保持狼性——承德避暑山庄展馆里有介绍，康熙大帝一生曾亲手猎杀过几百条草原狼。其三，保留东北西北和蒙古草原的游牧生产方式。两区两治，农区农治，牧区牧治，严禁农民进入草原毁草垦荒，以保持草原的狼性血液的造血功能。维护草原，就是维护游牧民族强悍性格的根和源。从清朝盛期的整个版图来看，清朝是个典型的半农半牧的国家，整个国家一大半以上的国土是游牧民族的游牧区，包括东北、东西伯利亚、内外蒙古、宁夏、甘肃、青海、西藏和新疆。这么辽阔广大的狼性草原，能为当时的中国提供多少强悍的血液和兵马。其四，满蒙通婚，满汉禁婚，以加强狼性血液的纯度，避免受农耕汉族羊性血液的同化。历史上，自古女真族和蒙古族就有血缘关系，女真叶赫、哈达等部与蒙古有姻缘关系。到清朝，为借蒙古强大的骑兵来共同统治亿万汉族，于是更加大规模多层次实行满蒙贵族皇族联姻政策。著名的孝庄皇太后就是蒙古族杰出的女性。其五，尚武好战，鼓励军功，以战养性，以战强兵。康乾盛世又是战火纷飞的时代，清朝统治集团主战派占据优势，对削藩，收复台湾，平定蒙古、新疆和西南叛乱，抵抗沙俄入侵以及镇压捻军和太平天国，毫不妥协，直至胜利。其六，建立以满族为核心，蒙藏等游牧民族为骨干的游牧民族联盟，加强游牧精神，共同统治人口稠密的汉人。其七，废止汉族腐败无竞争的太子制，皇位继承人由皇帝择优定夺，使皇子们像群狼争做狼王一样互相竞争拼搏，在激烈的竞争中淘汰软弱无能之辈，出狼王、出人杰。

这些措施对长期保持满族的强悍性格和清朝长治久安起了关键作用。但是，中国的农耕土地太广阔，农耕势力太深厚，加上满族全盘继承并发扬了儒家精神，再加上清代盛期经济繁荣，农耕人口激增，到清朝后期竟超过了汉唐时期的六七倍，农耕性格呈全面压倒性优势。所以，清朝的上述国策最后仍然未能保住清朝统治集团的强悍性格。清末，清王朝狼性退化，割地赔款，丧权辱国。但是比汉族的南宋还是强了许多，至少没有向列强拱手交出传国玉玺，举国投降。

游牧女真满族，对中国贡献巨大。主要的贡献依然是两个：

首先，再次给予中国一块仅次于元朝的疆土。经过元朝明朝两次国土的确认，再加上清朝长达两百多年的有效行政管辖，虽然清末又丢失了近一半国土，但还是保住了自汉唐确立的中国疆土，还加上了富饶的东三省。几千年的民族生存竞争，在中国农耕和游牧两个兄弟民族的共同拼杀下，终于把两千多年前就属于中国的领土保留到现代。这是整个中华民族的一项千古伟业，比世界上其他古老农耕民族的成就大得多。那些民族，大部分连民族本身都没有保留下来，就更不用说是古老的国土了。就是后来的古罗马帝国、阿拉伯帝国、奥斯曼帝国的辽阔国土，都没有被完整地保留下来。

当然，中国与小小英吉利从英伦三岛扩张成“日不落”大帝国，与小小的俄罗斯公国扩张成横跨欧亚的俄罗斯大帝国，与西欧民族从小半个欧洲扩张成囊括北美、南美、大洋洲三大洲的“大帝国”相比，还是相距甚远。俄罗斯从清朝手里夺走大片领土，恰恰是中国的农耕和儒家软化了清朝的恶果。然而，如果没有清朝残存的狼性格，那么到清朝末期的中国就连东三省、伊犁，甚至整个新疆和西藏都保不住。

特别要强调的是，中国现有的国土由汉族的汉朝所开创，由鲜卑和汉族联姻的唐朝所发展，又由蒙古族的元朝所扩大，最后由满族的清朝所恢复、扩大和坚守下来。汉唐元清这四个大朝代之所以有此重大贡献，原因就在于，这四个朝代都是民族性格中狼性羊性结合较好、狼性略大于羊性的强悍时代。这四个伟大朝代，从统治民族的成分上来看，纯汉族占统治地位的只有汉朝，唐朝则是汉族和鲜卑族联合执政，而元清两朝就完全是游牧民族执政。

从四个伟大朝代定都的位置，也可以看出游牧草原、游牧精神和性格的伟大潜在的作用和影响。一个王朝的首都是这个王朝政治经济文化的中心，也是一个王朝的性格中心。汉唐元明四个朝代的首都都定在农耕与游牧交界和接近的地方，汉唐的首都是长安，靠近西北游牧区；元清的首都在北京，靠近北方草原。这说明强悍朝代的首都都是靠近强悍的土地的。北京与汉唐时期的长安都处于民风强悍的北方，所不同的是：北京不处于中华农耕文明的中原腹地，也远离中华农耕民族的母亲河——黄河，而靠近中华民族的祖母——大草原。北京是金、辽、蒙古和清三个游牧民族长期定都的地方，主要是游牧民族建立起来的中华政治、文化和民族性格的中心。在横跨欧亚的蒙古大帝国的盛期，北京曾成为“世界之都”，这是中国五千年历史中唯一成为世界之都的城市。而且北京又比长安更接近大海，建都北京有利于中华民族继承游牧精神，并向海洋开放和发展，再获得海洋“游牧精神”。中国的首都最终能定在北京，依然要归功于中华游牧民族，特别是蒙古族和女真族；定都北京也表明炎黄子孙在民族潜意识的深处，对游牧精神的崇敬和向往。

此外，中国最杰出的女政治家也都出在汉唐元清这四个开拓向上的朝代，如汉唐的吕后、武则天，清朝的蒙古族女杰孝庄皇太后。这三位伟大的女性在生理和心理上都不是缠足的小脚女人，孝庄皇太后还曾是严禁满族和汉族女人缠足的开放派。缠足是中国汉族最大恶习之一，缠足也恰恰开始于汉唐以后农耕和儒家势力最盛、民族性格最弱的宋朝。摧残和束缚被统治者的自由独立精神是儒家的主旨，儒家不仅把汉民族驯化为羊，竟然还把汉族妇女束缚成残肢小脚、“残废羊”。宋朝以后儒家文人和农家男人共同痴迷追捧“三寸金莲”，共同摧残了世界上数量最众的妇女，这已成为世界史上最残忍最反人性的一页，是中国人在世界各民族面前最丢人最遭耻笑的事情。

辽阔的国土是中华文明赖以生存发展的基本，而西北广袤的国土又是中华文明的根和屏障。从整体上看，中华游牧民族对中国国土的贡献要大大超过汉族，蒙古族和满族的贡献尤为重大。而满族则是中国国土的关键性的确定者。后来，到民国时期，汉人政权又丢掉了辽阔的外蒙古。一九四六年一月，南京的国民党政府正式承认外蒙古独立。

其次，满族的清朝除了对中国国土的巨大贡献外，又再次给予华夏民族更长时期的输血。中华民族的人文祖先炎黄二帝是游牧族，中华民族出身于游牧民族，血管里曾经流淌的是强悍的狼性血液，后来经过游牧民族一次次的强大输血，尤其是蒙古族近一个世纪的输血，特别是满族的最后两个半世纪的输血，总算使中华民族得以保土保文保种坚持到近代。现在，中华民族仍有不少自身的和游牧民族输入的狼性血液，再加上从西方输入的先进文明和生产方式，这些就是中国复兴的资源。清末以后，中华民族所表现出来的持久反帝反封建的强悍民族精神，就是来源于游牧炎黄的血液遗产和游牧民族所不断注入的生命活力。

满族入主中华给五千年的中国古代史画了个句号。中国古代的民族执政的历史，从游牧的炎黄族开始到游牧的女真族结束，从游牧到游牧，这绝非偶然，而是中国特殊的环境和两种民族历史发展的必然。中国农耕文明这条支流，总算通过游牧民族的一次又一次的输血作用，才把它又重新拧回到世界文明的主航道里来。这个“轮回”深刻说明了一个普遍真理：民族文明是流，而民族性格是源。没有强悍性格的民族虽然可以创造文明，但是常常连自己的民族都保不住，就更谈不上保住和延续文明了。世界和中国古代的农耕文明大多进了历史博物馆，但是游牧民族及其后代的狼一样勇猛进取的游牧精神和性格却仍保有强大的生命力，它可以把一个又一个的古老文明送进博物馆，还可以雄心勃勃地创造一个又一个新文明。

勤劳勇敢的中华民族，勤劳主要来自中华农耕民族的性格贡献，而勇敢则主要来自中华游牧民族的性格贡献。二者缺一不可。但是，对于农耕人口占绝大多数、农耕历史那样漫长的中华民族来说，主要欠缺的却是勇敢进取，没有勇敢强悍进取的性格和精神，勤劳往往就是劳而无功，或为他人作嫁。

说到底，世界文明的竞争，最根本的还是民族国民性格的竞争。西方先进的民主制度和科学技术，是建立在强悍进取的民族性格的基础之上的。华夏民族要赶超西方，就必须在改变农耕民族存在和农耕民族性格上痛下功夫。

我总算用游牧民族狼图腾的这把梳子，把中国史家用儒家精神故意弄乱的历史重新梳通了。吃透以狼图腾为核心的中国游牧精神，以及它对华夏不断输血的历史，就可以弄清几千年来世界上为什么只有中华文明从未中断，也可以知道中国未来能否腾飞的奥秘究竟在何处。

但是，理解和掌握狼图腾精神极为困难，关键是需要弄清楚中国的游牧民族为什么崇拜狼图腾。中国史家大多知道中国的游牧民族崇拜狼图腾，可就是难以理解中国游牧民族为什么崇拜狼图腾。例如，蒙古史权威韩儒林先生说："依突厥人之意，本族由狼繁衍，似较他种优越。其理由虽不可知，而可汗固尝以此自骄。"这"理由不可知"的原因就在于中国汉人脱离大草原太久，对狼图腾认识的局限性就难以克服。有些重大课题在书斋中是不可能钻透的。咱俩深入蒙古原始草原十年之久，带着强烈的兴趣和疑问，跟草原狼零距离和近距离地打了好几年的交道，才总算克服了汉人的局限性。现在我必须尽快地把咱们的认识传播给汉民族，只有弥补了民族认识上的严重缺陷，才有可能去弥补民族性格上的巨大缺失。

杨克叹道：要是你的理论能成立，中国的二十四史就该重写了。儒家写的二十四史肯定是一面之词，偏见极多。我完全赞同重写历史，不管写成什么样，但必须重写！

陈阵说：严格地说是恢复历史的本来面目。中国古文化是农耕文化，又是史家文化，以农为本，独尊儒术，抹杀游牧，贬损"四夷"。中国历史不仅要重写，而且还需要革命。我特别赞同梁启超先生的一段话，他在《新史学·中国之旧史》一文中说："史界革命不起，则吾国遂不可救。悠悠万事，惟此为大。"我认为，如果不"引狼入史"，不把深刻影响中国历史的狼图腾精神引入史界，中国史界则永远是一潭死水，二十五史也永远是儒家庸医记录的一部误诊中华的厚厚病历，这也势必延误中国的治疗和改革。在当今中国，传播小农意识和儒家封建专制的历史电视剧长盛不衰，让人深感痛心和悲哀。

陈阵望着草原的落日，并不觉得饿，依然滔滔不绝地往下讲：

我还要特别强调中华民族精神问题。现在人们经常挂在嘴边上的不屈不挠的中华民族精神，其实这种精神的源头和实质就是炎黄先祖的游牧精神和草原精神，其核心就是狼图腾精神，并通过几千年来游牧民族的不断输入和补充而得以确立。实际上，最能概括中华民族精神的就是两句早期的儒家格言："天行健，君子以自强不息。""富贵不能淫，贫贱不能移，威武不能屈。"而这四个"不"：不息、不淫、不移、不屈，就是典型的狼精神和狼图腾精神，也是对狼图腾精神的准确写照和高度概括。每条蒙古草原狼都具备这种强悍的"四不精神"，而且早在几万年以前这种精神就已成为草原狼的"全民精神"了。可是大多数的中国人都达不到这种精神高度，它只是华夏先贤号召人们景仰、追求和学习的精神楷模。因此，强悍的"四不精神"是名副其实的狼精神。早期儒家先贤用这种四不精神培养了一批优秀的中华儿女和民族英雄，但是四不精神还不能成为农耕民族的"全民精神"。否则，中国历史上就不会出现那么多次游牧民族入主中原和中国的事例，也不会在抗日战争时期冒出几百万汉奸伪军，堪称世界之最。

草原游牧民族要比汉人更了解狼，因此也就敬佩狼，崇敬狼精神，并把这种精神置于民族图腾精神的至高无上的位置，所以，草原民族在四不精神的普及程度上，要大大超过农耕民族。而正是由于草原民族对农耕民族的长期不断的输血和混血，才使整个中华民族断断续续地延续了四不精神，也就是中华民族精神。

因此，如果从中华民族精神中抽掉了游牧民族的不息不淫不移不屈的狼图腾精神，那么还能剩下什么呢？剩下的可能只有宋明理学精神了。现在，谁还敢把宋明理学三纲五常、三从四德的精神作为中华民族精神？中华民族精神实际上是中华大地上游牧民族和农耕民族共同创造的民族精神，但以游牧精神和狼图腾精神为魂。

我们汉人真应该充分认识和肯定草原民族对整个中华民族的伟大贡献，感谢和学习草原狼和草原民族。真应该对草原、草原狼和草原人做最大的补偿。

杨克愤愤地说：现在不要说是感谢和补偿了，就是制止对草原的掠夺和瞎指挥都难上加难。

陈阵说：我认为，中国儒家正统思想和史家文化里有一个最可恶的东西，就是全盘抹杀游牧民族对中华民族和文明的救命性的贡献。中国传统观点总是鼓吹中国古文明如何如何优越，中国的农耕文明和正统儒家具有如何强大的生命力，其他三大农耕文明古国的文明都是失落的文明，都没有坚持延续下来，而只有中国的古文明没有中断，而一直坚持到近现代。然而，根据中国历史五千年发展的事实，中华文明之所以能够坚持到近代，是不能离开游牧民族的长期不断的输血的。否认游牧民族的救命性的输血贡献，就是“贪天之功，据为己有”。这种观点不仅大大削弱对保守腐朽的小农意识和正统儒学的批判力度，使其得以残存，继续弱化和束缚中华民族的性格和精神，而且也会对中国病发生严重误诊。

建国以来的治国方略都未能对症下药，都没有集中力量对农耕的病根痛下猛药，甚至继续迷恋农耕，鼓吹农耕，提高农耕地位，提拔农耕干部。在“文革”时期，甚至还要把城市知识分子赶到农村去当农民，这就导致小农意识和家长专制意识日益浓厚，也导致农耕人口急剧膨胀，甚至大有超过五千年农耕人口总和的趋势。虽然目前农业产值在国民生产总值中降到次要地位，然而农耕人口依然占绝对优势。九亿具有农耕性格和意识的农耕人口，已经成为中华民族现实的“民族存在”。如此庞大深厚的农耕意识和性格“存在”，将长期影响和熏染中国的行政官员、知识分子、工商阶层和工人市民，以及到新生阶层的机体内。

百年来，中国老病频频复发，本质性的维新和改革屡屡受挫，其深刻的原因就在于中华民族至今为止仍然未能从根本上转换自己民族的性格。因而，直到现在，中华民族尚未发展到能够绝对把握自己民族命运的阶段。史界之革命，当今中国之革命，就是要以狼图腾精神革农耕性格的命，革儒家“温良敦厚”误导中华之命。

然而，二十年艰难痛苦的改革，中国竞争性的市场经济已有了长足进步，民族存在开始改变，民族存在决定民族性格的规律开始向强悍的方向发生作用。中国人的性格也开始自发地向狼图腾精神回归：儿童刊物《大灰狼》受到孩子们的欢迎；歌曲《北方的狼》唱红了中华大地；以狼的强悍性格“与狼共舞”，成为越来越多企业家的自觉；以狼为商标的产品开始在市场上流通，以狼为店名的餐馆生意兴隆；以狼为笔名或艺名的作家艺术家也开始出现……在中国，以狼图腾精神为核心的游牧精神终于开始复活。一个世界上最怕狼恨狼的民族开始自发地敬崇狼精神，这是二十年改革的最主要的成果之一，也是中华民族复兴的希望所在。

由于狼图腾精神是痛杀软弱保守的羊精神的克星。因此，只有大大发扬狼图腾的精神，改革才不会倒退，也不敢倒退。越来越多以狼精神武装起来的“新型人类”将越战越勇，挫败一切保守倒退的势力。说到底，中国的改革不仅是经济政治体制的改革和转换，而更基础更具决定性的却是国民性格的改革和转换。

掌握和遵循中国和世界文明的发展规律，就可以涉过“摸着石头过河”的探索阶段，就可以更自觉地继续坚持改革开放，像草原狼海洋狼那样勇猛前进。中华民族一定能够恢复和继承炎黄先祖的游牧精神，和中华草原民族的狼图腾精神，并发扬光大。在民族性格上，从古代的“文明羊”，发展为现代的“文明狼”，并向个性真正解放的、真正自由民主的“文明人”发展。到那时，中国人根除了“文明羊”阶段的家畜性，克服了“文明狼”阶段的半野蛮性，而成为真正大写的文明人。上述三个阶段是符合中国历史和国情的规律性的发展阶段，而中华民族在民族性格上不经过“文明狼”阶段，就根本不能进入自由民主的“文明人”高级阶段。十几亿真正自由民主和热爱和平的文明人出现在世界舞台上，将是全球自由与和平的最大保障。

杨克说：你梳理得还挺清楚，中国历史可能真会按照你的“三阶段论”发展。狼图腾这件民族精神武器一直被埋没在草原，现在总算挖掘出来了。看来它一点也没有生锈，依然寒光闪闪，锋利无比。而且古老的狼图腾在现代世界最先进的思想精神武库里仍然闪着灿烂的光辉，而儒家的纲领——三纲五常却早就成了腐尸烂肉。

杨克又说：你这个大纲几乎把我一直想不通的几个关键问题弄通了。可是我还有几个问题没弄明白。在明清时期中国城市中已经出现了资本主义萌芽，可为什么中国还是没有走上资本主义道路？

陈阵说：原因还在于农耕的民族存在和民族性格。中国农耕土地太广阔太深厚，世界第一。从这块土地上长出的农耕大树，根深叶茂，吸走了所有的养分；树冠巨大，覆盖了树下所有的萌芽。农耕国家政权光抽税、摊派、敲诈和索贿，就能把资本主义萌芽发展所必需的原始积累榨干；可是要反抗抽血，就必须要有强悍的民族性格来战斗，主客观条件都不具备当然就没戏了。资本主义在古代中国巨大的农耕大树下，没有养分，没有阳光，最多只能长成萌芽，永远是萌芽。所以中国的历史发展就是“分久必合，合久必分”，原地打转。如果没有中国的游牧民族的不断输血，连原地打转都转不下去。没有现代资本主义“文明狼”强悍闯入，中国就永远突不破农耕经济形态，这是中国的特殊性。封闭的中国文明是世界文明中的一条特殊的支流，是条内陆河，像封闭的塔里木河，不靠先进阶层采取果敢手段，它自己永远流不到世界潮流的主河道里去。

杨克问：民族存在决定民族性格，也就是说什么民族行业出什么民族，出什么性格。这是否具有普遍性？

陈阵说：当然具有普遍性了。例如，日本的民族存在就很厉害。人家虽然也种水稻也有农耕，但从本质上讲，日本是个岛国，日本民族自古就是海洋民族，干的是航海打鱼、海上游猎、海上贸易、倭寇海盗的勾当。人家在民族性格上就是凶猛的海狼，海狼一上岸那还不冲得农耕羊群猢狲散。倭寇在古代就打到过南京杭州，焚烧过杭州的雷峰塔；在海上，甚至还把侵略日本的元朝蒙古大军全部歼灭。近代西方更强的海狼一过来，日本马上就归队狼群，脱羊入狼，脱亚入欧。一脚踢开中国儒家，去学习西方文明：西方的宪政、法律、科学、教育和大工业。海狼遇海狼，气味相投，相见恨晚。一边是如饥似渴，好学不厌；另一边是代培留学生，诲人不倦。由于日本民族学习西方不仅没有民族性格上的太大障碍，相反，还唤醒海狼的天性，激起更强的求知欲和进取心，所以人家学得极快。一八六八年明治天皇实行维新，此后在短短的三十六年内，就建起发达的工业，就在甲午战争中打败大清国，又在日俄战争中打败了不可一世的白种沙俄，一跃成为世界一流强国，加入欧洲列强的行列，创造了世界上民族大跃进中的第一奇迹。现在日本又成为世界上名列第二的经济强国。而中国在日本明治维新以后，经过近一个半世纪，直到现在还处在第三世界，两岸尚未统一，人均国民生产总值和教育投入排在世界的后列，投资效益排在世界末流，科技水平一直与诺贝尔奖无缘；土地荒漠化的进度和地下水的跌落速度远远超过经济发展速度，而早已过剩的农耕人口却还在几年几千万几千万地增长；中国软弱的足球，一直被日本狼、太极虎打得羊性原形毕露毕现，看不到出头之日……

一千多年来，中国拿农耕儒学羊经去教化日本狼学生，真是误人子弟。日本跟着中国儒家学了一千多年，却在世界上默默无闻。可是跟西方海狼才学了三十多年就一飞冲天。而中国呢，西方的东西一进来，整个民族就在民族性格上发生强烈排斥反应，如羊见狼，不管好坏，几乎全民族抵制，从皇帝到义和团，反洋灭洋，结果被列强抢走大片国土，沦为半殖民地……

日本和中国，同样是东亚黄种，同样是儒家文化，同样接受佛教，然而，为什么日本的维新迅速成功，而中国的维新仅仅百日就被砍了头？不从民族存在和民族性格上找根源，中国人就永远掌握不了自己民族的命运。

杨克连连点头，又接着问：可是为什么后来阿拉伯、突厥和蒙古这三大游牧民族都衰弱下去了呢？

陈阵说：阿拉伯和突厥民族后来也大多定居或务农了。蒙古民族虽然继续游牧，但是历史发展到火炮时代，草原民族的骑射优势丧失，人口又太稀少，它被中俄两个火炮大国夹困在内陆高原，失掉了进一步向海洋行业发展的机会和条件。草原原始游牧行业不发展到更高级的海洋“游牧”阶段，也会被更强悍的海洋“游牧民族”的性格所打败。所以依然是民族性格决定民族命运。民族性格强不强还必须放到世界民族之林中去比较。

海洋行业是一种更强悍的行业。海洋的飓风、巨浪和鲨鱼，远比草原的白毛风和狼群更凶猛更凶险。在这种行业中历练出来的民族，性格就更强悍，眼界更宽阔，足迹更遥远，吸收世界各民族的优秀文明成果更广泛，抢夺新大陆、海外殖民地和原始积累就更早、更得先机。西方的游牧民族本来就强悍，一下海以后就如狼添翼。所以现在世界领先的民族大多是从草原游牧再发展为海洋游牧的民族，或者从来就是海洋民族。

还有，也不能低估宗教的禁锢作用。伊斯兰教坚决抗拒西方入侵和干涉，同时也拒绝西方的民主与科学，喇嘛教也把蒙古民族的剽悍性格软化了。但是，基督教却被性格更强悍的西欧民族所改造，成了反抗罗马天主教会的专制腐败、对资本主义有利无害的新教。

民族存在决定民族性格，更强的民族存在决定更强的民族性格；而强悍的民族性格又可以反作用于民族存在，主动果敢地为自己民族创建起更加强悍先进的民族存在，以强化民族性格。强者为王，超强者夺冠。

近代俄罗斯的崛起也是如此。彼得大帝就把一个以农耕为主的、比中国还落后的农奴制俄罗斯改革成为欧洲列强之一。其原因还在于他以狼一样的性格，大刀阔斧地打击消灭保守落后的贵族农奴主势力，放胆学习西方，冒险冲向海洋。微服私访、考察西欧，剃胡子、穿西服、戴假发，建海军、练炮兵、砸碎教堂的铜钟用来铸造大炮，甚至把俄罗斯的首都从农耕区强行迁到大海边，建立了面向强国和大海的圣彼得堡。那种气魄和勇敢给我的震撼太强烈了。“文革”前，我看《彼得大帝》《海军上将乌沙科夫》这些电影都不下五六遍。我到草原以后，从草原狼的身上找到了彼得大帝的性格来源。生活在茫茫俄罗斯大草原的俄罗斯民族，原本就是草原民族，它的农耕并不发达，而且俄罗斯还受到蒙古金帐汗国长达两个世纪的统治和输血。没有草原和草原狼就不会有伟大的改革家——彼得大帝。

这两个原来比自己落后得多的邻国，都是凭借强悍的狼性格，后来居上，骑到中国的头上的。

杨克说：你是个忧国忧民的人。你实地考察和长期研究，理出这么一个史论大纲，你最终想达到什么目标？我特别想听听你的最终结论。

陈阵说：我考察研究近三十年，主要的目的还是寻找中国落后的病根，寻找中国的出路。现在找到了中国这条五千多年的老病根，就可以对症下药，把握民族的命运。

首先，要想改变中国落后挨打的局面，就必须把中华的民族存在尽快地转变为经济政治上具有充分竞争性的民族存在，尽快培养出强悍进取、永不满足的民族性格。这是决定中华民族命运之根本。

其次，在民族性格上，要坚决走“现代文明狼”的道路。必须适度地释放和高超地驾驭人性中的狼性，这是条世界性的高难道路。狼性充满凶猛强悍的活力和生命力，同时又充满疯狂的贪婪、掠夺和破坏力。人性中的狼性特别像热核反应，能量巨大，破坏性也巨大，控制得好就能造福人类，控制不好就会毁灭地球。世界上没有多少民族和国家能合理地释放它，又能牢牢地驾驭它。能做到这点的国家都走到了世界强国的行列。这条道路难度极高，即便是近现代强国，弄不好也会翻船。像二战时的德、意、日三国的民族就未能驾驭住本民族的狼性，结果导致法西斯大爆炸，给本国和世界人民带来巨大灾祸。

中国的“文革”也出了大问题。由于在历史上，尤其是近代中国民族性格太软弱，“狼性”不足，被西方列强打成了半殖民地，饱受屈辱。中华民族被深深激怒，那些志士仁人引进西方强悍进取的狼性精神，又一点一点地引进强悍竞争的西方工业，起来打倒“孔家店”，强烈地释放被久久压抑的“狼性”。炎黄游牧族的血液遗传和游牧民族的多次输血终于发挥了作用，中华民族性格慢慢强悍起来。百年奋斗，赶走了列强，取得了民族独立，还取得朝鲜战争的胜利。然而，到“文革”时期，由于政治需要人为地释放和煽动狼性，打倒一切“牛鬼蛇神”，打倒国家主席、元帅将军、工商界精华、知识分子学术权威。狼性“红卫兵”横行全国：打老师，批校长，烧书籍，毁文物，抄家产，杀人放火，冲击大使馆，无法无天，走向另一个极端，把中国推向史无前例的大灾难。

人类整个历史和中国这段历史都深刻证明了释放和驾驭人性中狼性的高难程度：像儒家和封建专制那样全面阉割和镇压民族

性格中的狼性，其结果是全民族性格羊性化，落后挨打，死路一条；像法西斯那样疯狂释放煽动狼性，则将把世界变成人间地狱，也是死路一条。只有适度释放狼性，并采用唯一能够控制和驾驭狼性的真正民主制和法治，抛弃橡皮图章式的假民主，这才是中华民族的唯一出路。真正的民主制和法治才是唯一能够释放又控制狼性“热核反应”的现代反应堆。而要建立真民主，又必须同时进行和完成转换国民性格的基础工程。没有这个民族性格的基础，即使建起民主大厦，那也只是一座危楼，如果垮塌，反而会败坏民主的声誉，而在民主废墟上就会建立起更加专制的政体。没有扎扎实实的转换民族性格的基础工程，民主就永远只是中国少数人的奢望。转换农耕民族性格必须经过一个“野外放养”的过渡时期。但是，转换民族性格和推进民主又不能太慢，否则，民族性格软弱的旧病将会把腐败、低效、人口过度扩张和破坏生态环境的病毒扩散到民族全身，而耽误治疗抢救的宝贵时间。

杨克点头道：没错。西方民族性格太强悍，专制政府很难压制住人民。在西方，像中国式的中央集权制很难立足，就是立足也长不了。所以人家民族最终只接受民主制。而东方的羊最恐惧自由和独立，一旦没有“徐州牧”的看管，羊就会被狼吃掉。软弱的农耕民族都愿意选择专制，农耕人群是集权专制制度的衣食父母。看来，华夏民族的民族存在和国民性格不变，中国的集权专制就始终不会终结。

陈阵说：狼性不强的民族永远不会去争取民主和使用民主。实际上，民主是强悍民族对统治者反抗和讨价还价的结果。

陈阵又说：“江山易改，本性难移”。如不改革民族存在，民族本性就不是“难移”了，而是“坚定不移”。当前我国的改革，实际上就是在改革民族存在。现在改革形势已不可逆转。从性格上形象地讲，既然“炎黄狼”、“秦汉狼”和“隋唐狼”曾经被农耕存在改造成“华夏羊”，那么，随着新型竞争性的民族存在的确立和扩大，一直落后挨打的“华夏羊”就会成为勇猛进取的“现代中华文明狼”，成为真正的炎黄子孙，并向更高级阶段的自由民主的“世界文明人”进化。

然而，由于在世界上，中国的农耕土地最广阔，农耕历史最悠久，农耕人口最庞大，农耕意识最深厚，城市化的空间又过于狭小，因此，要想在民族性格上从“华夏羊”转换为“文明狼”，必将经历一个漫长、痛苦，甚至是残酷淘汰的时期。如何能更文明地对待、安置和养活性格弱势人群，转化他们的软弱性格，将成为中国天大的社会难题。而且，以后政治体制的攻坚任务还可能由于民族性格软弱而久攻不克。而这些难题又必须依靠刚毅强悍坚韧的狼精神来攻克。

这些就是我的最后结论。

额仑草原沉入茫茫夜色，远处牧民定居点的电灯发出微弱的光亮。杨克还想继续提问，陈阵拍了一下方向盘，说：该回去了，要不巴图要开车来找咱们了。你要是还有什么问题，咱们可以一路聊到北京，我还有许多东西要跟你讲呢。

杨克说：狼图腾和游牧精神真是个中华文明中的枢纽性问题，动一发而牵全身啊。我真还有好多问题要问。

两人下了车，向黑暗的狼洞山坡挥手告别，但又久久伫立，不忍离开。陈阵望着狼山轻轻地说：小狼，我要回北京了，以后我还会来看你的……

杨克说：咱们真应该在小狼的洞前立一个纪念碑，最好是个狼的图腾柱。

陈阵叹道：我也想立，但是我不敢。现在草原上到处都是农区来的外来户，要是他们看到给狼立的石碑，那还不把它砸个稀巴烂？说不定还会把这个宝贵的百年老洞刨塌填死呢。还是让小狼的洞安安静静地藏在这里吧。

陈阵又说：我现在更想做的还是在国人的心里树立狼图腾的精神图腾柱。狼图腾本来就是中华民族最主要的原始图腾之一，在地位上仅次于龙图腾。但是，我认为问题还没这么简单，根据考古新发现和我的分析研究，早期的狼图腾和龙图腾很可能就是一个图腾，而后来的龙图腾只是狼图腾的演变形式而已。

杨克吃了一惊，忙说：这个发现对转换中国人的国民性来说太重要了，你把这个问题说完了咱们再走吧。

陈阵一口气说下去：龙的形象其实在五千年以前就已出现。一九七一年在内蒙古三星他拉出土了一个玉龙，号称中华第一龙，属于新石器时期的红山文化。那时华夏先祖还没有成为农耕民族，还处在狩猎、采集、游牧或半农半牧状态。龙图腾最先是华夏原始先民的图腾，后来才演变为农耕民族的图腾。我仔细看过和研究过翁牛特三星他拉玉龙，可是让我吃惊的是，那条原始玉龙，根本不是后来中国人所熟悉的龙，而是狼首龙身形象的龙。玉龙的身上没有鳞，也没有爪，头部和颈背完全就是狼头狼颈，简直就像按照狼头狼脖子临摹下来的一样：长长的脸，长长的鼻子，长长的吻，长长翘起的嘴角。尤其是眼睛，那绝对是狼眼，跟咱们小狼的眼睛一模一样，圆眼吊睛，眼角吊得极长极斜。狼的这个关键的特征，被新石器时代的先人用艺术手法夸张得惟妙惟肖。这还不算，狼脖子上面的狼鬃也雕刻得极像，从头脖顶到前背长长一溜狼鬃高高地耸翘起来，非常威风漂亮。高耸的狼鬃又是凶猛的蒙古草原狼的显著特征。我对狼太熟悉了，可以想象，如果没有对狼的长期细致的观察，我们的先祖是绝对雕不出这么传神的狼的艺术形象来的。

此条玉龙实际上是条玉狼，尤其是头部绝对是狼头。可是有些学者说这条玉龙的头是猪头。但是，我认为，从游牧民族的性格上讲，家猪或野猪都不会成为北方游牧民族的崇拜图腾。因为中国西北和北方的游牧民族是绝对不会崇拜被自己驯服的，或可以被驯服的动物的。只有不了解中国游牧民族性格的人，才会认为中国草原人会崇拜家畜；从形象上讲，猪眼不是吊睛，猪拱嘴的嘴口也不是开在最前面的，整个猪头也不是长形的。而且，身材短胖只有棍形小尾的猪，不管是家猪还是野猪，要演变成长长的龙那就太牵强了，而长长的狼身加上毛茸茸的长狼尾，演变为龙身倒有可能。你想想长长的狼皮筒再加上长长的狼尾巴挂在高高桦木杆顶上，被大风吹起来时候的样子，是不是特像狼头龙身？我猜想，中华飞龙很可能是华夏草原先祖所想象的草原狼灵魂升天以后的飞狼形象，是对狼的形象的美化和神化。那年我看小狼升天的样子，真感到小狼不仅像飞狼，而且还像是腾云驾雾的飞龙，只是当时没有顺着这个感觉挖掘下去。

后来回到北京，我看到了那件玉龙的图片，当时我真是很激动，好像见到了小狼一样。在当时的原始条件下用美玉雕刻出那样精美的狼首龙身的玉器，就可以推断我们的先祖对狼熟悉和崇拜到什么程度了。而且“玉龙”出土的地点又在内蒙古，是蒙古草原狼的故乡，是中国的土地上猛狼巨狼最多的地方，是后来无数崇拜狼图腾的游牧民族一直生活的地方，又是“飞狼”的传说最多的地方。这就让我自然联想到狼图腾和龙图腾的关系，也开始研究二者之间的关系。

根据我的研究，我认为狼图腾和龙图腾至少有以下七个相同的特点：

其一，最早的狼图腾和龙图腾都出现在内蒙古草原或接近蒙古草原的地方。这里恰恰是世界上最大最多最凶猛的蒙古草原狼的故乡，而且草原狼又是游牧民族的同乡，人与狼互相搏杀，互相依存，又共同生活在这片广袤的草原上。因此，狼的精神和性格对草原人的影响最大，不像北极圈和俄罗斯森林里的狼远离人群，以捕食野生动物为生，对人的影响不大，因此在那里也难以产生狼图腾崇拜。

其二，原始的狼图腾和龙图腾的头部和颈部相同，长筒形的身体相同。内蒙古三星他拉的原始玉龙是狼首龙身，也就是说，在新石器时期原始狼图腾和龙图腾头部颈部完全相同，身体也相同，都无鳞片。这表明龙图腾不是由鱼或蛇演变而来的。那时候，极有可能狼图腾就是龙图腾，龙图腾就是狼图腾，两个图腾还没有分家，而它们的家还都在草原。

其三，狼图腾和龙图腾都是采用身体上下拱动的姿态飞行。在传说中，无论在蒙古草原还是华夏大地，这两个民族图腾都是飞翔的图腾。在草原，狼图腾可以飞天，把人的灵魂带上腾格里，而华夏的龙图腾则能腾云驾雾、呼风唤雨。但是世界上和中国许多民族的图腾并不会飞，例如崇拜熊、虎、牛、猴等等的民族图腾。中华大地上的草原民族和华夏农耕民族的图腾都有飞翔的特点，这并不是偶然的巧合。

更为相同的是狼图腾和龙图腾的飞翔姿态，狼在草原上飞奔的姿态是上下起伏的，狼皮筒被挂在高高的木杆顶上被大风吹动的时候也是上下起伏、身体拱动着“飞翔”的；而中华龙在各种古代壁画和雕刻中都被塑造成躬着腰、上下起伏拱动着“飞翔”。这种飞行姿态与狼图腾飞奔和“飞行”的动作相同，但与水中的鱼、蛇和鳄，以及陆上的蛇和蟒的游动动作完全不同。鱼蛇蟒鳄都是靠身体和尾巴左右摆动而前进的。一种行动是“上下拱动”，另一种行动是“左右游动”，这两种不同的动作和姿态，清楚地表明狼是比鱼蛇蟒鳄更高级的动物，龙图腾不是由鱼蛇蟒鳄这些卵生较低级的动物演变而来的，而是由草原陆地的哺乳动物——狼演变而来的。而多数中国人却认为龙是水中的鱼和蛇变来的，现在有的人还认为龙的原型是鳄。这些观点没有看出龙与鱼蛇蟒鳄在类别上的本质区别，没有看出“上下拱动”与“左右摆动”的根本区别，因而也就把龙图腾精神的本来面目掩盖得越发模糊不清。

其四，狼图腾和龙图腾虽然都会飞，但是都没有翅膀。在中国人的传说中有“飞虎”“飞马”等神话形象，其他民族也有“羽蛇”等图腾形象，可是那些会飞的动物都是有翅膀的，五十年代的飞马牌香烟的烟盒上就有长着巨大翅膀的飞马形象。那么为什么龙图腾和狼图腾没有翅膀呢？我认为这是因为由于狼图腾没有翅膀，所以由狼图腾演变而来的龙图腾也就没有翅膀。而狼图腾之所以没有翅膀，是因为原始的草原人相信神出鬼没、神通广大的狼会飞，不用翅膀也能飞。

其五，狼图腾和龙图腾都与中国两个民族的最高崇拜——天崇拜有密切关系。在草原上，草原民族相信狼是腾格里派到草原来保护草原的，还会把崇拜腾格里的人的灵魂带上腾格里；而在华夏，农耕民族则认为龙是天的化身，而皇帝就是“真龙天子”，神圣不可侵犯。既然汉族的天崇拜是游牧先民从游牧区带到华夏农耕大地的，那么他们也就把狼图腾一同带来了。

其六，狼图腾与龙图腾都是凶猛可怕的猛兽形象。世界上各民族的图腾有猛兽也有温良的草食动物，许多民族都把牛作为民族图腾。但是为什么华夏民族却把面目如此凶猛狰狞的龙作为自己民族的图腾呢？这是因为，那时华夏先祖还是狩猎采集游牧部族，还不是温良敦厚的农耕民族，而中国的绝大部分游牧民族都把狼作为图腾。由于狼的形象凶猛可怕，所以由狼图腾演变成龙图腾的龙的形象也就异常凶猛可怕了。

其七，狼和龙都具有不可驯服性。世界上许多民族的图腾都是可以驯服的动物，甚至以家畜为图腾。而中国的两大民族的图腾——狼和龙，都具有不可被人驯服的性格。狼是猛兽中最倔强、从不屈服的动物，熊虎狮鹰大象都可驯，而蒙古草原狼不可驯。由于狼不可驯服，那么由狼图腾演变而来的龙图腾也就具有不可驯服性。龙是狼精神的承袭者和强化者，它不仅不可被人所“驯化”，相反它还将驯化它的一切臣民。而狼的不可被驯化的精神后来被儒家皇权至高无上的精神所利用，并神化了。

根据上述狼图腾和龙图腾这些关键性的相同之处，我推测，中华龙图腾很可能就是从草原狼图腾演变而来的，就像华夏农耕民族是由草原游牧民族演变而来的一样。由于草原上的游牧民族一直没有离开草原，所以草原民族的狼图腾也一直没有变形，草原民族从古到今也一直崇拜狼图腾；而在远古，一部分游牧民族离开了草原，进入华夏农耕区，也就把腾格里崇拜和狼图腾崇拜带到华夏农耕生活中。由于，在古代无论牧业和农业都是靠天吃饭，因此，转移到农耕地区的天崇拜也就被保留下来，但是游牧部族变成农耕族以后性格逐渐软化，慢慢变得怕狼恨狼了，那么从草原上带来的狼图腾崇拜就不适应农耕生活和精神，于是原来的狼图腾就慢慢被农耕生活所改造，改成具有耕云播雨功能的龙图腾新形象了。

在远古，东亚草原一定有崇拜狼图腾的游牧民族；在传说中，伏羲时期的图腾是“人首蛇身”形象的图腾，伏羲神“本人”的形象就是“人首蛇身”。后来，经过部族的融合，华夏先人们大概以狼图腾和“人首兽身”图腾为主干，再吸收了游牧部族和原土著农耕族的图腾形象的某些局部，加上了鱼鳞、鹰爪和鹿角等部件，于是狼图腾就变成了龙图腾。在龙图腾创造和融合的过程中，狼图腾的形象起着关键作用，因为“人面蛇身”的形象与后来的威猛可怕的龙形象相差太远。我看过考古出土的仰韶时代的“人面蛇身”陶式图形，那哪是龙啊，简直就像一只壁虎，或者像大头蜈蚣那样的小爬虫，形象阴暗猥琐恶心，毫无审美价值和神圣感。而蛇蟒身上加上狼头，那就不一样了，“狼首蛇身”就基本上有龙的威猛的艺术雏形了。后来的中华龙的形象之所以威猛可怕，震慑人心，还具有审美价值，就在于它具有狼一样猛兽的形象和性格特征。“抽象”的龙一定会有具象的根据，而中华各民族中历史中最悠久又最具象的凶猛图腾只有狼图腾。因此，没有狼图腾的形象、性格和精神的参与，中华龙就不能成其为龙，而只能是中华虫。

陈阵让杨克上车，他也上了车并打开车内灯，看了看表，又看了看卡片说：还有一个值得研究的问题，就是华夏传说中那个神秘的饕餮神兽。我认为饕餮也很可能是由狼演变而来的，后来饕餮再演变为龙。《辞海》说：饕餮是“传说中的贪食的恶兽。古代钟鼎彝器上多刻其头部形状作为装饰。《吕氏春秋·先识》：‘周鼎著饕餮，有首无身’”。《辞海》在解释饕字说：饕即“贪，《汉书·礼乐志》：‘贪饕险诐。’颜师古注：‘贪甚曰饕。’特指贪食”。

上面几段话里有三个问题需要注意：

一是，饕餮是一种“恶兽”，而不是鱼蛇蟒鳄，不属于鱼类或爬行类。《辞海》中还附有商周鼎上的饕餮纹。你只要看一看就可以认出那个凶恶的猛兽像谁，非常像狼的正面像，也是圆眼吊睛，凶狠无比。

二是，饕餮甚贪食。这个特征鲜明地指出了狼的特性。“极贪食”是草原狼的最突出的特性之一。咱俩养过狼，太知道狼的这个天性了，咱俩可以举出无数个狼贪食的例子。天下再没有比狼更贪食的动物了。不信可以让人去问老牧民，天下最“贪食的恶兽”是谁？回答肯定是狼。人所共知，“贪”就是狼性的代名词。董仲舒说秦“以贪狼为俗”，也把贪与狼相并列。中国人形容贪食总是用“狼吞虎咽”，而且还把狼排在虎之前，狼比虎更贪食。形容贪心都说“狼子野心”，不会说“虎子野心”。

由于饕餮具有“恶兽”和“甚贪食”这两个狼的特征，而且饕餮纹又像狼。因此，传说中的饕餮很可能就是狼，或是从狼演变而来的神兽。

三是，饕餮成为商周鼎的主要纹饰，这就涉及一系列的问题。宝鼎是华夏民族在青铜时代的立国之重器。在周朝，“一言九鼎”的“鼎”，是象征至高无上王权的神器和礼器，也是祭天祭祖的祭器。鼎在华夏先民心目中处于民族“图腾柱”的地位。因此，只有属于民族的图腾才有资格登上如此崇高的地位，而被镌刻铸造在宝鼎重器之上。这一现象又反映出两个问题：其一，到商周时，华夏族可能还仍然崇拜狼图腾，至少是猛兽图腾，炎帝黄帝族祖先的图腾崇拜遗风可能还继续存在，而周朝时期的华夏族受狼图腾的影响更深，因为，周起源于西戎，而西戎大多是崇拜狼图腾的游牧族。其二，当时的“龙”可能还没有被普遍接受，尚未真正成为华夏族的民族图腾，否则，象征王权的宝鼎就一定会以龙作为主要纹饰。而且，当时周天子也还没有坐龙座，那时还延续着炎黄游牧遗风，席地而坐。

周鼎上的纹饰主要由饕餮纹和云纹所组成，以饕餮为中心，云纹环绕其周围。显然，饕餮神兽在天上，从云层里探出头，俯看人间。它的身体则藏在云里，不知是否有蛇身或龙身，但是如果在饕餮脑袋后面续上龙身，那就与后来的标准龙相差不远了。所以，我认为，在狼图腾和龙图腾之间可能还有一个饕餮图腾的过渡阶段。饕餮既有狼的性格，又有后来龙的狰狞面目。

以前我始终不理解为什么青铜时代的华夏族，会崇拜那么贪吃的饕餮，竟然把它捧上国家神器的地位。难道那时的中国人就那么贪吃吗？因而也就那么崇拜贪食的恶兽？而饕餮贪婪的吃相真是毫无神圣可言。但是后来当我发现饕餮有可能是狼图腾的变形的时候，我立即想通了。贪食只是狼的一个特征，是狼精神和性格的表象。商周时期的华夏族对饕餮神兽的崇拜，是对游牧先祖狼图腾崇拜的承续，狼虽然贪食，但是它的凶猛进取、威武不屈、宁肯战死、不愿病终的精神才是早期华夏族崇拜它的根本原因。这个原因只有深刻了解狼以后才能理解，而后来恨狼怕狼的农耕民族和儒家就难以理解，也无法给人以信服的解释。再后来，当农耕和儒家越来越占统治地位的时候，贪吃的恶兽——饕餮，就必然从国家神器上退位，被改造成龙，让位给龙。

历史上的狼精神曾征服了无数个游牧民族，而无数个游牧民族又是那么强烈地崇拜狼图腾。为什么入主中原或中国的游牧民族的帝王，到后来也那么喜欢穿中华的龙袍，坐中华的龙座，可能就是因为他们在龙图腾里看到了他们民族的狼图腾的变形或影子，龙图腾实际上就是改形换面不变心的草原民族的飞狼图腾。然而，正像游牧民族来到华夏农田以后，他们的游牧精神被改造成农耕意识那样，游牧民族的图腾精神也必然被农耕存在所改造，于是保护草原的狼图腾也就变成主管农耕的命脉——呼风唤雨的龙图腾，于是狼就变成了龙。而且，在龙图腾上又加上了许许多多的农耕民族的观念和意识，把龙图腾的原始精神实质改得面目全非，蛮好的强悍进取的狼图腾民族精神，竟被改造成象征帝王权威的专制暴力精神。龙图腾成为中国历代专制帝王狐假虎威、镇吓人民的帝王图腾。龙袍只属于皇帝一人，九龙九爪。其他七龙七爪、五龙五爪的官袍不能称为龙袍，只能叫作蟒袍。进入现代社会的中华民族，特别需要清除民族图腾里面后加上去的专制帝王的糟粕，而应当还其华夏民族图腾的原始本来面貌——狼图腾精神。

中华龙令人恐惧的凶猛形象和身体里面，最初蕴含的很可能就是令人敬仰的狼图腾精神和灵魂。中华龙图腾与中华狼图腾也可能具有不可割断的血缘关系，但是，在精神实质上，中华龙已完全异化：自由的狼变为专制的龙，全民族的精神楷模变成了独裁者的化身，具有蓬勃生命力的图腾变成了毫无生命力的龙舞道具空壳、纸龙纸老虎。

只有抽掉中华龙图腾中的封建帝王专制精神，而重新“注入”狼图腾自由强悍的进取精神，那么，未来的中国巨龙才有可能真正腾飞，飞向全球，飞向太空，去为中华民族和整个人类开拓更广阔的生存发展空间。

两人在车里吃光了午餐的剩食，还是压不住腹中饥肠辘辘的声音。杨克说：我真想跟饕餮那样吃下去整盆手把肉。陈阵说：嘎斯迈要是看见咱俩像狼一样的吃相准保高兴。杨克打开了所有的车灯，驾着吉普向西北边境线草场驶去。翻过高坡，可以看到远处像灯塔那样一亮一灭的灯光，嘎斯迈一定握着手电在那里站得很久了。陈阵从后视镜久久地回望朦胧月光下静静的狼山，他不知道什么时候再回来……

二〇〇二年春，巴图和嘎斯迈从额仑草原给陈阵打来电话说：额仑宝力格苏木（乡）百分之八十的草场已经沙化，再过一年，全苏木就要从定居放牧改为圈养牛羊，跟你们农村圈养牲畜差不多了。家家都要盖好几排大房子呢……

陈阵半天说不出话来。

几天以后，窗外突然腾起冲天的沙尘黄龙，遮天蔽日。整个北京城笼罩在呛人的沙尘细粉之中，中华皇城变成了迷茫的黄沙之城。

陈阵离开电脑，独自伫立窗前，怆然遥望北方。狼群已成为历史，草原已成为回忆，游牧文明彻底终结，就连蒙古草原狼在内蒙古草原上留下的最后一点痕迹——那个古老的小狼故洞也将被黄沙埋没。

一九七一年至一九九六年腹稿于
内蒙古锡盟东乌珠穆沁草原——北京
一九九七年初稿于北京
二〇〇一年二稿于北京
二〇〇二年三月二十日三稿于强沙尘暴下的北京
二〇〇三年岁末定稿于北京

“新中国70年70部长篇小说典藏”书目

书 名	作 者	书 名	作 者
风云初记	孙 犁	白鹿原	陈忠实
铁道游击队	知 侠	长恨歌	王安忆
保卫延安	杜鹏程	马桥词典	韩少功
三里湾	赵树理	抉 择	张 平
红 日	吴 强	草房子	曹文轩
红旗谱	梁 斌	中国制造	周梅森
我们播种爱情	徐怀中	尘埃落定	阿 来
山乡巨变	周立波	突出重围	柳建伟
林海雪原	曲 波	李自成	姚雪垠
青春之歌	杨 沫	历史的天空	徐贵祥
苦菜花	冯德英	亮 剑	都 梁
野火春风斗古城	李英儒	茶人三部曲	王旭烽
上海的早晨	周而复	东藏记	宗 璞
三家巷	欧阳山	雍正皇帝	二月河
创业史	柳 青	日出东方	黄亚洲
红 岩	罗广斌 杨益言	省委书记	陆天明
艳阳天	浩 然	水乳大地	范 稳
大刀记	郭澄清	狼图腾	姜 戎
万山红遍	黎汝清	秦 腔	贾平凹
东 方	魏 巍	额尔古纳河右岸	迟子建
青春万岁	王 蒙	藏 獒	杨志军
许茂和他的女儿们	周克芹	暗 算	麦 家
冬天里的春天	李国文	笨 花	铁 凝
沉重的翅膀	张 洁	我的丁一之旅	史铁生
黄河东流去	李 準	我是我的神	邓一光
蹉跎岁月	叶 辛	三 体	刘慈欣
新 星	柯云路	推 拿	毕飞宇
钟鼓楼	刘心武	湖光山色	周大新
平凡的世界	路 遥	大江东去	阿 耐
第二个太阳	刘白羽	天行者	刘醒龙
红高粱家族	莫 言	焦裕禄	何香久
雪 城	梁晓声	生命册	李佩甫
浴血罗霄	萧 克	繁 花	金宇澄
穆斯林的葬礼	霍 达	黄雀记	苏 童
九月寓言	张 炜	装 台	陈 彦